ERIN DOOM

ARCADIA

STIGMA 2

ROMANZO

MAGAZZINI SALANI

Nota dell'autrice: all'interno del libro sono presenti dinamiche relazionali controverse e tematiche delicate quali suicidio e abuso di sostanze.

ISBN: 979-12-5957-333-9

Per essere informato sulle novità
del Gruppo editoriale Mauri Spagnol visita:
www.illibraio.it

www.magazzinisalani.it

A chi si sente comparsa,
e mai protagonista.
A chi ha atteso con il copione in mano,
ma è rimasto dietro le quinte.
A chi si è chiesto perché il suo momento
non arrivasse mai.
Vi dedico questa storia,
in ogni dove e in ogni quando.

Prologo

Nevicava.

Fuori dal finestrino, la città era una strana macchia gelida e bagnata. Faceva quasi strano guardarla dal sedile riscaldato.

«Ha detto che comprerà un locale. Un posto dove la gente va a divertirsi». Zora si sistemò la gonna della divisa, lisciandola con le dita. «Papà ha detto che potrò scegliere io il nome».

«Tu? Scegliere il nome?»

«Perché no?» chiese lei sospettosa.

«Hai chiamato il tuo gallo di peluche Strapazzo».

Mi lanciò uno sguardo permaloso da sotto la frangetta, le labbra stropicciate in una smorfia.

«E con questo?»

Non risposi, perché sapevo che l'avrei fatta arrabbiare ancora di più. Lei continuò a fissarmi con quell'espressione da smorfiosa, la stessa che faceva anche a scuola quando le altre bambine mi guardavano con le guance rosse o mi mandavano bigliettini anonimi pieni di cuori paffuti.

«Be', vediamo cosa trovi tu di meglio...»

Si sentiva grande solo perché aveva dodici anni, perché era più alta di me che ne avevo due in meno. Non la sopportavo, ma ero costretto a trascorrere la maggior parte del mio tempo con lei. Se solo i nostri papà non fossero stati così amici...

D'improvviso l'auto inchiodò.

Le ruote stridettero e Zora strillò come una gallina. Avrei dato una testata se non fosse stato per la cintura.

«Ma che accidenti!» Zora si sistemò i capelli, furiosa. «Ti sembra il modo di frenare?»

Dal posto di guida, la crapa pelata di Sergei buttò fuori una di quelle parolacce straniere che solo lei riusciva a capire. Si slacciò la cintura con un gesto secco e scese.

«Pazza!» ringhiò dalla portiera aperta.

Mi sporsi di lato e sbirciai per capire che cosa fosse successo.

A terra, proprio accanto alla nostra macchina, c'era qualcosa che si muoveva.

Era una donna.

Sembrava molto triste. Spaventata. Sollevò il viso tra i fiocchi e lo guardò con due occhi gonfi e arrossati.

«Mi scusi. Non l'ho vista... Mia figlia... lei...» Scoppiò a piangere, coprendosi il viso con le mani.

«Lauren!» Un uomo la raggiunse di corsa, si chinò e l'aiutò a rialzarsi, mentre lei singhiozzava forte. Guardai le scale da cui era salito e capii che venivano da sotto.

«L'ho persa» singhiozzava la donna. «L'ho persa ed è tutta colpa mia...»

Sergei brontolò una domanda. Mentre l'abbracciava, l'uomo spiegò che avevano preso la metro. Per la troppa gente, però, la bimba che era con loro non era riuscita a scendere alla fermata.

L'avevano cercata a quelle dopo. Ma lei non c'era.

L'avranno mangiata i topi.

Papà diceva che la metro era per i poveracci e per i domestici. C'era sempre puzza ed era sporca perché ci vivevano i barboni. Che stupida a perdersi là sotto...

«Peccato» commentò Zora, alzando una spalla. «Almeno non è un problema nostro». Aspettò che Sergei tornasse in macchina, alzasse il riscaldamento e ci riaccompagnasse a casa, ma lui non lo fece. Rimase lì, a parlare con quegli sconosciuti, con la portiera aperta da cui entrava un gran freddo.

«Ma andiamo o no?» si lamentò Zora. «Perché non si muove?»

«Non è arrivata neanche qui al capolinea» continuò il signore. «Abbiamo chiesto, non c'era nessuna bambina sul treno. Credevamo che sarebbe rimasta lì».

«Ha solo sei anni». La donna cercò di parlare tra le lacrime. «L'unica cosa che sa, se si perde, è che deve rivolgersi a un poliziotto...»

Che stupidaggine. Avrebbero dovuto dirle di restare dov'era, piuttosto.

Sergei rimase ad ascoltarli in silenzio. Aveva l'espressione concentrata di quando, il giorno prima, aveva guardato la sua bimba piccola scorrazzare nel nostro giardino. Poi dopo un po' borbottò: «Comando di polizia. Spring Garden».

Non si capiva niente quando parlava. Sembrava che avesse sempre la bocca piena di qualcosa, ma la donna si voltò comunque. «Spring Garden? Intende la fermata?»

Sergei annuì. Spiegò che in quella stazione girava sempre qualche guardia. Se la bambina l'aveva vista e aveva chiesto aiuto forse l'avevano portata lì.

«Chiamo un taxi». L'uomo tirò fuori un telefono. Digitò in fretta il numero e restò in attesa. Intanto la donna lo fissava immobile, le dita vicine alla bocca, le labbra che tremolavano e i capelli pieni di fiocchi. Aveva due occhi colmi di paura. Di cose infelici e brutte. Di ombre scure e agitate come l'acqua del fiume in inverno. Aspettò che il signore parlasse con qualcuno, ma passò molto tempo e alla fine lui riattaccò.

«Niente, le linee sono intasate. Con questo tempo forse facciamo prima in metro».

«Spring Garden è piuttosto lontano da qui». Lei lasciò che le prendesse la mano, ma quel gesto non affievolì la sua preoccupazione. «C'è la deviazione, ci impiegheremo più del dovuto...»

«Io passo lì».

«Sta scherzando?» Zora fissò Sergei come se fosse diventato tutto matto.

E aveva ragione. Ma che stava facendo?

Li stava invitando a salire con... noi?

«Conosco scorciatoie».

«Dice... dice sul serio?» La donna lo guardò speranzosa e poi si voltò verso di noi. Il testone di Sergei si mosse su e giù come quello di un brutto robot. Gli chiesero se fosse certo, se non fosse troppo disturbo. Lui borbottò soltanto un: «Salite».

Zora divenne ancora più antipatica mentre i due montavano sulla Bentley di papà. Non che sorridesse, di solito, ma raddrizzò la schiena e li guardò come se avessero qualche strana malattia.

L'uomo andò davanti. La donna invece salì dietro, accanto a me.

«Ciao» disse soltanto, quando la guardai. Poi si voltò verso il finestrino e Zora incrociò le braccia. Le dava fastidio perché si era seduta dietro con noi e osava pure non considerarci.

Raggiungemmo Spring Garden in poco tempo, evitando il traffico. Quando arrivammo, la donna spalancò lo sportello e corse subito dentro la stazione di polizia.

La bambina era lì.

Un poliziotto l'aveva vista da sola alla fermata della metro e l'aveva portata dentro. Non le era successo niente. Stava bene.

Poco dopo, con l'ombrello tenuto dalla manona di Sergei, io e Zora fissammo la donna ferma davanti alla nostra macchina. Adesso non era più triste e spaventata.

Ci osservava con gratitudine.

Ora che la guardavo bene, era molto bella.

«Grazie» disse con gli occhi lucidi e luminosi. La bambina, qualche metro più in là, era in compagnia dell'uomo che le si era chinato davanti, intento a parlarle. Lei lo guardava come se non lo conoscesse molto bene. «Per tutto quello che avete fatto. Mio padre direbbe che siete stati il suo milagro».

«*Milagro*?» domandò Zora.

«Il suo miracolo».

Il mio cuore sussultò e sentii una scossa al petto. Per uno stupido, piccolo istante rividi la mia mamma. Il suo sorriso. Un pancione gonfio su cui teneva le mani.

Mi ritrassi confuso e fissai la donna con sospetto, accusa e rabbia. Che cosa ne sapeva, lei, dei miracoli?

«E tu ci credi?» sussurrai in un modo un po' cattivo, attirando la sua attenzione su di me. Lei osservò i miei occhi, la mia divisa scolastica, poi sorrise.

«Certo. Queste credenze appartengono alla mia famiglia da generazioni. Mia figlia stessa porta un nome legato alla nostra tradizione. Si chiama come la sovrana di una leggenda, un'antica Regina dei miracoli».

Regina dei miracoli.

Mi voltai verso la bambina, mentre la donna ci ringraziava ancora. Ci salutò un'ultima volta e poi le corse incontro nel turbinio dei fiocchi.

Non aveva un cappottino grazioso, due codini ordinati, o l'espressione vanitosa. A dire il vero non era come le bambine a cui ero abituato.

Aveva un faccino imbronciato, ciglia folte e i capelli neri sciolti sulla schiena. Le guance erano rotonde e le labbra rosse facevano sembrare la sua pelle ancora più bianca. Non sembrava affatto la regina di qualche fiaba ma, quando la sua mamma la sollevò tra le braccia e la fece volteggiare, lei...

Lei scoppiò a ridere.

Le labbra si aprirono e il suo sguardo si trasformò: una gioia luminosa le accese gli occhi e brillò potente come una magia. Il visino si riempì di un sorriso enorme e bellissimo, così splendente da assottigliarle gli occhi e farla sembrare una stella.

Aveva le fossette su entrambe le guance. E una risata tanto luminosa e sincera che mi colpì al cuore. Come uno sparo.

Rimasi immobile mentre lei socchiudeva le palpebre e abbracciava la sua mamma.

Non si accorse nemmeno di me.

Non alzò neanche il viso.

Se ne andò, portandosi via quel suo attimo d'incanto.

«Milagro» disse Zora accanto a me. «Vediamo cosa trovi di più fico, adesso».

Non l'ascoltai. Non risposi.

Il cuore mi batteva troppo forte. Faceva un gran fracasso e dal rumore temevo che si fosse rotto qualcosa.

Quel giorno avevo scoperto che esisteva un'antica credenza.

E forse... forse anche la mia mamma la conosceva.

Forse anche lei l'aveva sentita.

Ecco perché mi aveva salvato.

Allora un giorno avrei potuto dirglielo: io l'avevo vista, la Regina dei miracoli.

L'avevo ascoltata ridere.

E non avevo più potuto dimenticarlo.

1
Senza finale

È l'inganno delle favole, ragazza mia:
far credere principessa anche chi è nata regina.

Orson Welles sosteneva che il lieto fine dipende da dove interrompi la storia.

Si conclude sempre al momento giusto. La principessa e il suo cavaliere, l'attimo eterno in cui si promettono amore.

È una questione di destino, dicono. Di fato e predestinazione.

Possono esistere migliaia di lieto fine, ma se volti ancora pagina, finisci per renderti conto che non esiste alcun 'E vissero felici e contenti'.

Io l'avevo vista, una storia così.

Mi era scivolata davanti agli occhi, ingannevole, mi aveva incantato con il suo falso finale e mi aveva sussurrato: 'Tu sei soltanto l'altra'.

'La favola è destinata a lei.

Lei che ti somiglia così tanto.

Lei che è tutto quello che tu non sarai mai'.

«Hai mai conosciuto l'amore? Quello vero, quello che ti dilania le ossa? *Io sì*».

Il fiato azzerato, le gambe intorpidite, il battito che picchiava disperato nella cassa toracica. Il mondo era lontano, muto e soffocato.

Indietreggiai mentre Andras mi guardava dalla soglia del suo appartamento, quella parola, 'amore', ancora sulle sue labbra.

La sentii infilarsi tra le vene, agguantarmi l'anima. Ci calò sopra come un boia e la lacerò con uno strappo atroce.

Rifiutai quel sentimento con ogni forza, ogni particella e ogni ragione.

Lo rifiutai a tal punto che le tempie mi pulsarono e le lacrime mi salirono agli occhi.

Lo odiai ancora di più solo per quello che mi aveva fatto, solo per la tossina che mi aveva iniettato con le sue parole, i suoi sorrisi e i suoi sguardi profondi.

Mi aveva sfasciato il cuore, lo aveva corroso, dilaniato, reso schiavo di lui. Ci aveva spento sopra le sue sigarette e si era pulito le scarpe sulle mie speranze. Avrei voluto togliermi la sua anima di dosso, strapparmela via, gettarla lontano da me. Ma lei non era mai stata lì.

No. Era sempre stata con un'altra donna.

«Io sì. Mi ha scavato voragini dentro e mi ha eroso pezzo per pezzo. E alla fine non mi è rimasto più niente».

Incapace di fare altro, mi voltai e corsi via.

Non ero mai scappata davanti a niente e a nessuno, ma in quel momento non ero me stessa.

La vista appannata, i denti serrati da un'emozione lacerante, raggiunsi il mio appartamento e sbattei la porta. Mi rifugiai in quel buio intatto e spinsi la schiena contro il battente, premendo con così tanta forza che i muscoli tremarono e la testa cominciò a girarmi.

Cercai di chiudere fuori tutto, i momenti condivisi, gli sguardi, l'odore della sua pelle. I baci, i sospiri, i sorrisi rotti, quelle occhiate con cui mi aveva guardata fin dal primo momento. Chiusi fuori i sogni, i desideri, chiusi fuori tutti quegli istanti in cui ci eravamo parlati, respinti, e infettati.

Lui non li aveva vissuti come li avevo vissuti io.

Per lui non contavano niente. Non erano niente.

E niente era più come prima, quando una canzone poteva farti vibrare la schiena, quando un brivido ti mandava in estasi.

Un vuoto insopportabile mi stava corrodendo lo stomaco e stava sradicando tutto.

Aveva visto lei in me?

Aveva visto Coraline?

«No» inghiottii tra le lacrime. Eppure l'idea che fosse così continuava a massacrarmi il cuore. Persino Olly mi aveva voluto bene per qualcuno che non ero io.

Pensai che avrei dovuto capirlo, che avrei dovuto arrivarci. La vita mi aveva sempre fracassato le costole, mi aveva strappato le ali e ridotta in ginocchio, e non esistevano stupide fiabe per quelle come me. Io non ero mai stata quella dolce e gentile, quella che nei racconti aveva una sorte incisa nelle stelle.

Io ero quella che mendicava illusioni per strada, che alla fine moriva di stenti in un roveto di more d'autunno. E si invaghiva della Bestia, ma lui aveva una rosa e una teca di vetro istoriato, un amore così irraggiungibile da spezzare le maledizioni.

Smarrita, con l'anima in subbuglio, sentii le mani animarsi di vita propria e tirare fuori il cellulare. Cercai rapidamente tra i contatti e avviai subito una telefonata, anche se era Natale, anche se chiunque era insieme alla sua famiglia.

«Pronto?»

Quel timbro riempì il vuoto del mio appartamento. Strinsi i denti, la gola calda e il petto che pulsava come una ferita.

«Mireya? Pronto?»

«Ho bisogno di... vederci» buttai fuori, e la voce mi mancò. Non salutai, non dissi nemmeno ciao, strinsi solo il cellulare con tanta forza da farmi male. «Per favore».

«Che è successo? È tutto okay?»

No, avrei voluto urlare. Ma qualcosa mi stava morendo dentro con una voce ancora più assordante. Deglutii un groppo amaro, acre e vischioso.

Non potevo credere di stare piangendo.

Non avevo mai pianto per nulla che non fosse mamma.

In che modo mi aveva ridotta?

«Mireya... rispondimi. Stai bene? Vuoi che venga da te?»

«No» sussurrai con un sibilo rotto.

Avevo bisogno di scappare, evadere, rifugiarmi lontano da lui.

Non riuscivo a pensare di averlo vicino, di saperlo a una parete di distanza da me. Non ce la facevo a restare lì, mi sembrava di soffocare. Sentivo un bisogno disperato che non sapevo dove mettermi, che mi razziava l'anima e mi toglieva le parole.

«Io... sono a casa». La sua voce esitò, titubante, e io mi ci aggrappai con tutta me stessa. «Vuoi passare?»

Suonai il campanello.

La porta si aprì, e due occhi nocciola comparvero sulla soglia.

«Ehi...» mi accolse James. Indossava le pantofole, un paio di jeans e un maglione blu. Sondò il mio viso e con dolcezza mormorò: «Vieni».

Entrai a testa bassa, quasi scansandolo.

Mi ritrovai in un appartamentino piccolo, sui toni del legno, illuminato debolmente dalla luce aranciata di una lampada. Il soffitto in alcuni punti scendeva un po' verso il basso e le travi a vista gli donavano un'aria confortevole e accogliente. Un bel tappeto bianco e rotondo ravvivava il centro del salotto, facendo risaltare il divano color ruggine e il tavolino di vetro con sopra la televisione a schermo piatto. Per qualche motivo, quel calore quasi familiare accentuò il senso di vuoto che mi stava serrando la gola.

Senza una parola, mi tolsi la roba che avevo addosso e la lasciai per terra. Mi rannicchiai sul divano, le braccia incrociate sulle ginocchia e la testa affondata dentro.

Lui non mi chiese niente.

Fissò la giacca, la sciarpa e le scarpe che creavano un sentiero caotico e disordinato fino a me; poi dopo un ultimo sguardo richiuse la porta.

Non fece rumore.

Non cigolò.

Forse era quello il suono che faceva l'insignificanza, un cuore dimenticato trafitto da una spina di mora.

Non c'era alcun sipario.

Non esisteva alcun destino per me.

2
Sogni del destino

Gli incubi sono tutto ciò
che non osiamo sognare.

Andras

Era davanti a me.

Ogni cosa era sfocata. I contorni e il resto del mondo.

L'unica cosa nitida era lei.

Indossava un vestito bianco. Correva, e la chioma nera si muoveva a ogni passo.

Aspettai di vederla voltarsi. Quando lo fece, il viso elegante illuminò l'aria soffusa e gli occhi verdi mi trovarono come una carezza. Coraline mi raggiunse e mi circondò la vita con le braccia.

Pulsava quanto una cometa. Era vivida, luminosa e calda. Mi fissò con uno sguardo che sembrò leggermi l'anima e in un formicolio avvertii il mio corpo reagire.

La strinsi, sentendo quel profumo dolciastro che non mi era mai piaciuto. Le baciai il collo, il seno e con un gesto secco me la portai addosso afferrandola per le braccia.

Ma quando lo feci...

I suoi lineamenti si confusero. Gli zigomi diventarono orgogliosi, le labbra carnose e piene. Un neo minuscolo apparve all'angolo della bocca e gli occhi divennero due pozzi neri pieni di stelle.

Prima che potessi realizzare, quel volto da angelo bruno mi fissò con le braccia strette attorno a me, lo sguardo profondo, e poi...

Mi sorrise.

Gli occhi si spalancarono, le guance esplosero di meraviglia.

Le iridi scure brillarono come galassie.

Con i capelli a incorniciarle il viso, e le labbra distese in un prodigio di luce, lei mi appoggiò il mento sul cuore e rise meravigliosa.

Mi guardò con un sorriso da fine del mondo.

E per un folle, stupido istante mi sembrò di sentirmi di nuovo un bambino...

Aprii di scatto gli occhi.

Il sonno mi abbandonò, rigettandomi nella penombra.

Ero in camera mia.

Sconvolto, mi tirai su a sedere. La coperta mi scivolò via dal torace nudo e respirai a fondo, portandomi una mano ai capelli.

Che cazzo era successo?

Le dita si serrarono tra le ciocche. Strinsi la mandibola, perché non potevo credere di averla sognata.

Di nuovo.

Erano passati soltanto tre giorni da Natale, tre fottutissime notti in cui il pensiero di lei mi si era infilato come una scheggia venefica negli interstizi del cranio.

Il suo volto da bambina. Le labbra rosse come graffi.

Lo sguardo che sembrava una malattia e i capelli così neri da fondersi ai miei incubi.

E quel sorriso...

Un fremito mi strinse il basso ventre, ma non fui in grado di ricordarlo.

Cercai di recuperarlo, di riaverlo davanti agli occhi, vivido come nel sogno.

Ma non ci riuscii.

Perché lei mi aveva sbraitato addosso, insultato, offeso e graffiato fin dal primo momento, ma non mi aveva mai sorriso.

Neanche una volta.

Non sapevo nemmeno che sorriso avesse, se le arrivasse agli

occhi, se quelle labbra da creaturina intrigante sapessero fare altro oltre che mordere e soffiare.

Innervosito, mi portai una mano sul pube. L'erezione mattutina mi pulsava vigorosamente nei pantaloni del pigiama, ma dubitai si trattasse di un caso fortuito. La afferrai nel pugno e la strinsi, forte, cercando di soffocare il delirio che mi rimescolava il cervello. I tendini tirarono, i muscoli del bacino si irrigidirono dall'ombelico al pube. Serrai la presa fino a stringere i denti, fino a farmi male, e la parte più malsana di me trovò in quelle fitte di dolore un fosco senso di compiacimento.

Con un ringhio basso, scostai le coperte e mi alzai.

Carmen era già uscita con Olly, perciò ero solo. Feci una doccia gelida, dopodiché mi passai un asciugamano tra i capelli e mi diressi in salotto.

Era ancora lì.

L'albero di Natale risaltava nella luce del giorno. Così buio e spento, sembrava un sogno da rottamare.

Non avevo mai festeggiato quelle cose.

Non le avevo mai sentite nemmeno mie.

Eppure il fatto che fosse ancora lì la diceva lunga sul profondo moto di incoerenza con cui cercavo di convincere me stesso.

Il bambino che ero stato l'avrebbe ammirato, con occhi grandi e il cuore che batteva forte.

L'uomo che ero, invece...

Deglutii e serrai i pugni. Con la frustrazione incastrata nei nervi, allungai la mano e sfilai la piccola rosa dei venti in cima. L'anellino attorno alle punte mandò un tenue bagliore. Guardai quella minuscola stella nera e nel suo riflesso rividi lei.

I suoi piedi nudi, i capelli folti che le sfioravano le curve dei fianchi.

Una bretella della salopette che le ricadeva su un braccio e quella luce bisognosa nel suo sguardo selvatico, come una preghiera e una condanna insieme.

Dovevo disfarmi di tutto.

Strinsi la rosa dei venti e aprii la finestra. L'aria ghiacciata mi investì le clavicole scoperte e le punte dei capelli bagnati. Senza remore, tesi il braccio e mi preparai a buttarla fuori, in strada, tra le grate di un tombino o sotto le ruote di una macchina.

Lontano da qualunque cosa mi riguardasse.

«*Hai detto che in casa tua non c'era posto per questo genere di cose. Ho pensato di rimediare*».

Serrai la presa. Le punte si conficcarono nella pelle, le nocche sbiancarono. Le sue parole riecheggiarono nella mia testa e fissai la mano chiusa con gli occhi freddi e l'indifferenza crudele di chi i brutti vizi aveva sempre imparato a strapparseli a sangue dalla pelle.

Poi aprii le dita e la lasciai andare.

Stai lontana dai miei incubi, ragazzina.

E anche dai miei sogni.

Quella sera il locale era un termitaio.

Capodanno era alle porte e l'isteria di Zora era l'unico parametro di valutazione della serata: più l'evento era importante, più lei se ne andava in giro come una furia nevrotica.

Con le braccia conserte, le gambe incrociate l'una sull'altra e il mento basso, me ne stavo appoggiato al muro degli spogliatoi. I membri della sicurezza erano tutti lì, chi seduto su una sedia chi appoggiato al tavolo di metallo.

In quanto responsabile del servizio security era mio compito coordinare l'evento e il ruolo di ciascuno affinché non venisse lesa la reputazione del locale; ognuno doveva conoscere lo schema della serata, la propria area di competenza e le eventuali condotte da mettere in atto in caso di imprevisti.

«A quelli di voi che presidieranno l'ingresso spetta la selezione, per cui non sono ammesse negligenze». I compiti erano già stati assegnati, perciò mi limitai agli ultimi accorgimenti. «Voi in sala, invece, ruoterete a coppie. Resterete in silenzio, sonderete la situazione da lontano e interverrete sempre prima che possa degenerare. Lo scontro fisico entro il perimetro della sala sarà considerato un fallimento. A voi nei corridoi: che nessuno acceda alle zone riservate. Per nessun motivo. Tutto chiaro? State al vostro posto e attenetevi al programma. Chi di voi avrà fatto il suo lavoro riceverà la grazia di non essere licenziato».

Alcuni mi guardarono con un'ombra livida nello sguardo, ma senza fiatare. Eravamo uno dei club più elitari della città, con un fatturato da capogiro e un prestigio pari solo ai migliori locali della Strip. Se le condizioni non erano di loro gradimento, potevano sempre andarsene a timbrare i polsi ai ragazzini in qualche discoteca di bassa lega o finire a fare la guardia giurata al discount.

«E la festa?» chiese uno di quelli seduti. Si chiamava Lowen. In genere non era un imbecille completo, ma quella domanda mi diede fastidio.

«Quale festa?» chiese un altro.

«Quella che fanno ogni anno. Quella riservata a tutti i membri del personale. È ancora prevista alla fine della serata?»

Il ragazzo accanto a lui gli piantò una gomitata nelle costole.

«Perché, c'è qualcuno che hai puntato?»

Lowen rispose con un ghigno eloquente. Si massaggiò l'addome lì dove l'altro lo aveva colpito e diverse occhiate intercorsero tra di loro, le stesse di un manipolo di adolescenti arrapati davanti a un film vietato ai minori.

Non vedevano l'ora di passare un'intera nottata insieme alle ballerine, poterle avvicinare e parlarci. Farsene una nel cesso del locale doveva essere la loro massima aspirazione, dopo averle guardate ogni notte risplendere come prede caramellate sotto le luci violente del palcoscenico. D'altro canto si trattava di un evento oltre l'orario di chiusura, una ricorrenza in cui Zora propinava la stronzata della grande famiglia e robe del genere.

Non dovevano attenersi al loro ruolo.

Cominciarono a parlare uno sopra l'altro e io sollevai lo sguardo sull'orologio appeso al muro.

L'orario mi suggerì che la riunione era finita.

«La festa è per i dipendenti. Potrete prendervi parte dopo che avrete fatto il vostro lavoro. Andate». Intransigente, avanzai nel loro improvviso silenzio e tutti sollevarono lo sguardo. Senza nemmeno voltarmi, aprii la porta e lasciai la stanza.

Sapevo che cosa pensavano di me. Con alcuni di loro avevo più confidenza che con altri, ma non permettevo a nessuno di travalicare il confine. C'era un limite che non andava mai superato, e per uno come me che di limiti da superare ne faceva pane quotidiano la cosa aveva una certa ironia.

Ero la persona meno apprezzata lì dentro, ma che ci si creda o no il disprezzo è una qualità molto più forte dell'ammirazione o del rispetto.

Sfilai il pacchetto dalla tasca e contai le sigarette con il pollice. Valutai se fermarmi a comprarle sulla strada di ritorno mentre a passi lenti percorrevo il corridoio, i capelli che mi ricadevano sugli occhi.

Quando raggiunsi la sala, le poltroncine erano ormai quasi tutte vuote.

Le luci erano basse, la musica era un nastro seducente di sax; gli unici ad attardarsi erano i clienti affezionati, nei tavolini appartati vicino al muro.

Ero rimasto lontano per tutta la sera, ma quando mi fermai sulla soglia e sollevai gli occhi, mi sembrò di sentire una mano spostarmi il viso e direzionarlo di lato, verso il fondo.

Lei era là.

Con i capelli raccolti in una coda alta e quello sguardo che faceva strage, si muoveva tra le luci soffuse.

Uno strano moto, a metà tra fastidio e languore, mi riempì la gola. Avvertii il bisogno di buttarlo giù con qualcosa di caustico e bruciante, di corroderlo fino all'osso e discioglierlo nell'alcol.

Schioccai la lingua per levarmelo di dosso, ma tutto quello a cui riuscii a pensare fu un buono shot tra le dita, la sua discesa incendiaria e il bruciore che infiammava persino i pensieri. Avrei dovuto aspettare ancora un'ora prima di potermene andare. Bevevo raramente, eppure in quel momento l'idea di restare sobrio così tanto mi risultò insopportabile. Controvoglia, infilai le mani in tasca e mi incamminai verso il bar.

Raggiunsi il bancone e subito il tizio, James, mi rivolse la sua attenzione.

«Fammi un B-52».

Appoggiai la mano sulla superficie, mentre lui annuiva e provvedeva a preparare quanto richiesto. In silenzio, picchiettai con un dito e le mie pupille scivolarono sulla figura al suo fianco.

Mi dava le spalle. Continuò ad asciugare un bicchiere con un panno, i gesti meccanici e la schiena avvolta dalla maglietta nera. Non mi guardò nemmeno per sbaglio.

Mi piegai in avanti e mi appoggiai con i gomiti al bancone, rendendo la mia presenza ancora più marcata. Intrecciai le dita, ma nemmeno in quel caso lei si voltò.

«Ecco».

Il bicchierino apparve sotto ai miei occhi. Mentre un sapore incomprensibile mi si diffondeva sul palato, distolsi lo sguardo da lei e afferrai contrariato quel piccolo rogo di cristallo.

Da dove arrivava quel fastidio improvviso?

Storsi un sopracciglio. James aveva ripreso a parlarle, e lei lo ascoltava come se io non fossi lì. Con le mascelle contratte, soffiai sopra il bordo incendiato e buttai giù lo shot.

«Comunque quando vieni a casa mia evita di farla sembrare un campo di battaglia...»

Il liquore mi andò di traverso. Mi si chiuse la gola e dovetti sforzarmi di cacciarlo giù per impedirmi di tossire come un dannato imbecille. Deglutii a fatica mentre un rantolo muto mi esplodeva nell'esofago: irrigidito, con le labbra lucide, alzai gli occhi. Lei gli aveva rifilato un'occhiata incattivita.

Aveva sempre quell'espressione. Quel broncio del cazzo che la faceva sembrare una bambina insolente, lo sguardo da bestia elegante.

«Non ho finito» sibilai, feroce. Lui si bloccò, e solo a quel punto lei sollevò il viso.

Le sue iridi scure affondarono nelle mie.

I nervi mi si indurirono e il sangue pompò qualcosa di molto più velenoso del disprezzo, qualcosa che mi tese e infiammò il cuore. Non feci in tempo a trattenerli nei miei che distolse subito gli occhi, tornando a ignorarmi.

Cominciò a strisciare in me qualcosa di innominabile. Il bancone che ci separava mi fece tendere inspiegabilmente la pelle dei guanti, e non capii sul serio quale diavolo fosse il mio problema.

Me ne andai prima di fare qualche cazzata.

Marciai via dalla sala, con la mandibola contratta e la confusione che mi friggeva nelle viscere. Passai accanto a uno dei tecnici del suono, un uomo dai baffi grigi e il tupè che stava fumando tranquillamente. Si chiamava Vin ed era lì da anni, da prima di me, ma gli strappai comunque la sigaretta di bocca e la pestai sotto la suola.

«Non si fuma qui dentro».

«Tu fumi sempre qui dentro!»

«Io faccio il cazzo che mi pare» ringhiai, suscitandogli un'espressione oltraggiata. Sapevamo perfettamente che era una stronzata, che io lì dentro non ci fumavo praticamente mai e a lui invece l'avevo sempre lasciato fare, ma la rabbia mi rendeva irragionevole e astioso più di quanto già non fossi di mio. Vin scosse la testa, aggiustandosi il berretto. Quando mi allontanai con la coda dell'occhio lo vidi accendersene un'altra.

Non ero uno da sbalzi d'umore. Non in genere, almeno. Eppure, per qualche motivo, quella bestiolina riusciva sempre a incendiare l'unico misero briciolo di autocontrollo che avevo.

Si era introdotta in camera mia, aveva violato il mio computer. Si era presa a forza un pezzo della mia intimità ed era rimasta lì, ipnotizzata da quella voce che era incanto e condanna, con le palpebre sgranate e gli occhi opachi come specchi sporchi.

La repulsione mi era esplosa nelle vene. Il cuore aveva pompato veleno e avevo sentito tutta la rabbia, tutto l'odio crudo e snaturato che nutrivo per me stesso. E per lei, che così piccola, rotta e splendida, era più pericolosa di tutto quel dolore messo insieme. Le ero piombato addosso e lei mi aveva fissato con gli occhi pieni di lacrime.

È colpa sua, aveva sibilato un'accusa nella mia testa. È colpa sua, e il timbro era stato quello di mio padre, i suoi occhi gelidi e il disprezzo nella voce. E io non ero riuscito a esprimere altro se non quello che mi era sempre stato insegnato, iniettato e riversato addosso fin da bambino.

«Andras...»

Mi voltai.

La ragazza dell'ingresso era in piedi dietro di me. Si toccava le mani, ma lo sguardo era fisso nel mio con una timidezza e un'insistenza inopportune. Era una tipa un po' strana. Una che si atteggiava ad anticonformista ma in realtà cercava disperatamente l'approvazione di chi le stava intorno, o, meglio, sopra.

«Zora ha chiesto se domani puoi venire un po' prima... Ho stampato anche il programma della serata per ciascun membro della sicurezza, pensavo potesse tornare utile». Mi allungò dei fogli e i miei occhi ci scesero sopra, ma non li presi. Lei, per la frazione di un istante, mi fissò le labbra.

«Lasciali sulla scrivania all'ingresso. Li prenderanno prima di andarsene».

Kristine ritirò le mani, e annuì. Mentre si mordicchiava il labbro, mi accorsi che nei miei pensieri avevo formulato il suo nome senza nemmeno rendermene conto.

Perché con le altre mi veniva facile chiamarle per nome? Perché con lei no?

Perché con lei era sempre tutto così... *problematico*?

Irrigidii la mandibola. Sentii il bisogno di masticare qualcosa, di stritolarlo con i denti fino a consumarmi le gengive. La risposta la conoscevo già, ma conoscevo anche troppo bene me stesso per non sapere che nei problemi, io, mi ci ero sempre lasciato cadere con le braccia spalancate e un sogghigno sulle labbra.

Che non mi erano mai piaciute, le cose pulite, le cose facili o fatte per bene. Io mi nutrivo di carcasse, di quello che il mondo aveva già rovinato. E non c'era un cazzo di niente che mi fottesse di più il cervello di un nuovo tipo di inferno in cui bruciare.

Mi allontanai da Kristine senza lasciarle il tempo di aggiungere altro. Cercai le sigarette, e quando le trovai ne sfilai una dal pacchetto e l'accesi: con un calcio aprii la porta di servizio e inspirai a piena forza con le mascelle contratte, i denti serrati. Succhiai tutta la nicotina fino a sentire l'esofago pizzicare e poi la trattenni dentro i polmoni, affogando in quel delirio. Infine la rilasciai come un'onda calda fuori dal naso, e chiusi gli occhi.

«*I nomi sono una cosa importante. Quando scegli di chiamare qualcosa per nome gli stai dando il potere di entrare nella tua vita*».

«O di farla a pezzi...»

Quelle parole mi vennero a cercare. Le ingoiai insieme al tabacco, la schiena appoggiata al muro e il capo reclinato all'indietro.

Fumai lentamente. A lunghe boccate. Non ero assuefatto alla nicotina più di quanto lo fossi da qualunque altra cattiva abitudine, ma le sigarette, a volte, riuscivano ad allentare la tensione nella giusta, sporca maniera. Bruciai il filtro, ma buttai giù comunque come se potessi sentire il male che mi avrebbe fatto: quell'ombra velenosa mi arse nel petto e io incastrai il mozzicone sotto al medio, gettandolo via con gesto stizzito.

Odiavo le debolezze.

Odiavo avere dei punti vulnerabili.

Tutto ciò che avevo da perdere era uno scricciolo lentigginoso che non aveva ancora imparato a pronunciare il mio nome. Ecco perché la tenevo lontana da tutti, e non volevo che qualcuno sapesse di lei...

E quello che ti sei messo al collo, allora?

Un sibilo contrariato mi raschiò la gola. Come se fosse la punta di una lama, mi tastai la tasca interna del giubbotto. Il rigonfiamento quadrato era ancora lì, a ricordarmi che non solo ero un ipocrita, ma anche un bugiardo del cazzo.

E le stronzate peggiori le rifilavo a me stesso.

Tornai dentro quando ormai le luci erano spente e gli ospiti erano andati via. La cercai come si cerca un livido sulla pelle.

La trovai negli spogliatoi del personale, di spalle e vestita. Si era già cambiata e stava ficcando la divisa da barista nella borsa.

Per qualche sciocco motivo mi soffermai a osservarla.

Il collo candido era scoperto, e la punta delle ciglia nere spuntava oltre la curva morbida della guancia. Aveva ancora i capelli legati, ma non capiva che né la coda alta né la tenuta da uomo riuscivano a soffocare la sua bellezza selvatica.

Mi infilai la mano nella tasca del giubbotto e mi fermai a qualche passo da lei.

«Hai dimenticato questa l'altro giorno».

Lasciai cadere l'oggetto sul tavolo. Un'agenda. L'aveva scordata quando era fuggita via, e per quanto fossi ancora incazzato con lei non restituirgliela mi sembrava troppo persino per me.

Attesi che la prendesse, che dicesse qualcosa, ma lei non rispose.

No.

Non si voltò nemmeno.

Di nuovo sentii quel pizzicore innominabile alla fossa del ventre. La voglia matta di allungare il braccio e afferrarle la coda, tirarla contro di me e costringerla a guardarmi. Volevo vedere quella frenesia livorosa esplodere dai suoi occhi neri, travolgermi con odio furibondo.

In quel momento mi ricordai di averla sognata.

Serrai i denti e avanzai di un passo. «Sto parlando con te».

«Non *avvicinarti*». La sua voce mi risultò quasi irriconoscibile. Mi bloccai e lei finalmente si voltò: nei suoi occhi vidi l'odio risplendere e urlare. Mi graffiò con tutto quello che aveva, con tutti i suoi diciannove anni ruvidi e spietati, e l'impulso di trascinarmela addosso e affondare nel suo profumo selvatico divenne insopportabile.

Avevo bisogno di scopare.

Ogni volta che la guardavo, in realtà, mi veniva una voglia che bruciava nel sangue.

«Non avvicinarti mai più a me».

«Tu dici a *me*... di non avvicinarmi?»

Doveva essere uno scherzo. Sicuramente stava cercando di fare la spiritosa, perché l'idea che quelle parole uscissero proprio dalle sue labbra mi fece trasecolare.

Io?

Io?

Era lei a infestarmi il sangue, lei a impregnare tutto del suo odore, lei che per qualche dannato motivo di notte vedevo sorridere.

Era lei a dormire il mio sonno, a sognare i miei sogni, e aveva il coraggio di dire a me di starle lontano?

«Hai sentito bene» ripeté. «Sarò anche obbligata a vederti, a lavorare con te... sarò anche obbligata a servirti da bere, ma tu non esisti per me». Mi scoccò uno sguardo carico di rabbia, di repulsione, di dolore, di tutto quello che io stesso le avevo fatto. «Non mi importa quanto sarò costretta ad averti intorno, quanto dovrò sopportare la tua vista. Tu non sei *niente*. E non voglio avere più *nulla* a che fare con te».

Ressi il suo sguardo in silenzio, gli occhi freddi e impassibili. Di tutte le cose che avrei potuto dire, quella fu l'unica a uscirmi dalle labbra.

«Finalmente lo hai capito».

Strinse le palpebre in un guizzo incollerito. Afferrò l'agenda come se fosse qualcosa che avevo infettato e prima di darmi le spalle e alzarsi in uno slancio vendicativo sputò: «Devo andare. Timmy mi sta aspettando».

«*Timmy?* E chi sarebbe?»

«Oh, nessuno che ti riguardi. È spinoso, sta sempre sulle sue, ha un carattere da vero bastardo» sibilò rancorosa. «Sai, a dirla tutta ti assomiglia parecchio». Mi scoccò un'occhiata di puro astio e mi superò senza nemmeno darmi il tempo di elaborare le sue parole, investendomi con la scia orgogliosa dei suoi capelli. Marciò verso l'uscita come se stesse scappando da se stessa, ma un attimo prima di svanire oltre la soglia si arrestò.

Le dita strette al manico della borsa, raccolse tutto il suo carattere e abbassò la voce. E in quel lungo istante il suo tono lento e definitivo fu tutto ciò che sentii.

«Hai detto che mi volevi fuori dalla tua vita. Considerati già fuori dalla mia».

Poi se ne andò. Senza neanche guardarmi.

Rimasi solo.

Mentre fissavo la soglia ormai vuota, con una vena gonfia sul collo e la sua fragranza indomita a stuzzicarmi le narici, non potei fare altro che sentirmi assalire da un unico, maledetto pensiero.

Chi cazzo era Timmy?

3
Un sorso

L'odio è solo un amore
che ha perso la speranza.

Avevo sempre odiato il Capodanno.

Se il Natale mi avvolgeva nell'amore luminoso di una madre, l'ultimo giorno dell'anno mi ricordava che al di fuori di quello non avevo altro.

L'unica persona con cui potevo condividerlo era Nova. Alla fine, però, non mi era rimasta nemmeno lei.

Che cosa avrebbe fatto mamma?

Avrebbero organizzato qualcosa al centro? Qualche festeggiamento?

E lei... lei come stava? Avrei potuto rivederla?

«Non vorrei interrompere qualche pensiero profondo» sentii dire mentre affettavo della frutta. «Ma hai il muso da ore, sei troppo lenta e stai rovinando tutte le mie adorabili fragoline. Per di più, Zora ti sta guardando».

Sollevai lo sguardo e mi accorsi della lunga figura in abito scuro che mi stava fissando dal piano di sopra.

Zora quella sera sembrava una regina oscura, tra sontuosi broccati color mezzanotte e scintillanti cascate di perle. Era allungata sull'ultimo divanetto, con un braccio abbandonato sullo schienale e guanti d'avorio che le arrivavano sopra i gomiti; la musica che vibrava nell'aria sembrava un'estensione del suo stesso profumo, in grado di evocare il fascino dei suoi occhi in tutto il loro mistero.

«Se continui così verrà a dirti qualcosa».

«E cosa? Non sto facendo niente».

«Niente? Il tuo tagliere sembra scritto e diretto da Quentin Tarantino! E questa?» James sollevò la buccia di arancia che avevo cercato di tagliare a spirale. «Sembra un lavoretto dell'asilo!»

«È solo una garnish».

«Non è *solo* una garnish» mi rimbeccò il mio collega, arrotolandosi le maniche. Entrambi indossavamo un gilet nero e una camicia bianca, con una catenella dorata che disegnava un arco vicino alla tasca. «Se vuoi padroneggiare la scienza della mixologia devi prestare attenzione a ogni aspetto della creazione di un cocktail. Queste non sono solo decorazioni o dettagli estetici».

Restai ad ascoltarlo, mentre mi mostrava come fare. James una volta mi aveva promesso che avrebbe smesso di bere sul lavoro, si sarebbe assunto le sue responsabilità e sarebbe diventato il professionista che voleva essere.

Non capivo perché, ma mi dava conforto che lo stesse facendo.

Forse perché era la prima promessa che vedevo mantenere da qualcuno...

«È il terzultimo giorno dell'anno e sembra di essere alla prima serata di apertura».

Ruby si passò un polso sulla fronte. La sua presenza mi suscitò un'emozione pungente e inaspettata. Dopo il modo in cui le avevo urlato addosso e l'episodio spiacevole in cui avevo rovesciato un drink in faccia al suo ragazzo, tra noi aleggiava qualcosa di goffo e strano, un misto tra titubanza e imbarazzo.

James sollevò un angolo della bocca, mostrando i canini un po' affilati. «Che belle le feste, eh?»

«Già... Una meraviglia. Almeno le mance tengono alto lo spirito. Piuttosto... voi venite dopo?» buttò lì Ruby, e con una punta di timidezza i suoi occhi si spostarono su di me.

«Cosa c'è dopo?» domandai.

«La festa dei dipendenti. La organizzano tutti gli anni a fine turno, in un posto qui vicino» intervenne James. «Non avremo modo di festeggiare a mezzanotte del 31, e visto che domani si lavora è meglio per tutti conservare le forze in vista del Capodanno».

«Vengono tutti quelli dello staff. Gli addetti al suono, gli scenografi, persino quella bisbetica di Kristine» aggiunse Ruby.

«Che delizia» commentai, e lei rise. La osservai mentre si portava una mano alla bocca, forse per nascondere lo spazietto tra gli incisivi. Sospettavo che le creasse imbarazzo, quando invece la rendeva ancora più graziosa.

«È divertente. E per una volta non dobbiamo portare la divisa». James mi fece l'occhiolino. «Niente regole, niente divieti, niente pensieri».

Mentre un tono di incoraggiamento gli addolciva la voce, intuii che cosa intendeva.

James aveva accettato la mia sofferenza muta, mi aveva accolto in casa sua senza domandare nulla. Non sapeva cosa fosse successo, ma nonostante questo credeva che una serata di svago mi avrebbe aiutato a risollevarmi.

Il mio umore però non era della stessa idea.

«Andiamo, Mireya» mi esortò. «Ogni tanto è importante staccare la spina, distrarsi e vivere. Non si può esistere solo per il lavoro. Non fa bene. Sei giovane, non hai neanche vent'anni, non credi che almeno per una sera potresti pensare solo a divertirti?»

«Se volete darvi una rinfrescata prima di andare, potete venire da me». Ruby si strinse nelle spalle, impacciata. «James lo sa, abito qui vicino... potremmo fare un salto a casa e poi avviarci insieme».

Mi guardarono in attesa che dicessi qualcosa. In quel momento avrei voluto portarmi i capelli davanti alla faccia e trovare un buco in cui nascondermi. Cercai una scusa qualsiasi per rifiutare. Quel genere di cose non faceva per me e non avevo comunque niente per cui sentivo di voler festeggiare; inoltre, quasi sicuramente ci sarebbe stato anche Andras e io *non* volevo vederlo. Nel modo più assoluto. Al solo pensiero di respirare la sua stessa aria mi si serrava lo stomaco.

«Sta per dire di no» soggiunse James. «Guarda quanto la conosco».

Gli rifilai un'occhiata risentita. «Non è vero».

«Ah, no?»

«C'è... qualcuno che non ho voglia di vedere».

«Non sarà mica uno di noi due?»

Ruby sussultò e mi guardò demoralizzata. Capii che credeva di essere il problema e mi affrettai a rifilare una gomitata a James.

«Ma per favore!»

«Allora rinunci a una bella serata con i tuoi amici a causa di qualcun altro? Non è da te».

«Non... non si tratta di questo» replicai, ma mi stavo impappinando. Amici? «Non sono dell'umore, tutto qui».

«Motivo in più per non startene in casa a deprimerti. Non credi? E poi ci saremo noi con te». Attese un qualche segno di convincimento, ma quando vide che non dicevo nulla sospirò. «Almeno vieni stasera. Andiamo in un locale a bere qualcosa, è una semplice ricorrenza per festeggiare tutti insieme. Resti cinque minuti e poi te ne vai».

Negli occhi di Ruby vidi la stessa luce incoraggiante. Intuii che non mi avrebbero lasciato andare tanto facilmente. D'altro canto... cosa avrebbero potuto fare cinque miseri minuti?

«Okay» sospirai dopo un po', sconfitta, e il viso di entrambi si accese.

«Oh, non te ne pentirai. Vedrai, ci saranno tutti!»

È esattamente il motivo per cui me ne pentirò.

«Che fine ha fatto lo zerbino a forma di riccio?» domandò James.

Ruby ridacchiò. Eravamo in un edificio in stile industriale, con i mattoni a vista e una ragnatela di scale antincendio che dava sulla strada. Forse non era il vicolo migliore dove trovarsi la sera, ma il palazzo sembrava tranquillo per una ragazza che viveva da sola.

«L'ho tolto. Era... sai. Una cosa che avevo comprato insieme a Owen».

«Oh».

«Sei già stato qui?» gli chiesi mentre lei entrava.

«Una volta. Ci siamo fermati a parlare fino a tardi e l'ho accompagnata a casa. Ricordo che al suo ragazzo aveva dato fastidio».

Sollevò le spalle. Ruby, nel frattempo, si era già tolta gli stivaletti, lasciandoli accanto alla porta. Aveva delle calze graziosissime, color panna, con delle carotine. In quel momento sperai di non avere un calzino bucato.

«Fate pure come a casa vostra».

Mentre io e James per rispetto imitavamo i suoi gesti, mi guardai un po' intorno.

Il loft era minuscolo, con piantine verdi che scendevano a grappoli e un profumo di cedro diffuso nell'aria. L'unico tavolo in cucina era il bancone corredato di due sgabelli. Sopra di noi si estendeva un soppalco con il letto, che faceva anche da appiglio per vasetti, lucine, fotografie e acchiappasogni. Sulla destra c'era il salottino e in fondo il bagno.

«Posso fare una telefonata?» chiese James tirando fuori il cellulare.

«Certo. Mireya, se vuoi andare in bagno prima tu...»

Annuii e mi avviai. Mentre camminavo lungo il corridoio, però, mi sembrò di entrare in una galleria variopinta di volti e sorrisi: numerose cornici costellavano le pareti, rotonde, ovali e a forma di rombo. Ciascuna era munita di una targhetta d'ottone con un'incisione particolare. Rallentai il passo per studiarle meglio.

«È la mia famiglia».

Ruby si avvicinò piano, come se volesse concedermi il tempo di accettare quell'intimità. Sentii il suo profumo delicato quando si fermò accanto a me e allungò un dito su una piccola cornice rettangolare, che recitava: 'Primo giorno di Lindy'. «Le mie sorelle. Trina, Bettany e Lindy. E i miei fratelli, Gregory e Junior».

Lindy era vestita da hostess di linea, e il suo viso risplendeva di una luce radiosa; sembrava incarnare un sogno realizzato. La sua pelle, di una sfumatura più scura di quella di Ruby, risaltava splendidamente sotto il completo nero e il foulard rosso carminio.

«Io sono la più giovane dopo Junior. È lui il più piccolo. Ma non credere, è un vero diavolo della Tasmania. Eccolo qui».

'Vittoria playoff, Eagle Eye High School', ed eccolo con il pallone da pallacanestro sotto il braccio e un ghigno furbo. «È al penultimo anno, finisce sempre in punizione e ha già detto che non gli importa dei voti perché il suo futuro è il basket. Quante tirate d'orecchi si è beccato da mia mamma». Una dolcezza apprensiva le colorò la voce.

C'erano zii, cugini e nipoti, giorni del Ringraziamento attorno a tavolate lunghissime. Sorridenti, uniti e felici, trasmettevano una sensazione avvolgente e dolciastra, come il calore di una torta appena sfornata.

«Sembrate molto...» cercai le parole, impacciata. «Affiatati».

Ruby deglutì e mi guardò. Sentii il suo sguardo posarsi su di me, chiedermi tacitamente il permesso, e intuii che cosa avrebbe voluto domandarmi.

E tu?

Due colpetti riecheggiarono nel silenzio del mio cuore, una vocina chiese di entrare.

Prometteva di fare piano, di guardarsi intorno senza toccare niente. Non cercava nulla di prezioso da rubare, voleva solo uno spazietto su cui appendere una cornice.

Eppure... quella porticina rimase sigillata.

Non ero pronta. Non ero pronta ad aprirmi con lei.

A parlarle di me.

A lasciarla passeggiare in quel mondo di spettri senza sorriso.

C'erano traumi annidati nel buio, ricordi di vetro, angoli pieni di paure. C'era fin troppo su cui farsi male, e lei... lei aveva troppo di Nova per non ricordarmi come era finita...

Tornai a voltarmi e proseguii fino al bagno. La lasciai lì e mi chiusi dentro, con un sospiro mi appoggiai al lavandino. Lavai la faccia, tolsi i vestiti e senza pensarci più del dovuto feci una doccia breve ma ardente, perché ne avevo bisogno.

Tamponai i piedi sul tappetino e vidi che Ruby doveva essere passata, perché sullo sgabello accanto alla porta ora c'erano due asciugamani puliti.

«Un giorno te lo presenterò, ma è un vero demonietto...» Mentre uscivo, calda e pulita, li trovai a ridere davanti alla parete. Lei con un sorriso ampio e divertito, lui con le spalle un po' curve e le mani affondate nelle tasche dei pantaloni. Quando James mi vide, si avviò in bagno e lo occupò al mio posto.

«Ti presto qualcosa» propose Ruby, mentre ancora sorrideva. D'improvviso sembrava più sciolta, più serena.

«In che senso?»

Lei mi fissò un istante e scoppiò a ridere. Aggrottai le sopracciglia mentre mi tendeva la mano, ma subito sembrò ricordarsi che non l'avrei stretta, così pressò le labbra e mi fece cenno di seguirla.

«Vieni».

Le andai dietro su per la scala a chiocciola che portava al soppalco. Accanto al letto c'era l'armadio, all'angolo opposto, invece, un appendiabiti di metallo ricolmo, circondato di scatole. Ruby mi guidò fino a lì e passò una mano sul profilo esterno dei vestiti, smuovendoli come petali di un fiore multicolore.

«Io non ci sto nella tua roba».

«Questi non sono miei! Mia cugina lavora nella moda, e siccome il suo ufficio è qui vicino usa il mio appartamento come se fosse suo. Questi sono modelli che le hanno regalato, hanno la sua taglia ma lei non li mette». Sorrise e spostò gli altri per mostrarmi un abito svolazzante. «Che ne dici di questo?»

Studiai il tessuto sottilissimo. Era blu, fatto di molteplici veli che creavano un gioco sui seni e sul corpo; l'idea che si intuisse anche solo di un briciolo la mia cicatrice mi fece scuotere subito la testa.

«Okay... e questo?»

Ne sollevò uno argentato, ma bastò un'occhiata per capire che il bustino era decisamente troppo piccolo per il mio seno. Non capivo perché stesse sprecando tempo, ma la lasciai spulciare tra le grucce finché qualcosa non catturò la mia di attenzione: l'orlo di un tessuto morbido, seppellito tra tutti gli altri.

Inaspettatamente allungai le dita per sollevarlo. Era... bellissimo. Le spalline ricadevano sensuali sulle braccia e creavano uno scollo a cuore ampio e armonioso; la stoffa nera dava l'idea di adagiarsi perfettamente sul seno e sui fianchi, seguendoli fedelmente, e i dettagli sul corpetto creavano una cornice che arrivava fino alle spalle.

«Ah, questo è un sogno». Ruby lo estrasse in uno svolazzo con voce innamorata. «Ho dovuto lottare per averlo. È una vera chicca! Ti piace? Vuoi...?»

«No» mormorai facendo subito retromarcia. «No, è troppo».

«Sì, in effetti un po'... ma te lo posso prestare quando vuoi. Il nero ti sta molto bene». Lo ripose e cominciò a trafficare con le scatole. «Ho io quello che fa per te».

Tirò fuori un paio di pantaloni neri e un top argentato con le spalline sottili e lo scollo morbido. Trovò anche degli stivaletti con il tacco: erano di mezzo numero più grandi, ma mi disse che calzavano stretti.

«Provateli, avanti. Ti aspetto qui».

«È davvero necessario tutto questo? Credevo andassimo solo a bere qualcosa».

«Sì, ma è una cosa speciale...» bofonchiò, guardando gli abiti scialbi con cui mi presentavo a lavoro. Mi augurai che James non le avesse detto nulla, perché sembrava proprio volermi far sentire bella.

Sospirai mentre mi sospingeva verso la cabina armadio. Decisi di darle ascolto e senza fare troppe storie mi cambiai.

Tolsi i vestiti e poi scivolai in quelli nuovi. Sculettai un po' prima di allacciarmi i pantaloni e mi soffermai a osservare il modo in cui risaltavano le natiche, studiandomi nello specchio alle mie spalle. La mia espressione corrucciata fu la prima cosa che Ruby vide quando sbirciò dentro.

«Perfetta!» Batté le mani, ammirando il suo lavoro. «Sapevo che ti sarebbero andati a meraviglia».

«Non lo so, mi sembrano un po' troppo stretti...»

«Stai benissimo» replicò lei. «E se proprio vuoi saperlo sarebbe un reato nascondere un sedere come il tuo».

Mi sciolse la coda sfatta e mi sistemò i capelli dietro la schiena, facendoli ricadere in onde morbide. Sorrise, ammirando i lineamenti del mio viso, e l'imbarazzo mi fece imbronciare e arrossire allo stesso tempo. «Sei bella, Mireya».

Le guance bruciarono e mi ritrassi impercettibilmente, come se mi avesse dato uno schiaffo. Ruby andò a vestirsi tutta soddisfatta, optando per una gonna cortissima a pieghe, una maglia a lupetto e un paio di scarpe Mary Jane con il tacco alto. Cotonò un po' i ricci e dopo aver afferrato la borsetta mi strizzò l'occhio e mi seguì giù per le scale.

Poco dopo, ci trovavamo davanti all'entrata affollata di un pub; dentro, le pareti risplendevano di decine di scritte al neon: frasi ironiche, citazioni e mantra, frecce luminose e loghi intermittenti. La musica era forte, e nonostante il posto non fosse troppo grande si intravedeva ovunque gente che rideva e ballava. Il bar stesso sembrava un palco specchiato su cui salire, lasciarsi inondare da quell'oscurità sfolgorante e dimenticare per una sera qualsiasi freno inibitorio.

«Mireya!»

Riconobbi un volto familiare venirmi incontro: era Sabin. Il suo fisico da ballerina scintillava di un vestitino a scaglie color verde smeraldo che la faceva sembrare una fata degli abissi. Mi guardò con piacevole sorpresa. «Non sapevo ci fossi anche tu! Che bello vederti onorare la tradizione». Osservò il mio look, come se non fosse abituata a vedermi con qualcosa di diverso dalla divisa da lavoro, e sorrise. «Ciao ragazzi. Vi dispiace se ve la rubo?»

«Ma figurati...» rispose James con una punta di malizia, facendole l'occhiolino. Gli occhi nocciola si tinsero di una sfumatura avvolgente e la blandirono piano. Lei ridacchiò.

È fidanzata, idiota.

«Grazie!» Sabin mi prese il polso e prima che potessi fare qualunque cosa mi portò con sé. I capelli mi rimbalzarono sulla schiena mentre con difficoltà cercavo di starle dietro, disperandomi per non inciampare sui tacchi alti.

«Le ragazze sono al bar. Vieni!»

«Le... ragazze?» domandai incerta, mentre scansavamo la moltitudine di corpi intenti a strusciarsi intorno a noi. Dovetti sforzarmi di non oppormi: la stretta della sua mano era l'unico appiglio che in quel momento mi impediva di perdere l'equilibrio e rovinare di faccia addosso a qualcuno.

Raggiunto il bar, vidi che le altre ballerine erano tutte lì. Non capivo perché tendessero sempre a stare fra di loro... C'era anche Janine, la ragazza altissima e un po' mordace che la sera del Velvet mi aveva dato del filo da torcere. Il suo carisma irriverente le aveva fatto guadagnare un posto in prima fila nei nostri spettacoli, motivo per cui, spesso, faceva lei le veci delle altre.

«Andiamo Fabián. Sai perfettamente che siamo tutte in regola» la sentii dire. Aveva il gomito appoggiato al bancone e stava discutendo con il barman sul documento che non aveva voglia di mostrargli.

«Lo dici ogni volta...»

«Appunto. Non rompere i coglioni».

Il ragazzo, Fabián, fece una smorfia divertita. Scoccò alle ragazze un'occhiata eloquente, che loro ricambiarono come si fa con una vecchia conoscenza, e senza troppe cerimonie decise di accontentarle.

Iniziò a preparare i cocktail e a quel punto Sabin ne approfittò per attirare la loro attenzione. «Avete visto chi c'è?»

Mi chiesi se fosse proprio necessario mentre incrociavo i loro occhi con la mia solita espressione inadeguata e un po' ostile. Si ricordavano di me, quindi?

«Ciao» borbottai in imbarazzo, perché non ero brava a stringere amicizia. In realtà non capivo perché Sabin mi aveva portata lì, dubitavo di stare loro simpatica.

«E tu cosa prendi?»

Il ragazzo del bar mi stava osservando. Una lenta occhiata al mio corpo accompagnò l'istante di silenzio in cui, diffidente, cercai di capire se parlasse con me.

«Oh, devi stare attento con lei» disse Janine.

«Perché? Morde?»

«È una bartender» si piegò in avanti con un ghigno sulle labbra, «non si fa infinocchiare dalle tue brodaglie allungate col ghiaccio, tesoro».

Fabián sollevò un sopracciglio e mi rivolse uno sguardo curioso, incrociando le braccia sul bancone. «Una collega?»

Annuii.

«Allora ci vuole qualcosa da veri intenditori...»

Mi sorrise in maniera accattivante e da una nicchia sotto al banco tirò fuori una bottiglia ancora chiusa. Le mie pupille vennero subito catturate dalla filigrana costosa, dall'etichetta di qualità eccellente e dal color palissandro lucido che ondeggiava all'interno.

«Non...» feci per dire.

... posso.

Non ho l'età.

Eppure le parole mi morirono sulle labbra quando vidi che quello che aveva appena tirato fuori era niente di meno che una delle più nobili varietà di whisky da collezione che il palato umano avesse mai conosciuto.

Restai zitta, con gli occhi immobili e il filo del contegno che per una volta mi cuciva la bocca.

«Edizione Special Release, una delle più venerate al mondo. Invecchiata ventisei anni in botti di primo riempimento. La morte per un vero intenditore». Con un sorrisetto mi servì quel nettare dentro un bicchiere sferico, e io osservai il liquido con un rispetto quasi sacrale. Quell'oro brillante dai riflessi rubino era tutto ciò che un professionista avrebbe voluto esaminare, sorbire e apprezzare. Potevo davvero...?

«Dimmi che ne pensi».

Lo presi e lo portai con devozione al naso.

Nelle narici mi esplose un profumo denso, pieno, intrigante. Legno di cedro, cuoio e frutta secca, con una nota di tabacco da far girare la testa. All'istante immaginai il sapore robusto, oleoso, le spezie che imbandivano la lingua e la avvolgevano in un'estasi senza precedenti...

Al diavolo.

Quando mi sarebbe ricapitato?

Quando avrei avuto di nuovo l'occasione di misurarmi con una rarità del genere?

Parlavamo di un liquore da cinquemila dollari a bottiglia, non avrei più avuto un'opportunità simile. Assaggiarlo era un dovere professionale.

E poi in fondo si trattava solo di un sorso.

Uno solo.

Non sarebbe successo niente.

Assolutamente niente...

4
Angelo custode

Aveva un ghigno sulle labbra e gli occhi divertiti, grandi, che sembravano dire: «Vuoi me? Che diavolo ti dice la testa?»

Andras

La luce del sole filtrava tra gli alberi.

Seduto sul muretto del nostro giardino, tenevo la testa bassa e guardavo il piccolo tesoro che stringevo tra le mani.

Era un rettangolo di carta lucida, grande quanto una mela, con i bordi un po' frastagliati.

Una fotografia.

Ero riuscito a rubarla qualche anno prima da un album in mano a una domestica. Da allora l'avevo sempre tenuta nascosta sotto il cuscino, geloso che qualcuno la trovasse. Non volevo vedessero che ce l'avevo io.

Sapevo che non potevo tenerla. Non mi facevano tenere mai niente di lei.

«Andrej». Il viso rotondo di Dinka comparve dalla finestra della veranda. «Vieni».

Mi tese la mano e io mi alzai. La divisa della scuola non bastava a proteggermi dal freddo: sentivo le gambe rigide, le mani congelate, le dita appiccicate alla carta. La raggiunsi, ma questa volta non nascosi la foto: sapeva che ce l'avevo io, perché era a lei che l'avevo rubata.

«C'è un regalo. Dai Lynch». Mi appoggiò il palmo sulla schiena per accompagnarmi dentro. Il suo tocco era caldo, io però non lo volevo il regalo della famiglia di Zora. Sicuramente era un orologio che non potevo ancora mettere, una scac-

chiera con il mio nome sopra o uno stupido telescopio, come l'ultima volta.

Non volevo un'altra cosa con cui dovevo giocare da solo.

Dinka abbassò lo sguardo e vide che cosa tenevo tra le mani. Le sue labbra tremolarono, e lei fece una faccia triste.

«Non ti sei ancora cambiato» disse. «Avanti. Poi ti preparo la merenda».

Mentre salivamo al piano di sopra e mi accompagnava in camera, vidi che la prima porta sul pianerottolo era socchiusa. Un piccolo pezzo del pavimento scuro spuntava da quella fessura, e io lo osservai in silenzio quando ci passammo davanti. All'improvviso, qualcosa di intenso mi scoppiò nel petto: senza pensarci mi divincolai dalla sua presa e corsi in quella direzione.

«Andrej!»

Spinsi a fatica la grossa porta di legno ed entrai nello studio. Le lunghe finestre riempivano la stanza di una luce bianca e un po' malaticcia, che non riusciva a scaldare, motivo per cui quel posto sembrava sempre così serio, freddo e vecchio. Cercai di non fare rumore mentre mi infilavo tra le teche e i busti di marmo fino a superare l'enorme libreria ad angolo.

In quel punto le pareti si aprivano su uno spazio luminoso e oscuro allo stesso tempo, un vuoto nel mezzo circondato da alti scaffali pieni di libri. Al centro, una grande Y di legno chiaro, identica a quelle che c'erano sul nostro cancello, sulle posate, e persino sui nostri fazzoletti, attraversava le assi scure del pavimento come un gigante preciso e severo.

«E questa è della commissione di riforma. Il progetto pilota per l'area a uso misto...»

Lui era lì.

Seduto alla scrivania, avvolto in un silenzio pesante. Un uomo gli parlava vicino all'orecchio e gli indicava alcuni fogli da firmare. Non era mai solo: tra assistenti, amici e domestici, era raro che riuscissi a incontrarlo senza nessuno.

All'improvviso la paura mi soffiò nel petto.

Non dovevo disturbarlo.

Era una delle poche cose che mi era stata insegnata, il problema, però, era che io disturbavo sempre. Quando leggeva, quando ascoltava i suoi dischi, quando passeggiava in giardino o quando c'erano ospiti.

In quei momenti, mentre le voci e i tintinnii risuonavano nel salone, restavo al piano di sopra con le mani strette alla balaustra di legno della ringhiera e i piedi che dondolavano nel vuoto. Prestavo attenzione e ascoltavo tutto quello che dicevano, perché solo in questo modo un giorno forse mi avrebbero incluso.

Sorridevo quando loro ridevano.

Mostravo la lingua quando parlavano male di qualcuno.

Scalpitavo nel sentirli arrabbiarsi e cercavo di capire con chi dovevo prendermela.

Facevo di tutto per essere come loro, così forse un giorno avrei potuto andarci anch'io.

Forse un giorno non avrei disturbato...

«Andrej! Vieni qui!»

Mi voltai con il cuore che batteva forte, il respiro divenne più veloce e le mani sudarono, e quello mi spinse a disubbidire ancora: con passi incerti uscii dall'ombra e raggiunsi il centro della stanza, tagliata dalla luce delle finestre. I miei passi rintoccarono nell'aria mentre mi fermavo proprio sopra la grande Y di famiglia, proprio un attimo prima che lei mi afferrasse per un braccio.

«Eccoti qui! Quante volte ti ho detto...» Dinka inspirò e sollevò il viso. Le sue guance si arrossarono quando realizzò il silenzio sacro che aveva interrotto: strinse le labbra e i suoi occhi preoccupati volarono alla scrivania, dove i due uomini non avevano neanche alzato lo sguardo.

Lui, in particolare, sembrò chiedersi perché non ce ne eravamo già andati.

«Cosa c'è?» domandò severo.

Non stava parlando con me. Non parlava mai con me.

Vivevamo in quella casa insieme, ma non c'era una volta che mi avesse guardato, sorriso o preso in braccio.

Quel pomeriggio, però... sembrava più arrabbiato del solito. C'era qualcosa di triste nei suoi occhi, qualcosa che sembrava morto.

Forse se gli avessi ricordato che giorno era...

«Posso stare qui con te?» chiesi, speranzoso.

Lui non alzò nemmeno gli occhi. L'uomo continuò a parlargli a bassa voce puntando il dito sui fogli e io tentai un passo avanti, facendomi coraggio.

«Papà...»

Il suo ordine tagliò l'aria.

«Radinka».

La domestica mi prese subito la mano per portarmi via. Lasciai che mi sussurrasse paroline incoraggianti all'orecchio, che mi invitasse ad andare con lei, ma l'istinto prese il sopravvento e all'ultimo mi liberai, la scansai e con la foto ancora tra le mani tornai ad avvicinarmi.

Non lo vedevo bene: la finestra dietro di lui rendeva l'aria polverosa e accecante, tanto da darmi fastidio agli occhi. Io, invece, ero poco più alto della scrivania.

«Faccio il bravo» promisi a bassa voce. «Lo giuro. Papà... per piacere. Posso averti come regalo?»

La penna si fermò. Il cuore mi batté come un uccellino felice mentre diceva, pianissimo e lentamente: «... Regalo?»

«Sì». Il mio volto si illuminò di speranza. «È il mio compleanno. Potremmo giocare, o fare merenda insieme. Dinka fa il succo di mela che mi piace tanto...»

«Tu vieni a dire a me... che giorno è oggi?»

Mi interruppi quando intravidi il suo sguardo sollevarsi. Uno strano gelo mi fece rabbrividire, lasciandomi confuso e spaesato. In quel momento notò la fotografia che stringevo tra le mani.

I suoi occhi si accesero all'istante. Tremai e vidi una rabbia mostruosa esplodergli in faccia.

«Come... OSI!» sbraitò, rovesciando i fogli. Sussultai e un al-

larme mi scoppiò nella testa quando si alzò e la sua ombra mi inghiottì. Inciampai di lato ma lui mi raggiunse a grandi passi. «Come osi anche solo TOCCARLA!»

Mi strappò la foto dalle mani. L'angolo si ruppe. Barcollai sulle gambe e prima che potessi allontanarmi mi afferrò per i capelli e un ceffone violento mi rovesciò la testa dall'altra parte. La stanza girò in modo nauseante, il pavimento mi venne contro con forza e mi si schiantò addosso. Sbattei la testa, il viso in fiamme, il dolore come tanti puntini bianchi dietro agli occhi.

«Fuori!» urlò a Dinka con un gesto del braccio. «Fallo sparire! Toglimi dalla vista questo mostro indegno!»

Venni tirato su per le ascelle e accompagnato velocemente via da lì. La testa mi pulsò forte mentre uscivamo dallo studio e il mondo roteava confuso nelle tempie.

Dinka mi portò nella cucina avvolta dal calore del forno acceso. Mi fece sedere sulla sedia, e io la lasciai fare senza oppormi.

Restai inerme a fissare il vuoto. Sentivo un groppo al cuore, le spalle che tremavano e il cervello gonfio. Quando mi inclinò il viso, mi accorsi che qualcosa mi bruciava vicino all'occhio.

L'anello di papà, quello con lo stemma di famiglia, mi aveva graffiato la pelle.

«Resta qui. Vado a prendere del disinfettante».

Mentre si allontanava, gli occhi vuoti mi si abbassarono sulle mani.

La foto di mamma si era strappata, lei però mi guardava ancora.

Sorrideva e sembrava un angelo.

Gli occhi castani, complici di quel sorriso, erano accesi di una luce radiosa che si diffondeva come un calore attraverso il suo volto. Si teneva il pancione, e ogni piega della sua bocca raccontava storie di felicità. Era uno di quei sorrisi che risvegliava la gioia negli altri, che arrivava dritto all'anima. Un sorriso a squarciacuore, proprio come quella bambina alla stazione di polizia.

Non avrei più trovato qualcuno che sapesse sorridere così.

Con quel qualcosa che somigliava all'amore, gli occhi come mezzelune e due fossette su entrambe le guance. Con quel visino piccolo e inaspettato che da solo illuminava il mondo.

Forse un giorno l'avrei rivista, la piccola Regina dei miracoli. L'avrei presa per mano, e lei mi avrebbe sorriso in quel modo che non aveva nessuno.

Mi avrebbe tenuto con sé.

E mi avrebbe scelto...

Proprio come aveva fatto mamma.

«Sei venuto».

La fiamma dell'accendino mi rischiarò il viso. Aspirai stringendo i denti, perché quella notte faceva davvero un freddo bestiale.

«Non avevo niente di meglio da fare».

«Dobbiamo parlare».

Alzai un sopracciglio. Accanto a me, Zora mi fissava con le braccia conserte e la spalla appoggiata allo stesso muro contro cui stavo fumando l'ultima beneamata sigaretta del pacchetto.

Era incredibile come quell'aria da rompicoglioni ce l'avesse piantata in faccia fin da bambina.

«Quando vuoi».

«Non... liquidarmi» mi ammonì, perché aveva capito che non le stavo prestando la dovuta considerazione. «Sto dicendo sul serio».

«Tu dici sempre sul serio». Piegai una gamba, poggiando la suola contro il muro. La sua occhiata infastidita andò a un gruppetto di ragazze che stava entrando nel pub. Mi fissarono da capo a piedi, dai guanti di pelle al modo in cui portavo la sigaretta alle labbra, e l'espressione di Zora divenne ancora più appuntita.

«Si tratta di una cosa importante. Ho bisogno che tu sia chiaro con me. Niente sarcasmo, niente cazzate. Sempre se non è chiederti troppo...» scoccò aspra.

«Faccio già tutto quello che pretendi da me. Non tentare di mettermi il collare anche stasera».

«Tu non fai niente di quello che pretendo da te».

«Come se non fosse esattamente quello di cui hai bisogno».

Lei atteggiò le labbra in una smorfia, ma il suo sguardo acuto celò qualcosa che sapevamo entrambi. Tra noi c'era un campo sterminato di cose non dette, patti che se non erano stretti col sangue, poco ci mancava. Da qualche parte forse c'era anche un briciolo di rispetto, ma si perdeva troppo spesso in una confidenza consumata dagli anni.

«Non sono tuo. Non puoi controllarmi, ed è proprio per questo che hai voluto fossi io. Non fingere che non sia così». Diedi una boccata profonda, e lei rimase a fissarmi avvolta nella sua pelliccia bianca. «È l'unico motivo per cui sei venuta da me».

«Non è l'unico motivo».

«Scommetto che l'altro è il nostro bel rapporto».

«Va bene» sibilò esasperata. «È chiaro che stasera tentare di parlare con te è puro masochismo. Sei di cattivo umore? Perché per essere più insopportabile del solito in genere ti ci devi proprio mettere». Mi rifilò un'occhiata al vetriolo, suscitandomi un principio di fastidio. «Evita almeno di farti riconoscere come tuo solito. Non voglio dover mediare ancora una volta a tuo nome».

La guardai girare i tacchi e andarsene, urtato. Strinsi la sigaretta con i denti, sfogando sul filtro il moto di irritazione che come un pugno mi aveva fatto contrarre il petto.

Ultimamente ero sempre di cattivo umore. Mi svegliavo già incazzato e di notte sprofondavo tra vestiti bianchi e scie di capelli bruni, ciglia aperte su baratri più neri dell'inferno.

Nei miei sogni c'era un virus.

Era nel viso fumoso di Coraline. Nei suoi capelli sempre così scuri. Nella carnosità della sua bocca, in quel sorriso che non era il suo.

Ed era qualcosa che sferzava il mio inconscio, lo riempiva

di rabbia e confusione; come se fosse un ricordo inafferrabile, un dettaglio rimosso che strideva come un chiodo arrugginito.

Che cos'era?

«Al diavolo...» Gettai a terra il mozzicone e lo schiacciai con la suola. Sentii l'attrito sui molari mentre mi scrollavo l'irritazione di dosso ed entravo dall'ingresso.

Tolsi il giubbotto e lo lasciai su un divanetto.

Il profumo di bevande miscelate era fortissimo. Le scritte al neon emanavano una luce soffusa, delineando le figure di coloro che si muovevano nel locale; avanzai guardingo mentre la musica diventava via via più forte, facendo vibrare impercettibilmente il pavimento sotto le mie scarpe.

«Ciao. Sei qui con qualcuna?» Una biondina dallo sguardo accattivante mi si parò davanti. Le mie pupille scivolarono sui suoi pantaloncini inguinali e lei si morse le labbra con un sorriso, interpretandolo come una risposta.

«Le mie amiche mi hanno detto di sequestrarti». Rise e si tese in punta di piedi per raggiungermi l'orecchio, riuscendo ad arrivarmi soltanto alla gola. Strinse le dita alla mia felpa per sostenersi, ma non mi piegai comunque per facilitarle le cose. «Vieni a bere qualcosa con noi? Siamo cinque ragazze tutte sole...»

«Un motivo ci sarà...»

Lei spalancò le labbra.

«Sei un bello stronzo! E sei troppo alto» civettò, apprezzando invece il modo in cui incombevo su chiunque, anche su di lei. «Se proprio lo vuoi sapere, siamo sole perché stavamo aspettando che ti unissi a noi. Da quando ti abbiamo visto lì fuori, noi...»

Smisi completamente di ascoltare quando la vidi.

La figura illuminata dai fasci di luce, che ballava sul bancone del bar.

Bella come un miraggio, con la superficie sotto di lei che ne rifletteva la silhouette seducente. Era fasciata da un paio di pantaloni che sembravano scolpiti per accentuare ogni curva del suo corpo, dalle cosce ben delineate all'anca tornita, dove il top chiaro catturava la luce e oscillava nell'incavo dei seni. Muoveva i fianchi a ritmo di musica, gli occhi chiusi e le braccia sollevate verso l'alto; con le dita si carezzava l'avambraccio, e il bacino ondeggiava in modo così lento ed eccitante da sembrare un miraggio, una fabbrica di sogni.

Fissai Mireya con gli occhi immobili, i suoi polsi a mezz'aria e le ciglia folte che le sfioravano gli zigomi alti.

E quella vista mi ghiacciò il sangue nelle vene.

All'istante tutt'intorno divenne un brusio. I colori si fusero ai suoni, tutto si offuscò.

Era impacciata, un po' fuori tempo, ma sembrava... sembrava libera.

Con i lunghi capelli sciolti sulla schiena, si avvolgeva il corpo con le mani, schiudeva le labbra e lasciava che i bassi sgorgassero in lei fino a farle vibrare la pelle, la punta delle dita.

E stava seducendo tutti, lì sotto, ogni singolo imbecille con la bava alla bocca che ora la fissava come se fosse la Santa Vergine scesa in terra.

Calma.

Mi sforzai di respirare, di controllare quell'impennata martellante che mi picchiava tra le costole, ma fu impossibile. Qualcosa mi era appena andato in circolo. Lo sentivo annebbiarmi la vista, mischiare la confusione con un'emozione molto più profonda, incomprensibile e viscerale.

Cercai di restare lucido, di rifuggire quella sensazione che mi si stava piantando come una lama tra i polmoni, ma più fissavo quella scena più il mio cervello registrava la folla di braccia che si allungavano su di lei.

Uomini la sfioravano, le carezzavano la pelle, le mettevano le mani addosso. E lei, che odiava farsi toccare da chiunque, non sembrava cosciente di essere alla mercé di tutti.

Perché non apriva gli occhi?

Un coglione sollevò le dita e le strisciò lungo le sue cosce, le ginocchia e poi giù, fino alle caviglie. Quando la vidi barcollare impercettibilmente, mi resi conto che non era in sé.

«Offrile un altro giro!» gridò uno sotto di lei, poi si allungò e le diede un morso al polpaccio. Lei aprì gli occhi e gli soffiò addosso. Aveva due abissi liquidi, lì dentro, sciolti dall'alcol, ma quei dirupi neri e sfolgoranti la rendevano se possibile ancora più bella.

«Vieni giù, tesoro! Andiamo!» Le diede un pizzicotto nel retro del ginocchio, facendole stringere le palpebre; poi come un animale si sporse ancora per raggiungerla con la bocca.

La sua lingua saettò fuori, si protese, e...

«Ma che cazzo...!» urlò portandosi le mani alla testa. Qualcuno lo aveva appena afferrato per i capelli e strattonato via con forza. Si voltò furibondo, ma sbiancò quando si scontrò prima con il mio torace, poi con la furia che mi bruciava negli occhi.

«Tu fallo di nuovo» scandii tra i denti «e scoprirai che differenza c'è tra te e un cadavere».

«E che differenza c'è?»

«Nessuna» sibilai a un palmo dalla sua faccia. Lo sovrastai con tutta la rabbia oscura che mi era vibrata nella voce, e lui indietreggiò.

Ero cosciente di incutere paura, perché in me tutti vedevano la bestia incendiaria che si aspettavano che fossi. Il timore era una virtù molto più potente del rispetto, motivo per cui mi appagava vederlo impresso negli occhi della gente, ma in quel momento avrei sul serio voluto che mi desse una ragione per spaccargli la faccia. La pelle dei guanti si tese e i miei occhi scivolarono su tutti gli altri, sfidandoli a darmi il pretesto che cercavo.

Poi, mi voltai e sollevai le mani verso i fianchi che oscillavano sopra la mia testa, e li strinsi con decisione. Li tirai giù, contro la mia spalla, circondati dal mio braccio e dall'espressione tagliente con cui mi feci largo fra la gente. Lei agitò le gambe e si scagliò contro di me, sospesa a quell'altezza vertiginosa.

«E tu che diavolo vuoi? Lasciami!»

«Sei ubriaca marcia» ringhiai, perché come minimo sarebbe inciampata e si sarebbe rotta una caviglia visto il modo in cui biascicava. Ma che cosa mi importava?

«E con questo? La cosa non ti riguarda!»

«Stai zitta» la ammonii, frustrato. «Almeno fammi la cortesia».

«Ma vaffanculo!»

Mi diede – per sbaglio? – una gomitata alla nuca e la incassai a denti stretti. Me la meritavo. Così magari imparavo a farmi i cazzi miei, la prossima volta.

Con un sobbalzo della spalla me la sistemai meglio addosso, sfidando gli sguardi attoniti che si voltavano a guardarci come fossimo due matti, e marciai verso l'uscita.

«Incosciente. Irresponsabile. Hai pensato a cosa avrebbe detto Zora nel vederti in questo stato?»

«Tu devi farti gli affari tuoi! E poi non stavo lavorando, posso fare quello che voglio!»

Mi tempestò di pugni la schiena. Non cercava nemmeno di dimenarsi o di convincermi a metterla giù: voleva solo riempirmi di botte.

Avanzai tra le pareti adorne di scritte al neon e lei continuò a urlarmi contro come un'indemoniata.

«Tu sei fuori di testa, hai dei seri problemi! Andras!»

«Oh, su una cosa siamo d'accordo» sibilai, mentre mi allungavo di lato per recuperare la giacca e la costringevo ad aggrapparsi alla mia felpa se non voleva rovinare malamente a terra. Le sue unghie si strinsero forte al tessuto, si inarcò appena nel tentativo di sorreggersi come un gattino stizzito sull'orlo di un dirupo. Avrei riso di lei se l'istante dopo non si fosse schiacciata su di me e non avessi sentito i suoi seni soffici contro la schiena.

Sussultai nell'avvertirli a contatto con la muscolatura, gonfi e meravigliosamente caldi; d'istinto affondai le dita nell'osso del suo bacino, trovandolo a fatica nella carne cedevole e soda.

Dio santo. Ma come diamine faceva a essere tutta così morbida?

«Brutto stronzo, incivile degenerato!»

Agitò il fondoschiena, facendomelo rimbalzare contro l'orecchio, e dovetti respirare a fondo e farmi violenza per proseguire. La sensazione delle sue natiche contro la mandibola mi fece valutare per la prima volta di metterla giù.

Molto... più giù.

«Ti denuncio! Mi hai sentito? Giuro, giuro che questa volta...»

Spazientito, le diedi un morsetto sul fianco tondo. All'istante il suo corpo si irrigidì, serrò forte i glutei e percepii il suo ventre ritrarsi al passaggio di un ansito delirante che le risalì fino in gola. Le sue dita si serrarono sul tessuto della felpa; un tenero fremito le fece palpitare dolcemente i muscoli interni delle cosce, pizzicandoli piano, ma lo represse subito come la ragazzina irremovibile e orgogliosa che era.

«Sei un porco bastardo» disse, esalando un respiro sommesso, ostinato, pieno di tormento.

Tuttavia, sembrò accettare di non poter contrastare la presa ferrea che la stava sostenendo, così smise di agitarsi e si chiuse in un silenzio punitivo. Ormai avevamo raggiunto l'ingresso e, recuperato anche il suo cappotto, uscimmo nell'aria gelida della notte.

Lei mugolò, incrociando le caviglie nel vano tentativo di scaldarsi. Non osava darmi la soddisfazione di lamentarsi, ma al sentire il suo corpo tiepido fremere dal freddo tirai subito fuori il cellulare per chiamare Sergei e chiedergli di venire.

La riportai a casa.

Dovetti caricarmela di nuovo sulle spalle quando si rifiutò di scendere dall'abitacolo. Sergei la fissò con il dito che picchiettava impaziente sul volante, gli occhi infossati di chi era alla fine di una giornata massacrante e voleva solo andarsene a dormire, così fui costretto a prenderla di nuovo in braccio.

Sapevo che non mi avrebbe mai dato le chiavi del suo appartamento, perciò con un calcio spalancai la porta del mio.

La luce della luna penetrava dalle finestre. In quella penombra quasi brillante, controllai con lo sguardo che la porta del corridoio fosse accostata e il silenzio intatto. Lasciate le chiavi sul tavolino, gettai il suo cappotto sulla poltrona e poi, con un tonfo secco, la scaricai sul divano.

I capelli le inondarono le spalle, inghiottendo ogni bagliore lunare; il suo culo rimbalzò sui cuscini e i miei modi le strapparono una smorfia di sdegno omicida.

A quel punto, mi piantò le pupille addosso.

Avrebbe voluto uccidermi. Mi riversò contro tutto il disprezzo che provava per me, delizia bollente e immonda, e se una parte mi avvolse la gola e strinse fino a farmi male, l'altra scivolò umida sotto la cintura, si infilò oltre il tessuto dei boxer e mi serrò i testicoli in una morsa esaltante.

«Ti odio» sputò astiosa.

Il cazzo mi pulsò nei pantaloni. Un brivido assassino mi percorse il ventre, ma mi sforzai di reprimere quell'impulso deviato che, come un mostro carnivoro, trovava eccitante la promessa del dolore.

E nessuno sapeva odiarti come lei.

Nessuno.

«Il giubbotto» declamai, roco. «Ridammelo».

Le avevo infilato la mia giacca perché era molto più pesante della sua, ma ora la volevo indietro. Quando vidi che non aveva alcuna intenzione di darmi ascolto decisi di farmi avanti e piegarmi per sfilargliela.

Prima che potessi farlo, però, qualcosa mi fermò. Dovetti abbassare lo sguardo quando avvertii una pressione decisa all'altezza dello sterno.

Un tacco lucido premeva al centro del mio torace; la gamba, sollevata per impedirmi di avvicinarmi, spiccava nell'ombra come un sentiero di femminilità sublime.

I miei occhi imperscrutabili fissarono quel gesto, il piede sinuoso e sfacciatamente arcuato, il profilo del polpaccio ben tornito che risaliva poi fino alla piega del ginocchio; sulla coscia, i pantaloni aderenti strizzavano la carne liscia e lattea e ne fasciavano la curva sensuale come un guantino, proseguendo fino alla conca del bacino, dove una porzione di pelle spuntava sotto l'orlo del top.

«Ti avevo detto di non avvicinarti più».

«Sì» spinsi fuori con un soffio distratto.

«Ti avevo detto di starmi alla larga».

«Decisamente».

«Ero stata chiara sul fatto che non volevo più vederti».

Aveva detto tante cose, ecco perché era arrivato il momento di farla alzare, ficcarle il cappotto tra le braccia e mandarla a letto senza troppi saluti.

Eppure...

La mia mano le impugnò la caviglia. Le dita si chiusero attorno a quella circonferenza sottile, avvolgendola con lentezza. Poi tornai a posare le iridi su di lei.

Mi guardò con i suoi occhi immensi, quegli occhi da pantera addomesticata, troppo incantevole, troppo piccola per essere chiusa nella gabbia che le aveva destinato la vita.

Era bella, la mia bestiolina.

Era uno splendido groviglio di donna, un intrico rilucente di stelle, insicurezze e vividi sogni, ma meno volevo ammetterlo più lei mi scardinava il cuore come un orologio di metallo. Torceva gli ingranaggi, deformava le lancette, le costringeva ad andare al suo tempo.

Aveva qualcosa di incomprensibile. La forza incrollabile di chi si è lasciato ridurre in pezzi la vita, solo per costruirci una finestra da cui ammirare le stelle.

«Non puoi fare così. Non puoi piombare dal nulla, venire da me e portarmi a casa».

Spinse il tacco con forza, tremando, come se avesse paura che avrebbe funzionato. Che mi sarei allontanato da lei. Aumentai la presa e rimasi dov'ero.

«Non puoi comportarti in questo modo. In questo tuo stupido, stupido modo di proteggermi come se non mi stessi facendo a pezzi. Come se ti importasse qualcosa di me» sussurrò. «Non puoi».

Eppure la notte continuo a sognarti.

Sì, proprio te.

Cammini minuscola tra tutti i miei incubi, e nemmeno loro sanno come combatterti.

Ti strappano i vestiti, ti fanno lo sgambetto, ostacolano il tuo cammino e ti riempiono di graffi.

Cercano di spaventarti, ma tu resti lì, più testarda di loro, e avanzi con i tuoi occhi brillanti di miraggi.

Hai un sorriso che non ti ho mai visto.

E non c'è mio senso di colpa che non si chieda che gusto ha...

«Non sono mai stato bravo a fare ciò che gli altri si aspettavano da me». Il mio pollice si mosse, e la carezzai piano nel punto appena sopra lo stivaletto. «Anche se coincide con la mia volontà».

«E quale sarebbe la tua volontà?»

Tenendo gli occhi abbassati su quel gesto, afferrai la minuscola zip. Lentamente, le sfilai la scarpa che in un tonfo cadde a terra.

Le dita del piede si arricciarono appena, restie. Le unghiette rosa come caramelle riflessero la luce tenue della luna mentre le accompagnavo di nuovo a me e le inducevo ad appoggiarsi contro il mio addome. I polpastrelli si adagiarono morbidi contro il solco dei pettorali, la pianta incurvata, come se riuscisse a toccarmi soltanto in punta di piedi.

«Salvare ciò che non posso proteggere da me stesso».

Non era lucida.

Altrimenti non mi avrebbe mai guardato in quel modo.

Con quell'incrinatura addolorata che sembrava una supplica. Con quel bisogno di sentirsi importante, amata, che puntava all'unico uomo sulla Terra che aveva una disgrazia al posto del cuore.

«Non farlo. Non guardarmi così. Odiami e basta». Salii a stringerle il ginocchio, lo sguardo puntato di lato. Avrei voluto baciarglielo. Ma era già un problema che non la stessi cacciando via. «È tutto quello che posso darti».

«Perché hai già dato tutto a lei?»

Un senso di gelo mi pervase. Aggrappata al cuscino del divano, mi fissò con le pupille offuscate di lacrime, di rabbia e dolore. Il suo sguardo sembrò ustionarmi e scavarmi dentro voragini incandescenti.

All'istante la lasciai andare. Indietreggiai con un'emozione truculenta che divampava nel petto, e lei si alzò in piedi, intenzionata a fronteggiarla.

«È per questo, non è vero? Non esisterà mai nessuna al di fuori di lei?»

No, si rifiutò brutalmente il mio cervello. Un conato soffocante mi chiuse la gola fino a costringermi a voltarmi. *No. Non con lei. Tra tutti i miliardi di persone al mondo, quel discorso...* Mi allontanai ma Mireya mi venne dietro, vomitando tutto quello che io non ero in grado di ascoltare.

«È Coraline che hai sempre visto in me. È Coraline che vedi nei miei occhi, nel mio viso e in tutto quello che sono! Mi hai usata come rimpiazzo perché te la ricordo, perché attraverso di me potessi rivivere un briciolo di quello che lei era! Credi che non lo sappia? Credi che non conosca la verità? Tu hai visto lei per tutto il tempo!» gridò tra le lacrime. «Io ti sono servita soltanto per questo. Pensi che non abbia capito che nel mio riflesso vedi la sua dolcezza? Che scorgi la sua bontà, il suo sguardo e il suo sorriso? Voltati, Andras!» sbraitò. «Voltati e dimmi che non mi hai mai guardata senza vedermi addosso quella ragazza!»

«Tu non hai niente di lei!» urlai furioso. La rabbia esplose violenta e la mia voce la incenerì come un tuono, tanto che lei spalancò gli occhi. Un dolore vivo le incrinò la fronte e per un attimo tutto il suo coraggio sembrò rintanarsi altrove, farsi piccolo piccolo e nascondersi dietro l'esitazione con cui il suo sguardo sfuggì di lato e strinse i denti per non piangere.

Implacabile, avanzai mosso da una repulsione che mi fece torreggiare in maniera impietosa sul suo corpo minuto, fino a desiderare di vederlo sparire.

«È questo che vuoi sentire? È la verità che vuoi? Tu non sei così, non lo sei mai stata. Tu sei testarda, indocile, e ostinata. Non fai mai quello che ti dico e ti cacci continuamente nei casini senza mai darmi ascolto. Sei piccola, aggressiva, urli addosso a chiunque e non ti fai mettere i piedi in testa da nessuno, per non parlare di quell'orgoglio ingombrante che ti brilla negli occhi ogni volta che qualcuno tenta di prevaricarti. Odi piangere, ti incazzi se ti fanno un complimento, e quando sei nervosa ti mordi il minuscolo neo che hai all'angolo delle labbra, come se fosse una vulnerabilità che cerchi di nascondere. Tu sei cocciuta oltre il sopportabile, ecco la verità. Sei ribelle, astiosa e combattiva, la ragazzina più fastidiosa e problematica su cui io abbia mai posato gli occhi!»

«E questo cosa fa di me?»

«La mia debolezza...» soffiai prima di riuscire a fermarmi. I suoi lineamenti si distesero e io mi resi conto di quello che mi era appena uscito di bocca.

I muscoli si impietrirono. Rigido come una statua, sentii quelle parole intrappolarmi il fiato e pietrificarsi tra le mie palpebre sgranate.

Che cazzo avevo appena detto?

«Cosa...» farfugliò lei. Le pupille le tremolarono come specchi liquidi e non osò neppure respirare. «Che... che cosa hai...»

La confusione crebbe dentro i suoi occhi fino a spezzarle le parole, fino a farmi indietreggiare. Il mio corpo divenne un teatro di sensazioni contrastanti, e non riuscii a fare altro che sentirle rimbombare ovunque.

Mentre da qualche parte Olly cominciava a piangere, io respirai a fatica, mi allontanai da lei e nel suo viso innocente rividi ciò che avevo già vissuto.

La voce di mio padre. Il suo sguardo su di me. Quel sorriso crudele e le sue parole, veleno nel mio cuore fino a farlo morire.

«È tutta colpa tua. Tutta. Guarda che devastazione, Andras».

Il tatuaggio inciso sulla mia pelle. Quelle quattro parole in fila sembrarono bruciare come il primo giorno.

'Et in Arcadia ego'.

No.

Non un'altra volta. Non di nuovo.

Prima che fosse troppo tardi... qualunque fosse il mezzo che avrei usato, dovevo allontanarla da me a ogni costo.

5
Resta lontano

Non lo vedi con che sublime grazia
tu danzi sopra i miei sogni infranti?

I primi raggi del sole mi carezzavano il viso.

Raggomitolata in una nuvola di profumo, affondai il naso nel cuscino e mugolai piano. Sentivo le palpebre appesantite. Un cerchio alla testa non mi dava pace, e la bocca era così impastata che non sentivo la lingua.

L'istante dopo, qualcosa mi toccò la guancia. Strinsi le ciglia; con coraggio tentai di schiuderle, ma la luce quasi mi accecò. Ciuffi neri mi ricaddero sulla fronte quando mi passai le dita tra i capelli, cercando di recuperare gli avvenimenti della serata.

Sabin. Le ragazze che applaudivano attorno a me. I vari bicchierini tra le mie dita e il mio gomito che si alzava ancora, e ancora e ancora...

Oh, Dio...

Un gorgoglio carezzò l'aria. Mi portai le mani alla pancia, ma ci misi un attimo a realizzare che non era venuto da me.

«O*l*a!»

Inspirai bruscamente e subito mi ritrassi contro la testiera del letto, confusa e spaventata dalla minuscola presenza seduta accanto a me. Olly mi contemplò con espressione entusiasta, come se fosse contenta di vedermi finalmente sveglia, e non feci in tempo a chiedermi cosa ci facesse lì che i miei occhi si abbassarono.

Un letto padronale, dalla trapunta spessa e avvolgente, si estendeva sotto il mio corpo fino a inghiottirlo. Le coperte color mezzanotte impregnavano l'aria di una fragranza fortemente maschile, così inconfondibile da chiudermi la gola.

Perché ero nel letto di Andras?

Sollevai le dita solo per vederle spuntare dai lembi di una felpa nera.

Il cuore accelerò. Mi guardai intorno come se potessi chiamare a raccolta i miei ricordi, agguantarli e incastrarli tra i pensieri come pezzi di un puzzle. Mentre tornavo a incrociare lo sguardo di Olly, pian piano ricordai tutto.

Mi aveva portato lui a casa. Rividi il divano del suo salotto, le sue mani sul mio ginocchio, il modo in cui mi aveva parlato, come se fossi qualcosa che lo feriva e allo stesso tempo cercava di salvare.

Andras era sempre stato spietato in tutto, anche nel modo di esprimersi. Mi aveva sempre fatto capire che non significavo niente, che persino chiamarmi per nome era qualcosa che non voleva prendersi il disturbo di fare. Per lui ero sempre stata qualcuno da tenere alla larga, più di tutti gli altri, tuttavia...

La sera prima era stato diverso.

Lo avevo visto vulnerabile, autentico. Quasi rassegnato.

Mi aveva detto qualcosa che non potevo dimenticare. Quella confessione mi brillava dentro come un sole, come un raggio dorato che mi risplendeva attraverso la pelle: era un calore nuovo, che trascinava palpiti, che rendeva più intenso persino respirare.

Come potevo rappresentare una debolezza per lui?

Possibile che mi avesse mescolata a tal punto con il ricordo di Coraline da non saperlo più distinguere da me?

Olly mi sorrise. *Non sono lei. Non sono tua sorella,* e fu con uno strano dolore che rimasi a guardarla. Avrei dovuto andarmene e smettere di confonderla... Invece, portai il viso alla sua altezza e la fissai intensamente. Olly sbatté le palpebre quando, con espressione ferma, indicai me stessa e declamai: «Mireya».

«O*la*!»

«No. Mireya. Guarda: *Mi-re-ya*».

Lei mi abbracciò, tutta felice. Sospirai e la staccai piano, prima di sedermi a gambe incrociate. Con solennità, mi battei le mani sul petto e ritentai: «Mireya».

Io Tarzan, tu Jane...

Olly emise un urletto eccitato e batté le mani. La fissai imbronciata e capii che era inutile.

Con un briciolo di sconforto, decisi di alzarmi. Varcai la soglia del bagno comunicante e lo specchio mi strappò una smorfia: avevo il trucco sbavato, il viso sbattuto e le labbra screpolate, per non parlare delle occhiaie che raccontavano tutte le notti insonni degli ultimi giorni. Mi lavai la faccia e cercai di darmi una rinfrescata. Pian piano che le gote riacquistavano un po' di colore, gli occhi mi caddero sulla felpa. Il tessuto mi stringeva in un abbraccio profumato, avvolgente, così carico di lui da farmi deglutire a vuoto e formicolare le guance. Non avrei dovuto farlo, tuttavia socchiusi le palpebre e come una bambina affondai il naso nel suo odore, vergognandomi per il modo in cui mi piaceva.

Quando uscii, qualche minuto dopo, Olly aveva appoggiato la testolina al materasso e si era addormentata.

Lasciai la camera in punta di piedi. Andras doveva essere uscito un momento, perché il suo giubbotto era lì, sulla poltrona del salotto, insieme a un piccolo incarto bianco. Proprio sopra, un bigliettino giallo recitava solamente: 'Bestiolina'.

Deglutii e mi avvicinai. Incerta, sfiorai in punta di dita quel nomignolo vergato da una grafia autorevole e spigolosa, che manifestava tanto di lui, poi aprii la bustina. Davanti agli occhi mi comparvero due meravigliosi cupcake al cacao.

«Sono per me?» Stentavo a crederci. Per giunta il logo era quello della mia pasticceria preferita. Amavo i dolci e avevo una vera e propria ossessione per il cioccolato, ma lui non poteva saperlo... vero? «Mmh...» mormorai dopo un momento di titubanza, affondando il primo morso.

Un'insolita felicità mi ravvivò gli occhi. Che buoni! Spazzolai tutto senza tanti complimenti, leccandomi per bene le dita. Avevo appena mandato giù l'ultimo boccone quando dei rumori provennero dall'ingresso e Andras entrò.

Mi bastò rivederlo per sentire lo stomaco incresparsi all'improvviso. Mi immobilizzai come un animaletto spaesato, improvvisamente all'erta. Doveva aver fatto un salto al supermercato, perché aveva una busta della spesa sottobraccio. Ferma, stritolata da sensazioni ardenti, restai a guardare il ragazzo enigmatico e aggressivo che aveva appena varcato la porta. Sì, proprio quello che teneva lontano tutti, quello che mi faceva palpitare l'anima, quello che era innamorato di un'altra e le aveva consacrato l'unica cosa che fingeva di non avere: il suo cuore.

«Ti sei svegliata».

Trasalii. Andras attraversò l'appartamento ed entrò in cucina, e io dovetti sforzarmi di nascondere la stilettata dolorosa che per un attimo mi avevano inflitto i miei pensieri. Mi mordicchiai l'angolo del labbro e lo spostamento d'aria mi sfiorò i capelli quando mi passò accanto.

«Poco fa». Che imbarazzo... Avrei dovuto dire qualcosa di più, ma per qualche motivo percepivo lo stomaco serrato e le parole inciampare nell'incertezza. Non ero abituata a quella sensazione, motivo per cui impiegai più del dovuto a schiudere le labbra e pronunciare in un sussurro la domanda che mi premeva fargli.

«Perché sei venuto ieri?»

«Devi avere la memoria un po' confusa. Era un locale aperto a tutti».

Sbattei le palpebre. Il tono piatto e deciso mi colpì come uno schiaffo.

«Sai quello che intendo» farfugliai.

Andras continuò a darmi le spalle, tirando fuori la spesa dalla busta. Le mani, coperte dai guanti di pelle, posavano le cose sul bancone con la sicurezza autorevole di chi non si lascia scalfire da niente e da nessuno.

«Vuoi davvero fingere che non sia successo niente?»

«Perché? Cosa è successo? Non ricordo altro a parte il timore che mi vomitassi addosso».

«Non mi sembrava che te ne preoccupassi molto mentre mi mollavi sul divano di casa tua!»

«Ricorderai anche quanta voglia avevo di vederti alzare i tacchi, dal divano di casa mia, prima che me ne andassi a calmare mia sorella e tu ti ci addormentassi sopra».

Le mani tremarono e io serrai le dita. «Ma si può sapere che problemi hai?»

Non si degnò nemmeno di voltarsi. Di guardarmi. Di incrociare i miei occhi. Come se fossi un peso, qualcosa di fastidioso che non vedeva l'ora di mettere alla porta. All'improvviso mi sentii come un giocattolino da usare e gettare via, uno straccio con cui si era ripulito le mani già innumerevoli volte.

Le palpebre bruciarono. «A volte mi chiedo se tua madre non ti abbia insegnato cos'è l'empatia». A quelle parole lo vidi pietrificarsi. «Fammi indovinare, ora mi dirai che sono solo una ragazzina che vaneggia? Che non è accaduto nulla perché avevo bevuto e mi sono immaginata ogni cosa? Be', mi dispiace se non si sposa bene con la facciata da menefreghista totale, ma ricordo tutto perfettamente» sputai ostinata. «Io sono la tua 'debolezza'... Questo è quello che mi hai detto. Questo è il tuo 'niente' che tanto ci tieni a nascondere. Quindi puoi anche smetterla di fingere, perché resterò qui finché non ammetterai una volta per tutte quello che mi hai detto!»

Avrei solo voluto che mi spingesse al muro.

Che mi urlasse addosso, battesse i pugni e mi afferrasse rudemente i capelli.

Che mi dicesse che era tutto vero.

Che voleva me, sognava me, amava me.

Volevo che si arrabbiasse, che esplodesse, che mi confessasse ancora che ero il suo uragano, come se fosse qualcosa che gli ricordava l'amore.

Invece... mi accorsi che le sue spalle tremavano.

Con il cuore a mille, impiegai un attimo a capire.

Stava ridendo.

Andras si voltò, e mi guardò con una compassione così spietata da farmi contorcere le budella.

Lo capii dallo sguardo affilato come un coltello, da quella luce minuscola e piccolissima che per un istante... sembrò pregarmi di scappare via da lui, di non ascoltarlo e mettermi in salvo. Stava per farmi del male. E stava per farlo con tutta la cattiveria possibile, perché solo così io me ne sarei andata.

«Oh, non dirmi che ci hai creduto davvero».

Andras mi fissò divertito e un ghigno gli crepò le labbra.

«Hai davvero pensato che stessi dicendo sul serio? *Io?* Avrei dovuto immaginarlo, dopotutto. Con quegli occhioni disperati avresti elemosinato qualsiasi moina». Sussultai ferita e lui si avvicinò lentamente a me. «Vuoi sapere perché sono venuto? Mi facevi tenerezza, ecco tutto. Lì, con tutte quelle mani luride che cercavano di infilarsi nelle tue mutande, è stato troppo grottesco persino per me. È questo che volevi sentire? Cosa speravi che dicessi, che ci tengo? Che mi sono affezionato a te? Che provo... *qualcosa?*»

Sorrise spietato, e io mi sentii morire. *Fermati*, lo implorarono i miei occhi. *Fermati, ti prego, non farlo...*

«Che c'è, non dirmi che...» Una scintilla d'ilarità si accese nelle sue pupille. «Alla fine ti sei innamorata di me? Dell'uomo che dicevi tanto di detestare? Oh, devi proprio aver bisogno d'amore, visto che ti ho a malapena toccata. Che cosa è stato esattamente? Il mio bel carattere? I miei modi premurosi? O forse il fatto che per me sei sempre stata il ricordo di un'altra?» Rise, pugnalandomi ancora, e io scossi la testa. «Andiamo, Mireya, conosci già la verità, sai come stanno le cose. Non puoi davvero aver sperato in un finale diverso. Sai, ora che ci penso, dovresti davvero cancellarmi dalla tua vita... fingere che io non esista neanche. Anzi ti faciliterò le cose. Io tornerò a essere quello che sono sempre stato, tu la ragazzina che mi odia per lo stesso motivo. Era quello che volevi, no? Siamo contenti tutti. Oh, e quello che ho detto ieri era la verità» mi sussurrò nell'orecchio. «Non mentivo. Tu non sarai *mai* lei».

Lo spintonai via. Andras si allontanò e io cercai di trattenere tutto, tutto quello che stavo provando, ma le gambe tremavano e l'anima stava collassando. Senza respirare, gli occhi offuscati dalle lacrime e il dorso della mano premuto sulla bocca, strinsi le labbra e lo guardai in viso.

Fu uno sguardo impassibile che incrociai. Le pupille spente, vuote, spettatrici indecifrabili di quello che lui mi stava facendo. Sentii il dolore invadermi ogni vena e risucchiarmi via la vita; pregai di vedere una reazione, un guizzo addolorato sul suo viso, qualunque cosa che mi dicesse che stava mentendo, che non era vero, che lo diceva solo per farmi del male e non ammettere a se stesso che io invece *qualcosa* lo ero diventata, ma la sua indifferenza mi strappò quel velo dagli occhi e mi abbagliò con una verità ustionante.

Io non contavo niente, lui non provava nulla per me.

Un bruciore mi si propagò per la gola. In un impeto di follia sperai quasi che infierisse ancora. Almeno non mi sarebbe rimasto altro, almeno avrei potuto odiarlo per sempre.

Invece, Andras uscì in fretta dalla cucina e se ne andò.

Fuggì da me come se non potesse più vedermi, come se la mia sola presenza gli risultasse intollerabile. Lì, assordata da tutte le parole che aveva detto, con la lingua morsa a sangue e quel sentimento incastrato nel petto come una scheggia rossa, affogai in una sofferenza che mi travolse fino a consumarmi.

«Per me sei sempre stata il ricordo di un'altra».

E se anche un giorno avessi imparato di nuovo a parlare senza sentire quel dolore... se anche avessi imparato di nuovo a muovermi, a respirare, a rendermi conto che potevo ancora sbattere le ciglia, sollevare a fatica gli angoli delle labbra... se anche avessi visto che tutto di me era tornato come prima, che il sangue continuava a scorrermi nelle vene e persino la cicatrice sotto il mio costato aveva cominciato a sbiadire... quella ferita, quella scheggia insanabile, lei...

Sarebbe rimasta con me.

Non ci avevo mai creduto davvero.

Nell'amore, dico.

Non l'avevo mai ritenuta quella forza che salva il cielo, che domina l'universo.

Ero cresciuta con un bagaglio di fiabe come tutti, eppure qualcosa non mi tornava.

Perché il principe si innamorava sempre di una ragazza meravigliosa?

Perché lei era sempre dolce, ingenua e maltrattata, così irresistibile da incantare persino gli animali?

Forse ne incontrava tante, di fanciulle come lei. Ci danzava tutta la notte, ma nessuna aveva il suo sorriso, nessuna il suo spirito e i suoi capelli setosi. Lei era bella come un sogno, e proprio come un sogno gli si tatuava nell'anima, tracciando le fila di un amore che era soltanto loro.

Ecco, allora, che c'ero anch'io in quella fiaba.

Sì, ero proprio lì.

Io ero una delle tante che avevano danzato con il principe, ma che mai avrebbero potuto competere con quell'unico grande destino.

«Mireya. Sei in casa?»

Quelle parole mi raggiunsero oltre il fagotto di coperte in cui ero avvolta. Non avevo le forze di alzarmi. Non avevo mangiato, né fatto una doccia. Volevo soltanto stare sola.

«Sta' a vedere che quei due sono insieme...» disse esasperata la voce. Oltre il muro delle mie emozioni atrofizzate, la sentii sibilare qualche improperio prima di decidermi ad alzarmi e aprire la porta.

La figura si voltò di scatto, sorpresa di vedere che ero in casa.

«Zora» mormorai, atona. La mia voce risultò incredibilmente rauca. «Che cosa ci fai qui?»

«In realtà cercavo Andras. È evidente che non ho avuto fortuna».

Fissò i miei occhi intrisi di rossore, lo sguardo spento e l'aspetto dismesso. Distolsi lo sguardo e mi feci da parte per farla entrare.

Ancheggiò lentamente dentro mentre io richiudevo e lei si prendeva un momento per guardarsi intorno. Doveva aver letto la morte nei miei occhi al nome di Andras, perché inaspettatamente chiese: «Ti ha raccontato di Coraline?»

Io non risposi.

Zora accolse il mio silenzio con uno sguardo così mesto e consapevole che lo sentii entrarmi nella pelle.

«Sai...» Si leccò piano il labbro, persa nelle sue considerazioni. «Conosco Andras da quando è solo un bambino. Per certi versi, non è mai stato troppo diverso da come è adesso. Ho sempre avuto l'impressione che non sia possibile affezionarsi a lui senza odiarlo almeno un po'». La sua voce è lenta, tenue. «Nonostante non lo ammetterà mai... credo di essere la persona che lo conosce più di chiunque altro. Anche di se stesso». Puntò gli occhi nei miei, e mi guardò con calma sincerità.

«È stato lui a chiedermi di trovarti un posto dove stare. Ed è stato lui a convincermi più di una volta a non mandarti via».

Il mio cuore accelerò dolorosamente.

«Tu gli ricordavi qualcuno» continuò. «Non nell'aspetto, Mireya. Sì, potrete avere qualche dettaglio in comune, ma tu e lei... siete completamente diverse. È stato qualcos'altro, qualcosa che nemmeno lui riesce a capire». Zora fece un passo verso di me. «Tu gli hai ricordato qualcosa. Qualcosa che anche Coraline aveva, ma che lui si porta dentro da molto prima di voi due».

«Basta» sussurrai. Zora tacque e io mi voltai solo per mostrarle quanta sofferenza sanguinava dai miei pugni chiusi. «Non voglio più sapere niente. Niente. Se sei qui per parlarmi di come sono andate le cose, non devi preoccuparti. Lui mi ha già spiegato tutto. È stato fin troppo chiaro» sputai con più dolore che sangue in corpo, e lei, nel sentire quelle parole, aggrottò le sopracciglia.

«Quindi ti ha parlato di sua madre?»

Sua madre?

Cosa c'entrava adesso sua madre?

«E con Coraline... sai che cosa è successo?»

Lei se ne era andata, ecco cosa era successo. Zora non sapeva che avevo visto i filmati, ma in quei video c'era molto più di quello che Andras avrebbe mai voluto raccontarmi.

«Sì» risposi decisa.

«Allora sai tutto?»

«So tutto quello che devo sapere».

Per la prima volta, Zora mi parve spaesata. Mi guardò come se si aspettasse che aggiungessi altro, ma quando vide che non era così sembrò rivalutarmi. Non capii perché avrei dovuto reagire in modo diverso, ma lei era chiaramente sorpresa di vedermi tanto irremovibile.

«E questo... ti basta?»

«Mi basta sapere che non dovrò mai più chiedergli nient'altro» sibilai. Lei mi fissò un istante, poi abbassò il viso, rammaricata.

«Quindi alla fine è andata davvero come lui credeva. Pensavo fosse soltanto una sua convinzione, invece... Dire la verità... ha portato davvero a questo».

«Non avrebbe potuto portare a nient'altro».

Ma cosa pretendeva?

Che sarei rimasta lì, tutta tesa in punta di piedi, a elemosinare le briciole di quell'amore come una bestia che muore di fame? La gola si chiuse, gli occhi mi pizzicarono, ma non avrei pianto di nuovo. In quei giorni non avevo fatto altro, e non avrei ceduto ancora a quel nuovo lato di me.

Proprio in quel momento, il mio cellulare squillò.

Una chiamata dal centro. Era l'operatore che mi forniva gli

aggiornamenti sulle condizioni di mamma. Strinsi il telefonino tra le dita e risposi. Ultimamente la sua situazione era stabile, ma bastò un'occhiata per far capire a Zora che non avrei anteposto niente e nessuno a quella telefonata.

Durante lo sguardo che lei mi concesse, prima di andarsene, compresi qualcosa di me che avevo capito dopo molto, troppo tempo.

Non era vero che non ero in grado di amare.

Io avevo *sempre* amato.

Ma non era mai, mai stato sufficiente.

Quella sera, a turno finito, me ne stavo fuori dal locale a osservare le nuvolette di vapore che si condensavano nell'aria.

James e Ruby mi avevano chiesto che fine avessi fatto; ci era voluto ogni briciolo della mia volontà per sforzarmi di dare loro una risposta convincente.

Con le gambe irrigidite e il naso che si ghiacciava per la temperatura, ritardavo il mio ritorno a casa solo per sentire il freddo rallentare le mie emozioni. Avrei dato qualsiasi cosa per anestetizzare ciò che provavo, anche solo per un unico istante.

«Ehi».

Mi voltai per guardare negli occhi il ragazzo che era appena uscito dal locale e che, adesso, era in piedi a qualche metro da me. Alto, massiccio, con due occhi blu e un taglio di capelli a spazzola, mi osservava con un misto tra interesse e curiosità. Non mi era molto familiare. Doveva essere un membro della security.

«Non è un po' freddo per restare qui fuori?»

«Il freddo non è sempre un male. Aiuta a distrarsi».

«Ah. Dunque è una *distrazione* che cerchi, sul marciapiede la notte prima di Capodanno? Interessante».

Gli lanciai un'occhiata in tralice e lui mi rivolse un sorriso sghembo.

«Sono Sebastian. Sebastian Crest».

«Mireya».

«Sì, lo so chi sei». Si avvicinò a una grossa moto parcheggiata lì accanto, la camminata lenta, quasi scanzonata. Sganciò un casco dal manubrio e poi mi rivolse un'occhiata da sopra la spalla. «In realtà speravo di parlarti da un po'».

Notai che sembrava un tipo molto diretto. Uno di quelli che sanno esattamente cosa vogliono dalla vita, e non si fanno problemi per cercare di ottenerlo. Perché d'un tratto mi stava parlando?

«Il tuo arrivo è stato... interessante. Sei quella che ha preparato il drink a Toshikawa e nella stessa serata ha tirato un ceffone all'unico uomo che risulta intoccabile per chiunque qui dentro. Non sei proprio una che passa inosservata».

«Non cercavo di farmi notare».

«Non ci sei riuscita...»

Mi strinsi nel cappotto, sondandolo con lo sguardo. Le sue pupille scivolarono sul mio viso, sul mio corpo, infine tornarono nuovamente sul mio viso, sulla mia espressione diffidente e corrucciata, accompagnate da un sorrisetto che si aprì lentamente sulla sua bocca. Inclinò il capo e si avvicinò.

«E questo mi piace».

«Scusa, come?»

«Non ci girerò intorno. Non è da me. Potrei dirti che mi interessi, o potrei mentire. Che cosa preferisci?»

La mia reazione fu a metà tra l'accigliato e lo sdegnato.

«Quante poverette hai portato a letto così?»

Lui rise. Si mise una mano sul cuore, stuzzicato dal mio modo di fare. «Lo dici come se fosse un male...» azzardò, ma quando vide che ero seria sollevò le spalle. «Con le donne mi piace divertirmi. Non ne faccio mistero. Ma più di tutto, mi piacciono le ragazze che non si fanno problemi ad ammettere la stessa cosa». Socchiuse gli occhi in maniera affascinante, cercando di capire se potessi essere esattamente quello che cercava. «Non sono qui a dirti che ti regalerò dei fiori e ti porterò a cena, ma forse posso offrirti qualcosa di meglio...»

«E cosa?»

Lui allineò il viso al mio e soffiò: «Una *distrazione*».

Il mio sguardo si agganciò al suo. Nel mio cuore alluvionato, quelle parole trovarono una crepa che si riflesse dritta dentro i miei occhi.

Liberami, toglimi tutto: questo era ciò che urlava la mia anima. Tentai di innalzare la mia corazza, ma lei strillava con tutta la voce che aveva e la mia esitazione permise a Sebastian di sollevare una mano per carezzarmi una ciocca di capelli.

«Allora... che ne dici di venire con me alla festa di Capodanno?» sussurrò, cogliendo la confusione nei miei occhi. Si piegò su di me, pregustando la vittoria, giusto un istante prima che un sibilo intimidatorio ci interrompesse.

«*Crest*».

Un terremoto nel cuore. Mi voltai con la sua mano ancora vicina, il suo respiro ancora sulla mia pelle.

A pochi metri da noi, un volto livido ci fissava da sotto l'insegna luminosa del Milagro's. *Andras*. I lineamenti erano in controluce, ma i suoi occhi violenti tagliavano la notte.

Aveva... un aspetto diverso. Le palpebre cerchiate di scuro, uno strano tormento incastrato nelle pieghe degli occhi. Come se non dormisse da giorni.

«È tardi» ordinò. «Domani non sono ammessi sconti sulla puntualità».

Non guardava me. Le pupille acuminate tenevano sotto tiro Sebastian, ogni centimetro del suo corpo vicino al mio.

«Non tarderò».

«Allora vai a casa».

Sentii una ventata di ribellione montarmi in gola. Sebastian fece per allontanarsi, ma in quel momento la mia mano lo bloccò.

Strinsi con decisione il suo polso tra le mie dita, e gli occhi di Andras ci scattarono sopra come dardi incandescenti.

«*Tu non sarai mai lei*» mi aveva detto.

E mai come in quel momento desiderai mostrargli quanto avesse ragione.

Io non ero Coraline.

Non ero la principessa di una favola.

Io ero tutto, tutto tranne che quella ragazza ingenua e disponibile per cui mi aveva confusa. E lui, dall'alto della sua fortezza intoccabile, dal pulpito irraggiungibile di quell'amore che mi aveva sbattuto in faccia come il più feroce degli schiaffi, lui questo... non poteva togliermelo.

No, non questa volta.

«Sai una cosa?» Tornai a guardare Sebastian, determinata. «Ci sto».

Gli presi il casco integrale dalle mani. Lui mi fissò sorpreso quando, scrollando i capelli lunghi, me lo infilai in testa. Incurvò le labbra e insieme ci dirigemmo alla moto e salimmo in sella.

Con sguardo di sfida, mi voltai verso Andras e mi piegai per schiacciarmi su Sebastian e circondargli il torace. La visiera fu l'ultima cosa che calai, prima che lui sgasasse e partissimo nella notte in un rombo di motore.

Hai vinto, Andras Riker.

Noi due... non siamo più niente.

6
Come calamite

Il suo sguardo era magnetico,
ma era la sua follia a renderlo indimenticabile.

«Non lo so. Dite quello che volete, ma a me questa situazione puzza».

«Quale situazione?» domandò Ruby.

«Quel Sebastian... è un viscido. Sembra uno di quelli che si finge interessato alle tue scarpe solo per chiederti le foto dei piedi. Non so se capisci cosa intendo».

«Oh, mio Dio. Ma tu non stavi dormendo?»

James sbuffò dal piano di sotto. Seduto sul divano del salotto di Ruby, prima si era assopito abbracciando un cuscino a forma di polpo, poi, ridestatosi come una soave fanciulla, aveva cominciato a elargirci le sue perle di saggezza lette sul calendario filosofico.

«Sono l'unico a pensare che se la crede un po' troppo? 'Vieni con me alla festa di Capodanno...', ma per piacere. Quello deve abbassare la *Crest*, te lo dico io. Sei sicura che non ti abbia drogata, Mireya?» domandò a voce più alta.

Sollevai gli occhi al cielo.

Continuando a ignorarli, osservai il mio riflesso nel lungo specchio nell'angolo. Ruby aveva emesso un gridolino quando le avevo chiesto se poteva prestarmi quel bellissimo vestitino nero, ma avevo decisamente sottovalutato la situazione.

Il corpetto mi strizzava con audacia il seno, sollevandolo sotto le clavicole, e addosso aderiva a tal punto che i fianchi e le natiche sembravano molto più formosi del solito. Un'occhiata di puro terrore andò alle scarpe, un paio di tacchi alti in raso con doppio plateu.

«Merda».

Stavo già armeggiando con la cerniera per toglierlo, quando Ruby sbirciò dentro al bagno.

«Mireya? Hai...» Inspirò e si coprì la bocca. Io mi voltai con le narici allargate e bianca in volto come se fossi stata beccata in una retata della polizia. «Oh, cielo. Sei... Stai benissimo» esalò. La guardai come se fosse impazzita, perché era ovvio che non avesse notato un piccolo dettaglio: ero praticamente nuda!

«Hai visto dove mi arriva?»

«Sì. E con questo?»

«Ho... mi sono sbagliata. Non posso metterlo».

«Ora non essere sciocca».

Sbattei le palpebre sconcertata. Ruby mi fissava con durezza, come se in qualche modo il mio atteggiamento o le mie parole l'avessero offesa.

«Sai cosa mi sembra, a volte? Che tu abbia il timore di farti notare. Di dare nell'occhio e prenderti la responsabilità dei sentimenti degli altri. I complimenti ti fanno arrabbiare perché ti mettono in imbarazzo e li rifiuti come se fossero una calunnia. Ma perché non puoi semplicemente accettare che stai bene con un bel vestito? Perché devi frenarti per forza?»

Tacqui, colpita, e lei rimase in attesa, osservandomi con un'espressione a metà tra la sfida e il dispiacere. Gli occhi celavano un rimprovero che non mi aveva mai rivolto prima. «Essere attraenti non significa essere vulnerabili, Mireya».

Chinai il capo. Non mi sarei mai aspettata parole simili da lei, ma in qualche modo... sentii che erano vere.

Ruby non poteva sapere che mi ero sviluppata molto presto, molto prima delle altre ragazze, e questo aveva giustificato spesso commenti spinti e inappropriati da parte dei miei compagni di scuola. Persino certi professori mi guardavano come se fosse colpa mia se loro si distraevano in classe.

Rifiutare qualsiasi apprezzamento era diventata un'abitudine per me, ma non mi aspettavo che lei lo capisse.

«Se qualcuno ti fa sentire sbagliata per ciò che sei, il problema è soltanto suo. Non chiedere mai scusa per questo. Mai».

Mi prese la mano e me la strinse.

«Vieni». Sentì le mie dita irrigidirsi, ma serrò la presa con più forza per impedirmi di ritrarmi. Mi fece sedere su un pouf accanto alla porta e aggiunse: «Ora manca soltanto una cosa».

Il suo sorrisetto mi fece venire i sudori freddi. Ruby sfoderò quella che sembrava una coppia di reggicalze rossi, ma sperai sul serio di sbagliarmi.

«Sei matta? Stai alla larga da me!» Mi alzai in piedi e strisciai contro il muro per sfuggirle, ma Ruby fu più veloce e mi agguantò come un serpente. Un grazioso, sorridente, diabolico serpente. Sbatté le ciglia e si inginocchiò davanti a me con un'occhiata vittoriosa.

«Suvvia» celiò, sollevando l'indice come un'adorabile maestrina. «È la notte di Capodanno, ci vuole un dettaglio rosso. Io metterò l'intimo, ma visto che tu non ce l'hai...»

Troppo sconvolta persino per parlare, rimasi immobile mentre mi faceva scivolare le giarrettiere su per ciascuna coscia. Sollevò con delicatezza l'orlo delle autoreggenti e ci agganciò le clip. Osservai con espressione sconvolta quei due nastri elastici di pizzo fiammante che ora sostenevano i miei collant.

«Tu... tu...» Una vampata di calore mi salì al cervello e meditai di usare i tacchi come arma contundente.

Ruby evidentemente non vedeva l'ora di essere abbattuta con un tacco quindici, perché lisciò il vestito e bofonchiò: «Tanto non si vedono neanche...»

Dovetti trattenermi sul serio dal rimangiarmi tutto e rinunciare all'appuntamento.

«Lo so cosa stai pensando» mi anticipò, beccandosi un'occhiataccia in risposta. Ruby si aggrappò al retro delle mie ginocchia, avvolte dalle calze velate, come a tenermi ferma. «Ma stai zitta un attimo, fammi il favore e guardati».

Sollevai uno sguardo restio e fissai l'immagine nello specchio.

Vidi una creatura vestita di velluto. Di grazia cruda e scintillante. Mi aveva truccata, e l'incarnato acceso e naturale delle mie guance risaltava sotto la spolverata di ombretto scuro. Una linea nera rendeva i miei occhi ancora più allungati e sensuali, e le labbra risaltavano sotto il rossetto color carne, tanto da sembrare ancora più turgide. I capelli ricadevano lungo la schiena in una cascata di onde brune e lucide, incorniciandomi il viso e le spalle scoperte.

«Sei da mozzare il fiato». Ruby sorrise. «Fidati di me, per favore».

Le sue iridi catturarono un filo sdrucito della mia anima, che ancora fluttuava al vento. Non risposi, eppure, mentre tornavo a fissare la mia immagine, un unico pensiero mi pervase.

Non mi interessa che gli altri vedano, Ruby. Perché io loro non li vedo neanche.

Ma in questo momento darei qualunque cosa per sentirmi meglio, per convincermi che Andras per me non conta niente.

E se è questo che serve, se è questo che devo fare per togliermi di dosso l'ombra soffocante di Coraline, io...

Ho bisogno di provarci.

Ruby mi strizzò le ginocchia, elettrizzata, poi si alzò in piedi e corse a vestirsi. Scivolò dentro un abito corallo, un paio di scarpe dorate e una spolverata di trucco luminoso, e dopo aver cotonato i ricci mi strizzò l'occhio e afferrò la borsetta, seguendomi giù per le scale.

«Finalmente. Stavo per addormentarmi di nuovo...»

James sollevò le sopracciglia quando mi vide. Anche lui si era messo in tiro: indossava una camicia e un paio di pantaloni antracite. Lo fissai con sguardo di sfida mentre scendevo aggrappata al corrimano, e quando scorsi un sorrisetto farsi strada sulle sue labbra assottigliai le palpebre.

«Se ridi ti strozzo».

«La tua delicatezza è sempre un toccasana». Mi porse la mano per aiutarmi a scendere e la accettai, facendo gli ultimi gradini. «Stavo per dirti che sei un colpo al cuore, ma va bene, non dirò nulla...» Mi rifilò un ghigno trionfante quando capì di aver vinto quel giochino idiota, e la mia espressione truce lo fece gongolare. L'istante dopo, però, lui tornò a voltarsi e quella smorfia scivolò via.

Ruby gli sorrise. Mentre scendeva le scale, gli tese la mano e James la prese con uno slancio spontaneo, improvvisamente concentrato a non farla cadere. Lasciò che lei ci raggiungesse e fu uno sguardo quasi assente che le concesse, prima di fissarsi i piedi.

«Oh. Anche tu stai bene, Ruby» buttò lì. Eppure era splendida con quell'aureola di riccioli che le incorniciava le guance e il tubino che le lasciava scoperta la schiena e le braccia sottili. Lei incurvò le labbra e la sua luce brillò come un piccolo paradiso racchiuso nella stanza.

James le diede le spalle. Lo osservai accigliata, chiedendomi che stesse facendo, ma lui si avviò alla porta e ci precedette fuori.

Il Milagro's era ancora addobbato per l'ultima serata dell'anno.

Brillantini e coriandoli dorati ammantavano il suolo, e i miliardi di riflessi del lampadario rendevano il soffitto un immenso cielo stellato. Era stato un evento all'insegna del lusso, ma ora il locale sembrava aver cambiato pelle: la musica era altissima, e l'oscurità, fusa allo scintillio dei cristalli che rimbalzava sulle pareti, sul pavimento e persino addosso alle persone, lo faceva sembrare l'antro cupo e sfavillante di un tesoro.

«Ehi, dicono che tu sei il barista. È vero?» Due ragazze si avvicinarono a James. Doveva averle imbucate qualcuno dello staff, perché non ricordavo di averle mai viste. Lui le squadrò da capo a piedi e poi sguainò un sorriso da volpone.

«Sono James. Ma voi potete chiamarmi... *presto*». Strizzò l'occhio a entrambe e loro ridacchiarono.

«So che stasera ognuno si serve da solo al bar, ma potresti farci un drink? Io e la mia amica siamo negate».

«Ma certo...» Mise un braccio intorno alle spalle di tutte e due mentre si dirigevano allegramente a bere a spese della nostra cassa comune. Zora non aveva permesso che attingessimo alle sue riserve, motivo per cui ognuno di noi aveva contribuito alla colletta per l'acquisto di alcol per la serata.

«Avrei dovuto fargli una foto mentre sbavava abbracciato al tuo polpo di pezza...» borbottai. Ruby ci mise un istante di troppo ad abbozzare un sorriso.

«Già...» mormorò flebile, guardandolo allontanarsi. Sembrava che per un attimo avesse sperato che sarebbe rimasto con noi. «Vieni, andiamo da Camille».

La ragazza in questione era intenta a parlare con alcuni colleghi. Ci avviammo in quella direzione, quando d'un tratto due mani mi afferrarono per i fianchi e io mi irrigidii. Prima che potessi divincolarmi con forza, un volto si accostò al mio orecchio e mi parlò con malizia.

«Ciao, splendore».

Storsi le labbra e mi voltai. Sebastian inclinò il capo. I suoi occhi lampeggiarono nel percorrere tutto il mio corpo, e lui scosse lentamente la testa con un sorriso incredulo.

«Wow... Sei bellissima». Si piegò sul mio viso, respirandomi addosso. «Balli con me?»

Mi strinse con possesso. Il mio corpo si inarcò e protestò con ogni fibra del suo essere, per nulla abituato a farsi toccare.

Eppure ad Andras lo hai permesso.

Hai permesso che ti toccasse, che ti frugasse con foga i vestiti, che ti sfiorasse la carne fino a toglierti il respiro... hai lasciato che ti tirasse i capelli, che ti reclinasse il viso e ti piegasse a tutto ciò che lui desiderava...

Che tu desideravi.

E ora è questo che temi.

Che nessun altro possa toccarti.

Che tu voglia soltanto il suo tocco, il modo preciso in cui solo lui ti sa stringere, in cui solo lui sa farti tremare...

Conficcai le dita nelle braccia di Sebastian, la frustrazione che mi avvelenava il cuore.

Avrei voluto liberarmi di quei pensieri, scagliarli via, ma, come se non bastassero, in quel momento qualcosa catturò la mia attenzione.

I ragazzi della sicurezza stavano facendo il loro ingresso in sala.

In quel marasma di corpi indistinti, fu solo uno di loro a calamitare il mio sguardo.

Una presenza imponente, oscura, che da sola riuscì a sprigionare un fascino ardente.

Andras avanzò tra le luci stroboscopiche. Da qualche giorno al collo si intravedeva il cordoncino di una collana che non ricordavo di avergli mai visto, ma il ciondolo spariva oltre i bottoni, questa volta di una camicia nera arrotolata sui gomiti. Quella sera non indossava i guanti, ma aveva degli anelli d'acciaio che gli adornavano le mani: i pantaloni scuri e la cintura di cuoio completavano uno stile aggressivo e tagliente, che faceva risaltare ancora di più la sensualità feroce del suo viso.

Sentii il cuore bombardarmi il petto.

«Pensavo che non sarebbe venuto...» disse una ragazza alle mie spalle. Andras si guardò intorno e le sue iridi azzurre fendettero la folla. Distolsi lo sguardo un attimo prima che incrociasse i miei occhi.

«Sì. Balliamo» risposi decisa a Sebastian. Poi, dando le spalle all'entrata, lasciai che mi conducesse sotto al palco, dove la gente si stava scatenando.

Le sue mani furono subito su di me, ma mi costrinsi a non respingerle. La mia anima soffiò, la pelle sembrò protestare, ma imbavagliai quelle reazioni e rimasi dov'ero.

E poi...

Poi chiusi gli occhi e ballai.

Il mio bacino ondeggiò, le gambe si piegarono lentamente e io mi lasciai trascinare dalla musica profonda e sensuale che vibrava attorno a me. Ballai con Sebastian, con il suo respiro che si fondeva al mio e i nostri corpi stretti nella calca pulsante. Dimenando i fianchi, mi leccai le labbra mentre i capelli sciolti mi scivolavano lungo una spalla. Il vestito aderente evidenziava le mie anche, ogni movimento flessuoso della mia schiena. Sollevai la chioma inclinando il viso, poi mi voltai, mi appiccicai a lui e mi strusciai lungo il suo torace.

A quel punto, aprii gli occhi.

Lampi di gelo incendiarono l'aria; un'energia violenta e siderale, scaturita da un paio di pupille incandescenti, mi ghiacciò fino alle ossa.

Andras aveva una mano in tasca, l'altra chiusa in un pugno lungo il fianco, così rigida da trasmettere un'enorme tensione. Fermo, ancora stagliato sulla soglia, mi fissava da sotto le sopracciglia scolpite, la mandibola serrata e il volto segnato da quel tormento inspiegabile che si portava addosso da giorni.

I suoi occhi non guardavano il mio corpo.

Non guardavano il movimento dei miei fianchi, delle mie braccia o il modo in cui i capelli mi oscillavano dappertutto.

No.

Guardavano dritti dentro i miei come fossero due armi da fuoco. E lui fosse loro ostaggio.

«Mi fai impazzire». La voce di Sebastian mi giunse all'orecchio carica di lascivia. Stavamo ballando come tante altre persone attorno a noi, eppure continuai a puntare Andras come se in tutta la sala lui fosse l'unico presente.

E finalmente lessi la mia vittoria.

La vidi guizzare nelle nocche contratte, su per gli avambracci innervati di vene, nei bicipiti che tendevano il tessuto della camicia, mentre i lineamenti, intrisi della sua bellezza diabolica, risucchiavano la mia attenzione in un vortice infernale. Sembrava che tutto intorno l'atmosfera vibrasse, sul punto di esplodere. Per un momento, pensai che sarebbe venuto lì, si sarebbe fatto largo a forza e avrebbe dato sfogo a quella furia. Lui stesso sembrò lottare contro l'impulso di sgomitare tra la gente, allontanare Sebastian, e...

Cosa?

Cosa avrebbe fatto?

Che cosa sarebbe successo?

Non lo sapevo neanch'io. Continuai a ballare, spinta dalla smania di costringerlo ad abbandonare l'atteggiamento strafottente e derisorio che mi aveva sempre riservato, ma l'istante dopo, quasi con violenza, Andras distolse gli occhi da me e sparì oltre la porta, come se si stesse costringendo ad andarsene.

«Vuoi da bere?» soffiò Sebastian nel mio orecchio. Percepivo il suo corpo estraneo premermi addosso, il suo fiato umido sul collo. All'improvviso, non riuscii più a tollerare di sentire le sue mani vagare sul mio corpo, prendersi il calore della mia pelle. Con la scusa di prendere un po' d'aria, mi liberai dal suo tocco.

Mi allontanai prima che potesse seguirmi; solo quando fui abbastanza lontana mi voltai, trovandolo addosso a qualcun'altra.

Concessi a me stessa un istante per respirare. Il cuore mi batteva un po' troppo forte; provavo una sensazione strana, vivida e irrequieta.

Potevo ancora sentire gli occhi di Andras su di me, la vampa dirompente con cui mi aveva guardata, accesa, e mi aveva spinto il cuore giù per un pendio scosceso. Sentivo addirittura il suo profumo nell'aria, intenso e seducente, come se lui fosse lì, intrappolato nell'ossigeno...

Non lo avevo mai visto così fuori di sé. Persino le volte che aveva esternato la sua parte peggiore, agito d'istinto e sguinzagliato la sua follia, Andras era sempre stato padrone di ciò che mostrava agli altri.

Accorto e manipolatore.

Un perfetto angelo del caos.

Ora, invece...

Era come se non avesse il dominio sulle sue emozioni, come se per una volta queste non si incastrassero con il disordine perfettamente disegnato che aveva sempre tenuto imbrigliato con una mano, trionfante, stravaccato sul trono del suo inferno.

«Ma che cosa ti sta succedendo?» In quel momento, nel corridoio deserto risuonò una voce attutita.

Mi tesi. Quasi immediatamente, realizzai che veniva dalla porta chiusa accanto alla stanza riunioni. Era il magazzino. Avvicinandomi piano, distinsi il timbro autorevole e inconfondibile di Zora. Oltre il battente di metallo non proveniva altro suono, segno che forse stava semplicemente parlando al telefono.

«Sono in debito con te e puoi anche non reputarmi un'amica, ma lo vedo quando qualcosa ti dà il tormento». Il mio respiro si intensificò. Deglutii, e l'ipotesi precedente si frantumò nell'intuire che invece lì con lei dovesse esserci Andras. Non avrei dovuto ascoltare, ma le mie gambe si ancorarono sul posto, e fu più forte di me appoggiare una mano alla porta e accostarci l'orecchio. «Da quant'è che non dormi?»

Non riuscii a udire la sua risposta. Riconobbi la sua voce bassa, ma la risposta fu così secca che non fui in grado di distinguere le parole. Socchiusi gli occhi e mi concentrai meglio.

«Non puoi andare avanti così. Sei fuori controllo, e nemmeno te ne accorgi. Non lo vedi? Sei incattivito, irascibile e molto più aggressivo del solito».

«Sto benissimo».

«Ma non dirmi cazzate! Hai l'aria di uno che non si riposa da giorni, mi chiedo come tu riesca a reggerti in piedi! Vai via tardissimo, vivi di caffeina, sembra quasi che tu abbia paura di dormire!»

Sentii una contrazione alla pancia. Ora mi spiegavo gli occhi arrossati, le ombre che gli incupivano lo sguardo, e l'ostinazione sfibrata che gli appesantiva le palpebre. Mi chiesi cosa potesse essere a turbarlo così, e fu una vocina minuscola e angosciata a ricordarmi di Coraline.

Mi morsi le labbra, portando una mano allo stomaco. Il nulla che seguì fu scandito solo dai battiti amari del mio cuore, fino a quando udii Zora domandargli: «Cos'è che temi che succeda, quando ti addormenti?»

Una serie di urla eccitate proveniente dalla sala mi fece sobbalzare. I festeggiamenti stavano andando avanti senza di me eppure, dopo essermi guardata un attimo alle spalle, rimasi comunque lì, incapace di tornare indietro.

Avevo ballato con Sebastian soltanto per provocare Andras, soltanto per tentare di restituirgli un briciolo del dolore che lui aveva inflitto a me, tuttavia, ora che lui stava soffrendo davvero, cominciavo a capire quanta disperazione ci fosse nel desiderare che qualcuno ci ami.

L'amore mi era cresciuto dentro come un fiore. Testardo e disperato, aveva spaccato la terra, si era insinuato tra le crepe, forgiato da quel deserto inospitale che era il mio cuore. Era diventato parte di me. E io ero stata una sciocca nel credere che sarebbe bastata una tempesta a farlo appassire.

«Il giorno in cui invece di distruggere te stesso deciderai di fidarti di chi ti è vicino saprai dove trovarmi...» sibilò Zora arrabbiata, forse per la risposta che lui le aveva dato. Ritornai al presente troppo tardi: i suoi passi crebbero tutto d'un tratto e la porta si aprì.

Rimasi immobile quando lei mi fissò negli occhi. Pallida, mi aspettai di vederla rivolgermi uno sguardo truce o un rimprovero aspro; invece, lanciò un'occhiata eloquente al ragazzo alle sue spalle e poi se ne andò.

Inghiottii un groppo di saliva mentre lei si allontanava. Subito dopo, i miei occhi si posarono su di lui.

Andras mi guardò con ferocia, e la sua calma apparente fu in grado di intimorirmi.

«Ti sei divertita?» indagò. Quel tono crudele e beffardo mi fece accelerare i battiti.

«Sì, molto».

«Aspetta, rettifico». Si avvicinò a passo lento, le labbra che si sollevavano in un sorriso velenoso. «Ti sei divertita a strusciarti addosso a un altro mentre *guardavi me*?»

Non abboccai. Non glielo permisi. Nascosi la mia soggezione e, per la prima volta, un ghigno da vera stronza mi vergò le labbra. Incrociando le braccia al petto, indossai la mia corazza senza preoccuparmi delle frecce che ci sarebbero rimbalzate sopra, colpendo gli altri.

«Forse dovresti chiederti perché *tu* stavi guardando me. Aspetta, fammi indovinare. Compassione?» risposi sprezzante, servendogli la sua stessa medicina. «Ora scusami, ma ho di meglio da fare».

Non era vero un cavolo, ovviamente. Preferivo restare lì a urlare addosso a lui che ballare con qualunque altro uomo ci fosse nel locale, ma non lo avrei mai ammesso.

Preferivo bruciare in quel fuoco che crogiolarmi in paradiso.

Preferivo battagliare con lui che ridere con un altro.

E preferivo il suo stravagante 'Bestiolina' a qualsiasi 'Splendore' mi fosse mai stato rivolto.

Gli diedi le spalle e lui mi afferrò. Un vigore indomito si scontrò con le mie mani quando gli finii contro il torace muscoloso, posando i palmi sui pettorali solcati dal cordoncino della collana. Soppressi a stento un ansito sorpreso. Il calore del suo corpo mi investì con veemenza, mentre mi tratteneva contro di sé, bollente e furioso.

«Tu stai sempre in mezzo. Ai pensieri, ai sogni, ovunque». Si rivolse a me come se fossi la causa di tutti i suoi mali, e io sentii una fibrillazione al petto. Il cuore prese a dimenarsi agitato, ma lo tenni a freno e soffiai di rabbia solo per impedirgli di offuscarmi e illudermi ancora.

«Io?» replicai. «Credo che tu mi confonda con la donna che immagini di rivedere la notte».

«La notte...» Il suo sussurro mi fece venire i brividi. Non capii cosa avessi detto di sbagliato, ma i suoi occhi si tinsero di una crudezza inquietante e Andras incurvò le labbra in un sorriso selvaggio, capace di mozzarmi il fiato. Mi irrigidii. Con quella curva affilata ancora sul viso, lui mi strinse a sé e si piegò sul mio collo, parlandomi contro l'orecchio.

«Vuoi sapere che cosa sogno, Mireya? Vuoi sapere che cosa *vedo*, ogni singola *notte*?» Tremai, incapace di capire, e per la prima volta non riuscii a comprendere il suo comportamento. «Sogno una ragazza mora, bellissima, avvolta da un vestito che finisco per strapparle di dosso sempre troppo in fretta. Lei ha il sorriso più abbagliante del mondo, ma il destino vuole che io non lo ricordi mai. Fa parte del gioco. È la mia personale punizione» sussurrò con rabbioso sarcasmo, e io quasi non riuscii a riconoscerlo. «Non mi dà tregua, mai. Quando chiudo gli occhi, so già che lei sarà lì ad aspettarmi. E sai qual è la cosa più frustrante? Ciò che mi fa andare sul serio fuori di testa? Vuoi che te lo dica?» Mi irrigidii ma Andras mi tenne ferma, tendendo i muscoli del polso spigoloso. «Lei ha il tuo viso».

Strinsi la presa sulla sua camicia e lui continuò a parlarmi in quel flusso di rabbia smodata. «Non quello di Coraline. Il tuo. Ogni dannata volta, lei ha i tuoi occhi, la tua bocca e i tuoi lineamenti. E io ci provo a vedere un'altra, ma vedo te. Oh, già, questo mi sono dimenticato di dirtelo l'ultima volta» rise, fuori di sé, sembrava esaurito. La mia anima lo fissò sconvolta.

Che cosa gli prendeva?

«Non importa quanto abbia cercato di mandarti via, di cacciarti fuori a calci, tu torni sempre. Hai cominciato a divorarmi i sogni. E io che nella realtà posso allontanarti in tutti i modi possibili, da lì non so buttarti fuori. Resto lì dentro con te. E lo sai qual è la cosa che non posso ammettere? Che per una volta... non devo nemmeno *fingere*. Almeno lì, fuori da ogni imposizione che ho inflitto a me stesso, io sono libero di fare esattamente ciò che desidero...»

La sua mano si infilò tra i miei capelli e li strinse, mentre spingeva quelle parole tra i denti.

«Vuoi sapere cosa immagino, bestiolina? Vuoi sapere... cosa sogno di *farti?*»

Lo schiaffo fu una reazione del tutto involontaria. Il suono rimbombò nella stanza vuota e ci lasciò sconvolti entrambi.

Oh, mio Dio.

Non sapevo nemmeno perché lo avevo fatto. Incredula, lo fissai con il fiato sospeso, le gote accaldate e il cuore che pulsava ferocemente nella gabbia toracica.

Lui... Lui mi aveva appena confessato...

Andras respirò pesantemente, la guancia rossa e gli occhi sbarrati, saturi di stupore. Una tempesta di emozioni gli infiammò lo sguardo e quel gesto arse come una miccia nelle iridi torbide.

Non feci in tempo a registrare quanto appena accaduto che inciampai nei suoi stessi passi, i nostri ansimi si mischiarono e la sua stazza immensa mi sovrastò. Una vertigine potente mi penetrò il cuore quando le sue mani mi afferrarono frettolosamente il viso.

Le nostre labbra si schiantarono.

Un'estasi urlante esplose e tutto divenne fuoco e stelle. La sua lingua si spinse con urgenza nella mia bocca, invadendomi fino al palato, come se avesse aspettato per troppo tempo quel momento. Il cervello andò in tilt.

La mia ragione venne completamente offuscata dallo slancio con cui mi cercò e mi tolse il respiro.

Mi baciò come se volesse strapparmi il cuore, come se desiderasse agguantarmi l'anima e dipingere di quella luce tutti i suoi tormenti. Mi tremarono le gambe, la schiena si inarcò fin quasi a fare male e lì, con le sue labbra morbide che mi divoravano affamate, con il suo sapore inebriante e l'angoscia che gridava tutto quello che non aveva il coraggio di ammettere, io provai un'emozione così potente che il respiro mi mancò. E, che Dio mi perdoni, chiusi le palpebre e gli artigliai le spalle ampie, graffiandolo con le unghie per la foga di attirarlo a me e ricambiare con il medesimo struggimento. Mi tesi verso di lui, inclinai il volto per lasciare che la sua lingua mi penetrasse più a fondo, poi, con le mani tra i suoi capelli, mi avvinghiai ancora di più, come se ne andasse della mia vita.

Non importava che solo pochi minuti prima ci fossimo sfidati, provocati o istigati per affermarci l'uno sull'altra; non importava se stavo consegnando il mio cuore a un'illusione straziante che mi rendeva una sciocca o una sognatrice, perché tutto quello che contava in quel momento era difendere quel nudo sentimento che stava battagliando dentro di lui.

Lo stesso che sentivo lui provava per me, lo stesso che stava cercando di rinnegare, e che io, caparbia, continuavo a imprimergli con le labbra e tutto il trasporto di cui ero capace.

Non dobbiamo per forza essere luce.

Possiamo essere a tratti oscuri. In fondo anche i sogni devono essere protetti dai primi raggi del sole.

E io...

Io non voglio i complimenti degli altri.

Non voglio che mi corteggino o le loro attenzioni.

Voglio i baci che sembrano una guerra.

Voglio i sentimenti che non siamo in grado di dirci.

E tu... tu sbraita, sognami, e mozzami il respiro, fa' del mio cuore il tuo disastro più grande, ma ti prego, scegli me.

Perché, se è vero che l'amore è una follia, allora io la testa l'ho già persa da tempo...

Mi sollevò e le mie gambe gli avvolsero la vita. Il mio fondoschiena strisciò a sedere su alcune casse piene di bottiglie e io gli tirai i capelli così forte che lui gemette nella mia bocca, un ringhio basso ed eccitato che mi contrasse le viscere.

Le sue dita esigenti mi agguantarono le cosce, ma sembrò bloccarsi nell'istante in cui avvertì sotto i polpastrelli la presenza di qualcosa di piccolo e metallico. Quando si accorse di cosa stavo indossando, parve avere un mancamento.

Uno spiraglio di lucidità si infilò tra i miei pensieri sconnessi. I polmoni mi dolevano e mi staccai un istante per cercare aria; le mie gambe lo strinsero ancora a me, ma Andras mi lasciò andare e indietreggiò bruscamente, come se in quel momento non riuscisse a starmi a una così breve distanza senza cedere al bisogno di toccarmi. Ansimava, forte, aveva i capelli spudoratamente scompigliati, la camicia da cui era saltato un bottone e le labbra rosse, stravolte dai miei morsi. Ai miei occhi non era mai stato più bello di così.

«Dimmi di andarmene» ordinò intransigente. «Dimmi che vuoi tornare da quel deficiente».

Le sue parole risuonarono come una supplica. Il cuore mancò diversi battiti. Espirai piano, e non riuscii a fare altro che rispondere altrettanto sincera: «No».

«Dimmi che non vuoi più rivedermi».

«No...»

«Dimmi che non vuoi più che ti tocchi...»

Mi limitai a fissarlo, e Andras strinse i pugni come se avesse sperato che lo mandassi all'inferno. Che gli rendessi le cose facili. Socchiuse le palpebre e mi guardò come se gli stessi puntando un'arma alla tempia, come se lo stessi minacciando più di un pugnale conficcato fra le sue costole.

Ancora una volta, nel mio cuore sorse la convinzione che a causa di Coraline mi avesse mentito, che avesse cercato di allontanarmi e spingermi a non guardarmi più indietro.

«Cosa vuoi da me?» ringhiò, e la voce gli si affievolì fino a diventare un sussurro rabbioso e tormentato.

«Tutto» esalai in un soffio. «Dammi tutto».

Per un istante, sul suo viso ottenebrato non ci furono altro che i suoi occhi, cupi e brillanti. Nel suo sguardo non vidi più la furia di prima, ma l'intensità con cui rimase a fissarmi fu ugualmente devastante.

Avevo ancora le ginocchia strette, le mani poggiate sulle casse di legno, il respiro incerto e uno dei morsetti dorati dei reggicalze spuntava oltre l'orlo aderente del vestito. Lo vidi guardarmi come se fossi un incubo irresistibile.

Diversi attimi dopo, piegò prima una gamba e poi l'altra.

Cessai definitivamente di respirare mentre Andras si inginocchiava davanti a me, scendendo sul pavimento. Non lo avevo mai visto prostrarsi davanti a nessuno, e ora se ne stava piegato al mio cospetto, come una bestia rassegnata e addomesticata.

Senza aspettare oltre, mi afferrò la caviglia. La circondò con le dita, e si portò il mio tacco contro il petto. Il polpaccio svettava davanti al suo viso, e la rotula spigolosa emergeva con più decisione dal velo delle calze, lasciando intuire quanto fossero sottili e quanto sarebbe stato facile strapparle. Con lo sguardo agganciato al mio e le dita forti a tenermi ferma, posò le labbra poco sopra il collo del piede.

Cominciai a tremare.

Il suo fiato caldo mi sfiorò la pelle. Lentamente, risalì lungo la gamba: baciò il polpaccio, poi l'incavo del ginocchio, imprimendo una scia di brividi sorpresi sulla mia pelle sensibile.

Un groppo in gola mi impedì di deglutire. Colse la mia agitazione mentre mi teneva ostaggio dei suoi occhi turbolenti, del tutto padrone delle sue azioni. Con labbra mordaci mi carezzò la coscia intirizzita; ci respirò sopra, facendomi fremere come una bambina. Sobbalzai quando vi affondò con decisione e strinse i denti attorno al reggicalze di pizzo.

Andras lo sfilò senza staccare lo sguardo dal mio. La sua ferocia mansueta, fusa alla folle dissolutezza che emanava la luce dei suoi occhi, mi fece riconsiderare il concetto di tachicardia. Quel momento viaggiava su un livello che non avevo mai sperimentato prima, una sopraffazione provocante in cui la confusione e l'aspettativa si fondevano in un'unica, destabilizzante attesa. Le mie membra formicolarono vergognosamente sotto la patina ombreggiata delle calze; mi tolse il tacco e le sue dita strisciarono fino all'orlo dell'autoreggente per levarmela.

Con la mano sempre serrata attorno alla mia caviglia, mi baciò la pelle ora nuda. Respirai a fatica, le guance avvamparono. Mi sembrò di annaspare mentre la sua bocca umida risaliva un bacio dopo l'altro fino all'inguine. Poi, senza clemenza, mi afferrò le ginocchia e le separò con forza.

«A-aspetta...!» balbettai nel panico. Il mio era stato quasi un gridolino acuto. Ansimai con le gote in fiamme e non fui in grado di realizzare quello che stava succedendo. Il cuore frullava incredulo, e i battiti non riuscivano a tenere il passo. Mi girava la testa. Non... non volevo che si fermasse, ma eravamo nel magazzino e solo una porta ci separava da un sacco di gente. «Di là... c'è tutto lo staff, la porta è socchiusa e... se qualcuno dovesse vederci...»

Andras mi lanciò una lunga, lenta occhiata, e, come se non avesse aspettato altro, mi lambì l'interno coscia con baci ampi e profondi, senza darmi il tempo nemmeno di respirare. Schiuse la bocca lentamente, appiattì la lingua e percorse la pelle sensibile con una smania mozzafiato. Il suo respiro mi solleticava la pelle, i denti graffiavano contro la carne delicata, per poi cedere il posto alla carezza morbida e avvolgente delle labbra. Arrotolò il vestito sui fianchi in un gesto esigente, mentre con una mano cercavo frettolosamente di soffocare qualunque emozione stesse scardinando il mio corpo.

Se Sebastian venisse a cercarmi... Se vedesse la luce accesa e la porta socchiusa... boccheggiai, i pensieri si affastellarono nella mia mente e, prima che potessi ragionare, Andras mi diede un morso.

Premetti entrambe le mani contro la bocca per soffocare ogni rumore; il suo addome si contrasse sotto la camicia quando trattenni un gemito.

Sembrava intenzionato a farmi sciogliere, a imprimermi addosso tutto il bisogno che aveva sentito di me, ogni gesto o pensiero, ogni più gravido tormento. Il suo respiro profondo ed incalzante mi diceva che, pur nella lentezza con cui mi stava assaggiando, lui era smarrito quanto me in quel delirio precipitoso.

«*Vuoi sapere cosa sogno di farti?*»

Con i denti mi sfiorò gli slip e la schiena mi divenne debole come gelatina. Sentii le dita inanellate percorrermi le gambe, dalla punta delle ginocchia fino all'attaccatura delle anche, saggiarne il calore con respiro ansante; i polpastrelli incontrarono l'elastico merlettato.

Con il mento che tremava, mi lasciai ammirare dal suo sguardo vivido, mentre lo agganciava e lo tirava giù. Non sapevo cosa stesse pensando, ma quando fui sul punto di dire qualcosa nell'aria esplose un suono di vetri infranti.

«Oh, porco cazzo».

Trasalii violentemente nel sentire quella voce.

Sulla porta, ora spalancata, una figura immobile ci fissava con la mano ancora aperta, l'espressione traumatizzata e un bicchiere ormai sfracellato ai suoi piedi.

Oddio. No, no, no...

James era di un bianco mortale. Perse definitivamente ogni traccia di colore quando Andras si alzò in piedi.

«James...» tentai.

«I-io non ho visto niente!» Alzò le mani con l'aria impanicata di chi invece aveva visto tutto. «Un uomo... C'è un pezzo grosso all'ingresso, credo sia un assessore... ha chiesto di te...» buttò fuori rivolto al ragazzo al mio fianco, poi senza sapere che altro aggiungere se la diede letteralmente a gambe.

«James!» lo chiamai angosciata, senza accorgermi che Andras, a quelle parole, si era paralizzato in maniera spaventosa. Mi sistemai il vestito e a piedi scalzi cercai di inseguirlo. «Aspetta!»

Tentai di raggiungerlo, ma fu inutile. Agile come uno scoiattolo, James mi seminò. Portai una mano al viso, conscia del casino che ora rischiava di esplodermi addosso.

Ero appena stata beccata dal mio collega dentro il magazzino delle scorte, con la biancheria abbassata e insieme a un ragazzo che agli occhi di tutti era un sociopatico con evidenti problemi esistenziali e un senso dell'*umorismo* a dir poco inquietante. E in tutto ciò avevo perso anche le mutandine...

«Merda» imprecai con forza. Pensai di cercarlo ancora, ma trasalii quando sentii una voce carica di collera provenire dall'ingresso.

Il proprietario di quella voce era lo stesso che fino a un attimo prima stava per farmi venire un infarto su una cassa di Fizzy Lizzy. Doveva essere uscito anche lui dal magazzino.

Incamminandomi per raggiungerlo, sentii le mani cominciare a sudare. *Fa' che non sia con James...* Sperai davvero di sbagliarmi, ma una volta che arrivai all'entrata mi bloccai.

E ciò che vidi mi sconvolse.

Andras era in piedi. Mi dava le spalle, ma capii che era teso.

Davanti a lui c'era un uomo.

Capelli scuri, pettinati con precisione dietro la nuca, e lineamenti talmente severi da riflettere una determinazione d'acciaio. Era imponente come una montagna, con la mandibola definita, un naso dritto e affilato sopra cui le sopracciglia spiccavano foltissime. Non avrei saputo dire quanti anni avesse, ma il portamento trasmetteva un senso di autorità intimidente, come quello di una belva celata sotto le spoglie di un uomo elegante.

«Archer aveva ragione. Lo avete conciato proprio bene questo posto». Aveva una voce roboante e canzonatoria, e per un attimo ci riconobbi qualcosa di familiare.

Gli occhi artici, di un azzurro chiarissimo e penetrante, sembravano finestre su un'anima calcolatrice e decisa. Quando li posò su Andras, un presentimento terribile si fece strada in me.

«Ti do tre secondi per andartene, o giuro su Dio che...»

«Cosa farai? Cercherai di rovinarmi?» lo precedette l'uomo. «Ci hai già provato una volta... e in quell'occasione ti sei preso ciò che è mio».

Andras tremò. L'odio e il caos di sentimenti che nutriva per quell'uomo erano così evidenti e terrificanti che all'istante il presentimento divenne certezza.

Quello non era un uomo qualunque.

Quello... era suo padre.

«Che cazzo sei venuto a fare?» sibilò fuori di sé, e vederlo in quello stato mi serrò il cuore. Non avevo mai sentito la sua voce così. Le emozioni che percepivo nel suo timbro sembravano un cancro che contaminava l'anima.

«Solo a vedere come stanno andando le cose...» Suo padre restò fermo, ma non cercò di oltrepassarlo, né di farlo indietreggiare. Andras era più alto persino di lui. «Dopo la tua ultima visita... ho pensato di ricambiare».

Il cuore mi batté forte nel petto. Dimenticai James, dimenticai il casino in cui mi ero cacciata, dimenticai persino di essere a piedi nudi. Per un istante respirai solo per quelle parole. Non avrei dovuto essere lì, ma prima che potessi fare qualunque cosa quegli occhi scavalcarono il figlio e mi notarono.

Una scintilla incuriosita gli illuminò il volto. Solo quando Andras si irrigidì, e si voltò lentamente verso di me, quella curiosità si tramutò in una famelica consapevolezza.

E mentre io allacciavo lo sguardo a quello del ragazzo che ora mi fissava con le palpebre sgranate e l'espressione di tormento di chi aveva intuito la stessa cosa, le parole di suo padre calarono su di noi e risuonarono come un'unica, sardonica condanna.

«Oh, Andras. Hai trovato un nuovo uragano da cui lasciarti fare a pezzi?»

7
La colpa

È abile a camminare sul filo delle sue bugie.

Andras

Che certi vizi uccidono lo impari da tuo padre.

Dall'odore di sigari cubani, da quello stantio delle carte da gioco, del cuoio e del liquore.

È il gusto di sfidare la morte, dicono. Di assaporarla finché si è al mondo.

Solo col tempo scopri che ci sono vizi peggiori.

Vizi che ti annientano senza ucciderti.

Vizi che ti logorano dentro e ti guastano fino alle ossa.

La differenza è semplice: i primi ce li scegliamo, i secondi invece ci scelgono.

Che sei fottuto, in entrambi i casi, lo scopri sempre troppo tardi.

«Perché è venuto qui?»

Zora camminava avanti e indietro per il suo ufficio. Stava dando completamente di matto, e io non riuscivo a pensare. «Archer... Archer è andato da lui. Gli ha detto tutto. Sa quello che abbiamo fatto».

«Non vuole il tuo locale, Zora. Non gliene è mai fregato un cazzo di questo posto. Il Milagro's è della tua famiglia, e lui lo sa».

«Oh, come lo sapeva Archer e quel topo di fogna con cui ha incastrato mio padre, non è vero? O devo ricordarti che una volta bevevano scotch tutti insieme nel patio di casa nostra?»

«Io non c'ero, nel patio di casa nostra. Dovevo sempre restare chiuso da qualche parte, al contrario di te».

Zora mi scoccò un'occhiata impermalita. Non c'era bisogno che le ricordassi come stavano le cose: suo padre Octavius era stato con lei un uomo amorevole e attento. La portava con sé ovunque, la trattava come una piccola stella in contesti in cui io invece non ero mai presente.

Era il motivo per cui Archer aveva faticato a capire chi fossi, quando lo avevo accolto con il calcio in culo che meritava.

«E allora che ci faceva qui?»

I miei occhi rimasero puntati nella semioscurità. Sentivo il sangue intossicato. Il retrogusto arrugginito dell'odio, della bile piantati in gola.

Non ero più un ragazzino.

Eppure, che io fossi dannato, quando me lo ritrovavo davanti riusciva sempre a farmi sentire come se avessi ancora dieci anni.

«Mi ha detto che voleva ricambiare la mia ultima visita» dissi piano.

«Quando hai ottenuto la custodia di Olly?»

Annuii.

In quell'occasione avevo fatto molto di più che costringerlo a cedermi la tutela di mia sorella, e Zora lo sapeva. Ero andato da lui come una bestia dell'inferno, accecato dall'odio, dalla psicosi, da un dolore abominevole per quello che *lui* aveva fatto. A quel ricordo, lei deglutì.

«E da allora non lo hai più visto? Solo quella volta in tutti questi anni?» Aspettò che rispondessi, ma la tensione nei miei polsi non sembrò piacerle molto. «Andras» mi richiamò, e i miei occhi scattarono su di lei. «Allora?»

«Ce n'è stata un'altra. Prima».

«*Prima?*»

«Quando... Coraline è arrivata da me».

«Che cosa?»

Zora mi fissò con gli occhi fuori dalle orbite.
E quel ricordo mi si aggrappò addosso...

L'umidità penetrava sotto i vestiti.

Cappuccio calato sulla testa, sguardo fisso al suolo, svoltai nel vicolo dietro casa. La pioggia mi batteva sulle spalle, sui capelli appiccicati alla fronte; strinsi la busta al petto e tirai fuori le chiavi.

Erano già dentro la serratura quando udii quella voce.

«Che bel quartiere».

Lì, in bilico sulle scale di casa, mi sembrò che qualcuno mi avesse fucilato. Ogni nervo si era bloccato. Con il respiro ansante, trattenuto tra i denti, mi voltai.

Una macchina era accostata al marciapiede.

Lui se ne stava sotto un ombrello nero. Era così grande da coprirgli le spalle, ma gli occhi erano troppo chiari per confondersi con la pioggia.

Lo fissai come se fosse un fantasma.

«Vivi ancora da solo?» parlò ancora.

Ero certo che non sapesse nemmeno dove abitavo, ma date le circostanze era chiaro che ci fosse voluto ben poco per scoprirlo. Il sangue scorreva a tutta velocità nelle vene, il battito cardiaco accelerò.

Da quanto non lo vedevo?

Erano passati anni.

Che diavolo ci faceva lì?

«Sei venuto a controllare se sono ancora vivo? Spiacente di deluderti».

Lui non colse la provocazione. Continuò a scrutarmi con intensità, come a valutarmi. Lentamente, i suoi occhi scesero sulla busta che stringevo nel braccio.

La busta... piena di acquisti.

Acquisti per neonati.

Il ghigno con cui tornò a puntare lo sguardo nel mio mi fece sudare la nuca. Sapeva. Sapeva che la stavo nascondendo da lui.

«Com'è lei? Dolce, non è vero?» insinuò. «Non diresti che è una che ama finire sulle riviste femminili. Amici altolocati, tutti ben impomatati, storie da copertina di gossip. Party e golf club all'ordine del giorno...»

«Dovrei sapere di che stai parlando?»

Scosse la testa, troppo astuto per farsi fottere così. Lo sapevo ma dovevo comunque provarci.

Lo conoscevo come si impara a conoscere la sensazione di una camicia di forza, il petto compresso e le dita infilate nelle pieghe nascoste, per cercare di scardinare le chiusure individuando il più piccolo punto di debolezza.

«È davvero venuta da te. Ammetto che non ci avrei creduto se non lo avessi visto con i miei occhi, ma in fondo potevo aspettarmelo. Non si può certo dire che sia sveglia». Infilò la mano in tasca. L'anello con la Y mandò un bagliore. «Ha portato via una bambina. Ma questo già lo sai».

«A te non te ne frega niente della bambina. A te interessa che tutta questa storia non arrivi ai giornali».

Smisi di girarci intorno e andai diretto al punto. Avevo imparato proprio da lui quel modo di attaccare: condividevamo più del suo sangue, purtroppo, e nessuno dei due ne andava fiero.

«Credi davvero...» Inclinò il viso trattenendo a stento la derisione. «Credi che tema una sgualdrinella viziata che ha a malapena la tua età? Ti facevo quantomeno intelligente... Ancora una volta deludi te stesso».

«Come va la campagna elettorale? Dicono che un passo falso, in questo momento, possa compromettere in maniera irrimediabile anni di sacrifici e leccate di culo. Il tuo staff dove crede che tu sia? A visitare i pazienti oncologici?» I suoi occhi duri mi tennero a tiro e io scavai un'altra tacca. «Tu hai paura. Non saresti qui, altrimenti. Sai perfettamente che se questa cosa scoppia rischi di bruciarti la credibilità e anche la carriera».

Mio padre di facciata era un uomo stimato, integerrimo, discendente di un magnate della Serbia orientale e ormai da generazioni prezioso tutore del patrimonio artistico e architettonico della Nazione.

La fede che gli brillava al dito diceva che era anche un marito, nonostante entrambi sapessimo che di quella donna non gli importava niente. L'aveva sposata solo perché era vedova, benestante, e fuori dalla portata dei giornali. La scelta perfetta per rafforzare l'immagine di uomo devoto alla famiglia e al proprio Paese.

Tutto quello che temeva, stava tra lui e le sue ambizioni.

«E tu pensi sul serio che le crederebbe qualcuno?»

«Forse. Forse no. Ma creerebbe abbastanza dubbi da comprometterti la reputazione».

Mio padre avanzò lentamente. La cravatta blu scuro faceva risaltare i tratti spigolosi, più aguzzi dei miei, e io strinsi le mani a pugno.

«Se è così, perché non è ancora andata alla polizia?»

Dal suo tono capii che conosceva la risposta.

Parlavamo di uno dei membri del consiglio comunale di Philadelphia. Sostenitore di tutte le personalità politiche che contavano davvero. E con un vicecapo della polizia come migliore amico, chiunque avrebbe intuito che c'erano ben poche garanzie, percorrendo la vecchia strada.

Aveva tutti gli strumenti per schiacciarla. Era questo il motivo per cui lei era venuta da me.

Per guadagnare il tempo di capire come muoversi.

E, come avevo immaginato, anche lui si era ben guardato da denunciare la cosa.

«Lo sai, non sei cambiato di una virgola. Sei rimasto lo stesso bambino che pregava per avere un po' d'affetto. Lo stesso animaletto disperato che avrebbe fatto qualunque cosa pur di ricevere un briciolo della mia attenzione». Si avvicinò, e i miei muscoli cominciarono a fremere. «Te lo ricordi? Ti ricordi come cercavi disperatamente di compiacermi? Di farti guardare da

me? Ti saresti fatto bastonare con un attizzatoio se fosse servito a mendicare uno sguardo o una carezza». Respirai a fatica, la rabbia che mi offuscava la vista, e lui incurvò le labbra al ricordo. «È di questo che si tratta? Dimmi, Andras, dopo tutti questi anni speri ancora che io ti degni della mia considerazione?»

«Io non voglio un cazzo da te». Sentii il corpo grondare rancore, l'odio accecarmi definitivamente. Trattenni a stento la violenza che lui mi aveva iniettato fin da bambino, la stessa che mi recriminavo per avermi fatto diventare il boia che ero. «Non c'è istante in cui io non mi penta di non essermene andato prima. Di non aver passato ogni singolo momento della mia infanzia lontano da te. Avrei preferito vivere sotto un ponte piuttosto che sotto il tuo stesso tetto. E se lei dovesse farsi avanti, se un giorno Coraline dovesse finalmente parlare... io assisterò una volta per tutte e con enorme piacere alla gloriosa disfatta di Edelric Yordanov».

Quelle parole lasciarono le mie labbra come tanti pugnali affilati. Mio padre inclinò il volto e sogghignò.

«Se lei dovesse parlare? Oh, Andras. Conosco quella ragazza molto meglio di te. Tu non sai proprio niente di lei».

Zora rimase a guardarmi, attendendo che avessi finito il racconto.

«È tutto quello che ti ha detto?»

«Sì. Non l'ho più visto. Fino...» Abbassai la voce. «All'incidente».

Parlarne mi stava costando uno sforzo immane. Il mio intero corpo sembrava contrarsi per la repulsione, la mascella era così tesa da darmi fastidio.

Gli occhi verdi di Coraline tornarono a infestarmi, e per un istante mi sembrò di rivedere il suo sorriso.

«Sai... cosa diceva un certo Georg Lichtenberg? Chi cerca un angelo e guarda solo le ali, potrebbe portarsi a casa un'oca».

Dirottai gli occhi su di lei.

Zora tenne lo sguardo basso.

«Che cazzo stai dicendo?» sibilai. Ero già nervoso di mio, senza che lei si mettesse a fare la filosofa da quattro soldi.

Zora schiuse le labbra, in difficoltà. Poi scosse la testa. Non ero abituato a vederla così incerta, motivo per cui mi irritai ancora di più.

«Niente» mormorò scegliendo di tenersi quel pensiero per sé. «Intendevo solo che...»

«Cosa?»

Lei sospirò. «So cosa sta succedendo tra te e Mireya».

Il solo sentirla nominare mi causò una sensazione di disagio. Mi sforzai di non mostrare reazioni, mentre il ricordo di ciò che stava per succedere quella sera mi si dipingeva di nuovo nella testa. Il modo in cui le avevo spalancato le gambe tornite, in cui mi ero inginocchiato davanti a lei e le sue guance si erano imporporate quando le avevo tirato su con foga il vestito, mi ricordarono che finire in quel magazzino con lei era stato il secondo pessimo incidente della serata.

Stavo sbagliando, stavo per commettere un altro errore. L'ennesimo.

Ero stato bravo con lei: le avevo detto che nulla avrebbe potuto cancellare lo spettro di un'altra donna, che lei non contava niente. Le avevo detto addirittura che avevo cercato Coraline in lei, e le lacrime nei suoi occhi devastati erano state esattamente l'obiettivo che mi ero prefissato.

Avevo fatto esattamente quello che dovevo; portarla a odiarmi e ristabilire l'ordine delle cose. Eppure, c'era ancora un problema.

Lei si era allontanata. Io però non avevo smesso di sognarla.

A quel punto la frustrazione mi aveva fatto quasi impazzire.

E quando mi aveva dato quello schiaffo... quando il dolore mi aveva infuocato il cuore e lei mi aveva guardato ansante, con i seni gonfi che si sollevavano freneticamente e quel vestito su cui ogni uomo nel locale aveva sbavato per tutta la sera... era stato troppo.

Cazzo, era stato davvero *troppo*.

Lei mi tormentava.

Si doveva levare di torno, e invece non mi dava pace.

Me la ritrovavo sempre tra i piedi e ogni volta che mi capitava a tiro succedeva qualcosa di inspiegabile, perché finivo sempre per orbitarle troppo vicino e non c'era una volta che lei riuscisse davvero a rendersi insopportabile come speravo. Io volevo stuzzicarla, infastidirla, farla incazzare, volevo guardare i suoi occhi accendersi di sfida. Volevo che mi mandasse a fanculo e mi tenesse vicino, volevo toccarla e vederla arrossire, poi vederla tremare come faceva con me. Soltanto con me. Volevo affondarle dentro, riempirla tra le cosce e mozzarle il respiro, volevo... che mi sorridesse, perché ero ossessionato dal sorriso delle donne fin da quando ero bambino. E volevo... volevo...

«Credo che tu debba scendere a patti con te stesso. Non sarei qui a dirtelo se non vedessi lo stato in cui ti trovi». Zora mi interruppe prima che potessi pensare qualche altra delirante stronzata, e io la fulminai con sguardo incattivito.

«Ti ho detto che sto benissimo».

«Ma non senti come lo dici? Stai cercando di convincerti e pensi pure di riuscirci! Ti ostini a distruggerti da quando ti conosco, ma questa volta no, Andras. Questa volta ascoltami. Non è tutto bianco o nero» sbottò, ritrovando la sua tempra. La guardai con un sorrisetto acre.

«Non sono mai stato uno da mezze misure».

«Non è questo il punto! Non è che tra il bianco e il nero devi scegliere il grigio! Ci sono il rosso, il giallo, il viola, esistono decine di sfumature che tu non riesci neanche a contemplare. Ti ostini a vedere un'unica realtà senza accorgerti che c'è molto altro oltre il muro che ti sei costruito intorno. Avanti, dimmi! Cosa provi per quella ragazza?»

Sentii la schiena irrigidirsi, e sbattei le palpebre soltanto una volta.

«Niente».

«Niente?»

«Esatto». Mi voltai a darle le spalle, e lei continuò a fissarmi.
«Andras».
«*Cosa*».
«Cosa provi per Mireya?»
«Non lo so. Non lo so, cazzo».
Lei mi confonde.
Fa un macello nella mia testa che non sono ancora riuscito a capire.
Non evita la mia rabbia, non la seda in un modo che me la fa marcire dentro.
Lei pianta i piedi, spalanca le ali come un angelo e brilla più forte.
Non ha mai cercato di vedermi per qualcuno che non sono, non ha mai finto come le altre.
Lei... è andata dritta dai miei demoni e mi ha mostrato i suoi.
Ci ha fatto la lotta, poi ci ha fatto l'amore, si è rotolata in quello sporco e ha riso del fango che le imbrattava le mani. Si è mischiata ai miei sogni e li ha riempiti del suo caos, ha danzato in quell'oscurità con la sicurezza di chi al buio ci ha trascorso tutta la vita.
Lei... lei è come me. Ha visto il mio inferno prima di qualsiasi paradiso...
«Una volta vi ho intravisti in corridoio» disse piano Zora. «Sono arrivata e tu eri piegato su di lei, mentre lei aveva il viso rosso e ti stava dicendo che eri un idiota. Avevi una spalla appoggiata alla parete, il volto inclinato e un'espressione divertita che non ti ho mai visto prima. La guardavi come se stessi... bene. La fissavi, giuro, con uno stato di calma, di serenità quasi inconscia, che somigliava molto... a una forma di felicità».
«La stavo solo schernendo» cercai di sminuire, ma Zora continuò a guardarmi con cautela. La sua espressione non mi piacque per niente.
«Non sorridevi mai, con Coraline. Eri molto preso da lei, è

vero, ma non ti ho mai visto ridere o scherzare una sola volta. Non avevi quello sguardo sereno, mai. Non come ce l'hai con Mireya».

«Ora *basta*» mi ribellai, al limite. Il mio tono tagliente la fece ammutolire e appoggiare una mano sul muro alle sue spalle. Zora osservò le vene in tensione dei miei avambracci mentre mi voltavo e mi imponevo su di lei. «Si può sapere cosa cazzo te ne importa? Io so perfettamente ciò che provo. Cosa credi? Che abbia dimenticato cosa è successo? Che non spenda ogni giorno a sperare che le cose fossero andate diversamente?»

«Io credo che tu abbia paura di essere felice» rispose, accorta. «E continuerai a punirti, a restare aggrappato a quello che ti fa male e a impedirti di lasciarti andare a ciò che di bello invece potresti viverti».

«Io ho vissuto qualcosa di *bello*» sibilai con gli occhi iniettati di una furia dolorosa. «E guarda come è andata».

Coraline era un fantasma che non sarebbe svanito mai. Il prezzo della mia colpa, qualcosa che non avevo saputo proteggere. Nemmeno da me stesso.

E Mireya non sarebbe stata l'ennesimo vizio.

L'ennesima dipendenza che ti annienta senza ucciderti.

Lei... Lei non sarebbe stata un nuovo uragano.

Non lo avrei permesso.

«Perché allora le hai detto di Coraline e di tua madre?»

«Non l'ho fatto».

Zora aggrottò le sopracciglia.

«Ma lei mi ha fatto capire che...» Sbatté le ciglia, crucciata. «Allora che diavolo le hai detto qualche giorno fa?»

La fissai freddamente negli occhi, senza rispondere, e lei capì comunque. Scosse la testa, prima che io decidessi di porre fine a quella sceneggiata e andarmene una volta per tutte.

«Tu... tu devi perdonarti, Andras».

*

La voce di Zora continuò a tormentarmi.

Mentre tornavo a casa, quella notte, il mio pensiero andò ancora a Mireya.

Non l'avevo più neanche guardata dopo che mio padre aveva fatto la sua comparsa.

Solo pochi istanti prima le avevo infilato la lingua in bocca e il suo sapore dolce si era diffuso nel mio palato. Avevo perso la testa nel sentire l'ostinazione adorabile con cui aveva cercato di soffocare i gemiti, mentre la carne sciolta e calda come burro fuso mi inondava la bocca e mi invitava a prendermi tutto quello che poteva darmi.

E la cosa che non mi dava pace... Ciò di cui non riuscivo a capacitarmi era che per la prima volta *c'era stata soltanto lei.*

Niente occhi verdi, niente labbra sottili e innocenti. Niente sensi di colpa in cui affogare e sentirsi morire.

Avevo sempre visto Coraline in quei momenti. Che la donna in questione fosse bionda, mora, timida o con le lentiggini, io come un folle rivedevo lei, mi aggrappavo al suo sorriso dolce e mi ricordavo ciò che le avevo fatto. E quella ragazzina, quella... bestiolina che nel nostro primo incontro me l'aveva ricordata più di tutte, l'aveva cancellata come se non fosse mai esistita.

Perché?

Perché la sognavo di notte?

Che diamine mi stava succedendo?

Era come se il mio cervello cercasse di dirmi qualcosa. Qualcosa di fondamentale. Dopo Natale, quando per la prima volta l'avevo guardata davvero... quando l'avevo vista per ciò che era veramente, io...

«Cazzo!» Stritolai lo stuzzicadenti e la frustrazione mi fece pulsare le tempie. La mano, in tasca, si era chiusa attorno a un oggetto piccolo e levigato.

Le chiavi della macchina.

Raggiunsi il garage privato vicino a casa, dove i fanali di una Camaro ZL1 squarciarono il buio non appena premetti il telecomando. Erano le quattro e mezza di notte, ma aprii comunque la portiera nera, salii e misi in moto.

Il rombo profondo riempì l'aria attorno a me; la pelle del sedile era fresca al tatto, mentre avvolgevo la mano al volante e ingranavo la marcia.

La carrozzeria lucida riflesse la luce dei lampioni quando scivolai per la città immersa nel silenzio. Schiacciai sull'acceleratore e raggiunsi la superstrada, poi inserii la guida sportiva e spinsi il motore al massimo.

Mentre l'alba rischiarava il cielo, mi lasciai lo skyline urbano alle spalle e imboccai una serie di viali che conducevano a un grande cancello. Poco dopo, i battenti si aprirono, spensi l'auto e mi incamminai nel prato con le suole che affondavano nel terreno, finché non raggiunsi una lastra di marmo. Un sottile strato di brina la faceva scintillare come se fosse fatta di argento e cristallo.

La fissai con il fiato che si addensava nell'aria. E davanti a quella lapide così bella alla luce dell'aurora, chiesi: «E tu, dimmi... potrai mai perdonarmi?»

8
La persona sbagliata

Aveva il paradiso negli occhi
e l'inferno nel sorriso.

«James, per favore. Puoi guardarmi?»

«Ti guardo...»

«Non è vero. Continui a fissare il cactus come se gli stessi inviando richieste di aiuto».

Era mezz'ora ormai che eravamo seduti sul mio divano. Il fatto che gli avessi messo Timmy proprio vicino non era servito a imbonirlo come avevo sperato. Avevo persino acceso la sua lanternina di Natale per tentare di alleggerire l'atmosfera, ma non sembrava funzionare.

Da giorni James evitava di guardarmi, lavorava sempre a viso basso e quando mi incrociava per i corridoi del Milagro's fingeva di ricordarsi qualcosa, si indicava alle spalle e poi fuggiva come se gli andassero a fuoco le natiche. Era rimasto sconvolto da ciò che aveva visto, e anche se trovavo il suo comportamento immaturo e infantile, non potevo fingere di non capire perché.

«So che sei... ancora scosso» tentai cauta. «Ma fingere una gastrite e poi darti alla macchia ogni volta che mi vedi non è la soluzione. Quindi puoi almeno guardarmi? Mi metti a disagio».

«Io? Sei tu quella che stava battezzando il magazzino con Andras Riker!»

«Non stavamo facendo niente!»

«No? Lo tenevi per i capelli, con la sua testa stritolata tra le gambe, e lui aveva la faccia praticamente infilata nella tua...»

«Okay!» Lo fermai portandomi le mani alle orecchie. Avvampai, vedendo che mi fissava altrettanto scandalizzato.

«Cosa? A meno che non stesse facendo la respirazione bocca a bocca alle tue tube di falloppio direi che c'è ben poco da spiegare!»

Cominciai a capire perché certi animali si fingessero morti, quando dovevano evitare un problema. Per un momento sperai che tornasse a fissare Timmy in supplichevole silenzio, ma dovetti fare i conti con l'affetto che mio malgrado nutrivo per lui.

«Così lo rendi ancora più difficile» bofonchiai. James imbronciò le labbra e io sospirai.

«Non volevo che lo scoprissi in questo modo». Abbassai gli occhi. «Ricordo quello che mi hai raccontato. So quante volte ti sei raccomandato di stargli lontano, e per dei buoni motivi... ma le cose si sono complicate quando ho scoperto che abitava qui accanto e mi sono ritrovata ad affrontare una situazione più grande di me» mormorai. «Non potevo dirtelo, e allo stesso tempo gli avvenimenti hanno preso una piega inaspettata, e io... non volevo... che tu mi guardassi diversamente. Come stai facendo ora». James spostò gli occhi su di me, e io li incrociai. «So cosa pensi di lui. Non cercherò di farti cambiare idea. Ma vorrei anche che tu sapessi che tutto ciò che ho fatto, l'ho fatto perché lo desideravo».

«Gli hai dato uno schiaffo la prima volta che lo hai visto. Lo guardi sempre di traverso, sei nervosa quando lui è nei dintorni... pensavo che lo odiassi» disse, piano. «Hai finto per tutto questo tempo?»

«No. So che è difficile da capire, ma... il più delle volte non lo sopporto, mi fa perdere la pazienza e vorrei strangolarlo. Ha tanti di quei difetti da mandarmi fuori di testa. Fa di tutto per farsi odiare, per sforzarsi di essere l'uomo tremendo che tutti vedono in lui e non fraintendermi, ci riesce perfettamente. Non ti fa sconti, mai. Non ammette di averti aiutato, di aver fatto qualcosa di giusto per te, perché non vuole che tu possa vederlo diversamente e darti modo di affezionarti. Ha paura delle cose buone, delle cose belle, ride davanti all'odio ma si spaventa davanti a una carezza. Si prenderebbe cento schiaffi con il ghigno stampato in faccia piuttosto che l'affetto sincero di qualcuno. E anche se a volte vorrei mandarlo al diavolo... non so dare un nome a questo *qualcosa* che c'è tra noi».

A volte non ero certa di provare un vero sentimento. Quella cosa mi si era parata davanti come un assassino, con un arcano sorriso e gli occhi più belli del mondo, e io non avevo saputo come difendermi. Mi aveva colpita allo stomaco e al cuore. E io l'avevo rifiutato con ogni fibra del mio essere, ma non era servito a niente.

Forse era esattamente così che era andata.

L'avevo sempre odiato con la forza con cui si ama.

Ed era stato proprio questo a fare la differenza.

«Non riesco a crederci. Mi sembra così assurdo. Tu, che mi parli così di lui... che lo conosci così. Te le ha raccontate lui tutte queste cose?»

«No. Ma...»

Gli raccontai di Sabin. Di quello che Andras aveva fatto per lei, nonostante i cazzotti che si era preso e quello che ora tutti pensavano di lui. Gli parlai della volta in cui ero svenuta, di quando aveva convinto Zora a non mandarmi via, perché sapeva quanto fossi disperata. Non accennai a quello che aveva fatto per mia mamma, né per Coraline, ma gli spiegai chi era Olly e cosa rappresentasse per lui quella bimba che aveva scelto di tenere con sé.

Ormai ero convinta che il motivo per cui si sforzava di apparire come una carogna senza cuore non fosse solo per ragioni a me oscure, ma anche per non dare a nessuno la possibilità di vedere che proprio lui aveva anche un lato vulnerabile e così facile da colpire.

«Stai cercando la mia approvazione, Mireya?» Zitta, fissai James con le braccia strette attorno alle ginocchia. «Quel tizio è uno stronzo».

«Sì» dissi.

«Uno scostumato».

«Ecco...»

La moralità di Andras non era uno dei suoi pregi. Nemmeno la sua pazienza.

O il senso etico...

Sapevo perfettamente che era tutto sbagliato.

Non idealizzavo quello che condividevamo, non vedevo angeli dove non c'erano. Eravamo caotici, problematici, fatti di tramonti incendiati e albe più livide della notte. Ogni istante trascorso insieme sembrava una lotta indefinita tra il bisogno di averci e la paura di riuscirci davvero, eppure, nonostante questo, noi continuavamo a inciamparci addosso.

E se prima lo osservavo consapevole della realtà, adesso qualcosa mi parlava con una sfumatura sorprendente.

Lui mi sognava.

«Sei innamorata di lui?»

Mi irrigidii. James mi fissò con curiosità. Deglutii e ci pensai sul serio.

Andras non mi aveva mai dato un singolo motivo per innamorarmi di lui, per detestarlo invece me ne aveva dati decine.

«No» soffiai. Quella risposta non sembrò convinverlo.

«Non riesco a capire come tu possa provare qualcosa per lui».

«Solo perché non capisci i miei sentimenti non significa che siano meno importanti». Cercai di spiegargli ciò che sentivo, e lui incrociò i miei occhi sinceri. «Non ti sto dicendo che stiamo insieme. Solo che non lo odio... e non mi è indifferente. E non ti chiedo di comprendermi, non per forza. Ti chiedo di non scappare da me e di continuare a volermi bene, perché per me sei importante».

James sobbalzò, spaesato, arrossendo per quel mio slancio di affetto. Non esprimevo mai i miei sentimenti a parole, e farlo era *strano*, ma per la prima volta misi da parte l'orgoglio e i timori, e ci provai. Lui abbassò la testa e sospirò.

«Sai, a dirla tutta ora mi spiego perché mi guarda sempre di merda...»

«Non ti guarda di merda...»

«Sì, invece. Da quando gli ho preparato da bere l'ultima volta mi guarda come se volesse sacrificarmi a qualche divinità pagana e ballare sui miei resti...»

«Lo fa con tutti».

«Ah, rassicurante».

Ci guardammo un istante. Poi, fallendo nel trattenerci, scoppiammo a ridere.

Io piano, con i denti stretti e la risata che usciva fuori dal naso. Lui con le spalle che sussultavano e il mio stesso, complice silenzio.

Mi sentii sciocca, amareggiata. James si appoggiò allo schienale e, per un attimo, mi chiesi cosa sarebbe successo se lo avessi conosciuto quando la mia vita era solo istinto di sopravvivenza e mamma era ancora uno spettro.

Sarebbe stato sul mio divano adesso? Probabilmente no.

Non gli avrei permesso di avvicinarsi a me, lo avrei allontanato come una minaccia e sarei rimasta sola ancora una volta.

Stavo cambiando? Stavo... *crescendo*?

«James».

«Sì?»

Feci per dire qualcosa quando si voltò. Poi, però, addolcii le palpebre e tacqui. E forse non avrebbe mai capito tante cose di me, forse mi avrebbe sempre trovata restia e poco incline alla tenerezza, anche quando bussavo alla sua porta in cerca di conforto. Ma in quel momento seppi che, se l'amicizia esisteva davvero, era quella cosa dolce, infantile e un po' impacciata che sentivo in fondo alla gola.

«*Grazie*».

Trascorsero diverse settimane.

James tornò lo stesso di sempre. Smise di evitarmi e ricominciò a comportarsi come prima. Cominciò anche a prendermi in giro, e, dopo quell'episodio, il nostro rapporto si rafforzò.

Avrei voluto poter dire che era così anche per Andras.

Lo avevo sentito mio mentre mi confessava di non riuscire a togliermi dalla testa, mio mentre mi baciava, mio mentre si metteva in ginocchio.

Tuttavia, erano bastate le parole di suo padre affinché io svanissi di nuovo dai suoi occhi.

Lui si era voltato a guardarmi, un'emozione spaventosa dipinta sul viso. E io non avevo potuto fare altro che fissarlo con la fronte corrucciata e la morte nel cuore.

Era terrore. Quello che avevo colto nei suoi occhi, era un terrore impressionante.

E mentre Coraline mi cancellava ancora una volta, un presentimento terribile si era fatto strada in me.

Avevo sempre pensato che lei se ne fosse andata, prendendo una decisione dolorosa ma necessaria per entrambi. Parlava sempre di tornare indietro, di ritornare a casa, ma quella paura, quel... *dolore*... non erano comuni.

E io forse non avevo voluto ammetterlo, troppo occupata a tirare le fila della mia sofferenza per ricamare un finale diverso; ma non poteva essere stato soltanto quello a separarli.

Qualunque cosa li avesse divisi, loro non lo avevano scelto.

Un brivido mi strappò ai miei pensieri.

Seduta sulla panchina bianca, muovevo nervosamente le gambe e osservavo il giardino curato. Un addetto stava potando una siepe poco lontano, e la pace leggera amplificava il senso di agitazione che provavo.

«Mireya».

Il dottor Parson comparve al mio fianco. Le gambe si tesero rigidissime quando mi alzai in piedi, ma sperai che non si notasse.

«È un piacere vederti. Hai avuto problemi a venire?»

Farfugliai una risposta mentre divenivo ansiosamente consapevole delle due figure alle sue spalle. Parson mi ascoltò con espressione attenta e serena; poi mi illustrò ciò che mi aveva già spiegato al telefono.

Il percorso di riabilitazione di mamma sembrava promettente. Da settimane ormai aveva cominciato a rispondere in modo positivo alla terapia, a partecipare agli incontri individuali, ad accettare il sostegno farmacologico e psicologico necessario al suo pieno recupero. Era sotto monitoraggio clinico costante, ma aveva superato i sintomi più gravi dell'astinenza e, da qualche giorno, era ufficialmente uscita dalla fase di disassuefazione e disintossicazione. Il ripristino delle facoltà fisiche ed emotive le aveva permesso a poco a poco di recuperare abitudini sane, e ora, grazie alla terapia, stava affrontando il trattamento della dipendenza psicologica. Parson mi aveva spiegato che in quella fase, a seconda della situazione, era possibile affiancare anche una terapia che coinvolgeva i membri della famiglia.

«Non vogliamo metterti alcuna fretta. Come ti ho spiegato, in questo stadio il trattamento incoraggia il soggetto al ritorno alla vita quotidiana. Ecco perché abbiamo ritenuto che fosse il momento giusto per reintegrare pian piano i suoi affetti. Te la senti? Sei spaventata?»

Esitai, poi scossi la testa. Parson studiò attentamente il mio viso.

«Voglio che tu sappia che ogni decisione viene presa a misura del benessere del paziente e dei suoi familiari. Nel caso in cui dovessi cambiare idea, devi soltanto comunicarlo». Attese che dessi segno di avere capito, che fossi davvero sicura. Dopodiché, con un movimento gentile, si fece da parte.

Gli occhi di mamma si riempirono di un sussulto quando mi vide. A qualche metro da noi, affiancata da un infermiere, strinse le mani tra loro e sembrò frenare l'impulso di abbracciarmi.

«Ciao, piccola...»

La osservai con il cuore rigonfio di emozioni dissonanti. Indossava una tuta grigia sopra il corpo magro, e le labbra carnose apparivano fin troppo pronunciate sui lineamenti scavati. Cauta, le scandagliai gli occhi alla ricerca di una sbavatura, un alone di quello spettro che tanto le assomigliava. Ma non ne vidi.

C'era solo lei.

Solo mamma.

«Ciao» soffiai roca.

Aspettai che lei si avvicinasse prima di sedermi di nuovo sulla panchina. Parson e l'infermiere ci lasciarono un po' di privacy e sentii il cuore battermi nei polsi fortissimo.

«Come stai?» domandò. Nel risentire la sua voce il petto formicolò.

«Bene. Tu?»

«Bene. Un po' indolenzita. Qui» disse, sfiorandosi il petto come a volersi toccare 'dentro'. Eppure, sorrise. «Ma riesco di nuovo a dormire. Mi permettono di stare in giardino fin quando ho piacere e il dolore fisico di qualche settimana fa ora mi sembra solo uno strano sogno».

Parson mi aveva detto che dopo la disintossicazione era normale sperimentare una serie di sintomi emotivi come depressione, senso di vuoto e peggioramento dell'umore. Mamma, però, non lo avrebbe mai lasciato trasparire di fronte a me.

«A Natale ci hanno fatto scrivere un pensiero per i nostri cari. È stato complicato spiegare cosa provassi nel passarlo per la prima volta senza di te».

«Non hai voluto che venissi».

Lei fece un sorriso dolce e pieno di sofferenza. «No».

Un moto ardente mi indusse a sperare che lo avesse fatto perché voleva uscirne davvero, perché aveva bisogno di affrontare quel mostro che la stava prosciugando e sconfiggerlo per sempre con le sue sole forze. Odiavo illudermi, ma fu più forte di me.

«È stata la scelta più difficile che io abbia preso. Eppure, la rifarei». Mamma mi sfiorò una mano chiusa sul ginocchio. Il suo tocco caldo mi rallentò il respiro mentre cominciava a raccontarmi un po' come andavano le cose. La ascoltai in silenzio, ma con il cuore spalancato.

«Quel ragazzo... chi era?» mi chiese a un certo punto. Le stavo descrivendo le mie giornate, ma quella domanda mi colse alla sprovvista.

«Come?»

«Quando sono venuta da te, c'era un ragazzo. Alto, con gli occhi azzurri azzurri... Chi è?»

«Oh. Lui...» Deglutii, in difficoltà. «Nessuno. Soltanto uno che lavora con me».

«Lavora con te? Quindi è di Philadelphia?»

«Sì».

«È un barista anche lui?»

«No. Si occupa della sicurezza».

«Siete amici?»

Mi arrossirono un po' le guance. Era difficile spiegare il mio rapporto con Andras.

Eravamo una canzone stonata, graffiante, di quelle che ti raschiano la gola e vibrano fino allo stomaco. Di quelle che quando le ascolti ti colpiscono come un pugno e senti salire le lacrime agli occhi, che ti squarciano qualcosa dentro, e non importa che tu non riesca a capire il significato di tutte le parole, l'anima si infiamma e la schiena si riempie di brividi. E tu sai, così come sei consapevole di essere viva, che quella canzone è stata scritta per un nome soltanto.

«Amici è l'ultimo termine che userei per definirci...» Grattai i jeans con l'unghia, poi vidi che mi fissava pensierosa. «Cosa c'è?»

«Sai, ho avuto una sensazione strana. Quando quel giorno mi hanno riaccompagnato in macchina, hai presente? Per riportarmi qui. Io... è stato come se...» Mamma rise quasi fosse una sciocchezza. «Ho chiesto all'autista se ci fossimo già visti, ma lui mi ha guardata e ha detto di no... non si ricordava di me. Eppure, guardando quel ragazzo... ho avuto, non so, uno strano presentimento...»

«Mamma, eri confusa. È stata una giornata impegnativa per te. È normale che tu ti sia sentita spaesata».

Lei annuì. Sembrò riflettere su qualcosa, poi disse: «Credi che tuo padre mi riconoscerebbe?»

La guardai. I capelli erano più scuri e più lunghi di un tempo, la pelle ingrigita, e i capillari si erano rotti sugli zigomi; era dimagrita tanto e l'ultima volta che l'avevo vista, quel giorno in casa mia, aveva le vene in rilievo e due occhi ultraterreni. Era molto diversa dalla donna che anche io ricordavo, ma riusciva a essere ancora bella.

«Sì».

«Quel ragazzo ci tiene a te».

Abbassai il viso e trattenni una risata amara.

«Non lo conosci, mamma».

«Forse no. Ma quel giorno ho visto un ragazzo che è rimasto lì perché aveva paura che io ti facessi del male». Lo disse lo stesso, anche se farlo sembrò ferirla. «Si è messo tra noi due, te lo ricordi? Non appena ha visto quanto eri spaventata lui ti ha fatto da scudo. Non voleva lasciarti sola con me. E non riusciva a toglierti gli occhi di dosso perché nel tuo sguardo impaurito cercava il permesso di restarti vicino».

«Lui non è uno di quelli che chiede il permesso. Lui sfonda la porta con un calcio e non si scusa nemmeno per il disturbo».

«Non importa come lo fa, Mireya, importa che in qualche modo riesca a entrare. Il cuore non è una cosa che puoi forzare. Se non vuoi aprirlo a una persona, non si apre: né con la forza, né con la dolcezza. Ma se qualcuno riesce a varcare quella soglia, se riesce a schiudere anche solo uno spiraglio, significa che a permetterglielo sei stata tu. E che quella persona suona una melodia che tu sei disposta ad ascoltare, per quanto poco convenzionale, discutibile, o inaspettata sia».

Scossi la testa, lo sguardo infragilito.

«Mamma, lui non è il ragazzo premuroso che credi» ammisi, semplificando all'estremo il concetto 'Andras'. «Dico sul serio. La vita gli ha fatto qualcosa che devo ancora del tutto elaborare, ma questo non significa che lui sia il tipo che presenteresti a un genitore».

Mamma ascoltò attentamente, poi sollevò lo sguardo sul giardino. Il vento le scompigliò i capelli attorno al viso, ma i suoi occhi rimasero persi in ricordi lontani. Non era mai stata rigida o apprensiva, aveva trentasei anni e un'anima stropicciata ma ribelle, come la mia.

«Sono uscita con diversi ragazzi prima di tuo padre. Te l'ho mai detto? Uno di questi si chiamava Theodore» sorrise. «Era... oh, impeccabile. Bello, popolare, diligente, con i ricambi della macchina che si era comprato con i suoi risparmi. Dopo la scuola lavorava in un'officina. Tuo nonno lo adorava. Sempre attento, sempre in anticipo se mi doveva riportare a casa entro il coprifuoco, perché non finissi nei guai... Era oggettivamente perfetto. Ma per quanto lo fosse, non mi sono innamorata di lui. Mi sono innamorata di uno scapestrato che invece dei fiori, mi portava mazzi di asparagi e lanciava di nascosto ciottoli contro la mia finestra». Mamma fece una smorfia nostalgica. «Quello che voglio dirti è che... sì, esiste la 'persona giusta'. Non ne sbaglia mai una, dice le frasi che tutti sognano, piace ai tuoi genitori. E poi c'è quella che tutti chiamano la 'persona sbagliata'... quella che ti fa ammattire, disperare, compiere sciocchezze, rivalutare te stessa. Ti fa ridere con le guance che avvampano, ti fa scoppiare a piangere, ti fa sognare e sorridere. Ti fa vivere, semplicemente. Con questa persona dimenticherai la fame, ti scorderai di dormire, ti arrabbierai con tutto il cuore e sentirai, *sentirai* davvero di non voler avere vicino nessun altro. Ci litigherai e la spingerai via, solo per stringerla più forte quando tornerà. E lei resterà sempre con te, soffrirà allo stesso modo e sentirà altrettanto, perché anche tu sei la sua persona sbagliata in un mare di persone giuste. E quando lo capirai, quando avrai compreso che le emozioni vere non valgono un solo istante di quella decantata perfezione, saprai anche che non esiste al mondo altro in grado di farti provare la stessa cosa».

Il cuore si mosse, come animato da quelle parole.

«Mi stai dicendo che è destinata a finire male?»

«Be', resta la tua persona sbagliata. Non conosco questo ragazzo, da quel poco che mi hai detto ho intuito che non mi piacerebbe. Posso sgridarti, intimarti di stargli lontano, arrabbiarmi e dirti che non voglio vederlo con te, Mireya, perché anche se sento di aver perso il diritto di farlo resti pur sempre la mia bambina. Ma mi ascolteresti? Accetteresti un rimprovero da me? Se lui è davvero quella persona per te, se è la tua persona sbagliata... Sì, è quello che farei».

Deglutii e sollevai lo sguardo. Nel petto mi fiorì qualcosa di immenso e triste. «C'è un'altra, mamma. Una ragazza. E lei... lei è tutto quello che io non sarò mai».

Lo amavi, Coraline?

Eri tu la sua persona giusta?

L'idea che qualcosa vi abbia divisi, strappati l'uno all'altra come un angelo dal suo cielo... mi toglie il respiro. È questo che sto facendo? Sto cercando di portartelo via?

Per un attimo rividi il suo magnifico volto sullo schermo del computer.

Quanto doveva essere stato travolgente per Andras poterla finalmente spogliare... Venerare ogni centimetro del suo corpo esile, delle sue gambe magrissime, della sua pelle priva di cicatrici, di imperfezioni...

Avrei voluto essere come lei. Ma non lo ero. Ero uno scricciolo malconcio in confronto a quella ragazza.

Una creaturina insulsa.

Una... *bestiolina*.

«Mireya... Tu non devi essere nient'altro che te stessa». Mamma mi parlò con voce dolcissima e mi portò una ciocca di capelli neri dietro l'orecchio. «Se qualcuno non ti ama per ciò che sei, non merita il tuo cuore. So che non ci credi, ma la vita non è un copione già scritto da qualcun altro. Ognuno ha diritto alla sua storia, alla sua felicità. A essere speciale. E se tu ti vedessi per come ti vedo io...» sorrise piano. «Sapresti che sei la persona più leale del mondo, che per difendere qualcuno metteresti a repentaglio te stessa, che quando sei arrabbiata gli occhi ti brillano come stelle, che ti doni a poche persone, perché non sei per tutti. Non sentirti sbagliata per ciò che non sei. Sentiti unica per tutto ciò che fa di te... te». La guardai mentre tossiva, con cautela e tenerezza. Mi sembrava ancora strano averla lì, a dirmi quelle cose. Osavo quasi essere felice. Avrei quasi potuto abituarmici.

Mi era mancato parlare con lei. Sentirla presente. Confidarle tutte le mie paure, le mie ansie e i miei sogni.

Magari non era la madre migliore del mondo; magari era ancora una ragazzina dentro, sotto tutte quelle esperienze consumate.

Eppure, per la prima volta, io... sentii di averla di nuovo con me.

«Questo non vuol dire che io approvi questa situazione. Parlami un po' di lui. Come vi siete conosciuti?»

Oh.

«Be'...» Mi guardai intorno imbarazzata. Presi tempo, grattandomi una tempia. «Ma no, nulla...» Mamma aggrottò le sopracciglia e io fui costretta a sputare il rospo. «Potrei... avergli tirato un ceffone».

«Che cosa? Mireya!»

«Stava facendo l'idiota, io...»

«Non è un buon motivo! Non puoi fare a botte con tutti i ragazzetti che incontri come quando eri bambina, quante volte te lo devo dire? La violenza non è mai la risposta, mai! Ma che ti passa per la testa?»

Continuò a rimbrottarmi gravemente per i miei modi sgarbati; poi volle sapere che cos'era successo.

Mentre sprofondavo ancora una volta nelle contraddizioni di Andras, sperai che raccontare tutto dall'inizio potesse servirmi a distaccarmi da lui.

Mi sarei impegnata per smettere di desiderarlo, perché mi aveva ferita molte volte e probabilmente lo avrebbe fatto di nuovo.

Eppure... una parte di me ancora opponeva resistenza.

Si spalancò e si riempì ancora una volta di lui.

Ormai era troppo tardi: Andras era entrato da quella porta.

L'aveva sfondata e aveva liberato tutto il suo disordine.

E non importava che proprio io non fossi mai stata schiava di nessuno.

Non riuscivo... non riuscivo a fare a meno di quel sentimento irragionevole che mi teneva incatenata alla sua anima.

«Abbiamo finito. Puoi portare via le bottiglie vuote?»

James mi indicò una cassetta piena. La serata era finita, gli ultimi clienti erano andati via. Afferrai i manici di plastica e uscii in corridoio, percorrendolo fino al magazzino.

Quella sera avevo visto Andras soltanto di sfuggita. Il petto aveva avuto un sussulto nello scorgere la sua figura irriverente tra quelle degli altri membri della security; tuttavia, mi ero voltata dall'altra parte e avevo proseguito per la mia strada.

In fondo per gli uomini ero sempre stata quella da schernire. Quella da avvicinare con lascivia solo per vincere il suo carattere, perché di piacevole non aveva nient'altro. Volevano sempre tutti ciò che c'è al di sotto dei miei vestiti, mai ciò che c'è al di sotto della mia pelle. E Andras... non era stato diverso.

Con il cuore pesante, passai accanto agli spogliatoi del personale della sicurezza. La porta era socchiusa e loro erano tutti dentro.

«Allora, Seb. Te la sei già fatta la ragazzina del banco bar?»

9
Che gusto ha

Le poesie amano a gran voce.
Le bugie ti desiderano di nascosto.
Tu cosa preferisci? Un poeta o un bugiardo?

Mi immobilizzai.

Gli occhi puntati sul pavimento, il respiro trattenuto. Sentii il battito rimbombarmi nella cassa toracica e cercai di ricondurre quella voce a qualcuno che conoscevo, ma non ci riuscii.

«Gli si è spalmata tutta addosso a Capodanno». Un'altra voce. «Certo che se l'è fatta!»

«Cristo, Seb... ha diciannove anni».

«E allora? Hai visto le tette che ha?»

Indietreggiai contro il muro. Posai la cassa a terra e vidi le mani tremare impercettibilmente. Mi sentii confusa da me stessa: ero sempre stata forte, sempre dura contro il mondo. Perché ora mi importava di quello che stavano dicendo di me?

Udii Sebastian ridere insieme agli altri.

«Sì è innamorato» lo presero in giro. Un rumore secco mi fece intendere che aveva dato una pacca sulla spalla di un suo collega.

All'improvviso, però, si interruppero e non capii perché. Fissai il nulla a occhi sbarrati, quando d'un tratto udii dei leggeri schiocchi di lingua che scandivano il silenzio: sembrava il monito indulgente di un genitore davanti alle menzogne di un bambino.

Smarrita, con le orecchie che fischiavano, mi sporsi in avanti. Sbirciai dallo spiraglio soltanto per vederli tutti con lo sguardo puntato verso il fondo dello spogliatoio. E proprio lì...

No, urlò il mio cuore.

Andras. Se ne stava di spalle, con la schiena ampia e nuda che si stagliava contro il metallo degli armadietti. Aveva la maglietta appoggiata intorno al collo ed era intento ad allacciarsi la cintura. A ogni movimento i muscoli delle braccia si contraevano, vigorosi.

Mi sentii morire all'idea che avesse sentito quei discorsi.

«C'è qualche problema?» gli chiese Sebastian. Ero certa che lo odiasse a morte.

«Oh, nessuno» rispose con una voce che voleva essere solo divertita, ma risultò graffiante. «Mi chiedevo soltanto... Quando te la saresti fatta, *esattamente*?»

Sebastian guardò gli altri ragazzi intorno a lui, poi azzardò un ghigno. «In effetti ero troppo sbronzo quella sera. Perché?» Assottigliò le palpebre e si leccò le labbra. «Per caso ti piace?»

Andras si girò a guardarlo, e con un sorriso affilato domandò: «E se ti dicessi che è così?»

Smisi di respirare.

Calò il silenzio e io fui certa di aver sentito male.

«Se ti dicessi che a lei... ci penso?» sorrise ancora. «Che è molto più di quanto tu ed io... potremmo mai meritarci?» Sbatté l'armadietto, andandogli vicino. «Se ti dicessi che quando mi guarda, ma mi guarda *davvero*... è vita quella che vedo in fondo ai suoi occhi neri? Ha l'anima nello sguardo, perché è l'unica cosa che non le hanno ancora strappato via. Te la getta addosso ogni volta che incroci il suo, e tu... tu, cazzo, senti di esistere solo per quell'istante. Non c'è nient'altro. Tu non lo sai, ma è una delle cose più belle che vedrai mai. E se una come lei ti chiede di baciarla... tu pieghi la testa e le regali l'universo. Se ti chiede di donarti a lei... tu ti metti in ginocchio e ubbidisci. E se ti chiede di amarla... tu fai a pezzi te stesso pur di avere qualcosa da regalare a quell'incanto oscuro che le brilla dentro. E lo sai perché? Perché esistono le disgrazie ed esistono i capolavori. E poi c'è chi è l'unione di entrambi. E tu, mio caro Sebastian, puoi solo sognartela, una così. Anzi, no. *Io* me la sogno. Tu continua a sbavarci sopra».

Fissai il vuoto con espressione sconvolta.

«E se parli ancora una volta di lei in questo modo, ti stacco quel cazzo moscio di cui vai tanto orgoglioso».

Dovetti allungare il braccio dietro di me e appoggiarmi alla parete in cerca di sostegno.

«Vaffanculo!»

«Che c'è, ho toccato un nervo scoperto?»

Sebastian scattò in avanti. L'avevo capito persino io che era un gradasso e una testa calda, ma i suoi compagni tentarono comunque di fermarlo mentre si avventava su di lui: per una frazione di secondo Andras lo vide arrivare, eppure non si mosse di un millimetro mentre gli mollava un pugno sulla mascella.

«Ma che cazzo fai? Seb!» Le grida degli altri si innalzarono e mi fecero esplodere il cuore in ogni angolo del corpo.

Fortunatamente, in quel momento, qualcuno mi scansò e incespicai di lato. Sergei si gettò su Sebastian e lo strattonò via; Zora, insieme ad altri membri dello staff che erano stati attirati dal rumore, piombò nella stanza come un rapace furibondo.

«Che diavolo succede qui?» tuonò, vedendo chi era coinvolto. Ci impiegò poco a notare il viso pesto, il torace nudo e i capelli rossi tutti scompigliati di Andras. «Una rissa? Tra voi della sicurezza? Chi diavolo ha cominciato?»

Andras sogghignò.

«Io» disse.

Che cosa? Ma che cosa stava dicendo?

A parte i suoi ragazzi, che rimasero in ostinato silenzio, tutti gli altri lo guardarono con ostilità, come se non si fossero aspettati niente di diverso.

Zora, dall'alto, lo fissò con occhi che mandavano lampi.

«Ora basta» sibilò, con una calma rabbiosa ed elettrica, infischiandosene che tutti stessero assistendo alla scena. Si erano sempre mostrati compatti, un'unica autorità distribuita in due corpi, sia nel bene che nel male; ma era chiaro che in quel momento la situazione fosse troppo grave per giustificarlo. «È inaccettabile, hai superato il limite. Sei esonerato per almeno una settimana. Sarà Sergei a gestire la sicurezza in tua assenza. Sono stata chiara?»

Andras indurì la mandibola in un moto di fastidio. Quell'ordine sembrò stridergli sulla pelle e lui parve sul punto di mandarla al diavolo. L'istante dopo, però... il suo sguardo oltrepassò Zora e scivolò su di me. Arrossii e trattenni il fiato. Sembrò capire che se avesse acconsentito mi avrebbe tenuta lontana ancora di più e un sorriso sarcastico gli increspò le labbra.

«Agli ordini...» mormorò in un sussurro che mi fece tremare.

«Stasera resterai finché non se ne saranno andati tutti. Chiuderai tu». Zora girò i tacchi e si allontanò.

Andras la fissò intensamente da sotto le sopracciglia, la bocca socchiusa, la lingua che raccoglieva il sangue all'angolo del labbro, e non fiatò. Poi spostò lo sguardo e vide che tutti lo stavano osservando. La maggior parte con espressione di insofferenza e disgusto.

«Via tutti» intimò Sergei ai miei colleghi, agitando le mani come se stesse allontanando dei piccioni. Si mossero lentamente, quasi delusi che lo spettacolo fosse finito. Rivolsero a Sebastian occhiate di comprensione, come se fosse vittima di un'ingiustizia; verso Andras, invece, mostrarono solo avversione.

E fu con amarezza lacerante che, in risposta, lo vidi sollevare un angolo della bocca.

Lui non voleva che sapessero che in realtà mi aveva difesa.

Eccolo lì. Andava in scena ancora una volta.

Falso, sprezzante al punto giusto, come un sovrano annoiato, un re che i sudditi non vedono l'ora di spodestare.

Gli sguardi di odio erano i suoi applausi.

Il suo silenzio, l'inchino irriverente con cui li ringraziava.

Non gli importava che fraintendessero.

Non gli importava di suscitare il loro sdegno.

No. Era esattamente ciò che voleva.

«Mireya. Tutto bene?» Ruby mi sfiorò un gomito. Annuii una volta soltanto e, mentre tutti se ne andavano per finire di sbaraccare il locale, lei si offrì di accompagnarmi a sistemare le bottiglie.

Mi voltai verso Andras, ma mi aveva già dato le spalle.
Perché si era comportato così?
E perché... non aveva neanche provato a difendersi?

«Sei sicura che non vuoi che ti aspetti?» mormorò lei una volta che avemmo finito.

«Tranquilla, vai. Io devo ancora cambiarmi».

Ruby mi osservò titubante, restia a lasciarmi da sola, ma le comunicai con uno sguardo di non preoccuparsi. Quando udii i suoi passi allontanarsi oltre la porta fino a svanire, mi alzai dal panchetto e uscii dagli spogliatoi.

Il Milagro's era silenzioso come una tomba.

Camminai piano tra i corridoi deserti, godendo della sensazione insolita e conturbante che trasmettono i posti affollati dopo la chiusura. Erano andati via tutti, anche Zora, che dopo essere salita al suo ufficio aveva lasciato il locale pestando i piedi come una furia. Non doveva essere affatto facile per lei dover gestire continuamente quel genere di dinamiche, e una parte di me la comprendeva.

Lui era in sala. Soltanto le luci sotto al palco erano accese, con il risultato che l'aria riluceva alle sue spalle di una penombra violenta.

Era stravaccato su una sedia che aveva strappato a un tavolino; un braccio gli pendeva dallo schienale, l'altro era appoggiato sulla gamba piegata. Non indossava la sua collana, e fumava con la testa reclinata all'indietro, aspirando con le guance incavate e le ciglia socchiuse; sapevamo tutti che era severamente vietato, ma trasgredire a quella regola sembrava un ottimo modo di farsi beffe dell'ordine che gli aveva impartito Zora.

Nel vederlo, sentii il cuore dimenarsi fino a serrarmi la gola.

Per un momento riconsiderai l'idea di fare dietrofront e fuggire da quella vista maledetta; stare lì a fissarlo, come un guardiano imperturbabile e osceno, assorto nei suoi pensieri... Che cosa speravo? Che reagisse a me come io reagivo a lui?

«Non si può fumare dentro al locale».

I suoi occhi scattarono nella mia direzione. Il torace nudo si contrasse e, quando capì che ero io, potei giurare di vederlo sussultare. Mi meravigliai ancora di più della reazione che ebbe subito dopo: le sue pupille si allargarono e dentro ci balenò qualcosa. Una crepa scioccata. Una scintilla di... terrore?

«Che cosa ci fai qui?»

Il mio battito accelerò sotto i vestiti.

Cercavo te.

«Stavo per andarmene, ho visto le luci accese».

Lui mi guardò dritta negli occhi.

Non avrei mai pensato di associare quel termine a lui, ma per la prima volta Andras mi apparve... *fragile.* Ormai avevo capito che la maniera incomprensibile in cui si comportava era il suo modo di difendersi non dagli altri, ma da ciò che davvero percepiva come un ostacolo: il proprio cuore.

E io... io, maledizione. Io, quel cuore, avrei soltanto voluto baciarlo.

«Zora non sarebbe felice di vederti trasgredire alle sue regole».

«Dirò alla sicurezza di sbattermi fuori, allora».

Mi avvicinai piano. Continuai a farlo parlare nel tentativo di stemperare la tensione che gli leggevo negli occhi, ma Andras non si fece distrarre. Non mi perse di vista un secondo, e, quando fui abbastanza vicina da sfiorare il suo ginocchio con il mio, sembrò essersi dimenticato della sigaretta che teneva in mano. Mi fissò da sotto le ciglia come una bestia guardinga, pronto a scacciarmi. Schiuse le labbra e preparò quella che fui certa sarebbe stata una risposta da vero stronzo, ma io non gli diedi il tempo di pronunciarla.

«Fammi vedere, dai». Senza aspettare che potesse protestare, gli tirai delicatamente su il mento e studiai il livido sul suo viso. Sapevo che non si sarebbe preoccupato del labbro gonfio e della pelle arrossata, così, silenziosa e paziente, tirai fuori un fazzolettino che mi ero portata dagli spogliatoi e glielo appoggiai sull'angolo della bocca.

Come se fosse la cosa più naturale del mondo.

Andras non si mosse. Restò rigido tra le mie mani, le labbra schiuse. Sembrava che di tutte le cose che avrei potuto fare quella fosse l'ultima in assoluto che si sarebbe aspettato. «Che stai...»

«Mi prendo cura di te».

Mi guardò come se fossi matta. Quelle parole sembrarono colpirlo a tal punto da fargli sbattere con forza le palpebre.

«Non ho bisogno che...» Inasprì la voce, sconvolto e senza fiato. «Non... mi serve che tu faccia assolutamente...»

«Sì, invece» mormorai calma. «A te non importa. Anzi... ne sembri quasi contento. Sembra quasi che aspetti con ansia il momento in cui ti colpiranno e ti daranno il ben servito... non è forse così?»

Andras mi guardò prima gli occhi, poi la bocca. Infine, mostrò un sorriso predatorio.

«Le ferite peggiori ce le facciamo amando, Mireya. Non odiando. È nell'odio che siamo ancora noi stessi. Padroni e non schiavi. L'unico sentimento che invece di incatenarci, ci libera».

«È per questo che hai paura di far vedere agli altri che potresti essere una persona decente?»

Andras scoppiò a ridere.

«*Che cosa?*»

«Non è forse quello che vuoi? Apparire come un mostro senza cuore?»

Mi aveva già parlato una volta dell'odio e del controllo. Cominciavo a credere che per Andras quella fosse una strategia contorta, assurda e malata per non farsi piegare.

Un modo per legare gli altri a sé.

Non sapevo cosa lo avesse portato a viversi così un bisogno tanto puro, cosa fosse successo con e dopo Coraline, ma ero certa che le mie intuizioni non fossero troppo sbagliate.

«Ora cerchi del buono in me? Proprio tu, che mi hai detto

che sono un vile, un egoista, e che finirò senza uno straccio d'amore?» Le mie dita ebbero un piccolo fremito e lui mi intrappolò in uno sguardo feroce e divertito. «Mi deludi, bestiolina».

Ma tu sei bravo. Molto bravo.

Mi hai trascinata nella tua messinscena.

E io mi sono accomodata in platea, unita al disprezzo generale, all'orda di maschere distorte dal rancore. Io ho applaudito come tutti gli altri.

Ma vedi, Andras... un bravo attore si riconosce quando sa smettere di recitare.

E tu non lo fai mai.

E forse... forse è questo di cui hai bisogno.

Di qualcuno che non ti creda più.

Di chi, invece di donarti fasci di rose per la performance, ti porga una mano e ti dica che lo spettacolo è finito.

«Ti delude di più che io abbia cambiato idea o che non lo abbia pensato fin dall'inizio?»

Un lampo di esitazione turbò il cielo del suo sguardo. Svelta, mi infilai in quella incrinatura.

«Che cos'è successo?» domandai, interrompendo con noncuranza il contatto visivo. Andras esitò e mi scrutò con sospetto.

«A che ti riferisci?»

Lo sapeva perfettamente, ma ammetterlo voleva dire dargli importanza.

«Al motivo per cui hai un labbro tumefatto. Che cos'è accaduto tra te e Sebastian?»

Continuai a tamponargli la ferita e lui inclinò di lato il viso, sogghignando. «Niente».

Stupido. Ti faresti prendere a schiaffi piuttosto che confessare di aver fatto qualcosa di lontanamente buono per qualcuno.

«Non sembrava niente. Anzi. Sembrava qualcosa di una certa importanza».

«Cosa vuoi che ne sappia di cosa è importante per quel povero sfigato». Si portò un'ultima volta la sigaretta alle labbra e poi la spense nel posacenere del tavolo al suo fianco.

Mi trattenni dall'arricciare con fastidio il naso, quando soffiò fuori il fumo come se non avesse appena preso le mie difese davanti a un manipolo di zotici che si davano il cinque quando si portavano a letto una collega.

Ma era certo che io fossi all'oscuro di quello che era successo davvero in quegli spogliatoi, e questo gli permetteva di farmi credere qualunque cosa.

Peccato che io avessi sentito tutto.

«Bene... perché ho intenzione di fare sul serio con lui».

Andras mi piantò addosso uno sguardo assassino.

«Che?»

«Sì». Mentii con leggerezza, sfiorandogli i capelli sulla tempia mentre continuavo a medicarlo. «Lui mi pare proprio un tipo a posto. Divertente, premuroso...»

«*Premuroso*» ripeté con tono schifato. Nella sua voce si affacciò qualcosa di incontenibile, ma continuai comunque a provocarlo.

«Sì, sai. Uno di quelli che ci tiene».

«E da quando a te piacciono quelli *così*?»

«Ho un debole per i ragazzi sensibili. E quelli che non hanno paura di prendersi ciò che vogliono».

«E io cosa sono, invece?»

Aveva i capelli spudoratamente scompigliati, le gambe aperte in modo scomposto, i pettorali robusti sotto a un'espressione animata da uno sdegno feroce. Lo guardai e sentii uno spasmo scuotermi per un istante il petto: «Tutto il contrario». Mi fissò con una intensità avvolgente e io dovetti schiarirmi la voce.

«Quindi ti pregherei di non fare altre risse con lui... Sono certa che capirai. Tanto si tratta di 'niente', giusto? Sono sicura che puoi gestirlo...» conclusi, sollevando con noncuranza le spalle.

Andras serrò lentamente la mandibola. Vidi le sue labbra muoversi come se volesse dire qualcosa, ma dovesse sforzarsi per restare indifferente a tutti i costi. Sembrò odiarmi solo per averlo messo all'angolo, e il mio orgoglio cantò vittoria.

Lo lasciai andare e mi allontanai.

«Ho finito. Ti serve un cerotto, ne ho uno...»

La sua mano mi agguantò bruscamente la coscia. Trasalii mentre la stringeva in una presa autoritaria e con il volto di profilo sibilava: «Non lui».

Rabbrividii.

«Come?»

«Ho detto: non lui».

Un bisogno sgomitò dentro di me, fino a riflettersi nelle mie iridi tremanti.

Ammetti di avermi difesa.

Ammetti di tenere a me, cazzo. Ammettilo.

«Perché?» soffiai.

«Perché è un pezzo di merda».

Storsi la bocca. «Ho una certa dimestichezza con questa categoria di persone. So badare a me stessa».

La sua mano mi trattenne e Andras scattò in piedi.

Il suo corpo gigantesco divorò l'unica fonte di luce e sorpresa gli inciampai nei piedi mentre avanzava fino a spingermi contro il bancone, il petto che si dilatava con furia e il respiro che mi incalzava. Dovetti aggrapparmi con le mani al bordo del ripiano e con il cuore a mille lo vidi piegare il capo su di me.

«Tu *non* sai badare a te stessa. Non riesci nemmeno a distinguere chi ti fa del bene da chi ti fa del male».

Deglutii a malapena.

«E tu che cosa mi fai?»

«Lo sai benissimo, Mireya».

Sentii le gambe vibrare, inebriata dal suo profumo maschile, dal sentore bollente e virile della pelle che urlava a un palmo dal mio naso. Non riuscivo proprio a controllare le sensazioni travolgenti che Andras riusciva a provocarmi. Era avvilente. Volevo che mi toccasse, che mi parlasse, che mi respirasse vicino. Volevo squarciargli la ragione, infestargli il cuore, trascinarlo con me sull'orlo del precipizio.

Più di tutto... volevo essere speciale per lui.

Volevo che vedesse me, solo me, come io vedevo soltanto lui.

«E quello che è successo a Capodanno, allora? Quello non conta niente?» Mi impuntai, guardandolo dritto in faccia con tutta l'angoscia che provavo. «Non fingere di non essere stato te stesso. Non fingere che quella che hai detto non fosse la verità, perché sappiamo entrambi che non è così. Tu mi hai confessato qualcosa, quella sera. E lo fai ogni volta che mi guardi, che litighi con me e mi dici che per te non conto niente» continuai, sentendo la gola grattare per la foga con cui esternavo ciò che sentivo. La frustrazione mi rendeva avventata e lui avrebbe riso di me, forse, ma ero stanca di trattenermi. «Anche io ti sogno» sbottai, sfibrata e arrabbiata. «Ti sogno a occhi aperti, ma ti sogno».

Lo avevo detto.

Mi morsi le labbra e resistetti all'impulso di abbassare il capo, perché non volevo mostrarmi fragile.

Andras rimase in silenzio.

Mi guardò come se avesse voluto mandarmi via a calci e allo stesso tempo infilarmi la sua anima dappertutto.

Come se nei miei occhi vedesse davvero un bellissimo Eden.

Lo stesso per cui aveva lottato.

Lo stesso per cui era stato maledetto...

«Cosa credi che provi per te? Affetto? *Amore?*»

Intuii che voleva sondarmi, o mettermi alla prova, e questa volta abbassai gli occhi.

Amore... No quello è un concetto troppo facile per te.

Non so cosa provi quando mi guardi.

Ma so che dentro c'è tanta paura, molto bisogno, brividi, morsi e stelle, un po' di carezze e un pizzico di follia, mani che tremano e il bisogno di essere amato a squarciagola, con le costole, le mani e i baci sul cuore. Cerchi qualcuno che ti voglia senza mezze mi-

sure, che ti consumi fino alle ossa, fino a ridurti in cenere, perché è solo così che quelli come noi hanno bisogno di essere amati...

«Io non sono premuroso».

«Lo so».

«E non ti chiamo 'splendore'».

«Lo so...»

«Io sono la persona sbagliata per te».

«Sì» sussurrai, ma soltanto io sapevo in che misura. E c'era tristezza in quell'ammissione, perché, se era davvero così, e aveva ragione mamma, allora eravamo destinati a perderci per sempre.

Sconfortata, gli guardai il petto muscoloso. Poi... infilai le dita dentro i passanti dei suoi pantaloni e lo attirai a me.

Andras emise un ringhio roco, che sentii risalirmi con un formicolio lungo la spina dorsale. Lo colsi alla sprovvista, ma si spalmò comunque contro di me, strappandomi un brivido da capogiro. Assorbii tutto il calore del suo corpo statuario e un sospiro tremulo mi si gonfiò in gola quando incastrò un ginocchio solido tra le mie cosce.

Non dovevo distrarmi. Inalavo aria a fatica, con le gambe molli e la sua vicinanza a intorpidirmi i sensi, ma sarei arrivata fino in fondo a quella conversazione.

E avrei trovato il modo.

«Ora ti preparerò qualcosa da bere» proposi dal nulla. «Se indovino cosa ti piace, e sarà di tuo gusto, tu mi dirai esattamente cosa sono io per te».

Per la prima volta non mi importava di apparire infantile ai suoi occhi: volevo trovare un pretesto per aprirmi uno spiraglio, per indurlo ad ammettere che per me qualcosa provava, come aveva fatto con Sebastian e gli altri poco prima.

Non importava se per farlo dovevo ricorrere a qualche sciocco stratagemma.

Andras era sbagliato per me? Probabilmente sì.

«Non conosci i miei gusti».

«Accetti o no?»

Andras scrutò ogni lineamento del mio viso, incuriosito. Sapevo che non avrebbe mai acconsentito esplicitamente – non era da lui ubbidire o scendere a compromessi con la gente – ma lo conoscevo abbastanza da sapere che quel genere di sfide impossibili in realtà lo intrigava.

Ecco perché l'avevo proposta.

Con delicata fermezza, lo sospinsi indietro e mi separai da lui; mi lasciò fare mentre passavo sotto al suo braccio e scivolavo dietro al bancone.

Analizzai ciò che lui solitamente beveva. Il B-52 era un cocktail dal sapore forte, con un netto contrasto tra il liquore al caffè e quello della crema di whisky; scartai quindi qualsiasi proposta delicata al palato e cercai di orientarmi su un sapore più pungente, acre, ma altrettanto rotondo.

Valutai anche un altro aspetto: Andras fumava. Il fatto che presumibilmente apprezzasse il retrogusto del tabacco mi suggerì che una componente affumicata potesse essere una scelta intelligente: afferrai un Torbato e mi misi al lavoro.

Avrei potuto sbagliare tutto. Bruciarmi quella sciocca possibilità che avevo. Quel pensiero mi assillò per tutto il tempo, mentre preparavo qualcosa che speravo potesse convincerlo a cedere.

Lui, nel frattempo, si era seduto su uno degli sgabelli, una gamba piegata e l'altra piantata sul pavimento. Seguiva pigramente le mie mosse con i gomiti appoggiati al bancone e una strana sfumatura negli occhi.

«Dove hai imparato?» domandò.

«A Malvern. Mia madre cantava al casinò della città e mi portava sempre con sé. Il proprietario le permetteva di lasciarmi in un angolino, dove potevo guardarla e venivo controllata dal barista. È stato lui a insegnarmi».

Sentii il suo sguardo indugiare sul mio viso.

«È questo che sogni di fare?»

Incrociai le sue iridi, sorpresa, e mi bruciarono le guance.

«Io...» tergiversai. «Sì...» farfugliai. «Sogno di avere un locale tutto mio. Fin da quando sono piccola. Ho sempre pensato che mi sarebbe piaciuto, un giorno, avere un posto così... dove la gente può sentirsi accolta, trovare un rifugio, entrare in una realtà tutta sua ed essere ciò che vuole... Un posto in cui lasciarsi blandire dalla musica, dai profumi e dai sapori, in cui dimenticare per un istante le angosce e sentirsi liberi. Un posto in cui persino i miracoli sembrano reali. Un po'... un po' come il Milagro's».

Lo sguardo penetrante con cui Andras mi stava fissando mi fece vergognare. Mi sentivo sempre stupida a parlare dei miei sogni. La speranza sembrava davvero una roba da bambini, a volte.

«E vorresti aprirlo a Philadelphia?»

«Forse, perché no. Credo che sarebbe comunque molto diverso da questo posto. Niente palco, niente spettacoli. Forse solo un po' di musica dal vivo e una selezione di cocktail di altissimo livello. Magari mia mamma ci potrebbe pure cantare...»

«Forse, se un giorno glielo chiedessi, Zora potrebbe darti una mano».

«Davvero?»

Lui colse la scintilla di gioia in fondo ai miei occhi e rimase a guardarla senza muoversi. Una strana sfumatura, calda e più docile, brillò impercettibilmente nel quarzo delle sue iridi.

«Ho finito» bofonchiai dopo un po'. Mi asciugai le mani, poi, con un saltello, mi issai sul bancone. Zora mi avrebbe come minimo infilzata con un tacco quindici se mi avesse vista fare una cosa del genere, ma non ci pensai troppo mentre mi voltavo verso di lui con una gamba raccolta sotto di me e l'altra che dondolava nel vuoto, vicino al suo fianco.

Sollevai il bicchiere e glielo porsi.

«Tieni».

Avvertii una punta d'ansia quando Andras lo prese. Il ghiaccio tintinnò tra le sue dita. Ne valutò il colore rossigno, simile alla sfumatura dei suoi capelli, e io rimasi in attesa.

Poi, lentamente, lo portò alla bocca.

Il cuore mi scalpitò nel petto mentre appoggiava le labbra al vetro, le schiudeva e accoglieva la miscela sulla lingua. Aspettai il verdetto con la schiena tesa e il piede che si muoveva nervosamente, impaziente di sapere se avevo avuto successo.

Una volta che ebbe deglutito, studiai il suo viso in cerca di una reazione.

«Allora? Ti piace?»

Il mio tono di voce gli comunicò il mio nervosismo, ma lui non fece altro che restare in silenzio e tenermi sulle spine. Ne saggiò il retrogusto muovendo leggermente la mandibola, gli occhi di cristallo scivolarono in basso, sul bancone, fissandolo pensieroso attraverso le ciglia.

Infine, appoggiò il bicchiere sul tavolo.

Non gli era piaciuto.

Incurvai le spalle. All'istante mi resi conto che quel momento per me aveva significato molto di più: era la prima volta che assaggiava qualcosa di mio e avrei voluto sorprenderlo. Una parte di me sperava sul serio che fosse di suo gusto, che mi trovasse capace, talentuosa, in gamba...

Delusa, presi il bicchiere.

«Che stai facendo? Non hai l'età per bere alcolici». Me lo tolse immediatamente dalle mani e io misi il broncio.

«Voglio solo assaggiarlo» brontolai, sconfortata. «Altrimenti come faccio a sapere che gusto ha...»

«Vuoi sapere se sei stata brava?»

Andras tenne gli occhi inchiodati ai miei, e per un attimo l'intera sala sembrò ridursi soltanto a quelle gemme brillanti, scolpite a regola d'arte. All'improvviso provai una strana aspettativa. La sentivo arrampicarsi tra le cosce, dentro l'ombelico, negli spazi fra le costole. Era la tensione esaltante che soltanto il suo sguardo riusciva a farmi provare. «Allora avvicinati».

Inclinò il bicchiere per avvicinarmelo alle labbra e io mi sporsi in avanti.

«Di più».

I capelli mi scivolarono sulla gola mentre mi allungavo ancora.

«Di più...»

Gli poggiai una mano sulla spalla nuda. Era calda e liscia, solida e a dir poco meravigliosa. Avvicinai le labbra aperte, agognando finalmente il contatto con il vetro, ma lui continuò a negarmelo.

«Ancora un po', bestiolina». Con la sua voce roca a guidarmi, poggiai l'altra mano sul suo ginocchio, scivolai in avanti e arcuai la schiena, proprio come un gatto, ormai tesa sul bancone e verso il bicchiere. Il mio fiato appannò il bordo trasparente, l'aroma mi pungolò le narici...

Poi Andras lo tirò via da me. Senza darmi il tempo di capire, lo buttò giù tutto in una volta, mi afferrò per i capelli e poi mi baciò con ardore.

L'alcol mi esplose sul palato. La sua lingua mi scivolò in bocca e io repressi a stento un singulto mentre le guance si infiammavano con violenza, il respiro mi veniva strappato via e io mi perdevo una volta per tutte nel suo delirio.

Il sapore bruciante del whisky prese il sopravvento, l'eccitazione del bacio accelerò il battito a dismisura e l'adrenalina entrò in circolo, diffondendo un piacere intenso ed esaltante.

Il ventre prese a formicolarmi; serrai le unghie sul suo ginocchio mentre mi reggevo a fatica in equilibrio, accaldata, estasiata, le cosce tremolanti per lo sforzo di non cadere.

Me lo fece assaggiare così.

Con la lingua bollente che si prendeva tutto di me, il braccio sollevato a trattenermi e la bocca persa in una bramosia selvaggia e avvolgente.

Più Andras mi faceva assaggiare la sua anima, più io me ne ubriacavo.

Mi aveva detto che voleva tornare a essere come due estranei, cosa a cui io non credevo.

Mi aveva detto che ero la sua debolezza, cosa che io non capivo.

E mi aveva detto di dimenticarlo, cosa che io non riuscivo a fare.

Non riuscivo... proprio a farlo.

La nuca cominciò a farmi male. Tuttavia, non smisi di baciarlo.

Ricambiai con lo stesso trasporto e non osai cambiare posizione, fin quando lui non mi concesse un attimo per rifiatare e cessò il suo assalto.

Ci separammo e per un istante mi mancò la terra sotto i piedi.

«Allora ho vinto io» sussurrai sul suo viso, come una bambina.

Pensai che avrebbe riso di me, o negato, invece... Andras inclinò il volto e addolcì lo sguardo.

Poi sorrise.

Lo fissai incredula.

Con il pollice mi ripulì uno sbaffo lucido di liquore dalle labbra tumide, e io sentii il cuore dolermi fortissimo.

Rivestita di una speranza luminosa che mi indorò il cuore fino a renderlo una cattedrale di luce, rimasi immobile dentro il suo sguardo come una fogliolina tremante.

«Vuoi sapere cosa sei per me?»

E lui...

Lui mi stregava.

Rendeva il mondo una follia.

Metteva in ginocchio tutti i miei mostri e al loro posto seminava arcipelaghi di stelle.

Era l'unico in grado di sconquassarmi l'esistenza.

L'unico in grado di stravolgermi il respiro.

L'unico per cui l'anima riuscisse a brillarmi come un incanto.

Ma io sceglievo di odiarlo, perché era più facile che amarlo.

«Tu sei la mia Arcadia, Mireya».

10
Salvezza o rovina

A volte l'inferno è il paradiso
di chi ha smarrito la strada.

Aggrottai le sopracciglia.

«E adesso questa chi è?»

La sua mano mi toccò la nuca. Mi attirò a sé e il mio broncio lo fece ridere.

«Non dirmi che sei gelosa».

Amavo quando rideva così.

Gli occhi sembravano più azzurri, le iridi risplendevano di vita e quel suono morbido e profondo che gli usciva dalle labbra carnose faceva vibrare ogni parte di me.

Andras era stupendo, ancora di più quando lo vedevo vestito di luce, piuttosto che con la sua solita inavvicinabile autorevolezza.

Lo fissai immusonita.

«Non sono gelosa».

Dio, se ero gelosa!

«Sicura?» Andras continuò a sorridere, divertito. Inspirai l'odore virile del suo collo scoperto, della sua pelle e dei suoi capelli.

«Non è giusto. Qui ogni due per tre ne salta fuori una» brontolai, fregandomene di apparire infantile. «Non si può mai stare tranquilli».

Gli strappai un'altra risata, più bassa e soffice.

Cercai di raddrizzarmi, ormai accettando la sconfitta, ma lui mi trattenne. Non mi faceva male, ma la sua presa sulla mia nuca mi impedì di allontanarmi.

«Arcadia non è una persona» disse, mentre il suo sorriso sfumava in un sussurro neutro sul mio viso. Mi chiesi cosa volesse dire, ma all'improvviso ricordai.

«Et... in Arcadia ego» mormorai incerta. Abbassai gli occhi sulle sue clavicole, dove, senza la giusta luminescenza, era impossibile scorgere alcuna linea o disegno.

Il tatuaggio a luce nera era lì, inciso sulla sua pelle, ben nascosto alla vista ma impresso come un marchio invisibile. «Che cosa significa?»

«Mi hai chiesto di dirti che cosa sei per me. Non di spiegarti il significato».

Allora sei stronzo...

Lo guardai con una smorfia stizzita, perché mi aveva fregata. Andras ricambiò con gli occhi luminosi di un bambino. Solo lui poteva guardarmi così quando ero incazzata.

«Tu giochi sporco!»

«Ho una predilezione per i giochi sporchi, bestiolina».

Per poco non mi strozzai con la mia stessa saliva. Dovetti sembrare una vera idiota perché lui scoppiò di nuovo a ridere.

«Sei un cretino» lo insultai, ma servì a poco. Se in genere il mio modo di fare scontroso e indisponente mi rendeva poco simpatica agli altri, Andras, per qualche strano motivo... sembrava apprezzarlo. Il mio carattere indomabile stuzzicava la sua anima irriverente, la affascinava inspiegabilmente e gli riverberava nello sguardo come una vampa curiosa di adrenalina.

Mi faceva sentire... bene. E mi piaceva da morire.

Sembrava quasi fossimo nati dalla stessa stella.

Io e lui.

Due fiamme dello stesso incendio.

Due frammenti della medesima notte.

«Mi dirai mai qualcosa di te?»

Quella domanda mi uscì piano.

Il suo sguardo perse un po' di luce, e scese lentamente sulle mie labbra. Per un attimo temetti di averlo infastidito. Non sapevo mai come superare quel limite che tratteggiava con il sarcasmo e la provocazione. Sembrava un confine invalicabile, un reame lontano e irraggiungibile le cui porte nessuno poteva varcare. Con rammarico, capii che non mi avrebbe mai svelato niente di sé.

«Mia madre amava il Natale» sussurrò.

Per un attimo fui certa di essermi sbagliata. Quando realizzai quello che aveva detto, il cuore mi martellò nella gabbia toracica e rimasi a guardarlo, cauta, nella speranza che continuasse.

«Faceva sempre un albero immenso e i domestici attendevano quel momento per tutto l'anno. Non importava quanto insistessero per aiutarla, lei voleva farlo da sola. Restavano incantati ad ammirarla e mi raccontavano che prendeva una scala, lasciava suonare un giradischi e la casa intera si riempiva di quella magia». Lo ascoltai in silenzio. «Quando è morta... mio padre non ha più voluto farne uno. Nessuno avrebbe potuto restituire alla casa quell'incanto, nessuno. Tutto si è spento con lei. Da bambino lo desideravo disperatamente». La sua voce si ridusse quasi a un sibilo. «Speravo che lei potesse rivivere in quelle luci. In quel calore. Speravo di entrare un giorno e trovare lì qualcosa che lei amava tanto, per sentire anch'io un briciolo di quel senso di famiglia e di casa che tutti provavano almeno una volta. E quando quella sera tu lo hai fatto per me... Quando ti ho vista lì, ad aspettarmi tra tutti quegli addobbi, quei festoni e quelle luci, come una volta faceva lei, io...» Non concluse e io in lui scorsi una crepa di vulnerabilità che mi colpì il cuore.

Ricordai la sua espressione in quel frangente. Il sorriso stupendo che aveva fatto.

Il modo in cui mi aveva guardata...

Un brivido mi vagò sulla pelle fino a serrarmi il respiro. Sentii il desiderio ardente di allungare le mani e toccarlo per sincerarmi che fosse vero. Ero ammutolita, impacciata e temevo sul serio di rovinare quel momento.

«Come si chiamava?» trovai il coraggio di domandare.

«Gwenevere». La sua voce risuonò con estrema dolcezza dentro di me, stupendomi di nuovo. «Si chiamava Gwenevere».

«È un bellissimo nome...» Camminai in punta di piedi in quell'intimità di cristallo, sperando di non incrinarla. Zora mi aveva accennato a sua madre, e avevo già intuito che si trattasse di qualcosa d'importante. Sapere che l'aveva persa mi permetteva di comprendere con tristezza il valore di ciò che mi stava dicendo. Non ero brava con la dolcezza, non sapevo essere delicata... ma era la prima volta che Andras si apriva con me e mi sembrava davvero il più inaspettato dei momenti. «Le somigli?»

Lui parve rifletterci. Non mi guardò mentre mormorava: «Ho il suo naso, forse qualcosa di lei nella forma delle labbra. Ma per il resto... non credo di somigliarle».

«È stata lei a chiamarti Andras?»

Realizzai di aver appena fatto un passo falso. Spostò con lentezza spaventosa le iridi su di me, ora due lame addolorate e acuminate, e io capii con angoscia di aver chiesto la cosa sbagliata.

«No» sibilò a voce bassa.

Si alzò in piedi e si allontanò. Mi sembrò di sentire il filo che ci aveva appena uniti strattonarmi per il petto e spezzarsi, troppo fragile per resistere.

Era difficile tenerlo con me. Sembrava che Andras soffrisse ogni volta che a fatica sfioravo tasti del suo passato. Sdrammatizzava con una parola, una risata, tutta l'ironia che usava come scudo, perché aveva paura.

Ma non degli altri...

Del suo cuore.

Era di lui che non si fidava.

Gli aveva messo la museruola e lo aveva spinto in gabbia perché la vita gli aveva insegnato che amore significava perdita, significava legarsi a qualcuno solo per essere condannati a sentirsi aprire il petto, scardinare le costole e subirne per sempre la mancanza.

«Andras...»

«Lo sai perché sono così, Mireya? Perché questo mondo ti *schiaccia*». Mi aggredì voltandosi come una furia. «La vita ti fa a pezzi in ogni modo immaginabile e tu non puoi permetterti di cadere in ginocchio, non puoi permetterti di cederle *niente*, neanche un fottuto millimetro di quello che lei cerca costantemente di strapparti via. È questa la verità. E non è difficile da comprendere. Devi essere un disastro per reggere il caos».

Sul viso gli saettavano emozioni truci e dolorose. La sofferenza che provava mi colpì a ondate, infrangendosi contro tutto quello che avevo sempre creduto di lui.

«Non tutti vengono per pugnalarti alle spalle, Andras».

«E cosa vengono a fare?»

«A sanguinare insieme a te».

Lui fece qualcosa che non faceva mai: sbarrò gli occhi.

Mi guardò come se avessi detto l'ultima cosa che si sarebbe mai aspettato, o forse quella che con rabbia e desolazione aveva atteso per tutta la vita. Istintivamente mi portai la mano sul fianco, dove c'era la cicatrice. Quel gesto attirò la sua attenzione.

«Io so cosa significa. Sentirsi devastati, abbandonati, senza speranza... è un marchio che porterò addosso per tutta la vita. Ti logora dall'interno, ti riempie le vene, arriva quasi a ucciderti senza farlo veramente e tu urli, scalci e lotti perché sai che devi farcela da solo, ma speri comunque che qualcuno arrivi a salvarti. Non puoi farne a meno. E a poco a poco... Non ti amalgami più con nessuno. Ti si è incancrenito qualcosa dentro, e nessuno sembra capire che i tuoi occhi sono rimasti troppo a lungo in quell'oscurità per non rifuggire qualsiasi luce. Ti senti l'unico. Ma questo... questo non vuol dire che non ci siano altri che capiscono ciò che provi».

Avrei voluto dirgli che a me andava bene così.

Che di destini, io, non avevo mai saputo che farmene.

Che quelli come noi non avevano bisogno di piume e carezze, avevano bisogno di essere sbrecciati, sverniciati, graffiati dal dolore che si portavano dentro, perché nessuno ci aveva mai insegnato davvero come si facesse ad amare.

Ma quando io e lui eravamo insieme... Quando mi imbronciavo e in risposta lui mi sorrideva... Quando mi cacciavo nei guai e lui puntualmente veniva a riprendermi... Quando mi prendeva in giro, mi attirava a sé e mi chiamava 'bestiolina' come se fossi la cosa più bella e adorabile del mondo... quello... quello ci legava.

«Tu non capisci. Quanti anni hai, Mireya? Diciannove? Sei una ragazzina. Pensi di essere come me? Pensi che noi due siamo uguali? A te la vita ha fatto male quando non lo meritavi. Quello che ti è successo è ingiusto e triste, perché tu sei... tu sei buona e ti meriti cose buone» ammise, con voce bassa e sincera. «Ma per quanto riguarda me... non ho avuto disgrazie. Io sono la disgrazia. E tu... tu non sarai la prossima persona che rovinerò».

«Andras... Tu non puoi più salvarmi». Lo guardai triste. «E forse dovresti solo accettare che non sarò mai la cosa fragile e preziosa che magari vorresti. Io non sarò mai Coraline... non sarò mai come lei. E tante volte anch'io mi sono sentita sola in un dolore che gli altri non potevano capire. Non devi proteggermi. Devi soltanto vedermi per ciò che sono, perché per la prima volta è ciò che desidero davvero...»

Mi soppesò esitante. Non sapevo come dare voce ai miei sentimenti; volevo solo che si fidasse di me, che ascoltasse il suo istinto e si lasciasse andare, così mi alzai in punta di piedi.

Andras trasalì bruscamente quando gli schioccai un bacio lento sulla gola.

Mi allontanò subito e io lo fissai confusa.

«Stai... ferma con quella bocca» mi ammonì, inflessibile, respirando a fatica dalle narici.

«Perché?»

«Perché sì! Quando fai così non riesco... non riesco a...»

«A?»

Andras mi rifilò un'occhiata di fuoco, come se la mia presenza gli risultasse intollerabile.

Aveva l'aria di uno che mi avrebbe volentieri legato a una sedia e stretto un bavaglio sulla bocca per farmi stare ferma e zitta, ma, invece che dargli retta, proseguii imperterrita.

Feci esattamente il contrario di ciò che mi aveva chiesto.

Rapida, gli scoccai un bacio sul pettorale sinistro. Lui fece un passo indietro, ringhiando come un animale selvatico.

«Ti ho detto... E smettila!» Mi afferrò per le spalle nel tentativo di trattenermi. Il mio sguardo sprigionò lampi di sfida mentre gli sfioravo la clavicola con le labbra, strappandogli un ansito involontario che gli vibrò in fondo alla gola.

Divenne quasi una battaglia. Continuai più ostinata che mai e lui, che non scappava davanti a pugni, calci e violenza, incespicò all'indietro come se non sapesse come gestirmi, come se mi fossi trasformata nella creatura più pericolosa e minacciosa che aveva per le mani.

La sua ragione si sforzò di tenermi lontana, il suo corpo però si surriscaldò e le sue dita mi strinsero troppo forte per permettermi di allontanarmi davvero. Ero minuscola in confronto a lui, facevo ridere; non gli arrivavo nemmeno al viso e avrebbe potuto respingermi in qualunque momento, ma le sue mani non mi lasciarono andare.

La sua pelle vibrava ogni volta che la sfioravo.

Le labbra gli fremevano.

E nei suoi occhi brillava una sfumatura repressa ma luminosissima, capace di trafiggere persino l'orlo intrepido delle ciglia.

Vidi le sue ginocchia piegarsi quando incontrò un divanetto. Perdemmo l'equilibrio e ne approfittai per salirgli a cavalcioni e riuscii a spingergli un bacio caldo sotto la mascella.

Un altro gemito gli sfuggì dalle labbra. Andras infilò la mano nei miei capelli e in un gesto istintivo mi portò il volto a un palmo dal suo.

«Tu... tu sei una maledetta sciagura». Mi respirò sulla bocca e io lo fissai dritto negli occhi con una tempra di fuoco, orgogliosa. Il contatto con il suo corpo mi bruciava ovunque, annebbiandomi la vista. Sembravamo due bestie incatenate, vogliose di sbranarci e di strapparci la pelle di dosso. «E io... non riesco a farti uscire dalla mia testa».

«Ed è una cosa brutta?»

Eppure, lo diceva come se non desiderasse nient'altro al mondo.

Fai di me quello che vuoi.

Rendimi la tua rovina, o la tua salvezza.

Però lasciami restare...

Mi allungai per baciarlo e Andras serrò la bocca. Non capii cosa stesse facendo quando la sua mano scattò dietro di lui, proprio sotto al punto dove si era seduto. Con un gesto secco sfilò la sciarpetta di lustrini che Zora aveva abbandonato sul divanetto durante la serata e, prima che potessi riassaltarlo, mi agguantò i polsi per bloccarmeli dietro la schiena.

Trattenni un verso di sorpresa.

Sentii il tessuto sfregare la pelle e sbattei velocemente le palpebre. Poi, svuotatami di un respiro rotto, lo guardai sgomenta.

«Vediamo se almeno così riesci a stare ferma». Diede uno strattone deciso per rafforzare la morsa della stoffa. Percepii una nota di divertimento nella sua voce e mi infuriai.

«Sei proprio uno stronzo. Liberami!» Tentai inutilmente di divincolarmi. Andras appoggiò il capo sullo schienale, e ammiccò, incantevole.

Odiavo quello che riusciva a farmi provare soltanto con un sorriso.

«Cosa?» lo accusai, vedendolo con quell'espressione.

«Quando ti incazzi sei ancora più bella» sussurrò, spiazzandomi. I suoi occhi si arrampicarono sui miei lineamenti e avvertii un vuoto violento incresparmi il ventre. «Le guance ti si infiammano, arricci la bocca senza renderti conto di quanto sia sensuale e gli occhi ti diventano due abissi senza fine».

Lo fissai immobile, rossa in viso e accigliata. Andras allungò la mano e mi sfiorò il mento con il pollice. Rabbrividii così a fondo che mi sembrò mi stesse carezzando l'anima.

«A volte mi ricordi una strana fantasia...» Sembrò assorto mentre contemplava i miei capelli neri, le labbra gonfie, il mento atteggiato a una smorfia infantile. «Qualcosa di ancestrale, che non so spiegare. Mi fai sentire...» scosse la testa, deglutendo impercettibilmente «strano».

Solo lui poteva confessare di sognarmi e poi legarmi con una sciarpa per tenermi lontana.

Un'emozione struggente si dimenò tra le mie costole; ogni angolo del mio corpo si riempì di quel martellio irregolare, e con il bisogno di accogliere quella confessione, inclinai il viso e gli diedi un bacio sul pollice.

Di nuovo, Andras osservò la mia arrendevolezza con una sfumatura inafferrabile nelle pupille. I nostri occhi si intrecciarono e sentii il respiro intensificarsi contro il suo polpastrello.

«Mi hai sognata stanotte?» sussurrai. Avvolsi meglio il suo bacino tra le gambe, sistemandomi sul pube, e lui non solo mi lasciò fare, ma allargò anche le ginocchia.

«Vuoi sentirti dire di sì?»

«Voglio la verità» incalzai, con una sbavatura più profonda nella voce, che non riuscii a mascherare. Come faceva a non rendersi conto dell'effetto che mi faceva?

Andras squadrò il mio viso, imperscrutabile. Le spalle larghe erano rilassate, i capelli sparpagliati contro lo schienale, ed era abbastanza padrone di sé da concedersi di non mentire.

«Ti ho sognata».

«E cosa facevamo?» chiesi, sempre più suggestionata dai palpiti invadenti che percepivo ovunque a causa del contatto con la muscolatura soda.

A quella domanda, Andras affondò nei recessi della sua immaginazione; le sue iridi si adombrarono di una cupa delizia e, per un istante, nel suo sguardo brillò qualcosa di maledettamente osceno.

Sentii il cavallo dei pantaloni fremere e tendersi sotto di me, e mi resi improvvisamente conto della durezza ingombrante che montava tra le mie gambe.

Boccheggiai, quasi offesa; le guance si imporporarono e per l'imbarazzo mi venne voglia di tirargli qualcosa di molto pesante in faccia. Lui se ne accorse e una falce spietata gli tagliò le labbra.

«Tu non vedevi cosa ti facevo. Lo sentivi soltanto».

«E tu cosa sentivi?» domandai con la bocca arida.

«Te...» Si leccò lentamente le labbra, sfacciato. «E i mugolii che trattenevi, come una brava *bestiolina*».

Sentii la carne tremare.

Andras rise piano, diabolico, perché adorava da impazzire prendersi gioco di me. Non sapevo neanche se mi stesse dicendo la verità oppure se fosse un altro dei suoi dispetti, ma l'immagine che aveva evocato mi annodò la lingua, colò come miele giù per la gola e mi fece attorcigliare bruscamente le budella.

Si divertiva a vedere il mio orgoglio vacillare, la fatica che facevo a non soccombere al calore che mi saliva sul viso.

Era sempre stato così tra noi: io lo odiavo e lui mi faceva ammattire.

«Arrossisci ogni volta» mi fece notare, compiaciuto per la tensione che sentiva crescermi nel sangue. Avrei voluto prenderlo a schiaffi. «Cerchi di essere dura, ma il tuo corpo ti tradisce sempre. È troppo reattivo. Sente anche quando non vuoi...» E con la mano libera salì sotto la maglietta e mi carezzò la pelle del fianco, che rabbrividì piacevolmente. Senza rendermene conto mi arcuai per permettergli di toccarmi meglio, ed espirai rabbiosa. «È questo che mi piace di te. Non ti pieghi davanti a nessuno. Nemmeno davanti a te stessa...» Il suo tono si assottigliò con il fervore di chi proprio per questo avrebbe voluto vedermi piegata *eccome,* e avrebbe voluto soggiogare un carattere tanto fiero e recalcitrante. Mi strizzò leggermente l'anca, osservando compiaciuto il modo in cui mi contorsi tutta solo per un gesto tanto semplice. «E ora guardati. Ti sei infilata in questa situazione e la tua volontà sta colando dappertutto. Cosa accadrebbe se qualcuno domani arrivasse e ti trovasse ancora qui, da sola e legata come un salame, con la sciarpa di Zora ai polsi e quel tuo broncio da bambolina?»

Eccolo il momento adatto, quando era più sicuro di sé: tirai indietro la schiena e con uno strattone riuscii a liberarmi. Preso in contropiede, Andras tentò di riagguantarmi, ma prima che potesse riuscirci impugnai la stoffa e gliela passai attorno al collo.

Ero pazza.

Glielo lessi negli occhi mentre il tessuto gli avvolgeva la pelle e ogni nervo del suo torace massiccio veniva attraversato da una scossa che sembrava stupore, sgomento ed eccitazione. Sì, proprio *eccitazione.*

Un'eccitazione brutale e sconquassante.

Le sue mani corsero a stritolarmi la vita, scioccate, i suoi occhi si allargarono e una smania animalesca gli ingrossò il membro fino a incunearmelo sgarbatamente tra le cosce. Sollevò l'inguine come se non riuscisse a controllare la foga che, improvvisa, gli percorse la schiena e salì al cervello, offuscandogli la ragione.

E mentre lui mi fissava del tutto incredulo, soggiogato da quella mano sottile che lo teneva in pugno, io sollevai un angolo delle labbra e ghignai.

«Cosa accadrebbe se ci trovassero te?»

11
Dritto all'inferno

«Erano strani, quei due. Più che prendersi per mano,
si prendevano per i fondelli».

Andras

Quando cresci e non sei più un ragazzino non senti il cuore. Senti il cazzo. È lui che pulsa più forte. È una questione di priorità, dicono, qualcosa che non puoi controllare.

Io ho sempre avuto tutto sotto controllo. Ho sempre tenuto saldamente le redini dei miei impulsi, li ho fatti scalpitare fino a brutalizzarmi il sangue, scegliendo solo il momento più adatto per dare loro sfogo: la scarica forsennata che mi investiva la schiena, i polsi e i polmoni, lo stimolo brutale e invincibile della sopravvivenza, come una smania che zampillava nelle vene e tingeva di un retrogusto insaziabile anima e cervello.

Io decidevo dove. E io decidevo quando.

Eppure, in quel momento, mi sembrava di aver perso anche la capacità di ragionare.

«Che cosa stai...»

«Fermo. Se ti muovi...» E la mano esile si avvolse attorno alla lunghezza della sciarpa. Mi accigliai e fissai quell'incubo incantevole che se ne stava seduto sopra di me e mi guardava da dietro una selva di ciglia scure.

Non voleva di certo farmi fuori.

O sì?

Quella specie di ridicolo foulard era sottilissimo e pure elasticizzato. Non riusciva a stringermi nemmeno per sbaglio, eppure lei si comportò come se mi avesse appena messo un collare.

«Ora chi è quello bloccato in una posizione scomoda?»

Accennai un sorriso concitato. «Hai voglia di scherzare...»

Con una movenza morbida ma decisa, Mireya mi si strusciò addosso; il contatto con le sue forme mi esplose lungo tutto l'addome, e dovetti piantare i piedi a terra per sopprimere il mugolio inaspettato che mi si strozzò in gola.

Ora capivo il suo gioco. Odiavo quel corpo da paura che aveva, era la mia croce. Ero convinto che non sapesse come usarlo, e pregavo Iddio di non essermi sbagliato.

Mireya non si rendeva minimamente conto delle attenzioni che attirava. Lo avevo capito quando l'avevo vista ballare, con la musica a scivolarle sulle palpebre chiuse e le braccia in alto a sollevare i capelli. Se fosse stata conscia di risultare terribilmente seducente, se avesse saputo delle pulsioni poco caste che poteva innescarti nella mente quando ti guardava con quelle labbra gonfie e gli occhi da animaletto incattivito, avrei fatto prima a scavarmi la fossa da solo.

«Che cos'è Arcadia?» domandò, nel delirio dei miei circuiti impazziti.

Le scoccai uno sguardo incendiario. «Ancora con questa storia?»

«Sì. Sei stato scorretto, voglio una risposta».

Piccola maledetta. Cercava sempre una strada per ottenere ciò che voleva, e mai una volta che non ci riuscisse.

Serrai i denti e strinsi la presa sui suoi fianchi torniti. Il sangue scorreva troppo forte, mi rimbombava nelle orecchie, sentivo i freni inibitori cedere inesorabilmente.

«Hai detto qualcosa?»

«Giuro che ti...» Trasalii quando posò la lingua sul mio sterno, dando l'ennesima scarica ai miei muscoli. La stritolai sotto le dita e involontariamente sollevai le anche, senza riuscire a credere che mi avesse davvero fregato in quel modo. Mi friggevano i neuroni al pensiero che quella bocca , la stessa che dal primo momento aveva infestato i miei pensieri, si stesse dedicando con tanta attenzione a farmi annaspare come un idiota.

«Allora?»

Si stava divertendo.

Lo sentivo dal modo in cui la voce le si affievoliva con una nota deliziata.

Imbestialito, tentai di alzarmi, ma le bastò appiattirsi del tutto su di me per costringermi a restare dov'ero, o avrei rischiato sul serio di venirmi nelle mutande come un adolescente alle prime armi. La frustrazione mi raschiò la gola.

«Aspetta che io mi tolga...» farfugliai, posseduto da una furia cieca. «Aspetta che ti prenda e...»

«Cosa mi farai?»

Gli scenari più disparati pullularono nella mia mente vibrante, riempiendomi di un furore assetato. Vedevo la luce di sfida nei suoi occhi, quella scintilla nello sguardo acceso che non si era mai tolta di dosso.

«Stai sul serio giocando con il fuoco» la avvertii.

«I lustrini ti donano, sai? Dovresti chiedere a Zora di prestartela, ogni tanto». Fece ruotare l'indice leggero intorno a un'estremità, poi la lasciò a penzolare sul petto e salì a intrecciarmi le dita dietro la nuca. «Si intona ai guanti di pelle».

Avrei dovuto scattare in piedi, levarmela di dosso e strapparmi via quella cosa ridicola che mi aveva messo intorno, ma qualcosa di vischioso nel sangue me lo impediva; mi illanguidiva i pensieri, mi deliziava il respiro e si chiedeva avidamente fino a che punto lei si sarebbe divertita a stuzzicarmi.

«Ti ho sentito, prima» sussurrò.

Connettere mi costò un orgoglio sovrumano, ma riuscii a farlo abbastanza da sibilare: «Cosa?»

«Nello spogliatoio. Ho sentito quello che hai detto... Dalla prima parola all'ultima. Ho ascoltato tutto, ma volevo vedere se saresti stato sincero e mi avresti detto la verità. E non lo hai fatto».

Aveva una voce diversa ora, più profonda. Mi faceva sempre uno strano effetto, perché la bocca era la prima cosa che notavo in una donna e lei aveva le labbra più seducenti su cui avessi mai puntato lo sguardo.

«Non so di che parli».

La mia punizione fu un morsetto sulla spalla. Inavvertitamente trattenni il fiato, poi con un sospiro profondo allargai le gambe, fissando Mireya con espressione affannata.

«Bugiardo».

«Ah, ho capito. Ti riferisci alle misere dimensioni del tuo caro Sebastian».

Un bacio profondo, questa volta sulla pelle fremente del collo.

«Aspetta, ci sono» sibilai, con un sorriso. «Parli di quando ha strepitato come un bamboccio offeso».

«Parlo di quando gli hai detto che può soltanto sognarmi».

«Veramente gli ho detto che può limitarsi a continuare a sbavare».

Mireya posò le labbra sotto il mio orecchio. I muscoli del collo si contrassero, da quel punto partì un fremito che si irradiò fino al ventre, già esasperato del suo profumo morbido e seducente.

«Allora lo ammetti? Ammetti di averlo fatto?»

La guardai in viso con occhi offuscati e un filo di sudore a ricoprirmi i muscoli guizzanti, perché lo sforzo di trattenermi mi stava mettendo davvero alla prova. «Sì, gliel'ho detto... e glielo direi di nuovo. Gli direi che l'unico scenario in cui può provare ancora a umiliarti in quella maniera è quello in cui subito dopo lo spedisco nel solo posto in cui vivrà finalmente un'esistenza tutta rose e fiori: al cimitero». Ghignai. «E che se osa tirare in ballo di nuovo il tuo nome... glielo faccio ingoiare insieme ai denti. E che se prova a parlare ancora così di *te*... se prova ancora a guardarti in quel modo, come se fossi solo un bel pezzo di carne... gli *stacco* a mani nude l'unico motivo che dà un senso alla sua triste esistenza. E ci faccio un portachiavi».

Ero fuori di me, o forse non ero mai stato così in me come in quel momento. Probabilmente se ne rese conto pure lei, perché rimase in silenzio.

Era impudente, scompigliata e le tremavano le ciglia, e io la trovai bella, bella in un modo disgraziato che mi fece contorcere le viscere.

«È un modo per farti arrestare?»

«Volevi che fossi sincero, per una volta».

Mireya ormai aveva smesso di seviziarmi e mi fissava con due occhioni languidi da cerbiatto.

Non ero uno che pregava. ma a quello sguardo mi sarei inchinato.

«E dimmi un po', ci voleva tanto?» sussurrò, con un cipiglio che mi faceva impazzire. Mi guardò la bocca, così intrigante che i desideri le si sbavarono nello sguardo e mi traghettarono dritti tra le spire dei miei tormenti.

«Ci vuole sempre tanta fatica con te» risposi con voce graffiata.

«Questo lo hai deciso tu».

Non sarei più riuscito a sognarla senza immaginarla con quella luce insidiosa nello sguardo, mentre le sue dita si posavano sulle mie costole.

«Ma non deve andare per forza in questo modo» continuò, spostando gli occhi neri sulle mie labbra».

«E come dovrebbe andare?»

Mi regalò uno sguardo così profondo da stendermi definitivamente.

«Vediamo se riesco a fartelo capire».

Si chinò e posò la bocca carnosa sulla mia.

Il respiro mi sprofondò in gola. Avvertii la morsa dei pantaloni tirare furiosamente e dilatai il petto più che potevo. Persi l'ultimo briciolo di lucidità proprio in mezzo alle sue labbra, quando le schiuse con dolcezza e poi le mosse contro le mie.

«Mireya» soffiai a fatica, ammonendola, ma lei mi prese il volto con entrambe le mani e mi baciò ancora. il mio respirò si alterò. Ogni fibra del mio corpo precipitò in un'eccitazione selvaggia. Bevvi ogni goccia di quel piacere devastante, godendone con la mascella contratta, i muscoli della schiena tremanti, tutta la brama che aveva come epicentro la sua lingua.

Se esisteva un'estasi, a questo mondo, era dentro la bocca di quella maledetta ragazzina.

Mi aderì tutta addosso e io salii a stringerle i capelli.

Me la vedevo ogni notte e di quel passo avrebbero finito per farmi internare, ma, quando mi sciolsi quella sciarpa che mi aveva messo attorno al collo, lei afferrò i lembi che mi passavano dietro alla nuca e mi attirò ancora di più a sé

E io... Non volevo si fermasse e allo stesso tempo desideravo allontanarla prima che fosse troppo tardi.

Prima che...

Prima che si imprimesse più a fondo.

Prima che di me si prendesse altro oltre ai sogni.

Prima che mi restasse incastrata dentro, così piccola e così inesorabile, come una scheggia che mi era già entrata in circolo.

Avevo bisogno di vederla *sparire*, perché non avrei più tollerato di averla vicina senza immaginare di toccarla, di inebriarmi del suo profumo e di sprofondarle tra le cosce fino a farle venire gli spasmi; dovevo cancellarla, strapparla via, ma più me lo imponevo e più lei mi regalava un'altra porzione della sua notte stellata.

«Ti avevo detto di starmi lontano» sibilai tirandola indietro per poterla guardare negli occhi. Lei socchiuse le palpebre e mi guardò con quell'espressione da dolcissima torturatrice.

Avevo una paura fottuta di non riuscire più a levarmela dalla testa. E non comprendere come diavolo ci fosse entrata mi faceva diventare letteralmente pazzo.

Il suo odore mi parlava in una lingua che non capivo, il volto mi provocava un tremore insolito al diaframma e la sua voce era una frustata bollente ogni singola volta.

Eppure continuavo a lasciarmi intossicare da lei, a trattenerla ogni volta che si avvicinava troppo, a perdermi nell'incoerenza con cui finiva sempre per farmi fare l'esatto contrario di ciò che avrei dovuto.

«Tira fuori la lingua» soffiai.

Mireya rimase a guardarmi, a cavalcioni sul mio inguine. Poi lo fece davvero.

Aprì le labbra come le dissi e quella vista mi fece quasi rimpiangere di avergliela chiesto.

Per un attimo avevo sperato che non ubbidisse.

E non capii più nulla.

Senza grazia, l'afferrai per la nuca e le succhiai la lingua, poi le leccai la bocca e me la spinsi sull'erezione.

Aveva lo sguardo fisso su di me, le palpebre socchiuse, l'espressione affannata ma determinata. Mi faceva la guerra anche in quel momento, e mentre affondavo nella sua bocca un numero infinito di volte sentii quello sguardo rubarmi qualcosa che non avrei più avuto indietro.

«*Non voglio guarirti. Voglio sanguinare insieme a te*».

Le strappai il fiato.

«*Non puoi salvarmi*».

Chiusi gli occhi, senza fermarmi.

«*Anche io ti sogno. Ti sogno a occhi aperti, ma ti sogno...*»

Risentire la sua voce, le sue parole, mi portò al limite.

Ma non potevo... non potevo, cazzo.

E a quel punto fui praticamente costretto a staccarmela di dosso.

Lei mi si aggrappò alle spalle nude ma io soppressi un gemito e la sospinsi indietro.

Ci fissammo dritti negli occhi.

E lei mi fece paura per quanto era perfetta.

Mi fece paura per quanto sembrava fatta su misura.

Lo realizzai solo in quel momento: non tutte le opere d'arte stanno dentro a una cornice.

Alcune ti guardano negli occhi e si lasciano ammirare senza bisogno di pagare il biglietto.

E lei... lei era così.

Era uno di quei quadri che da lontano sembrano capolavori, ma da vicino mostrano il caos.

La vita mi stava mettendo alla prova ancora una volta.

E io... io avevo sbagliato ancora.

Senza rendermene conto, allungai la mano e le accarezzai la guancia. Mireya sussultò, stupita da quel gesto così dolce, e mi regalò uno sguardo talmente luminoso da dare le vertigini.

Lei era diversa da me, non amava il contatto. Ci era voluto poco per capirlo, visto quanto raramente concedeva a qualcuno di sfiorarla e avvicinarsi. Io invece ero sempre stato un tipo fisico, mi piaceva. Soprattutto con lei.

Adoravo sentirmela sopra, percepire il peso soffice del suo corpo che mi si spingeva addosso. Me la sarei tenuta lì per sempre.

«Allora... vuoi dirmi finalmente che cos'è Arcadia?»

Mi accigliai, esasperato.

«Lo sai...» Le strinsi le guance con una mano e mugolò quando le deformai il viso in una smorfia buffa. «Tu riesci a farmi dimenticare il novantanove per cento dei miei tormenti».

«E l'un per cento?»

«Quell'un per cento sei tu».

Lei sbatté le palpebre, prima confusa, poi intimamente contenta.

Sospirai.

«Andiamo» la esortai alzandomi. Lei borbottò, un po' contrariata. «È tardi, e tu dovresti già essere a casa».

«Guarda che non sono una bambina. E posso tornare quando voglio». Si rimise in piedi e io la afferrai subito per il lembo della maglietta nera, attirandola a me. Mireya quasi inciampò mentre me la tiravo contro il torace e incatenavo lo sguardo al suo.

«Non discutere» la ammonii con voce più vellutata, priva di aggressività. «Ti porto a casa».

Lei fu incredibilmente docile. La coda sfatta, le labbra gonfie da impazzire, mi guardò come se per la prima volta vedesse in me un'inaspettata premura. Non capivo che cosa le prendesse, ma non l'avrei mai fatta tornare da sola a quell'ora della notte.

Dopo aver recuperato le mie cose, l'aspettai all'ingresso mentre mi infilavo il giubbotto. Mi rimase vicina quando mi incamminai lungo la strada immersa nell'oscurità, fin al momento in cui infilai la mano in tasca e la chiusi attorno al telecomando dell'auto.

Quasi si spaventò quando i fari fendettero la nebbiolina notturna, riverberando sull'asfalto umido.

«Tu hai... È tua?» farfugliò, e immaginai la sua testolina lavorare freneticamente. «Perché non l'ho mai vista?»

«La uso raramente. E la parcheggio sempre in un garage privato. Sali».

Montai sul sedile e tolsi la giacca, e qualche attimo dopo lei fece lo stesso, chiudendo piano la portiera. Si guardò intorno come se si trovasse in un tempio sacro e avesse paura persino di respirare, e immaginai che non fosse molto abituata a quel genere di macchine.

Avevo immaginato che si sedesse scomposta, cominciasse a toccare tutto e piazzasse i piedi sul cruscotto, invece rimase immobile con le ginocchia unite e una sorta di strana riverenza.

«Ti facevo più un tipo da moto».

«Ce l'avevo». Avviai il motore, mentre lei si allacciava prudentemente la cintura. «L'ho data via».

«Quindi è per questo che hai ancora i guanti. Perché l'hai data via?»

Non le concessi una risposta: ingranai la marcia e partii. Si appiattì sul sedile quando ci immettemmo sulla carreggiata, e serrò le cosce allo scoppio secco della marmitta sportiva. La notte ci scivolò accanto e l'abitacolo si riempì solo del rombo dei cavalli.

Dopo un po' colsi i suoi occhi studiare l'ambiente circostante. Scivolarono sulla plancia elegante e sportiva, sui led che percorrevano le portiere, sulle cuciture rosse che orlavano i sedili, donando aggressività all'insieme.

«È una di quelle con la guida automatica?» se ne uscì, curiosa.

«No».

«Allora ha i fari automatici?»

Mi accigliai.

«Che ti importa?»

Lei si grattò la punta del naso, poi sollevò le spalle.

«Non le trovo... brutte».

«Che cosa?»

«Le macchine».

Si allungò verso di me per ammirare il cruscotto. Alle narici mi arrivò il profumo dei suoi capelli, un odore dolce, come quello dei bambini. Abbassai lo sguardo e le osservai il profilo, le ciglia folte, la bocca carnosa e schiusa. Dio, la bellezza che aveva quella ragazzina. Il suo carattere era totalmente in contrasto con i suoi lineamenti infantili, tanto da donarle una delicatezza oscena, violenta, che attirava gli sguardi di chiunque. Le arricciò appena, e il neo minuscolo all'angolo della bocca mi distrasse più del dovuto.

Sentii un rimescolio al basso ventre. Mi sforzai di concentrarmi mentre lei, ignara, mi veniva ancora più vicino e mi piazzava le tette contro il braccio.

«Guidi con il cambio manuale». I capelli bruni mi sfiorarono la mandibola e percepii i pantaloni iniziare di nuovo a tirare. «Non lo fa mai nessuno... Ehi». Mi appoggiò la mano sull'interno coscia e sussultai. «Che cosa vuol dire quel simbo...»

«Vuoi stare buona?» sbottai e gliela tolsi. Lei ci rimase male.

Mi punì assumendo un'espressione risentita e tornò al suo posto chiudendosi in un ostinato silenzio. Ecco che tornava a starsene zitta. Da quando parlava così tanto, poi?

Il suo castigo, che prevedeva prima sbattermi il seno ovunque e poi giurare di non voltarsi neanche a guardare il mio cadavere, durò fino a quando non fermai la macchina nel garage. Lei scese senza nemmeno augurarmi di crepare, ed ebbe pure la faccia tosta di sbattere la portiera. Quel suono mi incrinò il sistema nervoso e la fulminai con uno sguardo rovente prima che si incamminasse sprezzante verso casa.

«Cosa c'è?» sputai, spazientito, afferrandola per un gomito quando ormai era sulla porta.

Lei mi rivolse un'occhiata incazzata. «Niente».

Tipica risposta che faceva girare i coglioni a elica a tutto il genere maschile. Cristo, le donne. Si sforzavano sempre di complicare le cose, e Mireya me lo dimostrò incrociando le braccia e fissandomi come a dire: 'Lo sai perfettamente cos'ho!'

«*Senti*» ringhiai, serrando la presa perché nessuno mi faceva perdere la pazienza come lei. «Di mio ho già poco autocontrollo. Hai idea di cosa succede se mi tocchi la coscia mentre sto guidando?»

Lei continuò a tenere le labbra atteggiate nella stessa smorfia imbronciata.

«No».

Finisce che ti sbatto fuori e ti piego sul cofano, e non di certo per mostrarti il motore...

Era permalosa da morire, ma mi limitai a sospirare pesantemente.

«È meglio che non lo scopri» dissi più a me stesso che a lei, poi le pizzicai il naso con indice e pollice, e Mireya si aggrappò al mio polso. Aveva le gote arrossate dal freddo, le labbra vermiglie, ed era inconsapevolmente tenera mentre mi metteva una mano sul petto e tentava di mordicchiarmi le dita.

«Andras» si lamentò, ormai in punta di piedi. Repressi l'impulso di assaggiarle quella smorfia irresistibile e la sua vocetta mugolante mi creò uno scompenso nel respiro.

Perché me l'avevano messa tra i piedi?

Perché proprio questa ragazzina?

E io... io che cosa stavo facendo con lei?

«Mireya?»

Si bloccò. I suoi occhi, improvvisamente dilatati e cupi, scattarono dietro di me come agghiacciati.

«Mamma?»

La donna spuntava dalla porta del nostro civico.

«Che cosa...» Mireya si allontanò da me e le andò incontro evidentemente spaventata. «Che cosa ci fai qui?»

«Ti ho chiamato... Volevo vederti, io...»

«Mamma, sono le quattro di notte! Da quanto tempo stai aspettando nell'ingresso?»

«Mi ha fatto entrare una signora, le ho detto che mia figlia abita qui e...»

Mireya la sospinse dentro. Si mordeva la bocca come a trattenere le urla, ma sapevo che erano di angoscia, non di rabbia.

«Non puoi lasciare il centro quando ti pare e piace, credevo ne avessimo già parlato. Il programma non è ancora concluso! Santo cielo, mamma...» Si girò verso di me e a quel punto sua madre mi notò. Indurì lo sguardo e sollevò il mento in un modo molto simile a quello di sua figlia.

«Ah, sei tu».

Inarcai un sopracciglio.

Io?

Sua madre mi fissò con intensità, scrutando i miei occhi chiari come se le ricordassero qualcosa. Non sembrava strafatta. Lo sguardo era vivido, i lineamenti più pieni e aveva un aspetto molto più sano dell'ultima volta.

Era bella, e per qualche motivo provai uno strano déjà vu.

«Vieni, andiamo». Mireya le posò il palmo sulla schiena e cercò di indirizzarla verso l'ascensore.

«Grazie del passaggio» mormorò rivolta a me. Si voltò allontanandosi prima che potessi risponderle, i capelli neri che oscillavano alla luce dell'ingresso. Per un istante che non compresi, sentii il desiderio di trattenerla, prenderla per il gomito e farla voltare.

Che cosa volevo da lei, ancora?

L'avevo respinta tutta la sera e ora se ne stava andando.

Avrei dovuto essere contento.

Considerarmi soddisfatto.

Perché cazzo invece adesso avevo voglia di trascinarmela addosso, farla restare, sgridarla, prenderla in giro, suscitarle l'ennesima smorfia e poi... baciarmela tutta?

In quel momento, una vibrazione interruppe i miei pensieri contorti. Tirai fuori il cellulare, innervosito, e poi abbassai lo sguardo.

E il mondo ammutolì.

Ogni cosa si sfaldò e scomparve.

Il sangue divenne cenere nelle vene, dandomi come ogni volta la sensazione di morire.

Sullo schermo, un numero sconosciuto.

Un messaggio. Soltanto due parole.

E una vecchia, vecchissima fotografia.

Sconosciuto: Una settimana.

12
L'altra lei

La verità è l'unico specchio che abbiamo paura di guardare.

«Non mi piace».

«Mamma...»

«Stavate discutendo. Credi che non abbia sentito? Non mi piace».

Sospirai. Il sole brillava alto nel cielo ed era un mattino splendido a Philadelphia. Dopo aver chiamato il centro nel cuore della notte, dopo essermi scusata in tutte le lingue del mondo e aver convenuto insieme che ormai fosse più opportuno farla restare lì, mamma si era fermata a dormire da me. Nonostante ormai si trovasse a buon punto, il suo programma non era ancora terminato e mi preoccupava che non se ne rendesse conto, ma lei sembrava molto più turbata per me che per se stessa.

Era venuta fino a lì solo perché non sopportava l'idea di lasciarmi sola: la visita dell'ultima volta aveva riacceso in lei il bisogno spasmodico di starmi accanto, di essere presente nella mia vita a discapito della sua stessa salute.

Aveva avvertito il Carlion che sarebbe venuta a trovarmi, ma ero consapevole che quello non facesse assolutamente parte del protocollo.

«Non stavamo discutendo. Lui mi stava stuzzicando, te l'ho detto. Gli stavo solo dicendo di smetterla...»

«Ascolta, tesoro». Mi posò una mano sul braccio, stringendo con l'altra il bicchiere di succo di frutta. Eravamo sedute a un bistrot sotto casa da cui si scorgeva il fiume. «Capisco perché ti piace, sul serio. È un bellissimo ragazzo, alto, con due occhi meravigliosi, un viso attraente... comprendo che cosa ti ha catturata di lui. Ma non è innamorato di te. Si vede... C'è un angelo in ogni storia, ma non è lui quello della tua. Ti sta prendendo in giro, e io non voglio vederti soffrire».

Sentii il cuore stringersi. Mi sottrassi al suo tocco e realizzai che non avrei voluto sentire quelle parole.

«Non lo conosci neanche, mamma... Come puoi sapere quello che prova?»

«Non mi hai detto che ha un'altra?»

Sbarrai gli occhi.

Se in un primo momento mia madre mi aveva dato il suo sostegno, ora sembrava cercare in tutti i modi di disilludermi. Sapevo che raccontarle di Andras avrebbe innescato in lei quel senso di rimprovero e protezione che ora mi stava gettando addosso, ma quella frase fece comunque molto male.

Quello che avevamo condiviso la sera prima era stato importante. A stento riuscivo a credere al modo in cui gli ero salita addosso, avevo fronteggiato la sua furia e mi ero concessa a lui in una maniera tanto intima e totalizzante, ma lo avevo fatto perché lo volevo, perché non mi ero sentita giudicata, perché ciò che ci legava poteva anche essere impronunciabile, discutibile e strano, ma era sincero. E quando lo avevo sentito finalmente cedere, quando si era arreso a me con quelle confessioni spiazzanti e gli occhi sconfitti di chi non sapeva più come combattermi, avevo capito che per lui era lo stesso.

«Dov'è lei adesso?» chiese mia madre. Sospirai e abbassai lo sguardo.

«Non lo so» ammisi piano.

«Non glielo hai chiesto?»

«Non vuole parlarmi di lei. Ogni volta che provo a chiederglielo, lui reagisce male e si chiude in se stesso. Una parte di me vorrebbe sapere, ma l'altra...» pronunciai quelle parole a fatica. «Non è sicura di voler conoscere la risposta».

Il dubbio di come fosse finita tra loro mi ossessionava, ma

il timore che lei un giorno potesse tornare mi faceva provare un'impotenza angosciante. Non volevo confrontarmi con quella eventualità, non ero pronta.

Trovarmi davanti la donna che aveva sconvolto il mio universo, pur nella sua assenza, sarebbe stato troppo destabilizzante. E il terrore che avrebbe scelto di nuovo lei, che sarebbe bastato vederla tornare per cancellare tutto con un colpo di spugna, mi faceva tremare le gambe.

«Lei lo ha lasciato. Ecco come è andata». Mamma sollevò le spalle, arricciando il naso fine. «Ha capito che non faceva per lei, che era un ragazzo troppo prepotente e ingestibile per costruirci una relazione e ha deciso che era molto più giusto pensare a se stessa e andare per la sua strada. Altrimenti perché sparire?»

Le avrei dato ragione se non fosse stato per Olly.

Perché lasciarla?

Perché affidarla a lui?

Se fosse stato come ipotizzava lei, l'avrebbe portata via con sé...

Tra l'altro c'erano diverse cose che non tornavano. Come aveva fatto Andras a ottenere la custodia della bambina?

E perché suo padre non l'aveva reclamata?

Quelle domande si sovrapposero una sopra l'altra, inducendomi a perdermi con lo sguardo nello sciabordio lontano dell'acqua, fino a quando una voce familiare non mi colse alle spalle, facendole svanire.

«Che c'è di bello nel fiume? Aspetti di veder passare il mio cadavere?»

Mi voltai in tempo per vedere James raggiungerci, le mani in tasca e un berretto da cui spuntava un ciuffo di capelli biondi.

Ogni tanto passava in zona perché sua sorella abitava lì vicino, ma vederlo mi sorprese lo stesso.

«Ciao» farfugliai. «Pensavo ci vedessi male da lontano...»

«Riconoscerei quel tuo piglio corrucciato da miglia di distanza» mi canzonò, scompigliandomi i capelli. Il mio grugnito gli strappò una risatina, ma l'attimo dopo i suoi occhi scivolarono fino a mia madre. La sua espressione sfumò in una muta sorpresa, e io mi ritrovai a balbettare un po' in imbarazzo.

Era la prima volta che qualcuno la vedeva e il cuore mi batté in modo così sconclusionato che mi si incartò la punta della lingua.

«Oh, lei... lei è...»

Vedendomi in difficoltà, mamma scrollò con leggerezza la testa e gli tese la mano. «Lauren».

«James. Piacere. Non sapevo che Mireya avesse... non importa. Vi somigliate molto».

Mamma sfoggiò un sorriso carnoso e raggiante che avrebbe potuto fermare il traffico, oltre che il cuore di un uomo. James rimase a fissarla con la mano ancora stretta alla sua, imbambolato.

«Sono venuta a trovare Mireya» spiegò con fare intrigante. «Le ho fatto una sorpresa, ogni tanto c'è bisogno di stare un po' in famiglia. Passeggiare insieme, pranzare, andare al cinema...» Sventolò la mano mentre James la ascoltava incantato. «Stavamo proprio pensando di andare a coccolarci in un salone di bellezza! Ti va di accompagnarci?»

Che cosa?

«Non ho nulla da fare».

«Aspettate un momento...» tentai di intromettermi.

«Conosci un posto? Ti va di farci strada?»

«Ce n'è uno proprio qui vicino. Lo gestisce un'amica di mia sorella».

Afferrai mia madre per un braccio quando James si incamminò per mostrarci la direzione.

«Ma che stai facendo?» sussurrai concitata. «Io devo riportarti al centro! Questa non è una visita di piacere, mamma, tu stai affrontando un trattamento serio!»

«Suvvia, Mireya. Posso già uscire per reintrodurre gradualmente uno stile di vita normale, me lo hanno detto i dottori. Anzi, in questa fase ti incoraggiano a stare all'aria aperta, a fare attività, a stare in mezzo alla gente...»

«Non ti incoraggiano ad andare dal parrucchiere, ma a cercare un lavoro, fare esercizio fisico, riprendere pian piano una routine! Non puoi decidere tu come gestire il percorso, possibile che tu non lo capisca?»

«Sto molto meglio. Non ho bisogno di stare rinchiusa lì, ho bisogno di vivere» sbottò infastidita. Quando faceva così sembrava una bambina.

«Potrai vivere, mamma, te lo assicuro. Ma è importante che rispetti il programma. Per favore, ora...»

«Ho bisogno di sentirmi bella» buttò fuori, voltandosi verso di me. «Ho bisogno di guardarmi e vedere che sono ancora io, che la donna di questi ultimi anni non esiste più... ho bisogno di sentirmi bene, Mireya. Per favore. So che ti sembra una sciocchezza, ma concedimi almeno questo. Dopo ti giuro che tornerò al centro».

«Mamma...»

Faticavo davvero tanto a fidarmi di lei. Temevo che non fosse ancora pronta, che assecondarla potesse aprire le strade a tentazioni e ricadute, che quella fosse l'ennesima scusa per evadere dalla clinica. Dopo tutto quel tempo ancora non sembrava rendersi conto di quanto fosse delicata la sua situazione; non sapevo se fosse un comportamento tipico di chi sperimentava l'abuso di sostanze, ma una parte di me temeva che, nonostante avesse superato la dipendenza fisica, quella psicologica fosse ancora radicata nella sua testa. A volte avevo addirittura l'impressione che concepisse tutto quello che le veniva imposto come un peso da sopportare e non come un sostegno con cui superare l'oceano infernale che le aveva rovinato la vita.

Mi stavo facendo in quattro per lei.

Era tanto sperare che facesse lo stesso per se stessa?

«Va bene». Sospirai e alla fine cedetti. Le feci promettere

che si sarebbe trattato di una cosa veloce e che poi sarebbe tornata tra le mani dei medici.

Ancora non avevo capito che avrei trascorso tutta la mattina con James a guardarla ridacchiare con parrucchieri ed estetisti, ad ascoltare la sua voce melodiosa perdersi in racconti frivoli e adorabili, a sentirla scoppiare a ridere nel bel mezzo delle conversazioni con una spontaneità perfetta, che faceva a dir poco innamorare.

«Ma dove l'hai tenuta nascosta per tutto questo tempo?» domandò James, ammirandola in quell'aura sbrilluccicante. Gli rifilai un'occhiata sospetta con le braccia incrociate.

«Non ci pensare *neanche*».

«A cosa? Che hai una sorella da urlo?»

«Sorella?» sibilai arcigna. «James, lei è mia madre!»

A James colò la faccia. Si voltò e mamma ci sorrise. Lui per poco non cadde dalla sedia.

«Credevo... credevo che tua madre fosse morta! Ma quanti anni ha?»

«Trentasei» risposi. «Per cui tieni per te la tua passione per le donne mature e smettila di provarci con tutte!»

«Non ci provo con tutte...» si difese, e io mi limitai a scoccargli un'occhiata eloquente.

Una volta che mamma ebbe finito, apprezzammo il risultato. Aveva truccato gli occhi e le labbra, e i capelli non erano più quelli luminosi di un tempo, ma con il nuovo taglio sembrava ancora più giovane e attraente. «Stai benissimo, Lauren». James la contemplò con le mani in tasca, ammiccante, e io gli diedi una gomitata nelle costole che lo rimise subito in riga. Nascose un gemito e mi servì una smorfia indispettita. «Vi va un caffè? Offro io».

Scegliemmo un bar che dava sul parco davanti a casa; James le spostò la sedia e rise quando lei fece una battuta. Tutta quella galanteria cominciava a insospettirmi parecchio, ma cercai di non fare la solita guastafeste e ordinai una cioccolata calda.

Mentre loro iniziavano a chiacchierare, vidi passare un signore oltre la vetrata smerigliata che dava sulla strada. Indossava un cappellino a quadri e aveva un cocker color castagna al guinzaglio. Quella vista mi immobilizzò. Nella mia testa esplose un ricordo: lui alle mie spalle, sotto casa, gli occhi increduli come se avesse visto un fantasma.

'Coraline...'

«Mireya? Tutto bene?» chiese mamma quando mi vide alzarmi in piedi. Continuai a fissare l'anziano e non riuscii a distogliere lo sguardo nemmeno quando svanì oltre il cancello del parco.

Era lui, ero sicura...

«Dove stai andando?» urlarono, ma inventai una scusa al volo e uscii dal bar. Non sapevo nemmeno che diavolo stessi facendo mentre attraversavo la strada di corsa e lo inseguivo come una pazza.

Mi guardai intorno, ansante, e fu con un tuffo al cuore che lo scorsi su una panchina poco più in là. Stava dando da mangiare ai piccioni, e persino il suo cane alzò il musetto nel momento in cui mi avvicinai.

«Chiedo scusa...»

Lui mi guardò spaesato.

«Sì?» rispose. «Ah, si vuole sedere?»

«Io... no» farfugliai, cercando qualcosa di intelligente da dire. Ora mi sentivo una vera idiota a essere corsa dietro in quel modo a uno sconosciuto. «L'ho vista passare prima e...» Scossi la testa, confusa. «Non volevo disturbarla. Una volta mi ha scambiata per un'altra persona, non so se se lo ricorda. Mi ha chiamata Coraline».

Lui schiuse le labbra. «Oh».

«Abitava nel mio stesso palazzo» proseguii, davanti alla sua espressione incerta. «Quando l'ho vista prima mi è venuto in mente quel giorno».

«Non mi ricordo, mi spiace...»

«Era una mia amica» mentii, incrociando lo sguardo del suo cagnolino. «Lei la conosceva bene?»

Lui si voltò e sbatté piano le palpebre, sprofondando nei ricordi.

«No» replicò, deludendomi. «Ho parlato con Coraline solo un pomeriggio. È trascorso tanto tempo. Che cara ragazza...» Con il mento indicò il suo cagnolino, che ora sonnecchiava nell'erba. «Ha salvato il mio Tiffy. Quel giorno aveva visto un gatto e io avevo perso la presa sul guinzaglio... Sarebbe finito sotto una macchina se non fosse stato per lei. Lo ha tirato via prima che succedesse il peggio». Aggrottò la fronte rugosa. «Sembrava spaesata... credo che si fosse appena incontrata con qualcuno, perché l'ho vista guardarsi intorno. Le mancava casa. Era triste. Poi è arrivato un ragazzo, lei gli ha gettato le braccia al collo ed è tornata dentro insieme a lui. Sembravano molto innamorati...»

Andras.

Un malessere mi serrò lo stomaco come un pugno. Ricordavo bene cosa era successo dopo. Le schiene che cozzavano contro il muro, le bocche che si cercavano, i vestiti strappati, le lingue, le mani ovunque... Dovetti distogliere lo sguardo e la gola venne invasa da un sapore acre.

Ogni volta che pensavo a loro insieme sentivo gli organi attorcigliarsi, il cuore incrinarmi le costole e il sangue scorrere al contrario. Era un diverso modo di morire, come se stessi violando un'intimità, qualcosa di destinato a qualcuno che non ero io.

«*Non è innamorato di te. Si vede*».

Quelle parole mi colpirono di nuovo come una pugnalata. Sentii le mie insicurezze lottare per riemergere, ma mi sforzai di reprimerle e di concentrarmi sul motivo per cui ero venuta lì.

«Perché dice che era triste?» domandai con una voce terribile. Accidenti... me la schiarii, e lui si spiegò.

«Me lo ha confidato lei. Le mancava la sua vita, questo mi ha detto. Non so che cosa intendesse... ma continuava a guardarsi intorno in maniera un po' insistente... le ho chiesto se aspettasse qualcuno, ma si ostinava a dirmi di no...»

Coraline avrebbe dovuto restare nascosta, ecco perché era agitata. Aveva portato via una bambina a suo padre, si era rifugiata da Andras in uno slancio folle e avventato, e aveva alle costole un uomo potente e pericoloso, che se aveva scelto di non farla arrestare era solo per arrivare a lei senza far scoppiare uno scandalo.

Era consapevole del rischio che stava correndo.

«Non l'ha più rivista dopo quella volta?»

«No» esalò triste. «Quella fu l'unica occasione in cui parlai con Coraline. Non l'ho più incontrata... Be', fino a quel giorno».

«Quale giorno?»

«Il giorno dell'incidente».

Sentii il sangue ghiacciarsi nelle vene. Il vecchio voltò il viso verso di me, affranto, ed ebbi paura di sentirmi ripetere: «Incidente?»

«Non lo sai?» E su quella panchina, nascosta dall'ombra degli alberi, l'universo mi restituì finalmente una risposta. «Coraline... è stata investita».

Alla fine, avevo riportato mamma al centro.

Lei mi aveva salutato con un abbraccio fortissimo; mi aveva chiesto come mai mi fossi alzata da tavola all'improvviso e fossi tornata così silenziosa, ma io avevo accennato un sorriso tirato, sussurrandole che pensavo di aver visto una conoscenza e invece mi ero sbagliata.

Rimasi per accertarmi che con i medici fosse tutto a posto; dopo un ultimo cenno della mano, mi voltai e, con gli occhi che si svuotavano, sprofondai nell'abisso della mia inquietudine.

Un tremendo senso di angoscia mi gravava nel petto. Mi sentivo alienata dai rumori, dalle persone, da ogni cosa che mi circondava.

Coraline aveva avuto un incidente.

Non ero riuscita a sapere altro, ma ciò che avevo scoperto era stato sufficiente a scombussolarmi nel profondo. Provavo un malessere inesplicabile, annebbiato, come se conoscere la verità invece che darmi sollievo mi avesse caricato un macigno doloroso sul cuore. Con amarezza, realizzai che i miei sospetti erano sempre stati fondati.

A Coraline era accaduto qualcosa di grave, qualcosa che né lei né Andras avevano voluto. La loro storia aveva subìto un'interruzione, ma non una fine, e per quanto potessi continuare a illudermi, in quel dettaglio c'era tutta la differenza del mondo.

Avevo bisogno di mettere in ordine i pensieri. Scossa, scesi dall'ascensore di casa e non mi accorsi nemmeno della manina tesa verso di me, con cui per poco non mi scontrai.

«O*l*a!»

Il cuore mi balzò in gola.

Andras aveva gli occhi inchiodati su di me. Il braccio destro reggeva Olly, enfatizzandone i muscoli saldi, e una maglietta sportiva blu gli fasciava il petto allenato su cui per un istante cadde il mio sguardo. Attorno alla gola intravidi ancora una volta il cordino che teneva ben custodito dentro lo scollo della T-shirt, ma fu il suo viso lassù in alto che incrociai, quando sollevai le pupille tremule.

Mi ricordava il dipinto *L'angelo caduto*. I capelli rossi e foltissimi, i tratti cesellati, le iridi chiare come il cielo da cui lo avevano bandito.

Sembrava reale solo per il modo in cui si portava addosso la vita: con una sigaretta tra i denti e le cicatrici di chi a un regno promesso si era ribellato sul serio, rifiutando di sottomettersi.

«Accio...» Olly si sporse verso di me, e io non ebbi la prontezza di respingerla: ridacchiò e si accoccolò nell'incavo del mio collo. Strinse una ciocca dei miei capelli. Profumava di fragole, ed era calda e soffice mentre sospirava contro la mia pelle.

«O*l*a» mugugnò.

«È Mireya...» sussurrai.

«O*la*!»

Percepii le palpebre bruciare. Mi sentivo stanca, frastornata, avevo accumulato troppe emozioni per non avvertire un bisogno tremendo di liberarle.

«Che cos'hai?» chiese lui.

I suoi occhi erano cupi, quasi infestati. Mi si sgretolò l'anima nel realizzare che probabilmente era ancora una volta a causa di quella ragazza.

Forse aveva pensato a lei. Forse era sprofondato nella nostalgia e aveva riguardato le sue foto, i suoi video...

«Nulla».

L'istante dopo, sentii il suo pollice ruvido sulla mia guancia.

Raccolse una lacrima prima che rotolasse giù. Aveva la morte negli occhi e stava visibilmente soffrendo, ma trovò comunque la forza di interessarsi a me.

«A me puoi dirlo, bestiolina» mormorò, con una voce così dolce che mi fece male al cuore. «Si tratta di tua madre?»

Scossi la testa.

«Qualcuno ti ha fatto del male?»

Il suo tocco mi fece salire altre lacrime agli occhi. E io avrei voluto dirgli che mi dispiaceva per quello che era successo, che ero addolorata per la sua perdita, che nessuno si meritava qualcosa del genere, tanto meno lui. Avrei voluto dirgli che in realtà volevo vederlo felice, che quando sorrideva era la cosa più bella del mondo, che mi ero innamorata come una stupida, anche se mi aveva sempre messo in guardia da se stesso.

Invece, con un filo di voce mesto, sussurrai: «Non ho mai capito perché ti ostinassi a ferirmi. A gettarmi addosso la memoria di lei. L'ho compreso soltanto adesso. Non lo facevi per allontanare me... lo facevi per ricordare a te stesso che cosa le è accaduto».

Andras non si mosse, e io abbassai dolorosamente le palpebre.

«Coraline» sussurrai con le guance umide. «Non se ne andrà mai dal tuo cuore. E tu continuerai a farmi del male per riscattare il suo ricordo... è così?»

A fatica, trovai la forza di allontanarmi dalla sua mano. Piangevo perché in realtà soffrivo con lui, perché realizzavo soltanto adesso che le mancava ancora, che continuava a pensare a lei, e non importava quanto io ci provassi, avrebbe convissuto ogni istante con il rimpianto di averla persa e il rimorso di non poterla rivedere mai più.

E io, così somigliante, ero destinata a ricordargliela ogni giorno.

O forse era proprio quello che voleva...

Gli restituii Olly, che emise un verso lamentoso, e prima di rischiare di crollargli davanti lo superai e raggiunsi il mio appartamento.

Avevo bisogno di riflettere e di fare chiarezza, ma riuscii solo a rompermi in un singhiozzo e a lasciarmi sopraffare dalle emozioni; mi portai le mani sulle braccia e mi strinsi come a proteggermi da qualcosa che non potevo contrastare.

Sulla superficie metallica del frigo scorsi il mio riflesso distorto e incrinato.

Pensai di poter biasimare solo me stessa. Il mio cuore gli apparteneva ancora, ma Andras era per me ciò che Coraline sarebbe sempre stata per lui.

Mamma aveva ragione: c'era un angelo in quella storia.

Aveva ali bianche. Capelli bruni.

E Andras non avrebbe mai smesso di cercarlo.

Avrebbe continuato a morire per lei.

E l'avrebbe sempre portata addosso...

Come uno stigma.

Quella sera, Andras non venne al locale.

Era esonerato per una settimana a causa di quanto accaduto negli spogliatoi il giorno prima, ma mi bastò incrociare lo sguardo consapevole e sfuggente di Zora per comprendere che la natura della sua assenza era molto più seria.

Tuttavia, con il cuore appesantito e prigioniero, mi trattenni dal chiedere.

Una volta tornata a casa, nel corridoio mi imbattei in Carmen.

Da quando l'avevo incontrata, una delle prime volte, non perdeva mai l'entusiasmo nel cercare di indovinare l'origine del mio nome: condividevamo radici affini e si era convinta che Mireya fosse il nome di una sacerdotessa di Siviglia. Di solito non c'era occasione in cui, incrociandomi, non mi trattenesse a chiacchierare, perfino a notte fonda, ma quella volta fu diverso. Aveva Olly addormentata tra le braccia, che si succhiava il pollice. Avvertii un sussulto al petto mentre mi oltrepassava. Il suo sguardo tradiva un dispiacere immenso, e l'ombra di impotenza che le scuriva il viso suggeriva che fosse appena passata all'appartamento accanto al mio e stesse portando la piccola a dormire giù con sé per farla riposare più tranquillamente.

Per un attimo pensai di accantonare tutto e andare da lui. La mia volontà si spaccò in due, in lotta tra cosa fosse meglio per Andras e cosa fosse meglio per me stessa, ma all'improvviso, nel bel mezzo del corridoio deserto, udii un frastuono tremendo, accompagnato da un urlo di rabbia.

Mi saltò il cuore in gola.

Spaventata, abbandonai ogni pensiero razionale e mi precipitai alla sua porta: ringraziai il cielo che non avesse fatto in tempo a chiuderla e piombai senza fiato nel salotto immerso nell'oscurità, sprofondando in una dimensione senza luce né colori.

Mi arrestai di scatto e con gli occhi dilatati lo cercai convulsamente, per poi sussultare nell'intravedere i contorni di una presenza ricurva, a pochi metri da me, che mi dava le spalle con le ginocchia piantate sul pavimento. Il manto di quello che sembrava un dolore straziante avvolgeva ogni centimetro della sua figura sofferente, piagandola come non l'avevo mai vista, ostaggio di una disperazione che mi risucchiò l'aria dai polmoni.

Vicino a me scorsi il suo cellulare scheggiato. Sembrava che lo avesse scaraventato via. Sullo schermo ora ridotto a una ragnatela di crepe, intravidi la foto di una giovane sorridente. Aveva gli occhi verdi.

Mi sentii andare in pezzi.

La mia borsa scivolò a terra. La vista si appannò di nuovo e io rimasi lì, stagliata nel cono di luce che proveniva dall'ingresso, a osservare il ragazzo di cui ero innamorata che si struggeva per un'altra.

Guarda, disse il mio cuore. *Gli doneresti tutta te stessa e lui continuerebbe comunque a soffrire per lei.*

Sanguineresti nel suo dolore, piangeresti le sue lacrime, ti faresti a brandelli l'anima pur di donargli una coperta che non gli faccia sentire il freddo. Gli daresti persino me, se lui ti chiedesse qualcosa con cui pulire i suoi tormenti, se questo servisse a renderlo felice.

Quella consapevolezza mi distrusse.

Devastata da quei pensieri, raccolsi il suo cellulare, poi mi avvicinai e tentai di sfiorarlo. Titubante, gli posai una mano sulla schiena e lo sentii irrigidirsi violentemente. Un ringhio incontrollato gli forzò il petto e lui si dimenò di scatto, pronto a scaraventare via anche me, ma si bloccò quando udì il mio sussurro.

«Sono io» soffiai con voce soffice. «Va tutto bene. Sono io...»

La tensione scivolò via dal suo respiro spezzato. Gli sfiorai il capo, poi, sentendolo dilaniato tanto quanto me, lo abbracciai con dolcezza. Avevo paura che mi respingesse, che mi urlasse di andare via e aggiungesse un'altra cicatrice alla mia anima, ma l'istante dopo il suo braccio mi avvolse la vita.

Andras spinse la fronte contro la mia pancia con tanta forza da farmi male.

«È colpa mia» sussurrò, dando voce a ciò che già avevo intuito. «È morta per colpa mia».

Rifiatò a fatica e io mi aggrappai a lui, tremante, cercando di non andare in pezzi. Lo strinsi ancora di più, nel tentativo disperato di bastargli e attutire la sua sofferenza. «Se non fosse stato per me... lei sarebbe ancora viva».

Gli carezzai lo zigomo e posai la guancia sulla sua testa. Poi, con amarezza, sollevai il cellulare che avevo raccolto da terra.

Per farmi altro male.

Per convincere me stessa che quello fosse il mio destino.

Ma quando le mie pupille scivolarono sul display... la realtà cessò di esistere.

Le gambe divennero molli e il mio respiro ebbe una brusca inversione.

Sullo schermo c'era una giovane dagli occhi verdi.

Ma non era Coraline.

Aveva i capelli ramati, il naso dritto e un sorriso abbagliante, i denti bianchissimi e gli incisivi un po' più grandi che le donavano un'aria radiosa, le gote che emanavano un calore raro e irresistibile.

«Andras... chi è questa donna?»

Ero sotto shock.

«Lei... Lei è il motivo per cui mi è stato dato questo nome. È il motivo per cui ho distrutto la mia famiglia. È il motivo per cui Coraline ha avuto l'incidente». La voce gli tremò, e ogni atomo di lui sembrò soffocare in quel dolore. «Lei è mia madre. E io... l'ho uccisa».

13
Come uno stigma

Se non posso avere l'amore, allora avrò la stima.
Se non posso avere la stima, allora avrò l'orrore.
Se non posso avere l'orrore, allora avrò il disprezzo.
Ma non sarò mai più invisibile davanti al cuore di qualcuno.

Andras

Dicono che l'inferno abbia avuto una genesi precisa.

Un giorno un angelo precipita dal cielo, sfonda la crosta terrestre e crea una voragine di fuoco. E lì nasce il Male.

Da bambino finisci per crederci davvero.

Credi che sia un luogo fatto di mostri. Di fiamme e abissi scavati nella pietra.

La verità è che sono tutte cazzate.

L'inferno non è un *luogo*.

È uno stato mentale che origina da una colpa, per cui il paradiso è tutto ciò che avrebbe potuto essere ma si è perduto, e la realtà è il vero oltretomba a cui si è condannati.

La mia colpa era stato il mio primo respiro.

Il mio inferno si era generato nell'istante esatto in cui ero venuto al mondo.

Il momento in cui lei aveva scelto... me.

«Lo sai qual è il modo migliore per punire qualcuno? Gli imprimi un'identità che sai che odierà per tutta la vita». La mia voce flebile uscì senza che potessi fermarla. Sentii il dolore premere per sfogarsi, incastrato da troppo tempo nella sua solitudine. «Lei amava le magnolie. Quando erano ragazzini, mio padre si intrufolò nel giardino della casa accanto alla sua e incontrò una ragazza seduta all'ombra di quegli stessi rami, che contava i petali di un bocciolo caduto. Era la prima volta che riusciva a parlarci: l'aveva sempre intravista solo da lontano, attraverso le siepi alte e scure che impedivano gli sguardi indiscreti. Si chiamava Gwenevere. E lui... lui se ne innamorò perdutamente».

Mireya mi ascoltava, senza smettere di abbracciarmi, il battito come un martello contro la stoffa dei suoi abiti. Era immobile mentre mi sfiorava il capo, sconvolta e tremante, ma decisa a infondermi la forza di continuare.

«Avrebbe potuto avere le donne più belle del continente. Attrici, ereditiere, figlie di dignitari esteri. Proveniva da un'antica e ricca famiglia di origini balcaniche, aveva il mondo in mano. Ma lui... lui sposò la ragazza della porta accanto che aveva conosciuto a quindici anni. Erano cresciuti insieme, si erano amati fin dal primo giorno. E non ha mai guardato altra donna che non fosse lei. Viveva per renderla felice, per sfoggiarla alle feste più sontuose, per esaudire ogni suo più piccolo desiderio. L'adorava ai limiti dell'ossessione, non desiderava nemmeno dei figli, ma comunque...» Scossi la testa. «Comunque, non sembrava possibile che riuscissero ad averne. Mia madre soffriva di diabete mellito di tipo 1, una condizione che le causava non solo un'infertilità quasi assoluta, ma le prospettava anche pericolose complicanze nel caso avesse avuto una gravidanza».

Mireya mi fece una carezza. Cominciava a intuire la direzione del discorso e cercò di confortarmi. Assorbii quel gesto con i denti serrati allo stremo, chiudendo le palpebre pesanti.

«Quando rimase incinta fu una sorpresa per tutti, medici compresi. La prima cosa che fecero fu consigliarle di abortire, e Edelric, mio padre, cercò di persuaderla a dare loro ascolto. Ma per lei... per lei quel bambino in arrivo non era una disgrazia. Per lei era un *miracolo.* Il realizzarsi di un desiderio impossibile, fatto di notti di preghiere. E scelse di tenerlo. Scelse di proteggere la vita di suo figlio. Scelse... me».

È questo che succede quando ti aggrappi alla speranza.

Ti taglia le mani. Ti lascia precipitare.

Ti illude con la sua luce e intanto copre l'odore del sangue, mentre la sorte gioca a dadi una partita che non è disposta a perdere.

È stato quello il punto zero della mia dannazione.

«Le causai fin da subito molti problemi. Edelric contattò i migliori specialisti, ma la gravidanza era ad alto rischio. Le sue condizioni già precarie peggiorarono per l'eclampsia, una grave patologia che le causava crisi di convulsioni e lancinanti dolori addominali. Fu costretta a restare a letto per intere settimane, rinchiusa in una stanza e continuamente monitorata, lottando per non morire prima che io nascessi».

Mireya strinse la presa. Respirava pianissimo, come a non voler far rumore, e io continuai a fissare il vuoto, impotente, distrutto dall'ineluttabilità degli eventi che erano seguiti.

Avrei dovuto essere io.

A lasciarla vivere.

A liberarla da quell'agonia.

Avrei dovuto essere io.

Invece lei scelse di salvarmi.

Lei... scelse di amarmi.

«L'inferno non è un dove. È un quando. E sarebbe stato meglio. Se lei fosse morta lì, con me...» Il dolore mi intrise la voce fino a ustionarmi il respiro e Mireya tremò. «Sarebbe stato meglio».

«Non è colpa tua...» sussurrò sull'orlo del pianto.

Quella frase sfumò nel silenzio.

Per un attimo non sentii niente.

Poi, lentamente, avvertii le mie labbra scandire: «Che cosa hai *detto*?»

La sentii irrigidirsi e serrai la presa attorno alla sua vita.

«Oh, ti piacerebbe, vero? Ti piacerebbe che fosse *così*». Il veleno efferato delle mie parole mi gocciolò tra i denti mentre rigettavo fuori tutto il mio odio. «Saresti contenta di lavarmi di dosso ogni peccato e redimermi per bene... Pensi di avere già capito tutto?»

«Tua...» Mireya deglutì e tentò di restare calma. «Tua madre è morta di parto».

«No» sibilai contro di lei, rischiando quasi di spezzarla. Si mosse a disagio e io la costrinsi a restare dov'era, ad ascoltare la verità che aveva tanto voluto sapere e che ora le avrei affondato nella carne, senza gentilezza alcuna.

Aveva detto di voler conoscere il mio passato, di voler sanguinare insieme a me e comprendere cosa mi aveva reso il reietto meschino che ero, e io le avrei dato quello che voleva. Le avrei fatto ingoiare ogni stilla del marcio che avevo in corpo e lei avrebbe finalmente capito cosa era stato a macchiarmi per sempre.

Non le avrei permesso di ripulirmi l'anima.

Non le avrei permesso di salvare un solo misero frammento di me.

«Vuoi sapere che cos'è successo *dopo*?»

«Andras...»

«Adesso arriva la parte che preferisco». Spinsi la fronte contro la sua pancia in un sorriso spietato che era il fallimento della mia umanità, e Mireya sembrò sul serio spaventata da me. «Riuscì a darmi alla luce. A fatica, portò a termine la gravidanza. Pensavano tutti che ormai fosse fuori pericolo, ma dopo il parto la sua condizione si aggravò. E mio padre... mio padre diede di matto. La soffocò di attenzioni, la fece imbottire di farmaci, la tenne rinchiusa in casa, nella sua camera, dietro pesanti tende impolverate, persuaso che perfino la luce del sole potesse nuocerle. Divenne l'ombra di se stesso e per anni non permise più a nessuno di vederla, soprattutto a me, che per lei ero stato un male, una tragedia, qualcosa che aveva accolto come un dono e invece l'aveva rovinata per sempre». La mia voce graffiò sull'ultima frase e i miei pensieri affondarono in quelle convinzioni, guastati dal rifiuto, dal disprezzo, dai silenzi che erano peggio delle botte, perché per anni, per lui, io non ero nemmeno esistito.

«Ma un giorno... un giorno io ho disubbidito. Un giorno... io sono andato da lei».

«Andrej...»

Non si doveva.

Era vietato.

Dinka diceva sempre: 'Non entrare lì!'

La porta era perennemente chiusa. Mamma aveva bisogno di dormire, non potevo disturbarla. Si sarebbe arrabbiata molto, se avessi disubbidito.

Anche papà si sarebbe arrabbiato?

«Andrej... Guardami».

Sollevai lo sguardo. C'era buio, lì dentro, e uno strano odore. Tipo di medicine e di malattia.

Perché non aprivano le finestre?

«Quanto sei grande» disse piano piano. «Quanti anni hai?»

Sollevai cinque dita. E poi il pollice dell'altra mano.

Mamma cercò di fare un sorriso. Aveva gli occhi stanchi. Appannati. Come una finestra bagnata dalla pioggia.

«Mamma è triste» *mi avevano detto. Era triste tutto il tempo. Forse se l'avessero fatta stare un po' all'aperto...*

«Guardati. Sei così bello...» Parlava come se sussurrasse. Come se ogni parola le costasse fatica. Anche lei era bella, ma la sua pelle era tanto sottile, quasi trasparente sulle vene blu, e le labbra erano troppo grandi sul volto magro magro.

«Perché non esci, mamma?» domandai giocherellando con le mie dita. Lei sembrò diventare ancora più infelice. Più debole. Più vuota. All'improvviso quei sei anni sembrarono tantissimi dentro i suoi occhi.

«Vorrei uscire. Ma papà mi tiene qui».

«Perché?»

A mamma tremarono le ciglia.

«Perché papà ha paura. Ha paura che io vada via».

«Via dove?»

«In cielo».

«Perché vuoi andare in cielo, mamma?»

Guardai i tubicini a cui era attaccata. Erano davvero tanti per il suo corpo sottile. Una volta aveva provato a toglierseli e a scendere le scale, ma papà se ne era accorto. Aveva mandato Dinka e gli altri a riprenderla e da quel giorno aveva chiuso la sua porta a chiave.

«Perché la mamma è stanca, amore mio... È tanto stanca. La mamma ha cercato di dire a papà che deve lasciarla andare via, ma papà non ci riesce».

Scossi la testa. «Neanche io voglio che tu vada via, mamma!» Le presi la mano per cercare di tirarla su, ma lei la strinse soltanto. «Andiamo. Alzati. Vieni a giocare con me».

I suoi occhi si riempirono di lacrime. Sembrarono spegnersi e viaggiare lontanissimo, come se qualcuno avesse spento la loro luce e lei stesse vedendo un'altra cosa.

Dicevano che mamma non era sempre lì. Non sapevo che cosa volesse dire, ma sperai che non se ne andasse proprio adesso.

«Non piangere... Non piangere, mamma. Ora ti faccio uscire». La tirai ancora, ma il suo braccio penzolò inerte come quello di un pupazzo.

Lei continuò a guardarmi senza reagire e io pensai a come convincerla.

«Sei così bello, Andrej» ripeté a bassa voce. «Il mio ometto. Il mio piccolo miracolo...»

«Vieni, dai...»

«Ti ho aspettato per così tanto... ti ho amato con tutta me stessa e ora guardati...» Fece un sorriso debole e pieno di pianto. «Gli somigli tanto. A Edelric. Mi ricordi lui da bambino... Hai mai visto una magnolia, Andrej? Hai mai visto quanto sono belli i suoi fiori?» Con il pollice mi carezzò il dorso della mano. «Quando ne vedrai una, pensa a me. Pensa alla tua mamma, e io sarò lì con te ». Diceva cose strane, perché io le magnolie le vedevo tutti i giorni. Sapevo quanto erano belle.

«Come faccio a farti stare meglio?» Lei mi guardò in un modo che mi fece sentire male al petto. Le scossi il braccio, disperato,

tentando di farla parlare. «Come faccio? Dimmelo, per favore, mamma...»

Lei strinse la mia mano forte forte. Sentii un po' di dolore, ma non glielo dissi. Rimase a fissarmi negli occhi per un momento lunghissimo e io continuai a insistere finché non mi diede una risposta.

«C'è... C'è una cosa nella camera di papà» disse così piano che la sentii appena. «Dentro il cassetto della sua scrivania. È una scatola nera. Pensi... Pensi di potermela portare?»

Annuii forte, come un soldatino. Veloce, lasciai la sua mano e corsi verso la porta, sgattaiolando fino allo studio che si trovava poco più in là lungo lo stesso corridoio. Non mi era permesso entrare nemmeno lì, ma feci come mi aveva chiesto mamma e trovai la scatola.

Era un po' pesante... sopra c'era incisa la Y di famiglia. La presi con entrambe le mani e tornai da lei, dandogliela con il fiatone, ma felice.

«Ora ti porto da mangiare. Così poi andiamo giù a giocare insieme. Resta qui».

Lasciai il suo letto e camminai di nuovo verso la porta. L'avevo quasi raggiunta quando la sua voce mi chiamò.

«Andrej?»

Mi voltai verso di lei. Tra le lacrime, mamma sollevò gli angoli delle labbra in quel suo sorriso così bello.

«Ti amo tanto, amore mio».

«Anch'io!»

Uscii di nascosto e lasciai la porta socchiusa. Papà non era a casa, ma feci comunque piano e poi scesi di corsa le scale, volando leggero come un uccellino. Che bello! Le avrei insegnato i miei giochi e non sarebbe mai più stata triste. L'avrei fatta ridere, avremmo corso insieme e poi saremmo andati a vedere le magnolie che le piacevano tanto».

Entusiasta, entrai in cucina e mi guardai intorno. Cosa potevo portare alla mia mamma?

Cosa le piaceva?

Presi una sedia dal tavolo in cui mangiavano i domestici e la spinsi vicino all'armadio dove tenevano i dolci. Mi arrampicai e con la lingua incastrata tra i denti cercai di raggiungere i biscotti che stavano in alto: erano i miei preferiti. Dinka li metteva sempre lì così non li rubavo, ma volevo darli a mamma, per cui mi sollevai, in punta di piedi.

All'improvviso, in casa esplose un botto fortissimo.

Sobbalzai spaventato e i biscotti mi caddero dalle mani sudate. Cos'era stato?

Sembrava un tuono...

Guardai fuori dalla finestra della cucina, ma splendeva il sole.

Subito dopo sentii delle voci, dei passi veloci, porte che sbattevano e gente che correva.

Ci fu un gran caos e un via vai per le scale, tonfi al piano di sopra che risuonarono attraverso il soffitto.

Poi ci fu soltanto silenzio.

E nel silenzio, udii un rumore acuto, che mi fece indietreggiare fin quasi a farmi cadere dalla sedia.

Uno strillo.

L'urlo di Dinka.

Andras, mi chiamavano tutti.

Andrej, mi chiamavano mamma e la domestica.

Che ironia.

Non riuscivano ad accettare che mio padre mi avesse dato il nome di un demonio.

E non importava che gli avessero detto che si era trattato di un incidente, che non sapevo quello che stavo facendo, che Gwenevere era gravemente malata e quel gesto era stato il suo ultimo tentativo disperato di trovare un sollievo... per lui, io gli avevo strappato l'unica ragione di vita.

Aveva compiuto un errore imperdonabile: permettermi di nascere. Permettermi di crescere dentro di lei, di avvelenarla, di ridurla allo stremo e di spegnere la sua luce. E anche se doveva rispettare il desiderio di mia madre e non poteva ripudiarmi, poteva comunque infliggermi una pena peggiore del mandarmi via: tenermi lì, nella casa dove lei aveva sofferto, a ricordarmi con la sua freddezza snaturata che se lei non c'era più la colpa era soltanto mia.

Vorrei poter dire che collegai subito il suo distacco e il suo astio al delitto che mi attribuiva.

Ma ero troppo piccolo, troppo ingenuo per capire.

Per lui avevo smesso definitivamente di essere umano ed ero diventato un'aberrazione. E forse lo ero davvero, forse c'era sul serio un mostriciattolo dentro di me, perché invece che essere docile e ubbidiente, invece che rigare dritto e tentare di farmi amare come qualunque altro figlio, crescendo cominciai a pensare che se mi fossi fatto del male, se fossi tornato sanguinante, pesto e pieno di lividi, avrei ottenuto la sua attenzione.

Non conoscevo altri modi, più sani.

Conoscevo solo la rabbia, la violenza, il sadismo dei suoi silenzi. Il piacere distorto, malsano, che coglievo nel suo sguardo ogni volta che gocciolavo sangue sul suo pavimento pregiato e lui mi massacrava finalmente di botte per punirmi della mia esistenza.

Che fosse odio, invece di amore, non importava. Era comunque meglio dell'indifferenza.

Significava che io esistevo.

«Ti consola, non è vero? Puntare il dito contro di me per il mostro che invece sei sempre stato» mi aveva detto una volta, quando avevo quattordici anni. Io, che lo fissavo dal corridoio con un polso rotto e il viso tumefatto. Io, che stavo crescendo con la rabbia e il suo stesso disprezzo, perché non sapevo come altro farmi amare.

Io, che forse per qualche scherzo del destino, ero la sua copia sputata.

Mi aveva impedito di essere assistito da uno psicologo, perché diceva che dovevo convivere con quello che avevo fatto.

«Cosa si prova, Andras? Cosa si prova ad averla uccisa?»

E il mio cervello si modellava attorno a quelle parole, cresceva come polpa attorno a un torsolo cariato. In me vedeva il riflesso di quel peccato madornale che aveva rovinato tutto. E più io mi facevo del male, più lui mi disprezzava; più io lo sfidavo e provocavo, più lui si sfogava su di me; più io mi comportavo come il mostro che mi accusava di essere, più i suoi occhi mi imprimevano quel marchio dritto nell'anima e mi davano la considerazione che tanto agognavo.

E allora guardami così.

Arrabbiati, urla, fai a pezzi tutto. Ma guardami.

Riversa la tua rabbia su di me, sbraitami contro, ma guardami.

Dammi quello che puoi, ma non dimenticarti mai di me.

Un giorno tornavo a casa con le nocche sbucciate, un altro venivo sospeso per essermi infilato nelle mutande di una ragazza dell'ultimo anno, un altro ancora mi presentavo con il naso rotto e i vestiti strappati. Combinavo disastri, creavo problemi, gli rendevo impossibile ignorarmi.

E avevo cominciato a provare soddisfazione. Dio, quanto godevo nel fomentare quell'odio, come se non potessi ricevere altro. Col tempo, avevo cominciato ad aggrapparmi a quel sentimento, che urlava scandalo, che esplodeva col dolore, che mi rendeva sbagliato, abietto proprio come mi voleva lui. Attingevo avidamente a quella considerazione che suo malgrado mi dava, e quella sensazione liberatoria, quella sensazione che mi rendeva disumano nel mio essere vivo e vivo nel mio essere disumano, *quella sensazione, sì, era tutto.* Tutto ciò che avevo. Tutto ciò che avrei mai potuto avere.

E allora sorridevo svergognato, con un ghigno di sangue mi inchinavo allo stuolo di applausi. Mettevo in atto la mia scena migliore e aspettavo di riscuotere il mio meritato premio.

Sceglievo le parole peggiori, scoccavo gli insulti più odiosi, assorbivo il malanimo intorno a me perché mi faceva sentire acceso e invincibile e padrone di me stesso.

Mi nutrivo dell'odio, lo incanalavo nel mio corpo, nel dolore io esistevo.

Nel dolore io ero Andrej, il bambino con la foto di sua madre, ed ero Andras, il mostro che l'aveva uccisa.

Mireya non fiatava.

Guardava l'uomo che aveva davanti e forse, adesso, capiva tante cose: la propensione al disordine che mi circondava, la mancanza di contegno, quella luce distorta ed eccitata quando suscitavo l'avversione di qualcuno. Perché se a farmi amare avevo sempre fatto pietà, a farmi odiare ero bravo sul serio. Il bisogno di esagerare sempre, di sfogare il senso di colpa, di trovare un bersaglio per il rimorso che mi era cresciuto dentro come un secondo cuore, intossicandomi il sangue.

Pensai che Coraline sarebbe come minimo scoppiata a piangere. Come una bambina, si sarebbe raggomitolata su se stessa e mi avrebbe chiesto un momento per fare i conti con ciò che le avevo appena confessato.

Invece Mireya allungò le mani. Con cautela, le posò ai lati del mio viso, poi mi attirò verso di sé e fece incontrare le nostre fronti con un piccolo tonfo.

Rimasi sconvolto.

«Che... stai facendo?»

Percepii il suo tocco soffice, il respiro docile e regolare che si infrangeva sulla mia bocca.

«Lo faccio sempre con mia madre». Mi parlò piano, carezzandomi con i pollici, e rimasi spiazzato dalla sua tenerezza. «A volte, quando il dolore è troppo grande, è sufficiente abbandonarsi a qualcuno e permettergli di sopportare insieme a noi».

I polpastrelli mi sfiorarono la mandibola e io strinsi le palpebre. Per un momento sentii l'impulso di scostarmi bruscamente, di allontanarla e rifiutare quelle stronzate, ma poi realizzai che era lei, era Mireya... La sua presenza mi infuse uno strano tepore nei polmoni, come se una fiammella mi stesse scaldando dall'interno. Mi sembrò di tornare bambino, il cuore diminuì la sua corsa, i muscoli tesi si rilassarono lentamente e il mio respiro si fuse con il suo, intrecciandosi al suo ritmo cheto.

Osservai tra le ciglia il suo viso. Mi stava combinando qualcosa di inspiegabile, e una parte di me non riusciva ad accettarlo.

Parlava ai miei tormenti come se fossero i suoi. Li domava, li piegava come origami e li faceva librare nella notte del suo sguardo, lontano dalla mia testa.

Lei non scappava via.

Non mi riempiva di frasi sdolcinate.

Lei riusciva sempre a infilarsi dentro, a entrare di nascosto, a muoversi in quell'oscurità senza averne mai paura.

E questo... questo mi destabilizzava.

«Io... non devo sopportarlo». Mi liberai dalla sua presa, perché mi stava facendo bene. *Troppo bene.* Mi alzai in piedi e indietreggiai per allontanarmi da lei e ristabilire l'ordine delle cose. «Io ho disubbidito!» ringhiai. Lei rimase inginocchiata a terra e mi guardò con gli occhioni sgranati. «E non l'ho fatto perché ero piccolo e ingenuo. L'ho fatto perché non me ne fregava un cazzo delle regole, perché ero un egoista e mi annoiavo!»

«Lo hai fatto perché ti sentivi solo, Andras».

«No!»

«Sì» insisté, decisa. «Eri soltanto un bambino. Avevi sei anni, ma ti sei convinto che fosse un'età sufficiente a comprendere quello che lei ti ha chiesto. Che se non fosse stato per quel gesto, lei sarebbe ancora viva. Forse per te... è più facile che accettare che tua madre non fosse felice. Che fosse rimasta rinchiusa in quella camera per anni e tu non avessi potuto proteggerla dallo stesso uomo che diceva di amarla. Ma questo... questo non fa di te un assassino, Andras. Gwenevere ti aveva amato fin dal primo momento. Per lei sei stato davvero un piccolo miracolo...»

Strinsi i denti così forte che mi si offuscò la vista. Gli occhi bruciarono. Le sue parole mi innescarono un sentimento inarrestabile di rifiuto: afferrai le chiavi della macchina dal mobiletto, infilai il giubbotto e come una furia indiavolata marciai verso la porta.

«Dove stai andando?»

Non le risposi. Continuai il mio ritorno agli inferi da cui ero venuto, ma Mireya mi sbarrò la strada e si avvinghiò al mio torace.

«Levati!» le intimai furibondo, tentando di staccarla.

Testarda, strinse ancora di più la presa. Il suo carattere mi faceva paura. Avrebbe dovuto mandarmi affanculo e riempirmi di schiaffi fino a farli diventare dispari, ma piantò i piedi e strinse le palpebre con forza, come se potesse bastare a tenermi lì, come se non fossi almeno il doppio di lei e non potessi scrollarmela di dosso con uno sforzo ridicolo.

Perché era così cocciuta?

Perché si ostinava a spingermi dappertutto con i suoi bellissimi mostri?

Le nocche sbiancarono, i nervi spinsero per esplodere e la mandibola mandò stilettate alla testa da quanto era serrata. Le avevo detto la verità e me ne vergognavo come un cane, ma non tolleravo di sentirmi dire che non avevo meritato tutto quello che era successo.

Avrebbe dovuto capire ormai che razza di uomo ero, che razza di bambino ero stato e tutto lo scempio che mi riguardava. Invece se ne stava lì a farmi la guerra con un abbraccio, a stritolarmi nella speranza di farmi restare. La sua presenza minuta mi trasmise un'angoscia frustrante, così acuta da farmi vibrare ogni nervo di rancore ed esasperazione. E io mi sentii sconfitto, sconfitto come non ero mai stato.

«Tra meno di una settimana è il suo compleanno».

Mireya voltò il viso e mi diede un bacio sul petto. Sussultai mentre tornava a posare la testolina contro il mio torace, come una piccola cozza.

Deglutii severo e abbassai gli occhi. Era sempre restia, chiusa e inaccessibile a chiunque, si lasciava andare soltanto con pochi.

Soltanto... con me.

«Ogni anno, mio padre trova il modo di ricordarmelo» continuai a bassa voce, e lei si accoccolò meglio contro i miei pettorali. «Mi fa recapitare messaggi, lettere, pezzi di giornale, qualunque cosa per fare in modo che io non dimentichi... Questa volta ha scelto le fotografie». Sentii bruciarmi l'anima tra le ossa per la confessione che stavo per farle. «Coraline... è finita in mezzo a tutto questo» sussurrai a fatica. «È stata investita mentre andava alla polizia, quando ormai mio padre aveva capito che era venuta a stare da me. Sapevo che aveva deciso di farlo, ma non pensavo volesse andarci da sola... Sono tornato a casa giusto in tempo per vedere la macchina, il sangue e le ambulanze. E lei riversa sulla strada». E la mia mente tornò a quella sera, allo sgomento nelle viscere, la realtà che ammutoliva, il mondo che cadeva in pezzi.

E poi al fiato che si ingrossava, alla frenesia che montava, che faceva esplodere le meningi e infuocava le sclere di sangue, di vendetta, di un odio truculento e inarrestabile.

«È stato lì. È stato lì che sono tornato da lui».

La collera mi accecava.

Vidi a malapena la mia mano spalancare la porta e i suoi occhi sollevarsi prima che lo scaraventassi a terra, facendogli sbattere la nuca contro lo spigolo della scrivania. La grossa sedia in legno massello si rovesciò. Una pioggia di fogli si riversò sul pavimento mentre lo afferravo per il colletto e gli schiantavo un pugno dritto sul naso di famiglia.

«Bastardo!»

Aveva ridotto la mia vita a un ammasso di rottami, l'aveva disfatta e rasa al suolo in ogni modo possibile. Urlai con ogni spigolo di fiato che avevo in gola mentre gli scaricavo addosso tutto il male che mi aveva fatto, tutto l'odio feroce che mi aveva corrotto come una cancrena.

Ora ero più grosso di lui, più forte e notevolmente più incontrollabile, e non ci vidi un cazzo quando lo afferrai per la spalla e lo aggredii con la stessa violenza che lui mi aveva insegnato.

Volevo ammazzarlo.

Volevo spedirlo nelle profondità dell'Erebo, e lo avrei seguito volentieri se questo fosse servito a liberarmi dello strazio che sentivo. A cancellare le immagini di quel corpo bianco e immobile, degli occhi verdi che lui aveva spezzato per sempre, a mettere a tacere l'ennesimo grido della mia anima esausta, che mi ricordava che il peggio era accaduto ancora una volta per causa mia, che sarei sempre stato il male di qualcuno.

C'era un limite al dolore che una persona poteva sopportare. E io ormai avevo esaurito tutte le lacrime, tutte le speranze, tutto quello che di buono mi era rimasto.

Lanciai un ringhio quando due braccia robuste mi afferrarono da dietro. Cercarono in tutti i modi di tirarmi via, ma mi dimenai e sferrai gomitate senza ritegno.

Alla fine, mi strapparono da lui. Ero una bestia stravolta, sudata e accecata dall'odio, tuttavia nei suoi occhi fissi su di me non colsi alcun timore.

Con i capelli scombinati si portò due dita al labbro spaccato, facendo scintillare il grosso anello che gli brillava contro le nocche.

«Ma guarda chi c'è» mi accolse caustico. «A cosa devo il piacere?»

«Io ti ammazzo! Sei contento ora? Sei soddisfatto di quello che hai fatto?»

Edelric si alzò con compostezza. Un graffio sulle sue scarpe italiane gli strappò una smorfia di aristocratico fastidio, prima che, con estrema calma, tirasse fuori dal taschino un fazzoletto ricamato con le sue iniziali. Si tamponò la bocca e si incamminò verso la finestra.

«Come vedi, Andras, il mio staff non mi perde mai d'occhio».

Un verso belluino mi spinse ad aggredirlo di nuovo. Mi trattennero a forza. «Tu pagherai per quello che hai fatto!»

«Io?» Sollevò un sopracciglio, guardandomi dal riflesso della finestra. «Cosa c'entro io? Ho per caso sporto denuncia? Ho informato qualcuno della scomparsa di mia figlia? O del fatto che l'avessero portata via?»

«Non fingere di non sapere. È successo per causa tua, perché stava andando alla polizia per denunciare le tue porcate!»

«La... polizia?»

Edelric gettò la testa all'indietro e scoppiò a ridere.

Era un manipolatore nato. Le maschere che indossava erano infinite, e infinito era il grado di violenza verbale o fisica che era disposto a impiegare nel momento in cui qualcuno minacciava di svelare al mondo la sua vera natura.

«Aspettate fuori».

Inaspettatamente, mi lasciarono andare. Diedi uno strattone e li controllai con la coda dell'occhio mentre si allontanavano, ma i miei sensi mi riportarono subito su di lui, lucidi e guardinghi.

Niente mi frenava dal saltargli di nuovo alla giugulare e cercare ancora di ammazzarlo di botte. Eppure, Edelric rimase tranquillo davanti alla finestra, a sistemarsi i capelli con una mano, per nulla intimidito da quell'eventualità.

«Ah, Coraline. Che brava ragazza...» esordì raddrizzandosi la cravatta rossa. «Così dolce, sorridente... La vita non le ha fatto mai mancare nulla. Sfoderava il nome della sua cara madre malata come se fosse una carta di credito, come fosse un passe-partout. Era la bambolina di casa Tawnill, una viziatella con il fondo fiduciario che il paparino le aveva lasciato prima di morire. Oh, le piaceva proprio la vita mondana. Non era in grado di rinunciare a tutto questo, te lo posso assicurare». Accennò un sorriso. «Dimmi, Andras... Ti ha detto che è venuta da me?»

Sentii qualcosa indurirsi nello stomaco. Edelric sondò il mio viso e tornò a osservare il suo riflesso nella vetrata. «Si è presen-

tata nel mio ufficio in città, un paio di settimane fa. È scoppiata a piangere e mi ha detto che non ce la faceva più, che le mancava sua madre e voleva ritornare a casa. Mi ha implorato di porre fine al suo incubo, perché non riusciva più a vivere nell'angoscia di quella situazione. Sapevo che non sarebbe durata... quelle come lei non durano mai».

«Puttanate» sibilai, non credendo a una parola. «Tutte puttanate!»

«Eppure...» Si tolse un granello di polvere dalla giacca e lo studiò tenendolo tra le dita. «È andata proprio così. Non ha esitato. Sapeva che andare alla polizia avrebbe comportato ritorsioni notevoli. A quel punto l'avrei trascinata a forza in tribunale e avrei intentato una causa spietata, mirata a farla a pezzi». Il suo sorriso si velò di ironia. «E date le loro circostanze, Coraline sapeva bene che non le conveniva... L'ha capito un po' tardi. In fondo l'ho definita dolce, non intelligente». Scosse la testa, deridendo le sue stesse parole, e mosse qualche passo verso di me. «L'ho fatta riaccompagnare in auto proprio davanti al tuo appartamento. Non smetteva più di guardarsi intorno, poverina. Sembrava terrorizzata che qualcuno... che tu... potessi vederla e scoprire dov'era stata».

«Ti aspetti davvero che io creda a tutte queste stronzate? Lei non sarebbe mai venuta da te. Mai. Sappiamo perfettamente cosa le hai fatto».

«Già... Tuttavia eccola lì. E ha ascoltato con molta attenzione la proposta che le ho fatto. Indovinerai di che si tratta forse...» insinuò, arrivandomi dritto davanti alla faccia. «Ma devi saper mantenere il segreto...»

Gli fui di nuovo addosso. Lo agguantai per la giacca e lo spinsi contro la scrivania, vedendolo sogghignare con la sicurezza di chi è perfettamente padrone della situazione.

«Ne ho i coglioni pieni delle tue carognate. Tu e i tuoi accordi di riservatezza potete andare a farvi fottere».

«Oh, era davvero uno scambio equo, non credere. Sarebbe

bastata solo una firma. In cambio del suo silenzio io mi sarei dimenticato di questa brutta faccenda, di lei... e le avrei corrisposto una somma che le avrebbe chiuso la bocca per sempre».

Mi venne da vomitare.

Non volevo neanche parlare di quanto fossero schifosi quei contratti. Nelle mani sbagliate costituivano una delle tante facce dell'abuso di potere, barattavano denaro con un'omertà che mieteva troppe vittime. Ne conoscevo bene gli effetti rovinosi, le ripercussioni schiaccianti su chiunque tentasse di rivelarne i soprusi.

«Lei non avrebbe mai firmato».

Edelric sorrise.

«Te l'ho detto, Andras. Conosco quella ragazza molto meglio di te». Sollevò le mani e mi strinse i polsi in una morsa d'acciaio. «Ti aveva informato che lei e sua madre sono sull'orlo del lastrico? Che non hanno più un soldo bucato? Suo padre aveva accumulato debiti di gioco, è per questo che Berenice Tawnill ha deciso di risposarsi. Stavano affogando e avevano bisogno di un salvagente per non ritrovarsi senza fondi e con i beni pignorati, e poter mantenere il loro stile di vita. È così che funziona il mondo, Andras. Tutto si può comprare. Anche le persone». Stritolò la mia pelle fino a bloccarmi il sangue. Poteva essere cinque centimetri più basso di me, ma era comunque un metro e novanta e conservava il suo vigore nonostante l'età. «Ma guardati... sempre pronto a elemosinare un briciolo d'amore... cosa non faresti per convincerti di non essere quello che sei». Il suo sguardo si tinse di odio e ribrezzo. «Sai perché tua madre si è tolta la vita? Per causa tua. E sai perché Coraline è finita sotto una macchina? Per lo stesso motivo. Guarda che devastazione, Andras. Ti sei mai chiesto perché gli uragani portano nomi di donne?»

Lo afferrai per la gola.

Non era possibile che fossi suo figlio. Non era possibile che in lui non ci fosse un briciolo di compassione, di senso paterno nei miei confronti. Mi aveva ucciso qualcosa dentro, e nessuno me l'avrebbe mai più restituita.

«Voglio la bambina». Un moto di ribellione lo animò e io strinsi, strinsi così forte che le sue pupille scattarono alla porta. «Non mi importa chi devi corrompere. Voglio la custodia esclusiva».

«Non te la daranno mai».

«Non hai capito». Cercai di rendere più chiaro il concetto: «Io la voglio, o rivelerò ogni singola schifezza di cui sei colpevole. Ho dei video che ti incastrano e li userò, cazzo, quanto è vero Iddio!» lo minacciai a denti stretti. «Usa le tue conoscenze nelle alte sfere, cerca qualcuno nel tuo libro paga, fai quello che devi fare, ma voglio quella bambina e tu me la lascerai».

Mi conficcò le unghie nell'osso del polso. Vidi l'astio, il rancore e la furia tutta lì, dentro i suoi occhi brutali.

«Ancora pensi di poter vincere contro di me?»

«No. Ma ti brucerai la carriera politica. Il tuo indice di gradimento crollerà a picco e nessuno vorrà più essere associato a un candidato macchiato di scandalo sessuale, per quanto influente sia. E tu lo sai bene». Lo lasciai andare scuotendolo violentemente. Sul suo viso, ancora una volta, vidi il cocente rimpianto di avermi fatto venire al mondo. «A te la scelta...»

Mireya continuava a stringermi.

La testa mi scoppiava, il dolore mi aveva svuotato di tutto. Improvvisamente avrei voluto dormire senza svegliarmi più.

Sapevo che stava soffrendo nel sentirmi parlare di Coraline. Probabilmente non avrebbe mai capito il peso che portavo dentro, il trauma che pesava sulla mia anima come un macigno e che aveva deviato il mio destino.

Quel giorno in cui avevo consegnato la pistola a mia madre era stato il mio inferno, il mio quando in un mare di colpe, le stesse che poi si erano tramutate in bisogni.

Il mio secondo inferno era iniziato il giorno dell'incidente di Coraline.

Lei non era stata diversa da Gwenevere. Entrambe erano innocenti, fragili, piene di sogni. E non ero stato capace di proteggerle da me, dall'uomo che aveva sempre voluto strapparmi tutto come io avevo strappato tutto a lui, dal fuoco incrociato di quella guerra che non avrebbe mai avuto una fine, non finché io avessi continuato a esistere.

Non so per quanto rimanemmo in quella posizione.

So che a un certo punto sentii delle dita farsi strada nel mio pugno chiuso lungo il fianco. Mi prese le chiavi della macchina, piano. Le appoggiò di nuovo sul mobiletto lì accanto, poi fece scivolare i palmi sulle mie spalle e mi tolse il giubbotto.

«Vieni». Tenendomi per mano, mi condusse fino in camera da letto. Non capii cosa stesse facendo mentre si chinava davanti a me e mi slacciava con calma le scarpe, improvvisamente ero troppo confuso e stanco. Con soffice fermezza, mi spinse giù e sprofondai nel materasso.

«Chiudi gli occhi» sussurrò, sfiorandomi il viso. Ubbidii soltanto perché il mio cervello si stava spegnendo. La mente spossata divenne troppo pesante da gestire e nel giro di pochi secondi mi addormentai.

Scivolai in un sonno agitato e angosciante, fino a quando non sentii qualcosa di morbido e caldo premermi dolcemente addosso.

Allora mi destai.

Avevo ancora il busto mezzo sollevato contro la testiera, con le ginocchia piegate e i piedi puntellati sul materasso. Abbassai il viso e vidi una massa bruna. Se ne stava tra le mie gambe divaricate, con le braccia che mi avvolgevano il busto e la testa appoggiata sul mio ventre. Una porzione di schiena era scoperta, lasciando intravedere il fianco rotondeggiante e le cosce raccolte sotto al mio ginocchio. Aveva la guancia schiacciata contro i miei addominali e le labbra che sporgevano appena sotto le ciglia folte, come quelle di una bambina imbronciata.

Posai una mano sul suo capo. Le carezzai i capelli setosi e per la prima volta mi sentii davvero impotente.

«Non ce la faccio con te» soffiai rassegnato. Lei dormiva e non poteva sentirmi. «Stai sfasciando tutto, e non so come fermarti. Non so come liberarmi del tuo viso» ammisi amareggiato, continuando a carezzarla. «Provo a respingerti, a tenerti lontana, ma tu... tu entri comunque. E non capisco il motivo. Ti cerco in ogni sogno che faccio, perché so che almeno lì non posso farti del male. Almeno lì, io posso smettere di respingerti...» La strinsi contro di me. Mireya sprofondò il viso nel mio ventre, morbida e profumata. «Io... ho mentito a me stesso» confessai finalmente. «Non è vero che mi ricordavi Coraline. Non me l'hai mai ricordata, ma ho fatto di tutto per convincermi che fosse così. La prima volta che ti ho vista avevi le labbra screpolate, gli occhi brillanti e ribelli, e mi avevi appena tirato uno schiaffo. Non avevi paura, anzi. Mi fronteggiavi con la testa alta e gli zigomi accesi d'orgoglio. Eri la cosa più bella che avessi mai visto. E io, che non riuscivo a spiegarmi come una sconosciuta potesse colpirmi così profondamente, non ho potuto fare altro che raccontarmi una menzogna. Ne avevo bisogno, Mireya. Non potevo accettare altrimenti».

Ecco cos'era stata quella ragazzina per me.

Uno stramaledetto colpo al cuore.

Un fulmine a ciel sereno, da cui non avevo saputo come ripararmi.

Avevo custodito gelosamente Coraline dentro di me, ma da quando era arrivata Mireya mi sentivo disorientato, perso, e in colpa. Non riuscivo più a comprendere me stesso. Avevo tentato di convincermi che fosse a causa sua, che la cercassi perché mi ricordava lei, che ne fossi incuriosito solo perché le somigliava.

Ma erano cazzate. Tutte quante.

Mireya non era mai stata un rimpiazzo.

Non era mai stata l'ombra di un'altra.

Lei mi era esplosa in un punto impreciso tra il fegato e il diaframma, si era incastrata dentro senza una spiegazione e non c'era stato verso di strapparla via da lì.

Lei era stata *davvero* un uragano.

E io... io non ero mai riuscito a farmene una ragione.

14
Per le sue labbra

Il vero peccato non è amare.
Il vero peccato è convincersi di non avere mai amato.

Un respiro tiepido mi carezzava il collo. Un muro caldo e sodo oscillava dolcemente contro la mia schiena, trasmettendomi una sensazione celestiale. Avvolta nelle coperte, intrise di profumo maschile, sospirai e mi lasciai cullare dalla presenza forte e protettiva dietro di me.

Sentii la sua mano scivolare sul mio fianco nudo. Rimase lì giusto un secondo, poi, come se stesse realizzando la situazione, scese sulla pancia scoperta. Infine, sempre più cauta, sul confine velato che spuntava sotto l'ombelico.

«È un fottuto scherzo...» udii dietro di me.

Andras si sollevò sul gomito e con uno strattone scostò le coperte.

«Mmm...» mugolai insonnolita.

«Cazzo».

Si alzò e si allontanò da me. Confusa, mi tirai pigramente su a sedere, e i capelli corvini mi scivolarono sul seno e mi sfiorarono la vita. Mi strofinai una palpebra e lo osservai tra le ciglia socchiuse.

«Cosa c'è?»

Andras fissò ciò che indossavo con le narici allargate e un'espressione inferocita.

La sera prima mi ero infilata i collant sotto i jeans perché faceva particolarmente freddo all'aperto, ma il suo corpo era una stufa bollente e avevo dovuto togliermi i pantaloni e il maglioncino di lana nel bel mezzo della notte per non morire di caldo.

Ero rimasta con le calze e la canottierina bianca corta, e il contatto con la sua pelle era stato una vera apoteosi.

«Poi dicono a me che sono uno stronzo...» Imprecò tra sé e sé. «Io, capito? Io...»

Mi soffermai a guardarlo: era incantevole con i capelli scarmigliati, la voce roca e l'espressione calda e sensuale di chi si è appena svegliato. La maglietta che indossava era stropicciata e lasciava intravedere la muscolatura appena sopra l'osso del bacino, la stessa che mi strappò dal petto un altro lungo sospiro. Percepirlo addosso tutta la notte era stato magnifico, a dir poco sensazionale. Per quale motivo non potevamo continuare?

«Non capisco perché sei sempre così nervo...»

Mi venne infilato qualcosa dalla testa. Riemersi come un fungo, sputacchiando i capelli. Allargai le braccia e abbassai gli occhi mentre Andras si concedeva un ghigno vittorioso.

«Molto meglio».

Era una felpa nera. Davanti c'era una scritta bianca che recitava: 'Buongiorno e vaffanculo a tutti'. Dietro, la testa di un gatto tigrato aveva le fauci aperte nell'atto di soffiare, le orecchie abbassate e i canini in bella vista.

Era nuova. Aveva ancora il cartellino addosso e mi stava grande, ma dalla misura delle spalle era un capo palesemente femminile.

L'aveva... comprata per me?

«Di certo ti rappresenta...» commentò, quando mi vide con quella scritta addosso. Il sorriso però svanì all'istante dal suo viso. Gattonai verso di lui e le sue pupille scattarono prima sul movimento delle mie gambe, poi sulle anche e sul seno che ondeggiava sotto la felpa.

Raggiunsi l'estremità del materasso e mi sedetti con le cosce unite e le natiche adagiate sulle caviglie, sbattendo le ciglia un paio di volte.

«L'hai presa per me?»

Andras mi fissò la bocca, e il minuscolo neo che si muoveva

ogni volta che parlavo. Aveva un'aria strana. Una vena gli pulsava in rilievo sulla gola e mi sembrò di vederlo deglutire.

Ma che gli prendeva?

Mi sistemai un po' più vicina, cercando qualcosa di carino da dire per tranquillizzarlo.

«Sei attraente di prima mattina» bisbigliai, un po' impacciata. Facevo schifo con i complimenti, ma lui sgranò gli occhi come se lo avessi insultato. Un insolito rossore si diffuse sul suo viso e la situazione sembrò addirittura peggiorare.

«È troppo» scandì tra i denti, prima di respirare a fondo. «È davvero troppo». Teatrale come sempre, marciò verso il bagno e si chiuse dentro sbattendo la porta.

Sbuffai davanti al suo solito caratteraccio. Udii lo scroscio dell'acqua e rimasi a guardare il punto dove era sparito, valutando le mie opzioni. Potevo raccogliere le mie cose, andarmene e tornare nel mio appartamento, ma non volevo lasciarlo solo.

Non dopo quello che era successo.

Ero grata e riconoscente della fiducia che mi aveva dato, a tal punto che ora sentivo il bisogno di continuare a stargli accanto e tentare in ogni modo di alleviare l'angoscia che provava; ma sapevo anche lo sforzo immenso che gli era costato. Ciò che aveva passato mi toglieva il respiro, e l'idea che solo il giorno prima avessi rivangato il ricordo di Coraline quando in realtà soffriva per la morte di sua madre mi mortificava da morire.

Volevo restare.

Volevo restare con lui...

Decisa, gettai le gambe giù dal letto e mi alzai. Sgambettai fino in cucina con lo stomaco che brontolava rumorosamente. Fu lì che mi trovò venti minuti dopo, seduta sulla penisola, intenta a piluccare un cucchiaino di Nutella dal barattolo.

«Che stai... *ah*» grugnì, come se fossi una pestilenza, poi mi tolse il vasetto dalle mani e ci buttò dentro un occhio truce. «L'hai praticamente finita!»

«Infatti ti ho scritto una nota».

Andras si voltò. Su un foglietto appoggiato sul bancone avevo scritto: 'Comprare Nutella'.

Prima che potesse fare altro, mi allungai e strisciai il dito dentro il barattolo, portandolo alla bocca. Succhiai forte perché mi impastavo sempre la lingua, e Andras fissò quel gesto come se volesse compiere un omicidio.

«Tu oggi vuoi finire male».

«Perché?»

Emise un verso esasperato. Senza rispondermi, tornò in camera a prendere il cellulare, dopodiché chiamò la pasticceria e lo sentii ordinarmi la colazione. Mi ritrovai presto con una ciambella ripiena tra le mani, che addentai con occhi vivaci.

Andras rimase a guardarmi con le braccia incrociate, il bacino appoggiato contro la penisola e il viso leggermente inclinato. Avrei voluto chiedergli ancora del suo passato, ma percepivo un'aura strana, insinuante, provenire dai suoi occhi. Mi venne da stringere leggermente le ginocchia. Per un attimo mi domandai cosa stesse pensando, perché mai continuasse a guardarmi così, ma poi...

«Con quanti ragazzi sei stata?» mi chiese di punto in bianco.

Quella domanda mi colse totalmente alla sprovvista, tanto che mi bloccai con un dito ancora in bocca. Il suo sguardo indugiò sui polpastrelli sporchi di cioccolato che mi stavo leccando, e io arrossii leggermente.

«Nessuno».

«*Nessuno?*»

«Dipende da che intendi» continuai, dopo aver ingoiato un boccone. «Non ho mai avuto un fidanzato». Abbassai il viso e osservai la ciambella tra le mie mani. «Ma... c'è stato uno. Matthew. È con lui che ho fatto le mie esperienze. Era il nipote del barista che mi ha insegnato il lavoro».

«Siete stati insieme?»

Perché all'improvviso mi stava chiedendo quelle cose?

«Non proprio» risposi netta. Lo stomaco si chiuse e temetti

di avvertire un conato. Misi giù la ciambella. Per un attimo, tornai la Mireya di sempre, quella restia e diffidente, quella che non permetteva a nessuno di bussare alla porta delle sue stesse fragilità. «Ma mi faceva sentire come una qualunque ragazza della mia età. Non mi piaceva essere toccata, non mi fidavo di anima viva, ma almeno in quei momenti, almeno con quelle sensazioni, io riuscivo a capire cosa volesse dire sentirsi normale». I suoi occhi non abbandonarono un solo istante i miei. «Soltanto una volta siamo andati un po' oltre. Volevo dimenticare tutto» sussurrai a fatica, vergognandomene. «Volevo soffocare i miei sentimenti. E gli ho chiesto di...» Ricordai il dolore, le lacrime agli occhi e il desiderio disperato di cancellare lo sfacelo che mi circondava. Avevo avvertito il bruciore, il battito soffocante, la mia anima che mi chiedeva che diavolo stessi facendo. Stavo compiendo un gesto estremo, io, che a malapena mi facevo avvicinare dagli altri. A quel punto avrei fatto di tutto per non essere me.

«Subito dopo me ne sono pentita. E Matthew si è fermato».

Provavo disagio nell'ammettere quello che avevo fatto. Era stato un momento di debolezza, in cui avevo creduto che potesse aiutarmi a evadere, a strapparmi di dosso quello che stavo passando.

L'angoscia mi aveva fatto compiere molti errori. Mi aveva inasprita, avvelenata, isolata. E aveva indotto il mio cuore a chiudersi in se stesso pur di proteggersi. Me ne rendevo conto soltanto adesso.

«Il dolore ci fa essere tante cose. Arrabbiati, fragili, smarriti... A volte ci spinge a ricercare qualcosa che non meritiamo, ma che finiamo per infliggerci lo stesso. Non è poi così diverso dall'amore».

Sentii le sue dita sollevarmi il mento. Prese un tovagliolo e, con gesto delicato ma deciso, mi pulì l'angolo della bocca da uno sbaffo di cioccolato. Mi tesi. Alzai lo sguardo, smarrita nel suo profumo virile e seducente, nelle iridi cristalline che rimasero concentrate su ciò che stava facendo, provocandomi un miscuglio di emozioni.

Ero certa che se mi avesse guardato negli occhi le avrebbe colte tutte.

«Ma nell'amore c'è speranza» sussurrai. Ed era assurdo che a dirlo fossi proprio io. Eppure, stavo riscoprendo qualcosa che non avevo mai provato prima, qualcosa che stava alterando la chimica del mio cuore.

Qualcosa che sentivo soltanto quando Andras mi toccava, quando mi respirava vicino, quando mi regalava vertigini solo con uno sguardo pieno di cielo.

Qualcosa che succedeva quando ci specchiavamo l'uno nell'altra, in quel modo che era soltanto nostro, una cosa da niente, eppure enorme, bellissima, da pazzi, che un po' era volare e un po' era vivere.

Lui riusciva ad addolcire i miei spigoli più netti, a rendere l'oscurità un frangente di notte innocua. L'avvolgeva con la lingua come uno dei suoi stuzzicadenti la stringeva nel sorriso impudente, nella bocca arcuata come un invito spregiudicato, e con l'espressione di cupa sfida che irradiava brividi tutt'intorno, mi spingeva a credere che certi destini potessero esistere.

«Finisci di mangiare» ordinò, lasciandomi una carezza fugace sul labbro inferiore. «Ti brontola ancora lo stomaco».

In realtà speravo che continuasse, che magari si accorgesse di quanto fossi seducente e irresistibile e, smosso da un impeto di puro cuore, mi dichiarasse il suo amore eterno proprio sul bancone della sua cucina. Da persona umile mi sarei accontentata anche solo di un bacio, di godermi la sua bocca sulla mia mentre sprofondavo nel suo sapore e lui mi riempiva ancora una volta di galassie, ma Andras preferì essere riguardoso verso il mio appetito.

Riguardoso.

Quando mai lo era stato?

Neanche una volta. Era stronzo però.

Ecco la conclusione.

Scontenta, mi impermalii e tornai a dedicare tutta la mia attenzione all'unica cosa che invece un po' di soddisfazione me la dava: la ciambella.

«Forse James non ha tutti i torti...» allusi, ricordandomi le nostre conversazioni.

«Cosa?»

«Niente».

Andras storse la bocca. La smorfia gli arricciò anche il naso, formando delle rughette sottili che gli venivano soltanto quando era particolarmente sdegnato e infastidito da qualcosa.

«Parli del tuo collega?» indagò, con un tono che mi mise in allarme. Smisi di masticare e lo osservai attentamente.

«Sì. E se gli fai qualcosa giuro che non ti perdonerò».

«Che gli dovrei fare, scusa?»

«Non lo so. Ma non lo guardare male». *E non fare del tuo peggio.* «È una brava persona».

Andras abbandonò la spalla contro il muro davanti a me, e incrociò di nuovo le braccia. Il mento basso, la bocca ancora atteggiata in una piega contrariata, mi fissò da sotto le sopracciglia arcuate con occhi felini.

«Gli sei affezionata?»

«Sì. Lui mi vuole bene sul serio».

Mi aspettai che dicesse qualcosa di sgradevole, invece rimase fermo e mi soppesò a lungo. In quel momento non vidi un ragazzetto insicuro. Vidi un uomo, un uomo maturo, consapevole e sicuro di sé, un uomo che era ostile a tutti, inavvicinabile da chiunque, ma anche protettivo verso le poche persone a cui decideva di legarsi.

«Se ci vai così d'accordo... perché non hai scelto lui?»

«Perché non provo nulla per lui» ammisi. «Perché per quanto possa volermi bene, ci sono cose su cui non potrà mai capirmi. Il più delle volte si comporta come un bambino, è irresponsabile e infantile, e so che non ho la forza di occuparmi ancora una volta di un'altra persona, di essere solo io l'adulta. Dovrei sempre spiegargli i miei comportamenti, i miei timori, dovrei sempre fargli capire che non mi fido del prossimo, che non sempre il contatto fisico mi piace, che ci sono momenti della vita che ci restano inevitabilmente dentro. A James posso provare a parlare di mia madre, del rapporto che ho con lei, ma so che vedrebbe solo il bene o il male che mi ha fatto, mai le due cose insieme. James mi dà conforto. Ma non mi fa sentire protetta».

«Perché, io sì?» domandò scettico, e in parte lo comprendevo. Andras poteva sembrare tutto tranne che una persona rassicurante, tuttavia...

«Tu ti sei preso cura di mia mamma» spiegai. «L'hai portata al centro, ti sei assicurato che venisse affidata ai medici e poi sei tornato da me, mi hai presa e mi hai portato a letto. Non mi hai fatto domande su di lei, ma sei rimasto tutta la notte. E il giorno dopo ti sei arrabbiato perché avevo la febbre e volevo andare al lavoro, mi hai comprato quelle stupide medicine e hai chiesto a Zora di darmi un giorno di riposo perché non stavo bene. C'è una differenza tra interessarsi a qualcuno e prendersene cura. Forse non sei mai stato un grande esempio di gentilezza e premura, ma so che se qualcuno volesse farmi del male, tu spezzeresti la terra e il cielo pur di abbattere quel muro e arrivare a me».

Lui non batté ciglio. Restai immobile, in trepidante attesa della sua risposta, mentre le sue iridi fendevano l'aria e mi incatenavano così, con le mani tra le ginocchia, le spalle un po' rigide e il battito che sfarfallava. Passarono diversi secondi. Deglutii e l'attesa che ne seguì mi trasmise soggezione, ma non abbassai il viso. Volevo sul serio che azzerasse quella stupida distanza, mi toccasse e la smettesse di starmi così lontano.

«Chi ti dice che lo farei?»

Aggrottai un sopracciglio, delusa. Lo fissai con espressione infastidita, poi, con uno slancio del braccio, mi sporsi tutta in avanti e gli strisciai un pezzo di ciambella sulla guancia.

Prima di vedere la sua espressione sgomenta, saltai giù dal bancone e scappai via, il labbro intrappolato tra i denti.

Non andai molto lontano: esplosi in un urletto divertito quando mi agguantò per la vita. La mia voce vibrò tra le pareti. Mi ritrovai a un'altezza considerevole e i miei capelli fluttuarono attorno a me, accompagnando la sciocca e insensata spensieratezza con cui dimenai le gambe e mi lasciai finalmente stringere da lui.

Mi gettò sul divano. Rimbalzai sui cuscini con le gote rosse e il petto indolenzito per l'allegria, e giocosamente tentai di respingerlo quando si avventò su di me, perché sapevo che me l'avrebbe fatta pagare. Andras mi imprigionò i polsi e senza sforzo me li spinse ai lati del viso. Mi ritrovai inchiodata sotto il suo corpo immenso, incastrata nella gabbia di muscoli.

«Sei davvero pessima» buttò fuori, mentre io lo fissavo con un adorabile ghignetto. «Lo trovi divertente?»

In risposta, sporsi la testa e gli leccai la guancia che gli avevo sporcato. Il cioccolato, fuso al sapore della sua pelle, mi instillò nello stomaco una voglia inesorabile di lui.

Andras serrò forte la presa sui miei polsi. Inspirò profondamente, tanto da socchiudere le palpebre, e tornò a incrociare i miei occhi impertinenti e vivaci con una tensione bruciante.

«Finiscila» sibilò con voce torbida. «Altrimenti...»

Inclinai il viso, ammiccante. «Altrimenti?»

Avevo speso così tante energie cercando di essere forte, ero cresciuta così in fretta per essere il sostegno di qualcuno, che con lui sentivo il bisogno di lasciarmi andare. Di abbandonarmi all'istinto, alla mia età, a ciò che pian piano mi si stava accendendo nel petto. E provavo un sollievo estenuante nel poter finalmente essere me stessa anche nei miei lati più spontanei e infantili.

Lo prendevo in giro, mi burlavo del suo brutto carattere, gli facevo capire che non avevo paura di lui, perché nel suo modo di fare il duro io ci vedevo il bisogno di trascinarlo con me.

Di fargli capire che poteva essere felice. Spensierato. Che poteva finalmente sentirsi accettato.

Visto...

La mïa risposta gli adombrò lo sguardo. Un fastidio latente gli serrò la mandibola e io continuai a fissarlo intrappolata tra le sue mani, aspettando la sua reazione.

E fu del tutto inaspettata.

Con prepotenza, mi voltò sulla pancia, mi afferrò per il bacino e mi tirò verso di sé. Lo sentii ghermirmi entrambe le caviglie con una mano mentre mi infilava la mano sotto la felpa, scavalcava la canottiera striminzita e cominciava a farmi uno spietato solletico.

Strillai e tentai di rannicchiarmi, ma finii per perdere con facilità contro l'assalto delle sue dita. Vani furono i miei tentativi di liberarmi. Mi contorsi su me stessa come un'anguilla, ma lui con una mossa scaltra mi tenne ferma e mi raggiunse la curva della vita, che strinse nel punto esatto in cui era più sensibile.

Piagnucolai come una scema, mi contorsi ed esplosi in una risatina delirante, che sembrava un guaito.

In quel momento capii che stava giocando con me e il cuore scoppiò, il naso si arricciò, le gambe si incastrarono alle sue e provai qualcosa che non avevo mai sperimentato prima. Una sensazione travolgente, improvvisa, come quando manchi un gradino e per un attimo ti sembra di volare e precipitare insieme. Avverti il vuoto allo stomaco e il tuo corpo intero trasalisce, ti manca la terra sotto i piedi e non capisci cosa sta succedendo. Ecco. Io mi sentii così in quel momento. In preda alle vertigini, sì, ma *nel cuore,* nella punta delle dita, tra le vertebre, dall'ombelico fino alle orecchie. Un'ebbrezza calda e brillante, che mi fece sciogliere sotto di lui. Le lacrime si accumularono agli angoli delle palpebre e io mi ritrovai a pregarlo con gli occhi luminosi come due mezzelune.

«Basta, basta!»

Avvertii il suo respiro farsi più leggero. I muscoli rilassarsi.

Il cuore battere vivace. Le braccia avvolgersi intorno a me, accogliermi e continuare a darmi il tormento allo stesso tempo.

Mi sembrò di intravedergli un sorriso e nell'anima mi fiorì un'aurora rosata, nuvole d'oro e spiragli di arcobaleni.

«Basta! Smettila! Ti prego!»

Mi concesse finalmente una tregua. Ripresi fiato, i capelli scarmigliati, e fissai Andras con iridi brillanti, lo scollo rotondo della felpa che lasciava intravedere la spalla e il movimento dei miei seni. Tentai di ricompormi, ma mi costò uno sforzo immenso, soprattutto quando mi accorsi del suo sguardo improvvisamente puntato sulle mutandine azzurre che spuntavano dalle calze, appena sotto l'orlo della felpa sollevata.

Non mi mossi.

Il suo respiro si fece leggermente accelerato.

Con lentezza mi osservò le cosce, poi i capezzoli che si intuivano sotto la stoffa della felpa e infine le labbra carnose e dischiuse per l'affanno.

Tremai di ingenue e sciocche aspettative, ma mi sforzai di contenermi.

«Sto cercando di non baciarti» sussurrò roco. Il battito mi esplose tra le costole.

«Perché?» esalai a fatica.

Sentii il palmo grande stringermi una coscia. Il pollice si allungò verso l'inguine e sfiorò la carne soffice coperta dal tessuto degli slip. Trattenni il fiato. Inconsciamente sporsi il bacino e i seni verso di lui.

«Perché non riuscirei a fermarmi».

E allora non farlo, urlò la mia anima.

«E sarebbe un male?» chiesi disperata, reggendo a stento il desiderio che mi stava consumando le viscere. Sentivo il suo fiato, il suo corpo caldo e meraviglioso spingere contro il mio e non sopportavo più la vicinanza. «Cosa temi che succederebbe, Andras?»

«Complicherebbe le cose».

Si fece violenza per riuscire a staccarsi da me, ma lo trattenni per la maglietta e socchiusi le palpebre quando col torace tornò a aderirmi contro.

Da lui. Da lui mi piaceva essere toccata.

«Cioè?»

«Mireya».

«No, finché non mi spieghi cosa intendi...»

«Perché è già difficile così!» sbottò brusco, facendomi sussultare. «Mi stai sempre intorno, sei un assillo continuo, non riesco ad avere un attimo di pace con te. Mi dai il tormento, è questo il motivo, va bene? Ti è chiaro adesso?»

Il silenzio che calò non fu interrotto neanche da un soffio.

Passarono una serie di istanti interminabili, durante i quali i suoi occhi rifulgenti rimasero fissi nei miei, l'espressione tesa e arrabbiata. Poi, con tono piatto, udii la mia stessa voce cedere: «Va bene».

Lo scostai con le mani. Mi misi seduta e dopo mi alzai dal divano, voltandogli le spalle per andare in camera. Riemersi con le scarpe in mano e il resto delle mie cose, e Andras si alzò in piedi, esasperato.

«Adesso dove stai andando?»

«Torno a casa mia. È ovvio che ti faccio un favore» ribattei, più aspra di quanto avrei voluto. «Anzi, sai cosa? Credo proprio che uscirò. Ho voglia di farmi un giro». Mollai la roba sul pavimento e Andras allargò le narici quando guardò il mio abbigliamento. La felpa arrivava a stento a coprire i glutei e chiazze di pelle lattea spuntavano da vari buchi che per sbaglio mi aveva procurato nel mio dimenarmi. Non sarei mai uscita in quel modo, mi si vedeva tutto. Per di più, fuori si crepava di freddo e non avevo nemmeno le scarpe indosso, ma finsi di averne il coraggio.

Lui sbatté le ciglia una sola volta, come per riprendersi dall'impeto che gli stava montando nelle vene prima di rispondere.

«Non ci *provare*» mi ammonì con un tono più letale di un coltello.

«Cosa? Per caso ti crea qualche problema?»

«Tu così non ci esci» sibilò, avanzando verso di me con fare minaccioso per rafforzare il concetto, ma feci un passo indietro prima che potesse anche solo pensare di sfiorarmi.

«Tu non mi dai ordini. Non sono nessuno per te e sei il primo che ci tiene sempre a sottolinearlo!»

Caparbia, marciai verso la porta, la spalancai e uscii in corridoio, intenzionata a fare esattamente ciò che avevo detto. Mi stavo comportando come una bambina, una maledetta bambina capricciosa, ma le sue parole mi avevano fatto male e questo faceva emergere il mio lato più fragile e istintivo.

Ero solo un peso per lui?

Un fastidio?

Era quello il motivo per cui si era svegliato così nervoso?

Mi morsi le labbra, delusa, e sotto l'espressione dura brillò una scheggia d'amarezza. Avevo sperato di farlo felice, di confortarlo, invece mi ero sbagliata. Credevo di potergli regalare un po' di spensieratezza, di serenità, invece sembrava che il più delle volte Andras considerasse un peso faticoso avermi intorno.

Raggiunto uno degli ascensori, mi infilai dentro le porte aperte. Era appena entrato un ragazzo che abitava sul nostro stesso piano, un tipo dai capelli scuri e gli occhiali. Aveva una valigetta in mano e lo avevo intravisto già qualche volta, quando ero in compagnia di Andras.

Osservò sconvolto il mio abbigliamento, ma lo ignorai e spinsi il bottone già illuminato per sollecitare l'ascensore a partire. Le porte ormai stavano per chiudersi, quando una mano maschile si infilò nel mezzo, seguita subito da un'altra. Non impiegai un istante a riconoscerle.

Esercitarono pressione e riuscirono a riaprire i battenti metallici, mostrando il volto scombinato e imbestialito di Andras.

«Ritorna dentro».

«No!»

«Mireya, non farmi venire lì!»

«Ehi, tutto bene?» domandò incerto il ragazzo.

«Tu fatti i cazzi tuoi!» ordinò puntandogli il dito contro, e quello strabuzzò gli occhi. Non era la prima volta che ci coglieva a fare scenate del genere, ma mi lanciò comunque uno sguardo a cui risposi con le braccia incrociate e l'espressione battagliera. Lui capì l'antifona e uscì dall'ascensore per prendere l'altro.

A quel punto rimanemmo soltanto noi due.

Andras imperò sulla soglia. Ansimava e la sua presenza riempiva lo spazio tra le porte, irradiando tensione dai muscoli frementi, dal mento basso e dagli occhi brillanti che spuntavano da sotto le sopracciglia.

Era incantevole e arrabbiato, un magnifico arcangelo punitore.

«Esci. Avanti».

«No».

Avanzò e io scivolai sul fondo per fargli capire che non mi sarei mossa da lì. Prima mi cacciava e poi mi veniva a riprendere, che diavolo pretendeva?

Lui fece schioccare la mandibola. «Possibile che tu non capisca qual è il problema?»

«Capisco perfettamente qual è il problema» replicai, spingendo la schiena contro il corrimano di metallo affisso alla parete. «Me lo hai detto fin dall'inizio, sei già stato chiaro. Ora spostati!»

Andras mi guardò con frustrazione cocente, come se in realtà non avessi capito niente di lui e di quello che aveva voluto dire, e quelle incomprensioni facessero parte del nostro rapporto.

Mi sentii comunque morire quando vidi che ancora si ostinava a mantenere una certa distanza tra di noi. Pensai che il giorno prima fossi stata troppo appiccicosa, visto che ora a malapena mi veniva vicino, e me ne vergognai.

«Spostati» ripetei a bassa voce. «Voglio andarmene».

«E *dove?*»

«Via, Andras. Via. Lontano da te!» mi sfogai. Ancora una volta mi rifugiai nella rabbia, l'unica emozione che mi faceva sentire al sicuro.

Non avevo mai permesso a nessuno di calpestarmi, e invece continuavo a inciampare su di lui, a sperare che si legasse a una come me, a cercare un sentiero che gli arrivasse al cuore, per quanto inaccessibile fosse.

«Non è quello che vuoi davvero». Avanzò come un colosso, calcando duramente quella verità. La collera lo rendeva intimidatorio, affilato e bello da fare girare la testa, e dentro di me non riuscii a sopportarlo.

«Invece sì. È proprio quello che voglio» replicai testarda, risultando così convincente da innescare uno strano fremito nello sguardo oscuro di Andras. «In questo momento non c'è niente che desideri di più. Per cui non preoccuparti, ti risparmio il fastidio di avermi intorno».

Non era vero. C'era qualcosa che desideravo molto di più, e respirava a pochi passi da me, aveva il nome di un angelo caduto e gli occhi più spettacolari che avessi mai visto.

Proprio lì riuniva tutti i miei sogni, e quando sbatteva le palpebre io, tra quelle ciglia scure, ci vedevo eclissi cerulee e bagliori di stelle. Ci vedevo miraggi splendenti, finali in cui lui non sceglieva la principessa incantata, ma la regina solitaria che lo aveva aspettato ogni giorno.

Forse ero una sciocca.

E forse quella regina avrebbe dovuto capire che lui non voleva restare con lei...

Ferita, lo scansai e passai oltre.

Ma durò solo un secondo.

Andras mi afferrò per un braccio, bloccandomi, e mi costrinse a voltarmi, facendomi ruotare così velocemente che i miei capelli frustarono l'aria. Sconvolta, sollevai il viso e lo trovai tumultuoso come mai prima di quel momento. Ansimò con talmente tanta ira che per un attimo mi fece paura. Non capii cosa gli stesse succedendo. Non lo avevo mai visto così arrabbiato, era irriconoscibile, sfibrato da qualcosa che lo stava divorando dall'interno. Il cuore cominciò a martellarmi forte.

«Che... Che cosa...» farfugliai, improvvisamente spaventata dall'aura tenebrosa che emanava, ma in quel momento lui si lasciò sconfiggere.

Da me. Da se stesso.

Da ciò che gli imperversava dentro.

Mi infilò la mano dietro la nuca e mi attirò a sé. Prima che potessi capire, serrò con forza le palpebre e spinse le labbra febbrili sulle mie.

Sgranai gli occhi.

La spina dorsale tremò di brividi. Le ginocchia si fecero molli e instabili, e per la sorpresa il cuore quasi mi esplose fuori dal petto. Smisi di ragionare. Venni travolta da emozioni inaspettate e violente allo stesso tempo, e mi aggrappai ai suoi fianchi, nel tentativo di non crollare a terra.

Andras mi baciò con foga, con rabbia e disperazione.

Mi baciò come se ne andasse della sua vita, come se non riuscisse nemmeno a respirare, e io fossi l'unico appiglio che gli permetteva di non andare a fondo. Tenendomi il viso con le mani, mi indusse a indietreggiare, trainato da un'urgenza smisurata con cui mi schiacciò tra il suo corpo e la parete. Gli passai le mani dietro la schiena e intrappolata a lui accolsi la sua lingua nella mia bocca.

Cercai di stare dietro a tutto quello che lui mi stava imprimendo addosso, ma il cuore non resse il peso delle emozioni e io gli permisi soltanto di distruggermi.

Il suo bacino mi premeva contro, i pollici spingevano negli incavi delle mie guance per dettare un ritmo avido e profondo, così inebriante che non sentivo più niente dalle cosce in giù.

Lascia che vada così.

Che questo sia un po' il finale della storia.

Lascia che sia la nostra ultima pagina, la più sofferta e la più straordinaria, quella che culmina tra ghirigori dorati e leggi con lacrime e sollievo.

Dimmi che finisce così.

Strappa quello che c'è dopo, ti prego, appallottolalo e rubaci questo stupido lieto fine...

«Tu mi fai uscire di testa». Mi strinse con forza i capelli, costringendomi a partecipare al tormento che gli strinava il sangue. Frastornata, inghiottii il suo fiato umido e accalorato, e lo guardai negli occhi. Erano impetuosi e sofferenti come non li avevo mai visti. «Faccio già fatica ad averti vicina, e ora tu mi dormi nel letto, mi riempi la casa del tuo dannato profumo e mi gironzoli intorno come se nulla fosse... sei crudele, cazzo» soffiò tra i denti, come se fossi il più straziante dei castighi, ma anche l'unico che non riusciva a smettere di infliggersi.

Respirai piano. Realizzai che forse era quello ciò che aveva tentato di dire sul divano. Lui strinse la mandibola e appoggiò la fronte sul muro accanto a me, come se fosse ormai arrivato al limite. «Urlami addosso, se vuoi. Spintonami, prendimi a pugni. Dimmi che sono il solito bastardo, che non mi sopporti, che ho un carattere di merda e vuoi vedermi sparire. Però ti prego... non te ne andare».

Sentii il suo dolore.

Sentii i rimpianti e le ferite che gli scucivano l'anima. Le stesse che, in modo distorto, gli avevano insegnato che nell'amore c'era perdita e morte.

Sentii l'agonia, il rimorso e il senso di colpa.

E vidi la ferocia con cui gli massacravano il sentimento e la ragione, lo punivano per ogni affetto, lo convincevano che voler bene a qualcuno equivalesse a una vita di sofferenze.

Non era vero che Andras non sapeva amare.

Non era vero che non ne era in grado.

Forse sarebbe rimasto per sempre il ragazzo con lo sguardo

da angelo e il sorriso da mercenario, quello che nessuno poteva legare a sé.

Ma quando era lui a farlo... *quando era lui ad amarti...*

Si sarebbe strappato il cuore pur di non inciderci sopra altro nome che il tuo.

Ti avrebbe donato tutto, a te, *solo e soltanto a te*, cercandoti in ogni sguardo, in ogni tocco e in ogni profumo. Ti avrebbe portata dentro per sempre. A braccia incrociate, con un ghigno da bastardo, avrebbe preservato il tuo ricordo da chiunque avesse provato a strappargliele. Ti avrebbe difeso in silenzio, di nascosto, in quel modo che aveva solo lui, mordace e protettivo, perché non era mai stato abituato al linguaggio delle carezze, o a ricevere qualcosa in cambio.

E se un giorno tu te ne fossi andata, lui non ti avrebbe costretto a restare.

Ma avrebbe continuato a sentirti con ogni spigolo del proprio cuore e tu avresti continuato a vivere nei suoi occhi.

Avresti avuto un posto eterno.

Saresti stata insostituibile.

E lui...

Lui lo era già.

Ma non lo sapeva ancora.

Perché per me, Andras era già diventato... quel 'solo e soltanto' che nessuno avrebbe mai potuto portarmi via.

15
Ascesa

Così eravamo: pazzi e pieni di stelle
dentro lo stesso profumo.

Ero rimasta.

Dopo le parole di Andras, ero rimasta.

Non sapevo se quanto accaduto sul pianerottolo avrebbe comportato un atteggiamento meno respingente e più sincero da parte sua; tuttavia, ciò che mi aveva detto aveva piantato in me un seme raro, strenuo, liscio e luminoso: la *speranza*.

Era una sensazione insolita, a cui non ero abituata. A modo suo, mi aveva detto che mi voleva con sé e che desiderava che restassi.

Avevamo trascorso la giornata insieme, fino a quando Carmen non era tornata per riportare Olly. Era stata sollevata di vedere che c'ero io: quando Andras aveva preso tra le braccia la bambina, Carmen aveva sorriso, lieta di vederlo lo stesso di sempre, forse un briciolo più sereno.

Poi aveva posato lo sguardo su di me, come se il motivo fossi io.

Gli avevo persino chiesto se potevo dormire lì, la sera, visto che il giorno dopo era giorno di chiusura al locale e non dovevamo andare al lavoro; lui mi aveva rivolto un'espressione ombrosa, corrucciata e un po' prudente, ma non mi aveva detto di no.

Ora, avvolta nelle lenzuola fresche, ammiravo il suo volto addormentato.

Aveva il naso affondato nel cuscino. Una ciocca di capelli gli ricadeva sulla fronte celando una parte del viso alla vista. I lineamenti attraenti erano distesi, e mettevano in risalto la curva armoniosa degli zigomi, le ciglia morbidamente chiuse e le labbra da cui fuoriusciva un respiro tenue e profondo.

Stava sognando?

Persa in quella visione, allungai una mano per sfiorarlo e assorbire ogni istante di quel momento. Sembrava così docile mentre dormiva. Nessuno avrebbe mai sospettato dello sguardo sfolgorante e spudorato che nascondeva sotto le palpebre abbassate, della voce marcata che gli risaliva dalla gola, o del modo in cui inclinava il capo e si passava la lingua sul labbro superiore poco prima di tirare fuori il suo lato più sferzante e provocatorio.

All'improvviso le sue ciglia fremettero in maniera adorabile.

Un momento... Andras, adorabile?

Come se avesse sentito il modo in cui lo avevo definito, lui increspò un sopracciglio. Aprì lentamente gli occhi e una piccola smorfia gli incurvò la bocca.

Per un attimo sembrò chiedersi chi diavolo lo avesse distolto dal suo sonno. Ma quando, ancora assonnato, mi mise a fuoco, lì accanto a lui, la smorfia svanì e lui rimase immobile a fissarmi.

«Buongiorno» sussurrai, rannicchiata sul materasso. Andras mi osservò gli occhi e le labbra. Profumava di sogni, di lascivia e sensualità e, *santo cielo,* quel fascino pigro e rovente che aveva da appena sveglio avrebbe messo a dura prova l'autocontrollo di qualsiasi donna.

«Non volevo svegliarti» deglutii, vedendo che continuava a non dire niente. «È che... mi piace guardarti dormire».

Lui emise un sospiro vibrante. I suoi occhi divennero più caldi, le iridi si affilarono di un bisogno impellente.

Un tempo non gli avrei mai detto una cosa del genere. Ma mi stavo sciogliendo con lui, mi stavo lasciando andare, ed ero certa che lo stesse notando.

Chiuse le palpebre un momento e sembrò maledirmi a bassa voce. Poi allungò il braccio, me lo avvolse intorno alle anche e mi attirò a sé. Inspirai forte quando mi baciò con decisione, zittendomi completamente.

Le labbra fameliche schioccarono contro le mie, la sua lingua mi scivolò in bocca.

Percepii un nuovo brivido sublime lungo la spina dorsale. Il cuore quasi mi soffocò e sentii le gote incendiarsi disperatamente.

Era sempre così quando mi baciava.

Il sangue scorreva veloce, lo stomaco diveniva un groviglio di stelle filanti e sulle ciglia mi danzavano fremiti inconfessati e galassie di brillanti.

La mia anima si schiudeva come uno scrigno di preziosi, e tutto il mio corpo luccicava di quel sentimento inestimabile, fatto di rubini nelle vene e ametiste al posto degli occhi.

Faticavo ancora a credere che quel ragazzo aspro e sprezzante che avevo incontrato una sera in un locale fosse lo stesso che ora mi stava baciando come se volesse assaporare ogni centimetro di me, con la mandibola che spingeva ritmicamente contro la mia e la lingua che affondava lenta e implacabile.

Mi si mise sopra.

Incastrandomi contro il materasso, mi spinse prepotentemente l'erezione tra le cosce. I vestiti si frapposero tra noi, ma le dita ruvide si intrufolarono sotto la mia maglietta e strizzarono con brusca delizia un seno. Gli ansimai in gola. I calli sfregarono sul capezzolo, graffiarono la carne tenera. Il corpo cominciò a sudare e per un attimo temetti di scoppiare. Portai una mano sulla sua nuca e gli strinsi i capelli morbidi, tremando di emozioni incontenibili.

«Andras...»

In un ansito roco, si staccò e mi fissò con occhi rifulgenti, il respiro ansante, le labbra gonfie da impazzire.

Non esisteva uomo altrettanto bello. Altrettanto seducente, feroce e contraddittorio come Andras. Certo, le uniche volte che riusciva a confessarmi qualcosa era quando me lo urlava addosso, o me lo ringhiava contro come se sfogasse un tormento tenuto dentro troppo a lungo, ma sentivo che qualcosa nella sua corazza si stava allentando.

E io non riuscivo a non pensare che a lui.

Sempre. In ogni istante. Tutto il tempo.

Avvicinati.

Scoprirai guardandomi negli occhi che in quel riflesso ci sei sempre tu.

«Che cosa mi hai fatto?» sussurrò, spingendo la fronte nell'incavo del mio collo. Sentimenti contrastanti grondarono dal suo tono sofferto, vennero assorbiti dalla mia pelle e mi lasciarono incredula.

Di nuovo provai quella strana vertigine.

Quel violento cadere e volare. Come cieli turchesi fiorivano nel sangue e rischiaravano gli anfratti più tetri dei miei sospiri. Mi sembrò di inalare fiato in modo faticoso e inebriante, come se inghiottissi briciole di un sole splendente e rarefatto.

Cosa mi stava succedendo? Stavo forse morendo?

Eppure, non durò che un istante, perché d'un tratto udimmo un dolce piagnucolare. Tenue. Come un cucciolo di animale che cercava la sua mamma.

Olly.

Andras borbottò contro la mia gola. Non voleva staccarsi da me. Sembrava, anzi, che volesse imprigionarmi in quel groviglio ardente di lenzuola, incatenarmi alle sue fantasie infami e spingermele ovunque riuscisse ad arrivare.

Con un mugolio maschile e riluttante, si sollevò e mi lasciò andare.

Lo osservai mentre si alzava dal letto. Sbirciai i dorsali che si increspavano sulla schiena mentre si passava il palmo sulla nuca, sgranchendosi.

Lo seguii finché non sparì oltre la porta del bagno e, successivamente, quella della camera. Rispuntò diversi attimi dopo con Olly in braccio, che rideva e gli poggiava le manine sulla mandibola per dargli il buongiorno.

«Sì» mormorò Andras, con i capelli scombinati e la sua voce matura. «I pesciolini blu. Certo».

«E*be*!»

«E le zebre» aggiunse, per farla contenta. Olly emise un pigolio gioioso e gli spinse un ditino nella guancia. Carmen le aveva fatto vedere un documentario in televisione, il giorno prima, ed era molto felice di condividere il suo entusiasmo con lui.

«Dov'è quel papero...» borbottò vicino alla poltrona, trovando il pupazzo di gomma che tanto faceva impazzire sua sorella. Glielo diede e il visetto di lei divenne un'apoteosi radiosa. Lo abbracciò e poggiò la testolina contro il suo petto.

Lei non sapeva che aveva scelto di proteggerla.

Non sapeva che aveva dovuto lottare con le unghie e con i denti per permetterle di stringersi a lui in quel modo.

Non sapeva che aveva messo a repentaglio se stesso e continuava a farlo ogni giorno per portarla via dal mostro che gli aveva rovinato la vita.

Come poteva quello essere lo stesso ragazzo dal ghigno spietato e senza cuore di cui tutti avevano una paura tremenda?

«Vieni a fare colazione». Si rivolse a me, gli occhi limpidi, mentre Olly gli dava dolci bacini sulla guancia. «So che hai fame. Ti ho preso la Nutella».

Ci sono gesti che valgono più delle parole.

Sono banali e a volte un po' sciocchi. Eppure, nel loro essere così insignificanti, brillano di qualcosa che li rende insostituibili.

Io me ne ero resa conto quella mattina.

Per la prima volta avevo avuto l'occasione di vedere Andras prendersi cura di Olly: tenerla con un braccio mentre con l'altro apriva un'anta della cucina, darle da mangiare come un bravo fratello maggiore, vestirla e pettinarla con riguardo e attenzione.

Rispondeva ai suoi buffi farfugli con una serietà che trovavo dolcissima. Non le parlava mai come a una bimba, ascoltava tutto quello che diceva e, mentre se la portava in giro sulla spalla solida, avvalorava le sue paroline sbrodolate senza mai reputarle insensate.

Non si arrabbiava mai con lei. E lei lo adorava a dismisura, gli portava i suoi giochi preferiti, si addormentava contro il suo petto, si lasciava imboccare e fare due simpatici codini storti, perché lui aveva le mani troppo grandi per quegli elastici così piccoli.

Per un attimo, lì, ferma a osservare i loro riti quotidiani, avvolta dal calore familiare di una felpa regalata e di quella folle vertigine nel cuore, avevo scoperto una sensazione calda in fondo alla gola.

La sensazione che provi quando sei esattamente dove dovresti essere.

Quando, entrando in casa, senti lo stesso odore che impregna la tua pelle e i tuoi vestiti e sai di appartenere a quel luogo.

E sai anche che potrai riempirti di mille profumi diversi, circondarti di centinaia di fiori, tuffarti negli oceani ai confini del mondo, ma quell'odore è l'odore della tua anima e niente lo laverà mai via.

È l'odore delle tue lacrime, dei tuoi sogni, dei tuoi ricordi, dei momenti in cui sei stato felice.

È l'odore dell'amore, quello vero.

Se non fosse che...

«Ruby mi ha baciato».

Lo spruzzo d'acqua inondò il bancone. Sentii il getto uscirmi dalla bocca incredula e rimasi con la bottiglietta in una mano e l'espressione stralunata e gocciolante.

«Che cosa?»

James mi lanciò un'occhiata da cane bastonato. Dovevamo ancora aprire; in quel momento c'eravamo soltanto noi due, per cui mi asciugai il mento con il dorso della mano e cercai di raccapezzarmi. «Intendi sulla bocca?» chiesi come un'idiota.

Lui annuì. Continuò a guardare in basso come un bambino

in punizione seduto su uno sgabello, con la scritta 'Somaro' in testa.

«Mi ha chiesto di prendere un caffè. Non ci ho visto niente di insolito, insomma... è Ruby. Abbiamo chiacchierato e riso un po', siamo stati insieme un paio d'ore. E quando l'ho riaccompagnata a casa, lei... mi ha baciato» concluse rassegnato. Dovevo avere un'espressione preoccupante, perché non stavo respirando.

«E poi?»

«E poi io, be'...»

«Tu cosa?»

«Sono scappato».

«Sei...» Mi venne un tic all'occhio. «Scappato?»

«Mi ha preso il panico!»

Il panico? Uno che abbordava le donne con frasi del tipo 'Ehi, ti chiami Google? Perché sei proprio quella che stavo cercando' era andato in panico per un bacio?

«E l'hai lasciata lì così?» inveii allucinata.

«Che cosa dovevo fare? Mi ha spiazzato!»

«Non lo so! Magari non darti alla macchia come un criminale!»

Forse non ero proprio la persona adatta ad ascoltare certe confidenze, perché la sua ansia mi stava contagiando e non ero brava a mantenere la calma. Mi sentivo come se lui mi stesse mollando tra le mani una grossa, bitorzoluta patata bollente e si aspettasse di vedermi farci la giocoliera o compiere qualche trucchetto di prestigio per farla sparire.

D'accordo, avevo avuto qualche sospetto, colto qualche sguardo rubato, udito qualche sospiro di troppo... ma non avrei mai creduto che Ruby arrivasse a baciarlo. Conoscendo James, era già tanto che non fosse svenuto sul suo zerbino.

«Tu ci devi parlare» stabilii, puntando una mano sul bancone e l'altra sulla parete alle nostre spalle, per bloccargli le vie di fuga. Lui fece una faccia terrorizzata. «Dopo il turno vai da lei e le dici che te la sei fatta sotto! Comportati da adulto e dille la verità!»

«Come ti permetti?» si difese.

«Di fare cosa?»

«Di pensare che io sappia comportarmi da adulto!»

James mostrava un'immaturità imbarazzante quando si trattava delle proprie emozioni. Regrediva allo stadio di adolescente e dovevi praticamente *costringerlo* a uscire dal buco in cui si rintanava per fargli assumere le sue responsabilità.

«Senti» insistetti. «Io mi rifiuto di vederti scappare come hai fatto con me l'ultima volta!»

«Scusa se ho trovato quello scriteriato a capo della sicurezza che banchettava allegramente tra le tue cosce!»

«Non è questo il punto!» dissi stridula. «Le questioni vanno affrontate, James, non puoi continuare a scappare da tutto e tutti! Hai trent'anni, sei un uomo adulto e ti spaventi ad affrontare le ragazzine?»

Lui non sembrò gradire il mio ammutinamento, dato che aveva cercato di evitare parte del problema scaricandolo su di me, così incassò la testa tra le spalle e rimase zitto.

Una volta mi aveva confessato di non cercare l'amore: la serietà delle storie che aveva intorno lo faceva sentire in difetto, ma forzare un rapporto simile per uniformarsi lo faceva perdere di naturalezza ai suoi occhi. Era stato un discorso molto importante, lo avevo compreso; tuttavia, quello era un caso diverso e molto più delicato.

Da quanto non parlavo con Ruby? Negli ultimi giorni l'avevo incrociata soltanto tra un drink servito e l'altro, e qualche volta in spogliatoio. Come doveva sentirsi?

Provai uno scricchiolio insolito al petto.

Osservai James con sguardo improvvisamente duro e per la prima volta sentii il cuore distanziarsi da lui e prendere le difese di qualcun altro.

«Cosa provi per lei?»

«Non lo so» farfugliò incerto. «Le voglio bene, credo. È spiritosa, brillante, sensibile... ci sto bene. Ma non l'ho mai guardata in quel modo».

Evitai di dirglielo, ma la volta che avevo tirato un bicchiere in faccia all'ex fidanzato di Ruby, James aveva avuto una reazione strana. Come se si fosse vergognato di se stesso... per non averla difesa come avevo fatto io. In quell'occasione si era anche ubriacato, creando una frattura tra noi e venendo meno al patto che avevamo fatto.

Non sapevo se ne fosse consapevole o meno, ma era chiaro che a lei ci teneva più di quanto riuscisse a rendersi conto.

«A volte spingiamo i nostri sentimenti talmente in profondità che ci convinciamo di non provare nulla» esordii piano. «Preferiamo schermarci dietro a una bugia, guardiamo la nostra anima con sfiducia e repulsione perché abbiamo paura di venire derisi o respinti, o di non essere compresi. Non siamo disposti a sentirci rifiutati, ma noi per primi rifiutiamo tutto ciò che potenzialmente potrebbe ferirci. Ma questo non ci protegge, James. Questo ci isola». La mia voce divenne inaspettatamente fievole. «Ci chiude a chiave in un luogo dentro di noi che nessuno può raggiungere. Magari non provi davvero niente per Ruby, e lei non è che un'amica per te, ma datti almeno la possibilità di comprenderlo e non allontanare tutto solo perché temi di usare il cuore. Non farle del male. Lei non se lo merita».

James rimase a guardarmi di sottecchi per un lungo istante.

«Sei strana».

«In che senso?»

«Le guance rosa, l'espressione viva, gli occhi più luminosi del solito. Ti metti a parlare di anime e sei stranamente *tenera*... che ti prende?»

«Nulla» risposi subito. Eppure, percepii un tepore segreto liberarsi da me come un piccolo sospiro.

Ma che mi stava succedendo?

Le mie pupille vagarono per la sala come se potessero trovarlo. Ma Andras non c'era. Era ancora esonerato per quello che era accaduto nei camerini del personale, e lo sarebbe stato ancora per qualche giorno.

«Non ti ho mai vista così» continuò James, spingendomi un'insospettata consapevolezza nel cuore. «Si tratta di... lui?»

Non lo so.

Come si fa, James?

Come si resta ancorati al suolo quando ti senti cadere e volare?

Quando negli occhi di qualcuno vedi tutte le fiabe in cui non hai mai creduto?

Quando lui tocca le tue cicatrici e le trasforma in arabeschi dorati?

Non sono fatta per sognare, io.

Non sono fatta per questa strana e favolosa gioia.

Eppure... continuo a volerla.

Voglio essere la scintilla che gli brilla in fondo agli occhi quando è felice.

Voglio essere il sorriso spontaneo che gli spunta sulle labbra senza nessun motivo.

Voglio essere la canzone alla radio che gli fa alzare il volume e lo fa cantare a squarciagola, quel brivido nel sangue a cui non vuole rinunciare.

Voglio essere la carezza che lenisce i suoi tormenti, la lettera che scarabocchia distrattamente nell'angolo del foglio, la fronte contro cui chiude gli occhi quando il mondo diventa troppo pesante da reggere da solo. Voglio essere il suo chiodo fisso, ma anche il suo pensiero più dolce, io che dolce non lo so essere, almeno lì tra gli abissi della sua mente. Voglio essere la luce che lo tiene sveglio la notte e il sospiro che lo fa addormentare, voglio essere la mano che stringe quando sa di potercela fare e voglio tutto questo perché sono irrimediabilmente, stupidamente e tremendamente...

«Innamorata» sussurrò James. «Sembri innamorata».

Una scossa tellurica mi attraversò l'anima. Fu come se il mondo avesse strappato via il sipario, acceso le luci sfolgoranti e puntato su di me centinaia di occhi, un panico dolorante.

E a quel punto la sentii. La musica che risuonava nel mio corpo. Quel cielo brillante che si mischiava ai miei lividi e li trasformava in tramonti impossibili. Sentii il respiro bruciare, le gambe leggere, il cuore che batteva goffo perché non vedeva l'ora di rivederlo.

Volevo sprofondare nel suo petto profumato, sentire le sue braccia avvolgermi, stringermi a lui in quel modo che gli piaceva tanto, ma che fingeva di non sopportare. Volevo baciarlo e prenderlo in giro, volevo litigare con lui, perché noi non facevamo mai la pace, no, noi facevamo l'amore con i gesti e la guerra con i sentimenti.

Mi sentii come se nessuno mi avesse spiegato il mio ruolo. Come se mi fossi ritrovata sul palcoscenico di un'opera per cui non mi avevano preparata, abbagliata dalle luci, il copione tra le mani e l'emozione fuori controllo.

Guardatela, avete visto che occhi? È pazza. Pazza d'amore.

E forse pazza lo ero.

Forse avevo davvero perso la testa, perché a fine turno mi ritrovai a bussare alla sua porta, con la tachicardia e il bisogno di lui che mi accecava.

Non è vero, non è vero, continuavo a dirmi. Ma quando Andras aprì e le sue iridi incantevoli incontrarono le mie, qualsiasi dubbio si dissolse dentro di me. Fu la fine.

La consapevolezza mi travolse inarrestabile, incoraggiata dal suo sguardo luminoso e dalla sua voce profonda che, salutandomi, mi spinse a tuffarmi tra le sue braccia e cercare la stessa urgenza che mi stava consumando. *Resta. Resta con me.*

Era vero. Era tutto, *tutto* vero.

«Che cosa è successo?»

Il suo sguardo mi scandagliò in cerca di risposte.

Le mie gambe non si mossero. Non mi portarono via, non mi aiutarono a mettermi in salvo, anzi, mi sospinsero dentro all'appartamento, mentre lui richiudeva la porta. Carmen era andata al lago con un'amica e aveva portato via Olly per qualche giorno, quindi era solo.

«Mireya, che hai?»

Con il cuore in gola mi voltai a guardarlo. Ero fuori controllo, non riuscivo a capire cosa stessi facendo. Volevo gettargli le braccia al collo e baciarlo, e al contempo nascondermi da lui. Mi sembrava di non riuscire più a contenere le piume bianche di quel sentimento che mi spingeva le sue ali ovunque, chiedendomi di potersi librare nel cielo azzurro del mio cuore. Non era normale quello che sentivo, come poteva esserlo?

«Che ti prende? Chi è stato?»

Tu. Sei sempre stato tu.

I palmi mi sudavano. Andras mosse qualche passo verso di me. Quei suoi maledetti occhi mi avevano stregata fin dal primo istante, il suo dettaglio più puro e terso. Mi sentii terribilmente vulnerabile e all'improvviso mi vergognai del modo assurdo e irragionevole in cui mi stavo comportando.

«Scusami» balbettai, perché chiunque avrebbe pensato che fossi uscita di testa. «Ho sbagliato. Io...»

«Stai bene?»

«No. Cioè, sì» farfugliai confusa. «Non è nulla, davvero». Poi mi sforzai di accennare un sorriso nel tentativo di rassicurarlo. Ma non lo fregai.

Andras si incupì e vidi l'uomo in grado di schiacciare chiunque minacciasse di far del male a chi teneva. Si avvicinò con passo autorevole e sentii il corpo disseminarsi di brividi quando la sua presenza gigantesca imperò su di me, facendomi sollevare il viso.

«Non mentirmi» mi ammonì. «Puoi dirmelo. Puoi dirmi tutto» mormorò con un timbro così tenue che mi si incrinò il cuore. Da quando mi parlava così?

Da quando mi guardava in questo modo?

Non si rendeva davvero conto di cosa mi aveva fatto?

Di cosa aveva seminato in me?

I miei occhi divennero lucidi. Mi riempì un bicchiere d'acqua che brillava sul tavolo accanto e mi invitò a prenderlo, ma non lo feci. Mi aggrappai con le unghie al suo polso, cercando un appiglio nella tempesta che era la mia anima, e quel sentimento sgomitò fino a spalancare bruscamente le ali.

«Andras» trovai il coraggio di dire. «Andras, io...»

Non la finii mai quella frase.

Non lasciò mai la mia bocca.

Quel copione non era mai stato mio.

In quell'istante un rumore risuonò nell'appartamento.

Colta alla sprovvista, sussultai e indietreggiai, puntando gli occhi verso l'ingresso.

Andras si voltò, i capelli scuri sferzarono l'aria. E mi sembrò che tutto accadesse al rallentatore, come in un film.

Il mio respiro che si dilatava, che diventava l'unico suono al mondo, la porta che si apriva, la luce che penetrava dal corridoio come un ventaglio luminoso. La figura che si stagliava sulla soglia.

E poi...

Poi il frastuono del bicchiere che cadeva al suolo. I pezzi di vetro che esplodevano ovunque.

Il mio cuore prigioniero di un orrore incredulo.

E lì, con la chiave di riserva che ora scintillava nella sua mano, con gli occhi di un brillante verde giada e il respiro corto di chi aveva scampato persino la morte, c'era l'incarnazione di ogni mia fine.

L'eclissi di ogni mio sole.

Ed era bellissima.

Lì, davanti a noi, c'era Coraline.

16
Il canto del cigno

La regina è sempre cattiva.
La conosci la storia, no?
Lei parla con uno specchio malvagio
o vive in un castello di ghiaccio.
Non esiste alcuna favola per lei.

Una volta con Olly ho visto *L'incantesimo del lago.*

Parla di una ragazza maledetta, Odette: una principessa trasformata in cigno dal sortilegio di un mago crudele, che può riacquistare sembianze umane soltanto alla luce della luna. L'uomo di cui è innamorata, il principe Derek, per spezzare l'incantesimo che la tiene prigioniera giura di dichiararle amore eterno il giorno del ballo a palazzo; ma il mago scopre il suo piano e orchestra un inganno, mandando al suo posto una sosia. E così Derek giura eterno amore alla donna sbagliata. Condanna la sua amata alla morte e lei precipita dal cielo come un giglio di piume, il cuore spezzato da quell'errore imperdonabile.

Mi ero sempre chiesta come avesse potuto lui non rendersene conto.

Come avesse potuto non accorgersi che non era lei, la donna che amava.

Potevano anche essere uguali, avere le stesse lentiggini, lo stesso volto e lo stesso profumo, ma doveva esserci senz'altro *qualcosa di più,* qualcosa di speciale, una luce smerigliata nello sguardo che lui avrebbe riconosciuto soltanto in lei.

Nell'ultimo periodo avevo pensato a quel cartone animato ogni singolo giorno.

E avevo sperato di non essere l'altra.

Avevo sperato di essere Odette.

Di essere quel cigno ferito ma tanto amato, che alla fine sciogliava l'incantesimo e trovava un senso alle sue sofferenze.

Ma ora...

Ora la vera principessa era tornata.

Aveva spezzato la maledizione.

Era risorta dal suo lago come un affogato dal mare, pallido e ansante, ed era viva.

Era *viva.*

L'incredulità si riflesse nei miei occhi sbarrati. Non riuscivo a muovermi. Il mio corpo era pietrificato. Mi chiesi se fosse un sogno, quel sogno tremendo che per troppo tempo avevo temuto. In quel silenzio terribile nemmeno Andras si mosse.

«Andras!»

Coraline gli corse incontro. E io li guardai da lontano, dalla posizione fino a cui ero indietreggiata quando la porta si era aperta. Li guardai dall'ombra in cui ero sempre stata, mentre lei, dolcissima e stupenda, gli gettava le braccia al collo e stringendolo spezzava la mia anima.

I polmoni andarono in debito d'ossigeno. Mi sembrò che la mia vita fosse tutta lì, fragile come madreperla, schiacciata dal loro abbraccio. Potei percepirne lo scricchiolio gracile, le crepe come gemiti acuti, sofferenti.

E poi lei lo baciò.

Non dovette neanche sforzarsi troppo a mettersi in punta di piedi, perché era già alta, affusolata e sottile, come sono sempre le principesse delle fiabe.

Udii un rantolo soffocato. Ero io.

Andras sembrò riprendersi soltanto a quel contatto. Trasalì violentemente e portò le sue mani attorno al viso di lei. *Proprio come aveva fatto con me il giorno prima.*

Quando usò quelle stesse mani per allontanarla, il mio cuore era già collassato su se stesso, spaccando le ossa come un meteorite.

Coraline sbatté le ciglia e sorrise estasiata senza staccarsi da lui.

«Sono tornata. Sono tornata da te».

Sentii lo sfacelo tra le mie costole mentre pronunciava quelle parole e lui restava a guardarla sconvolto, ma non quanto me.

Non quanto me.

E in quel momento il mondo mi precipitò addosso una seconda volta.

Le gambe minacciarono di crollare.

Ogni mia certezza si spezzò definitivamente.

Cercai di ricordarmi quando mi aveva parlato dell'incidente, del sangue che aveva visto, del suo corpo sulla strada.

Ma non trovai quello che cercavo.

Perché Andras non aveva mai detto che Coraline era morta.

Non aveva mai pronunciato quella parola. Neanche una volta.

Mi aveva confessato il supplizio straziante che provava, il senso di colpa che lo faceva sentire responsabile di quello che le era accaduto, perché la sua anima era marcita attorno alla convinzione che tutto fosse avvenuto per causa sua.

Ma non ricordavo un solo momento in cui avesse accennato a un decesso. O a un funerale.

E io non avevo fatto domande, addolorata per quanto fosse difficile per lui quella confessione, che non aveva mai fatto a nessuno.

Per tutto quel tempo ero stata io.

Io avevo scritto dei versi della storia.

Io avevo interpretato diversamente una realtà che ora mi si stava sbriciolando davanti.

Ma no. Non era possibile. Il signore col cane, lui...

«*Coraline è stata investita*».

Non: 'Coraline ha perso la vita'.

«*Non l'ho più incontrata*».

Mai: 'Era troppo giovane per andarsene così'.

A quel punto, lei si accorse finalmente di me.

Piegò il viso come se fossi una strana creatura, una ragazzina martoriata che tremava all'ombra di un regno che non era il suo, e mi guardò come a dirmi: 'Sono tornata. Sono qui. Ora puoi anche andartene'.

«Chi è lei?»

Non risposi nemmeno.

Vidi a malapena il pavimento scorrere sotto i miei piedi e poi il corridoio tremarmi ai lati degli occhi mentre sfrecciavo via, con le palpebre che bruciavano. Mi infilai nell'ascensore e lasciai che le porte si chiudessero e mi portassero lontano da lì. Dai loro corpi intrecciati.

Da quella donna ineguagliabile.

L'aria gelida mi schiaffeggiò il viso quando uscii nella notte. Non sapevo dove andare, dove rifugiarmi.

Improvvisamente il mio cellulare squillò. Sussultai, ma quando vidi il numero, sbloccai lo schermo e risposi. La voce dall'altra parte mi parlò, strappandomi delle parole sconclusionate. Ero troppo angosciata persino per ascoltare.

La mia mente me li fece immaginare finalmente soli, mentre tornavano a guardarsi e si gettavano l'uno sulla bocca dell'altra. Le mani che si cercavano, la passione che esplodeva, i vestiti che scivolavano a terra e...

«Mireya!»

Una mano mi afferrò. Con il telefono ancora sollevato, mi voltai e incrociai le iridi turbinose di Andras. Trasalii e le lacrime mi vacillarono tra le palpebre. «Mireya, devi ascoltarmi...»

Indietreggiai. Non riuscivo neanche a parlare. Mi sentivo annientata, completamente annientata. «Non so perché sia qui, io non...»

«Lasciami andare» intimai, scostando la sua mano. Respingerlo mi fece un male cane, ma fu ancora più doloroso quando lui assottigliò amaramente gli occhi.

«Ascoltami!»

«Tu andavi da lei» dissi sull'orlo del pianto. «Quando sparivi e andavi fuori città, tu andavi da lei».

Per un attimo sperai che non fosse vero. Che mi dicesse che

avevo frainteso. Ma la sfumatura lacerante nel suo sguardo tradì un tremito violento dentro di lui, come se sapesse che quell'ammissione equivaleva a perdermi.

Come se non fosse abituato a ciò che stava provando. Come se non sapesse come esprimere il caos della sua mente.

Mi voltai per andarmene.

«Non è come credi!» Mi afferrò di nuovo, ma non con rabbia, con un bisogno disperato di farmi restare. «Coraline... lei... aveva una lesione del midollo spinale» sputò a fatica, come se si stesse sforzando. Per me. Per spiegarmi. «Doveva essere sottoposta a un intervento e aveva bisogno di una lunga riabilitazione. Quando ho chiesto a mio padre di darmi Olly e l'ho minacciato, lui ha fatto lo stesso. Ha detto che avrebbe garantito le cure, avrebbe pagato per tutto... ma era il suo modo di rimettere le sue mani su di lei, di avere il potere di decidere della sua vita. Era il suo ricatto su di me! Andavo per accertarmi che lei fosse veramente in cura e lui avesse mantenuto la sua parola. Ma non l'ho mai incontrata!»

«Non l'hai incontrata perché ti ritenevi responsabile. Perché ti sei sempre ritenuto responsabile e non volevi farle altro male» contestai, liberandomi di nuovo e prendendo le distanze da lui. Andras reagì a quel gesto come se gli avessi appena ficcato qualcosa di incandescente nel cuore.

Guardò me che indietreggiavo da lui, me che rifiutavo il suo tocco, come facevo con tutti.

«Dimmi che non la ami. Dimmi che non sei innamorato di lei».

Ti prego, dimmi che non sono l'altra.

Dimmi che non sono l'inganno in cui sei caduto.

E lui... mi fissò come se non capisse più la domanda.

Come se non la capisse più da tanto tempo.

Ma certo, che sciocca. Era una domanda stupida.

La risposta la conoscevo già.

«*Non è innamorato di te. Si vede*». Ricordare l'ammonimento di mamma mi diede il colpo di grazia.

«Mireya!»

Mi voltai. Un taxi rallentò per accostarsi alla strada proprio alle nostre spalle. Dal finestrino aperto spuntava una matassa di riccioli: Ruby assistette alla scena confusa e con il telefono ancora vicino all'orecchio.

Senza aggiungere altro, le andai incontro a passo svelto e mi infilai nell'auto con lei.

Non guardai fuori, mentre le ruote sgommavano leggermente e ripartivano.

Non ce la feci.

Chiusi le palpebre e le lacrime stremate mi scivolarono sul collo.

Per tutti quei mesi avevo temuto di vederla ricomparire. Di assistere al giorno in cui sarebbe riapparsa e avrebbe rivendicato l'amore che le era destinato.

Avevo avuto paura di lei. L'avevo odiata, ingiuriata, ero stata folle di gelosia per il modo in cui aveva lasciato Andras, ma non il suo cuore.

E in quell'odio, un po', io mi ero sentita meglio. Avevo avuto qualcuno da disprezzare, qualcuno su cui sfogare il dolore inferto dalle spine di un sentimento purissimo che avrebbe sempre avuto i suoi occhi, e mai i miei.

Non potevo competere.

Non avrei mai potuto competere con Coraline.

«Mireya... Oh, mio Dio. Dimmi che quello non era...»

Nel diner non c'era quasi nessuno. Seduta a uno dei tavolini, osservai il pavimento a scacchi bianco e nero, le luci al neon sopra il bancone rosso fiammante, il menù che dai tabelloni strillava milkshake e ciambelle glassate.

«Ho visto il tuo messaggio. Ero fuori a mangiare un boccone, ma quando sono salita in taxi ti ho chiamata... temevo fosse un po' tardi. Invece mi hai risposto».

La voce di Ruby sfumò nel ronzio delle luci, ma io non mi voltai.

Le avevo scritto seduta in metropolitana, mentre con il cuore in gola tornavo a casa con quel cielo nel sangue che ora era soltanto un tetto di ragnatele. Un 'Ruby, come stai?' che non avevo avuto occasione di chiederle durante il turno, perché lei per tutta la sera si era avvicinata al bancone solo a sguardo basso e se ne era andata prima che io e James finissimo di sistemare.

«Vorrei dirti che non ho sentito nulla... ma mentirei». Abbassò gli occhi sulla tazza di tè circondata dalle dita affusolate, e io seppi che era venuta da me perché mi aveva sentita piangere. «Da quanto va avanti?»

Andava. Andava avanti.

Sentii la pelle tirare, dove le lacrime si erano rapprese sulle guance. Ormai ero lucida, disillusa e a pezzi, ma lucida.

«Un po'» mormorai soltanto. La voglia di parlare era appassita insieme a tutto ciò che avevo dentro.

«Tu e lui... stavate insieme?»

Scossi la testa, piano. Io e Andras eravamo stati tante cose, ma mai una coppia.

Quando pensavo a noi mi venivano in mente quelle vetrate splendide e colorate, quelle delle chiese antiche. Da fuori paiono oscure, tetre, spente. Ti chiedi cos'abbiano di speciale. Ma da dentro...

Da dentro brillano come aurore in fiamme. Il sole le irrora di uno splendore violento e loro sbocciano come astri smerigliati, tra frammenti di arcobaleno e angeli dalle ali bianche.

«A volte sono le cose che nessuno riesce a spiegare, quelle che trovano soluzione nelle cose più semplici».

Semplici?

«I sentimenti sono complicati» contestai.

«No, Mireya. I sentimenti sono semplici. Sono le persone a essere complicate» disse Ruby amareggiata. «Non c'è niente di più sincero dell'amore. O del dolore. Non c'è finzione nei sentimenti, non ci sono bugie. Sono la cosa più autentica che abbiamo. Ecco perché ci spaventano così tanto. Siamo impotenti davanti a loro. Totalmente disarmati. Tentiamo di mascherarli con un sorriso, di imbavagliarli con un silenzio, ma è come cercare di nascondere un sole dentro i palmi di una mano. E chi non si arrende a questa verità... inganna se stesso».

Mi voltai a guardarla.

Le osservai il profilo grazioso, le iridi spente che sembravano incantate dentro di sé, ad ammirare quel manto stellato e setoso che non poteva ingannare.

«È così che ti senti?»

«Io...» tentò di rispondere, ma la sua emozione parlò per lei e subito iniziò a piangere in silenzio. Aveva ragione: certi linguaggi non conoscono la menzogna.

«Oddio, scusa» farfugliò asciugandosi gli occhi. «Cielo, non so che mi è preso». Ridacchiò e singhiozzò insieme, cercando di sminuire la sua reazione, ma io la sfiorai con uno sguardo dispiaciuto e consapevole. Le lasciai qualche momento perché in realtà intuivo perfettamente cosa stesse provando.

«James mi ha raccontato» soffiai dopo un po'. A lei sembrò franare la terra sotto i piedi.

«Oh» convenne con un sorriso tremolante. Sembrò desiderare di nascondersi o svanire del tutto. Perché i sentimenti non corrisposti suscitano una tale vergogna?

«M-ma certo, dovevo immaginare. In realtà è stata una sciocchezza». Teneva la testa bassa. «Una cosa da nulla. Lui mi ha fissata in un modo... dovevi vedere che faccia!» rise. «Sembrava terrorizzato. Quasi inorridito. Avrà pensato che sono un'idiota...»

«Ruby...» mormorai, cercando il suo sguardo, e lo trovai ancora pieno di lacrime. Disperato, mi diceva: 'Ho bisogno di andare in pezzi, ma non ho nessuno che li raccolga'.

«Ero sola» scoppiò a piangere, coprendosi il viso. «Quando sono arrivata a Philadelphia ero sola. Non conoscevo la città, al Milagro's faticavo a fare amicizia, non riuscivo a integrarmi... la sera tornavo nel mio appartamento vuoto e non avevo nessuno. Nemmeno un amico. James è stato il primo ad avvicinarsi a me» sussurrò. «Aveva intuito le mie difficoltà e si sforzava di strapparmi sempre una risata. Restava a parlare con me oltre la chiusura, mi incoraggiava a legare con le altre ragazze, mi accompagnava a casa la notte... Ho iniziato a passare le giornate ad aspettare il momento in cui lo avrei rivisto. Non gliel'ho mai detto, ma ho cominciato ad amare quel posto grazie a lui. Sono rimasta grazie a lui. Quando è arrivato Owen credevo di aver superato la cotta. Di... di aver dimenticato. Pensavo di non provare più nulla, invece...» singhiozzò. «Oh, Mireya. Ho rovinato tutto».

Ruby sparpagliò i suoi cocci luminosi sul tavolo di plastica rossa. Le lacrime stillarono come gocce di stelle.

Restai a guardare la ragazza vivace e in gamba che mi aveva accolta la prima sera, quella che per tanto tempo mi aveva intimorita al ricordo di un'amicizia finita nel dolore. La stessa che io avevo respinto senza che mi biasimasse mai.

Poi... scivolai lungo il divanetto e mi infilai nel suo. In silenzio le andai vicino. Lasciai che il mio braccio e la mia spalla finissero a premere contro i suoi, trasmettendole calore. Forse avrei dovuto prenderle la mano, abbracciarla, ma mi chiesi se a me avrebbe fatto piacere un contatto fisico in quel momento, e non fui certa della risposta.

«Non rovini qualcosa solo perché ami» dissi. «Puoi tenerla dentro di te, custodirla, ma non puoi vergognarti del tuo cuore se ci tiene in modo diverso». Mi strinsi a lei ancora di più per farle avvertire la mia presenza rassicurante. «L'amore non corrisposto ci fa sentire... tante cose. Vulnerabili, indesiderati, colpevoli. Vorremmo soltanto smettere di soffrire. Infilarci una mano nel petto e strappare quel nodo stretto che gli si è aggrovigliato dentro. Ma non possiamo».

Ruby continuò a piangere. Esitando, posai la testa sulla sua spalla.

Mamma diceva sempre che quello era il mio linguaggio del cuore.

Quando abbracciavo davvero qualcuno, quando volevo stargli vicino nei momenti peggiori, posare la testa su quella persona, perfino fronte contro fronte, era il mio modo di esprimere affetto.

«Cosa si fa, allora?» chiese, smarrita da quel contatto.

«Si ama e basta».

Lei assimilò le mie parole. Come un'amara, triste medicina. Infine, dopo diversi momenti, abbandonò la testa contro la mia.

Eccoci lì. Due donne distrutte sedute al tavolo di un diner notturno.

Avremo finito per consolarci a vicenda.

Anche lei recitava un copione che non era il suo?

Probabilmente no.

Ruby era una persona migliore di quanto io sarei mai stata.

Era dolce, gentile e sincera. Era sempre pronta a tendere la mano e, cosa più importante di tutte, sapeva perdonare.

Forse lei era la protagonista della sua storia.

Era l'eroina della sua favola.

Era il cigno che, dopo esser caduto, trovava in sé la forza di spezzare la sua prigione maledetta e volare di nuovo libero nel cielo.

«Che fregatura» borbottò dopo un'eternità. Eravamo ancora una appoggiata all'altra, rassegnate.

«Almeno la compagnia è buona...»

Sentii le sue spalle sussultare. Stava ridendo. L'avevo fatta ridere in un momento simile? Percepii il mio sguardo ammorbidirsi dietro le palpebre.

«L'ambiente però potrebbe essere migliore». Osservò il cameriere dietro il bancone, ipnotizzato dal suo cellulare. «Chissà cosa starà pensando di noi».

«Niente. Non pensa niente. Non mi ha neanche portato la cioccolata che gli avevo chiesto» brontolai avvilita su ogni fronte. Ruby rise ancora. Sentire quel suono mi fece respirare meglio.

«Sai che cosa dovremmo fare da adesso in poi? Scrollarci tutto di dosso, metterci un bel vestito e uscire».

«Uscire? Tu sei matta».

Lasciami vegetare per sempre.

«Sciocchezze. Siamo troppo giovani e attraenti per buttarci giù così. Al diavolo quei due!» Raddrizzò la testa e batté una mano sul tavolo. «Faremo festa!»

Poverina. Doveva essere impazzita.

«Non faremo un bel niente. Io non ho intenzione di festeggiare perché mi hanno asfaltato il cuore» mi lamentai, ma Ruby mi diede uno scossone a cui risposi con una smorfia infastidita.

«Non festeggiamo la delusione. Festeggeremo noi stesse! Hai detto che nella vita possiamo amare e basta, no? Allora amiamoci». Gli occhi le si illuminarono di ritrovata motivazione. *Ugh.* La fissai dalla caverna umida e fredda che era il mio umore. «Andremo a divertirci ogni sera. Conosceremo dei ragazzi, balleremo, sarà bellissimo! Scrivo a Camille».

«Ruby, sono le due passate» le ricordai, ma lei stava già armeggiando con il cellulare nel gruppo delle ragazze. Qualche tempo fa anche a me era arrivata la notifica: 'Sei stata aggiunta alla chat *Star Whores*'. Sicuramente tra loro c'era qualche fanatica di *Guerre stellari*.

«Organizzeremo un party. Lo diremo a tutti!»

«A tutti? Ma a tutti chi?»

«Non a chi pensi tu. Lasceremo fuori gli indesiderati». Assunse un'espressione malefica e io controllai il contenuto del suo tè. Ma l'avevano drogata?

«Dai! Ci divertiremo. Non abbiamo bisogno di loro. Noi ci bastiamo. Noi...» Si contenne di colpo, per condividere un pensiero più profondo. «Sono contenta di essere qui con te».

Capii che non aveva mai smesso di provarci, con me.

Che era rimasta in disparte, ma senza andarsene mai.

Che forse questo mondo non era fatto solo di brutte persone, ma anche di anime buone come la sua.

La guardai riconoscente. Lei mi restituì uno sguardo sorpreso quando sollevai un angolo delle labbra e con un accenno di sorriso le dissi: «Grazie di essere venuta a prendermi».

Ruby mi abbracciò raggiante. Mi si arrossarono le guance e la allontanai.

«Adesso non esageriamo» borbottai imbarazzata, e lei, di fronte alla mia reazione, scoppiò a ridere e mi abbracciò più forte di prima.

Lo fece perché sapeva che mi dava fastidio, perché la divertiva mettermi a disagio, perché non le importava se ero un po' strana, in fondo sapevo anche volere bene.

E mentre socchiudevo gli occhi, stretta tra le sue braccia, mi resi conto che la prima vera mano che mi era stata tesa, in fondo, era stata la sua.

«Merda. Forse abbiamo esagerato».

Una musica frastornante si irradiava dall'attico che Sabin e Janine dividevano insieme ad altre ragazze vicino a Midtown Village. Era un appartamento pazzesco, con arredamento in stile eclettico e schiere di grandi vetrate che riflettevano il bagliore lontano dei grattacieli e il movimento più vicino dei corpi, delle luci e dei fiumi di alcol.

Era passato qualche giorno dalla nostra nottata al diner. Dovevo dire che Ruby aveva tenuto fede al suo attimo di follia: le persone continuavano ad arrivare, l'aria crepitava al ritmo delle casse e non c'era una sola anima sobria.

«C'è troppa gente. La situazione è sfuggita di mano».

«Ma cosa dici? È perfetto. C'è caos, stasera fa meno freddo del solito e tu non potresti essere più bella di così».

Indossavo un abitino lucente che sembrava una colata di madreperla. Pareva fatto di gocce di cristallo che riprendevano il trucco luminoso degli occhi, e Ruby mi sorrise.

In quei giorni ero rimasta a dormire da lei.

Non ero riuscita a contemplare la possibilità di tornare a casa da sola e rischiare di incontrare Andras, o peggio, Coraline.

Sicuramente si era trasferita lì. E la sola idea di saperla dall'altra parte del muro mi faceva salire una nausea incontenibile. Potevo vederla che gironzolava in casa sua, che coccolava amorevolmente Olly, che si spogliava nella stanza di lui perché lei non lo faceva innervosire, lei non rendeva le cose complicate, lei poteva toccarlo come e quando voleva. E lui la piegava sul materasso, respirava il profumo della sua pelle setosa e le si spingeva tra le cosce magre fino a farla inarcare...

«Smettila di pensare a quello che stai pensando». Mi sistemò i capelli dietro le spalle, guardandomi dritta negli occhi. «Lo vedo quando pensi a lui, sai? Ti viene una ruga in mezzo alla fronte. Questa sera voglio saperti spensierata».

«La fai facile...» borbottai guardandola nel suo tubino color tramonto. Un fermaglio le teneva indietro una parte dei capelli e lei era semplicemente stupenda. «Siamo state tre notti a mangiare gelato sul divano di casa tua... e a guardare quei film tremendi che ti piacciono tanto...»

«Ma ora stiamo alla grande» dichiarò spavalda, con le mani sui fianchi. «Potremmo persino flirtare come se non ci fosse un domani... guarda lì, quello sì che è un gran figo».

Vidi Janine che gesticolava con un ragazzo dalla pelle color cioccolato, e si stavano palesemente insultando. Lui era alto, con un viso da modello e due braccia muscolose che spuntavano da una canotta da basket.

«Tutto bene?» attaccò Ruby, quando ci passò di fianco scuotendo la testa. Lui lanciò un'occhiata al suo viso adorabile e poi a me.

«Vendo una sorella, vi interessa?»

Lei si portò una mano al petto. «Sei il fratello di Janine?»

«Già... Doveva ospitarmi una settimana per le selezioni più importanti della mia carriera e cosa fa? Dà una festa... Ma chi cazzo le ha dato l'idea?»

«Sicuramente qualche scapestrato...» cinguettò Ruby con un sorriso smagliante. Era partita del tutto. Trattenni uno sbuffo e con una scusa mi congedai da loro.

La gente ballava con i bicchieri sollevati, si baciava contro le pareti e sui divani; nell'aria c'era odore di birra e di colonia, e pensai che le famiglie di Sabin e Janine dovessero essere molto benestanti se riuscivano a permettersi un appartamento del genere.

Dei ragazzi cercarono di fermarmi; alcuni di prendermi la mano. Stavo scivolando tra la gente accalcata, quando d'un tratto mi sembrò di scorgere tra la ressa una figura familiare.

Era James. Aveva le mani affondate nelle tasche dei pantaloni, la camicia sollevata sui gomiti e gli occhi che si guardavano intorno.

«Ehi» mi salutò nel momento in cui gli andai incontro. Dovevo aver reagito con eccessiva sorpresa, perché mi osservò in modo strano.

«Che ci fai qui?»

«Io? C'è il mondo... Camille ha parlato di una festa e la voce si è sparsa subito... Sono stati invitati tutti. Anche gente di altri locali». Sondò la mia espressione circospetto. «Cosa c'è? Sì, stai benissimo così...»

«James». Lo fissai in viso, conoscendo già la risposta. «Hai parlato con Ruby?»

«Non ancora».

«E cosa stai aspettando?»

Lui diede un calcetto all'aria, sollevando le spalle.

«Ho bisogno di riflettere» disse in una maniera che mi fece innervosire. E dirlo a lei almeno, invece che ignorarla completamente?

Distolsi lo sguardo infastidita e per lui fu impossibile non accorgersene.

«Perché ho l'impressione che tu ce l'abbia con me? Sono giorni che hai questo atteggiamento nei miei confronti. Mi sembra di cogliere del biasimo ogni volta che mi guardi. So che tieni a lei, Mireya...»

«Io tengo a entrambi. Lo sai» ammisi, perché non fraintendesse i miei comportamenti. «Ma tu la stai ferendo. Sei stato tu a spingermi verso di lei tantissime volte. Hai sempre avuto un occhio di riguardo, le hai sempre voluto bene e ti sei sempre preoccupato per lei, e adesso la tratti come un'estranea, si può sapere di cosa hai paura?»

James non rispose. Per un momento mi sembrò di fare la ramanzina a un adolescente; intuivo la sua difficoltà, ma non riuscivo a giustificarlo. Forse perché anche io ero una parte lesa, anche io stavo soffrendo per qualcuno che non potevo avere, e Ruby la capivo più di quanto avrei voluto.

Forse avrei finalmente ottenuto una sua reazione, se non fosse stato per Camille. Lo prese per un braccio e lo trascinò via chiedendogli di aiutarla con una bottiglia di Bombay che non riusciva a trovare, e lui si defilò così volentieri che mi venne voglia di andargli dietro soltanto per strozzarlo.

Alcune ragazze strillarono poco lontano da me, distraendomi dal mio amico. Le riconobbi: lavoravano da noi. Si portarono le mani alle bocche urlanti ed eccitate, come se avessero appena visto chissà cosa. Forse il fratello di Janine si era tolto la maglietta e stava spillando alcol direttamente dai suoi pettora...

«Mireya!» Mi sentii afferrare per il polso e trascinare lungo il corridoio che portava alla zona notte. Inciampai in uno scopettone quando venni spinta in malo modo dentro lo sgabuzzino e vidi Ruby chiudere frettolosamente la porta.

«Ma che diavolo...!»

«Mireya, c'è una buona e una cattiva notizia».

Mi si raffreddò il sangue.

«Dimmi la cattiva».

«Riker è qui».

«Che...» Per poco non ebbi un mancamento. «Che cosa? E la buona?»

«La buona è che sei una figa pazzesca». Mi fece l'occhiolino, ammiccando, e io la fissai con il panico nello sguardo.

«Ascolta, Ruby, c'è James di là. Credo sia in cucina».

Lei si irrigidì e assunse la mia stessa espressione. «Mi ha vista?»

«Non lo so. Ma non possiamo stare qui per sempre. Dobbiamo uscire».

«Vai prima tu».

«Io ho accettato di vedere con te *L'amore non va in vacanza*, mi devi un favore, vai tu!»

«È un film stupendo!» bisbigliò furiosamente.

«Ma per piacere, Iris è goffa da morire! Nella realtà penseresti che è tenera? No, penseresti che ha del patologico!»

Sobbalzammo entrambe quando la porta si aprì. Due tizi si stavano baciando con foga e lui aveva le mani praticamente dentro le mutande di lei. Fummo pertanto costrette a uscire dal buco in cui ci eravamo rintanate per lasciare loro privacy e a fare i conti con la situazione che si era creata all'esterno.

«Ma che stiamo facendo? Noi non ci nasconderemo» declamò strappandomi uno sguardo incerto. *Ah no?* «Andremo di là e ci comporteremo come se nulla fosse. Ci divertiremo. Sarà uno spasso. Non dobbiamo dargli il potere di rovinarci la serata. Capito?»

Tutta quella carica immotivata mi convinse a darle ragione.

Tornammo nel cuore della festa e lei si impettì quando si accorse delle numerose attenzioni maschili che ci bruciarono addosso. Eppure, bastò vedere il ciuffo di James spuntare in mezzo alla folla per farla scappare via. Restai sola e, a quel punto, fu questione di pochi secondi.

La sua presenza era come un profumo che si avviticchiava nell'aria, che si attorcigliava alle caviglie. La sentii risalirmi lungo la spina dorsale e trattenni il fiato quando, tra i corpi sfocati, individuai due occhi selvatici e incupiti dalle luci.

Capii che era lui dal modo in cui spiccava tra tutti gli altri, dal modo in cui ogni singola donna si voltava calamitata dal suo passaggio e restava a guardarlo come si guarda un sogno che cammina, o l'unico incubo che non confesseresti mai a nessuno.

Con le ginocchia che tremavano e i brividi intrappolati nelle ossa, indietreggiai fino all'uscita del terrazzo. Inciampai su qualcuno che stava entrando proprio in quel momento e nel panico gli finii addosso.

«Oh. Dove hai lasciato la tua amica?»

Era il fratello di Janine. Alle mie spalle scorsi Andras che veniva verso di me. Tornai a voltarmi, fremente, con il respiro affannoso e il cervello in corto circuito, e buttai fuori: «Vuoi baciarmi?»

Lui sollevò un sopracciglio e mi guardò da capo a piedi.

«Me lo stai chiedendo sul serio?»

«Vuoi farlo o no?»

«Senti, sei un vero schianto, ma non dovrei almeno sapere come ti chiami, prima?»

«Mireya».

Mi guardai indietro e vidi che Andras si stava avvicinando. La tachicardia incalzò.

«Allora?»

Lui sorrise compiaciuto.

«Li conquisti tutti così, i ragazzi?»

Strinsi la sua canottiera nei pugni e mi avvicinai a lui. Ma come diavolo si faceva a sedurre un uomo?

«Ascolta...»

«... Jay».

«Ascolta Jay, o mi baci adesso o troverò qualcuno altro» proposi guardandolo dal basso, e lui sorrise a quel blando tentativo di minaccia. Dovette pensare che era un modo un po' infantile di ingelosirlo, motivo per cui mi concesse una smorfia di scherno e mi infilò una mano nei capelli neri.

Abbassò la testa per raggiungermi le labbra. L'ultima cosa che vidi con la coda dell'occhio fu Andras che si irrigidiva, poi mi misi in punta di piedi, chiusi le palpebre, e accolsi la bocca che si schiuse sulla mia. Jay profumava di alcol e di bagnoschiuma maschile, un miscuglio che tentai in tutti i modi di farmi piacere.

Indietreggiammo fino a uscire sul terrazzo affacciato sulle luci della città e cercai di simulare un profondo trasporto. Percepii le sue mani sul mio sedere con un fastidio acuto. Gliele tolsi più di una volta, ma lui tornò a posarle nello stesso punto. Non volevo che mi toccasse in quel modo, ma mi sforzai in tutti i modi di non pensarci.

Mi maledissi quando desiderai sentire quelle labbra trasformarsi in altre contro le mie, divenire insaziabili e sfrenate, ubriacarmi di un sapore fresco ed eccitante, in grado di trascinarmi in un turbinio rovente che faceva a pezzi la ragione e mandava su di giri i battiti del cuore. Mi sforzai di restare concentrata su quello che stavo facendo e allacciai a fatica le braccia attorno al suo collo.

Andras se ne era andato?

Ci era cascato?

«Le *mani*».

Rimasi pietrificata, con la pelle d'oca, udendo quella voce fosca e distorta vibrare a un soffio stentato dalle mie orecchie.

«Che cosa?» farfugliò il fratello di Janine. Cercai di non tremare mentre percepivo la sua collera venefica ustionarmi la schiena nuda, come un incendio che non osavo neanche guardare.

«Ho detto... le mani. Toglile dal suo culo».

«Ma chi sei?»

«Nessuno» mi intromisi, ma me ne pentii amaramente quando avvertii la sua presenza strinare persino l'aria che respiravo. Mi azzardai a sbirciare nella sua direzione e capii che non gli saltava alla gola solo perché c'ero io tra loro. Sapeva quanto odiavo il contatto indesiderato.

«Ti do tre secondi per levare quelle dita. O a basket ci giochi con la fronte».

Jay lo guardò come se fosse uno psicopatico. Mio malgrado, provai un sollievo assurdo quando sentii quel tocco estraneo liberarmi le natiche, ma mi impuntai lo stesso.

«Un momento...» protestai, lui però sollevò i palmi prima che potessi aggiungere altro.

«No, io non ci entro in questa cosa, grazie».

E tornò dentro trattenendo gli insulti.

Rimanemmo soli. La notte ci avvolse con il suo silenzio e mi sentii improvvisamente debole quando Andras puntò i suoi occhi meravigliosi su di me. I lineamenti seducenti si confondevano nell'oscurità e sembravano infossati da uno strano tormento, un'ombra che li rendeva feroci e vulnerabili allo stesso tempo.

Provai il bisogno impellente di fuggire il più lontano possibile. Lo scansai per tornare dentro l'appartamento, ma lui mi trattenne per un braccio.

«Che sei venuto a fare?» sputai e mi si incrinò la voce.

«Non torni a casa da giorni» scandì, avvicinandomi inconsciamente fino a farmi sentire il suo corpo caldo e teso. «Dove sei stata?»

«Non sono affari tuoi».

«Mireya...»

«Mi hai lasciato a casa con tua sorella per andare da un'altra donna, hai sempre detto che nel tuo cuore ci sarebbe stata un'unica persona, e quella era lei. Ebbene, adesso è tornata. Che diavolo vuoi ancora da me?»

Andras strinse il mio braccio come se non lo sapesse neanche lui. Lo strinse non con possesso, ma come se... ci appartenessimo. Una sensazione che ferì ogni centimetro della mia anima lacerata. Cercai nei suoi occhi tempestosi la risposta, ma vidi solo un uragano di emozioni dissonanti, crude e insondabili, che premevano contro gli argini del suo autocontrollo e della sua idea di giusto o sbagliato.

«Tu cosa vuoi da me?» chiese di getto, come se non avesse aspettato altro. Lo fissai sconvolta da quella domanda.

«Io? Cosa voglio *io*? Io non voglio più niente!»

«Bugiarda» mi accusò. «Perché hai baciato quel coglione? Credi che non abbia visto che lo hai fatto di proposito?» Mi tirò più vicina, e io tremai come una condannata a morte. «Tu provi qualcosa per me. È così da tempo, non mentirmi. Rispondi, Mireya: sei innamorata di me?»

Mi sembrò di percepire una nota nel suo timbro mascolino che non riuscii a riconoscere. Sembrò quasi... *una preghiera...* una supplica nascosta dietro la prepotenza. *Dimmi che è così...*

Ma la memoria mi strappò ogni illusione ricordandomi una conversazione avuta settimane prima.

«*Non dirmi che alla fine ti sei innamorata di me*» mi aveva derisa.

E in quel momento non seppi come altro sopravvivere.

In quel momento... scelsi l'unica strada che potesse davvero farmi smettere di soffrire.

«Innamorata di te?» lo schernii. Gettai proprio la testa indietro e mi costrinsi a ridere con tutto il dolore che avevo dentro. Mi fecero male le ossa e mi salirono le lacrime agli occhi, ma finsi che fosse per l'assurdità della situazione. «Oh, cielo... quindi è di questo che si tratta. Mi dispiace deluderti, Andras, ma io non ti amo». Mi asciugai un angolo dell'occhio, leggera. «Forse ti sarebbe piaciuto spezzare proprio il cuore dell'unica persona che non si fa avvicinare da nessuno... Scommetto che per un attimo il pensiero ti ha stuzzicato...» Simulai un vago sorriso e lui mi guardò raggelato. «Ammetto di essermi fatta prendere sul momento, ma chi non lo avrebbe fatto? In fondo sei stato tu a dirmi che sarebbe stata una cosa ridicola. Dico bene?»

Quella non ero io. Lui restò a fissarmi, quasi non mi riconoscesse, e io mi sforzai di mentire meglio che potevo.

«Non sono tornata a casa perché mi stavo divertendo... sono stata da Ruby. Anzi, a dirla tutta credo che mi trasferirò. Ora che ho messo da parte un po' di soldi vorrei proprio cercarmi un posto più in centro. Magari vicino a James, o al locale... chi lo sa».

La sua presa aumentò. Mi scavò nelle pupille, serrando la mandibola come se faticasse ad assimilare le mie parole.

«Non è vero. Non stai dicendo la verità».

«Certo, dovrò parlarne con Zora... l'appartamento me lo ha trovato lei. Anche se è te che devo ringraziare. Giusto? Oh, be', alla fine è meglio così. Insomma, lo hai sempre ripetuto anche tu, no? Noi non eravamo niente».

Per un attimo sembrò sul punto di fare... non so nemmeno io cosa. Con le mascelle contratte, la mano che ancora mi teneva stretta e gli occhi febbricitanti, Andras mi fissò in un modo che percepii fisicamente.

Per un momento desiderai vomitargli addosso tutto quello che sentivo davvero, ogni battito, piuma o pensiero di quell'amore che lui mi aveva spinto dentro senza nemmeno rendersene conto, ma in quel preciso istante una voce giunse alle mie spalle.

«Mireya! Finalmente ti ho trovata!» Ruby ci raggiunse sgambettando sui tacchi alti e mi prese a braccetto, lanciando uno sguardo perentorio ad Andras, decisa a portarmi via da lì. «Ti ho cercata dappertutto. Di là c'è bisogno di te per un cocktail...»

«Scusa, ma devo andare» dissi soltanto, prima che lei mi trascinasse via.

Sentii la sua mano trattenermi. La presa rafforzarsi su di me.

E poi... il mio braccio che gli sfuggiva, sottratto da Ruby.

Lasciai che mi portasse con sé, verso le vetrate e poi oltre la ressa di gente. Rischiai di perderla prima di raggiungere il corridoio meno affollato, e le strinsi la mano. Le palpebre tremarono. La vista si appannò. E quando lei se ne accorse, inclinò il volto mortificata e mi avvolse in un abbraccio.

Aveva ragione.

Non si potevano ignorare i propri sentimenti.

Però si poteva mentire alle persone.

Si poteva far credere che l'amore non esistesse, che fosse un sentimento da niente, che non si sentissero cieli nel cuore e non si volasse per inaspettate vertigini.

E non c'era nulla di più doloroso che guardare negli occhi qualcuno e fingere che non ti avesse fatto nascere dentro quella dolcissima, travolgente magia.

«Oh, Mireya...»

17
Un bel niente

Era un uragano travestito da ragazzina:
due occhi in tempesta e il sole come sorriso.

Andras

Tre giorni prima

«Andras!»

Un profumo dolciastro mi ghiacciò le budella. Poi due braccia mi si aggrapparono addosso e le mie gambe si pietrificarono, piantandosi al suolo con forza.

E infine la sua bocca sulla mia.

Il suo sapore mi esplose tra i sensi, fracassandomi la ragione.

Certi baci sono un paradiso inatteso. Per quanto sporchi, umidi e accompagnati da morsi, ti farebbero credere persino a qualche surrogato di redenzione.

Altri invece... spalancano le porte di un inferno che rimescola tutte le carte. E non importa che tu di quell'inferno sia il sovrano seduto sullo scranno, con in testa una corona fatta di tutte le ossa che hai rotto nella tua vita, non esistono privilegi per quelli come noi.

Mi si mozzò il fiato. La allontanai e la fissai con gli occhi così sbarrati che mi fecero male le tempie.

Il viso fresco, roseo, le iridi di un verde stagno, quel sorriso che aveva infestato i miei ricordi come una condanna candida e assassina. Sbattei più volte le palpebre con il terrore che mi contaminava il sangue, come se stessi avendo un'allucinazione.

Il mio cervello ci mise troppo a riconoscerla, troppo a ritrovarla familiare, troppo a realizzare che quelle mani, quelle labbra, quella voce erano proprio le sue.

«Sono tornata. Sono tornata da te».

Rimasi a guardarla come se fosse un fantasma riemerso dalle mie stesse ceneri, o lo specchio di un desiderio che mi ero tenuto stretto fino a incurvarmi le costole per l'ostinazione.

Coraline. Coraline era...

E poi il suo tepore palpitante sotto i polpastrelli. Il respiro che sapeva di zucchero, quell'odore di vanillina e mandorle che emanava la sua pelle. Era in piedi sulle sue stesse gambe, e mi fissava come in un sogno che alla fine era venuto a prendermi.

L'ultima volta che l'avevo vista era una sagoma riversa al suolo. I capelli impiastricciati di sangue, il viso illuminato dai bagliori delle ambulanze... Doveva essere un qualche scherzo del destino. Un maledetto, sadico scherzo, e il cuore non lo resse.

Strinsi la presa su di lei per accertarmi che fosse vera, eppure i neuroni si erano brutalmente inceppati, quasi mi fosse andata di traverso la speranza.

«Chi è lei?»

I nervi tremarono. Venni riportato alla realtà da uno spostamento d'aria, un flebile soffio impregnato di rosa canina. Trasalii e mi voltai a malapena in tempo per vedere Mireya passarci accanto e svanire oltre la porta.

I suoi capelli sembrarono il manto di un cerbiatto in fuga, bellissimo e straziato. Ne udii la corsa goffa lungo il corridoio, come se la stesse inseguendo un incubo.

«Cavolo, non volevo spaventarla». Coraline guardò verso la soglia, dispiaciuta. «Forse avrei dovuto bussare...»

Si strinse a me e io non riuscii a muovermi. Mi sentivo alienato, privo di senno, con la materia grigia ridotta a una poltiglia. Ero totalmente inerme.

Con una morsa alla gola, abbassai gli occhi allucinati sulla sua testa. I capelli lisci, la guancia elegante contro il mio petto.

Mi stava parlando, stava sicuramente dicendo qualcosa, ma non riuscivo a sentirla.

Una sensazione ronzante si apriva la strada tra le intercapedini del mio cranio.

Qualcosa si era ribaltato dentro di me, come se fossi io il fantasma che guardava il mondo senza capirci più niente.

Coraline era lì.

E ora era Mireya che stava andando via.

Di notte, da sola, fuori in strada.

Ma dove stava andando?

Prima ancora di rendermene conto, avvertii il mio corpo svincolarsi e divorare la stanza.

Ero un egocentrico e un egoista, mosso da impulsi scriteriati, non tolleravo ciò che sfuggiva deliberatamente al mio controllo. Era la mia natura impormi sugli altri. Mi convinsi che non c'era altra spiegazione per rincorrerla e trovarla lì, smarrita e con il telefono in mano.

Senza nemmeno ragionare la afferrai prima che potesse scappare via.

Da me.

Da tutto ciò che ero.

Quando si voltò, mi schiantò addosso due occhi dilatati e pieni di angoscia. Ma non fu solo quello a paralizzarmi. Fu il modo in cui si sottrasse al mio tocco, come se fosse terrorizzata, come se fossi solo un altro dei tanti stronzi maniaci che cercavano puntualmente di metterle le mani addosso.

«Tu andavi da lei» disse allontanandosi. «Quando sparivi e andavi fuori città, tu andavi da lei».

Quel gesto mi colpì come una scudisciata. La guardai con una strana fitta tra le vertebre, perché aveva paura di me e quella consapevolezza mi fece stridere di uno strano, contorto sgomento.

Eppure, quando ero lì in ospedale, da lei, pensavo a te.

A te, a casa con mia sorella.

Al tuo sguardo maledetto. Al tuo temperamento infantile e battagliero. All'uragano dei tuoi occhi.

Pensavo a te, disastrata e piena di guai, che anche se ti scacciavo via mi restavi sempre impigliata nel retro delle palpebre.

Pensavo a te, porca puttana. E non potevo davvero essere un pezzo di merda fino a questo punto.

Mireya mi diede le spalle.

«Non è come credi!» ringhiai feroce, e l'afferrai di nuovo, con il bisogno che restasse. Che non si liberasse da me. Le tempie pulsavano, il fiato ardeva in gola, ero tanto sconvolto e instabile da farmi paura da solo. Non capivo cosa mi stesse succedendo e le raccontai la verità che tanto aveva voluto sentire, la stessa che mi aveva corroso fin dal momento in cui Coraline era stata coinvolta nell'incidente.

Lei rabbrividì. Strinsi la presa così a fondo che temetti di romperle il polso.

Avevo passato notti a rivedere quel corpo spezzato, avrei voluto vendere l'anima al demonio pur di bruciare tra le fiamme della mia colpa, e ora... ora...

«Dimmi che non la ami. Dimmi che non sei innamorato di lei».

... Ora la voce mi rimase piantata in fondo alla gola.

Mireya restò a guardarmi con quell'aria da bestiolina, da creaturina fragile che alla fine spera solo di essere adottata, portata a casa e accarezzata per sempre. La sua delusione mi ribaltò lo stomaco mentre mi rivedevo riflesso nei suoi occhi enormi, colmi di sogni che non avevo mai visto prima.

E io, ancora una volta, non capii.

Non capii cosa si aspettasse da me.

O forse, lo capii così bene da raggelarmi. Il turbamento mi risalì la spina dorsale, lasciandomi immobile, incapace di reagire, da uomo indegno quale ero sempre stato, davanti a una ragazzina che mi fissava come se fossi molto di più.

Che io fossi mezzo matto era appurato. Ma lei... lei doveva essere proprio fuori di testa.

E quando le lacrime le rigarono le guance di pesca, compresi che la risposta la conosceva già.

Io non ero ciò che credeva.

Non ero l'angelo delle sue speranze.

Non ero l'uomo da guardare così.

Io ero nato dal lato sbagliato della vita, da quello sporco e marcescente che ostentava fazzoletti ricamati nel taschino e poi nascondeva il sangue sotto tappeti pregiati.

Ero l'erede diseredato di una stirpe priva di scrupoli, di fortune fatte sulla pelle degli altri, figlio di un padre che mi aveva insegnato che l'odio, in fondo, era l'unica forma di attenzione che potevo meritare.

Ero quello che incassava il dolore con un sorriso.

Quello che afferrava la decenza per la nuca e la spingeva in ginocchio, tra le sue gambe, con il sopracciglio spaccato e il ghigno da incorreggibile bastardo.

Ero l'Ego della sua Arcadia.

E non avrei mai, mai permesso che si legasse a me.

«Chi era quella ragazza?»

La trovai seduta sul divano. Le gambe composte, gli occhi verdi che lampeggiarono di preoccupazione. Una preoccupazione che non meritava.

Nessuno, era la risposta che avrei dovuto darle. Ma quella parola mi rimase incastrata dentro, e non riuscii a pronunciarla.

Una bestiolina. La mia.

«Andras, è passato più di un anno». Si alzò in piedi, delicata. «Se nel frattempo c'è stata un'altra...»

«Che cosa ci fai qui?» la interruppi. Avrei voluto prendermi a cinghiate da solo. Mi sembrava l'unico modo di liberarmi del peso insopportabile che avevo dentro, delle sensazioni contrastanti che mi sferragliavano in ogni diramazione nervosa. Non capivo cosa mi fermasse dall'andare da lei e strapparle i vestiti di dosso per affondare brutalmente nelle sue curve sottili.

Cazzo, Coraline era lì. Quanto tempo avevo sognato quel momento?

«Ti ho detto che sarei tornata» rispose, muovendo qualche passo. «Mi hanno dimessa un paio di settimane fa... sto seguendo un trattamento riabilitativo ambulatoriale adesso, ma sono tornata a casa, da mia madre. Ho potuto riabbracciarla». Sollevò un angolo delle labbra, e io mi sentii una merda. «Sono tornata alla mia vita e anche se la fisioterapia in realtà non è più necessaria sto continuando a vedere l'équipe che mi ha seguita per tutti questi mesi. Dicono che la mia è soltanto paura, ma va bene così. Non devo avere fretta».

Era bella come la ricordavo. Di un'eleganza diafana, timidamente consapevole, non da bambina ma da donna. Le guardai le labbra a cuore, incorniciate dai capelli scuri.

Non faceva che sorridere, quando l'avevo conosciuta. E anche adesso, la stessa espressione dolce le aleggiava sul viso grazioso, ricordandomi cosa mi aveva ossessionato tanto di lei.

«Mi hanno detto che sei venuto» soffiò e il suo profumo mielato mi invase le narici. «Che venivi a controllare che io stessi bene. Ho sperato che passassi anche a trovarmi, ma non è mai successo... Oh, Andras. È stato tremendo».

In uno slancio, mi circondò con le braccia e tremò contro il mio torace.

Mi irrigidii. Le mie vene si gonfiarono di colpo e il respiro graffiò i polmoni, impreparato a quel contatto. Coraline sprofondò il capo nel mio collo.

«Volevo vederti» disse.

Il suo corpo mi comunicò il bisogno di essere confortato, e io, dopo un rigido istante, le passai una mano attorno alla testa e la strinsi.

Toccarla fu scomodo e familiare. Come muovere un arto addormentato, qualcosa che fa parte di te ma che la testa però non riconosce. Era lei... era lei, ed era lì, che diavolo di turbe psichiatriche mi affliggevano?

«Perché sei in giro a quest'ora?» domandai.

«Non ce la facevo più. Ho pensato che fosse troppo tardi, che avrei potuto aspettare un altro giorno, in fondo era passato così tanto tempo che faceva poca differenza... ma avevo bisogno di ritrovarti. Non ero neanche più certa che abitassi qui. Ho dovuto tentare. Ho visto entrare quella ragazza di corsa e sono riuscita a infilarmi dentro prima che il portone si richiudesse. Poi mi sono soffermata a riflettere e ho pensato di tornare indietro. Ero combattuta se salire o meno... non sapevo come comportarmi» confessò con la sua voce delicata, la stessa che mi riportava indietro a quando lei mi aspettava a casa, davanti alla finestra, e io pensavo solo a toglierle i vestiti. «Alla fine ho deciso di provarci».

Erano le due del mattino. Era sola, vulnerabile, reduce da una tragedia che me l'aveva restituita più eterea e impalpabile di prima, così vera da fare paura.

Avrei dovuto sbatterla sulla penisola della cucina e fiondarmi come un rinnegato tra le sue cosce, tra i rantoli rotti del suo respiro che sapeva di tutte le cose belle che non avevo mai avuto. Come un chiodo fisso, avevo cercato lei in tutte le donne che avevano aperto le gambe per me, ogni volta che mi avevano sorriso in un certo modo, ogni volta che me lo avevano succhiato come gatte in calore, e poi mi avevano mandato a fare in culo, perché non era nessuna di loro che volevo.

Mi era mancata come un castigo che non ero riuscito a smettere di infliggermi. E ora che era lì e la porta della mia prigione era aperta, io restavo dietro le sbarre senza osare nemmeno muovermi.

«Cosa?» domandai, perché non stavo prestando attenzione.

«Dicevo che ho saputo che Olly è rimasta con te» ripeté con dolcezza.

«Chi te lo ha detto?»

Coraline rimase immobile. Per un attimo la sentii respirare piano, quasi di nascosto.

«L'ho vista. Prima, quando sei sceso... è ancora di là, no? Sta dormendo in camera sua».

Rimasi fermo. Un'inquietudine istintiva mi si insinuò tra le budella, perché Coraline... stava mentendo.

Poi, raggelato, compresi.

«È stato lui... È stato lui a dirtelo?»

All'improvviso le sue braccia delicate sembrarono una morsa. Flash di conversazioni mi esplosero nel retro degli occhi, serpeggiando come lingue tra gli interstizi della memoria.

«*Dimmi, Andras... Ti ha detto che è venuta da me?*»

«Andras» sussurrò cauta. «Io non camminerei sulle mie gambe se non fosse per lui».

Le afferrai i polsi e la staccai da me. Coraline rimase sorpresa dalla forza con cui la allontanai, dallo sguardo folle che le rivolsi.

«Che cosa ha *fatto*?»

«Come?»

«Cosa vuole da te?»

«Niente» disse in fretta. «Non vuole niente. Andras, lui ha... pensato a tutto. Ha contattato la migliore struttura dello Stato e si è assicurato che venissi assistita ogni giorno. Ha coperto tutte le spese. Se non fosse stato per Edelric, io...»

«E secondo te ha provveduto a tutto perché? Perché gli è improvvisamente cresciuto un *cuore*?»

«Andras, non mi ha più toccata, te lo giuro. Dico sul serio, non è più successo...»

«Non ti ha più toccata perché eri ricoverata in una maledetta clinica!»

Stavo uscendo di testa. Per forza.

Avrei finito per avere le allucinazioni su quella bestia che mi aveva messo al mondo, costantemente perseguitato dai suoi lunghi artigli. Ricordavo il ghigno malevolo che mi aveva rivolto nel suo studio, la soddisfazione perversa con cui si era divertito a vedermi sfuriare, quella calma minacciosa, come una mossa prima dello scacco matto.

«Tutto si può comprare. Anche le persone».

Coraline mi guardò angosciata. Poi raggiunse le mie labbra e mi baciò ancora. Respirai a fatica, le sue parole mi rimbombarono dentro e mi sembrò di soffocare. Quando mi ritrassi di nuovo, lei mi guardò come se non riuscisse a riconoscermi.

E non ci riuscii neanch'io.

Non stavo bene. Non stavo affatto bene. Ormai era chiaro a tutti e due.

Era qualcosa di sbagliato, quello che avevo nella testa.

Qualcosa di inaspettato, inquietante e spaventoso.

Ma mi faceva molto, molto più paura quello che mi martellava tra le costole.

«Davvero non vuoi dirmi chi era quella ragazza?»

Mireya.

Si chiama Mireya.

Ha soltanto diciannove anni, origini esotiche, credo del Venezuela o della Colombia. Carmen si è fissata con il significato del suo nome, cerca di cavarglielo a forza di bocca ogni volta che ne ha l'occasione, ma lei non si lascia scoprire.

Ama i dolci, giuro. Va matta per il cioccolato, se lo farebbe sparare in vena insieme ai film di Tim Burton se solo esistesse una droga simile.

Solo lei potrebbe amare quelle creaturine così angoscianti e rattoppate. Solo lei potrebbe avere un debole per i mostri invece che per gli eroi.

Dice che anche i mostri possono essere giusti, e non c'è giusto in fondo che non possa scegliere di essere un mostro. Quei film le piacciono proprio per questo motivo: perché sovvertono i ruoli.

Con Olly ha un rapporto strano. La scaccia sempre via e non ci si sa relazionare, ma una volta l'ho beccata a farle una coccola di nascosto. Ha imparato a prenderla in braccio, a lasciarsi stringere, a farle vedere quei cartoni melensi che guardava quando la vita ancora non le sembrava una merda completa.

E ha dei sogni, dentro quegli occhi da animaletto randagio. Spera di aprire un locale, di salvare sua madre dal demone della dipendenza, di vivere libera e realizzata in un mondo a cui può finalmente sorridere.

Spera di essere felice. E ce ne sono pochi che lo meritano quanto lei.

Questo avrei dovuto dire a Coraline. Questo avrei dovuto risponderle, quando mi aveva chiesto chi fosse.

Eppure, mi ero limitato a pronunciare il suo nome.

Lo avevo buttato fuori come sangue dopo un cazzotto, uno strano colpo dritto allo stomaco.

E poi qualche giorno dopo l'avevo vista.

E il cazzotto sarebbe stato decisamente preferibile.

Perché, Cristo santo, non era mai stata più splendida di così. Vestita di una cascata di cristalli, che le inargentava la curva della schiena e la scollatura morbida e accogliente. La massa d'inchiostro dei suoi capelli le sfiorava la sommità dei glutei e le faceva risaltare gli occhi come abissi profondi, in grado di inghiottire chiunque.

Sembrava avvolta nei miei sogni infranti.

Avevo ringraziato ferocemente il cielo che non sorridesse mai, che quell'invito non le brillasse mai su quei petali carnosi, o avrebbe ridotto qualsiasi uomo a un ammasso di appiccicume e impulsi.

Quel velo intrigante che mostrava nel visetto minuto e impertinente era un flagello letale e tenero allo stesso tempo. Mireya non si rendeva conto di quanto brillasse nella sua particolarità, di quanto fosse luminosa e infinita come una cometa nelle notti d'inverno, con le sue mani affusolate che ti metteva ovunque, pur di spintonarti lontano da lei.

L'istante dopo era stata lei a vedere me.

E lì era cambiato tutto.

Aveva agganciato il primo imbecille che le sbavava sul culo e ci aveva messo davvero molto poco a mandargli in pappa il cervello: lui l'aveva guardata come se avesse vinto la mano più fortunata della sua vita, dopodiché le aveva sorriso. E io avevo sentito un'emozione strana e ingombrante rimescolarsi nello stomaco.

Ecco un altro sfigato che si veniva nelle mutande solo a guardarle il davanzale, e non vedeva l'ora di infilarci la testa in mezzo. Insieme a qualcos'altro.

La testa te la infilo dove so io. Poi vedi come sorridi.

Poi lui l'aveva baciata.

E quell'emozione nello stomaco si era ghiacciata di netto.

Una morsa mi aveva stritolato il diaframma, riempiendolo di spine che non avevo mai sentito prima.

Mireya aveva serrato forte le palpebre. I capelli le erano scivolati sulle natiche quando si era sollevata in punta di piedi e aveva reclinato il viso per farsi baciare meglio. *Meglio. Da lui.* E io ero rimasto a guardarla tra le braccia di un altro, con un vuoto feroce tra le tempie e il sangue che mi offuscava il raziocinio.

C'era davvero qualcosa di sbagliato nella mia testa.

Un circuito rotto. Un fottuto spirito infernale.

Perché quando lui le aveva piazzato le mani sul sedere e lei aveva represso una smorfia a fatica, una scossa da manicomio mi aveva mandato definitivamente in tilt. Mi ero sentito così brutale, così immobile e vibrante e spiazzato che per un momento non ero riuscito a capirci assolutamente niente.

Quella... cazzo, quella non era una ragazzina qualunque a cui mettere le mani sul culo.

Quella era la mia Arcadia.

La mia bestiolina anaffettiva.

La mia piccola disgrazia dagli occhi grandi.

E lui la stava *palpando*, la strizzava tra le sue mani senza sapere che lei odiava qualsiasi contatto. Perché era fatta per pochi. Perché non si donava a tutti. Perché sceglieva lei e soltanto lei da chi farsi toccare.

Avevo sentito le fiamme del demonio divamparmi tra i denti e incenerire quel poco di sanità mentale che mi rimaneva.

«Togli quelle mani».

Perché lei te le ha già spostate tre volte e io sto per staccarti l'uccello.

Mireya si era incazzata come da programma, quando le avevo tolto di dosso quel fantoccio palestrato, fulminandomi come se volesse solo mandarmi a quel paese.

O all'altro mondo.

Col primo non aveva mai avuto molto successo.

Col secondo, invece...

Le era bastato piantarmi addosso quello sguardo, che era un nodo alla gola ogni volta, per spedirmi a raccogliere i residui della mia coerenza.

Dio, quanto diamine era bella. Averla vicina era come bere le stelle. Gli zigomi risplendevano di emozioni violente, il collo nudo era talmente invitante che avevo fatto una fatica impossibile a non sfiorarla neanche con la punta delle dita. Ma con il pensiero, con quello... con quello avevo iniziato proprio dalla sua splendida gola.

«Che sei venuto a fare?» mi aveva sputato addosso. «Che diavolo vuoi ancora da me?»

Avevo provato un insano ed egoistico desiderio di baciarla e avevo dovuto stringere le mascelle fino a consolarmi del mio stesso dolore per resistere.

«Tu cosa vuoi da me?»

Ci eravamo fissati, sconvolti allo stesso modo.

Cosa stavo facendo non lo sapevo neanch'io, ma ero vittima di una pazzia non diagnosticata, una malattia che mi bruciava nella testa e si dimenava tra la frenesia di cancellarla per sempre e quella di strapparle di dosso quella pioggia di diamanti.

Doveva esserci un motivo se l'avevo cercata per giorni, doveva esserci una fottuta ragione se lei faceva così male anche quando di male me ne facevo già abbastanza da solo.

Ma Mireya... Mireya era scoppiata a ridere.

Non di una risata vera.

Di una risata che mi aveva ricordato la mia.

Scolorita, malvagia e canzonatoria. Una risata che diceva: 'Credevi sul serio di contare qualcosa, tu?'

«Innamorata di te?» Ed eccolo lì, il disgusto che avevo imparato a vedere in chiunque. Quello che ero sempre stato così bravo a suscitare negli altri per indurli a odiarmi. Eccolo lì, proprio su quelle labbra che fin dal primo momento mi si erano incollate all'anima. «Mi dispiace deluderti, Andras, ma io non ti amo. Forse ti sarebbe piaciuto. Spezzare proprio il cuore dell'unica persona che non si fa avvicinare da nessuno...» Avevo sentito il vuoto allargarsi dentro di me. «Anzi, a dirla tutta credo che mi trasferirò. Magari vicino a James, o al locale... chi lo sa». Avevo faticato persino ad ascoltarla. «Oh, be', alla fine è meglio così. Insomma, lo hai sempre detto anche tu, no? Noi non eravamo niente...»

Niente.

Due sillabe e tanti déjà vu.

Niente era quello che vedevo negli occhi di mio padre quando tornavo ricoperto di sangue.

Niente era quello che diceva mia madre ogni volta che le chiedevo perché aveva gli occhi pieni di lacrime.

Niente era quello che avevo provato quando mi ero trasformato in un giustiziere dalle tendenze discutibili con il sarcasmo come unico mezzo di diletto.

Niente era quello che avevo sussurrato con un ghigno alla vita, quando mi aveva ridotto a un pazzo e poi mi aveva chiesto che cosa mi prendesse.

Che parolina adorabile.

Che deliziosa, amorevole definizione.

Quando ero tornato a casa, lei era lì.

Era sempre lì.

Sembrava che mi aspettasse.

Dolce nel suo modo di venirmi incontro ancheggiando, di guardarmi negli occhi nonostante li vedesse colmi di quel *niente* feroce che li divorava come un rogo.

L'avevo fissata con il fiato corto, le labbra dischiuse, l'aria di chi avrebbe potuto strangolare un altro uomo a mani nude, se solo fosse servito a togliermi dalla testa quella parola assillante.

Coraline aveva fatto un sorrisetto consapevole. E nel momento in cui poi mi aveva baciato, io avevo chiuso gli occhi ed espirato tutta la pesantezza che mi vibrava in corpo.

La sua lingua si era spinta nella mia bocca. Come se sapesse. Come se avesse sempre saputo che alla fine l'avrei ghermita per i capelli e con brutalità me la sarei schiacciata addosso, strizzandole il culo fino a costringerla in punta di piedi.

La pelle bianca era sembrata quasi rilucere nella penombra dell'appartamento, quando le avevo strappato quel poco che aveva addosso. Per un attimo, con i capelli scuri e lo sguardo che sembrava più nero del solito, la sua vista mi aveva fatto quasi male.

Ma non importava.

L'avevo aggredita con ferocia e lei si era piegata come un fuscello. La mia foga le aveva consumato il respiro, la forza e la volontà e lei era crollata a terra gemendo, con i seni gonfi di aspettativa, le cosce spalancate in cui ero sprofondato fino in fondo.

Ed era stato perfetto.

Proprio come lo ricordavo.

Pulito, semplice e arrendevole. Fatto di baci e non di morsi.

Fatto di carezze e non di graffi.

Fatto delle mie mani che piegavano e di lei che si lasciava piegare.

E mentre chiudevo gli occhi, perso in un sogno febbricitante, Coraline mi si era aggrappata al bacino e aveva urlato il mio nome.

E io avevo spinto ancora più forte. E avevo sperato che lei la sentisse.

Che tutto il palazzo la sentisse.

Così che fosse chiaro a chiunque che quella mocciosa fatta di stelle per me... non era mai contata nulla.

Proprio *niente*.

18
Sovrana o principessa?

I sogni sono l'unica follia che possiamo permetterci senza essere giudicati matti.

«Non avrei dovuto abbandonarti. Mi dispiace».

«Ruby...»

«Non pensavo che ti saltasse addosso alla prima occasione. Ma tu sei proprio sicura che non prova niente per te?»

«Non mi è saltato addosso».

«Allora che era venuto a fare?»

Sospirai. Smisi di allacciarmi le scarpe e la guardai mentre mi aspettava sulla soglia degli spogliatoi, con le braccia incrociate e gli occhi vispi.

Era letteralmente scappata a nascondersi quando aveva visto James, per poi sfoderare una faccia di bronzo ogni volta che veniva a prendere gli ordini al banco. Principalmente si rivolgeva a me, ma era davvero brava a gestire le sue emozioni e a concentrarsi sul suo dovere, nonostante tutto.

«Non lo so» dissi amareggiata. «Probabilmente voleva soltanto accertarsi che fossi ancora una cosa sua».

«Ne sei proprio convinta?»

«Per poco non metteva le mani addosso al fratello di Janine».

«Hai mai pensato che potesse... non lo so. Essere geloso?»

Le rivolsi uno sguardo truce da sotto le sopracciglia.

«Andras Riker *geloso*» ripetei ironica. «Ti pare una cosa possibile?»

«Guarda che io gli uomini li conosco...»

«Ah, sì, infatti si è visto».

«A parte i *casi umani*, intendo...»

«A parte quelli».

«Voglio dire» si impuntò, stizzita, scuotendo la chioma riccioluta. «Che fingono, fingono e poi si affezionano pure loro... a volte anche di più. Non è che non hanno il cuore, è che lo usano di merda».

«Ruby, è innamorato di un'altra» cercai di chiudere il discorso, accorgendomi che si stava innervosendo. «Un'altra che, guarda caso, è tornata come una principessa sul trono e l'ha pure baciato come nella scena finale di uno dei tuoi stucchevoli film. Tu non l'hai vista, ma è tipo... stupenda» confessai con amarezza. «Perfetta in ogni dettaglio, sensibile, altruista, la classica ragazza che ispira protezione e tenerezza. Per non parlare del fatto... che l'ha conosciuta prima di me. Sono io che non c'entro niente... Sono io che mi sono intromessa nella loro storia».

Era inutile che lei tentasse una lettura diversa. Per quanto ci potessi sperare.

Avevo persino dovuto fingere di non provare nulla, mentre mi sbriciolavo in pezzi come un cristallo, tremando per l'urlo di tradimento che aveva attraversato il mio cuore.

Avevo sentito l'anima rivoltarsi, strepitare, schiantarsi a terra come un uccello ferito, mentre la vita gli si spegneva nel petto.

Alla fine, un cigno era precipitato davvero dal cielo: quel sentimento alato dentro di me, ucciso ancor prima di spiccare il volo.

«Quindi ora stanno insieme?»

«Non lo so. Ma non posso restare in quell'appartamento. Non riuscirò mai davvero ad andare avanti, se rimango lì».

E poi vedere Coraline...

Confrontarmi ancora con la sua maturità, il suo spirito bianco, l'insieme di tutti i pregi che la rendevano la ragazza che io non sarei mai stata... no. Per favore.

Che almeno questo mi venisse risparmiato.

«Sai che puoi continuare a stare da me finché ne hai bisogno». Ruby tentò di confortarmi, mentre raccattavo le mie cose e la raggiungevo a passo lento sulla soglia. «Jay è proprio un gran pezzo di manzo, comunque. Janine poteva presentarcelo mesi fa».

«Già».

«Credo volesse chiederle il tuo numero» gongolò, e un po' mi piaceva che si prendesse tutta quella confidenza rispetto a una volta. «Secondo me dovresti darglielo. Avanti, pensaci» mi esortò, quando vide la mia espressione. «È atletico, spiritoso, è una promessa della pallanuoto, ha un fisico da urlo e ti ha messo la lingua in bocca appena ha potuto. Puoi dire quello che vuoi, ma secondo me gli piaci parecchio. Per non parlare delle doti che potrebbe avere in altri contesti...»

«Guarda che gioca a basket» commentai, ma in quel preciso momento un rumore di passi mi fece diventare le gambe di piombo. Smisi persino di respirare.

Una figura imponente ci gettò la sua ombra addosso.

L'incedere deciso e pesante, i capelli che scandivano la sicurezza dell'andatura; il suo solo passaggio mi investì la pelle di un brivido rovente e fece arrossire Ruby di sdegno.

Lasciai che ci superasse e mettesse tra noi una distanza di sicurezza, poi con le palpitazioni mi voltai a guardarlo.

«Credo che abbia sentito».

Probabilmente non mi sarei mai abituata ad averlo intorno. Andras non era proprio il genere di ragazzo a cui ci si *abitua.*

Riempiva una stanza con la sua sola presenza. Nessuna di noi ragazze era immune agli effetti della sua vicinanza tra quelle pareti ristrette, nessuna. Eravamo tutte impressionate da lui, soggiogate dal suo modo di essere.

«Meglio così. Non mi interessa più» mentii, quando fu andato via. «Ora che è tornato avrà molto da fare. Forse avrò l'occasione di passare a prendere le cose che ho lasciato da lui. Mi aspetti fuori? Io devo parlare un attimo con Zora, ma ci metto poco».

Lasciai che si avviasse all'uscita e salii all'ufficio al piano di sopra. Lei era lì, avvolta dal fumo lezioso della sigaretta, il lungo bocchino stretto tra le dita.

«Cosa vuoi? Non ho tempo» mi freddò non appena mi vide. In realtà per Zora ogni interazione umana sembrava un fastidio.

«Non voglio disturbarti. Volevo solo dirti che ho intenzione di lasciare l'appartamento».

Le mie parole sortirono un effetto inatteso: lei sollevò gli occhi dai fogli che stava studiando e li piantò su di me.

«Che cosa?»

«Io... voglio andarmene».

Mi studiò per un lungo momento. Con mia enorme sorpresa, lasciò andare la penna e si appoggiò allo schienale della sedia, congiungendo le mani in grembo.

Fui quasi lusingata di avere la sua piena attenzione.

«Posso chiederti il motivo?»

«Credo che tu lo sappia già. E anche piuttosto bene».

Avevo superato il timore reverenziale nei suoi confronti. Da quando era venuta da me per tentare di consolarmi avevo scoperto il suo lato più umano, più gentile. Ma comunque conservavo per lei lo stesso rispetto di prima.

«Dunque l'hai vista».

Non risposi. La fissai soltanto con una risposta che non avevo la forza di pronunciare.

«E cosa pensi di lei?»

«Sul serio? Vengo a dirti che me ne vado dall'appartamento che mi hai trovato e mi chiedi cosa penso di una ragazza che a malapena conosco?»

«Voglio capire se le tue impressioni corrispondono alle mie».

«Perdonami, Zora, ma non mi interessa scambiarci le nostre *impressioni*» brontolai, ferita e un po' oltraggiata. «Io non ho niente a che fare con lei. E non ho niente a che fare nemmeno con Andras».

La fermezza con cui rimase a guardarmi mi fece sentire per la prima volta una pessima bugiarda. Avevo sempre mentito con facilità, ma Zora aveva la capacità di leggermi dentro in un modo che fin dall'inizio mi aveva messo in una certa difficoltà. E forse fu quello a spingermi a farle una domanda che mi ponevo da tempo.

«Perché ci tieni così tanto?»

«A cosa?»

«A questa... storia. A questa cosa tra me e lui».

Mi scoccò un'occhiata che celava uno strano, timido affetto.

«Perché glielo devo».

«Questo debito di cui parli sempre deve essere molto gravoso per cercare di intervenire in faccende che a lui nemmeno interessano...»

«Non offenderti, Mireya, ma sei ancora troppo giovane per capire certe cose. E quello che hai appena detto ne è la conferma». Soffiò fuori il fumo contraendo la mandibola, prima di picchiettare il dito per far cadere la cenere dentro un piattino istoriato.

«Perché siete amici fin da bambini?» la provocai.

«Perché non avrei questo locale se non fosse per lui».

Mi zittii.

Dovevo aver sentito male, perché non era possibile che Zora avesse appena ammesso una cosa del genere. Con me. Pensai che non si fosse espressa bene, ma lei rimase a guardarmi con una serietà così inflessibile che dovetti rivedere le mie convinzioni.

«Il Milagro's è tuo... grazie ad Andras?»

Capii che stava per rivelarmi qualcosa che non avrei mai pensato di scoprire, una verità che era serpeggiata sulle bocche di tutti in mille versioni diverse.

«Mio padre Octavius ha acquistato questo posto quando ero appena una bambina. Il giorno che fossi diventata maggiorenne sarebbe stato mio, e a me sarebbe rimasto. Ero molto legata a lui» disse con voce monocorde, ma percepii l'intensità nascosta dietro quelle parole. «Ereditare il Milagro's significava coronare un sogno, realizzare un desiderio. Perpetuare un legame. Tuttavia, nel corso degli anni, il club ha sì raggiunto un prestigio fenomenale, ma a costo di ingenti debiti. Così un paio di suoi amici si sono offerti di aiutare mio padre. Uno dei due era Archer… l'uomo che hai visto all'ingresso qualche mese fa».

Sgranai gli occhi. Ricordavo il modo in cui Zora era stata derisa e trattata in quell'occasione. Avevo intuito che tra loro ci fosse più di un conto in sospeso, ma non immaginavo fino a questo punto.

«Lo hanno convinto a fare intestare il locale al compare di Archer, soltanto finché lui non fosse riuscito a recuperare la somma necessaria a risarcire i prestiti. Mio padre era sempre stato un uomo troppo buono per dubitare della sincerità dei suoi amici, così ha accettato». Le sue labbra nascosero a stento una smorfia di disprezzo. «Quando ha capito di essere stato incastrato, ormai era troppo tardi. Persino Edelric, il padre di Andras, ha scelto di tenersene fuori e gli ha voltato le spalle. È morto di crepacuore prima che potesse riprendersi ciò che aveva perduto. E quando io sono andata dal complice di Archer con i soldi, lui mi ha riso in faccia. E mi ha confessato di non aver mai avuto intenzione di mantenere fede all'accordo, perché erano stati proprio loro a contribuire meschinamente alle difficoltà del locale».

Quindi… quando all'inizio si vociferava che Andras avesse costretto il precedente proprietario a vendergli tutto…

«Non avevo nessuno dalla mia parte. Gli amici di mio padre si erano rivelati delle carogne che meritavano di marcire all'inferno. Per la polizia, invece, quel contratto era del tutto regolare. È stato così che sono andata alla ricerca di Andras» mi raccontò, aggiungendo anche l'ultimo tassello di quel puzzle intricato. «Lui non viveva più con suo padre da quando aveva sedici anni. Allora ne aveva venti e non lo vedevo da così tanto tempo che ero certa mi avrebbe cacciata via o avrebbe riso di me, invece ha ascoltato la mia proposta. E ha deciso di aiutarmi».

«È per questo che lui ha sempre ricoperto un ruolo al di sopra di tutti gli altri. Persino…»

«Di me» disse, anche se sapevamo entrambe che non era

così. Per quanto sfrenato e problematico, Andras aveva sempre rispettato l'autorità di Zora. In fondo l'aveva soltanto aiutata a far rispettare l'accordo e a riottenere il locale, non ne era mai stato il proprietario.

«Perché stai raccontando tutto questo a me? Che... che senso ha?»

«Hai sempre voluto sapere che cosa ci legasse. Perché mi preoccupassi di cose che lui nemmeno mi chiede. Andras è convinto di avermi aiutato per tornaconto personale, ma io so che non lo ha fatto solo per quello. Lui voleva bene a mio padre. E anche a me». Un'ombra di tristezza le incupì i lineamenti. «Andras... non accetta di essere vulnerabile, Mireya. Ha perso troppo per capire cosa significa davvero. Non ammetterà mai di tenere a qualcuno, o di essere disposto a fare di tutto per quella persona. Ma anche se non lo dimostra come dovrebbe, non significa che non provi qualcosa di sincero. Perché io ne sono stata testimone. E quando sceglie di donarsi lo fa fino alla morte, senza compromessi, senza fare domande o chiedere nulla in cambio, mettendo in gioco l'unica vera cosa che non gli hanno mai portato via: se stesso».

«Stai dicendo tutto questo alla persona sbagliata, Zora» sussurrai piano. «Io non sono Coraline».

«No, non lo sei...»

La sua voce assunse una nota angustiata, che sembrò renderla più dolce. Mi soppesò come se stesse valutando qualcosa, poi si sporse sulla scrivania e sembrò sul punto di dirmi qualcosa di davvero importante. «Ascolta, Mireya. La verità è che lui...»

«Zora!»

Non compresi cosa successe.

Vidi Zora immobilizzarsi, il volto specchio della sua sorpresa e la pelle che virava a un bizzarro color prugna.

Sulla soglia, c'era una ragazza che non avevo mai visto.

Un viso dai tratti solari, capelli biondo cenere che arrivavano alle spalle e due occhioni grigi pieni di vita. Era stata la sua voce squillante a fare irruzione nell'ufficio come un adorabile tsunami.

«Katya» sibilò il mio capo. «Cosa ci fai qui?»

«Sono venuta a trovarti» cinguettò zuccherosa. «Non sei contenta di vedermi?»

«No» grugnì Zora, ma lei si fece una risata. Doveva avere un paio di anni più di me, sui ventuno, ed emanava una frizzantezza conturbante. Trotterellò fino alla scrivania come se fosse a casa sua e io la seguii con sguardo allucinato.

Ma chi era?

«Posso salutarti con un bacino?»

Le iridi di Zora mandarono lampi. Eppure, con mia enorme sorpresa si trattenne, quasi fosse in difficoltà a gestire quella giovane così scanzonata.

«Sergei sa che sei qui?»

«Certo. Mi ci ha portato lui». Appoggiò i gomiti sulla scrivania per reggersi il viso, e sbatté le ciglia in una maniera che mi lasciò attonita.

«Katya, qui sto lavorando. Gradirei gentilmente che tu...» Ma non finì la frase che un bacetto sulla guancia risuonò per tutta la stanza. Io e Zora ci gelammo, ma non Katya, che ridacchiò vezzosa, divertita dalla sua reazione.

«Sei sempre così seria. Non dovresti staccare proprio adesso? Dai, andiamo a bere qualcosa. Conosco un posto che ti piacerà tantissimo». Allungò la mano e le tolse un capello da davanti al viso, sistemandoglielo con dolcezza.

Zora non la guardò nemmeno. Guardò me, con gli zigomi di un rossore violento e un cipiglio quasi posseduto. Ci fu un lungo momento in cui desiderai che il pavimento mi inghiottisse. E sembrò augurarselo anche lei.

«Mireya».

«Sì, io... me ne vado» bofonchiai indicando la porta. Quasi inciampai mentre indietreggiavo sotto i suoi occhi inferociti dall'imbarazzo.

Katya mi regalò un sorriso a trentadue denti. Poi tornò a voltarsi verso Zora, sedendosi sulla scrivania e prendendo il bocchino dalle sue dita per portarselo alla bocca.

Richiusi la porta e mi ci appoggiai sopra a braccia larghe.

«*State insieme?*» le avevo chiesto una volta, riferendomi ad Andras.

«*Quando gelerà l'inferno*» mi aveva risposto lei.

Sì, be'... ora era tutto molto più chiaro.

Il pomeriggio seguente passai dal mio appartamento e incontrai Carmen. Era tornata dalla sua breve vacanza al lago e teneva Olly, vestita con un completino azzurro, tra le braccia grinzose.

«O*l*a!» La bimba lanciò un urletto quando si accorse di me; non facevo che ripeterle che mi chiamavo Mireya, ma a lei bastava vedermi per illuminarsi di un entusiasmo dolcissimo.

«Come stai, cara?» Carmen mi sorrise, poi cambiò espressione. Scrutò il viso più scavato del solito, le occhiaie profonde. «Sei molto... cielo, sei pallida. Sei dimagrita per caso? Hai un'aria così smunta...»

«Sto bene» mi affrettai a rispondere. Era la mia occasione. «Senti, Carmen, mi stavo chiedendo... posso entrare un attimo con te? Devo solo prendere un paio di cose che ho lasciato da Andras».

In realtà avevo paura di trovarci Coraline avvinghiata a lui, lì dentro.

Non sapevo se ora vivessero insieme; volevo soltanto entrare, recuperare ciò che di mio era rimasto e poi uscire il più in fretta possibile.

Usare Carmen come scudo umano non era proprio eroico, tuttavia...

«Ma certo. Me la tieni un attimo?» Olly mi scivolò tra le braccia prima che potessi fermarla. La sentii gorgogliarmi felice contro la gola, mentre mi abbracciava con le manine e il suo profumo di talco mi entrava nelle narici.

Cosa avrebbe fatto nel vedere sua sorella?

Nel capire che *Ola* era lei, e non io?

Provai una fitta di gelosia inaspettata.

La sua minuscola presenza mi aveva sempre messa a disagio, quindi avrei dovuto essere felice che ritrovasse la persona che cercava sempre. No?

«Mireya» ripetei stanca, al suo ennesimo *Ola*. Ma quando l'istante dopo Carmen aprì la porta, io mi irrigidii come un soldatino.

Restai sulla soglia e sbirciai dentro quasi fosse la tana di una qualche creatura carnivora, cercando indizi che mi segnalassero la presenza degli inquilini. Per un momento temetti persino di trovarli sul divano, insieme, a ridere e recuperare il tempo perso, ma la casa sembrava deserta.

Sul serio?

Mi feci coraggio ed entrai.

«Puoi aspettare un momento mentre vado a rifarle il lettino?»

Annuii al centro del salotto e Carmen svanì oltre la porta della zona notte.

Mi guardai intorno.

Non so cosa mi fossi aspettata di vedere. Forse i suoi vestiti sparsi in giro, lei con solo una camicia addosso e le caviglie da fenicottero, che prendeva il caffè al bancone della cucina con i capelli scompigliati dal sesso. Oppure lei a cavalcioni su di lui, la schiena nuda, i capelli raccolti.

Mi si sciolse un nodo strettissimo in gola. Un sospiro cauto mi invase e per il sollievo commisi un errore di cui mi sarei subito pentita: abbassai la guardia.

«Olimpia!»

Quando udii quella voce sobbalzai, come colpita alle spalle da un proiettile. Il sangue defluì dal viso. Sentii ogni terminazione del mio corpo pulsare di miliardi di 'No, no, no' che mi fecero voltare con il vuoto allo stomaco.

La trovai sulla porta, gli occhi di quel verde languido, la bocca dischiusa, tutta la sua sfarzosa bellezza a inondarmi di sfiducia e impotenza.

La vidi corrermi incontro e indietreggiai, le parole che mi si spezzavano sulle labbra, ma Coraline non si curò minimamente di me: con uno slancio disperato allungò le mani e mi strappò Olly dalle braccia.

Mi si ruppe il fiato. La bruschezza improvvisa con cui venni privata del suo peso morbido mi destabilizzò, tanto che vacillai ed ebbi un capogiro.

«Oh, piccolina... la mia Olly. Quanto sei cresciuta...» Guardai Coraline stringersela al seno, un palmo sulla sua testa e le palpebre chiuse. Continuò a cullarla con una dolcezza così intima che chiunque si sarebbe sciolto di commozione, invece che infastidirsi per il modo in cui aveva fatto irruzione.

La *sua* Olly mugolò; sollevò il visetto, confusa, e la osservò con due occhi enormi del suo stesso colore. Le vidi addosso lo smarrimento quando si voltò verso di me.

Finalmente stava realizzando che ero un'impostora.

Che non ero la persona che aveva creduto per tutti quei mesi, quando impacciata le davo da mangiare con il cucchiaino o mi lamentavo con lei di suo fratello, conscia che non potesse capirmi.

Che non ero sua sorella, la sua *Ola*, mentre davanti alla televisione la mettevo in guardia dagli uomini idioti come il principe Derek, o lasciavo che mi si accoccolasse addosso perché sentire il battito del mio cuore la rasserenava.

Che non ero io, quando mi aveva amato come si ama il cielo, senza mai chiedere niente in cambio.

Olly si voltò di nuovo verso Coraline.

Poi, mentre sentivo già le lacrime premere, allungò una manina verso di me e mi chiamò: «Eia».

Il silenzio fu fortissimo. Assordante.

La fissai incredula, certa di essermelo solo immaginata, il fiato perso da qualche parte.

«Eia...» piagnucolò ancora, belando come un agnellino. Tese

le braccia verso di me, sporgendosi con la sua vocina sottile. «Eia... Eia...»

Anche Coraline era sconvolta. Ora sì che mi vedeva.

Olly stava chiamando me. E non perché ero il riflesso di sua sorella, ma semplicemente perché ero io, perché aveva imparato a volermi bene, perché per tutto quel tempo in fondo ero sempre stata...

«Mireya» pronunciò la voce cristallina di Coraline. La udii a malapena mentre con gli occhi lucidi mi affrettavo ad accogliere di nuovo quel corpicino tenero tra le braccia. Olly si accoccolò con l'orecchio posato sull'orchestra stonata che era il mio battito, e io la avvolsi protettiva, stringendomela addosso come se non volessi più lasciarla andare.

«Sei la ragazza che abita nell'appartamento qui accanto, vero?»

«Io...» tentai di ricompormi. Coraline mi scrutò attentamente i lineamenti del viso e io dissotterrai a fatica il carattere che avevo sempre avuto. «Sì» dissi roca. «Mi sono trasferita i primi giorni di dicembre».

«Mi dispiace per l'altra sera. Avrei dovuto presentarmi come si deve, invece che piombare qui così. Sono stata maleducata». Era raffinata e matura, tanto che mi sentii in difetto. «Io sono Coraline. Non ti ho più vista i giorni scorsi, ma mi sarebbe piaciuto rimediare. C'è...» esitò. «C'è qualcuno qui con te?»

Deglutii quando la vidi guardarmi con insistenza il seno.

«La signora che abita qualche piano di sotto. Carmen. Lei si prende spesso cura di Olly, ma immagino che tu sapessi che erano insieme».

«Certo, certo...» mormorò, con lo sguardo che scivolava di nuovo su sua sorella, sulla familiarità con cui mi stava abbarbicata addosso. Da vicino era ancora più graziosa. Alta molto più di me, con polsi sottili e due gambe da modella che la facevano sembrare un cerbiatto aggraziato. Sorrise. «È un piacere conoscerti, comunque. So che non abbiamo la stessa età, tu hai vent'anni giusto?»

«Diciannove...»

«Accidenti, sei piccola!» Rise, una risata contagiosa che alleggeriva persino la vita. «Io ho l'età di Andras. Avrei dovuto aver già terminato il college, ma purtroppo ho perso l'ultimo anno a causa di un brutto momento...» Si morse il labbro. «Mi sto ancora riprendendo, ma almeno ho potuto ricominciare a studiare. Che sciocca, non ti ho neanche chiesto se ti va qualcosa da bere... posso offrirti un tè?»

«In realtà...» Mi voltai verso la zona notte nella speranza che Carmen tornasse a prendersi Olly, ma Coraline si diresse verso la cucina e aprì la dispensa come se fosse a casa sua. Quella disinvoltura mi causò una stretta desolante al cuore.

«Tu studi?»

Perché stava cercando di fare conversazione con me?

Io non volevo parlare con lei, non volevo il suo tè e sicuramente non volevo diventare sua amica. Cazzo!

«Anzi, no, lascia stare. Lo studio è già abbastanza deprimente senza che ci mettiamo a parlarne... Andras non faceva che darmi della secchiona, quando stavo qui. A proposito, sai perché ha messo la password al suo computer? L'altro giorno ne avevo bisogno per una ricerca, ma mi chiedeva un codice d'accesso».

Strinsi le labbra nel realizzare che probabilmente era stato a causa mia. Dopo che avevo visto i suoi video, Andras doveva aver impostato una protezione.

«Per caso tu sai qual è?»

«Dovresti chiederlo a lui, no?» sbottai, ormai al limite.

Non riuscivo a sopportare che fosse così carina con me, che fosse persino più amorevole di come l'avevo immaginata nel mio sconforto. Io volevo odiarla, volevo avere il diritto di maledirla e avercela con lei per essere la donna che io non sarei stata nemmeno fra un centinaio d'anni. Diamine, era chiedere troppo?

«Oh, buongiorno» salutò Coraline, quando la porta del corridoio si aprì e Carmen comparve in salotto. L'anziana sussultò e rimase imbambolata come se ci stesse vedendo doppio, ma io mi precipitai da lei a lasciarle Olly e mi scapicollai fuori da lì.

Mi stavo comportando da cafona, ma non me ne importava, perché in quel momento la mia anima indolenzita mi stava letteralmente implorando di togliermi quella stupenda ragazza da davanti agli occhi.

Fuggii a passo più svelto che potei; mi guardai alle spalle poco prima di svoltare l'angolo, ma ecco che il destino mi diede il colpo di grazia: mi scontrai dolorosamente contro quella che sembrò una montagna dura e invalicabile.

L'urto mi costrinse a indietreggiare; mi portai la mano alla guancia e dovetti sollevare di parecchio la testa per rendermi conto dello sguardo glaciale che mi scrutava dall'alto.

Avevo sperato sul serio che non fosse lui.

Tornare a incrociare i suoi occhi dopo giorni capovolse ogni mia vana illusione.

Credevo di avere cominciato a essergli immune, a non tremare più in sua presenza, a resistere all'ascendente del suo viso, a non annegare più in quelle iridi adamantine capaci di spogliarmi persino dell'anima.

E invece eccomi lì, come ogni volta, cristallizzata come una zanzara nell'ambra, a desiderare che lui mi chiedesse di nuovo di restare.

Questa volta per sempre.

Andras assottigliò le palpebre, aspro; poi, quasi di riflesso, si portò di scatto una mano al cordino della collana, come se volesse assicurarsi che non potessi vedere cosa celava sotto il collo della maglietta.

Quel gesto mi fece sentire ancora più respinta ed estranea. Avvertii una crepa secca nel petto, e poiché non c'è veleno peggiore del dolore, quella incrinatura si tramutò subito in rabbia sofferente.

«La tua ragazza sta preparando il tè. Meglio che non la fai

aspettare» sputai, dandogli una spallata per superarlo. La sua voce mi raggiunse con lo stesso grado di collera.

«Il tuo invece deve essersi perso per strada... Ah, no. È troppo occupato a ficcarti la lingua in gola solo quando ci sono io nei paraggi».

Tornai indietro furente e gli puntai un dito contro.

«Tu non dovevi nemmeno esserci, nei paraggi!» lo accusai. «Ma è chiaro che i cazzi tuoi non te li sai fare!»

«Oh, tu sei molto brava, invece» mi ringhiò contro. «Non sei appena uscita dal salotto di casa mia, dove vivo con mia sorella?»

«Quale delle due? Quella che ti scopi o quella che accudisci? Sai, me le confondo».

I suoi occhi si accesero d'ira. Le mascelle minacciarono di mandare scintille e lui mi venne così vicino che sentii l'aria tremare minacciosa.

«Vattene a vivere da un'altra parte» sibilò Andras, con una cattiveria che sembrava volermi demolire. «Così sarai vicina ai tuoi amichetti, soprattutto a quello a cui sparpagli i vestiti per casa quando ti spogli».

Stavamo tirando fuori tutto il rancore reciproco, strappandoci cocci a vicenda nella speranza di vederci sanguinare. Quando eravamo tornati a essere questo?

«Meglio con lui che con uno che non sa distinguere nemmeno il suo patetico, grande amore dalla sua vicina di casa».

«Vai a farti fottere, Mireya. Il giorno in cui sparirai dalla mia vita stapperò una cazzo di riserva» mi sibilò in faccia, facendomi sussultare nel profondo. Eravamo sempre stati degli esperti a farci del male.

Più di quanto lo fossimo a fare tutto il resto.

Ma la verità era che, quando invece ci facevamo del bene, ci guarivamo persino dalle ferite che non ci eravamo inferti.

Le nostre inquietudini si placavano e noi finivamo a indovinare la forma delle nostre cicatrici come se fosse un gioco di nuvole. Restavamo a guardarle fluttuare leggere, minacciare di trasformarsi in tifoni, ma ci bastava restare vicini per vivere nella tempesta.

E poi, da quel terreno martoriato, nasceva un sorriso. Nascevano uno scherzo, una presa in giro, un broncio tenuto per finta, soltanto per farsi baciare. Nascevano le confessioni sussurrate e i sentimenti sputati con coraggio, perché ci vuole una certa forza per farsi amare con i propri difetti, ma ce ne vuole ancora di più per amare quelli degli altri.

E io... io lo avevo fatto.

Li avevo amati tutti.

Senza compromessi.

Andras mi diede le spalle e se ne andò. Il pavimento sembrò tremare al suo passaggio mentre marciava lontano da me, fossilizzando la mia sofferenza. Mi voltai e feci lo stesso, divorando il corridoio nella direzione diametralmente opposta alla sua.

L'aria fredda del tardo pomeriggio mi pizzicò il viso; la strada davanti al portone era deserta, fatta eccezione per una vettura nera in sosta vicino al marciapiede.

Svoltai nel vicolo per raggiungere la fermata della metro del quartiere, quando d'un tratto una voce siderale e cavernosa mi gelò il sangue nelle vene.

Mi arrestai bruscamente, con il capo ancora chino.

Basta traumi per oggi.

Ma quando mi voltai, con il cuore freddato e l'orrore intrappolato nel respiro, capii che non era finita.

Perché alle mie spalle stava l'ultima persona che mi sarei mai aspettata di incontrare.

L'unica che potesse guardarmi con il disgusto negli occhi e la ferocia nel sorriso.

«Buonasera, signorina Vicander».

Edelric Yordanov.

Il padre di Andras.

19
Ego

Nessuna fame è in grado di divorarci
come il bisogno di amare.

Andras

«Il giorno in cui sparirai dalla mia vita stapperò una cazzo di riserva».

Trainato da una rabbia accecante, avanzai per il corridoio. Il suo profumo intenso mi bruciava ancora nelle narici, spingendomela lì, davanti agli occhi, mentre mi urlava addosso tutto il suo rancore.

Non era di certo normale che avessi avuto per tutto il tempo le pupille inchiodate sulla sua gola morbida di vene blu. O che mi fossi avvicinato con il desiderio malato che mi spintonasse o mi desse un cazzotto nello stomaco, solo per sentire le sue mani addosso.

Con uno scatto dei denti mi fermai di colpo e sentii il cuore pompare una furia talmente acuta che le labbra fremettero incapaci di trattenerla.

«*Meglio con lui che con uno che non sa distinguere nemmeno il suo patetico, grande amore dalla sua vicina di casa*».

Quelle parole mi bruciavano così tanto da non riuscire più a ragionare: tornai indietro come un cerbero indemoniato e per poco non sfondai la porta dell'ascensore a calci per la fretta di riagguantarla e di restituirle a forza tutto quello che mi stava facendo.

Avevo un bisogno malsano di levarmela di torno. Non la tolleravo, lei e quel suo piglio da sacerdotessa delle cause perse, eppure qualcosa nel mio torace non riusciva a smettere di ardere. Per lei.

Per il modo in cui mi respirava vicino.

Ancora più inferocito, raggiunsi l'ingresso e poi la strada. Cercai la sua figura da piccola stronza che ancheggiava lungo il marciapiede, i capelli neri che oscillavano sulla schiena. Rovistai in ogni direzione come un assatanato, finché il mio sguardo truce non registrò qualcosa con un attimo di ritardo.

La macchina accostata lì accanto.

Non sbattei neanche le palpebre. Era una Bentley Continental GT. Con i vetri oscurati.

Mi immobilizzai così com'ero. Persi quasi l'orientamento e qualcosa di orrido mi intrappolò i pensieri, mentre realizzavo che era terribilmente familiare.

Sperai sul serio di sbagliarmi. Invocai tutti i santi con uno sforzo immane, ma l'istante dopo, come un coltello che si scava la strada verso gli organi vitali, udii la sua voce.

Piena. A tratti graffiata dai sigari cubani.

Il vicolo accanto al palazzo.

Seguii quel timbro oltre l'angolo dell'edificio, ma ebbi un capogiro quando riconobbi la piccola presenza al suo cospetto.

Mireya era a pochi metri da lui, che lo fissava come un animale braccato. Il profilo di mio padre la sormontava di diverse spanne, racchiuso in un completo nero che gli squadrava le spalle.

«Che cosa vuole?» La voce di lei sembrava sforzarsi di non tremare.

«Conoscerci. Parlare. Posso invitarla a fare un giro? Stava andando da qualche parte, immagino. Mi permetta di accompagnarla».

Mireya non si mosse.

Fissai la scena con le iridi dilatate e piene di un odio incredulo, un ronzio muto nella testa.

«Quanti anni ha, se posso chiederglielo?» Edelric la squadrò tutta, con una lentezza studiata, fingendo di aspettare una risposta che sapeva già non sarebbe arrivata. «Una ventina?»

«Mi scusi ma devo andare».

«Sa, lei mi sembra una ragazza discretamente intelligente, signorina Vicander. Con molto potenziale, poche risorse e una vita che ha conosciuto scarse e deludenti alternative». Smise di studiarla come stava facendo e si infilò le mani nelle tasche del cappotto scuro. «In ogni caso, checché se ne dica, a volte non c'è bisogno di essere dei privilegiati per avere delle chance. A volte è sufficiente un'unica, saggia scelta».

Mireya lo tenne a tiro con due occhi fermissimi, quando le mosse qualche passo intorno. Lo faceva sempre. Era un istinto quasi predatorio, di controllo ed egemonia, e quella scena a cui avevo assistito tante volte mi fece raggelare.

Mi venne in mente una cosa che mi aveva detto quando ero piombato nel suo studio, più di un anno prima.

«*E ha ascoltato con molta attenzione la proposta che le ho fatto... Oh, era davvero uno scambio equo, non credere*».

«Lei vuole aiutare sua madre».

Sentii la spina dorsale irrigidirsi.

«Come fa...»

«Un intento nobile, glielo riconosco. Mi creda, io so cosa vuol dire rinunciare a se stessi pur di preservare quella scintilla unica di vita che ci tiene in piedi. Il desiderio di salvare qualcuno ci spinge a scendere a compromessi... Non crede?» Fece un altro passo e Mireya nascose un fremito pur di impedirsi di indietreggiare. «Sua madre un giorno verrà dimessa, tuttavia non ha un vero e proprio piano di reinserimento sociale, nessuna continuità di sostegno, e lei ha ancora una discreta cifra da versare alla clinica, che al momento sta ancora tentando di racimolare. Certo non è una situazione incoraggiante, ne converrà anche lei. Sarebbe un peccato se tutti questi sforzi dovessero rivelarsi vani. Dico bene?» aggiunse, calcolato. «Tuttavia, si dà il caso che io sia disposto a offrirle... un'alternativa».

Edelric la scrutò. Vide che lei se ne stava zitta, inquieta di fronte a lui, una ragazzina di appena diciannove anni che cercava di non tremare al suo cospetto ed era nei problemi fino al collo. E fu certo di averla in pugno.

Fiutava le debolezze delle persone come uno squalo con il sangue, amava vederle cedere e vendergli l'anima, inginocchiarsi e ingoiare la corruzione che lui gli spingeva in fondo alla gola, con quella falce crudele al posto del sorriso stampata in viso.

Gli piaceva sporcare, traviare e trasformare in una puttana avida anche l'anima più candida, perché il potere lo faceva sentire invincibile.

Gli piaceva rovinare. E in questo purtroppo eravamo sempre stati simili.

«Vede, Mireya» riprese con più confidenza, camminandole intorno in quella maniera che ricordava il corteggiamento di un avvoltoio. «Tutti abbiamo bisogno di qualcosa. Lei di salvare sua madre. Io di dare a questa città il leader che merita. Ma mio figlio... lui complica le cose. Non è mai stato bravo a stare al suo posto e nell'ultimo anno ha creato delle situazioni, come dire... fastidiose. Sta diventando un problema, ma credo di capire che lei stessa al momento abbia buoni motivi per non averlo in simpatia, a modo suo...» Edelric abbassò il collo per guardarla negli occhi, cogliendo la rabbia repressa che poco prima mi aveva sputato addosso. «Ebbene, mi lasci dire che sarò felice di accontentarla anche in questo. Ci sarebbe qualcosa che avrei bisogno lei facesse per me, in cambio io la sosterrò economicamente e le garantirò la sicurezza che cerca. Allora... che cosa ne pensa?»

Il suo sguardo diceva tutto.

Era talmente abituato a ottenere quello che voleva, che conosceva in anticipo l'esito di quella conversazione.

Invece lei lo fissò con le palpebre assottigliate, le labbra arricciate in una smorfia inorridita. E con il visetto intriso di un disgusto furibondo sibilò: «Ma vada un po' a fare in culo».

Il sorriso sbiadì dal volto di mio padre. Mireya strinse i pugni minuscoli, ergendosi in tutto il suo smisurato orgoglio.

«Ha una bella faccia tosta a presentarsi qui dopo tutto quello che ha fatto a suo figlio. Mi stupisce persino che riesca a guardarsi riflesso nelle pozzanghere quando piove».

«Non finga di non avere bisogno di quello che...»

«Preferirei finire sotto un ponte che accettare denaro da uno che ha pure il coraggio di farsi chiamare uomo!» sbraitò, senza farlo nemmeno terminare. «Lei mi ripugna. Ha fatto credere a suo figlio di essere un mostro, lo ha fatto crescere come una bestia maltrattata e adesso viene da me a offrirmi dei soldi per incastrarlo e levarselo di mezzo? Ma vada a farsi fottere!» gli urlò in faccia con una forza spaventosa. Le guance accese, gli occhi neri e splendenti, i capelli scarmigliati. Non mi era mai sembrata più bella di così.

Fissai il suo volto totalmente incredulo.

Mireya... mi stava difendendo da mio padre?

«Andras ha fatto bene a tenere il cognome di sua madre! Ha passato la vita a rimpiangere di essere nato, a desiderare di strapparsi il sangue pur di non avere più niente a che fare con lei, e se crede che basterà offrirmi qualsiasi cifra per convincermi a fargli dell'altro male ha sbagliato persona!»

Rimasi sconvolto dalla foga con cui gli riversò addosso quelle parole.

Come se il mio vissuto fosse divenuto il suo.

Come se il mio dolore scorresse nelle sue vene.

Come se gli stesse urlando tutto il peso di cui avrei voluto liberarmi io, proteggendomi come una volpe che ringhiava vicino alla carcassa del suo compagno, mostrando le zanne, rizzando il pelo, graffiando ferocemente la terra pur di impedire all'altro predatore di infierire ancora.

Stava urlando addosso a Edelric Yordanov senza un briciolo di timore, e io non riuscii a smettere di guardarla.

Nel costato mi bruciò qualcosa di piccolo e dimenticato.

Qualcosa che faceva male, che lasciava senza respiro, che assomigliava a una stella incastrata tra le costole.

Mio padre la derise con una vena di scherno.

«Questi sono sentimenti, signorina Vicander?»

Mireya strinse i denti, ma non rispose.

Non gli diede la risposta che aveva dato a me.

Non gli rise in faccia come aveva fatto nei miei confronti a quella dannata festa.

«Quelli per sua moglie erano sentimenti, signor Yordanov?»

Mio padre l'agguantò per il colletto. L'efferatezza che gli incendiò il volto mi fece riprendere dal mio stordimento e scattai prima che fosse troppo tardi.

«Stupida mocciosa ingrata» sibilò furente, mentre lei scivolava con le suole sull'asfalto. «Credi che non sappia che siete tutte uguali? Volete soltanto una cosa, per quanto fingiate di essere virtuose. Alla fine, tornate tutte a strisciare da me come cagne in calore».

Mireya gli sputò in faccia.

Lo fece sul serio.

Mio padre si portò una mano alla guancia, fissandola con gli occhi fuori dalle orbite, e io ero già alle sue spalle, ma non feci in tempo.

Il ceffone le arrivò così violento che le rovesciò la testa dall'altra parte, la nuca sbatté contro la parete di mattoni alle sue spalle in un tonfo agghiacciante.

L'istante dopo, le mie mani erano attorno alla sua gola e lo stavano sfracellando contro un cassonetto. In preda alla psicosi, persi il conto di tutte le cose che avrei voluto strappargli solo per avere osato respirarle vicino.

Edelric mi fissò con occhi sclerotizzati, i muscoli del volto contratti in una maschera di ribrezzo.

«Passi da una puttana a un'altra con fin troppa facilità, non credi?» sfiatò, e io persi del tutto il controllo. Le dita stritolarono, le unghie scavarono fino alla trachea ed esercitai una pressione tale che la gola minacciò di squarciarsi sotto le mie mani.

Strinsi, strinsi così forte che la carne tremò straziata e le sclere gli si venarono del colore del sangue che condividevamo.

Volevo afferrargli la spina dorsale e spezzargliela come lui aveva spezzato la mia anima. Volevo vedere la vita svanire dai suoi occhi come era svanita la mia ogni attimo che ero rimasto con lui.

Volevo vederlo soffrire come avevo sofferto io, ribelle e pelle e ossa, quando mi cacciavo nei casini nella speranza che lui si preoccupasse per me. Che mi dedicasse un briciolo della sua compassione.

E invece ancora una volta lui voleva togliermi tutto.

Un respiro flebile mi carezzò i timpani. Mi voltai e scorsi Mireya a terra, con la mano sulla guancia, il labbro tumido e lo sguardo di un uccellino tramortito.

Vedere ciò che lui le aveva fatto fomentò la mia ira. Ma la sua espressione indifesa e spaventata in qualche modo... mi risparmiò.

Con un ringhio belluino lo scaraventai così lontano che sperai si spaccasse l'osso del collo contro lo spigolo del marciapiede. Non ebbi fortuna, non riuscii neanche a farlo cadere, ma lui ne uscì male, con il viso paonazzo, il cappotto sporco e la stessa furia omicida che mi vibrava nelle ossa.

«Se ti azzardi ad avvicinarla di nuovo... io giuro che ti faccio a pezzi».

Mi misi in piedi davanti al suo corpicino rannicchiato e Edelric si raddrizzò. Mi lanciò uno sguardo che mostrava tutto il suo più crudo rancore, ma quando se ne andò qualcosa dentro di me riprese a respirare.

Mi voltai. Mireya stava fissando il punto della strada dove fino a un istante prima c'era la macchina.

Era visibilmente scossa, ma tanto coraggiosa da non tremare. Con una delicatezza che non avevo mai avuto, mi piegai e allungai una mano inguantata.

«Mireya...»

«Non... non toccarmi».

Avvertii una morsa lacerante allo stomaco.

Si alzò da sola, un po' instabile. Le spalle erano strette come a farsi da scudo e io feci un passo indietro, confuso da lei e da me stesso.

«Vieni. Hai bisogno di una medicazione». Feci per aiutarla, ma mi ricordai che mi aveva appena detto che non voleva essere sfiorata.

Come diavolo si faceva a non toccarla?

Dove dovevo metterle, le mani?

Strinsi i pugni lungo i fianchi, costringendoli lì.

Pochi istanti dopo eravamo nel gabbiotto dell'ex portinaio che una volta sorvegliava il nostro condominio, dove si trovava la cassetta del pronto soccorso.

Mireya era seduta sul tavolo.

Mentre prendevo del ghiaccio istantaneo, sentivo la sua piccola presenza riempire lo stanzino.

Costole, fegato e polmoni mi infuriavano di un battito convulso. Tutto ciò che era appena successo mi ritornò indietro come un maremoto, schiacciandomi sotto lo strazio di una colpa che mi fece tendere brutalmente le vene dei polsi.

«Non doveva succedere». Ero ancora voltato, il pacchetto che si dilatava tra le dita. «Non volevo che ti accadesse questo».

«Non è stata colpa tua».

«Sì, invece. Lui... ci aveva visti insieme. Sapeva che non eri un'estranea per me. Questo era esattamente quello che avevo sperato di evitare».

Mi avvicinai e le posai il ghiaccio sulla guancia. Le inclinai il mento con l'altra mano, ma a quel gesto Mireya mi prese la confezione e se la tenne da sola.

«Non importa. Presto si accorgerà che non sono parte della tua vita».

Mantenni lo sguardo su di lei.

Teneva il viso basso, le ciglia folte che le sfioravano le guance, una mano a reggersi sul tavolo e le ginocchia unite come una bambina.

E io non riuscivo a levarle gli occhi di dosso.

Quella stellina maledetta mi pungeva ancora sotto la gola e sprizzava un calore preoccupante, che aumentava a ogni istante che la guardavo.

Nessuno mi aveva mai difeso.

Nessuno.

Era quello che si provava?

«Ma lo sei» mi sfuggì. Lei sollevò gli occhi immensi e io mi affrettai a distogliere lo sguardo. «Insomma. Lavoriamo nello stesso posto ogni giorno. Viviamo uno accanto all'altra. Per Olly sei importante, sei rimasta con lei molte volte...»

Ma che minchiate stavo blaterando?

«Fra poco non vivremo più l'uno accanto all'altra. E Olly avrà chi si prende cura di lei molto meglio di me».

Il ghiaccio le stava scivolando. Glielo tenni prima che potesse cadere, ma Mireya scacciò di nuovo la mia mano.

E io... io avrei voluto mettergliele dappertutto.

Nei capelli, sulle guance, sotto la maglietta. Volevo stringerla, sentire il suo peso preciso che mi si raggomitolava contro il torace e si fidava di me.

Non mi sentivo affatto bene.

Percepivo il bisogno che mi si abbarbicasse addosso come aveva fatto a casa mia, qualche settimana prima, quando io l'avevo più volte respinta. Non capivo perché improvvisamente desideravo che si sentisse al sicuro in mia presenza.

«Quindi hai già trovato un altro posto».

«Non ancora. Gli affitti sono alti, e c'è da considerare la distanza dal locale. Mi fermerò da Ruby finché non avrò trovato una sistemazione...»

Stava parlando come se nulla fosse, come se un uomo potente non avesse appena tentato di offrirle dei soldi e poi l'avesse colpita con un manrovescio da far girare la testa.

Finsi di ascoltarla ma in realtà avevo la mente concentrata sul ricordo delle sue urla, dell'animosità con cui aveva preso le mie parti, di quella forza che non avevo mai visto in nessuno.

E senza neanche rifletterci, mi chinai e posai le labbra su una porzione della sua guancia dolorante.

Lei smise di parlare, si allontanò e mi guardò smarrita.

Andras Riker che dava un bacio sulla guancia.

Fissai le pupille nelle sue senza sapere cosa mi stesse succedendo. Provavo uno strano impaccio, mi vergognavo come un ladro e non ci capivo più un cazzo di niente.

«Forse stasera dovresti restare qui. Dormire in casa tua».

«No, Andras» stabilì lei, ferita. Quasi lo schiaffo glielo avessi appena dato io.

Mi sentii insistere prima di rendermene conto. «Non è sicuro per te tornare fuori e gironzolare da sola».

«Io non sono lei. Non mi chiuderò in una gabbia per paura» sottolineò, e le sentii tornare quella rabbia dolorosa che ci aveva fatti scontrare in corridoio. «Hai detto che non vedevi l'ora che me ne andassi, che avresti fatto festa. Non devi fingere di preoccuparti per me soltanto per ciò che è accaduto con tuo padre. La colpa non è stata tua. Ora scusami, ma devo chiamare James».

Non si fidava più. Dal ritorno di Coraline, non si fidava più di me.

Ecco perché non voleva che la toccassi.

Feci un passo indietro e ciò che mi bruciò dentro fu talmente nudo e cruento e irrazionale da affilarmi le palpebre.

«Fa' come vuoi» esordii, duro. Uscii dallo stanzino con una spallata e mi accesi una sigaretta prima ancora di raggiungere l'ingresso.

Udii la sua voce al telefono, e quando il suo amico arrivò, allargò le braccia e lei si fece abbracciare.

«*Non... Non toccarmi*».

Avvertii la mascella contrarsi. Ma rimasi a guardarla mentre si allontanava con lui e il cuore pompava un sentimento crudo che doveva per forza essere rabbia.

Mi rimase addosso per tutto il giorno, mischiandosi alla visita di Edelric, alle parole che aveva pronunciato e all'odio che ancora una volta mi aveva conficcato nella carne come una lama arrugginita.

Avevo smesso di vivere con lui quando ero soltanto un ragazzino. Avevo preso la mia strada e avevo cercato di condurre una vita lontano, ma avevo finito per assomigliargli così tanto che quando la collera mi fermentava nelle vene ogni pensiero mio più crudele convergeva nel ricordarmi da chi avevo preso.

Io ero la superficie riflettente su cui non aveva mai voluto specchiarsi.

Ero il paradosso che lui non avrebbe mai voluto creare.

«Hai un aspetto orribile».

Quella sera Zora era l'ultima persona con cui volevo parlare.

Eppure, fui io a ritrovarmi nel suo ufficio, con i piedi sulla sua scrivania e gli occhi cupi che desideravano tutto tranne che essere sobrio.

«Come sta Katya?»

Lei mi assaltò con uno sguardo assassino. Odiava quell'argomento, ma io dovevo pur sfogarmi su qualcuno.

«Quella sciocca non impara. E io non so più come farle capire che deve girare alla larga».

«Forse se tu ti degnassi di spiegarle il motivo...»

«Lo sa già il motivo. Mi sembrerebbe di mancare di rispetto a Sergei. È troppo strano».

«Cosa è troppo strano? Che lui lavori per te e tu ti faccia sua figlia?»

«Sì. E poi è una ragazzina».

«Ha ventun anni. Frequenta l'università, guida una macchina. Forse tu la vedi come una ragazzina».

Zora scrutò il mio viso scorticato da un'emozione irascibile, e io quasi la sfidai a dirmi di togliere le mie sudicie scarpe dalla sua scrivania incipriata di Barbie.

Avevo una voglia criminale di litigare e se ne era accorta.

«Problemi con la tua principessina?»

Scoprii i denti. «Da quando ti conosco ti ha sempre irritato qualsiasi ragazza che avevo intorno. E ora magicamente lei ti interessa?»

«Non mi irritano a caso. Loro diventano particolarmente stupide quando ti sono vicine. È quello che non sopporto» replicò, perché aveva sempre invidiato il mio ascendente sulle donne. Esaminò le suole dei miei anfibi e le braccia che tenevo incrociate, gonfie di tutto il malanimo che avevo bisogno di scaricare su qualcuno di particolarmente stupido o particolarmente irritante.

«Non capisco se sei annoiato o solo molto nervoso. Non c'è nessuno da prendere per la collottola e sbattere fuori?»

«Voglio stare solo».

«E devi stare solo proprio nel mio ufficio?»

«Stai un po' zitta, vuoi?»

Lei sospirò.

«È successo qualcosa con Mireya?»

«Perché? Perché non mi vedi *felice*?»

«Perché diventi particolarmente nevrotico quando si tratta di lei».

Sapevo di essere intrattabile quando mi comportavo così, perché non volevo parlare eppure sentivo quasi il bisogno fisico di sputare fuori tutto quello che mi rosicchiava dall'interno.

Non sapevo dialogare come un cristiano normale. Nonostante la parola non mi mancasse mai, quando si trattava di problemi personali le provocazioni erano l'unica strada che trovava la mia voce per uscire dalla bocca.

«Edelric... ha tentato di offrirle dei soldi. In cambio di un favore per togliermi di mezzo».

«Stai scherzando?»

«Lei lo ha mandato a fare in culo».

«Okay, stai scherzando».

Strinsi le labbra in un'espressione collerica, sperando quasi che si mettesse a fare a botte con me come quando eravamo bambini.

Invece, Zora preferiva la psicoanalisi matura.

Dio.

«Non fa mai quello che le dico!» sbottai, inasprendo gli occhi sotto le sopracciglia scure. «Le avevo detto di starmi lontano e lei non ha voluto ascoltarmi. Erano anni che quel bastardo se ne stava fuori dalla mia vita e ora devo ritrovarmelo sotto casa non una, ma ben due volte!»

«Sei preoccupato per lei, lo capisco, ma...»

«Preoccupato per lei?» I miei occhi spietati fendettero l'aria. «Io sono preoccupato per me stesso».

«Non è quello che sembra».

«Non me ne frega *niente*!» Mollai un calcio talmente irruento che la scrivania tintinnò. «Pensi che sia in pena per lei? Pensi che mi faccia degli scrupoli? Io ho già qualcuno di cui preoccuparmi. E quella persona non è Mireya. Dovrebbe importarmi di una ragazzina sciagurata, dopo tutto quello che è successo con Coraline?»

«Adesso mi sono proprio rotta le palle». Zora mi gettò addosso due occhi fiammeggianti e mi ringhiò contro come non aveva mai fatto prima. «Non ho mai osato perché non erano affari miei, perché eri talmente aggrappato alle tue convinzioni che non mi avresti ascoltata, ma ora basta, ora lo devo fare. Devo dirtelo. Andras, tu non sei mai stato innamorato di Coraline!»

Lei piantò i piedi come se fossimo a un punto di non ritorno. Un'indignazione malata mi riempì la gola e io abbassai con lentezza il mento, riconoscendo a stento la mia voce.

«Stai molto attenta, Zora».

«Tu non eri innamorato di lei» ripeté, sfidando l'avvertimento che le avevo appena rivolto. «È forse stata una delle poche persone oltre a me per cui tu non abbia provato del sano disprezzo. In genere succede con i genitori, sono loro le prime persone che amiamo. Ma chiaramente questo non è il tuo caso».

«Non credo di aver mai voluto farmela con un genitore» sibilai, già pericolosamente al limite, ma lei non demorse.

«Tu hai conosciuto una ragazza in una situazione delicata. Avete costruito la vostra bolla dove lei non era lei e tu, invece, eri esattamente ciò che hai sempre desiderato con tutto te stesso. Andiamo, Andras, che cosa sai di lei? Che cosa sai veramente? Tu non la conosci. Non ne hai avuto il tempo. La verità è un'altra. La verità è che tu avevi bisogno di sentirti umano, avevi bisogno di sapere che il tuo cuore era ancora in grado di legarsi a qualcuno. Tu avevi bisogno di essere amato».

Scoppiai a ridere.

Quella risata mi si piantò in gola, un pezzo di vetro che mi lasciò una cicatrice. Risi in modo profondo, quasi squilibrato, e sentii la voglia insana di spaccare ripetutamente qualcosa contro il muro con tutta la smania che avevo, fino a ridurla in briciole.

Me stesso, probabilmente.

«Che storiella commovente» chiosai con le mascelle strette come tagliole. «Credi che mi sia inventato tutto? Che sia andato da mio padre a minacciarlo per una persona di cui non mi importava niente?»

«Non dico che non le volessi bene. O che quello che hai provato per lei non sia stato vero. Ma quello... quello non era amore». Zora fece una smorfia triste che mi mandò il sangue al cervello. «Eri sempre angosciato che potesse succederle qualcosa. Vivevate lontani dalla realtà, lei non usciva neanche di casa. Coraline è una che ama i posti altolocati, gli agi e le raffinatezze. Tu odi tutto questo, Andras. Odi quella gente. Avrebbe finito per riportartici, credi che saresti stato felice con lei?»

«Basta!» Balzai in piedi, trattenendo a malapena il furore

che mi zampillava dallo sguardo sfigurato. «Sono stanco di sentirti farneticare di cosa dovrei o non dovrei provare. Sono stanco di vederti riversarmi addosso tutti i tuoi sentimentalismi di merda, solo perché non puoi indirizzarli a chi vorresti davvero! Che cazzo ne sai tu, eh? Che cazzo ne sai dei miei sentimenti, tu che sei sparita per anni!»

Non l'avevo mai biasimata per quello. Mai prima di allora.

Eppure Zora rimase immobile a guardarmi, come se le mie parole avessero toccato un tema su cui lei aveva riflettuto molte volte.

«Rispondi a una domanda. Siete andati a letto?»

«Sì» sibilai tra i denti, e lei proseguì imperterrita.

«Perché non hai fatto lo stesso con Mireya?»

«Che cosa?»

«Hai avuto mille opportunità per farlo. Perché con Coraline non hai esitato, e con Mireya invece sì?»

Feci un passo indietro e strinsi i pugni come se qualcuno mi stesse aggredendo.

«Perché non hai voluto rischiare?» continuò, implacabile. «Perché non te la sei presa come fai con tutte, alla prima occasione?»

«Perché non voglio che faccia la fine di mia madre!» ringhiai, fuori di me. E solo allora lei tacque.

Non mi sarei mai liberato di quel mostro.

Da bambino lo avevo interiorizzato sotto forma di un attaccamento insicuro e problematico, nell'incapacità di esprimere i miei stati d'animo e di dare sfogo al mio disagio se non attraverso la violenza. Avevo imparato a sfruttare l'adrenalina per affermare me stesso e sentirmi vivo ed esistente, ma questo mi aveva reso un uomo solitario, privo di scrupoli, un uomo non diverso da mio padre.

«Non è stata colpa tua» disse mentre tentavo di riprendere fiato e sentivo il bisogno di infilarmi qualcosa tra i denti per attenuare la tensione che mi fracassava le tempie. «Ma ne sei così convinto che quando ti capita qualcosa di speciale, lo fai a pezzi. Andras» mi chiamò con una dolcezza spiazzante, «hai sempre detto di tenere a Coraline, ma non le perdoneresti di aver cambiato idea su tuo padre come ha insinuato. Invece Mireya... ti ha dato uno schiaffo, ti ha insultato, urlato addosso, fatto incazzare. Dici che non la sopporti, ma poi le concedi qualunque cosa. Lo capisci, adesso? La differenza è evidente. Sei solo tu che non te ne rendi conto». La fissai con gli occhi vibranti, sconvolti, occhi che non riuscivano a contenere, a comprendere e ad accettare. «Non possiamo scegliere a chi legarci. E non è colpa di nessuno se la vita ci ha riversato addosso talmente tanta pioggia che finiamo per aggrapparci al primo tenue raggio di sole. Ma almeno verso noi stessi... dobbiamo tentare di essere onesti».

E io avrei voluto non sentirli.

Avrei voluto non avvertire i pensieri impazzare in quel modo.

Avrei voluto che ci fosse un po' di pietà, in quella vita che mi aveva già sventrato in tutti i modi possibili, e anche di più.

Ma in quel preciso istante, davanti a allo specchio di quelle parole, io mi sentii conficcare dentro un altro frammento appuntito.

Il più dissanguante.

«Andras. Che ci fai qui tutto solo?»

La voce di Octavius produsse una strana eco nella grande stanza vuota.

Continuai a guardare il gigantesco quadro che riempiva la parete e non risposi.

Lui entrò con passi lenti, come se fosse un po' spaventato da quel luogo. O forse intristito.

«Vieni» mi parlò, posandomi una mano sulla testa. «La governante ti cerca».

«Che vuol dire quella frase?»

Il papà di Zora si voltò verso il quadro appeso davanti al letto. Mi ero seduto lì tante volte da quando la mamma non c'era più.

«Quale? Quella in alto?»

«Quella tra le nuvole».

«È latino» spiegò, osservando la scritta che risaltava tra i raggi dipinti del sole. «Si legge... 'Et in Arcadia ego'».

«Non lo parlo il latino. Però a scuola studiamo il francese».

«Nessuno lo parla più. È una lingua molto antica».

«Che vuol dire?»

Lui mi carezzò lentamente e osservò il bellissimo paesaggio incorniciato davanti a noi. C'erano immensi prati verdi pieni di fiori gialli, rossi e arancioni, un fiume d'acqua cristallina e alcuni pastori che dormivano all'ombra degli alberi. Il tramonto esplodeva in raggi così luminosi che trapassavano persino le nuvole, rendendole rosa e dorate come zucchero filato.

Era bellissimo. Sembrava una finestra aperta su un regno fatato.

Ma c'era un dettaglio che non riuscivo a smettere di guardare. Nell'angolo in basso, vicino alla cornice, qualcuno aveva dipinto quelle che sembravano ossa di uccelli. Ali spezzate. La spina dorsale di qualcosa che non riconoscevo.

«Vedi, Andras... quella è Arcadia. Nel mito era considerata una regione dell'antica Grecia. Un luogo fantastico, letterario, un posto di pace e idillio in cui l'uomo viveva in armonia con la natura e le forze naturali della Terra. Arcadia era un mondo eterno, incontaminato, in cui risiedeva la poesia e la felicità».

«Come il paradiso?»

«Esatto. Arcadia per loro era una sorta di paradiso».

Octavius continuò a carezzarmi i capelli e io un po' desiderai che fosse il mio papà. Poi mi sentii in colpa. Zora mi avrebbe odiato se le avessi detto una cosa del genere.

«E perché ci sono delle ossa?» chiesi, guardando la sua figura alta e magra. Gli occhi scuri e il naso a punta ricordavano un po' quelli della mia amica.

«'Et in Arcadia ego' significa: 'Anche io sono in Arcadia'. Ma 'io' ovvero 'ego', nelle interpretazioni, non si riferisce a una per-

sona. 'Io'... si riferisce alla morte». Con il mento indicò le ossa rotte, in quel nido buio e strano. «'Et in Arcadia ego' quindi significa: 'Anche in paradiso la morte è inevitabile'».

Le sue dita mi strinsero un po', come se volesse proteggermi da quelle parole.

Ma mentre mi voltavo e tornavo a guardare il quadro, io me le sentii dentro. Lettera per lettera in quel loro linguaggio vecchio e mai sentito.

Nella camera della mamma, dove lei mi aveva detto che mi amava, prima di salire in cielo, io il paradiso lo avevo visto davvero.

Era stato nei suoi occhi che mi promettevano di giocare insieme.

Nel suo sorriso che sembrava illuminare il cielo.

Negli occhi verdi come i prati pieni di fiori.

E ora non restava niente. Soltanto il vuoto.

Papà aveva detto che era colpa mia.

Che ero stato io a trasformarla in un angelo.

Allora era vero.

'Io' era...

Io ero *la morte.*

20
La mela scarlatta

Il dolore è un compagno sincero:
non mente, si fa sempre sentire e resta ogni volta che soffri.

Angustiata.

Era così che mi sentivo.

L'incontro con il padre di Andras mi aveva lasciato più di un livido sul viso.

Avevo sentito un nodo allo stomaco per tutto il tragitto fino a casa di James; appena arrivata avevo subito chiamato il centro, con le dita che tremavano, chiedendo di parlare con mamma.

Avevo bisogno di udire la sua voce.

Avevo bisogno di sapere che stava bene.

Che continuava a fare progressi.

La sentivo tutte le settimane, eppure, quando il suo timbro era giunto dall'altra parte della telefonata, non ero riuscita a provare il sollievo che avevo sperato.

Ero rimasta in silenzio ad ascoltarla, tentando di regolarizzare i battiti del mio cuore; non avevo potuto raccontarle quello che era successo.

Ma nel parlare con i medici, poco più tardi, avevo ricevuto rassicurazioni sul fatto che tutto stesse procedendo per il meglio.

E quello, almeno per il momento, mi era bastato.

«Perché hai portato qui il tuo cactus?» chiese James il giorno dopo. Gli scoccai un'occhiata da sopra la spalla.

«Si sentiva solo» spiegai, spruzzando Timmy con un nebulizzatore. Dentro di me speravo ancora che mi facesse un bel fiorellino, ma c'era solo pura ostilità nel suo vasetto. «Tu perché hai portato qui tuo cugino?»

James spostò lo sguardo sul divano, da dove Dred mandò un «Ehi» con un paio di mutande e una birra nella mano.

«Mi sentivo solo» borbottò, come se non mi avesse parlato di Ruby tutta la notte.

Era passato dal lamentarsi a macchinetta della situazione al chiedermi se lei mi avesse detto qualcosa.

«Parlate di quella tipa che ti piace, fratello?»

«Lei... No» si affrettò a dire James, lanciandogli l'occhiata con cui si ammonirebbe un bambino disubbidiente. Doveva essersi pentito di averlo invitato a scrocco a casa sua, perché Dred non era un grande ascoltatore e si perdeva a guardare la partita invece che prestargli un orecchio con cui lagnarsi.

«Quanto ancora pensi di portare avanti questa situazione?»

«Io?» inveì James oltraggiato. «E lei che mi ignora totalmente, allora? Al lavoro viene a prendere gli ordini e praticamente i suoi occhi mi passano attraverso. Parla soltanto con te. Non lo trovo affatto maturo!» protestò, come se lui non fosse l'infantilità fatta persona.

Io lo guardai di sbieco.

«Non credi che magari sia in imbarazzo? Così, tanto per dire».

«Anche io sono imbarazzato. E poi è lei quella che scappa alle feste quando mi vede» aggiunse, e Dred ruttò per rafforzare il concetto.

«Ben detto, fratello».

Li fissai con occhi arcigni, perché avrebbero finito per esaurirmi. Ma come accidenti ci ero finita lì con quei due?

Optai per puntare l'attenzione sullo schermo, mentre Dred cacciava un urlo entusiasta e alzava il pugno in segno vittorioso.

«Meglio così. Tanto al momento si sta vedendo con un ragazzo».

James voltò la testa così in fretta che pensai si fosse rotto l'osso del collo.

«Chi?»

«Non lo so... un tipo atletico» sparai disinteressata, giusto per aggiungere carne al fuoco. Ruby probabilmente mi avrebbe ammazzata, ma una piccola bugia non avrebbe peggiorato la situazione.

Lui assunse una smorfia scettica. Poi abbassò lo sguardo su se stesso e si studiò dubbioso gli addominali appena accennati.

«Atletico» ripeté. «Da quando le piacciono i tipi che vanno in palestra?»

Decisi di lasciarlo un po' nel suo brodo. Dred mi scongiurò di portargli un'altra birra perché non voleva perdersi la ripresa dell'azione e io mi alzai e mi diressi in cucina.

Aprii il frigo in stile anni Sessanta e pescai una Bud Light dalla piccola catasta al suo interno. Mentre mi accingevo ad aprirla con l'apribottiglia, il mio sguardo venne attirato dalla piccola cornice sopra il bancone.

Era una di quelle elettroniche, con un piccolo video proiettato a ripetizione, in cui James abbracciava sua sorella e i suoi nipoti, in riva a chissà quale oceano.

Non avrei mai capito come certi pensieri riuscissero a farsi strada dal profondo del nostro inconscio.

Ma un'impressione raggiunse la mia coscienza con un attimo di ritardo e mi bloccò lì, sul posto, a fissare quei fotogrammi sorridenti.

Ripescai una sensazione familiare da qualche parte, la sentii danzarmi in testa e non compresi di che si trattasse.

Quando compresi cosa la mia mente stava cercando di dirmi, non mi mossi.

Mi sembrò di ricevere un altro schiaffo e gli occhi si immobilizzarono, l'aria divenne un martello pulsante, mentre la realtà mi mostrava un risvolto che non avevo saputo cogliere prima.

No. Non può essere...

Mollai la bottiglia lì e mi precipitai all'ingresso.

«Ehi, dove stai andando?» mi urlò James quando afferrai il cappotto e imboccai la porta.

Dimmi che mi sbaglio.
Ti prego: dimmi che non è come credo.

Arrivai a casa con il fiato corto, sollevando lo sguardo fino alla cima del palazzo. Raggiunsi il quattordicesimo piano e la porta in fondo fu l'unica cosa su cui tenni gli occhi: a costo di sembrare impazzita, chiusi il pugno e bussai insistentemente.

Mi accanii sulla superficie con il cuore che picchiava frettoloso, implorando che mi aprisse, che fosse in casa, che quel dubbio mi venisse estirpato il prima possibile.

Ma per una volta non dovetti aspettare.

«Mireya?»

Mi voltai di scatto. Coraline era alle mie spalle, avvolta in un giubbottino rosa confetto. I capelli scuri le scendevano sulle spalle strette e le gambe esili erano infilate dentro un paio di stivali alti fino al ginocchio. Il livido sul mio volto calamitò il suo sguardo prima ancora che io potessi parlare. «Che succede? Andras non c'è».

Respirai affannata e la affrontai con una serietà che le fece inclinare il viso.

«Non sono qui per lui. Sono qui per te».

Coraline sollevò le sopracciglia. Si guardò intorno quasi spaesata, chiedendosi probabilmente cosa potessi volere da lei, e con un cenno io le indicai il mio appartamento. Entrare mi fece uno strano effetto: ma sentire il rumore lento dei suoi tacchi dietro di me fu qualcosa di irreale.

Le lasciai il tempo di studiare l'ambiente, mentre raccoglievo dentro di me le schegge di quel presentimento che non mi dava pace. Prima di voltarmi ad affrontarla, decisi che sarei andata dritta al punto senza tanti giri di parole.

«Perché volevi sapere la password del suo portatile?» Coraline tornò a incrociare le iridi verdi con le mie, le mani intrecciate dietro la schiena.

«Te l'ho detto. Per una tesina che sto scrivendo».

«E perché non l'hai chiesta a lui?»

«Non ne ho avuto il tempo».

«Ma hai avuto il tempo di chiederla a me?»

Lei aggrottò impercettibilmente la fronte. Sembrò non capire dove volessi andare a parare, tuttavia io non mi mossi. Un pensiero fisso mi vibrava nel cervello come un insetto fastidioso e insistente, e non se ne sarebbe andato finché non lo avessi cacciato fuori.

«Coraline» pronunciai per la prima volta. «Qual è il vero motivo per cui sei tornata?»

«Ma che stai dicendo?»

Mi stavo sbagliando. Mi stavo sbagliando e stavo cercando a tutti i costi di trovare del marcio dove non c'era. Ma quella mela era così scarlatta e lucida che se Biancaneve le aveva dato un morso, forse, era perché l'aveva trovata troppo perfetta per sospettare del veleno al suo interno.

«Ho visto i tuoi video. Le registrazioni sul computer. Tu sai che lui le tiene lì».

«E allora?»

«*Signorina Vicander*» tornò a infestarmi quella voce. «*Ci sarebbe qualcosa che avrei bisogno lei facesse per me...*»

«Sono quelle che vuoi? Sono quelle che lui vuole?»

«Ma sei impazzita?» Coraline avanzò di un passo, emanando una sicurezza femminile che non aveva mai mostrato prima. Adesso non sembrava più timida e tenera, ma di nuovo la donna irraggiungibile e capace di intimidirmi che nella mia immaginazione veniva a riprendersi il suo destino. «Senti, adesso basta. Ho cercato di ignorare il problema, ma è chiaro che non c'è altro modo che affrontarlo. Sei gelosa, Mireya?»

Sbattei le palpebre, scioccata.

«C-che cosa?»

«Dimmi la verità» incalzò con dolce determinazione. «Sei gelosa di Andras?»

Oh, no.

Indietreggiai di un passo, come per cercare una via di fuga, ma il tallone incontrò il divano. Deglutii e le gettai addosso uno sguardo pieno di amore malconcio, che sanguinava ovunque gocce brillanti, perché sapevo cosa stava per succedere: l'incantesimo si stava spezzando e io stavo per assistere al gran finale.

La grande resa dei conti.

Lo sentivo nelle orchestre crescenti di violini mentre quella ragazza avanzava invincibile, plasmata dai finali più lieti e luminosi.

«Ascoltami... So che sei piccola, ma non me la sento di mentirti. O di farti credere una cosa diversa. Io e Andras condividiamo un sentimento che va oltre ciò che puoi pensare. Non siamo una semplice coppia, quello che ci lega non è una storiella come le altre. Abbiamo vissuto insieme un momento che tu non puoi comprendere» statuì con la sua voce incantevole da cigno melodioso. «E forse ti farà male saperlo, ma c'è voluto molto poco dal mio ritorno prima che lui mi baciasse di nuovo e mi strappasse i vestiti. Abbiamo fatto l'amore sul pavimento ed è stato bellissimo, intenso e senza controllo. Non puoi immaginare come mi ha cercata, come mi ha toccata... è stato esattamente come un anno fa. Lui vuole me, Mireya». Sussultai, e Coraline continuò senza mezzi termini, perché era più adulta di me, più consapevole, e non provava alcun imbarazzo nel dirmi la verità. «Ha sempre voluto me. E io voglio lui. E mi dispiace doverti dire questo quando è chiaro che sei molto confusa dalla mia presenza, ma è giusto che tu sappia come stanno le cose. Devi lasciarci stare. Capisci che cosa intendo?» sussurrò, quasi con il cuore in mano, e io la guardai devastata. «Io e Andras ci apparteniamo. Ora possiamo finalmente stare insieme, ma non posso essere serena finché tu verrai qui, ad accusarmi di colpe assurde, solo perché non riesci a fartene una ragione. Sono io la sua persona. Sono sempre stata io, da prima che arrivassi tu. Ti prego, cerca di capire... e se puoi, fatti da parte. Non ti chiedo altro...»

Qualcuno me lo tolga.

Qualcuno me ne liberi, per favore, vi supplico, perché questo amore io non lo voglio.

Qualcuno mi salvi, me lo strappi via, mi faccia sopravvivere a tutto questo...

Ma le mie preghiere silenziose rimasero inascoltate, e il mio cuore martoriato affogò nella rinnovata consapevolezza che non sarei mai stata la prima scelta di nessuno.

Avrei continuato a schiantarmi contro quel vetro, a cercare di evadere, di raggiungere quel ruolo che non mi spettava e che vedevo brillare agognato a un passo da me. Avrei continuato a essere il mostriciattolo che rovinava la sua storia, l'ostacolo cattivo che cercava di separare gli sventurati amanti, perché lei era la fanciulla del bosco e io soltanto una regina caduta in disgrazia.

Coraline sospirò e tornò alla porta.

L'aprì proprio nel momento in cui Carmen passava da lì e le loro voci mi arrivarono da un mondo lontanissimo e ovattato.

«Oh, ciao stella» udii a stento. Quando mi accorsi che con lei c'era anche Andras con una busta piena di roba in mano, capii che dovevo andarmene o avrei finito per sentirmi male sul serio.

Li sorpassai a viso basso, proprio mentre Coraline entrava nel loro appartamento; Andras sollevò il viso e Carmen si accorse di me.

«Mireya... tesoro, che hai fatto alla faccia?»

Qualcuno me lo tolga.

Ferma, con i pugni stretti e le spalle tremanti che loro fissarono in silenzio, chiusi le palpebre e cercai con grande fatica di trattenere il dolore che minacciava di esondarmi dagli occhi.

«Carmen, hai sempre voluto conoscere l'origine del mio nome».

Ormai eravamo alle battute finali.

Me ne sarei andata presto.

La storia si stava chiudendo, quelle erano le ultime pagine.

Ed ero stanca, stanca di tutto, motivo per cui non riuscii più nemmeno a portare avanti quella scenetta con l'anziana.

«Mireya era il nome della mia bisnonna» dissi piano, nel corridoio. «Nella mia famiglia c'è sempre stata una credenza su un'antica sovrana della nostra tradizione. E portava il suo nome» rivelai infine. «Non era una santa. O una sacerdotessa. Mireya era una regina. Una regina dei miracoli».

Qualcosa si fracassò sul pavimento.

Il frastuono esplose e riverberò sulle pareti, seguito da un silenzio tombale.

Quando mi voltai, la busta della spesa era a terra. Un rivolo di latte ne serpeggiava fuori.

E Andras...

Andras mi guardava come se gli avessero appena strappato l'anima dagli occhi.

La bocca aperta, i nervi tesi ai limiti dell'orrore, le palpebre così spalancate che per un attimo credetti stesse avendo un infarto.

Indietreggiò come se avesse visto l'apocalisse e andò a scontrarsi contro il muro, ansimando talmente scioccato che parve sul punto di collassare.

Non riuscii a riconoscerlo. Né a capire che cosa diavolo gli stesse succedendo.

La sua schiena quasi si piegò, le mani cercarono la parete ma le pupille, quelle continuarono a fissarmi come se avessi appena pronunciato una sentenza di morte.

«Andras» intervenne Carmen, allarmata. «Che cos'hai?»

Lui non rispose, troppo inorridito persino per emettere un fiato. Poi, con un gran brivido, afferrò il bordo della sua porta socchiusa e ci sparì dietro con uno schianto.

«Cielo, Mireya. Che cosa hai fatto a quel povero ragazzo?»

21
Ritorno alle origini

Lei non era impegnata.
Era impegnativa.

Andras

L'acqua scorreva gelida e incessante.

La sentivo lungo la muscolatura della schiena, nel solco del collo. Sulle spalle contratte e sul capo reclinato in avanti.

I palmi erano aperti contro le piastrelle. Gli occhi sbarrati, sopra la bocca dischiusa, fissavano il vuoto come quelli di un cadavere.

«*Si è rifatto vivo quando avevo sei anni*» mi aveva detto una volta parlando di suo padre. «*Ci siamo incontrati a Philadelphia...*»

Stavo diventando pazzo. Per davvero, non più solo in senso figurato.

Il mio cervello liquefatto cercava di convincersi a tutti i costi che si trattasse solo di una coincidenza, perché non poteva concepire l'alternativa.

Non poteva essere lei.

Non poteva essere Mireya la bambina che sorrideva fuori dalla stazione di polizia.

Nemmeno nelle mie fantasie più assurde e innominabili avrei mai potuto immaginare che le nostre strade potessero davvero incrociarsi di nuovo.

Certe cose capitano soltanto nei romanzi o nei film sentimentali di bassa lega, la realtà è tutta un'altra cosa.

Il nome di quella bambina io non lo avevo mai saputo. Solo il suo significato.

Un caso. Doveva per forza trattarsi di un'altra persona.

Ma se ripensavo ai suoi capelli scuri, al visino arrossato, a quegli occhi grandi... le sue risate...

«Andras».

Due mani spuntarono da dietro e interruppero i miei pensieri. Un profumo sottile e vanigliato arrivò alle mie narici, seguito da un respiro tiepido che mi si infranse dolcemente sulla schiena.

Rimasi fermo. Le dita lunghe scivolarono sui pettorali, li carezzarono con lentezza e si bagnarono dei rivoli che mi gocciolavano ovunque. Coraline mi spinse il seno contro la spina dorsale e si allungò per lambirmi l'orecchio con la bocca.

«A che stai pensando?»

Ero lì da almeno un'ora. Mi ero rinchiuso con i miei pensieri distorti perché era l'unico modo che avevo per uscirne vivo. Il silenzio mi aiutava a fare i conti con me stesso, il freddo a rimanere lucido. Ma avrebbero dovuto infilarmi a forza la testa dentro una vasca ghiacciata per riuscire a scalfire il finimondo che avevo in testa.

«Sei teso. E gelido. E hai la pelle d'oca...»

Le mani continuarono a carezzarmi teneramente, sfiorando le scanalature tra gli addominali. Con una, aperta a ventaglio, venerò il costato che vibrava di un respiro profondo; con l'altra, scese giù, piano, tracciando una delicata scia lungo i rilievi del ventre.

La sentii percorrermi il bacino contratto, scorrere sulle vene e arrivare fino...

Alle mie spalle, Coraline abbassò lo sguardo sul mio braccio, che si era mosso per agguantarle il polso.

«Non... vuoi?» Si ritirò, imbarazzata, e si allontanò da me. Percepii il suo impaccio mentre si portava il palmo al petto, tornando verso i vestiti che aveva lasciato a terra.

«Non capisco che cosa ti prende. Non fai che dirmi di no. Non mi hai più toccata dopo la notte che siamo stati insieme. Persino il mattino dopo, quando ho provato a...» Sentii i suoi occhi posarsi sul punto tra le mie gambe. «Insomma, mi hai infilato una mano tra i capelli e mi hai fermata prima che potessi anche solo cominciare».

Era vero. Lo avevo fatto.

Lo avevo fatto prima di sentire le parole di Mireya.

Lo avevo fatto prima di quella discussione con Zora.

Lo avevo fatto non appena avevo realizzato che per tutta la notte avevo immaginato lei, come succedeva nei miei sogni, sotto quella chioma nera e in quel corpo pallido come la luna.

«È per quella ragazzina? Per quella... Mireya?»

«Lei non c'entra».

«Invece sì. Tu... tu la cerchi con lo sguardo, Andras. Lo vedo che lo fai. Quando pensi che lei non se ne accorga... tu la cerchi sempre. So che mi hai detto di avere bisogno di tempo, so che i tuoi sentimenti sono cambiati e che non devo pensare che stiamo insieme, sei stato molto chiaro su questo. Ma voglio che tu lo sia anche adesso. Che cosa c'è stato tra di voi?»

Chiusi l'acqua. Non riuscivo a ragionare, i pensieri erano frenetici, recalcitranti, uno sciame che mi appesantiva il cervello. La sua voce nelle orecchie non aiutava.

«Ti ho già risposto a questa domanda».

«E io non ti credo. Quella stessa sera mi hai detto che non siete mai stati niente, ma eri talmente arrabbiato che non sono certa tu fossi sincero».

«Puoi chiederlo a lei, se non ti fidi. Ti dirà esattamente la stessa cosa».

Coraline restò in silenzio. Mi soppesò. Non potei vedere la sua espressione, ma qualche attimo dopo la sentii raccogliere le sue cose e uscire.

Non sapevo come giustificare il mio comportamento.

La stavo ferendo e la cosa peggiore era che me ne rendevo conto.

Nudo, afferrai il pacchetto di sigarette che mi ero portato fino in doccia e mi accesi un'altra Maverick. I capelli mi gocciolarono lungo le spalle, mentre continuavo a negare una realtà che non volevo vedere.

Avevo lì la donna che avevo tanto aspettato, quella per cui avrei fatto carte false, per cui sarei sceso a patti persino col Re degli Inferi in persona, eppure me ne stavo rinchiuso in bagno a consumarmi contro le piastrelle di un bagno, invece che a consumarmi su di lei.

Non riuscivo più a capire che cosa provassi.

Avevamo passato insieme soltanto un mese, quando l'anno prima era venuta da me, eppure, contro ogni logica, quel breve periodo era bastato per legarmi a lei in una maniera recondita e irrefrenabile.

Aveva qualcosa di particolare che non ero stato in grado di spiegarmi e che mi soggiogava.

Un dettaglio che non mi dava tregua.

Non era stato un semplice colpo di fulmine.

Era stato qualcosa di diverso, ma l'idea che Zora avesse ragione demoliva completamente ogni mia convinzione.

E se Mireya era davvero quella bambina...

«Merda» sussurrai roco allo specchio. Afferrai i bordi del lavandino e strinsi forte. Come se non bastasse, il ciondolo della collana che indossavo brillò proprio lì, sopra la scritta 'Et in Arcadia ego'.

Con sguardo arcigno, mi insultai silenziosamente e desiderai tirarmi un pugno in faccia. Invece, gettai la sigaretta nel cesso e mi costrinsi ad andare a vestirmi.

Sforzandomi di chiudere a chiave i pensieri, raggiunsi il locale con lo stuzzicadenti stretto tra i denti. Ne avevo già distrutti due solo da quando ero uscito di casa, ma cercai di non darci troppo peso mentre entravo e la tipa all'ingresso si voltava verso di me.

«Buonasera, Andras, Zora ha chiesto se puoi andare a prendere dei documenti importanti nel suo ufficio».

Mi fermai con le mani affondate dentro il giubbotto.

«Ti sembro il suo segretario?»

«No, è solo... solo quello che mi ha chiesto».

«Allora dille di arrangiarsi».

«Mi ha avvertito che avresti risposto così e... insiste a chiedere il tuo parere su quelle carte...»

Deglutì e abbassò il viso.

«Non sono il suo avvocato. Né il suo galoppino. Che le studi da sola» latrai, perché avevo già i coglioni girati e ci mancavano soltanto le turbe maniacali di Zora. Ma Kristine deglutì ancora una volta.

«Immaginava che avresti risposto anche questo...» pigolò pianissimo. Io la trucidai con lo sguardo. Capii subito che mi avrebbe fracassato l'anima fino alla morte se non le avessi dato retta, così ingoiai un improperio e senza tante storie marciai verso le scale.

L'avevo aiutata a riottenere il Milagro's e in cambio le avevo chiesto di farmi restare. Zora sapeva che non volevo rotture, e le questioni burocratiche rientravano decisamente nel genere.

Trovai il plico nel suo ufficio. Ci gettai un occhio mentre richiudevo la porta, poi mi avvicinai e mi soffermai a leggere quello che c'era scritto con la fronte aggrottata.

Per quale motivo voleva il mio consiglio?

Stavo ancora cercando di capirlo, quando una voce mi giunse alle spalle.

«Andras...»

Per poco non me la feci nelle mutande.

Strinsi i fogli nella mano e mi voltai di scatto: con estremo orrore vidi un corpicino pericoloso, incorniciato da lunghi capelli neri.

Mireya era lì. L'espressione era corrucciata, gli occhi bassi, aveva l'aria di voler essere da tutt'altra parte.

Oh, Cristo.

Andai brutalmente in tilt. Come se la vedessi per la prima

volta, bevvi ogni singolo dettaglio del suo viso, memorizzando i particolari più stupidi, come il ciuffetto di capelli che le sfiorava sempre la tempia, la curva sottile del naso, il modo in cui il labbro superiore sembrava molto più carnoso quando era imbronciata come in quel momento.

«Che cosa vuoi?» sbottai allarmato.

«Devo parlarti».

«No».

Mireya si incupì, infastidita dalla mia risposta, e io controllai velocemente le vie di fuga. Le scale erano l'opzione preferibile. Altrimenti potevo sempre sfondare una delle finestre con una spallata e rotolare in strada, ma come diavolo lo avrei spiegato a Zora?

«Non sarei qui se non lo ritenessi importante». Si avvicinò. Mi irrigidii e calcolai febbrilmente quanto spazio le mancava per annullare le distanze. «Ascoltami. C'è una cosa che devo dirti».

«E non puoi farlo di sotto? Dove ci sono tutti gli altri?» ringhiai come una preda messa all'angolo. Non stavo reagendo affatto bene, ma non ero pronto a confrontarmi con lei così presto.

«Meglio di no. Qualcuno potrebbe sentirci».

Gesù.

«Senti, adesso non ho tempo. Parleremo un'altra volta». Con una mossa disperata tentai di farmi strada verso la porta, ma lei mi si parò davanti, veloce come un'antilope.

«Ci vorrà solo un momento».

«Ho da fare!» la aggredii, un po' isterico. «Spostati e lasciami passare!»

«Solo dopo che avrai sentito ciò che ho da dirti».

Mi sentii uno di quei mocciosi pisciasotto che non riuscivano a reggere la presenza di una minigonna.

Ma Mireya... Mireya non capiva.

Nessuno avrebbe capito.

Come avrei dovuto fare?

Come avrei potuto spiegarlo?

Lei mi aveva bucato l'anima quando avevo solo dieci anni.

Mi aveva ossessionato solo con un sorriso, senza logica e senza motivo, cazzo.

Era stato in quel momento che avevo capito di avere qualcosa di sbagliato.

Che avevo capito di non essere del tutto a posto.

Perché una sconosciuta non può imprimersi su di te come l'alone bruciato di una sigaretta.

E io stavo uscendo brutalmente di senno, perché soltanto adesso capivo che non era lei che assomigliava a Coraline.

Era Coraline che assomigliava a lei.

Per tutto quel tempo, io...

«Ma che stai facendo? La smetti di allontanarti?» Mi rimbeccò quando vide che facevo dei passi indietro, e io per non fissarle le labbra cercai di concentrarmi su un punto più innocente, tipo la sua fronte, e le risposi di merda.

«Non sono sordo. Ci sento anche se non vieni vicina!»

«Non ti prendo a calci solo perché potrebbe piacerti. Oggi sei veramente più lunatico del solito».

«Sei tu che vieni a tendermi una trappola quando sono solo e isolato. Te ne stai qui acquattata al buio, decisa a farmi prendere un infarto, mi sbarri la strada e ora mi impedisci pure di tornare al lavoro!»

«Una *trappola*? Ma stai bene? Sei due metri di muscoli e testosterone!» si indignò. «E smettila di guardarmi la fronte!»

Ma perché non avevo preso in considerazione la fuga dalla finestra?

Mireya sospirò rumorosamente e mi guardò come se fossi un povero scemo.

«Ascolta, non sono qui per litigare, va bene? Voglio solo che tu sappia una cosa. Non sono affari miei e non mi riguarda, ma è giusto dirtelo anche se magari mi prenderai per una stupida. Si tratta di una cosa che è successa l'altro giorno, poi potrai decidere tu che farne con quello che ti dirò, la faccenda non mi riguarda».

Dopodiché si sporse in avanti e cominciò a parlare. Mi inchiodai sulla sua bocca che si muoveva lentamente e udii a malapena quello che mi stava raccontando.

Diamine, quanto era cresciuta... Erano passati tanti anni, era ovvio, ma guardarla e rivedere in lei quella bambina era un martirio.

Mi chiesi se ridesse ancora nello stesso modo.

Se avesse ancora quel sorriso assurdo e lacerante.

Rimasi paralizzato a fissarla mentre il suo profumo mi dava un po' alla testa.

Cazzo. Che maleficio mi aveva fatto?

«Mi stai ascoltando?»

«Sì».

«Non è vero. Stai pensando agli affari tuoi!» Mi diede una spinta incavolata, e io le afferrai il polso prima di fare un passo indietro. Intrecciai le mie dita alle sue e mi strinsi al petto il suo palmo piccolo e setoso, intrappolandolo lì.

Mireya arrossì e tentò di ritrarsi.

Non voleva che la toccassi. Me ne ricordavo sempre troppo tardi, ma quando accadeva facevo davvero una fatica immane a lasciarla andare.

«Sto cercando di parlarti di una cosa seria» mi ammonì, liberandosi infastidita dalla mia presa. «So che non ti interessa quello che ho da dire, ma ascoltami solo per cinque minuti. Poi ognuno potrà tornare alla propria vita».

Mi guardò in quel modo tenero e offeso che mi faceva venire voglia di morderle una guancia, poi incrociò le braccia e abbassò gli occhi.

Ricominciò a parlare.

E questa volta l'ascoltai sul serio.

Quella sera tornai a casa davvero tardi.

Il silenzio invadeva ogni angolo dell'appartamento. Lo scricchiolio dei miei passi fu l'unico rumore a emergere nell'oscurità.

Lei era sul divano. Il profilo elegante spiccava alla luce della piccola lampada e il libro che aveva tra le mani era uno di quelli della mia libreria.

«Ciao» mi salutò non appena mi vide. «Come è andata la serata?»

Non risposi, mi limitai a guardarla.

«Ho preso questo» aggiunse allora lei, sollevando il libro di Chuck Palahniuk, *Cavie*. «È crudo e inquietante. La copertina era rovinata, sembrava che lo avessi letto molte volte, così...» Sfogliò le pagine fino al punto che stava cercando e lesse uno dei miei passaggi preferiti. Quanta verità in quella riflessione: possiamo passare la vita a farci dire dal resto del mondo cosa siamo, sani di mente o pazzi, eroi o vittime, buoni o cattivi; a lasciare che sia il passato a decidere il nostro futuro. Oppure possiamo scegliere da noi e costruirci qualcosa di meglio.

Avanzai verso di lei. Mi avvicinai fino a sovrastarla e, con la sola presenza del mio corpo, la invitai ad alzarsi in piedi per guardarmi negli occhi. Coraline nascose a malapena il luccichio che le suscitava la mia attenzione.

Mi avvolse le braccia intorno al bacino e puntò le iridi verdi sulla mia bocca. Quando si alzò in punta di piedi, compresi che mi stava chiedendo di baciarla.

L'accontentai.

Mi chinai e posai le labbra sulle sue, lentamente, senza chiudere gli occhi. Il suo sapore mi invase piano, dolce e infantile, come quello di un confetto o di frutto molto maturo. Coraline mi insinuò la lingua in bocca, schiacciandosi contro di me per esortarmi ad approfondire il contatto. Cercai una qualche sensazione, un fremito, un bruciore che mi smuovesse qualcosa. Analizzai molto bene ogni mia emozione, mi concentrai con attenzione su quello che stava succedendo dentro di me, e quando la sua mano scese con familiarità lungo il mio addome fino a stringersi sul cavallo dei pantaloni, non mi mossi né la fermai. Il mio corpo reagì come avrebbe fatto con qualunque altra donna, ma non accadde nient'altro.

Mi staccai e lei rimase tesa verso di me, sospirando piano.

«Perché sei qui?»

Coraline sollevò le ciglia. Mi osservò a palpebre socchiuse, leccandosi la bocca come a volermi chiedere di più. «Preferivi che ti aspettassi in camera?»

«No. Intendo perché sei tornata».

Lei arretrò con il viso e aggrottò le sopracciglia, sorridendo. «Ma che domanda è? Per stare con te». Mi prese la mano, intrecciando le dita alle mie prima di mordersi dolcemente il labbro. «Vieni, andiamo in...»

«Stai mentendo».

La sua presa si allentò. Il mio tono basso ma deciso le riecheggiò negli occhi chiari, fissi nei miei. Sembrò confusa e un po' preoccupata.

«Che cosa?» Coraline mi strinse lentamente la mano. «Andras... ma che stai dicendo?» Mi guardò a fondo e l'istante dopo espirò una mezza risata, scosse con indulgenza la testa come se si fosse convinta che stessi scherzando. Quel modo di fare mi aveva incantato molte volte, quando eravamo insieme. «Sei tremendo. Sono successe tante cose ultimamente... so bene quanto ti turbano i cambiamenti, non farmi prendere colpi! Vieni. Lascia che ti aiuti a spogliarti e a rilassarti un po'».

Tentò di trascinarmi in camera, ma i miei piedi rimasero ancorati al suolo, il corpo piantato come un totem e io non mi mossi di un solo millimetro. Ci mise poco ad avvertire la resistenza che stavo opponendo senza nemmeno sforzarmi, e una consapevolezza sottile si fece strada nella sua espressione quando comprese che non l'avrei assecondata.

«Ma che ti prende?»

«Ho visto Edelric».

Coraline rimase talmente di sasso che quasi parve smettere di respirare. Studiai ogni minuscola reazione del suo corpo, dal volto candido fino alla stretta di marmo sulla mia mano.

«Davvero? Dove?»

«Mi ha parlato di un po' di cose» proseguii, senza dare seguito alle sue domande. Il mio atteggiamento sembrò svelarle la direzione impervia presa dalla conversazione. Una strana tensione tra noi le ricamò sulla pelle un gelo innaturale.

«Che cosa ti ha detto?»

«Credo che tu lo sappia molto bene».

Coraline non distolse lo sguardo dal mio.

«Andras, non capisco di cosa stai parlando».

«Secondo me lo sai, invece». Avanzai un passo alla volta, la mia espressione glaciale si assottigliò in modo implacabile, e Coraline indietreggiò. «Lo sappiamo entrambi».

«Te lo giuro» disse angosciata. «Ti giuro che non capisco a cosa ti riferisci!»

«Finiscila di fingere». Alzai la voce, imponendomi sulla sua in un modo che la fece tremare visibilmente. «So *tutto*, Coraline. Lui mi ha detto tutto».

A quel punto avrei dovuto fermarmi. Dichiarare concluso il teatrino che avevo inscenato, levarmi di dosso la severità intransigente che mi gocciolava dallo sguardo e smettere di terrorizzarla. La stavo mettendo alla prova nella maniera più subdola e contorta, quella più inaspettata per lei, ma anche l'unica che potesse in qualche modo farle abbastanza pressione da cavarle fuori la verità.

Coraline non era fatta per le bugie. Aveva un'anima troppo semplice, a volte un po' goffa, e io stavo agendo come un bastardo manipolatore proprio come mio padre, perché sapevo che essere messa con le spalle al muro era l'ultima cosa che si sarebbe aspettata.

Ma avevo bisogno di essere certo.

Avevo bisogno di estirpare il sospetto che mi era stato infilato nella testa, anche se mi rifiutavo di crederlo davvero possibile.

Non volevo ferirla. Nonostante io mi stessi comportando in modo molto discutibile con lei, non avrei mai voluto farle del male. Ma certe cose mi erano state insegnate nel modo più malato e a volte faticavo ancora a rendermi conto di quanto sbagliato potesse risultare il mio modo di agire.

Ma proprio quando stavo per mollare il colpo e porre una volta per tutte fine a quella messinscena, accadde qualcosa che mi spezzò la ragione.

La sua bocca tremò.

Le palpebre si annacquarono e lei increspò disperatamente la fronte, rompendosi in un sussurro stentato.

E io percepii il cuore accartocciarsi su se stesso, la mente incrinarsi e poi sbriciolarsi come uno specchio frantumato.

«Oh, Andras...» mugolò tra le lacrime. «Andras, mi dispiace».

Coraline scoppiò in un pianto addolorato. Si coprì il volto con le mani e singhiozzò forte, andando in mille pezzi che si sparpagliarono insieme ai miei, come i relitti di un sogno.

Sentii la realtà disfarsi attorno a me. Riuscii soltanto a restare immobile, in silenzio, a sperare che stesse fingendo come avevo fatto io.

«Mi dispiace. Mi dispiace...» La sua voce risuonò gonfia di lacrime e spezzata. «Io non ce la facevo più a continuare così... era diventato uno strazio. Quella non era vita...» continuò a piangere, mentre io la fissavo senza neanche vederla. «Mi ha detto che avrebbe dimenticato tutto. Che ci saremmo lasciati alle spalle ogni cosa, Andras, che non avrebbe denunciato la scomparsa di Olly e io sarei potuta tornare a casa... Sarei tornata alla mia vecchia vita, ai miei amici, all'università, e lui non mi avrebbe più toccata... Mi avrebbe anche offerto del denaro con cui finire di pagare la retta, tutto sarebbe andato bene. E in cambio, io avrei solo dovuto mantenere il silenzio...» Alzò il viso e mi guardò, straziata, senza più riuscire a mentirmi. «Il giorno in cui sono uscita e ho salvato quel cane... io ero andata da lui».

«*Si è presentata nel mio ufficio in città... Mi ha implorato di porre fine al suo incubo*».

«Non sapevo che cos'altro fare. Mi sembrava l'unica soluzione. Avevo paura, Andras, avrei dovuto parlartene, lo so, ho sbagliato... ma ero spaventata, cominciavo a rendermi conto di quello che avevo fatto e non riuscivo a trovare il modo di uscirne. Sono andata da lui perché speravo che potesse perdonarmi e propormi un accordo...»

«*Perdonarti?*» Un conato mi rese instabile sulle gambe. Ricordai la preoccupazione di averla trovata in mezzo alla strada, il terrore che lui potesse farle del male. Ciò che sarei stato disposto a fare pur di proteggerla... «Dopo tutto quello che lui ti ha fatto... dopo tutto quello che mi hai detto... Era lui a dover perdonare te?» Mi allontanai da lei e non mi sembrò nemmeno di camminare su questo mondo. «Il giorno in cui sei stata investita... tu non stavi andando alla polizia. Tu stavi andando ad accettare la sua proposta».

«Andras, lui è cambiato, te lo assicuro...»

«Lui non cambierà mai, Coraline!» sbraitai fuori di me. Non avrei tollerato di sentire un'altra parola, non su mio padre. «Ti ha raggirata perché è quello che sa fare meglio, perché è così che ha sempre fatto con tutti e tu ancora non lo hai capito! Hai scelto di tornare da lui per accettare i suoi soldi e di nascondermelo, e ora vieni a dirmi che è diventato una brava persona? Che cosa ha ti ha chiesto in cambio? Rispondimi!»

Coraline sussultò. Le lacrime le inondarono di nuovo le guance. E io capii che non solo alla fine quel contratto lo aveva firmato davvero, ma che c'era molto altro che non mi aveva ancora confessato.

«Ha saputo dei videodiari che avevo fatto. Quelli dove raccontavo tutto... che dovevano essere la nostra garanzia contro di lui, la mia denuncia ai suoi danni mentre capivamo come muoverci. Ma poi... Andras, cerca di capire, io non potevo...»

«Non potevi perché avevi firmato un accordo di riservatezza

e quei video sarebbero stati la tua rovina! Ecco perché sei tornata qui. Ti ha chiesto di sbarazzarti di tutto» sibilai, e ogni fibra del mio corpo si stracciò sotto il peso di un'emozione stritolante che non avrei mai creduto di poter provare. «Perché non hai semplicemente portato via il portatile?»

Lei strinse i denti per la vergogna e abbassò il viso.

«Avevo paura che li avessi salvati su qualche drive, o magari sul cellulare. Mi serviva del tempo, io...»

Non riuscii più a sentire altro.

Arrancai lontano e sentii la gola stringersi per la nausea. Un rifiuto martoriante ruppe gli argini del mio cervello e mi scarnificò ogni pensiero, ogni più piccolo barlume di ragione e mi lasciò con gli occhi vuoti e accecati da quella realtà intollerabile.

Ero stato io a dirgli dei video quando ero andato da lui dopo il suo incidente. Ero stato io a perdere la ragione e a mettere in gioco tutto pur di difenderla da lui. Avevo scommesso me stesso, la mia vita, mia sorella minore, mi ero lasciato sbranare a sangue dai sensi di colpa, mi ero punito giorno e notte fino a desiderare di essere stato al suo posto, riverso sull'asfalto, e lei...

Mi voltai a guardarla.

Bella, mora, con la pelle pallida e un sorriso da toglierti il respiro. Mi si annientò il cuore. Non sentii nient'altro. Ormai respiravo solo per inerzia.

«Hai mai provato qualcosa per me?»

«Certo!» esclamò affranta. Il suo viso era una maschera di sofferenza. Cercò di allungare le mani, di toccarmi, ma io mi sottrassi. «Andras, io ti amo!»

«Mi *ami*?» ripetei, ripugnato. Il sangue mi diede alla testa, le pulsazioni crebbero, divennero distorte, acute, violente come centinaia di aghi piantati nel petto e la voce mi uscì dalla gola come un graffio sibilante. «Questo per te è amarmi? Ti ha parlato anche del piano per incastrarmi, o quello era una sorpresa?»

Lei mi fissò con un'incrinatura che le attraversava le pupille tremanti. E quello che ci scorsi dentro, io non volli vederlo.

Coraline guardò altrove, abbassò il viso e si riabbandonò al pianto inconsolabile.

Poco dopo, mi confessò che Edelric voleva farmi arrestare. Che voleva trovare un modo, tra le dinamiche discutibili del mio lavoro o qualche sostanza illegale di cui mi avrebbe fatto trovare in possesso grazie a lei, per togliermi la custodia di Olly e rinchiudermi finalmente nel posto che meritavo.

Mi sorprese che non avesse chiesto a qualcuno di ammazzarmi, già che c'era.

Le viscere divennero un viluppo in fiamme. Lo stomaco fremette, si contrasse attorno al nulla, e questa volta vomitai sul serio.

Mi precipitai in bagno e ne vidi a stento i contorni quando mi piegai sul lavandino e rimisi soltanto succhi gastrici. Tossii, la gola bruciò come un rogo devastante e io sentii il dolore ribollirmi lungo ogni terminazione nervosa.

Mi aveva mentito per tutto il tempo, e io l'avevo accolta in casa.

L'avevo fatta dormire nel mio letto.

L'avevo baciata, consolata, tenuta vicina e fatta restare.

Alla fine, Edelric ce l'aveva fatta. Si era preso anche lei. Aveva mietuto l'ennesima vittima, perché sapevo che c'era un solo e vero flagello in questa storia, e non era Coraline. Era negli occhi taglienti che scorgevo nel mio riflesso, era nei capelli di quel rosso scuro e inconfondibile, era in ogni singolo tratto che urlava il suo nome e mi ricordava che quello era l'uomo che avrei dovuto chiamare padre.

Un altro conato mi piegò in due. La mia anima si squarciò di nuovo, il corpo chiese pietà e io lo odiai come non avevo mai odiato nessuno in vita mia.

«Per favore, Andras». Si aggrappò alla mia schiena, stringendo tra le dita afflitte il tessuto della maglietta. «Avrei voluto dirti tutto questo, ma avevo paura della tua reazione... volevo solo che tra noi tutto tornasse come prima e poi lo avrei fatto».

Continuai ad ansimare, la testa che vorticava, il sudore che mi imperlava la muscolatura tremante. E poi, con le sclere arrossate dallo sforzo, pensai a Mireya. A lei che era venuta subito a parlarmi. A lei che mi aveva cercato anche solo per un sospetto... anche se io avevo fatto di tutto per scacciarla, trattarla male e guardarla a malapena in faccia.

Anche se al momento mi odiava a tal punto da non farsi neanche toccare.

Lei... aveva tentato di proteggermi.

Lei si era presa cura di me.

«Vattene» sibilai tra i denti. «Lasciami solo».

«Andras...»

«*Vattene!*» urlai, respingendola con ogni spigolo del mio essere. La rabbia esplose come un'onda d'urto e Coraline sussultò, travolta da ciò che non sarei mai riuscito a perdonarle. Le menzogne, il tradimento, pure quei finti sentimenti con cui stava cercando di legarmi a sé.

Si portò una mano alla bocca quando i miei occhi la trafissero dal riflesso dello specchio, colmi di sofferenza, le spalle tese per la stretta con cui mi stavo reggendo alla ceramica.

Scosse la testa nella speranza che io abbassassi lo sguardo e la lasciassi avvicinare ancora, ma l'aria stessa bruciava della delusione rabbiosa che nemmeno il mio stomaco era in grado di digerire.

Alla fine, dopo avermi guardato un'ultima volta, abbassò il viso e uscì dal bagno.

La sentii prendere le sue cose, afferrare la sua giacca dall'attaccapanni e poi andarsene.

Il rumore della porta sancì il silenzio.

Smettila di lottare contro tutto, mi ero detto una volta. *Impara invece a lottare per qualcosa.*

Ma non riuscivo più a vedere la differenza.

Avevo bisogno di demolire i pensieri. Di smantellare la mia coscienza. Di azzerarmi e non sentirmi più.

Avevo bisogno soltanto di distruggermi.

Quello che avrei voluto, invece... era che *lei* fosse con me.

22
Quei bellissimi miraggi

I matti ridono quando i santi non osano fiatare.

«Posso venire con te» suggerii. «Posso essere lì in meno di due ore e accompagnarti».

«Vuoi sorvegliarmi?» domandò scherzosa.

«No. Solo starti vicina».

Mamma ridacchiò. Chiusa nel bagno del Milagro's, mi morsi l'unghia del pollice per trattenere l'agitazione. Avevo chiesto il permesso di Zora per sentirla durante il turno, prima della fine dell'orario per le telefonate, ma non riuscivo comunque a sentirmi tranquilla.

Il giorno dopo aveva in programma un'uscita straordinaria per iscriversi a un percorso di reinserimento sociale. Da sola.

Il Carlion Hatt, infatti, nonostante la professionalità e le competenze indiscusse, non prevedeva alcun servizio di assistenza per la ricerca di un'occupazione; il percorso riabilitativo consentiva al paziente di recuperare le proprie facoltà, ma non lo accompagnava nella ricostruzione di una quotidianità completa, come succedeva invece in altre cliniche, che purtroppo non avevo potuto permettermi.

«Potrei prendere la corriera delle due e ripartire nel tardo pomeriggio. Sarei a lavoro in orario».

«Non ce n'è bisogno, Mireya».

«Farei in tempo...»

«Non sarò sola» mi interruppe mamma. «Hanno detto che manderanno qualcuno con me».

«Davvero? Questo non... non me lo hanno riferito».

Cercai di non suonare preoccupata, ma era più forte di me. Ormai la sua voce era tornata limpida, i sintomi fisici erano spariti ed era già uscita una volta dal centro, ma io mi sentivo ancora troppo lontana da lei. Mi fidavo solo un pochino.

«Ti prenderanno sicuramente» aggiunsi, incoraggiante. «Troverai un impiego in men che non si dica e tornerai di nuovo a lavorare. Vedrai che andrà tutto bene».

Lei non rispose.

Le mie speranze aleggiarono nel silenzio e io allontanai il cellulare per vedere se era ancora lì.

«Mamma?»

«Quando uscirò da qui torneremo a vivere insieme» sussurrò, causandomi una morsa dolce e opprimente allo stomaco. «Troveremo un posticino soltanto per noi due e tutto sarà come prima. Ti pettinerò i capelli come facevo quando eri piccola, ti canterò le tue canzoni preferite e farò i biscotti ogni giorno».

«Non sai cucinare» la schernii flebile. Sembrava essersi dimenticata che non avevo più sei anni, ma l'amore ammaccato che provavo per lei mi si acciambellò nel cuore e lo riscaldò come una pelliccia.

«Come sei severa. Ci metto sempre tanto impegno».

Restai al telefono con lei un altro po', poi mi disse che doveva riattaccare e fui costretta a salutarla.

Mentre chiudevo la chiamata, mi resi conto che le avevo mentito ancora.

Le avevo detto che stavo bene, che mangiavo e che con Andras non era accaduto nulla che valesse la pena di raccontarle.

Ma la verità... era molto diversa.

Le parole di Coraline erano state un veleno per cui non ero riuscita a trovare un antidoto. Sapevo già quanto fosse inutile sperare che Andras non le avesse strappato i vestiti alla prima occasione, ma sentirmelo dire esplicitamente da lei era stato comunque tremendo.

Era inutile tentare di non pensarci. Avevo provato a proteggere me stessa, ma la mente si era riempita di immagini dei loro corpi sudati, avvinghiati, roventi di quell'amore che finalmente potevano incidersi addosso fino a perdere il senno.

Quante volte lo avevano fatto?

Quante volte era sprofondato smanioso in lei, sospirando, morendo su quel corpo che amava troppo? Quanti morsi aveva lasciato sulla sua pelle liscia e senza cicatrici, quante volte aveva respirato il suo profumo, incredulo che lei fosse lì? Che fosse tornata da lui?

Probabilmente le aveva detto che l'amava.

Mentre spingeva in lei come un pazzo, mentre sentiva le sue unghie sui fianchi dopo averla aspettata per mesi, le aveva dichiarato i sentimenti che aveva sempre provato...

Mi portai una mano alla testa. L'altra corse al ventre e strinse forte.

Sempre più spesso Ruby mi trovava chiusa a chiave nel bagno di casa sua, perché non riuscivo a trovare la forza di uscire.

Mi sedevo sul pavimento e cercavo di combattere contro l'angoscia, i crampi allo stomaco, le lacrime che mi risalivano ustionanti dal petto da un momento all'altro, senza preavviso. Il mio cuore era un muscolo atrofizzato, morto, troppo freddo per lasciarsi maneggiare da qualcuno.

In fondo chi avrebbe potuto accoglierlo?

James era troppo occupato dai suoi sentimenti, Ruby pensava solo ad andare alle feste e a suscitare sciocche gelosie, e mia madre avrebbe usato il mio sfogo come pretesto per dirmi che aveva sempre avuto ragione.

Mi sentivo l'unica ad affogare in quel dolore asfissiante, l'unica a piangere sotto la doccia per non farsi vedere da nessuno. Mi stavo sgretolando lentamente e la cosa peggiore era che stavo assistendo alla mia stessa disfatta senza riuscire a fermarla.

«Scusa. Vicander?»

A fine turno, una voce mi sorprese alle spalle. Sbattei le palpebre per tornare alla realtà e mi voltai. Si trattava di uno dei ragazzi della sicurezza. Credo si chiamasse Brody o Brad, una cosa così. Era un tipo timido che si faceva sempre gli affari suoi, con innocui occhi nocciola e la tipica stazza di tutti i suoi colleghi. «Posso parlarti?»

Lasciai che si avvicinasse e rimasi in silenzio in un invito muto.

«Anzi... Senti, forse è meglio se vieni con me».

«Perché?»

«Mi viene un po' difficile da spiegare...»

«Fallo comunque».

«Ci proverei ma fidati, è meglio se mi segui».

In quel momento mi resi conto che eravamo soli. Con gli uomini in generale ero chiusa e molto poco incline a fidarmi, ma il suo comportamento mi mise subito sulla difensiva.

«Se è così urgente chiedi a qualcun altro».

«Lo farei, ma credo sia meglio che venga tu...» Si passò una mano sulla nuca. «Per favore» si sbottonò. «Ti costa tanto darmi retta?»

La mia espressione rimase restia e ombrosa. Mi lanciai uno sguardo severo intorno. «Cosa vuoi?»

«Non aggredirti dietro a un cassonetto, se è quello che temi» disse un po' piccato, visto che tutto di me stava emanando quel sospetto. «Lavoriamo insieme, porca miseria! Ti puoi fidare soltanto un secondo?»

Cosa c'entrava che lavorassimo insieme? Io quel ragazzo non lo conoscevo.

Tuttavia, il modo con cui si tenne a distanza da me come a voler rispettare il mio spazio mi indusse a non abbassare la guardia, ma a concedermi di seguirlo.

Mi condusse all'esterno, svoltò l'angolo avvolto dal buio e mi fermai quando lo vidi infilarsi nel viottolo sul retro del locale. *Voleva che andassi lì?* Scorsi un capannello di ombre altissime e robuste, e la voglia di tornare indietro mi assalì prepotente. Tuttavia, quando le vidi voltarsi una a una verso di me, qualcosa mi fece desistere.

Si spostarono per lasciarmi passare. Fu a quel punto che dietro una delle loro figure scorsi il motivo di tutto quel mistero.

Era Andras. Se ne stava seduto a terra, sullo scalino di una delle uscite di sicurezza. Le lunghe gambe avvolte dai pantaloni cargo erano divaricate e gli avambracci abbandonati su ciascun ginocchio, con i polsi larghi che penzolavano nel vuoto. Sulla maglietta spiccavano quelle che sembravano gocce di sangue, le stesse che stillavano dalle nocche distrutte. Sembrava... ubriaco. Ubriaco perso.

«Che cosa è successo?» soffiai allucinata.

«Non lo sappiamo. Stasera non si è presentato, non ha avvertito nessuno. Zora ha pensato che avesse saltato il turno, ma quando siamo usciti lo abbiamo trovato così. Abbiamo provato a farlo alzare, ma non vuole neanche ascoltarci».

Mi avvicinai e lui mi fissò con un ghigno spudorato, la testa reclinata contro il muro.

«Cosa ha combinato alle mani?» Doveva aver preso a pugni qualcosa di duro davvero molte volte.

I ragazzi scossero la testa. Erano quattro dei membri più tranquilli della security, ma mi sorprese comunque che non lo avessero lasciato da solo, o peggio. Andras non godeva della stima dei suoi sottoposti, preferiva usare la paura per farsi rispettare e indurre le persone attorno a lui a chinare il capo in segno di deferenza; ormai avevo intuito che quel malsano meccanismo gli fosse stato inculcato fin dall'infanzia da chi lo aveva cresciuto, ma questo non toglieva che i sentimenti più comuni nei suoi confronti fossero odio e disprezzo.

«Abbiamo pensato fosse meglio che Zora non lo sapesse. Lui non ci ascolta, ma forse tu... ecco. Puoi fare qualcosa» ammisero, sapendo cosa era successo quella sera nei loro spogliatoi. La conversazione da cui era esplosa la lite che lo aveva fatto sospendere era rimasta un chiaro ricordo nella testa dei pochi presenti, nonostante io e Andras non ci fossimo mai fatti vedere insieme da nessun altro.

«Perché lo state aiutando?»

«Perché non siamo tutti dei figli di puttana come Sebastian Crest» rispose un altro, un tipo grosso con il codino biondo. «In molte circostanze, Riker ci ha difesi da lui e dal suo gruppo. Resta comunque uno stronzo, ma non abbiamo nessuna voglia di trovarlo freddo domani mattina».

«Bestiolina...» Due mani ruvide mi passarono intorno alla vita. Il cuore mi saltò in gola. Mi circondò con le braccia muscolose e mi attirò a sé, sfregando la guancia contro il mio ventre come se si fosse accorto soltanto allora che ero io, ed ero lì.

Arrossii, e tutti mi fissarono sconcertati. Grazie a Dio Sebastian non era lì ad assistere.

«Dai, dacci una mano. Per favore».

«Scusate, ma siete sicuri? Insomma...» Quello più indietro abbassò gli occhi sul gigante che mi stava quasi facendo le fusa addosso. «È pur sempre Riker. L'ho visto spaccare la faccia a qualcuno per molto meno, non mi sembra proprio il caso che lei resti da sola con lui».

«Non preoccupatevi». Tirai fuori il cellulare e chiamai un Uber. Poi cercai di tirarlo su, ma a me bastò piegarmi su di lui per convincerlo ad alzarsi in piedi in tutta la sua spropositata altezza. Loro fissarono quella scena con espressioni ammutolite. «Sono in grado di gestirlo».

Lo esortai a seguirmi, e Andras, il padrone non dichiarato del Milagro's, lo scellerato capo della sicurezza che incuteva soggezione a tutti e non aveva mai ubbidito a nessuno in vita sua, ubbedì a me.

Mentre a fatica lo facevo salire sul sedile posteriore della macchina e davo l'indirizzo di casa all'autista, scrissi un messaggio a Ruby per informarla.

L'abitacolo era troppo stretto per le sue gambe. Mi rannicchiai per cercare di non sfiorare il suo corpo massiccio, ma fu tutto inutile quando qualche attimo dopo avvertii la sua testa abbandonarsi contro la mia spalla. I suoi capelli morbidi mi sfiorarono lo zigomo. Irrigidii i polsi sulle cosce e respirai a stento nel sentirlo così vicino, così caldo e solido; nonostante l'alcol, profumava di buono, di quell'aroma morbido e sensuale che aveva solo lui.

Il cuore si risvegliò con una fitta sofferente.

In passato avevo sgridato James perché beveva sul lavoro e ora Andras saltava il turno e si presentava a fine serata in quelle condizioni. Non lo avevo mai visto affogare se stesso nell'alcol, ma la cosa mi creava comunque emozioni che avrei voluto non provare.

Per quale motivo aveva le nocche scorticate? Che cosa gli era successo?

«Si fermi lì davanti».

L'autista fece come richiesto. Dopo aver pagato la corsa, aprii lo sportello e tirai fuori il colosso indisciplinato che a malapena ero riuscita a piegare sotto il tettuccio della macchina.

Lo accompagnai al suo appartamento. Raggiungemmo la porta, ma quando mi chinai a infilare le dita dietro lo stipite in basso, non trovai nulla. Cercai bene, scavai con le unghie perché forse si era incastrata.

«Dov'è finita la chiave?» Continuai a rovistare senza risultati. «Andras, la chiave che tenevi qui. Dove l'hai messa?»

Andras mi fissò con quel ghigno storto. Non stava collaborando. Il momento di inaspettata docilità era già passato.

«Apri la porta» gli intimai. «Andras, dammi le tue chiavi. Avanti!»

Tesi il palmo aperto prima che lui si appoggiasse al muro e mi guardasse dall'alto della sua sfrontatezza. Non si toglieva quel sorrisetto dalla faccia, e io, troppo minuta a confronto, non potei fare molto per farmi rispettare.

«Che fai? Ti prendi cura di me, Mireya?» mi canzonò, poi scoppiò a ridere. Era un uomo selvaggio e carismatico, affascinante e magnetico, ma da ubriaco mi faceva saltare le coronarie.

«Se non apri la porta ti lascio qui» minacciai. «Ti conviene darmi ascolto, se non vuoi ritrovarti a dormire in corridoio!»

Sapeva che non lo avrei mai fatto. Valutai di gettarmi su di lui e infilargli le mani nelle tasche dei pantaloni, visto che non aveva neanche il giubbotto, ma la sola idea di toccarlo in quel momento mi instillava una strana agitazione.

Ma dove diavolo era Coraline? Perché non aveva chiamato lei?

Andras reclinò il capo contro la parete e mi fissò le labbra. Le ciglia, così scure, incorniciarono le iridi celesti in una maniera che mi fece venire una irragionevole voglia di lasciarlo lì sul serio.

Invece, come era prevedibile, finii a fare niente di meno che un'altra cazzata delle mie.

Tirai fuori le mie chiavi e le infilai nella toppa del mio appartamento.

«Entra, avanti». Gli tenni aperta la porta e lui rimase immobile. Lasciò scivolare lentamente lo sguardo sull'uscio spalancato. I suoi occhi tornarono a me e i pensieri che pullularono dentro le sue pupille torbide mi bloccarono con la mano ancora sulla maniglia.

Prima che potessi cambiare idea, Andras si staccò dalla parete con un colpo di reni ed entrò in casa mia.

Calmati.

La nuca bruciava di brividi. Mi sforzai di ignorare quella sensazione mentre richiudevo la porta alle mie spalle e la sua sagoma si stagliava al centro del salotto.

Mentre sfilavo la giacca, Andras si levò la maglietta e la gettò per terra. Poi si voltò verso di me, le labbra carnose che formularono un ordine nella penombra.

«Voglio toccarti».

«No».

Lui si avvicinò furibondo.

«No, no, no. Mi dici sempre di no. Perché non ti esce altro da quella bocca?»

Mi strinsi contro la porta, cercando di non guardargli l'addome o le spalle fortificate dagli allenamenti. Notai che ancora una volta non indossava la collana.

«Perché ci tocchi *lei* con quelle mani» sibilai, più ferita di quanto avrei voluto. «Ora vai in camera e dormi».

Avrei voluto mostrarmi superiore e distaccata, e non una ragazzina immatura in preda alla gelosia, ma la mia bocca era sempre stata collegata più all'istinto che alla ragione.

«Io ci ho sempre toccato te. *Te*». Sussultai quando sbatté il palmo sulla parete alle mie spalle con un ringhio quasi esasperato, come se ammetterlo gli facesse rabbia, o male. «Fin dall'inizio, cazzo!»

«Sei ubriaco marcio. Vai a dormire, Andras». Strinsi le palpebre, cercando di svicolarmi.

«Sorridimi. Sorridimi e lo faccio». Si avvicinò fino a respirarmi sul viso, e la vicinanza del suo corpo mezzo nudo mi fece serrare i denti. Il fiato tiepido mi bloccò il respiro nel petto e io mi sentii spossata quando tentai con fatica di fulminarlo.

«Ma che diavolo ti sei bevuto?» Lo allontanai, senza permettergli di sfiorarmi. «Se non vai a letto in questo istante ti caccio fuori. Hai capito? Non sto scherzando e non sono il tuo giocattolo. Diamine!»

Lui mi guardò con occhi foschi e strinse i pugni, come se trattenersi dal fare quello che voleva lo mandasse in bestia. Per me il contatto fisico implicava la confidenza, la fiducia e la familiarità, e lui lo sapeva. Una volta che venivano a mancare, per me era finita.

«Sono l'unica persona al mondo che non può nemmeno sfiorarti?»

Tu eri l'unica che poteva.

Ti ho permesso di toccarmi la pelle, il cuore, tutto. Non ho mai concesso a nessuno quello che ho concesso a te, e tu hai comunque scelto lei.

«Sicuramente non avrai problemi a trovare un corpo femminile su cui mettere le mani. Io non sono indispensabile». Distolsi lo sguardo quando lo vidi muovere rabbiosamente la mascella come se stesse formulando qualche insulto. Ma questa volta non gli lasciai il tempo di aggiungere altro: lo spinsi verso la camera da letto e impiegai tutte le mie forze per convincerlo a non puntare i piedi come un bambino.

Fu un'impresa.

Cadde a sedere sul letto e il suo peso notevole fece cigolare le molle del materasso. Ne approfittai per togliergli gli anfibi neri, ma feci una smorfia davanti ai pantaloni con cui poco prima si era seduto per terra.

«Levati quella roba. Non ce la voglio nel mio letto».

Andras mi guardò con intensità spudorata.

«Levamela tu».

«Non... Non *ricominciare*» lo sgridai, avvampando, perché se lui non poteva toccare me, aveva capito che io potevo ancora toccare lui. «Hai le mani, usale!»

«Preferisco le tue». Si avvicinò con malizia, ma io lo spinsi indietro e lui cadde sui gomiti, ghignando.

«Tu non sei ubriaco, sei scemo!»

L'orgoglio cominciava a cedere. Resistergli cominciava a farsi impegnativo. La pelle stava diventando troppo reattiva alla sua voce, al suo modo di guardarmi e leccarsi le labbra prima di mangiarmi con lo sguardo. Feci per imboccare la porta della camera, ma Andras si alzò in piedi e fulmineo si frappose a bloccarmi la strada.

«Va bene» soffiò con il timbro roco e un'espressione sfacciata che non mi piacque per niente. «Lo faccio. Ma dormo solo se dormi con me».

«Non se ne parla».

Tentai di afferrare la maniglia dietro di lui, ma lui richiamò per un momento la sua solita tempra e la allontanò con forza. Avrei voluto che non fosse un titano di novanta chili di muscoli, ma mi chiesi per quale motivo Madre Natura, non contenta, lo avesse pure munito di un carattere tanto irragionevole e sregolato.

«Dormi con me e faccio il bravo».

«Il bravo, *tu*?»

Andras si appoggiò alla porta con tutto il corpo e mi fissò nuovamente in quella maniera che lasciava intendere che non voleva davvero togliersi di dosso. Lo stomaco ormai era un viluppo ardente e fiacco, e il respiro non riusciva a gonfiarmi il petto con naturalezza. Stavo facendo uno sforzo assurdo per non guardargli il torace e lui neanche sembrava rendersene conto.

«Non ti toccherò» stabilì a bassa voce.

Lo fissai con le guance arrossate e l'espressione poco convinta.

«Dormi davvero se resto qui?»

Lui annuì.

«E starai al tuo posto?»

Ancora un cenno del mento, e io rimasi a scrutarlo per un momento lunghissimo.

«Promesso?»

«Promesso» sancimmo come due bambini.

A quel punto, mi arresi. «D'accordo».

Mi allontanai dalla porta. Mi tolsi il maglione troppo pesante e Andras si portò una mano alla chiusura dei pantaloni neri. Sfilò il bottone dall'asola e io inspirai con le guance in fiamme quando li strattonò leggermente e abbassò la cerniera.

Con le iridi inchiodate su di me, li lasciò scivolare lungo le gambe e poi se ne liberò, restando solo con i boxer scuri. Desiderai morire nel rendermi conto che non lo avevo mai visto così nudo.

Con la sua statura imponente, il volto attraente, i capelli scombinati e gli occhi abbaglianti che riflettevano un atteggiamento insolente e sicuro di sé, Andras sarebbe sempre rimasto l'uomo più bello che avessi mai visto in vita mia.

Persi la capacità di parlare e sentii un dardo incandescente nel ventre quando posai lo sguardo sul tessuto che avvolgeva a malapena il rigonfiamento massiccio tra le sue gambe. Mi voltai a dargli le spalle con gli occhi sgranati, e mi chiesi se fosse troppo tardi per rimangiarmi tutto.

Che idea di merda!

«Ricorda che hai promesso» stabilii, prima di precipitarmi nel letto, rannicchiata così vicino al bordo del materasso che quasi rischiavo di sfracellarmi a faccia in giù.

Poco dopo lui si sdraiò accanto a me. Trattenni il fiato quando in un fruscio lo sentii entrare sotto le coperte, pesante e silenzioso.

Non mi toccò, come aveva promesso. Ma era anche troppo furbo per sottostare a un divieto senza aver già deciso come aggirarlo.

L'istante dopo, infatti, senza toccarmi direttamente, mi afferrò per l'orlo della maglietta e mi attirò contro di sé. Sospirò quando mi sentì addosso, come se non avesse aspettato altro per tutta la sera.

«Ehi» brontolai, voltandomi per cercare di mettere un po' di distanza fra noi. Ma Andras stritolò la mia maglietta nel pugno e mi tirò ancora più vicino, ansimando nell'incavo della mia gola. L'erezione bollente spinse contro le mie cosce. Gli si spezzò un po' il fiato quando posai i palmi sulla pelle compatta del suo torace. «Non... esagerare».

Stare al suo posto non gli era mai riuscito molto bene, ma ci provò lo stesso. Rispettò il mio volere come se avesse delle catene attorno ai polsi che lo costringevano ad accontentarsi, ma percepii il suo cuore palpitare e lui deglutire a denti serrati contro la mia testa.

«Andras». Era bollente. Appoggiai la guancia al centro dei suoi pettorali nel tentativo di calmarlo un po', ma lui schiuse le labbra e il refolo affannato che ne fuoriuscì mi fece formicolare la pelle. «Hai la tachicardia. Che c'è? Ti senti poco bene?»

«Sì» sussurrò amaro. «Sì, è così».

«Cos'è che ti fa male?»

«Tu».

Sollevai gli occhi e incrociai i suoi. Le palpebre glieli incorniciavano in due frammenti di cristallo sofferenti, e le mascelle premevano l'una contro l'altra come se stesse reprimendo un dolore tale da risultargli insopportabile. Quell'espressione così disarmata fermò il mio, di cuore.

«Tu sei... la cosa più dolorosa che mi sia mai capitata» bisbigliò. «Soffro quando respiri, soffro quando sei vicina, soffro quando mi guardi con quegli occhi pieni di sogni che la vita ti ha calpestato. Soffro quando qualcuno ti sorride e ti tocca come io non posso fare, soffro quando mi dici che vuoi andartene da qui per non dovermi più vedere. Soffro perché non ho mai capito il motivo per cui ti sognavo, e ora che ci sono riuscito è troppo tardi». Strinse forte la stoffa della mia maglietta, tremando, e chiuse gli occhi spingendo la fronte contro la mia come se volesse entrarmi dentro. «Soffro perché la vita è una stronza ingiusta e non posso riavvolgere il tempo... Soffro perché vorrei poterti rincontrare, Mireya. Ricominciare da capo. E viverti come non mi è mai stato concesso».

Restai con lo sguardo fisso nel vuoto, incapace di metabolizzare ciò che mi aveva appena detto. Nel freddo che avvertivo dentro da giorni fiorì un raggio commovente, e la mia anima sgualcita vibrò, incredula, le sue ali spezzate si agitarono sul fondo della voragine in cui era precipitata.

«Sei sincero o sei solo ubriaco?» trovai il coraggio di chiedere dopo un po'. Ma avevo aspettato troppo.

Lui non rispose.

No... non mi sentì nemmeno.

Il suo respiro ormai era diventato regolare.

Andras era sprofondato in un mondo dove le mie parole non potevano raggiungerlo più.

Nemmeno nei sogni.

«*Sei bella come lo eri da bambina*».

Mi mossi nel sonno. Tra sensi ottenebrati. Parole confuse,

lontane, soffiarono nei miei sogni come una brezza. Mi sembrò persino di sentire un bacio sullo zigomo, ma quando qualche ora dopo mi svegliai, accanto a me non c'era nessuno.

Sbattei le ciglia recuperando la coscienza. Il materasso era vuoto, ma le coperte profumavano ancora di lui.

«Andras?» farfugliai, insonnolita. Lo cercai subito per la stanza, sentendo il torpore scivolare via nel timido e improvviso bisogno di trovarlo.

Ma lui non c'era.

Scostando le lenzuola, mi alzai e arrancai fino in salotto. Sperai che fosse almeno lì, per sicurezza lo chiamai ancora una volta, nella vana speranza che mi rispondesse. Tuttavia, oltre al silenzio e ai flebili ventagli di sole che penetravano dalle finestre, la casa era vuota. Di lui non c'era traccia.

Non poteva essersene andato così. Dopo quello che mi aveva detto la sera prima, non poteva essere tornato da lei...

Eppure, più i miei pensieri cercavano di aggrapparsi disperatamente a quella speranza, più il cuore appassiva nella consapevolezza che ancora una volta fosse così. Quando si trattava di lui sembrava che la realtà dovesse venire per forza a sbattermi in faccia ogni mia più patetica illusione, ogni mia più strenua aspettativa.

In quel momento scorsi un biglietto appoggiato al bancone della cucina. Mi avvicinai e lo sollevai per leggerlo.

Non ricordo come sono arrivato da te.
Non ero in me. Dimentica tutto.

Restai con quel foglietto in mano per un momento che parve infinito. Lo rilessi come se sperassi di vedere le lettere cambiare, come se rifiutassi le sue parole.

Lo immaginai con la testa pesante e le labbra piegate in una smorfia che si svegliava e capiva di essere finito nel letto sbagliato.

Mi guardava e, inorridito, si rendeva conto che quella massa bruna, quella schiena femminile, non erano di Coraline.

Mentre tristezza e vergogna mi stroncavano, mi sedetti su uno degli sgabelli e mi avvolsi la pancia con il braccio. La testa girò, le gambe ancora una volta non sembrarono riuscire a reggere il peso di ciò che stavo provando. Non ce la facevo più.

Avevo giurato a me stessa che l'amore non mi avrebbe mai ridotta come mia madre.

Avevo respinto ogni legame, ogni forma di dipendenza e attaccamento perché il terrore di rivedermi in lei mi aveva fatto crescere un filo spinato attorno all'anima.

Ma alla fine, anche io ci ero cascata.

Mi ero persa in bellissimi miraggi.

Mi ero librata come un gabbiano al di sopra di ogni dolore.

Mi ero nutrita di fantasie e con gli occhi accecati di sogni, il sangue sfrigolante e l'astinenza che subentrava ogni volta che lui non era con me, avevo continuato a riempirmi il cuore di quel sentimento brillante e doloroso.

E ora ne stavo pagando le conseguenze.

Ora... non sapevo più come uscirne.

Mi trattenni dal piangere e tentai di riprendermi. Andai a farmi una doccia e cercai di mettere del cibo sotto i denti, anche se il mio stomaco si rifiutava di inghiottire qualsiasi cosa.

Non avevo nemmeno voglia di dolci.

Passai il pomeriggio a cercare di far quadrare i conti delle ultime mance. Misi da parte tutto quello che avevo, decisi di tirare ancora di più la cinghia e lasciai solo lo stretto indispensabile per andare avanti. Aggrappandomi a quello che mi stava a cuore come salvagente, mi concentrai disperatamente su mamma e sulle parole che mi aveva detto. Saremmo andate a vivere insieme. Saremmo state unite ancora una volta...

«Ce la farò» sussurrai come se fosse lì con me. «Te lo giuro. Ce la farò e tu tornerai a stare bene. Avremo il nostro piccolo miracolo...»

Proseguii fino a quando le tempie non mi fecero male. Quando, verso sera, mi presentai al locale, ero talmente persa nei miei pensieri che non riuscii nemmeno a seguire i discorsi delle altre ragazze che si cambiavano intorno a me.

«Che succede di là?»

«Riker sta facendo il culo a uno dei suoi. A quanto pare qualcuno di loro ha fatto entrare la sua ragazza dall'uscita sul retro nelle settimane in cui lui non c'era. Senza farla pagare».

«Oh, mio Dio» squittì una.

«Ha i guanti oggi?» chiese un'altra, schietta e insinuante.

«Vera!»

«Che c'è?»

«Ti sembra una domanda rilevante?»

«Come se voi non vorreste vederlo con quelli addosso e nient'altro...»

Volò una maglietta. Risatine eccitate vibrarono tra le pareti.

«Il sogno proibito di Vera: farsi sgridare da Andras Riker mentre indossa i guanti di pelle».

«Da uno così mi farei fare qualsiasi cosa». La ragazza in questione sghignazzò e si sistemò il seno che strabordava dalla divisa da cameriera. «Se fossi una delle ballerine lo avrei già trascinato dentro uno dei bagni del personale».

«Dovresti essere intimidita da lui. È un bello stronzo e tiene in riga un manipolo di dieci energumeni senza nemmeno alzare la voce».

Si scambiarono sguardi complici e poi scoppiarono a ridere.

«Ho saputo che una volta, durante un evento, un paio di ragazze si sono infilate negli spogliatoi mentre si stava cambiando».

«Stai scherzando?»

«No. Zora si è incazzata da morire. Ha sbraitato per una mezz'ora buona e poi le ha mandate a casa. Dopo non ci ha provato più nessuna e lui sembrava molto infastidito dalla cosa».

Continuarono a parlare di lui, a sciogliersi in apprezzamenti sperticati sul suo aspetto, sulla sua autorevolezza, sull'atteggiamento altero e inscalfibile con cui si aggirava tra i corridoi del

Milagro's senza guardare mai nessuna. Lo divorarono a parole, divise tra timore e attrazione, fobia e desiderio, e poi corsero a vedere cosa stava succedendo. Aspettai di restare sola prima di allentare la presa sulla felpa che stavo stritolando.

Non riuscii neanche a parlare; ero inerte e sanguinante, come se lui fosse una costola che qualcuno mi aveva afferrato e spezzato, e che all'improvviso mi era stata strappata via.

Ma in fondo... era mai stato mio?

C'era mai stato un momento in cui non ero stata solo una distrazione, un bisogno impostore, o qualcuno che inconsciamente attenuava il mostruoso senso di colpa con cui era costretto a convivere giorno e notte?

Addolorata, trassi un respiro. Mi cambiai e sistemai le mie cose per prepararmi ad andare a coprire il turno. Mi stavo legando i capelli in una coda quando inaspettatamente una suoneria riecheggiò nella stanza vuota.

Proveniva dalla mia borsa.

Rovistai un po' prima di recuperare il cellulare e il cuore si bloccò come imprigionato nel momento in cui vidi il numero che brillava sullo schermo.

Esitai, poi accettai la chiamata.

«Mamma?» chiesi con un presentimento viscido che spingeva contro lo sterno. Ma dall'altra parte rispose una voce che non era la sua.

«Signorina Vicander. No, sono... Jackie».

«Jackie, ciao» mormorai, cercando di smorzare lo slancio accorato con cui avevo risposto. Era stata lei ad accogliermi la prima volta che ero stata in visita al centro e solitamente era suo compito tenermi informata sull'andamento di mamma. Motivo per cui sentirla a quell'ora mi riempì la bocca di un sapore molto simile alla bile. «Che cosa succede?»

«Mireya. Devo... Mi dispiace contattarla fuori dagli orari concordati. Ma sono tenuta a comunicarle una cosa molto delicata. Può parlare?»

Nelle orecchie mi suonò un campanello d'allarme. Tornai a sedermi lentamente, cercando con le dita il panchetto di legno dietro le mie gambe.

«Non l'hanno presa» dissi a bassa voce. Per un patetico momento mi aggrappai alla speranza che si trattasse di quello, che mi avesse contattato soltanto per riferirmi che il colloquio non era andato bene. Ma la sua eloquente esitazione mi iniettò nel petto un veleno che si propagò nelle vene con tentacoli mortiferi.

«No, Mireya» rispose, come se le si spezzasse il cuore solo a cercare la maniera per dirmi quello che doveva. «Non si tratta di questo». Jackie deglutì impercettibilmente, parlando così piano che quasi non riuscii a distinguere le parole. «Lei dove si trova adesso? È seduta?»

Le dita che reggevano il telefono cominciarono a tremare. Un silenzio stridente fu l'unica risposta che riuscii a darle, mentre lei, a fatica, tentava di trovare le parole a cui non sarei mai stata preparata.

«Mireya, sua madre... non è andata al colloquio. Ci hanno chiamato poco fa per avvertirci che l'hanno trovata vicino al viadotto della stazione, su una panchina. Era in stato d'incoscienza. Aveva... una siringa nel braccio».

No.

La stanza intorno a me vorticò tra luci folli. Per un attimo non capii nemmeno più dov'ero, un sudore gelido mi travolse come un'onda e la vista si annebbiò. Tentai di respirare, ma lo stomaco si contrasse come se avesse ricevuto un calcio brutale e fulmineo, gli organi urlarono e le orbite si rovesciarono all'indietro.

Oscillai in avanti e persi l'equilibrio.

L'ultima cosa che sentii fu la pressione del sangue colare a picco e il pavimento che mi si schiantava addosso: rovinai a terra, la mano che strillò di dolore nel vano tentativo di attutire il colpo.

Il cellulare scivolò via e si scheggiò sulle piastrelle dello spogliatoio.

«Mireya!» mi chiamò Jackie allarmata. «Mireya, sta bene?»

Il mondo si azzerò per un secondo. Tutto divenne un ronzio buio, insistente. Quando riuscii di nuovo a percepire il mio corpo, udii anche la voce di Jackie affiorare da un luogo sempre meno lontano.

Macchie nere mi pungolavano il retro degli occhi.

«Mireya, mi sente? Mireya!»

Non riuscii a muovermi. A malapena fui certa di essere ancora viva. Fissai il vuoto e non mi mossi fino a quando la testa non smise di turbinare con insistenza nauseante.

Dopo attimi che parvero interminabili, avvertii il mio braccio strisciare e recuperare tremolante il cellulare che era caduto sotto il panchetto.

«Respiri» la udii dirmi con dolcezza sentendo che ero lì, dall'altra parte dello schermo rotto. «Respiri profondamente. Sua madre è con noi adesso, è al sicuro. Ascolti, Mireya, la prassi ci richiede di intervenire prontamente. Quando accadono queste cose, in genere tendiamo a seguire un approccio emergenziale. Ho bisogno del suo consenso, se mi assicura che è disposta a ridiscutere del programma troveremo il percorso migliore per non sottoporla a un carico di stress ulteriore...»

Ma io non la stavo ascoltando.

Lacrime laceranti mi divoravano le palpebre, offuscando ogni cosa.

Non ce la facevo a ricominciare da capo.

Non ce la facevo a sopportare tutto.

Arrancando, mi sollevai sulle mani e a fatica mi issai in piedi. Le gambe vacillarono e con gli occhi spalancati cominciai a muovermi piano verso l'uscita, poi sempre più veloce.

Corsi lungo il corridoio, con l'aria che mi strappava le lacrime dalle ciglia e il battito cardiaco che mi alienava dalla realtà. Individuai la piccola folla che presidiava la sala principale, dove l'intero locale stava assistendo in religioso silenzio alla scena in corso.

Mi feci largo tra le persone senza neanche vederle, spinta da un unico martellante bisogno. Sentii qualcuno lamentarsi perché lo avevo urtato, qualcun altro chiamarmi, mentre sempre più persone si voltavano verso di me. Emersi oltre la cinta di corpi e, quando lo individuai al centro della sala, non guardai nemmeno a chi stesse ringhiando addosso. Corsi nella sua direzione e nel momento in cui Andras si girò, davanti a tutto il Milagro's, gli saltai al collo e lo abbracciai.

Calò un silenzio scioccato.

La stanza andò come sottovuoto. Tutti restarono pietrificati, persino lui, che rimase con le braccia allargate, il corpo rigido e il respiro mozzato nel petto. Percepii l'intera sala fissarlo in preda allo sgomento. Dai camerieri agli addetti alla sicurezza, ognuno dei presenti era disorientato dal mio comportamento avventato e terrorizzato all'idea di assistere alla sua reazione.

Ma io non riuscii a preoccuparmi di loro.

Mi avvinghiai a lui e sperai solo che non mi respingesse, che non mi allontanasse e non mi scacciasse via.

E l'attimo dopo... le sue braccia si mossero.

Andras mi sorresse e io mi tenni alle sue spalle, il viso contro la sua gola. Con una mano mi avvolse la nuca esile e, dopo avermi stretta saldamente a sé, si sgonfiò come se la tenerezza assurda del mio gesto lo avesse fatto tornare a respirare. Lo sentii riconoscermi, realizzare a chi apparteneva quel corpo bisognoso aggrappato al suo.

Poi riportò il volto sulla folla.

Abbassò il mento e, con sguardo protettivo e minaccioso, lanciò a tutti un avvertimento silenzioso, continuando a farmi da scudo.

Nessuno osò fare commenti.

Nessuno si mosse o emise un fiato.

Si mossero soltanto per farlo passare, quando lui marciò tra di loro e mi portò via.

23
Il linguaggio dell'amore

«Oh, Dio. Che cosa hai fatto al cuore?»
«Ho amato».

«Mamma, perché noi crediamo nei miracoli?»

Lei continuò a sistemare gli addobbi. I capelli castano dorati come il sole e la frangetta morbida le incorniciavano il volto. Mamma era bella come un angelo.

«Perché non dovremmo crederci?»

«Gli altri bambini dicono che non esistono» borbottai, perché avevo litigato con un compagno brutto e antipatico.

«Mireya... hai fatto di nuovo a botte con qualcuno?» domandò, con le mani sui fianchi. Strinsi una pallina di Natale tra le dita e gonfiai le guance.

«No» risposi senza guardarla. Era una frottola: non mi piaceva quando gli altri bambini facevano i prepotenti con me. Solo perché erano maschi pensavano di avere sempre ragione. Be', non era vero. Anche mamma diceva delle cose giuste, e lei era una femmina.

Ma lei non ci credette.

«Ti ho detto tante volte che non si dicono le bugie» mi sgridò.

«Mmm» mugolai un po' arrabbiata. Sperai che non mi dicesse di andare a chiedere scusa perché non volevo. «Ha detto che sono cose stupide. Che sono solo sciocchezze, come le magie e Babbo Natale».

Mamma abbassò le spalle, e mi guardò con dolcezza. Sapeva che mi arrabbiavo quando cercavo di difenderla. Io cercavo sempre di proteggere le persone a cui volevo bene.

«Vedi, Mireya... le magie accadono alle fate e alle principesse

delle fiabe. Ma i miracoli, quelli... sono per noi. Avvengono qui, silenziosi e invisibili, e si manifestano solo a chi ci crede davvero. Chi non ha fede, non avrà mai la capacità di guardare tutte le notti il cielo aspettando che passi una stella cadente. Devi avere fiducia, saper attendere, essere paziente. Ci sarà sempre chi ti dirà che sei una sciocca e un'illusa. Avrai fame, avrai sete, ti verrà male al collo a furia di alzare lo sguardo, e forse finirai per arrenderti, alla fine, ma in qualunque modo vada, tu avrai visto cose che loro non vedranno mai. Avrai visto le costellazioni e i moti millenari, avrai visto le comete e i sorrisi della luna, perché avrai avuto la forza di non arrenderti. Le magie si compiono, Mireya. Ma per i miracoli bisogna lottare».

Abbassai il viso, con la fronte aggrottata. La pallina a forma di cactus luccicò tra le mie mani.

«Ma magari è solo una coincidenza. Magari è fortuna, mamma».

«Le coincidenze non esistono. Tutto avviene per una ragione, anche se ancora non puoi comprenderla».

«Anche le cose brutte?» domandai.

Lei allungò la mano per accarezzarmi e mi sorrise tenera.

«Oh, tesoro. È proprio dalle cose brutte che spesso nascono i prodigi più grandi».

Con sguardo vacuo, continuai a fissare le luci della città.

Sprazzi indefiniti scorrevano al di là del finestrino; i grattacieli sembravano piccoli ritagli stellati nell'oscurità della notte.

Andras era accanto a me.

Il portamento sicuro, le marce che scivolavano sotto gli scatti morbidi del polso, guidava in silenzio senza staccare gli occhi dalla strada.

Non riuscivo ancora a realizzare quello che era successo.

Ce ne eravamo andati senza guardare in faccia nessuno, fendendo la folla che si era voltata a osservarci incredula, esterrefatta, come se stesse assistendo a una scena surreale.

Avrebbero parlato di noi per giorni.

Sapevo che il mio gesto avrebbe avuto delle conseguenze. Tuttavia, quando ogni speranza si era spenta dentro di me, quando la terra mi era mancata da sotto i piedi e il dolore era stato così insopportabile da fagocitarmi, l'unico appiglio che mi era rimasto era Andras.

Avevo sentito il corpo sbriciolarsi e il cuore condurmi da lui prima ancora di comprendere ciò che stavo facendo. Il bisogno viscerale di sentirmi protetta, al sicuro, era esploso soltanto quando mi ero aggrappata al suo fisico statuario e lui, ben saldo sui piedi, mi aveva accolto senza crollare a sua volta.

Aveva sorretto entrambi.

Solo in quel momento, però, mi rendevo conto di quanto avessi agito d'impulso.

Avevo compromesso la sua posizione davanti a tutto il locale.

Lo avevo coinvolto nella mia avventatezza senza nemmeno dargli modo di gestirla.

E ne ero mortificata.

Quando arrivammo al parcheggio sotto casa, Andras spense la macchina; le gambe ancora mi reggevano a stento, ma prima che potessi fare qualunque mossa mi slacciò la cintura e mi prese di nuovo in braccio. Scossa, mi aggrappai a lui mentre con il bicipite sosteneva il mio corpo e con l'altra mano richiudeva la portiera della sua Camaro.

Sentirlo sorreggermi con la spontaneità e la cura che riservava soltanto a Olly mi riempì l'anima di un amore incontenibile.

Mi portò fino a casa sua; quando mi lasciò sulla poltrona, posandomi come se fossi fatta di cristallo, mi resi conto del modo patetico in cui mi stavo comportando.

Aveva una ragazza, cazzo.

Avevano una vita insieme e io continuavo a importunarlo con i miei problemi, i miei drammi penosi, senza farmi da parte come Coraline mi aveva chiesto.

Continuavo ad andare da lui come se non avesse già una miriade di preoccupazioni, come se non fossi soltanto l'ennesimo problema che doveva risolvere, l'ennesima bambina piccola di cui doveva occuparsi.

All'improvviso, in preda all'autocommiserazione, desiderai di sparire.

«Grazie di avermi portata qui. Ora ce la faccio da sola».

Ma non era vero. Cercai di alzarmi e il ginocchio che avevo sbattuto a terra si piegò con una fitta tremenda: mi sbilanciai e Andras mi circondò prontamente la vita con il braccio prima che potessi cadere. Fui costretta a posare le mani sul suo torace e sussultare nel sentire ancora il suo corpo sotto le dita.

«Lasciami» lo respinsi. «Ti ho detto che ce la faccio».

Ma lui non mi lasciò.

Mi strinse con una premura che mi fece salire le lacrime agli occhi, e io dovetti lottare per non piangere di amore e impotenza.

«Lasciami» ripetei. «Mi hai sentito? Lasciami, ho detto!» Gli diedi una spinta, poi un'altra. Cominciai a riempirlo di spintoni, sempre più duri, sempre più forti, fino a quando i miei palmi non divennero una tempesta che si abbatté su di lui con tutto il malessere e il rifiuto che mi strillavano dentro. «Spostati! Lasciami stare! Non ho bisogno di te, hai capito? Non ho bisogno!» Lo presi a pugni, gli riversai addosso tutto il mio strazio, lo sconforto e l'angoscia. Gli riversai addosso tutti i miei sogni e le mie speranze, e i miei ricordi felici. Ogni momento doloroso della mia vita fu un colpo che gli scagliai sul petto come una pugnalata, ogni parola una scheggia di vetro che mi strappai dal cuore torturato.

Andras, imperturbabile, incassò il mio sfogo. Non emise un suono, non mi respinse neanche una volta, avanzando mentre io cercavo di indietreggiare, fino a quando non riuscì a intrappolarmi tra le sue braccia vigorose e io non fui più in grado di dimenarmi e lottare, e allora mi ruppi in un pianto disperato. Gli inzuppai la felpa, la stritolai tra i denti e tra le mani, battei i polsi contro le sue costole fino a sentirli indolenzirsi.

Non era mai stata una battaglia contro di lui.

Lui era solo l'unica persona con cui potevo davvero andare in frantumi.

«Pensavo che ne fosse uscita». Mormorai tra i singulti, incapace di trattenerli. «Pensavo che stesse migliorando...»

Andras continuò a stringermi. Tremai da capo a piedi, sopraffatta dal liquame mortifero che mi insozzava l'anima e mi soffocava il respiro. Mi sentii come un uccellino ricoperto di petrolio, urlavo il mio dolore, cercavo di aprire le ali, ma l'oscurità mi si incollava addosso e mi trascinava dove non avrei più potuto volare.

Era inutile, era stato tutto inutile. Avevo cercato di cambiare il destino con tutte le mie forze, ma avevo fallito. Perché i miracoli non esistevano, perché non era vero che dalle cose più tristi nascono meraviglie, perché non c'era nessuna stella cadente nella volta di quel cielo.

A un certo punto, percepii le dita che mi stringevano scivolarmi sulle spalle. Si fecero strada lungo i miei capelli, su fino alle mie guance, e le circondarono tra i palmi ruvidi e grandi.

Andras mi prese il viso tra le mani e... Appoggiò la fronte contro la mia.

Trattenni il fiato, incredula, devastata, mentre ripeteva il gesto che io avevo condiviso con lui.

Il mio linguaggio dell'amore.

E lì, davanti a quell'atto di conforto, dopo essere stata tante volte forte per gli altri... smisi finalmente di combattere.

Mi prese di nuovo in braccio e io glielo lasciai fare. Mi accovacciai ancora una volta nell'incavo caldo e profumato del suo collo, mentre lui mi faceva sentire la sua presenza piegando il capo contro il mio, come se non volesse lasciar sguarnito nemmeno un pezzettino di me. Con una mano, trascinò la poltrona davanti all'immensa vetrata che dava sulla città e ci si sedette, tenendomi stretta a sé.

Socchiusi gli occhi quando furono colpiti dallo scintillio incantevole e vastissimo dell'esterno; il respiro calmo e stentoreo che vibrava contro la mia guancia chetò i miei sensi.

Andras mi confortò come se fossi Olly.

Il bacino spigoloso sotto le mie gambe, le spalle possenti che oscillavano piano, la mandibola premuta contro la mia tempia.

Sentirlo a contatto con me mi rallentò il cuore. Esalai respiri sempre più flebili tra le ciglia umide, socchiudendo le labbra gonfie.

«Non è colpa tua, bestiolina...» soffiò, parlandomi per la prima volta. Il tono roco della sua voce mi riverberò come un brivido dentro l'orecchio. Aveva atteso di sentirmi calmare perché aveva intuito che il mio dolore fosse troppo profondo per lenirlo solo con le parole. «So quanto ci hai provato. So cosa hai dovuto sacrificare. Sai cosa significa sacrificio? Significa 'rendere sacro'. E tu... tu lo hai fatto. Hai dato tutta te stessa».

La dolcezza con cui mi parlò fu talmente destabilizzante che mi salirono altre lacrime agli occhi. Lui sistemò meglio la testa contro la mia.

«Non possiamo cambiare le persone. A volte crediamo che amarle sia sufficiente a condurle sul sentiero che vorremmo, che quel legame basti a renderci speciali ai loro occhi tanto da condizionarne le scelte, e la vita. Ci chiediamo perché, se noi li amiamo così tanto, loro non riescano a ricambiare. Ma tua madre, bestiolina... Lei ti ama». Le lacrime sgorgarono sulle guance, ancora e ancora. «So che pensi di non essere abbastanza. So che credevi che l'amore che le hai dato costantemente sarebbe valso a salvarla... ma certe volte nemmeno quello può regalarci il lieto fine che sogniamo».

«Se io significassi qualcosa per lei smetterebbe. Se fossi importante per lei...»

«No, Mireya» mi riprese, tenue. «Questo non c'entra con te.

So che la cosa ti spezza il cuore, ma non sei tu che non vali abbastanza. Tu vali tutto quello che puoi dare… tutto il tuo coraggio, i tuoi sforzi, la tua bontà, la lealtà che dimostri tutti i giorni, l'ostinazione con cui ti rialzi sempre, ogni volta che la vita ti delude».

«Ma non è sufficiente. Non sarà mai sufficiente».

«Lo è, invece» ammise. Poi, dopo qualche secondo, più piano: «Lo è per me».

A quelle parole, la mia anima gli si avvolse intorno come un nastro disperato.

Mi trasmise il bisogno impellente di abbracciarlo e di fargli sapere che anche lui per me bastava. Bastava da morire, bastava per una vita intera e tutte le esistenze che sarebbero venute dopo, perché io lo amavo, lo amavo follemente e disperatamente, lo amavo tanto da spezzare il fiato, e anche se lui non lo sapeva, anche se il destino non avrebbe mai scritto un finale felice per noi, io avrei continuato ad amarlo.

«Cosa devo fare?» sussurrai, tenendo a stento a freno i miei sentimenti. Avrei voluto fermare il tempo e restare tra le sue braccia per sempre.

«Questo devi deciderlo da sola. Nessuno può sceglierlo per te. Prenditi il tempo che ti serve, Mireya». Andras continuò a parlarmi. E non capii se fosse a causa della mia momentanea fragilità, ma in quel momento sentii ogni poro della pelle traboccare di ciò che provavo per lui. Avrei voluto dirgli che lo cercavo in ogni sogno.

Che più mi donava parti di sé più io non riuscivo a lasciarlo andare, perché il mio cuore cercava il suo tocco, e il suo tocco soltanto.

Avrei voluto dirgli che prima di lui nemmeno sapevo cosa fosse l'amore, e che me l'aveva impresso addosso la prima volta che non mi aveva lasciato sola. La prima volta che mi aveva guardata, sfidata o aiutata, la prima volta che mi aveva parlato con quel sorriso sfrontato e che avevo incrociato gli occhi più irreali che avessi mai visto, come se lì, almeno lì dentro, un piccolo paradiso esistesse davvero.

E io... io non lo avrei mai più ritrovato nello sguardo di nessun altro.

Non lo avrei vissuto mai più.

Sarebbe sempre stato lui, il mio unico, adorato cielo.

Lo avrei guardato da quel prato che era il mio cuore.

Avrei avuto fame e sete, e male al collo, ma non mi sarei mossa da lì.

Avrei continuato ad amarlo da lontano.

Anche al fianco di chi, ancora una volta, non sarei mai, mai stata io.

24
Zucchero bruciato

La mia anima è uno strapiombo pieno di cartelli di pericolo,
ma se non soffri di vertigini potrai vedere oceani di cristallo
riflessi in tutti i cieli più belli del mondo.

Vergogna.

Fu quello che provai, quando il mattino dopo mi risvegliai nel letto di Andras con le palpebre gonfie, le labbra screpolate dal pianto e i vestiti della notte precedente.

Ero crollata senza neanche rendermene conto, avvolta dalle note forti e inebrianti del suo profumo, dal calore rincuorante delle sue spalle, dalla premura inaspettata con cui aveva continuato a tenermi fra le braccia, cullandomi al bagliore notturno della finestra.

Non era possibile che fosse successo davvero.

D'altronde, la notizia del giorno prima mi aveva sconvolta al punto da avere un mancamento; forse avevo battuto la testa, perché l'idea di essere corsa da lui ed essergli saltata al collo davanti a tutti mi fece rannicchiare su me stessa e infilare le mani nei capelli.

Mio Dio.

Dimmi che era solo un sogno...

Ricordai gli sguardi sgomenti, scioccati, che avevano seguito la mia corsa sgraziata fino a lui. Ricordai il modo in cui si era irrigidito, l'attimo in cui forse aveva valutato di respingermi, di scostarmi bruscamente, prima di accettarmi con un senso di resa che ora mi sembrava sempre di più esasperazione.

E la rabbia con cui lo avevo aggredito dopo...

Nascosi il viso nelle ginocchia.

Avrei voluto sotterrarmi o scappare. Non avevo il coraggio di affrontarlo e scoprire che, magari, aveva chiamato Coraline per riferirle che io ero lì, che stavo dormendo in camera sua. Lei, con ogni probabilità, aveva alzato gli occhi al cielo. Con voce piena di compassione gli aveva detto di darci un taglio, di dirmi una volta per tutte che dovevo farmi una vita. Per il mio bene, si intende.

Con quello scenario ad arrovellarmi il cuore, scostai le coperte e mi alzai. Sgattaiolai in bagno e mi lavai il viso con l'acqua fredda, sperando di sgonfiare un po' gli occhi congestionati e riacquisire un aspetto quantomeno dignitoso; gocciolante, posai le mani sui bordi del lavandino e mi guardai. L'espressione cupa e fragile che brillava sopra le occhiaie sembrava quella di una vecchia malata, non di una giovane di diciannove anni. Ombre scure mi scavavano le guance, il collo era più magro del solito, e i polsi quasi sparivano dentro le maniche del maglione che indossavo.

Dovevo chiamare il centro.

Dovevo parlare con loro del nuovo programma di recupero a cui avrebbero sottoposto mamma, ma in quel momento, fissando il mio stato di sconforto e sfinimento, non riuscii a trovare il coraggio di farlo.

Come stava? Si era svegliata o era ancora sotto l'effetto dei farmaci che le avevano somministrato quando era rientrata?

Aveva chiesto di me?

Abbassai il viso e mi arresi a un sospiro logorato. Prima o poi avrei dovuto affrontare la realtà. Prima o poi avrei dovuto decidere se continuare ad annientarmi per lei oppure accettare che avrebbe sempre scelto la dipendenza invece che una vita insieme a me.

Decisi di raccogliere il coraggio e farlo subito. Avviai la chiamata e parlai con un operatore. Capì subito di chi si trattava quando comunicai il nome di mia madre, ma mi informò che in quel momento l'équipe la stava ancora tenendo sotto controllo e che mi avrebbero chiamato loro non appena possibile.

Inghiottii un groppo di saliva e lo ringraziai.

Mentre tentavo di liberarmi di quell'angoscia, uscii dal bagno e poi dalla camera da letto. Per un momento sperai di essere sola per svignarmela di nascosto, ma, una volta in corridoio, mi sorpresi di sentire un odore insolito pungermi le narici. C'era una leggera foschia che annebbiava l'aria, insieme a un suono acuto e continuo, simile a un allarme, che mi attirò a piedi scalzi fino in cucina.

Un'imprecazione colorita risuonò nell'aria, seguita da un violento tonfo metallico. Quando mi fermai sulla soglia, notai che la coltre densa proveniva da quelli che sembravano ciottoli di carbone neri e fumanti riposti dentro una teglia.

Andras sbatté l'anta del forno e trasalì come se lo avessi beccato a rubare in casa sua.

«Che cosa stai facendo?»

«Niente» rispose subito. Percepii una nota un po' nevrotica nella sua voce, mentre nascondeva una mano dall'aria ustionata dietro la schiena.

«Stavi...» Osservai il caos di farina, zucchero e gusci d'uovo. «Preparando dei brownies?»

«No» sbottò, collerico. Aveva bruciato mezza cucina e non era palesemente in grado di cucinare, ma non potei ignorare quello che, ai miei occhi confusi, pareva proprio un tentativo un po' malriuscito di fare dei dolci.

Un'intuizione assurda si fece strada dentro di me, e lui mi fissò con espressione inferocita, come a intimarmi di non osare darle voce.

«Li hai fatti... per me?» domandai invece, fissando quel disordine prima di tornare su di lui. Andras distolse lo sguardo. Si era pulito le mani sui pantaloni e ora erano ricoperti di impronte bianche. Era un disastro, eppure, anche così, irradiava un fascino irresistibile. Notai che sotto la T-shirt indossava di nuovo la collana di sempre, il cui cordino, diverso quella volta, spuntava a malapena sopra lo scollo rotondo.

Deglutii, spiazzata, e spostai lo sguardo sulla teglia. Con lentezza, allungai una mano e presi uno di quelli meno carbonizzati. Grattai un po' via la parte bruciata, poi lo portai alle labbra e lo addentai.

Lui mi guardò di sottecchi. Come un bambino. Da una parte sembrava che si stesse odiando atrocemente, dall'altra che stesse attendendo solo un mio cenno, un mugolio o un segno che gli comunicasse se quello che stavo assaporando mi piaceva.

Mi leccai le labbra e inghiottii.

«Posso averne un altro?»

Le sue pupille tremolarono leggermente, dentro lo sguardo duro. Poi spinse nella mia direzione tutto il vassoio.

Ne presi uno quadrato e, mentre lo avvicinavo alla bocca, un pensiero mi attraversò la mente: aveva notato che ero dimagrita?

Disorientata, un po' vulnerabile, addentai il brownie e sbattei veloce le palpebre per contenere le emozioni che tracimavano da ogni cantuccio smarrito del mio essere.

«Come ti senti?» mi chiese dopo diversi istanti.

«Sto bene. Grazie». Arrossii fino alla punta delle orecchie e non riuscii a guardarlo mentre aggiungevo: «Mi... dispiace per ieri. Ti ho creato una marea di problemi. Non volevo trascinarti in questa situazione, ma eri... eri l'unico da cui mi sentissi di andare».

Andras non rispose. Non ebbi il coraggio di alzare il viso e vedere la sua espressione, così, in un movimento lento, aggirai il bancone e lo raggiunsi, lo sguardo sfuggente puntato sul suo torace.

«Mi fai vedere cosa ti sei fatto?»

Lui fissò il mio palmo aperto, ma non si mosse. Allora gli presi il polso largo, ancora sporco di farina, e lo costrinsi a mostrarmi il segno rosso che gli attraversava indice e pollice.

Studiai la piccola scottatura. Aveva ventitré anni, un appartamento tutto suo, una sorellina piccola a cui badare, un locale in cui rivestiva l'indiscusso ruolo di responsabile, eppure a volte sembrava davvero incapace di prendersi cura di se stesso.

Con le labbra, mi avvicinai quasi a sfiorare la pelle ruvida e sporca di farina, e soffiai sopra la ferita. Avrebbe dovuto dargli sollievo, ma lui si irrigidì. Tuttavia, non ci feci troppo caso mentre accompagnavo dolcemente i suoi polpastrelli al lavandino e ci lasciavo scorrere sopra un sottile filo d'acqua fredda.

Le dita lunghe e forti, il dorso grande, solcato da vene che sporgevano tra i legamenti scattanti, ruotarono piano sotto il getto cristallino. Aveva delle belle mani.

Facevano venire voglia di stringerle, di portarsele sul viso, sul collo, sulle labbra. Gliele ammirai a lungo, quando, all'improvviso, avvertii le sue dita chiudersi attorno alle mie.

Sollevai lo sguardo. Non capii cosa successe, vidi solo il battito martellargli in gola, il suo viso venirmi vicino. Con il corpo mi spinse leggermente contro il lavabo. La sua ombra mi sormontò, le ciglia mi sfiorarono la guancia, la bocca ansimò sulla mia con un fremito di desiderio, come se l'unica cosa a cui riuscisse a pensare in quel momento fosse la prossimità del mio corpo, i fianchi morbidi premuti contro il suo bacino, il mio capo che si sollevava verso...

«Che stai facendo?»

Mi ritrassi disorientata. Mentre mi allontanavo da lui, Andras mi guardò annebbiato, con il fiato corto.

Faticai a riconoscerlo mentre annegava nel suo stesso smarrimento, come se non riuscisse a realizzare quello che aveva appena cercato di fare, o che io mi fossi sottratta.

Non potevo crederci.

Aveva sul serio creduto di...?

«Hai una ragazza!» inveii, ferita. «Una ragazza che è tornata per te, che ha aspettato di rivederti per mesi! Ma che cosa ti dice la testa?»

«Mireya...»

«Sei assurdo, non ho parole! Ora mi dirai che è stato solo un momento di debolezza? Che devo dimenticare tutto? Se devi sfogare i tuoi impulsi maschili fallo su di lei!»

«Impulsi?» ripeté, i lineamenti rattrappiti come se gli avessi mollato un altro schiaffo. «*Impulsi?*» Mi pentii all'istante della mia scelta di parole. Il batticuore mi rimbombò delirante in ogni angolo del corpo quando una nube burrascosa gli accese gli occhi, rendendoli infausti e iridescenti come metallo. Bello, minaccioso quanto un dio agguerrito, marciò verso di me e mi costrinse contro la penisola della cucina. «Credi che si tratti di questo? Che non sappia tenermelo nelle mutande? Che vada dalla prima che mi capita tra le *mani*?»

«Non ho detto questo».

«No, ma era quello che intendevi!»

«Ma che cosa dovrei pensare?» mi difesi, stringendo le mani al bordo del mobile alle mie spalle. «Ti presenti ubriaco al locale, mi chiedi di dormire insieme, scappi la maggior parte delle volte che cerco di parlarti e le altre cerchi di mettermi le mani dappertutto! Non ti capisco, Andras, va bene? Mi confondi! A volte ti comporti in un modo irragionevole, mi allontani e poi mi guardi quasi come... come...»

«*Come?*» Il suo respiro tonante parve incalzare il mio, elettrico e feroce. «Finisci la frase, avanti».

«Come se cercassi di respingermi, di mandarmi via, ma in realtà volessi... tutto l'opposto».

I suoi occhi inflessibili mi scandagliarono i lineamenti del viso. C'era qualcosa di inspiegabile nel modo in cui lo faceva, ultimamente sempre più spesso. Un'urgenza viscerale, recondita, che sembrava fargli quasi male, che gli oscurava lo sguardo e lo induceva a stringere i pugni con una frustrazione repressa. Non riuscivo a comprendere che cosa gli accadesse nella testa in quei momenti, né a indovinare quale tormento affollasse i suoi pensieri.

Andras era il ragazzo più complicato che avessi mai conosciuto, possedeva una personalità tortuosa, spesso contrastante e imprevedibile, era un labirinto di contraddizioni che lo nascondevano dietro un muro invalicabile di durezza. Era terribilmente scaltro, ma molto spesso l'istinto lo rendeva avventato e irrazionale, difficile da prendere persino per chi, come me, provava a districarsi nel roveto della sua personalità.

«So che è successo qualcosa» mormorai, cercando di infilarmi in punta di piedi in quel groviglio. «Anche se non vuoi parlarmene... ti conosco abbastanza da leggertelo in faccia».

Ormai avevo intuito che ci fosse qualche problema.

E quando lui irrigidì i muscoli delle spalle e chinò il capo capii di averci visto giusto.

«Andras...»

«Avevi ragione».

Con un gesto lento, le sue mani scivolarono via dalla penisola. Si raddrizzò e io lo seguii con gli occhi, cercando di capire che cosa intendesse.

«In che senso?» domandai, ma subito un formicolio oscuro mi assalì come un presagio, e la mia espressione mutò. «Aspetta...»

Ma bastò che lui si voltasse a guardarmi una sola volta. Una sola. E finalmente, negli occhi stretti in due fessure avvilite, vidi il supplizio che non aveva rivelato a nessuno. Era come se la sofferenza che si teneva dentro gli stesse squarciando l'anima.

«Oh, mio Dio...»

Andras si allontanò da me. Mi portai una mano alla bocca e non riuscii a muovermi nel momento in cui i suoi passi riecheggiarono nel salotto, troppo sconvolta. Quando finalmente trovai la forza di staccarmi da lì e raggiungerlo, lui non si voltò. Non riusciva mai a guardarmi negli occhi, in quei momenti.

«Sapevo che doveva esserci un motivo per cui ha voluto pagarle le cure» mormorò in un modo che mi strinse il cuore. «Era la maniera più subdola ed efficace per tenersela vicina, per legarsela stretta. In un momento simile di fragilità psicologica lei gli sarebbe stata troppo riconoscente per non vederlo come un'anima misericordiosa, caritatevole, da dover rivalutare. Mio padre ha sempre avuto un debole per le donne malate e dipendenti da lui» convenne, riferendosi a sua madre e in effetti anche alla madre di Coraline. «Era sicuro che lei non sarebbe stata diversa. Non ha denunciato la scomparsa di Olly perché conosceva Coraline abbastanza da essere certo che sarebbe tornata da lui, che nonostante lo slancio con cui aveva cercato di opporsi, non sarebbe mai andata fino in fondo. Lui... è sempre stato un passo avanti».

Restai rinchiusa in un silenzio angosciato. La mente cercò frenetica di assimilare tutte quelle notizie.

«Stai dicendo che...»

«Mio padre le ha fatto la stessa identica proposta che ha fatto a te. E lei... non ha rifiutato».

Quando lo avevo avvertito del fatto che Coraline si era mostrata interessata al suo portatile, avevo sentito solo l'istinto di proteggerlo, di condividere con lui il sospetto che mi era sorto dopo che il padre di Andras aveva cercato di coinvolgermi nel modo più vile e disgustoso che potessi immaginare. Edelric aveva capito che ero vicina a suo figlio e che, forse mossa da ripicca per il ritorno di Coraline, potevo tornargli utile.

Ma dopo aver parlato con Andras mi ero chiesta a lungo se il mio non fosse stato solo l'ennesimo sciocco tentativo di allontanarli. Avevo davvero creduto che Coraline potesse ingannarlo o provare a fargli del male? La speranza che lei potesse finalmente portare un po' di gioia nella sua vita era stata il mio unico conforto.

«Non può essere» sussurrai. «Lei... non lo avrebbe mai fatto davvero».

«Sapeva tutto» bisbigliò con forza, e io spalancai gli occhi atterrita. «Sapeva che lui voleva togliermi di mezzo, che voleva levarmi la custodia e mettere le mani anche su mia sorella. *Nostra* sorella. Aveva già ceduto alle sue pressioni una volta, e la colpa... la colpa è soltanto *sua*» sibilò con una collera che mi fece capire che si riferiva all'unico uomo che gli suscitava quell'odio convulso e malsano. «L'ha schiacciata con il suo potere, l'ha ridotta a una pedina nello schema ricorrente del suo mondo marcio e corrotto. Ha fatto di lei una schiava, come è successo con chiunque abbia tentato di sovvertire il suo personale ordine delle cose. So che non è Coraline la carnefice in questa storia, perché mio padre ha usato gli stessi metodi con cui ha portato avanti un impero per anni, ma non riesco comunque ad accettare che volesse fare questo a Olly. E la cosa peggiore è che me lo aveva detto. Lui mi aveva detto tutto. Sono stato io a non volergli credere».

«Chiunque avrebbe fatto fatica ad accettare una cosa del genere. Chiunque, Andras...» Strinsi le dita attorno all'orlo della felpa. «È per questo che non sei venuto al lavoro e ti sei ridotto in quel modo l'altra sera?»

Lui non rispose.

Non potevo immaginare che cosa avesse provato, non potevo risucchiare via quel dolore che lo tormentava come un veleno.

Forse qualcuna al mio posto avrebbe gioito.

Avrebbe lasciato nascere dentro di sé una speranza, avrebbe provato sollievo. Avrebbe goduto della disfatta di quella ragazza che sembrava perfetta, compiaciuta dai suoi errori.

Ma io, che lo amavo con ogni briciolina del mio cuore, morivo all'idea che la vita gli avesse fatto anche questo.

Avrei sopportato di non vederlo scegliere me.

Avrei sopportato di vederlo al fianco di un'altra.

Avrei sopportato di curargli le ferite che si procurava per lei, di aprirgli la porta ogni volta che avrebbe avuto bisogno di qualcuno.

Avrei sofferto a ogni respiro, mi sarei spezzata tutte le volte, sì, ma lo avrei fatto.

Avrei sopportato di sentirlo sussurrare il suo nome la notte, nel letto accanto a me; avrei sopportato di confortare i suoi incubi, di lenire i suoi tormenti, di soffocare le mie lacrime amare contro il cuscino, di nascosto, senza farmi scoprire. E avrei sopportato di vederlo tornare da lei ogni singola volta, di vederlo uscire da quella porta e non restare mai, perché alla fine avrebbe sempre scelto qualcuno che purtroppo non ero io.

E forse sarei stata patetica, stupida e illusa, qualcuno avrebbe detto addirittura disperata, ma avrei dato di tutto pur di riscaldarlo nelle notti più fredde.

Avrei accettato tutto, tutto purché lui fosse felice.

Ma non riuscivo a sopportare di vederlo soffrire così.

E mentre lo aggiravo e mi portavo di fronte a lui, intercettando il suo viso basso e gli occhi svuotati, mi sembrò la cosa più ingiusta sulla faccia della Terra che fosse capitato a lui.

«Tu non te lo meriti, Andras. So quello che provavi... che provi per lei» mi corressi, addolorata, e allungai una mano per posarla sulla sua guancia, attirando subito i suoi bellissimi occhi su di me. «So quanto hai cercato di proteggerla. Me lo hai detto tu, ricordi? Tra noi due sei tu quello che ha sempre amato. Hai un cuore che sente tantissimo... E non c'è niente di sbagliato in questo. Non c'è niente di sbagliato nel donarsi e legarsi a qualcuno». Cercai di non piangere nel pronunciare quelle parole e continuai a proteggere l'amore che provava per un'altra. «Quel sentimento dentro di te è sempre stato reale, a prescindere che sia corrisposto o meno dalla persona a cui era destinato. A volte amiamo anche da lontano. A volte amiamo senza saperlo, anche chi nemmeno se ne rende conto» sussurrai affranta, e i suoi occhi mi guardarono di nuovo con quello struggimento che forse non avrei mai compreso. «E un giorno arriverà qualcuno che desidererà ogni spigolo del tuo cuore, che saprà ascoltarti e comprenderti, che cercherà i tuoi occhi bassi quando parli di te perché sa che ti senti vulnerabile, che saprà correggerti quando sbagli e aiutarti a chiedere aiuto, se mai deciderai di farlo. Quel qualcuno vorrà bene a tua sorella, si arrabbierà con te, gioirà con te, piangerà e riderà con te, condividerà le tue lacrime e parteciperà alle tue sofferenze, perché tutto quello che vorrà sarà starti vicino e vederti felice. E tu... tu lo farai entrare e lo amerai con tutto te stesso, con tutta la tua anima e tutto il mondo difficile e sconfinato che ti porti dentro, perché è proprio così che sei fatto».

No, non era vero che l'amore era come la dipendenza.

Perché la dipendenza ti toglie soltanto.

Ma l'amore... l'amore ti dà.

L'amore dona tutto, l'amore riempie e regala, l'amore *rende sacro,* in un modo speciale e inestimabile, in quella misura che fa bene anche quando ci sembra che faccia male.

Andras continuò a guardarmi. Gli occhi intrappolati nei miei, la mandibola serrata con amarezza contro il mio palmo.

«Posso toccarti?»

Quella richiesta echeggiò nei miei sensi carichi di emozioni.

Ritrassi il braccio, dapprima intimidita, ma dopo un piccolo istante annuii piano.

Pensavo che mi avrebbe... non lo so, abbracciato.

Invece, Andras mi portò le mani attorno al viso. I pollici leggermente infarinati mi carezzarono gli zigomi, le guance, il mento e le labbra. Sapevo che non era abituato a chiedere il permesso. Era più il genere di uomo che le cose le pretende e se le prende, ma nel mio cuore fiorì un'esitazione stordita da quel contatto.

«A-aspetta...» Il battito si fece confuso, accelerato. Indietreggiai e lui mi venne dietro senza lasciare il mio viso, ottenebrato da un bisogno indefinibile. Respirò il mio respiro, cercando aria così avidamente che mi sentii girare la testa, e rimasi frastornata mentre mi spingeva contro la parete. Andras sembrava esausto, eccitato e sofferente allo stesso tempo, in balìa di una ragazza minuscola che ora lo guardava con gli occhi sgranati, come se le sue parole gli avessero spianato qualcosa nel petto.

«Andras...»

«Dimmi che non sei venuta da me perché sono l'unico con cui ti senti al sicuro. Dimmi che non hai sentito il bisogno di cercare me, e solo me» sussurrò, come se stesse cercando un valido motivo per allontanarsi, ma sperasse di sentirsi rispondere tutto il contrario. «Dimmi che non sono davvero niente per te. Che...»

Ansimò quando cercai fiaccamente di respingerlo. Mi guardò accartocciata sotto di lui, agitata, la schiena inarcata all'indietro, il seno gonfio di un affanno malcelato, i palmi piccoli che premevano contro il suo torace, nel vano, sciocco tentativo di salvarmi.

E l'istante dopo...

Lui si chinò e posò lentamente la bocca sulla mia.

Chiusi gli occhi.

Ignorai la ragione che cercò di fermarmi, di dirmi che stavo sbagliando di nuovo: tutto dentro e fuori di me gli si avvinghiò addosso e soffocò in un sentimento disperato. Ricordai inesorabilmente cosa si provasse a ricevere i suoi baci, ad avere le sue mani forti tra i capelli e la lingua che si fondeva al suo sapore in una spirale bollente, in grado di sgretolarmi brividi tra le costole.

Quel bacio mi fece male, un male atroce e sconcertante. Eppure... le ali si innalzarono, il petrolio scivolò via e l'anima si librò immensa e vivida ancora una volta.

Gli afferrai i fianchi sporcandomi con la farina che gli imbrattava i pantaloni neri, poi con un saltello gli gettai le braccia al collo e ricambiai con tutto il mio povero cuore.

Ero una stupida. Ci stavo cascando di nuovo, gli stavo permettendo ancora di fare di me ciò che voleva. Ma Andras non risiedeva più nella mia anima, lui *era* la mia anima.

Era l'angelo che mi stava nascendo dentro, i pinnacoli piumati che avevano squarciato la crisalide dei miei dolori.

E io lo desideravo contro ogni buon senso, contro la logica e l'orgoglio, lo desideravo anche se sapevo che non sarebbe mai stato mio.

Andras mi infilò una mano nei capelli e mi tenne schiacciata contro il suo addome. Sentii la polvere bianca imbrattarmi le ciglia, la fronte, persino la bocca mentre mi succhiava il labbro inferiore e con la mano libera mi percorreva tutta la spina dorsale, continuando a divorarmi come se non avesse atteso altro per settimane.

Travolta dalla foga del suo corpo, mi aggrappai alla sua nuca. Il battito impazzò per tutto il tempo in cui lui incombette su di me. E più io mi lasciavo andare, più lui sembrava saziarsi dei miei gemiti rotti, godere degli ansiti spezzati, delle labbra gonfie e cedevoli che lo accoglievano a fatica.

Trattenni un singulto quando mi afferrò bruscamente per i fianchi e mi sollevò; a quell'altezza sentii a malapena le sue gambe muoversi, i suoi passi pesanti risuonare sul pavimento. Con un calcio spedì una porta a sbattere contro chissà che parete mentre lui non smetteva di tormentarmi la bocca.

Solo nel momento in cui udii lo scroscio dell'acqua e lo sentii rimettermi a terra, mi resi conto che quelle su cui si posarono i miei piedi nudi erano le piastrelle del bagno.

«Che stai...»

Si tolse la maglietta e mi zittì di nuovo con ardore. Il calore del suo corpo imbavagliò il mio orgoglio e io mi sentii fiacca, indifesa, sopraffatta. Mi sfilò la felpa e la gettò alle sue spalle senza smettere di baciarmi, afferrandomi il capo per spingersi più a fondo, fino a condurmi dentro il box doccia.

L'acqua ci schizzò addosso.

Ma quando le sue dita agguantarono l'orlo della mia canottiera, un panico familiare mi risalì lungo la gola.

«N-no! Aspetta...» Gli puntellai le mani contro gli addominali e voltai il viso, aderendo accaldata alla parete. Le emozioni erano così forti che avevo gli occhi umidi, le guance rosse, le labbra sbavate. Stava succedendo tutto troppo in fretta e io... «C'è una cosa» balbettai in difficoltà. «Ho... Ho un segno. Una... cicatrice. Sul fianco».

Andras mi guardò soltanto, ansimante, come se parlare in quel momento gli venisse molto difficile.

«È... È brutta» continuai. «Frastagliata e in rilievo».

«E allora?»

«Non è un bello spettacolo da guardare».

«Fammi vedere».

«No» mi ritrassi, anche se sapevo che non voleva umiliarmi. «Io... non sono perfetta o intatta. La... La mia pelle è rovinata».

«A me piacciono le cose rovinate» gli scappò con un sussurro rovente, come se la cosa lo eccitasse – no, gli *piacesse*. Ancora di più.

«Dico sul serio. Io non... non l'ho mai mostrata a nessuno».

Lo avevo sfidato, avvolto con una sciarpa di lustrini e tormentato con divertimento. Avevo voluto dimostrargli ancora una volta che non ero l'anima candida che credeva di poter dominare, ma da quando avevo capito cos'era quel sentimento che mi addolciva lo spirito, mi sembrava di essere tornata indietro. L'amore mi faceva sentire piccola, insicura.

Una bambina indifesa.

«Non voglio... che mi guardi».

«Ma io sì. Io voglio vederti tutta».

«Non lì».

«Pensi sul serio che possa sconvolgermi per una cicatrice? *Io?*» Stritolò l'orlo della mia canottiera. «Pensi che troverei brutto qualcosa solo perché agli occhi degli altri ti rende 'danneggiata'? Sei una sciocca» mi sgridò. «Non me ne faccio un cazzo della perfezione altrui. Sono i tuoi spigoli che voglio. Lasciami entrare». Il timbro di voce basso e profondo mi strappò un brivido doloroso. «Solo me. Lascia entrare solo me».

Desiderai scappare. Nascondermi. Fuggire via.

Invece, restai lì a pensare che mi aveva respinta tante volte, che mi ero legata a un ragazzo infestato dal ricordo di un'altra, che nessuno mi aveva mai vista senza maglietta, vestita solo dei miei difetti.

Eppure, in quella doccia, davanti a lui, realizzai anche che non c'era nessun altro al mondo di cui io mi fidassi nello stesso, inspiegabile modo.

E gli respirai tremula in bocca, le ciglia socchiuse, quando le sue mani mi scoprirono dalla stoffa. Sganciò anche il reggiseno e io fremetti, rimanendo soltanto con i leggings neri.

A quel punto, lui mi guardò.

I suoi occhi brillanti e indecifrabili scivolarono dalla gola scoperta fin sulle curve del petto e percorsero il profilo dei fianchi floridi lambiti dalle ciocche di capelli neri, un po' sporchi di farina.

Non mi mossi. Lo lasciai fare, contenendo a stento le mie emozioni. Inghiottii a vuoto, strizzando i seni abbondanti con gli avambracci nel tentativo di coprirmi.

Tutto il mio corpo sembrò urlare: 'Questo prodotto è fatto a mano: ogni possibile imperfezione è da considerarsi una caratteristica e non un difetto'.

«Io...» farfugliai, ma Andras mi bloccò con la sua espressione torva. L'istante dopo si inginocchiò davanti a me: era così alto che anche in quella posizione dovette chinarsi per raggiungermi il costato. Strinsi le gambe nel vederlo di nuovo prostrato in quel modo, e per la prima volta ebbi timore delle sue intenzioni.

Le mani grandi mi agguantarono con decisione i fianchi. Dopodiché, imprigionandomi col suo sguardo celestiale, fece esattamente ciò che temevo: posò le labbra sul segno in rilievo.

Inspirai brusca. Un pigolio terrorizzato mi sbrodolò dalla gola come se mi stesse sfiorando una scucitura dell'anima, un contatto a cui non ero minimamente preparata.

Spinsi il bacino il più indietro possibile. La parete mi ostacolò, allora ritrassi la pancia. Tremavo come una foglia.

Quel gesto mi fece sentire più nuda che mai. Era più intimo di qualsiasi invasione, pianto o carezza spinta avessi mai condiviso con qualcuno.

Le lacrime mi si raccolsero sulle ciglia. Proruppi in un singhiozzo quando la sua lingua setosa lenì quel punto su cui mi ero sgretolata tante volte, mentre ancora mi tratteneva per impedirmi di scappare.

Baciò piano. Con lentezza. Percorse tutta la cicatrice una volta. Poi scese di nuovo, e ancora su, affondando piano ma con decisione. Mi riempì di teneri schiocchi, e mano a mano che le sue labbra piene si aprivano e richiudevano su quel lembo fragile di pelle, io mi sentii invasa da un subbuglio che non avevo mai provato prima.

Non era mai stato così delicato.

E il mio cuore... il mio cuore crollò in ginocchio e pianse.

Scese lungo lo sterno.

Si raccolse e batté lì.

Andò incontro a quel ragazzo più malandato di me, al suo carattere impetuoso e ai suoi modi sgarbati, e nel gesto che stava facendo trovò l'unico rifugio in cui sentirsi accolto.

Mi sembrò che nessuno mi avesse mai trattata così.

E nessuno avrebbe mai capito cosa significasse per me.

Per tutta la vita avevo avuto l'impressione che quella ferita non fosse guarita. Che avesse continuato a fare infezione, a suppurare, per ricordarmi che certi amori ci restano addosso come una cicatrice. Soltanto in quel momento, quando lui la guardò e la sfiorò per davvero, capii che aveva finalmente smesso di sanguinare.

Mi sono innamorata.

Mi sono innamorata di te.

Mi sono innamorata dell'angelo che è in questa storia.

Non è un custode. Non è un vendicatore. O forse è un poco di entrambi, perché sa sia lottare che proteggere.

Ma mi sta mostrando il paradiso.

Mi sta insegnando che esiste davvero.

E non è fatto di alti cancelli dorati o schiere di bianche sponde. È fatto di respiri fusi insieme, di felpe sciocche, di occhi che si capiscono al volo senza bisogno di parole e di dolci bruciati nel forno.

È fatto di sguardi che si odiano e mani che si cercano, di lividi che si mescolano per stringersi ancora più forti.

E lo so che prima o poi mi dirai di andarmene.

Che mi dirai che questo non è il posto per me.

Che ho vagato in un giardino proibito, ho mangiato un frutto che mi era precluso.

Ma almeno adesso, ti prego, non cacciarmi.

Almeno adesso, fammi restare...

Con un'arrendevolezza nuova, gli afferrai il viso e lo sollevai verso di me.

Lo baciai.

Mi avventai su di lui in un impeto così inaspettato che per poco non lo feci cadere all'indietro. Andras vacillò, sorpreso dal mio slancio sgraziato, poi mi afferrò i capelli e ricambiò con tutta la sua prepotenza.

Una smania repressa esplose tra di noi.

Si alzò in piedi e io gli stritolai le spalle per non lasciarlo andare; mi agguantò dalle natiche e mi premette addosso a sé, con una mano mi afferrò un seno e ci fiondò la bocca, divenendo sempre più rude e travolgente. Mi riempì di morsi e sospiri, e poi tornò sulle mie labbra in un assalto irrefrenabile.

Mi mangiò viva.

Mi strappò le paure, le insicurezze, le afferrò per la gola e divorò anche loro.

Quasi inciampai quando mi fece voltare, incapace di controllare o gestire nulla di quello che stava succedendo. Frenetico, mi schiacciò contro il vetro della doccia aderendomi con i pettorali alla schiena. La foga non gli permise nemmeno di togliermi i leggings. Sentii la durezza a stento contenuta nei suoi pantaloni mentre infilava una mano dentro il tessuto elastico e poi sotto le mutandine, stringendo con forza il centro accaldato tra le mie cosce.

«Andras» esalai con le braccia intrappolate contro i seni. Il mio invito lo infervorò, i suoi muscoli divennero acciaio. Con pollice e medio mi allargò e con una mossa decisa infilò l'indice dentro di me.

«*Ah...*» Premetti la fronte contro il pannello e i palmi scivolarono contro la superficie bagnata, un'unghia mi si spezzò sulla scanalatura zigrinata del vetro. Il viso schiacciato, il fiato che appannava la lastra trasparente, sentii la falange farsi strada nella carne strettissima.

Andras rimase immobile nell'avvertire la pressione che gli avvolgeva il dito fin quasi a stritolarlo; io, invece, mi ritrovai a boccheggiare e a reggermi a stento sulle gambe, vinta da un'emozione incurabile. Le ali dentro di me palpitarono. Lo stomaco era una poltiglia sciolta da cui rotolavano giù rivoli caldi e formicolanti.

Stavo sudando e avevo i capelli appiccicati alla schiena. L'acqua scrosciava su di lui, che con la sua mole mi riparava quasi del tutto, a eccezione di qualche goccia fredda che mi colava lungo la colonna vertebrale fino al solco fra i glutei.

Piegò il polso, spingendosi ancora più a fondo. Mi contorsi, morbida e gemente, e lui sembrò quasi spaventato da quelle pareti così serrate.

Non avevo mai percepito il mio corpo così.

Così *tanto*.

Era una sensazione disarmante, potente, piena. Sembrava che ogni senso fosse amplificato, acceso come una luce brillante.

«Ti sento tutta» soffiò, accennando al modo in cui gli tremavo attorno a un unico dito.

«Non... non fermarti». Chiusi gli occhi, resa folle dal rimbombo del cuore nelle orecchie, dalla gola secca, dal suo corpo sul mio – da *tutto*. «Non fermarti, ti prego».

Andras ansimò alle mie spalle. Mosse il dito, e ogni cosa divenne sfocata. L'altra mano strinse ancora di più il mio bacino contro il suo e il mio petto si gonfiò di una calura asfissiante.

Potei avvertirlo bruciare dietro di me, macerarsi di un desiderio che grondò persino l'aria che stavo inalando mentre mi penetrava sempre più forte, sempre più a fondo, come se fossi una creaturina tutta da scoprire. Non era niente in confronto a quello che avrebbe potuto farmi, ma l'idea che mi stesse sconquassando solo così, solo con la fermezza del suo corpo e la mano conficcata tra le mie gambe orgogliose, sembrò spiazzarlo.

«Credevo avessi già fatto queste cose».

«Non... così».

«Così come?»

Non sapevo come spiegargli che Matthew non era due metri di nervi, braccia e muscoli innervati. Andras aveva mani grandi, rudi, capaci di ricamarmi sulla pelle tetre fantasie e scie di brividi violenti. Inoltre, era passato tantissimo tempo dall'ultima volta che avevo condiviso una simile intimità con qualcuno.

«Matthew era più... più timido. Goffo».

«Goffo?»

«I-impacciato, sì».

«Impacciato...» mormorò pensieroso, ruotando con lentezza il dito dentro di me. «E dimmi... Ti piaceva?»

«Io...» farfugliai, sussultando, perché aveva ripreso a muoverlo con determinazione avanti e indietro. «N-non lo so».

«Ah, non lo sai». Continuò a invadermi, tenendo la fessura dilatata, poi si piegò e mi morse il collo; succhiò con la stessa prepotenza con cui continuò a seviziarmi, dopodiché con fermezza unì il medio all'indice bagnato, spingendo dentro le sue due dita più lunghe e forti.

Gemetti e mi tesi in punta di piedi. Sarei scivolata se lui non si fosse premuto con tutte le sue forze su di me. Affondò tra le pieghe con un ritmo spietato e l'altra mano mi catturò la mascella, piegandola per respirarci sopra.

Mi spinse l'inguine contro le natiche, ubriacandosi del mio affanno, del piacere timido che vibrava nella mia gola, uscendo ed entrando con fervore crescente, inabissandosi tra le mie gambe che ora gli si stringevano intorno al polso, incapaci di resistergli.

Avrei voluto dire qualcosa, fargli udire la mia voce, ma non ce la facevo.

Ero troppo concentrata sulle sue mani, troppo assordata dal mio cuore, troppo oppressa dall'addome muscoloso che sfregava contro la mia schiena.

Il mio ventre si contorceva. I polpacci tremavano di tensione. Le guance ardevano. Sudore e acqua si alternavano sulla mia pelle, freddo e caldo, brividi e vampate. Un intorpidimento annidato in fondo, sotto al bacino, risucchiò lentamente ogni energia come una spirale voluttuosa, e i miei respiri divennero erratici.

I talloni si tesero, l'addome scivolò in avanti, le sue dita stimolarono le carni che si contrassero una, due, tre volte, e io non seppi più dove andare. Mi spinsi contro il vetro, il collo mi fece quasi male quando lui mi costrinse a guardarlo e i miei occhi si scontrarono con i suoi, prima che una scarica convulsa mi si irradiasse in ogni terminazione nervosa.

E i sensi esplosero.

Quel boato rovente mi si riversò nel sangue e io mi irrigidii tutta, allo stremo, pervasa da ogni singola goccia, ogni minuscola scintilla. Andras non mi lasciò la mandibola. Volle fissarmi dritto nelle iridi languide mentre quell'estasi mi sfrecciava tra le ciglia appiccicate, schiuse verso di lui come fiori esausti.

Le mie forze si esaurirono tutte d'un colpo. Ruotai su me stessa e appoggiai le scapole al pannello, scivolando piano a terra.

Lui fece un passo indietro. Improvvisamente, mi guardò dall'alto come se volesse allontanarsi da me, come se quella doccia fosse divenuta troppo piccola per entrambi, quasi soffocante.

«Forse ora non mi dirai più che non posso toccarti».

25
A squarciacuore

«Vuoi da bere?»
«No, grazie. La mia sofferenza mi piace scondita».

Andras

C'era un problema.
Anzi, c'erano tanti grossi problemi.
Il primo era alto un metro e settanta, aveva a malapena diciannove anni e due occhi in grado di uccidere – no, di fottere – un uomo adulto.
Il secondo, era che avevo dovuto mollarla subito in quel bagno o avrei finito per sbattermela con violenza contro il portasapone a forma di rana di mia sorella.
In un'altra circostanza, se non fosse stata lei, mi sarei divertito a sperimentare dove le stavo meglio addosso: riflessi nello specchio, con lei chinata sul lavandino in pietra lavica, o persino contro la finestra a doppio vetro, dove chiunque, sbirciando in su, avrebbe potuto scorgere dalla strada le sue tette deliziose rivolte verso il cielo.
Ma il terzo, grosso problema, era che invece si trattava *proprio di lei.*
Di Mireya.
E sentirla così stretta, così cedevole e sensibile quando l'unica cosa che mostrava di solito era quel caratterino battagliero con cui graffiava ed elargiva insulti a chiunque, mi aveva fatto vedere il Dio in cui non credevo.
Ero diventato un santo solo per la forza di volontà che mi era servita a non infierire sul suo corpicino sfiancato.
Tuttavia, il quarto problema – perché sì, ero così alla frutta

ormai che avevo iniziato a contarli – era che... non si trattava solo di questo.

C'era di più.

C'era lei che mi ordinava di non toccarla, ma poi tremava appena lo facevo.

C'era lei che mi urlava contro di odiarmi e poi si tuffava tra le mie braccia come se si fidasse soltanto di me.

C'era lei che mi faceva sentire uno strano bisogno, che mi spingeva a seguirla ubriaco a casa sua solo perché *volevo starci insieme.*

Non riuscivo più a pensare ad altro.

Ciò che volevo era...

«*Cosa?*» masticai tra i denti. La sigaretta mi pendeva spenta dalle labbra e lo sguardo era incazzato. Come sempre. Con le braccia incrociate, un piede piantato contro il bordo della vasca in cui ero sdraiato, me ne stavo rinchiuso nel bagno degli ospiti come il coglione che dopotutto ero.

Almeno quello era giorno di chiusura al locale.

«Olle!» Mia sorella, appena rientrata dal giretto mattutino con Carmen, era seduta sul mio bacino e soffiava bolle di sapone sputacchiando attraverso un anellino di plastica. Rideva ignara delle turbe mentali di quell'imbecille che aveva per fratello, e faceva bene.

«Se mi diventi come lei ti spedisco in convento» borbottai. «Trovati un tizio normale e vedi di crescere tardi. E sorridi poco, che di deficienti in giro ce ne sono fin troppi».

L'ennesima bolla mi scoppiò sul naso.

Rimasi a subire quella punizione patetica senza fiatare. In fondo io ero patetico.

Mio padre voleva rinchiudermi come una bestia e gettare la chiave, l'unica donna che avessi mai fatto entrare nella mia vita aveva cercato di aiutarlo nell'intento e io mi crucciavo sui motivi per cui non riuscivo a portarmi a letto una ragazzina qualunque.

Non è una ragazzina qualunque.

È Mireya.

«Ho capito» ringhiai, e Olly ridacchiò come se stessi parlando con lei. «E quindi cosa?»

«Ella». Indicò una bollicina e il mio umore peggiorò.

Sì, d'accordo, era molto bella.

Ma questa non era la risposta.

Semmai il quinto problema.

Mireya non aveva mai percorso la strada delle altre. Da quando l'avevo conosciuta, lei non mi aveva mai guardato con quell'adorazione sognante o quel desiderio che di solito suscitavo nel genere femminile.

Non aveva mai mostrato timore, né soggezione.

Solo orgoglio e una tempra indomita da far girare la testa.

Avevo sempre creduto che a ossessionarmi fosse stato il suo aspetto, ma la verità era che la forza bollente e combattiva che aveva dentro mi aveva inchiodato il cuore al muro fin dal primo istante.

Era una fonte di nettare inesauribile. Mi infervorava, mi eccitava, nutriva il mio ego e gli dava la considerazione che cercava.

Lei era cherosene puro e io, con il ghigno esaltato e la sigaretta stretta tra le labbra, avevo sentito il desiderio spasmodico di far scattare l'accendino e vedere il modo in cui le sue fiamme mi avrebbero ridotto in cenere. Era la solita abitudine a distruggermi, bruciare e goderne.

Fino a quel momento avevo conosciuto solo quel modo di esistere e affermarmi: attraverso gli sguardi gocciolanti livore degli altri, la loro ostilità feroce, i loro sentimenti distorti convogliati tutti su di me, gli unici che glorificassero la mia presenza e mi permettessero di sentirmi vivo e considerato.

Visto.

Ma con lei qualcosa mi era sfuggito di mano.

Avevo perso il controllo.

E ora l'unica persona che mi suscitava tutta quella smania di attenzione se ne stava a incoraggiarmi sentimentalmente verso un'altra donna, come se di me non gliene fregasse proprio un cazzo.

«Che vita di merda».

«Eda».

«Ehi» latrai burbero, posando le mani sulle sue gambette. «Cosa sono queste parole?» Olly sbatté le palpebre. «Non si dice. Io sono un adulto. Tu no».

Come se avesse intuito l'estrema ingiustizia dietro la mia logica, lei mi fece il broncio.

Non avrebbe potuto infliggermi un colpo più basso di così.

«Va bene» sancii scorbutico. Lei si lagnò quando la presi in braccio e mi alzai dalla vasca. Abbandonai la mia posizione da soldato in trincea e la portai in camera sua, dove rimasi con lei finché dopo molta fatica e tanti capricci alla fine non capì che era il momento del sonnellino, e non crollò abbracciata a una coccinella di pezza.

Mi tolsi la sigaretta umida di sapone dalle labbra e la infilai dietro l'orecchio, richiudendo la porta.

Avanzai nel corridoio, sfilando davanti alla mia camera con la testa assediata dai pensieri. Lentamente, i miei passi si fermarono. Tornarono indietro e mi portarono sulla soglia della mia stanza.

La visione che si palesò sotto i miei occhi mi spinse un fremito fino ai lombi.

Mireya era stesa sul letto.

A pancia in giù sopra le coperte, i capelli raccolti a scoprire la curva del collo, cancellava cose da un foglietto con una penna presa dalla mia scrivania. Le caviglie sottili dondolavano avanti e indietro, i piedi nudi e arcuati si grattavano distrattamente l'uno con l'altro, e il fondoschiena rotondo spiccava ancora velato da un paio di leggings che qualche sadico spiritello demoniaco continuava a farle indossare, sussurrandole quell'idea dopo aver accoppato il povero angioletto seduto sull'altra spalla.

La mia razionalità andò amaramente a puttane.

«Questi stupidi conti» borbottò la mia piccola bestiolina scorbutica.

Dalla conversazione che avevo udito attraverso il muro per quasi un'ora, doveva aver sentito la clinica di sua madre. Non sapevo se avesse pianto. Avevo immaginato che scappasse di nuovo da me, visto il modo in cui l'avevo abbandonata nella doccia; invece era rimasta e nel sentirla imprecare intuii che la sua indole aveva prevalso ancora una volta sulla tristezza.

Da qui il sesto problema.

Sarei arrivato a dieci prima di pranzo, ma una presenza come quella di Mireya, un simile concentrato di sensualità, tenerezza e ribellione, non poteva che prendermi a cazzotti il lume della ragione e indurmi a compiere una caterva di minchiate di cui mi sarei poi sicuramente pentito.

Perché vederla lì così mi fece venire una voglia primordiale di avventarmi su di lei e azzannarle il culo, ma ero certo che mi sarei come minimo beccato un pugno in faccia e forse anche un calcio nei coglioni; sotto la cintura pulsò un ciclone della peggior razza, quello che lei mi provocava ogni volta che mi respirava intorno o mi guardava con quegli occhi da puledrino bizzoso.

Ma chi se ne fotte.

Mireya strillò quando affondai i denti nella sua natica morbida. Si dimenò come un'anguilla, e io la riempii di morsetti in tutto quel corpicino morbido e tormentante che aveva. Almeno un premio di consolazione poteva darmelo, quell'ingrata, per non averla ribaltata tra papere di gomma e shampoo alla fragola a implorarmi pietà, ma quando strinsi i denti attorno a un capezzolo turgido lei mi piantò il palmo contro il naso per allontanarmi.

«Cretino, mi hai fatto prendere un infarto!» mi insultò mentre io, con una smorfia scocciatissima, tuffavo il viso nella curva deliziosa e profumata del suo collo. Lei, come previsto, cercò di liberarsi dal mio assalto e mi tirò pure una ginocchiata.

«È troppo chiedere di non venire evirato?» bisbigliai rancoroso.

«Sì!»

«Potresti anche sorridermi ogni tanto».

«Sorriderti? E perché mai dovrei farlo?»

Perché non riesco a pensare ad altro da quando ho dieci fottutissimi anni.

«Ti renderebbe più simpatica» replicai invece, scegliendo la strada vigliacca della bastardaggine. Lei strinse i denti stizzita.

«Sai cosa dovresti fare invece tu per renderti più simpatico? Andare a fanculo!»

Mi accigliai e le diedi un altro piccolo morso sulla guancia. Mireya arrossì in modo adorabile. Fremette e socchiuse le ciglia, poi mi guardò come se volesse trucidarmi.

«Ma si può sapere che vuoi? Stavo così bene prima che venissi a rompermi le scatole!»

«Mi piace darti fastidio».

Mi piace soprattutto farti godere, vederti correre tra le mie braccia e trovarti senza motivo sul letto della mia stanza, ma questo è meglio che tu non lo sappia.

Mi scoprii infastidito da quei pensieri mentre posavo con risentimento la bocca sulla sua gola, schiavo delle pulsioni che lei mi suscitava.

Mireya avvampò ancora di più e voltò il viso.

Ero andato da lei perché non riuscivo a farne a meno. Le avevo chiesto se potevo toccarla come un verginello che domanda il permesso alla sua prima scopata, ma l'idea che potesse proibirmelo ancora mi faceva venir voglia di stringermela addosso e diventare sordo.

Sapevo che c'era rimasta male.

Soprattutto dopo che mi aveva mostrato la sua cicatrice, si sarebbe aspettata che restassi con lei.

Ma se gestire una come lei non era sempre facile, provare a gestire uno come me era un disastro annunciato.

Io ero l'antitesi della coerenza.

Una contraddizione continua.

E anche se finivo sempre, inevitabilmente, per comportarmi come una testa di cazzo, volente o nolente, alla fine ero io che non riuscivo a staccarmi da lei, ero io che la cercavo sempre, ero io che sorridevo della maniera in cui cercava di spingermi via, infilando le dita tra le sue per stringerle le mani fino a farla arrossire.

«Ci guarderanno tutti, domani». Aveva il viso ancora voltato. L'ascoltai in silenzio, sentendo la sua voce vibrare sottile. «Parleranno di quello che è accaduto ieri. Di me e di te. Del modo patetico in cui ti sono corsa incontro. Rideranno del fatto che ho pianto davanti a tutti...»

«Nessuno riderà di te».

«Non puoi esserne certo».

Le sfiorai la giugulare con il naso, come uno sciacallo che veglia sulla sua preda. «Invece sì».

«Come fai a dirlo?»

«Perché se qualcuno ci prova, lo spedisco tre metri sottoterra».

Sentendola respirare piano, mi staccai dal suo corpo e mi sollevai a sedere. Lei rimase a guardarmi mentre mi passavo nervosamente le mani nei capelli e lasciavo scivolare le dita sulla sigaretta incastrata dietro l'orecchio, che sfilai e portai alla bocca. L'abitudine di tenere il filtro tra i denti mi dava qualcosa su cui sfogare più di un brutto vizio alla volta.

«Andrà tutto bene. Ci penserò io. E se qualcuno prova anche solo a dirti qualcosa, vieni a riferirlo a me e vedrai come gli faccio passare la voglia». Accesi la Maverick ancora un po' umida e lei restò ferma in silenzio.

Sembrava fatta di tutte le cose che il mondo getta via. Di briciole e sogni infranti, dell'innocenza e della gioia dell'infanzia che una volta cresciuto sei costretto ad abbandonare, ma resta a luccicare in un angolino della tua memoria.

Era esattamente il tipo di bellezza che mi faceva riconsiderare le oscenità del mondo.

Mireya abbassò lo sguardo limpido sul mio petto. Sembrò esitare un momento, quasi stesse portando avanti una dura lotta interiore; quindi, con piccoli movimenti cauti si sporse un po' in avanti e si rannicchiò contro il mio torace come se fosse un riparo.

Mi immobilizzai. Lottai contro l'impulso di saltarle addosso, di assecondare quello strillo nella testa che mi esortava ad afferrarle i capelli, ad alzarle il viso e a baciarla con affanno cocente e la lingua già ubriaca.

Era faticoso averla così vicina, quando la maggior parte del tempo pensavo a dove non avrei dovuto metterle le mani. Avevo dimenticato cosa significasse vederla compiere gesti così spontanei, e quello non aiutava.

Gli occhi scesero sulla testolina premuta contro la mia maglietta e vidi che ci si era aggrappata anche con le dita.

Stava ricominciando a fidarsi di me.

Stava ricominciando ad accettare la mia presenza nella sua vita.

Un'emozione stropicciata mi sfrigolò nel sangue e io presi una lunga boccata, irrigidendo il polso appoggiato al ginocchio.

«Come sta tua madre?»

Lei tremò. Spinse la guancia contro il mio pettorale e non rispose.

Abbassai il mento, sormontandola completamente con le spalle, e i miei capelli scivolarono in avanti quando la chiamai con più dolcezza. «Ehi».

«Hanno detto che non era eroina». La sua voce arrivò attutita. «Era un oppioide sintetico, probabilmente fentanyl. Sembra... che si sia avvicinata a un gruppo di tossici che bazzicano intorno al viadotto della stazione. Nessuno del centro aveva in programma di accompagnarla quel giorno. Mi ha detto una bugia. Dovrò andare da loro oggi».

Non la toccai. Scrollai la sigaretta dentro il posacenere sul comodino e continuai a fumare guardando fisso davanti a me.

«Io le ho creduto» sussurrò. «Mi sono fidata. Avrei dovuto chiamare il centro, fare domande, accertarmene, invece le ho voluto credere. Se lo avessi fatto non sarebbe successo. Se fossi stata con lei avrei potuto impedirglielo...» Tornò a colpevolizzarsi e provai un moto inconsueto mentre socchiudevo le palpebre e incavavo le guance per aspirare.

Mossi il braccio libero. Le circondai la vita per stringermela addosso. Poi, con lentezza e decisione, infilai la mano sotto la sua canottiera, scoprendo il fianco tenero, e con il pollice le carezzai la cicatrice ricurva.

Lei si irrigidì come un blocco d'acciaio.

Restò paralizzata a chiedersi cosa stessi facendo, ma quando col passare dei battiti il suo cuore terrorizzato metabolizzò le mie intenzioni e la premura del mio tocco, sentii il suo fiato sottile tornare a infrangersi contro la mia maglietta. Espirò un po' rotta, quasi la stessi confortando in un modo che non aveva mai sperimentato prima.

«Non sei responsabile delle azioni di un'altra persona adulta» le parlai piano, continuando a coccolarla. «Avrebbe potuto farlo anche quando è venuta da te, avrebbe potuto farlo in qualsiasi altro momento... Tua madre ha una volontà sua, bestiolina. E questo non puoi fare altro che accettarlo. Puoi continuare a starle accanto. Puoi continuare a donarle il tuo sostegno, a fare il tifo per lei, a darle un motivo per continuare a lottare e a camminare verso la luce alla fine di quel tunnel, dove resterai ad aspettarla. Ma non puoi assumerti il peso delle sue scelte, so che lo capisci anche tu».

«Mi sento sola».

«Non lo sei» mormorai a fatica. «Io... non ti ci lascio».

Mireya serrò le unghiette sul tessuto della mia T-shirt come se volesse entrarmi dentro.

Sollevò gli occhi grandi e indifesi, poi si allungò e poggiò le labbra fresche e paffute sulle mie. Erano le più soffici che avessi mai assaggiato, afrodisiache ai limiti della psicosi.

Ah... Dio.

Un retrogusto disperato mi invase la gola e la mia mente subì una serie di cortocircuiti che mi smantellarono il fiato.

Respirai contro il suo palato, il battito cardiaco febbricitante. Una sensazione simile alla droga mi scaldò il sangue e reagii con un ansito roco nel sollevare la mano con la sigaretta per posarla sulla sua nuca. Mireya mi baciò piano, esigente, come se volesse stillarmi la morte direttamente dalla sua bocca. E io ne ero già talmente invaso che provavo un dolore feroce e un godimento ossessivo nell'affondarle dentro in quel modo, mangiandomela con la lentezza che lei, così piccola e squisita, esigeva.

Ogni volta che la baciavo giuravo a me stesso che sarebbe stata l'ultima.

Che non avrei ceduto di nuovo, che non l'avrei desiderata ancora come un bastardo assetato di sentimenti.

Che l'avrei lasciata libera e che l'avrei cacciata a forza, come avevo già provato a fare, se solo fosse servito ad allontanarla dalla mia vita e dalla minaccia di mio padre.

Ma erano tutte cazzate.

Io volevo che lei restasse con me.

Che guardasse me.

Che sorridesse a me.

Che si lasciasse inchiodare il cuore al muro e capisse che cosa si provava, a bruciare dentro il respiro di qualcuno.

Per un momento cercai di immaginare la mia vita se l'avessi conosciuta da piccola. Probabilmente all'inizio avremmo fatto a botte. Conoscendo me, e conoscendo lei, ci saremmo rotolati nella terra, ci saremmo tirati i vestiti, avremmo litigato. Poi, crescendo, mi sarei reso conto di quanto fosse bella.

Di quanto fossero neri i suoi capelli, di quanto selvatiche e femminili fossero le ciglia foltissime che le incorniciavano quegli occhi brillanti come mercurio liquido.

Sarei stato geloso di lei.

Geloso *marcio*.

L'avrei considerata legata a me come se mi fosse cresciuta dentro e i primi sguardi degli altri ragazzini mi avrebbero reso uno sconsiderato, ai limiti del possessivo.

Lei, con ogni certezza, avrebbe finito per odiarmi.

E io me ne sarei innamorato.

E adesso?

Adesso non sei geloso di lei, non la consideri tua, non strapperesti gli occhi a chiunque la guardi come se volesse portartela via?

«No». Mi staccai da lei. Il suo sapore mi rimase sulla lingua mentre ricadeva sul copriletto, la coda sfatta che le inondava i seni ballonzolanti.

Mireya sbatté le palpebre confusa e io mi spostai sul bordo del letto prima che potesse vedermi il cazzo gonfio e la furia tossica che mi acutizzava un bruciore nel petto, tra le vene dei muscoli in tensione.

Spensi la sigaretta nel posacenere e mi portai il dorso della mano sulle labbra, per mascherare l'affanno. La rabbia mi accecò.

Ma cosa diavolo avevo che non andava?

Perché non riuscivo a smettere di farlo?

Perché non riuscivo a smettere di aggrapparmi così rabbiosamente a ciò che mi aveva già fatto a pezzi tante volte?

Stavo sul serio rischiando di legarmi di nuovo a qualcuno?

«Che cosa c'è?»

«Niente».

«Non posso baciarti?»

L'inguine mi pulsò come un sadico e io digrignai i denti, lottando per non risponderle male. «Con... Con moderazione».

«Moderazione? Tu dici a me di *moderarmi*?»

«Oggi ho mal di testa».

Dio, che cliché. Mireya allargò le narici come se volesse prendermi a sberle e io non potei darle torto.

La rifiutavo perché la volevo? Ma come diamine funzionavo?

Nei miei sogni me la scopavo in tutti i modi possibili, ma nella realtà... avevo paura di non riuscire a uscirne del tutto sano.

Quanto a fondo vuoi infilartela ancora? È un bel pugnale, si pianterebbe bene. Te la spezzeresti dentro alla fine, solo per tenerla con te?

Lei mi guardò di sbieco, ignara di quanto fuori di me mi sentissi in quei giorni. Non che in genere fossi il ritratto della sanità mentale, ma da quando avevo scoperto che era lei quella bambina... tutto nella mia testa era andato a farsi benedire.

Non riuscivo più a ritrovarmi.

«Chi è?»

Mireya si voltò verso la porta al suono del campanello. E io ebbi una buona – spiacevole – scusa per allontanarmi da lei. Cercando di riacquisire un minimo di autocontrollo, andai ad aprire.

Un volto spigoloso mi si parò di fronte. Quell'aria da idolo di una boyband anni Duemila, con l'orecchino sul lobo e i capelli rasati sui lati, scivolò sotto il mio sguardo impietoso. Lo fissai dall'alto con freddezza indecifrabile, prendendomi tutto il tempo per squadrarlo; la mia stranezza sembrò scavargli dentro fino a fargli riconsiderare lo stesso spazio che stava respirando.

«James?» Mireya comparve dalla zona notte. Le dita candide sullo stipite, le ciocche selvagge che le inondavano le spalle. «Che ci fai qui?»

«L'ho chiamato io». Distolsi l'attenzione da lui e mi voltai. «Stamattina, prima che tu ti svegliassi. Ho pensato che ti avrebbe fatto piacere vedere una faccia amica».

Lei ne rimase così sorpresa che per un attimo sembrò stentare a crederci. Una tenera emozione le salì alle guance. Il suo amico ci lanciò un'occhiata a metà tra lo scettico e l'inquieto, poi entrò per andare a salutarla.

L'abbracciò, le chiese come stava, le disse che si era preoccupato. Restai ad assistere con le braccia incrociate e la spalla appoggiata allo stipite della porta. Mentre cominciavano a parlare, per un momento, le pupille di Mireya brillarono verso di me con qualcosa che sembrava... sollievo e gratitudine.

Uscii e li lasciai soli.

«James dice che gli fai un po' meno paura adesso».

Ghignai, continuando a guidare. «Ma pensa».

«Dice che forse comincia a capirti. Cioè, più o meno. Sostiene che lo hai guardato in un modo...»

«Che modo?»

«Come a intimargli di non ferirmi mai. Di essere l'amico migliore del mondo per me o lo avresti spellato. È vero?»

Osservai con innocenza lo specchietto. Lo stuzzicadenti mi scivolò sulla lingua, come d'abitudine, e io non risposi; quasi mi aspettai una gomitata delle solite, invece lei allungò la mano e intrappolò la mia guancia in un pizzicotto gentile.

Quando era contenta diventava affettuosa. Doveva essere così, perché non aveva smesso di guardarmi un solo secondo da quando eravamo usciti di casa.

Avevo chiamato il suo amico perché dopo quello che era successo a sua madre volevo solo vederla stare bene. Sapevo che Mireya aveva bisogno di avere qualcuno accanto; la vita l'aveva privata di così tante certezze che l'affetto era rimasta l'unica sua vera necessità. Io ero l'esempio lampante di quanto un'esistenza disastrata potesse renderti meschino, emarginato e solo, e non era ciò che speravo per una ragazzina buona e innocente come lei.

«Ehi» sbottai infastidito, nel momento in cui mi rubò lo stuzzicadenti per infilarselo in bocca. «Ma ce la fai a tenere le mani a posto?»

«No» replicò, continuando a vezzeggiarmi come se fossi un grosso, burbero animale domestico. Il suo. «Mi piace toccarti».

Quasi mi scheggiai un dente. Li digrignai tanto forte da strizzare persino gli occhi e mi voltai a fissarla senza trovare parole che potessero esprimere lo scompenso che mi si stava rimescolando sotto l'ombelico. Nella vita avevo scopato come un degenerato una moltitudine di donne che mi avevano riempito le orecchie delle richieste più spinte, di gemiti, suppliche e urla irripetibili, ma quando lei mi parlava così il mio corpo reagiva in modo a dir poco *crudele*.

Non era assolutamente normale l'effetto che mi faceva.

«Andras, ascolta... non c'era bisogno che mi accompagnassi».

Il suo tono cambiò e lei smise di scherzare. Staccò la mano dal mio viso e se la riportò sulla coscia, chiudendola debolmente a pugno. «Questa cosa riguarda me. Non dovevi disturbarti».

«Ho detto che non ti avrei lasciata sola».

«Lo so, ma...»

«Non vuoi che io ci sia?»

«No, non è questo. Io... Nessuno era mai venuto con me».

«Resterò fuori, se preferisci».

Lei si morse un'unghia, titubante, e annuì. Poi tornò ad allungare la mano per posarmela sul ginocchio, ma si mise buona una volta per tutte a guardare fuori dal finestrino.

Quando giungemmo a destinazione, accostai davanti ai grandi cancelli, sotto l'ombra di un cipresso.

Lei non scese; si torturò le dita ossute, terrorizzata dalla struttura che scintillava sotto il sole. Non era la prima volta che la vedevo così, con la bocca sigillata e gli occhi enormi che imploravano quasi aiuto; Mireya non era mai stata una principessa da salvare, ma da certe cose chiunque vorrebbe solo essere protetto.

«Mi aspetti qui?»

«Finché non torni».

Le mie parole sembrarono infonderle un po' di coraggio. Per un attimo sembrò sperare che le facessi una carezza, ma poi rinunciò all'idea e la guardai sgattaiolare via.

Aprii anch'io la portiera e mi appoggiai alla macchina. Le gambe incrociate all'altezza delle caviglie, il corpo rivolto all'enorme palazzo, tirai fuori il cellulare e chiamai Zora.

Non mi ero più fatto vivo dalla sera prima; ero certo che la cosa le avesse fatto girare non poco i cosidetti, motivo per cui la voglia di chiamarla rasentava lo zero.

Non sopportava quando non avevo riguardo per la sua autorità, soprattutto davanti a chi invece era tenuto a portarle rispetto; per cui non ebbi bisogno di sentirla sbraitare per sapere che quella scenetta in sala mi sarebbe costata un'enorme scartavetrata di coglioni.

«Ma dove cazzo sei finito?» Mi aggredì senza alcun preambolo. Storsi le labbra e allontanai il telefono dall'orecchio. «Tu, maledetto farabutto! Ti pare normale quello che è successo ieri? Non ne posso più della vostra dannata telenovela!» Lasciai che continuasse a inveire mentre giocherellavo con l'accendino. «Non tollero che mi si manchi di rispetto in questo modo! Prendete e ve ne andate così? Ma dove credete di essere?»

«Se urli ti vengono le rughe» la ammonii. «Stai calma».

'Stai calma' era una di quelle cose da non dire mai a una donna, forse più pericolosa persino di una bomba al napalm, ma io non mi ero mai fatto troppi problemi.

«Non dirmi di stare *CALMA*!» strillò ancora più forte. «Io la sbatto fuori la tua ragazzina, va bene? La ricaccio in strada!»

«È successa una cosa» la interruppi con tono monocorde. «Frena la bocca un momento e ascoltami».

Senza attendere oltre le spiegai la situazione; la lasciai sfuriare per una mezz'ora buona e incassai anche lo sprezzo e lo sdegno riservato a Mireya e li assorbii al posto suo.

Zora non era stronza. Solo un po' nevrastenica.

E soltanto io sapevo come gestirla in situazioni del genere, dato che mi ci ritrovavo coinvolto ogni tre per due. D'altronde, ero anche l'unico che sapesse veramente cosa fosse successo.

«È l'ultima volta, Andras. L'ultima. Alla prossima è fuori». Giurò che non stava scherzando, poi mi riattaccò in faccia.

Sollevai gli occhi al cielo. *Melodrammatica.*

Lo eravamo entrambi; ci piaceva essere teatrali ed esagerati, esibizionisti. Lei catalizzava l'ammirazione degli altri, io il disprezzo. Ci nutrivamo di cose diverse; appagavamo il nostro ego carnivoro convivendo in cima alla stessa catena alimentare, ma se il mio modo di essere era sempre stato governato dall'indifferenza sadica e malata con cui ero stato cresciuto, per Zora era tutta vanagloria. E lei il limite non lo superava mai.

A volte la invidiavo.

A volte avrei voluto essere figlio di suo padre e non del mio.

«Saluta Andras! Dai, saluta!» La voce di Carmen uscì da un video che era appena comparso sul mio cellulare. Olly rise e mosse la mano mentre mangiava un gelato alla fragola, il suo preferito. Quella mattina non era andata al nido; preferiva stare con me, o con Carmen, e piangeva sempre quando capiva che non sarebbe rimasta con noi.

Quella donna stava diventando una seconda madre per lei.

Quando mi ero trasferito, anni prima, avrei voluto strangolarla.

Si faceva sempre i cazzi di tutti, non stava zitta un secondo ed era così sciroccata che mi ero chiesto a gran voce per quale diavolo di motivo non l'avessero già rinchiusa in un ospizio, con buona pace di tutto il condominio.

Ma Carmen era semplicemente molto stravagante e molto sola. E col tempo persino io avevo capito che cercava soltanto un po' di compagnia con cui riempirsi le giornate.

Smanettai al cellulare per altri venti minuti. Tirai fuori un nuovo stuzzicadenti e me lo passai da una guancia all'altra, quando all'improvviso mi accorsi dei passi che si erano avvicinati ed esitavano a qualche metro da me.

Sollevai il volto. E restai pietrificato.

Mireya singhiozzava. Le labbra erano uno scarabocchio rosso e gli occhi sembravano pozze di stelle che le gocciolavano lungo il viso di porcellana.

«Che...?»

«Forse non la riammetteranno al programma».

Scoppiò a piangere e mi corse incontro. Il capo spinse sul mio torace, le braccia mi avvolsero alla disperata ricerca di protezione. Fu così inaspettato che nemmeno riuscii a comprendere che cosa mi stava dicendo.

«Vogliono dimetterla?»

«Dicono che non si è attenuta al percorso» raccontò, straziata. «Che è già la seconda volta. E se un paziente dimostra ripetutamente di non voler collaborare, non possono fare altro se non escluderlo dal programma». Le lacrime le si riversarono fuori come un fiume in piena. «Dopo tutto quello che ho fatto... tutto quello che ho tentato...»

Non l'avevo mai sentita così. Nemmeno quando aveva rotto gli argini del contegno e mi era saltata al collo davanti a tutti. Ma la speranza è un potere che ti tiene in vita, che ti fa scorrere il sangue, e lei non l'aveva persa fino a quel momento.

«Ci sono altri posti. Altre strutture...»

«Tu non capisci» tremò tutta. «Non posso cambiarle centro. Lei non ce la farebbe. Aveva appena iniziato a fidarsi dei medici, a farsi degli amici... Se la dimettono non avrà più alcuna chance. Me lo ha detto lei. Me lo ha detto lei...»

«Vi siete parlate?»

Mireya si accartocciò su se stessa come uno straccio. «Ha detto che le è sembrato di morire. Che toccare di nuovo il fondo le ha fatto capire quanto faccia schifo vivere in questo modo. Se la mandano via adesso finirà per... per...» Non resse. L'eventualità di perdere l'unica famiglia che aveva le fece esplodere il cuore in migliaia di pezzi. C'era un limite di sopportazione del dolore e lei lo aveva raggiunto. Sentii il suo corpo divenire debole, le lacrime riempirle la bocca sofferente, il corpo che mi premeva contro come a chiedermi, a implorarmi di risparmiarle tutta quella sofferenza. «Hanno detto che mi comunicheranno il responso entro la fine della settimana. Ho paura, Andras. Ho tanta paura...»

La strinsi forte.

Le avvolsi una mano dietro la nuca e restai solido contro di lei, lo sguardo puntato sul terreno in silenzio. Lei si lasciò sostenere, ormai ridotta in frantumi, con la carcassa di quel sogno che le si sfaldava tra le dita.

In macchina, mentre sfrecciavamo verso i grattacieli che delimitavano l'orizzonte, la mia mano le carezzò i capelli, conscio che non potesse sentirmi. Dormiva raggomitolata come un gatto bastonato, con le guance secche di lacrime e gli incubi a infestarle il sonno.

Non farle questo.

Non pregavo mai un Dio in cui non riponevo alcuna fiducia, ma persino all'inferno si sarebbero mossi a pietà davanti a ciò che stava passando.

Non portarle via sua madre.

A neanche vent'anni, quanto ancora poteva sopportare una persona?

Non potevo sul serio credere che avrebbero dimesso una donna in evidente stato di indigenza, ma sua madre aveva approfittato di un'uscita regolare per stringersi un laccio sopra al gomito e spararsi una dose in vena. Era già tanto che non l'avessero trovata morta per overdose e non dubitavo che anche loro sentissero di avere le mani legate. Questioni tanto delicate andavano oltre la semplice etica professionale.

Se avesse accettato la proposta di Edelric...

Quel pensiero mi colpì forte come una scudisciata. Serrai la presa sul volante. Le cose sarebbero andate diversamente se lei avesse pensato al suo bene e non al mio?

Aveva perso l'occasione di cambiare il suo destino e fermare quella siringa?

O sarebbe finita comunque sul sedile anteriore della mia macchina, con un'altra coltellata piantata nella pancia?

«Andras...» soffiò nel sonno. Si mosse piano, cercò la mia mano e io la fissai a lungo, con quelle domande ancora incastrate negli occhi; Mireya strinse le dita attorno al niente, poi le portò al petto e scivolò di nuovo nell'oblio.

Quando arrivammo a casa, verso sera, lei sembrò essersi un po' ripresa.

Aveva dormito per tutto il tempo.

Sbadigliò proprio come una bestiolina mentre le comunicavo che dovevo comprare le sigarette e la lasciavo ad aspettarmi sul marciapiede, avvolta nel suo cappottino sottile.

«Andras».

Voltai il viso, le mani in tasca, e Mireya esitò. «Quello che hai fatto oggi... non è stata una cosa da tutti. Nessuno si è mai preoccupato così, nessuno ha mai insistito per restare al mio fianco. È stato importante per me». Restai a fissarla in silenzio e le sue orecchie si tinsero di rosso. «È meno dura se ci sei tu. Grazie per non avermi lasciata sola».

Poi mi diede le spalle, come se si vergognasse, e si avvicinò alla porta del palazzo. Avrei voluto dirle tante cose. Ma non lo feci.

Dalla mia bocca uscivano molte più cose sbagliate di quante lei ne dovesse sentire. E non c'era parte della mia coscienza che non mi inducesse a pensare che senza di me Mireya sarebbe stata molto meglio.

Non avrei dovuto essere io.

Non avrei dovuto essere io l'uomo che le teneva la mano e bruciava i dolci nel forno.

Io avrei dovuto essere quello che lei mandava a farsi fottere, l'insopportabile figlio di puttana che incrociava soltanto a lavoro, quello di cui a distanza di anni non si sarebbe neanche più ricordata.

Avrei dovuto restare il bambino che la guardava sorridere da lontano senza che lei nemmeno se ne accorgesse. Quello che di notte la sognava di nascosto e di giorno pestava viscidi cazzoni con il sorriso da intoccabile sul viso.

Io dovevo restare quello che la proteggeva da un padre crudele e corrotto, quello che la spingeva tra le braccia del suo migliore amico, nella speranza disgregante che finissero insieme.

Quello era il ruolo a cui dovevo attenermi.

L'unico e il solo.

Respirando a fondo, guardai il cielo che minacciava tempesta.

Quando mi decisi a rientrare, però, udii delle voci concitate che graffiavano l'aria.

Nell'androne Mireya non era sola. Con lei c'era qualcuno di cui vedevo solo l'ombra slanciata.

Mi bastò avvicinarmi per accorgermi che si trattava di Coraline.

Doveva essere venuta lì per provare a instaurare uno straccio di dialogo con me, ma non sembrava in sé. Le iridi verdi lampeggiavano livide mentre le parlava a un palmo dal viso con una rabbia che la sfigurava.

«Sei tu che lo hai usato» sentii ribattere Mireya. «Sei tornata solo per te stessa, solo per un tuo tornaconto personale, non ti importa davvero di lui!»

«Non parlare di cose che non capisci, io ero qui prima che tu arrivassi!»

«Lui non è una tua proprietà. Non è qualcosa che puoi venire a riprenderti quando e come ti pare!»

«E tu cosa sai di lui, eh? Cosa sai?»

Non era lucida. Sembrava sul punto di dare sfogo alla sua parte più fragile ed egoista. Quella che aveva frequentato troppo Edelric per non lasciarsi contaminare da lui.

«Sai cosa mi ha detto quando gli ho chiesto chi eri?» Mireya sussultò. Si voltò, smarrita, i suoi occhi cercarono i miei. «Mi ha detto che per lui non conti niente. Che non gliene è mai importato nulla di te! Che sei solo la stupida ragazzina che vive nell'appartamento accanto al suo. A malapena mi ha detto il tuo nome, hai bisogno che ti spieghi il motivo?»

Serrò le labbra, ma quando si accorse della mia presenza strinse la presa attorno alla tracolla della borsetta, a disagio, come se sapesse di mostrare un lato di sé che mi aveva sempre tenuto nascosto.

E ancora una volta mi resi conto che Zora aveva ragione.

Io avevo conosciuto soltanto una sfaccettatura minuscola di lei.

Come tutti, Coraline era tante cose: era la ragazza che aveva vissuto un mese in casa mia, ma era anche quella che avevo davanti adesso. Era la ricca ereditiera che aveva portato via Olly in uno slancio coraggioso e quella che era tornata da Edelric perché la sua vita le mancava più di quanto avesse calcolato.

Non era mai stata solo una o solo l'altra. Come io, con lei, non ero stato del tutto me stesso.

In un turbinio di capelli, girò i tacchi e se ne andò.

Non restai a guardarla andare via perché Mireya mi scansò per risalire in casa.

La seguii a passo lento. Sembrò fare di tutto per sfuggirmi: arrivò all'appartamento prima di me, aspettò che aprissi, e nel momento in cui infilai la chiave si fiondò all'interno senza rivolgermi la parola.

Dentro c'era un buio spettrale, quello del temporale che travolgeva le finestre. Fu davanti a quelle che si fermò.

L'aria sapeva già fin troppo di lei senza che lasciasse il suo cappotto per terra e la sciarpa a ciondolare dal bracciolo del divano.

«È vero? È quello che hai detto?»

La guardai in quell'apocalisse, metà angelo e metà uragano.

«Sì».

In un'altra vita, forse, io non la deludevo continuamente, esisteva un noi che invece che di scontri era fatto di sorrisi. Avevamo due vite normali e lei camminava con i libri al petto, io al suo fianco nella costosa divisa della scuola privata che slacciavo fin da bambino, perché le regole le odiavo in ogni universo.

«Perché...»

«Perché ero incazzato. Con te. E con me stesso». Distolsi lo sguardo e all'improvviso sentii qualcosa non bastarmi più. L'ossigeno prese a esaurirsi nei polmoni, la gola mi si strinse come una gabbia, le costole vibrarono e si incrinarono verso l'interno. «Perché nessuno ha quel modo di guardarmi, nessuno ha quella dolcezza imperfetta che mi raschia il respiro. Nessuno mi ha mai difeso, o si è schierato dalla mia parte, nessuno mi sgriderebbe nel momento del bisogno, nessuno comprenderebbe la solitudine come l'ho vissuta io, nessuno mi fisserebbe mai negli occhi e capirebbe che razza di martirio siano certi inferni quando li vivi sulla pelle ogni singolo giorno che Dio manda in terra. Nessuno potrebbe mai farmi imbestialire così, preoccupare così, sragionare e fare del male così, nessuno potrebbe mai fare niente di tutto questo perché c'è soltanto una persona che riesce a farmi sentire vivo nel mio essere così inadeguato, e quella persona... sei tu».

La guardai dritta negli occhi con un dolore che mi stringeva i denti, che mi inferociva lo sguardo di parole che lei accolse incredula, quando si voltò.

Non avevo mai detto qualcosa del genere a qualcuno.

Farlo mi faceva sentire una preda spolpata con le costole aperte verso il cielo, alla mercé di avvoltoi in picchiata. Odiavo sentirmi così, lo odiavo al punto da volermi strappare i capelli.

«Che cosa stai dicendo?»

«Che io non guardo te e vedo Coraline. Io guardo Coraline e vedo te».

Un tuono risuonò in lontananza. E il petto mi faceva talmente male che io ormai stavo deragliando.

Perché ci sono occasioni che fanno l'uomo ladro, ma le confessioni appartengono ai bambini o ai santi. E io non ero nessuno dei due.

E per quanto quella mi sembrasse l'unica cosa davvero sincera che le avessi mai detto, avrei voluto continuare a essere un fottuto bastardo egoista soltanto per non doverci convivere.

«Tu... vedi me?» Mireya scandì quelle parole piano, come se non ci credesse, come se ne avesse quasi paura. «Vuoi me... così come sono?»

Ho sempre visto te.

E ti ho sempre voluta.

Prima ancora di sapere il tuo nome.

Prima di sapere che impazzisci per i dolci, che soffri il solletico, che quando piangi poi ti addormenti tutta rannicchiata su te stessa, come se ti riparassi dal male che ti infligge il mondo.

Ti ho voluta prima di sapere che odi le ingiustizie, che sei orgogliosa da fare schifo, che hai un debole per le auto sportive e ti viene sempre una ruga in mezzo alla fronte quando sei in pensiero o turbata per qualcosa.

Ti ho voluta prima ancora di sapere che di te mi sarebbe piaciuto tutto, tutto questo, tu che sei sempre stata lo sparo che non sono mai riuscito a scansare.

L'unica che mi è rimasta addosso per tutta la vita.

«Sì» soffiai duro, con la voce intrisa di spine, di tormento e forse rabbia, di un'emozione raggrinzita che mi era rimasta dentro come una pallottola. «Voglio te. Voglio te e tutto ciò che sei».

E a quel punto, lei...

Lei fece l'unica cosa su questo pianeta che le era rimasta da fare per ammazzarmi.

Per squarciarmi l'anima e ridurmi al nulla.

Mi guardò con occhi luccicanti e grandissimi, traboccanti di lacrime. E poi...

Sorrise.

E il cielo si illuminò con lei. I lampi le brillarono alle spalle come ali.

Il mondo si dipanò dalle sue labbra e io capii cosa significasse morire davanti all'unico miracolo di cui sarei mai stato testimone.

Perché lei sorrideva ancora come una bambina, con il naso arricciato, le palpebre socchiuse, quell'aria furba e tenera. Sorrideva sollevando gli zigomi fino alle ciglia, nello stesso modo immenso, spudorato e squarciacuore che me l'aveva impressa nell'anima.

E io percepii il diaframma spezzarsi, il petto aprirsi in due e riempirsi ancora di lei.

Piccola, fragile e maltrattata, ma con il sorriso più grande del mondo.

Non riuscii a mettere a fuoco niente che non fosse il suo viso, quella strage che aveva tra le guance, e seppi con ogni certezza di essere fottuto.

In tutti i modi in cui un sorriso può fottere un uomo.

In tutti i modi in cui una ragazzina può metterlo in croce senza saperlo.

Ero maledetto.

«Finalmente...» soffiò la Regina dei miracoli.

26
Come un uragano

Sono belli, i temporali.
Sono la prova che, alcune volte,
persino il cielo ha bisogno di urlare.

Anch'io voglio te.

Solo te. Ti voglio così tanto che non respiro...

All'improvviso Andras mi tappò la bocca.

Venni colta alla sprovvista. Sbattei le palpebre, soffocando un gemito insolente prima di sollevare il viso con espressione sorpresa: lui mi guardò con la mandibola serrata e gli occhi fuori dalle orbite, il palmo ruvido premuto sulle mie labbra.

«Ma che...» mugugnai e cercai di schiodarmi la sua mano dalla faccia. «Ma che stai facendo?»

«Cazzo» bisbigliò tra sé e sé. «Cazzo!»

«Ma ti sei fulminato? Lasciami!»

Mi mollò di botto. Quasi persi l'equilibrio quando indietreggiò come se gli stessi puntando addosso un lanciagranate. Sembrava sconvolto. Un attimo prima aveva finalmente ammesso di provare qualcosa per me e un attimo dopo stava...

«Andras!» Lo richiamai collerica, visto che stava puntando proprio verso la porta. Scattai in quella direzione e riuscii a infilarmi sotto il suo gomito prima che lui potesse raggiungerla, aprendo freneticamente le braccia contro il battente.

«Ma sei normale? Mi dici una cosa del genere e poi te la dai a gambe?»

«Tu non capisci...»

«No, tu non capisci! Come fai a non rendertene conto? Guardami, accidenti, Andras, io sono...» Vidi il suo sguardo azzurrissimo inchiodarsi al mio e uno spillo di panico mi fece inciampare su quelle parole, che dalla lingua scivolarono fino al cuore. «Stanca! Sono stanca» sbottai mantenendo salda la voce. «Se esci da quella porta io non ti correrò più dietro. Hai detto che mi vuoi, che vedi me, adesso non puoi fingere che non sia accaduto, non questa volta». Avanzai e il pavimento cigolò mentre faceva un passo indietro, poi un altro. Eravamo un quadretto assurdo, io così piccola al confronto e lui invece immenso, sospinto a ritroso dal dito sottile che premeva contro il suo petto. Sembrò fare fatica a calibrare il respiro e trasalì quando le sue scapole toccarono la colonna della cucina. «È tutto o niente. È tutto o niente, Andras: una volta mi hai chiesto di restare e l'ho fatto. Ora sei tu che devi scegliere». Socchiusi gli occhi, sofferente. «Anche io ti voglio. Voglio te, diamine, che ti piaccia o meno, che tu riesca ad accettarlo oppure no, non mi importa se non andiamo bene, non mi importa di quello che reputi giusto o sbagliato per me, tutto ciò che voglio sei solo e soltanto...»

Venni zittita dalle sue labbra.

Andras mi si aggrappò ai capelli e mi tirò a sé con un impeto tale che la nuca mi bruciò.

Accolsi l'assalto della sua bocca, soffocai un gemito disperato e mi rifugiai in lui, cercando riparo tra le sue braccia.

Non avrebbe mai potuto convincermi a non desiderarlo con tutta me stessa.

Non avrebbe mai potuto levarsi da quel posto che si era conquistato nelle profondità del mio cuore. Mi si era incastrato dove finivano i sogni e cominciavano le paure, un frammento di paradiso affondato tra le costole come uno stiletto appuntito, e ora la mia anima era racchiusa tutta lì, tra le mie dita che lo stringevano a me, tra i respiri che si mischiavano, tra gli sforzi di resisterci che erano falliti a ogni incontro dei nostri sguardi.

Avevamo provato in tutti i modi a stare lontani l'una dall'altro e chiunque sapeva che cosa c'eravamo fatti pur di non ammettere che l'universo sembrava un po' più stretto quando a guardarci eravamo noi.

Un brivido mi venne strappato di dosso insieme alla felpa. Le sue grandi mani si impossessarono di me, strisciarono lungo la pancia e sollevarono la canottiera. Mi scoprì il seno e vibrai nella mia stessa pelle quando lo strinse fino a colmarsi gli spazi tra le dita. Si staccò dalle mie labbra gonfie e si chinò a succhiarlo, la lingua bollente a lambire il capezzolo freddo, indurito. Gettai la testa all'indietro, il soffitto vorticò, i tuoni spaccarono il silenzio trafiggendo la stanza con squarci argentati.

«Sta... Sta finendo il mondo là fuori» soffiai quasi senza voce, e Andras mi afferrò il mento per stringerlo tra le dita.

«Ci sono uragani peggiori. Quelli che ti distruggono con un solo sguardo». Gli liberai le spalle da ogni strato di stoffa che incontrai, e lui mi ansimò sulle labbra, chino su di me in quel tripudio di fascino che era. «Sei bella che il mondo ne muore, Mireya» confessò con un sorriso aguzzo, rassegnato. «E io ci sono morto tutte le volte, con te».

Gli morsi la bocca e affondai le unghie nella sua schiena. Lo graffiai, e Andras si tese come se gli avessi appena iniettato una botta di linfa vitale. I muscoli si gonfiarono e l'eccitazione gli fece arrancare il fiato. Subito feci per allentare la presa, ma lui mi afferrò per i fianchi come a chiedermi di conficcargliele più a fondo, di non avere paura, di sprofondargli dentro perché era ciò che aveva agognato fin da quando mi aveva conosciuta.

Il suo corpo era il vero uragano, le vene prominenti che sentivo sotto le dita, il solco tra i pettorali definiti, le clavicole che si allungavano elegantemente verso le spalle accentuando la sua imponenza; lo toccai tutto e respirai il suo odore, mentre mi strusciava l'erezione addosso e sentivo il bottone dei suoi pantaloni graffiarmi la tenerezza della pancia.

«Se mi molli qui da sola come l'ultima volta non ti perdono davvero» lo minacciai, ma gli cercai gli occhi come una disperata perché vedesse la supplica nascosta nelle mie parole. Lui sorrise.

«Forse sarebbe la cosa migliore».

«Ti odierò, non sto scherzando».

«Non è quello che mi hai sempre giurato?»

«Non vorrò più rivederti» insistetti, perché non gli passasse neanche per la testa di scappare in quel momento, il giorno successivo o mai. «Ti cancellerò dalla mia vita e mi dimenticherò di te» esagerai, e Andras continuò a guardarmi con quel sorriso a mezza bocca sul volto inclinato. Colpite dalla luce dei lampi, le sue iridi brillavano in modo quasi ultraterreno, come quarzi cristallini, ed era impossibile non restarne incantati.

«Vorrà dire che mentre tu mi odierai, io ti porterò sempre con me» soffiò, le nocche che mi sfioravano la guancia. «Ti rivedrò in ogni tempesta che arriva e penserò che è proprio così che ti voglio ricordare: mezza nuda, scarmigliata, mentre mi rimproveri con il tuo rimbrotto arrabbiato, la cosa più tenera che hai...» Con l'altra mano mi strinse il pube in una morsa delicata ma decisa, e sentii le cosce tremare violentemente. «E penserò che niente sarà mai tanto dolce e sensuale come il modo in cui mi sgridi. Continuerà a farmi venire voglia di baciarti. Allora forse quando pioverà, guarderò il cielo e con un sorriso tirerò fuori la lingua» ghignò come se sapesse che era un'idea balzana, la più sciocca. «Tu sarai lontana, ma la mia bocca saprà almeno un po' di te».

Prima che potessi ribattere, lui si sporse in avanti e mi morse il broncio. Avrei voluto dirgli che non doveva parlare così, perché quello era il futuro che più mi spaventava e io non volevo che lui lo contemplasse, come se fossimo davvero una perturbazione momentanea, scariche elettriche che si incontrano nel prodigio di un lampo che squarcia il cielo, prima di disperdersi per sempre. Ma Andras mi spense ogni parola sulle labbra, con il suo fare travolgente coprì il battito del mio cuore incespicante, stordito, sconvolto. Mi prese il viso con le mani, seguì il contorno della mia bocca, la succhiò e poi tornò a invaderla con la lingua, possedendola fino al palato, piegando ogni mia forza al punto che il pavimento mi mancò sotto i piedi e dovetti aggrapparmi ai suoi polsi. Si spostò a mordermi la mandibola, la gola, la spalla e la curva del seno, passò ovunque tranne che sulla cicatrice: lì ci lasciò un bacio deciso, profondo e così amorevole che per me fu davvero troppo.

E a quel punto tutto divenne confuso.

Si ridusse ai miei piedi che gli pestavano gli anfibi e a noi che ci inciampavamo addosso fino alla camera da letto, la porta che si apriva sotto la spinta delle mie spalle, schiantandosi con un frastuono che incontrò l'ennesimo tuono fuori dalle finestre. Strisciai all'indietro fino a quando le natiche non sbatterono dolorosamente contro la sua scrivania, dove sentii la sua mano frenetica rovesciare tutto alla ricerca di qualcosa. Senza schiodare la bocca dalla mia aprì il cassetto, rovistò con furia e lo ribaltò, passando a quello successivo; quando trovò quello che cercava stavo ormai perdendo la testa.

Al letto non ci arrivammo neanche.

Finimmo contro il muro, sgraziati, ridotti a brandelli da un'eccitazione che i nostri respiri rincorrevano a fatica. Sentii la cucitura dei leggings strapparsi tra le sue mani esigenti e bevvi ogni singolo sorso di quella frenesia sconnessa, di quell'affanno umido, del delirio che mi stava imperversando attorno e dentro al cuore.

«Io... Io non ho mai voluto nessuno così».

Udii quella confessione uscirmi dalla bocca nell'istante in cui le sue dita mi scostavano le mutandine e mi entravano dentro. Mi costrinse a inarcarmi, ansante e alla ricerca di aria, cominciando a strusciare i polpastrelli nello squarcio che si era aperto a forza tra il tessuto elastico e l'intimo.

«Io... non vorrò mai più nessuno».

Avrei voluto farfugliargli tutto il mio amore, ma non riuscii a fare altro che lasciargli afferrare la mia coscia molle e piegargliela contro il bacino, sciogliendomi in gemiti sempre più strozzati.

Nessuno che non sia tu.

Continuò a penetrarmi con impeto e io cercai di aggrapparmi a lui come potevo, le guance roventi e la bocca aperta, affamata d'ossigeno, ora premuta contro la sua spalla. Aumentò il ritmo e io quasi cedetti contro il suo polso, poi scavò più in profondità beandosi ancora una volta della morsa morbida e decisa con cui lo avvolgevo.

«La prima volta che ti ho vista ho pensato che fossi troppo piccola per questo mondo». Continuò a infliggermi quella tortura spietata mentre mi sussurrava nell'orecchio. «Ora è il mondo che non mi sembra più abbastanza grande per te».

«C'è... C'è posto per entrambi» sussurrai a fatica. «Possiamo... starci insieme».

«In due? Con un ego come il nostro?» Sorrise contro la mia gola.

Sì.

Te lo giuro che ci stiamo. Io mi faccio un po' più in là, tu ti fai un po' più in qua, smettiamo di farci la guerra e cominciamo a fare l'amore, io bacio le tue labbra e tu divori le mie insicurezze, che io non ce la faccio più a fingere di odiarti con la stessa intensità con cui in realtà vorrei vederti restare.

Gli baciai il collo e poi la bocca, stringendomi a lui con una potenza che mi fece quasi spavento. Avevo il cuore in gola, le mani che fremevano, gli occhi lucidi e pieni soltanto dei suoi.

Sentivo di appartenergli, volevo appartenergli.

Volevo essere tutt'uno con lui, anche se mi guardava in quel modo famelico e doloroso, smarrito e risentito, come se fossi qualcosa a cui nessuno lo aveva preparato.

Con i denti aprì la bustina che aveva preso dalla scrivania e quasi delirai nello slacciargli i pantaloni. Le unghie scivolarono sul metallo del bottone e tirai giù la cerniera, impacciata come non ero mai stata in vita mia.

Andras si liberò dalla stretta dei boxer e srotolò l'involucro mentre io ansimavo sempre più forte, sempre più veloce, guardandolo ora ansiosa, ora impaurita, ora sul ciglio di un batticuore stritolante. Il suo braccio tirò ancora più su la coscia sollevata e solo allora lui spinse nelle mie pieghe umide, soffici e palpitanti.

Inspirai agitata, le mie unghie gli raschiarono convulsamente le spalle; mi tesi tutta quanta, mi ressi a stento sulle dita flesse e stremate del piede e il mio corpo venne scosso da una trafittura, seguita da una strana e crescente sensazione di invasione.

La caviglia piantata a terra tremò vistosamente; le sue mani decise mi divaricarono ancora di più le gambe, mentre tratteneva un mugolio gutturale e si spingeva in avanti con l'inguine.

Tremavo. Dio, tremavo da morire... i muscoli bruciavano, la testa mi girava, mi mancava l'aria ed era tutto così intenso che stavo affogando nella mia stessa tachicardia.

La fatica che fece a entrare fu immane; Andras si affaticò, serrando la mascella contro la mia tempia, fece piano e io lo sentii con ogni esule particella del mio corpo.

«Tu non lo sai quante volte... ho sognato... questo». Quando mi fu dentro del tutto io mi aggrappai disperatamente alla sua nuca con un lamento sottile; lui mi incastrò meglio contro di sé come se fossi un tassello che gli era mancato da sempre. «Ogni volta che mi guardavi... io la notte ti rivivevo così». Respirò a fondo, parlandomi contro lo zigomo.

Potevo anche morire adesso.

Potevo sfaldarmi e finirla così.

Non mi sarei mai più sentita in quel modo se non con lui.

Mi aveva incontrata restia, ispida e spigolosa, con un coccio dei miei sogni infranti in mano, puntato contro tutti come un'arma contundente, io che ringhiavo addosso a chiunque provasse a legarmi a sé; e adesso ero io che avrei fatto di tutto pur di incatenarmi a lui.

Quando cominciò a muoversi, mi persi.

E scivolai in qualcosa che solo tra le sue mani riuscivo a sentire: qualcosa che somigliava a una piccola felicità, lontana e traballante, ancora tutta da decifrare. Qualcosa che mi colmava a ogni affondo, a ogni bacio, a ogni brivido che ci scuoteva quando lui spingeva la fronte contro la mia come in quel momento, in un gesto che per gli altri sarebbe stato un gesto qualunque, ma non per noi due.

Il tempo si dilatò all'infinito. I sensi divennero sbavati. E nel petto mi vorticò soltanto il bisogno di stare con lui, di non lasciarlo più andare via, di fargli capire quanto per me fosse diventato importante. Sussultai e gli graffiai la schiena perché Andras lo sentiva come stavo morendo sulla sua pelle, come stavo crollando con la fronte increspata e le labbra gonfie di rantoli sconnessi.

Con la mano libera mi strinse il retro del collo, spingendo più forte la fronte contro la mia.

«Non chiudere gli occhi». Voleva che lo guardassi, che mantenessi le iridi inchiodate alle sue, ma faticavo persino a metterlo a fuoco. Il piacere mi dava alla testa, le palpebre mi bruciavano, e più che vederlo io lo sentivo, dovunque e dappertutto.

Lo sentivo con la mia pelle, lo sentivo con le mie mani, lo sentivo con il mio cuore arroventato da ogni sensazione che mi stava iniettando dentro.

Io lo vedevo con l'anima.

E mi bastava.

Andras soppresse un ringhio; i dorsali si tesero sotto le mie unghie, le sue spinte divennero forsennate. Sentii il corpo ribollire, contrarsi e poi accumulare quella sensazione insostenibile di nervi in fiamme.

«Sto per... per...» Non avrei retto ancora per molto; cominciai ad ansimare disperatamente e il ventre si infiammò, inducendolo ad aumentare sempre di più la velocità. Strinsi gli occhi mentre un culmine sfolgorante crepitava lungo la spina dorsale e infine mi esplodeva come un fiore di fuoco in fondo alla schiena, stravolgendomi le sinapsi.

Non mi resi conto dell'urlo che mi si incagliò in gola. I tendini si irrigidirono, le dita dei piedi si arricciarono, reclinai il capo all'indietro, esausta, e lui infilò le dita tra le mie, stringendomi la mano contro il muro senza fermarsi. All'improvviso, si sfilò da me e mi liberò dai leggings distrutti. Fece la stessa cosa con gli slip e poi mi ribaltò sul letto, strappandomi un gemito estenuato. Le coperte soffici mi rinfrescarono la schiena stremata, le piante dei piedi scivolarono sul copriletto quando mi afferrò una natica per sollevarla e tornare a invadermi con un'unica stoccata. Mugugnai a occhi socchiusi. La sua mano mi ghermì una caviglia e se la strinse dietro la schiena per farmi aderire al suo bacino e acuirne i colpi, senza mai schiodarmi lo sguardo di dosso. Respirai più forte, lo guardai con iridi acquose, la bocca aperta e seviziata, i capelli riversi attorno al viso, e Andras assorbì ogni sfumatura del mio volto prostrato, ogni incurvatura del mio corpo nudo, ogni piega dolce e inconsulta delle mie labbra; divorò insaziabile ogni singolo dettaglio di me e andò avanti finché, con la tensione delle cosce ormai al limite, le reni sfinite, la muscolatura madida di sudore, i suoi ansimi divennero rotti e sentii di non riuscire a contenerlo più: consumò il suo piacere con una spinta poderosa e definitiva, gli addominali che si increspparono in una sequenza ipnotica e armoniosa.

Le braccia gli tremarono e lui mi si appoggiò addosso, pesante, i capelli soffici che mi si adagiarono sui seni.

Sentii la sua guancia contro il cuore, e non riuscii a immaginare niente di più perfetto di noi così, vestiti solo delle nostre cicatrici, che ci tappavamo finalmente la bocca per ascoltarci il cuore.

«Preferisci ancora la pioggia?» lo canzonai mentre, con mio grande dispiacere, scivolava accanto a me sul materasso.

«La pioggia è meno permalosa» rispose.

«Io non sono permalosa!»

«Questo è *esattamente* quello che direbbe una persona permalosa...»

Ci guardammo negli occhi. E poi scoppiammo in due risolini complici. Vicini, con le fronti che si sfioravano in un rito che avrebbe continuato a essere solo nostro, sdraiati sulle nostre schiene. Mi voltai su un fianco e richiamai le ginocchia al petto, e lui osservò il mio sorriso infantile e le fossette che mi adornavano le guance. Era bellissimo così sfatto; le labbra gonfie dei morsi che ci eravamo scambiati, gli occhi profondi e sereni, ma allo stesso tempo vibranti, come se custodissero un segreto ogni volta che me li posava addosso.

«Potrei quasi abituarmici».

«A cosa?»

«A te che mi guardi così».

Nascosi appena il viso contro le coperte, imbarazzata, restituendogli un'espressione languida. Mi sentivo... Cielo, felice. Il mio cuore sembrava sul punto di esplodere, come se fosse troppo piccolo per contenere tutta la potenza di quello che stavo provando.

Io mi sono già abituata a te.

Mi sono abituata così tanto che quando non ci sei, io...

Andras si tirò su a sedere. E io sbiancai nel notare come era conciata la sua schiena.

«Oddio, la tua...» mi mancò il fiato. Graffi rossastri gli solcavano le scapole e i lombi, sovrapponendosi alle cicatrici che già costellavano la pelle chiara. Lui mi guardò da sopra la spalla e mi sorrise. «Andras, scusami».

Scosse la testa come se non gli importasse; anzi, la cosa sembrò creargli un certo compiacimento mentre si alzava e gettava via il profilattico, contraendo i trapezi in una V sinuosa e robusta.

Non pensavo di essermi aggrappata a lui così, e la cosa mi mortificava. Avrei voluto baciarglieli, lenirglieli in qualche modo, ma lui non tornò da me: si diresse alla scrivania e raccolse qualcosa che nella frenesia aveva scaraventato per terra.

«La storia del tuo nome» disse mentre picchiettava sul fondo del pacchetto per sfilare una sigaretta con i denti. Quanto era abile, quella bocca. «Raccontamela».

«Quale storia? Intendi... quella sui miracoli?»

«Sì».

«Ma è una stupidaggine. Non ascoltare Carmen, è solo molto curiosa».

«Raccontamela lo stesso».

Aprì la finestra e un vento profumato di pioggia mi soffiò tra i capelli. Una pelle d'oca piacevole mi percorse le membra accaldate mentre Andras iniziava a fumare lì accanto.

«È una credenza tramandata dalla mia famiglia. Racconta di un mercante che aveva due bellissime figlie. Eliana e Mireya. Vivevano in un villaggio arroccato su una scogliera. Le due fanciulle non potevano essere più diverse: Eliana sognava l'amore. Mireya non si voleva sposare. Eliana desiderava concedersi a un principe e diventare regina. Mireya era uno spirito libero e aveva un cuore generoso e ribelle. Eliana era molto gelosa della sorella: invidiava il suo rapporto con il padre, il suo coraggio e il modo in cui il villaggio intero sembrava amarla». Mi avvolsi le ginocchia con le braccia e ripresi. «Così, assoldò un brigante perché la spaventasse e la convincesse a scappare via, lontano. Ma quello finì per aggredire il padre, procurandogli una ferita incurabile. Mentre Eliana si chiudeva nel suo sconforto, Mireya, disperata, intonò una preghiera così accorata da far piangere perfino le stelle. Qualcuno lassù l'ascoltò, e, impietosito, le permise di sdrucire un filo lucente dalla sua stessa anima. Mireya lo usò per suturare la ferita del padre, che guarì. Questo fu il primo miracolo».

Andras continuò a guardarmi in silenzio nella penombra.

«Eliana, non contenta, chiese a una strega un sortilegio che togliesse sua sorella dagli occhi adoranti della gente. Subito dopo, una terribile epidemia colpì il villaggio. La gente perdeva la vista, perciò Mireya implorò di nuovo l'aiuto del cielo. Ancora, le venne concesso di estrarre scaglie dorate dalla sua anima e metterle sulle palpebre chiuse degli afflitti, come monete su un morto. Il villaggio guarì. E così avvenne il secondo miracolo. Ma... l'amato di Eliana, un principe di un regno vicino che era stato colpito anch'egli dalla malattia, finì per innamorarsi di Mireya che l'aveva assistito. Allora Eliana, resa folle dal dolore, escogitò un modo per farla cadere in un sonno da cui non si sarebbe mai più ridestata. Per errore, perché il male torna sempre indietro a chi cerca di infliggerlo, fu lei stessa a rimanerne vittima. E Mireya a quel punto compì l'estremo sacrificio...»

«Aspetta un momento. Mi stai dicendo che la Regina dei miracoli... Mireya... alla fine muore?»

«No. Lei vive per sempre» sussurrai soffice. «Sciolse ciò che restava della sua anima e lo diede da bere a Eliana per salvarla. E mentre Eliana piangeva e implorava il suo perdono, vinta dalla bontà e dall'amore della sorella, Mireya chiuse gli occhi e udì una voce che le disse: 'Poiché hai amato oltre l'umana comprensione, il tuo spirito vivrà per l'eternità'. Un angelo venne a prenderla e la portò nel regno dei cieli. Fu Mireya a diventare regina: lei divenne la Regina dei miracoli. Ed Eliana, da quel momento in poi, passò ogni attimo della sua vita a tramandarne la memoria al mondo intero, affinché tutti la ricordassero e l'amassero per sempre».

Le mie parole si spensero nel silenzio. Attesi che dicesse qualcosa, ma lui aveva smesso persino di fumare.

«Questa storia è...»

«Triste?»

«Angosciante».

Arricciai il naso trattenendo uno sbuffo divertito. «Ti aspettavi una bella favola?»

«Una cosa del genere».

«Da piccola, mamma mi raccontava che Mireya si trasforma nella Via Lattea. La chiamava 'Il sorriso del paradiso', sai? Perché è come un sorriso candido nel cielo».

Andras non rispose. Non sembrava affatto soddisfatto di quella storia. Anzi, l'idea che finisse in quel modo gli stropicciava la bocca in una smorfia molto, molto contrariata.

«Cosa c'è?»

«Perché ti hanno chiamata così?»

«Andras, è solo un racconto» risi, rassicurandolo con tenerezza. «Una storia per insegnarti che nella vita possiamo fissarci su quello che non siamo o non abbiamo, e vivere in preda alle nostre insicurezze, o metterci in gioco e trovare dentro di noi quello che ci rende speciali. Per i miracoli bisogna lottare. Non per forza sacrificarsi come ha fatto Mireya. Forse Eliana non lo meritava, ma... il punto è che ognuno di noi è capace di qualcosa di grande, potente, che supera persino la cattiveria degli altri. Supera tutto. E sta qui dentro» sussurrai, posandomi una mano sul cuore. Lui osservò quel gesto con espressione indecifrabile, il volto inclinato e le sopracciglia che gli donavano un cipiglio polemico. «Ora vieni qui, dai. Fammi vedere quei graffi».

Non fu facile convincerlo. Aveva l'aria di essere arrabbiato con me e non ne capivo il motivo; riuscire a comprenderlo molte volte richiedeva una confidenza che ancora non avevamo. Ma, nel vedere le mie braccia aperte e il corpo ancora nudo che lo invitava a raggiungerlo, spense il mozzicone e lo gettò fuori dalla finestra. Si sdraiò sul materasso, e mi diede le spalle; gli feci scivolare le braccia intorno alla vita e posai dolcemente le labbra sui segni che gli avevo lasciato. Infilai il naso nella curva del collo, e appoggiai la guancia contro la sua colonna vertebrale. Sentii sciogliersi la sua tensione e mi beai di quella nostra nuova intimità.

Sentii il sonno venire a prenderlo, e non so quanto passò, un minuto, dieci, o forse un'ora: nella cadenza regolare del suo respiro il tempo cessava di esistere.

«Sono innamorata di te» mormorai pianissimo. «Alla fine, mi sono innamorata davvero. È tanto grave?»

Avrei sempre finito per parlare al silenzio.

Forse perché è soltanto lì che si annidava il mio coraggio.

Quando io facevo i conti con tutto ciò che provavo per lui e lui non poteva sentirmi, il mio cuore mi faceva un po' meno paura.

Non sarei mai riuscita a essere la regina della storia.

Non sarei mai stata in grado di far piangere le stelle.

Ma se era vero che un angelo alla fine doveva venire a prendermi...

Io, il mio, lo avrei tenuto con me.

27
La grande scommessa

Vedi? È tutto qui: dentro queste mani che bruciano,
questi cuori che impazzano, questo amore
un po' panico che toglie il respiro.

Credevo che avrei smesso di svegliarmi da sola in un letto che non era il mio.

Insomma, non sapevo bene come funzionassero quelle cose; ma a un certo punto, nei film sentimentali che piacevano tanto a Ruby, la protagonista si svegliava avvolta dalle braccia dell'uomo che amava, beata, per scoprire che lui l'aveva tenuta splendidamente stretta per tutta la notte.

L'uomo che amavo io, invece, che piuttosto che essere romantico si buttava dalla finestra, pensò bene di darmi il buongiorno con la sua ennesima assenza.

Non ero mai stata una ragazza sdolcinata. Ma cominciavo a sperare che lui lo diventasse più di me, maledizione.

E la cosa aveva dell'assurdo.

Mentre mi rotolavo tra le sue lenzuola, odiandolo soltanto un po', il mio corpo cominciò a pulsare di tutti i dolci brividini che gli erano rimasti intrappolati dentro. Mi passai una mano sullo stomaco, tra i seni, e poi sulle labbra. E mi accorsi che gli angoli della bocca erano rivolti verso l'alto. Era dalla sera prima che non riuscivo più a smettere di sorridere e non era affatto da me.

«*Dottore, è molto grave?*»

«*Mi spiace, signorina. Temo sia terminale*».

Le mie membra facevano da cassa di risonanza per quella diagnosi di sentimenti e sentivo di essere spacciata; la sua anima era rimasta incastrata nella mia, nei miei respiri sentivo il suo profumo provocatorio e graffiante, e ogni mio battito si macchiava di un ricordo diverso: i morsi famelici, i muscoli tesi contro la mia pelle, le iridi che anche celate dietro le ciglia folte lampeggiavano di desiderio nell'oscurità. Il modo in cui mi era affondato dentro, in cui mi aveva tenuta ferma e strappata di tutto, senza mai smettere di saziarsi delle espressioni tormentate del mio viso.

E poi le sue dita che dilatavano le mie, che le stringevano con vigore, anche quando la mia mano era rimasta inerme contro il muro, spossata, sopraffatta da tutto ciò che stavo ricevendo.

«Mmm» mugolai euforica, e arrossii, affondando il viso nel cuscino. Avevo male a muscoli che neanche sapevo di avere, ma mi sentivo così bene in quella strana, effervescente allegria che persino la mia cicatrice mi sembrò brillare di una luce propria, quando la sbirciai. Finalmente ridotta solo a un lembo di pelle, a un lembo di me, ora non mi sembrava nemmeno più così frastagliata e grottesca. Sentii di averla accolta, infine.

Saltai giù dal letto e recuperai le mutandine che erano state lanciate lontano, pescai una maglietta pulita da un cassetto e la indossai senza chiedere il permesso.

L'aria odorava piacevolmente di caffè mentre raggi dorati mi accolsero nel salotto inondato di luce, avvolgendo la figura inconfondibile che se ne stava appoggiata contro il tavolo davanti alla finestra. Mi soffermai a osservarlo: sorseggiava da una tazza senza nemmeno usare il manico come si conveniva, ma ogni suo movimento era sempre fluido e preciso, come se fosse perfettamente consapevole del suo corpo e dello spazio che occupava.

La combinazione tra la sua altezza e la sua presenza intrigante donava ad Andras un'aura che lo aveva sempre reso impossibile da ignorare.

«Buongiorno» lo sorpresi, mentre con un saltello mi sedevo sul tavolo al suo fianco e facevo una delle cose che odiava di più, ovvero rubargli qualcosa di bocca.

Andras stropicciò le sopracciglia nel vedermi bere dalla sua tazza e poi sputarci di nuovo dentro con una smorfia disgustata. «Ma che schifo, che è 'sta roba? È amara come la morte!»

«Si chiama caffè» mi rinfacciò, scocciato. «Troppo forte per la tua passione per lo zucchero?»

«È bruciato. C'è qualcosa che riesci a non carbonizzare?»

«Magari lo faccio apposta per vederti fare quella faccia».

La mattina ci rendeva sempre un po' strani, e io avrei dovuto essere arrabbiata con lui per avermi lasciato di nuovo da sola dopo ciò che avevamo condiviso, invece accolsi quel suo modo di fare scorbutico con un'espressione ammiccante che gli accese un non so che negli occhi.

«Stai dicendo che non ti piace vedermi sorridere?»

«Potrei non rispondere di me, se ti vedo *sorridere*».

Il rossore mi salì di nuovo alle guance e non capii se stesse scherzando o meno, mentre mi lanciava un ghigno storto e mi posava le mani sulle ginocchia per invitarmi a distanziarle.

«Perché non ci sei mai quando mi sveglio?»

«Mia sorella va al nido la mattina. E io la preparo prima che Carmen passi a prenderla».

«Ma poi non torni».

Forse ero davvero un po' permalosa. Ma lui mi faceva venir voglia di piccoli gesti quotidiani che non avevo mai provato prima, soprattutto quando mi guardava le labbra e si leccava le sue in quella maniera sanguigna che mi ricordava tutto, tutto tranne che un risveglio da favole per bambini.

«C'è un motivo».

«Quale?»

«Stai zitta che te lo spiego».

La maglietta venne via e io rimasi di nuovo nuda. Non feci in tempo a coprirmi che lui mi avvinghiò i capelli setosi e scese a baciarmi la bocca già schiusa, trovandola calda e cedevole quando ci affondò lentamente la lingua.

E un po' mi parve di stare ancora sognando o continuando

quell'incanto surreale che era cominciato la sera prima, tra boati struggenti, mentre lui mi diceva che ci moriva su di me, con quel sorriso che a me invece faceva morire su di lui.

Ma qualcuno mi aveva detto che la tua persona sbagliata è anche l'unica di cui il tuo cuore porterà un simulacro per sempre, e ogni volta che scenderai nei tuoi ricordi la vedrai scolpita tra la tua infanzia e il peso dei tuoi anni, a brillare di tutto quello che non sareste mai stati.

E io non volevo che lui stesse laggiù, io volevo che lui stesse qui, con me, a rimproverarmi di essere insopportabile e a sussurrarmi che ero così bella da far appassire il mondo, mentre io gli sporcavo la guancia di cioccolato perché ridere dei nostri difetti era il nostro modo silenzioso di appartenerci.

Chiedevo davvero così tanto?

«Smettila di torturarti le labbra».

La sua voce risuonò perentoria nell'abitacolo. Sussultai. Abbassai indice e pollice con cui mi stavo stringendo il labbro inferiore e lanciai un'occhiata alle sue gambe leggermente divaricate sul sedile accanto al mio.

«Non so se ne ho la forza».

«Nessuno ti riderà dietro».

Non era solo quello. Era che io non ero abituata a farmi vedere senza la mia solita impenetrabile corazza addosso, non amavo le attenzioni eccessive e provavo una vergogna patetica per essermi mostrata tanto vulnerabile, sgomitando in lacrime tra i colleghi come una bambina bisognosa dell'aiuto di un genitore. Che poi mi fossi gettata proprio tra le braccia di Andras, che tra tutti era l'unico a essersi costruito una reputazione personale e professionale priva di qualsiasi implicazione emotiva, mi faceva sentire ancora più ottusa.

Lui non era preoccupato?

Lo osservai mentre si tirava indietro i capelli, gli occhi insondabili e l'espressione calibrata di chi è abituato a vedere sempre il peggio di questo mondo senza battere ciglio. La sua *spiegazione* di quella mattina era stata molto esaustiva, tanto che il mio corpo ne conservava ancora la memoria e non riuscivo a stare ferma sul sedile. Indolenzita, frastornata e con le terminazioni nervose che mi mandavano minuscole scosse al basso ventre ogni volta che lui mi parlava, faticavo a gestire lo spettro delle mie emozioni.

«Zora mi striglierà come un cavallo».

«È di lei che ti preoccupi?»

«Potrebbe anche decidere di licenziarmi questa volta. Ho come la certezza che lo farà. Gliene ho combinate troppe».

Andras si infilò le chiavi della macchina in tasca e non rispose. Non sembrò crucciarsi più di tanto mentre scendeva: con una punta di delusione sospettai che forse, in fondo, che mi mandassero via o meno non era così importante per lui.

«Avanti, scendi».

Uscii dalla sua macchina in silenzio. Lo seguii fino all'entrata del locale senza guardarlo, ma quando imboccammo le scale verso l'ingresso cominciai ad agitarmi e mormorai, speranzosa: «Forse non si accorgeranno nemmeno di noi».

Le ultime parole famose.

Quando entrammo, tutti, letteralmente tutti quelli che erano già arrivati, smisero di fare quello che stavano facendo e si voltarono nella nostra direzione. Kristine si imbambolò alla scrivania; Camille fece partire una serie di gomitate che serpeggiò per tutta la sala fino a far affacciare pure chi si stava rifacendo il trucco al gabinetto; i membri della sicurezza, abbandonati contro la parete con Sebastian a tener banco, smisero di fare i cretini tra loro e si concentrarono su di noi. Persino James e Ruby, che facevano ancora a gara a chi ignorava di più la presenza dell'altro, pensarono bene di seppellire l'ascia di guerra solo per scambiarsi uno sguardo d'intesa e contribuire a quel momento decisamente imbarazzante.

Sembrava che non si fosse parlato d'altro e che chiunque

si fosse presentato al lavoro in anticipo solo per non perdersi quella scena. La fame di pettegolezzi che regnava in quel posto mandava avanti la baracca molto più delle mance, se dovevo dirla tutta, ma per un istante avevo davvero sperato che nessuno mi avrebbe guardata. Scorsi un sorrisetto perfido sul volto di Sebastian e di alcuni suoi compari, e d'istinto distolsi lo sguardo.

«Be', ci vediamo. Grazie del passaggio» borbottai nel tentativo di fingere che ci fossimo incontrati per caso.

Feci per andarmene per la mia strada, quando all'improvviso mi sentii agguantare per la nuca. I miei capelli volteggiarono in aria. Prima ancora che potessi spalancare gli occhi per la sorpresa, Andras mi incastrò un pollice sotto l'orecchio e spinse con fermezza le labbra contro le mie.

Un brivido mi esplose in gola. Il mio corpo intero venne attraversato da un muto splendore, un unico frastaglio d'infinito che scoppiò dall'impatto della sua bocca. Mi strinse a sé con un'autorevolezza incontestabile, con quella disinvoltura audace e sicura che portava come un profumo sotto le giacche di cuoio e la pelle dei suoi guanti, e la morbidezza di quel bacio mi intarsiò un'emozione nell'anima che riuscì a sbriciolarmi il respiro.

«Mmm... odori ancora del mio bagnoschiuma».

A James cadde la mascella. Ruby emise uno squittio esaltato e io fissai Andras così impietrita che fui sicura mi lesse in faccia la seria intenzione di ucciderlo.

Lui, da impunito e magnifico bastardo qual era, inclinò il volto di lato e mi regalò uno scorcio di denti perfetto.

Ora Sebastian era tornato serio. Nessuno osava più ridere.

E quando Andras tornò a lanciare il suo sguardo tagliente sulla sala, tutti si scapicollarono goffamente per riprendere le proprie mansioni.

Se ne andò senza aggiungere altro, lasciando scivolare via la mano dal mio viso in quella che mi sembrò una fugace carezza. Fece cenno al suo gruppo di seguirlo e lo sentii cominciare a programmare quelli che sarebbero stati i prossimi eventi mentre si allontanavano in direzione opposta alla mia.

«Penso di essermela fatta nelle mutande. In senso positivo».

Ruby mi affiancò con l'indice piegato e stretto tra i denti, galvanizzata dalla scena a cui aveva appena assistito.

«Dio santo» invocai, esasperata. «Non c'è davvero niente di meglio da fare in questo locale che impicciarsi degli affari altrui?»

«Meglio di te che te ne vai in piena serata con Andras Riker come un koala abbarbicato a un albero di eucalipto? Tu sogni, mia cara, circolavano pure delle scommesse! Io ho puntato su di te ovviamente».

«Che cosa? Stai scherzando?»

«No» cinguettò con gli occhi che mandavano lampi soddisfatti. «Camille mi deve una barca di soldi. E sono sicura che Janine stia facendo un macello nei camerini per riscuotere la sua vincita, è stata la prima a puntare quando ve ne siete andati. Ehi, James!» Lui sobbalzò quando lo chiamò come se non si fossero fatti una guerra fredda per settimane, e Ruby batté le ciglia nella sua direzione sfregando indice e pollice come a reclamare una mazzetta.

«Scusa? James ha scommesso contro di me?»

«Lui pensava che Riker alla fine avrebbe fatto lo stronzo come suo solito... ma d'altronde cosa vuoi che ne sappia? In fondo è così che si comporta qualcuno quando ti vuole *davvero*». Alzò la voce perché lui la sentisse e James incassò il colpo incrociando le braccia al petto come un ragazzino.

Non sapevo se essere più offesa dal fatto che il mio amico non avesse voluto puntare un soldo su di me o che tutti invece si fossero sprecati in quel teatrino improbabile, ma mi passai una mano sul viso e sospirai forte.

«Tranquilla, Vicander, erano in due gatti a scommettere su di te» disse Kristine, masticando la gomma con fare di scherno. Le scoccai un'occhiata al vetriolo attraverso le dita, e valutai se mostrarle soltanto il medio in risposta.

«Suvvia. Tu non eri quella che diceva che l'avrebbe umiliata davanti a tutti? Impara a perdere e sgancia la grana». Ruby le fece un sorriso di circostanza e mi spinse via. Realizzai che una volta non le avrebbe mai parlato così, ma d'un tratto mi ricordai che anche lei, come me, non era arrivata al Milagro's da tanto, e finalmente si stava prendendo più confidenza. «Venderebbe sua madre per essere al tuo posto, ecco perché fa così».

«No, lei non mi sopporta proprio dal primo momento che mi ha vista. Ti ricordo che mi ha pure messo alla porta».

«Be', ci ha appena rimesso venti dollari. Grazie a te».

«Ah, quindi gira e rigira la colpa è sempre mia?»

Ruby andò a battere cassa da un tecnico delle luci sotto al palcoscenico, un tizio con il tupè che avrebbe potuto essere mio nonno, e io mi guardai alle spalle chiedendomi quando sarebbe calata la ghigliottina di Zora. Sapevo che mi avrebbe fatto pelo e contropelo per il modo in cui mi ero comportata, e non vederla nei paraggi accrebbe la mia ansia.

«Che esibizionista, scusa se te lo dico».

James spuntò al mio fianco come un fungo traditore, ferito nell'orgoglio come ogni volta che qualcuno riusciva a rubargli la scena.

«Avrebbe dovuto baciare te, forse saresti stato più contento».

«Non guardarmi come se fossi Giuda, Mireya. Mi ha chiamato quando ne avevi bisogno, ma non è che questo cancella tutto ciò che penso di lui».

«Intanto hai perso quanto? Venti dollari?»

«Cinquanta» brontolò.

«Cinquanta? Ma sei stronzo?»

«Ehi, lo dicevano tutti alle tue spalle che non sarebbe durata» mi confidò, e io mi guardai intorno come se mi trovassi all'improvviso in un covo di faine bugiarde. «E poi ormai avevo scommesso. Che ne sapevo che invece ti stava preparando i dolcetti come Cappuccetto Rosso per la nonna?» Preferii non commentare, o mi sarebbe sicuramente scappato qualche insulto. «Comunque ti vedo bene. Più... più tranquilla. Stai meglio?»

Annuii. Non gli avevo raccontato gli ultimi avvenimenti, non tutti almeno. James sapeva che il problema riguardava Lauren, ma approfondire con lui quel discorso e ammettere contro cosa mia madre stesse lottando era ancora troppo difficile per me.

In quel momento più che mai.

Avevo bisogno di tempo.

E proprio il tempo era l'unica cosa che non avevo.

Confidavo ancora che il mio desiderio si esaudisse come soffiando sulla candelina di una torta di compleanno e che avvenisse il prodigio che avrebbe salvato la mia mamma.

Credevo ancora nella stella cadente della mia speranza, ci credevo nonostante rincorrendola fossi caduta tante volte da sbucciarmi le ginocchia e sporcarmi i vestiti di fango.

Ma quella si dissolse quando il cellulare squillò il mattino del giorno successivo. Ero sgattaiolata in cucina a bere un bicchiere d'acqua e mi spaventai nel percepire la vibrazione spezzare il silenzio del salotto. Raggiunsi il tavolo dove lo avevo lasciato e risposi.

«Pronto?»

«Mireya».

La voce di Jackie riecheggiò tra gli ultimi fumi del sonno. Il mio corpo si destò immediatamente, teso e reattivo nelle prime luci del giorno.

«Salve». Cercai di non suonare troppo allarmata, ma ormai avevo imparato a interpretarle, quelle sfumature infinitesimali persino nel suo modo di respirare, le cercavo in maniera quasi ossessiva solo per sentirle affondare nel cuore.

«Volevo aggiornarla per quanto riguarda la sua questione in sospeso» cominciò Jackie, cauta. «Ieri, nel pomeriggio, l'équipe multidisciplinare si è confrontata con la direzione del centro in merito alla scelta o meno di riammettere Lauren al programma di riabilitazione. Ecco... Il consiglio ha deliberato. E ha deciso di non procedere».

Divenni sorda a qualunque altra cosa. Il mondo fu risucchiato via e io precipitai in un buio devastante. Le corde vocali si annodarono, bruciarono tanto da farmi sbarrare gli occhi.

«Il dottor Parson non vorrebbe che Lauren fosse dimessa, è lui il suo medico responsabile. Ma dato che la direzione si è espressa contrariamente temo sul serio che non ci sia nulla da fare».

Non percepivo il pavimento sotto i piedi. Non percepivo nulla. Ero intrappolata in un incubo senza via d'uscita, un furore martellante da cui non sarei scappata mai.

«Mi dispiace, Mireya».

«Non potete...»

Un rantolo estraneo, ovattato, da animale in fin di vita, fu tutto ciò che riuscii a farmi uscire di bocca.

«Non è una nostra decisione, Mireya. Noi del team medico stiamo cercando in tutti i modi di convincere il consiglio a rivalutare la sua decisione, affinché Lauren resti sotto le nostre cure. Ma se il consiglio ritiene che il centro non possa più fornirle un trattamento efficace a causa del suo comportamento, dovremo indirizzarla verso una struttura più adeguata alle sue esigenze. È la prassi». La nota di rammarico che percepii nella sua voce mi spezzò l'anima più di qualsiasi altra cosa. «Faremo il possibile, glielo prometto. Ma purtroppo, date le circostanze, abbiamo le mani legate».

«Voi sapete...» Le lacrime mi risalirono dalla gola insieme al panico. «Sapete cosa mi ha detto».

«Sì, Mireya. È per questo che stiamo facendo di tutto per...»

«Non ce la farà».

Mi infilai una mano nei capelli, affondando le unghie nella cute. Cominciai a respirare a fatica, guardandomi disperatamente intorno in cerca di un appiglio. Presi a grattarmi freneticamente la cicatrice sulla pancia. Il petto mi doleva come se non fossi più in grado di reggere niente, niente al di fuori di quello.

«Vi prego, datele un'ultima possibilità. Un'ultima possibilità».

«Mireya...»

«Vi prego!»

Mi sentii scivolare a terra e il peso del mondo intero sembrò crollarmi addosso, schiacciandomi i polmoni. Non ero lì, ero ovunque tranne che su quel pavimento.

«Tutto ciò che è in nostro potere, noi lo faremo. Glielo garantisco».

«Finirà per morire!» Quella consapevolezza mi straziò gli occhi di pianto e non volle sentire alcuna ragione. «Non ce la farà, finirà per farsi ancora del male!»

Non sarei mai riuscita a metterla in mano a persone nuove, a forzare ancora un rapporto di fiducia che aveva impiegato settimane a costruire.

Combattere la dipendenza non era una lotta solo contro se stessa, ma anche contro l'idea che nessuno potesse veramente aiutarla a uscire da quell'oscurità, a capire che cosa fosse meglio per lei più di quanto non facessero le sostanze.

Rinchiuderla in un altro posto avrebbe significato abbandonarla di nuovo a quella convinzione che ogni tentativo di salvarla fosse vano, che ogni parola di sostegno fosse falsa e vuota come se fosse solo parte di un copione recitato da persone che non sapevano davvero cosa significasse affrontare ogni giorno i propri demoni.

«Vi prego, non mandatela via. Vi prego...» Ormai stavo implorando, farneticando, non l'ascoltavo nemmeno più. La vita mi aveva assestato talmente tanti calci che sentivo già come sarebbe andata a finire, e non ero pronta. «Non ce la farà, è la mia mamma...Vi prego...»

Mi accorsi a malapena della presenza dietro di me e della mano che mi si posò sulla schiena. Un tocco caldo e familiare invase la bolla di malessere che mi circondava e io lo avvertii a stento, troppo scossa per concentrarmi su altro che non fosse lo sciame della mia angoscia.

Un torace grande si chinò su quel delirio di urla senza riuscire a placarlo.

Lo sentii accogliermi contro l'incavo muscoloso della sua gola, contro i ciuffi di capelli soffici che mi sfiorarono la tempia, mentre mi si piegava addosso fino a inglobarmi tutta. Il suo battito calmo cullò l'oceano dei miei tormenti, e lo sentii vibrare nel miasma soffocante del mio dolore.

«Non la riammetteranno» piansi, morendogli addosso. «La perderò. La perderò, Andras... Non voglio restare senza di lei. Non voglio...»

Non sarei mai stata la Mireya della leggenda.

Anche se avrei dato l'anima pur di salvare chi amavo.

Io... non sarei mai stata capace di far piangere le stelle.

28
Non un dove ma un quando

Cosa ti fa più paura?
Amare? O essere amato?

Andras

Adagiai quel corpicino sfinito sul letto. Le sue mani si aggrapparono a me, quasi volessero trattenermi; le sfilai dal mio collo e lasciai che si raggomitolasse su se stessa come faceva ogni volta.

Aveva pianto tutto quello che aveva.

Aveva implorato, singhiozzato, soffocato la disperazione contro il mio petto, e io ero rimasto ad ascoltarla in silenzio, fermo, con gli occhi puntati sul pavimento e le braccia che la tenevano stretta.

In quel momento, nel sonno, vidi Mireya cercare il calore di qualcuno, muovere la mano nella speranza di stringere la mia, ma rimasi a fissarla da sotto le ciglia, ancora una volta. Senza farmi avanti.

«*Perché non ci sei mai quando mi sveglio?*»

Presi il cellulare e digitai un messaggio veloce.

Io: Mi serve un contatto.

Poi le lanciai un ultimo sguardo dalla porta della stanza e uscii.

La mia infanzia era stata una cosa curiosa.

Il motto di mio padre era: 'Il dolore ti rende uomo e le lacrime ti rendono umano'. Ma se col primo ci mandavi avanti un impero, le seconde erano solo roba da falliti.

Quella mentalità da cacciatore di taglie me l'ero portata addosso fin da ragazzino, quando ancora andavo a scuola con quella che sarebbe diventata la classe dirigente della Nazione, damerini e futuri ministri a loro agio nelle divise rigide che io non avevo mai sopportato.

Era stata mia madre a insistere perché ricevessi una buona istruzione, ma quel mondo patinato mi strideva addosso più di quanto lei non avrebbe mai potuto sospettare.

Avevo ridotto in pezzi tutte le mie cravatte. Fatto saltare i bottoni dei polsini. Stropicciato il colletto ogni volta che mi pungeva la nuca come un spillo che ammoniva al decoro, beccandomi un quantitativo di richiami tale da rendermi insopportabile persino al rettore, che ogni volta mi trovava nel suo ufficio con i piedi piazzati a spregio sulla sua scrivania.

Che fossi una miserevole testa di cazzo lo preannunciava il mio cognome, ma era proprio quello, alla fine, a risparmiarmi le conseguenze della mia cattiva condotta; almeno finché non ero diventato maggiorenne e avevo potuto cambiarlo, liberandomi dall'ombra di mio padre.

Quel giorno, però, mentre fissavo l'enorme palazzo in stile secondo impero, mi sembrò di sentire ancora quel cappio di stoffa stringermi il collo.

Il City Hall aveva un atrio maestoso, con pavimenti a mosaico e corridoi in marmo che sembravano le viscere di qualche bestia millenaria. Passai i controlli e mi diressi al banco della reception.

«Desidera?» mi chiese una delle addette all'accoglienza.

«Devo salire dall'assessore Yordanov».

«Ha un appuntamento?»

«No».

Lei mi squadrò severamente. Smise di far oscillare la penna e mi lanciò una lunga occhiata indagatrice, soffermandosi sulle mani avvolte dai guanti, poi tornò a sbattere le ciglia.

«L'assessore è molto occupato al momento. Vuole lasciare

un recapito per farla ricontattare?» Mi respinse con la solita frase di circostanza, e rimasi a fissarla dall'alto. Era giovane, stretta in un completo nero che le metteva in risalto la montatura rossa degli occhiali e lo chignon biondo cenere; appoggiai i gomiti sul ripiano del banco e la guardai dritta negli occhi attraverso il vetro che ci divideva.

«Gli dica che c'è un *parente* in visita».

«Cosa?»

«Glielo dica».

«Non credo che questo...»

«Preferisce che venga a sapere che mi ha cacciato?»

Lei si zittì, incastrandosi nel mio sguardo intransigente; seguii le sue movenze mentre sollevava il telefono e digitava una combinazione di numeri.

«Assessore, scusi il disturbo, ma c'è qui un ragazzo che insiste per parlare con lei. Non ha un appuntamento, ma dice di essere un... parente. Come preferisce procedere?»

Le sfuggì un'espressione sorpresa nel sentire la risposta.

«D'accordo, lo faccio salire. Terzo piano, ala nord. Gli ascensori sono in fondo sulla sinistra». Lasciò scivolare un pass sul banco e lo infilai in tasca prima di seguire le istruzioni per raggiungere gli uffici dell'amministrazione comunale.

La sua targhetta capeggiava fuori da una porta in vetro satinato, e io entrai senza nemmeno bussare.

«Tu devi esserti ingoiato il cervello». Edelric era dietro la scrivania. Il completo gli conteneva a stento le vene della gola, pulsanti di collera, e lo sguardo era affilato da un gelo spietato, come se non potesse credere che avessi avuto la faccia tosta di presentarmi nel suo regno. «Osi venire qui, dove lavoro, a importunarmi con le tue minacce...»

«Eppure, ho un vago ricordo delle tue scarpe di vernice italiane sul pavimento del Milagro's. Ti sovviene?»

Solo per lui il fatto che fossi suo figlio poteva rappresentare un ricatto a vita. Ero l'unico problema che non poteva risolvere con una mazzetta e, anche se si credeva invincibile, sapeva benissimo di avere un fianco scoperto, almeno quando si trattava di me.

«Non provare a paragonare la mia vita alla misera esistenza che conduci. L'unico motivo per cui non sei finito sotto un ponte è l'eredità dei Riker».

«Puoi sempre provare a togliermi anche quella, se la cosa ti regala un certo piacere. Ma non sono qui per questo».

Mi sarei tagliato entrambe le gambe piuttosto che presentarmi lì, davanti a lui, e fare quello che stavo per fare, ma il motivo che mi ci aveva spinto era l'unica cosa che mi avrebbe condotto anche tra le fauci dell'inferno.

La repulsione nei suoi confronti mi infiammava le budella, il suo volto mi procurava un'avversione ulcerosa. Ma aprii il giubbotto e lanciai sulla scrivania la cartellina che avevo portato.

«Che cos'è? Mi hai fatto pedinare?»

«Non sono foto. È una lettera di raccomandazione. Voglio che la firmi».

«Raccomandazione per chi? Per te?» Un sorriso tagliente come come un rasoio gli scoprì i denti. Davanti al mio silenzio insondabile, però, quel ghigno lentamente divenne un'ombra sgradevole. «Che mi venga un colpo... Tu sei tutto scoppiato. Vieni a disturbarmi in ufficio alle...» guardò l'orologio che aveva al polso «quattro del pomeriggio per la ragazzina che ti porti a letto?»

«Il tempo per molestare quella ragazzina in un vicolo però non ti manca. Direi che glielo devi».

Edelric trattenne un guizzo della mandibola, un vizietto di famiglia. Si appoggiò allo schienale della grossa poltrona di cuoio. Aveva sempre avuto quel modo lento di scrutare, di sviscerare le situazioni per trarne il maggior vantaggio possibile per se stesso. Posò i gomiti sui braccioli e fece incontrare i polpastrelli di tutte e cinque le dita, rivalutando la mia presenza lì.

«Lasciami indovinare. È per sua madre. Vuoi cercare di salvare una povera anima in difficoltà».

«Non sono affari che ti riguardano».

«Solo tu potresti pensare di aiutare una miserabile del genere. Quella donna è una tossica».

«Quella donna ha bisogno di continuare a seguire il programma di disintossicazione. Ma il direttore della clinica è un figlio di puttana che vuole cacciarla via solo per non compromettere l'immagine perfetta del suo centro con i finanziatori. Sta spingendo affinché venga buttata fuori nascondendosi dietro la ricaduta, ma il personale medico non è d'accordo».

Scoprirlo mi aveva fatto provare impulsi impronunciabili ad alta voce. Un vecchio contatto di Zora ad Allentown era tornato molto utile dopo averla aiutata a indagare sui conti del vecchio Octavius, ma conoscere certi retroscena era stato lo stesso un pugno sotto la cintura.

La realtà mi aveva sempre fatto schifo, eppure c'era ancora chi riusciva a raschiare il fondo del barile e sorprendermi. A scapito di chi non se lo meritava.

«Ma non mi dire. E immagino che la tua ragazzina non sappia tutta la storia». Mi scrutò da sopra le mani elegantemente intrecciate, con quello sguardo che spolpava le ossa. «Fammi capire. In quel centro giocano con la vita di sua madre e tu vuoi che lei resti in un posto del genere?»

«Non è il centro. Quel posto è gestito da una delle più qualificate ed efficienti équipe sanitarie della Pennsylvania. È l'amministrazione a ostacolarne il percorso. Ma forse la cosa suona abbastanza normale per te: sono i soldi a muovere il mondo, no?»

Edelric eruppe in una risata bassa e divertita.

«Ha rifiutato il mio sostegno economico. E ora vieni a chiedermelo tu. Quando pensavo che avessi toccato il fondo...»

«Non voglio un fottuto centesimo da te» sibilai. Appoggiai le dita sulla cartellina e la feci strisciare verso di lui a denti scoperti. «La lettera è solo una richiesta di riconsiderare il trattamento. Mireya pagherà tutto da sola, e lo farà con le sue forze. Che ci riesca o meno dipenderà soltanto da lei. Non ha certo bisogno che qualche benefattore provveda al suo posto e la renda debitrice dei suoi ricatti». Mi piegai in avanti, imponendomi su di lui. «Qui si tratta di cani in giacca e cravatta che siedono attorno a un tavolo di mogano e decidono le sorti di una vita con l'unico scopo di salvaguardare il flusso di denaro che tiene in piedi il loro piccolo circolo».

«Che buon cuore. Mi commuovi». Il suo scherno non arrivò agli occhi. Non ci arrivava mai niente. Ma dalla sua voce grondò un ribrezzo palpabile, lo stesso che lo animava ogni volta che mi guardava, lo stesso che da ragazzino mi aveva plasmato nel desiderio di odiarlo e nel bisogno malato di essere accettato da lui. «Sei sempre stato uno che cercava di combattere il sistema. D'altronde, anche una mosca che sbatte contro il vetro si illude ogni volta di poter raggiungere la libertà...» Mi rivolse un sorriso quasi annoiato. «Mettiamo che io decida di perorare questa nobile causa. Cosa ottengo in cambio?»

«Avrai le registrazioni che tanto volevi».

«Non mi basta».

Restai inamovibile davanti a quello sguardo di piombo, fin troppo identico al mio.

«Non riavrai la custodia di mia sorella».

«Voglio che tu sparisca».

Sentii il tempo rallentare e fermarsi. Non mi mossi, ma l'aria si riempì di qualcosa che avvertii contro la nuca, come una lama puntata sulla pelle.

«I miei detrattori non aspettano altro che un modo per minare la mia credibilità. Ogni parola che dico, ogni passo che compio, viene analizzato al microscopio e usato contro di me. E tu oggi ti presenti qui così, come se stessi andando al mercato... E l'ultima volta sei venuto in casa *mia*, ad aggredirmi come una bestia davanti ai miei *collaboratori*». La rabbia che gli era macerata dentro esondò negli occhi corrosi dallo spregio, dal rancore, da ogni emozione più turpe e abominevole. «Per anni ho investito in strategie, analisti che respirano dati, piani di comunicazione e visibilità, ho assoldato esperti che calcolassero ogni più piccolo margine di errore, mi sono persino risposato per consolidare la mia immagine pubblica, e tu continui a minare la mia pazienza solo per la puttanella di turno?»

Mi aveva sempre visto come l'origine di ogni suo male, l'ostacolo a tutte le sue ambizioni.

Io ero il marcio che gli aveva rovinato l'esistenza ed era certo che gli avrei sabotato anche la campagna elettorale, se qualcuno avesse scavato nella mia vita per arrivare alla sua. Io ero il sassolino sul suo lastricato perfetto, ero la macchia sporca sulla tovaglia su cui infarciva l'opinione pubblica di cazzate, ero la prova a piede libero che l'assessore Yordanov, il distinto futuro leader della città, aveva degli scheletri nell'armadio: un figlio ripudiato che non aveva voluto saperne niente del suo cognome e che non compariva mai in nessuna sua dichiarazione pubblica. Se avessero scoperto il modo delizioso in cui lo aveva cresciuto...

«È sempre stato quello di cui avevi più paura. Che tutti vedessero chi sei davvero».

«La politica è una partita sporca, Andras. E la gente non vota per la verità. Vota per ciò che riesci a fargli credere. E tu...» Mi guardò disgustato. «Tu sei tutto ciò a cui io non devo essere associato». Appoggiò una mano sulla cartellina e la trascinò verso di sé. «Il mio compromesso è questo. Vuoi che aiuti la tua ragazzina? Vuoi dare una speranza a sua madre? Allora sparisci dalla circolazione».

Stava giocando la posta più alta.

E io sarei dovuto restare indifferente al suo astio.

Al modo in cui per tutta la vita aveva cercato di liberarsi di me.

Ma lo sentii comunque infilarsi come una scheggia nella carotide, in fondo, dove i rimpianti bruciavano ancora, in quell'anfratto intercostale dove solo lui riusciva ad arrivare.

Ancora, dopo tutto quel tempo.

Strinsi i denti, serrai le dita, valutai quanto mi ci sarebbe voluto per stringergli le mani intorno al collo una volta per tutte, ma alla fine cedetti.

«Voglio la *garanzia* che non ti avvicinerai mai a loro» gli sibilai contro.

«Perché dovrebbe importarmi di...»

«*Dammela!*» lo aggredii con un urlo bestiale, sbattendo i palmi sulla scrivania in una furia incendiaria. Non ce la facevo a non comportarmi da animale, davanti a lui. A forza di essere trattati come tale, io lo ero diventato davvero.

«Non me ne faccio niente di lei. O di sua madre. Non l'hai ancora capito?»

'Sei solo tu quello che devo togliere di mezzo' era il sottinteso.

Fin da bambino mi ero punito per quello che avevo fatto a mia madre e non sarebbe mai, mai stato sufficiente ai suoi occhi. Edelric mi scrutò a fondo, un'incertezza strana nello sguardo, quasi crudele.

«Tu faresti tutto questo... per lei?» Sorrise derisorio. «Cosa stai cercando di fare? Stai cercando di farti amare, Andras?»

Sto cercando di non renderla orfana.

«Sei consapevole che potrebbe essere tutto inutile, non è vero? Che quella donna potrebbe tornare a farsi non appena metterà piede fuori da quella clinica?»

Mi raddrizzai e abbassai lo sguardo.

Sì. Lo sapevo.

Ma l'uragano Mireya mi aveva devastato il cuore.

Aveva spezzato ossa, frantumato barricate, messo in ginocchio schiere di mostri.

Era stata una strage. E non c'erano sopravvissuti.

«Una volta qualcuno mi ha detto che sacrificio significa 'rendere sacro'» dissi.

«E chi sarebbe stato?»

«Tu».

«Incredibile che io sia riuscito a insegnarti qualcosa...»

«E per i miracoli... bisogna lottare».

Edelric rise. Eccola, la parte umana del suo motto che lui aveva sempre trovato da perdenti. Ma io non mi sarei scusato per quello che stavo facendo. Nemmeno con me stesso.

«Lei ti odierà, lo sai, vero? Quando scoprirà che sei venuto da me. Che hai fatto tutto questo».

«Perché non ci sei mai quando mi sveglio?»

Sollevai il viso e puntai lo sguardo fuori dalla finestra.

Minacciava di nuovo pioggia.

E presto l'aria avrebbe saputo un po' di lei.

«Sono sempre stato il migliore, a farmi odiare».

«Dovei sei stato oggi pomeriggio?»

Occhi grandi, scurissimi e profondi. Naso piccolo e gote piene. Un neo. L'espressione un po' risentita e un po' tenera, qualcosa che non sai se mordere o carezzare. «Perché continui a guardarmi? Ho qualcosa in faccia?»

«No».

I capelli corvini le scivolarono su una spalla quando inclinò il volto per osservarmi. Guardarla mi aveva sempre fatto un male atroce.

Mi causava quel tipo di sofferenza che non riesci a descrivere: un misto di desiderio e disperazione, di strazio e inaspettata attesa, un po' come lo era lei.

Dolorosa e innocente.

«Il locale resterà chiuso qualche giorno per manutenzione. Pensavo di tornare a Malvern stasera» mi parlò fissando lo sguardo sul fiume, appoggiata contro la ringhiera della banchina. «Se mia madre verrà dimessa in questi giorni avrò alcune cose da sistemare a casa. Ruby ha detto che mi accompagna. Lei non sa nulla... Ma ha insistito per farmi compagnia durante il viaggio».

Poi si voltò con amarezza intenerita e mi abbracciò. Mi posò il capo ancora una volta al centro del petto, e fui certo di sentire qualcosa fracassarsi lì dentro.

La mano si serrò sul parapetto, il cuore mi parlò con quella voce che ormai non potevo più ascoltare.

Quei muscoli che volevano lei.

Quel respiro che voleva lei.

Quello stomaco che voleva lei, quel sangue che voleva lei – *tutto*, tutto di me voleva lei.

«Dimmi che starai bene» sussurrai, senza rispondere al suo abbraccio. Avevo bisogno di sentirglielo dire, anche se lei non avrebbe mai potuto immaginare il motivo.

«Starò bene. Sarò di ritorno presto». Cercò il mio calore affondandomi il viso nel torace. «Ti mancherò?»

Nel mio volto puntato di lato, nei miei occhi fissi su qualsiasi altrove in cui quella era solo una domanda come tante, lei mi prendeva in giro e io la guardavo malissimo. Ma qui, in quella che era la nostra realtà, le presi il viso e l'attirai a me.

La baciai, incidendomi nell'anima il suo profumo, la morbidezza delle sue labbra, il modo in cui i suoi respiri diventavano sospiri e le sue mani sembravano sempre troppo piccole per il mio viso.

Mi impressi nella memoria il modo incerto in cui si tirava su in punta di piedi, la forza con cui mi gettava le braccia al collo, quel nostro ballo in cui un attimo prima la divoravo e quello dopo quasi mi tiravo indietro, perché alla fine speravo sempre di liberarla dalle mie disgrazie.

Cercai di portare con me la consistenza soffice dei suoi capelli, il solletico delle sue ciglia contro la guancia, la docilità con cui inclinava il volto affinché potessi prendermela un po' di più, un po' più a fondo, un po' più a lungo.

Me la impressi bene bene, quella piccola Regina dei miracoli.

La vertigine che mi dava ogni volta era la stessa di quando si guarda giù da un precipizio e si vede il mare.

Mireya si staccò e mi guardò dal basso con occhi lucenti.

«Ci vediamo tra tre giorni».

E mentre lei si allontanava lungo la banchina, affrettandosi verso la metro che l'avrebbe condotta dalla sua amica, la prima goccia di pioggia mi colpì lo zigomo. Il fiume si puntellò di increspature, rapidamente il cemento divenne scuro. Sollevai il volto e lo scroscio del temporale si riversò sui capelli, sui vestiti, sulle mani che ancora odoravano di lei.

Allora...

Allora sorrisi.

Tirai fuori la lingua. E chiusi gli occhi.

«Adesso perché piangi?»

Singhiozzai e guardai il papà di Zora. Ero ancora seduto davanti a quel quadro grandissimo e lui aveva appena finito di spiegarmi il suo significato.

«Perché Arcadia è il paradiso. E io non ci posso entrare».

«Ma tu hai il nome di un angelo» disse Octavius. «Arcadia fa già parte di te».

«Il mio angelo è caduto. In quel posto io non sono ammesso». Guardai le ossa, la morte, l'unica cosa in cui mi rivedevo. «Allora è meglio odiarlo. Solo così non mi mancherà».

«Ti mancherà per sempre, Andras. A volte le cose che vogliamo di più... sono quelle che ci suscitano i sentimenti più contrastanti. Malinconia, rancore, rabbia. A volte persino dolore. Questo non ce li fa odiare. Ci rende solo umani». Poi mi fece un'altra carezza. «Ma c'è qualcosa che non ti ho detto. Una verità, più grande».

Tirai su col naso. «Quale?»

Allora lui si piegò come se fosse il suo più prezioso segreto. «Vedi, Andras... Arcadia non è quello che rappresentano nei dipinti. Arcadia non è un luogo. Non è una dimensione di pace lontana dal mondo, in cui scappare e sentirsi protetti, al sicuro dalle cattiverie della vita. Arcadia è qui. E come l'inferno... non è un dove, *è un* quando» *mi rivelò finalmente. «Può essere la prima volta che incontri qualcuno. Può essere l'istante insignificante in cui doni un bacio. Può essere quel giorno della tua vita che non dimenticherai mai. Può essere l'attimo che intercorre tra una lacrima e una risata, può essere l'ora che ti separa dal rivedere chi ami, quei minuti scanditi dall'impazienza, quei secondi strappati all'orologio. Può essere quel frangente infinitesimale in cui riprendi a respirare dopo un grande, grandissimo dolore. Può essere l'istante in cui ti rendi conto che sei felice come non lo eri da troppo tempo. Ecco che cos'è Arcadia: ogni momento che ti vive nel cuore per sempre. Ricordatelo, Andras. Non c'entrano nulla oasi mitiche e luoghi idilliaci. Il paradiso, a volte... sta dentro il tempo di un solo, indimenticabile sorriso».*

E io guardai quel sorriso andare via.

E risentii tutti i suoi *quando*. Tutte le sue Arcadie che mi avevano fracassato il cuore.

Quando mi aveva tirato uno schiaffo. *Rabbia e incredulità.*

Quando era entrata in casa mia. *Odio e irritazione.*

Quando mi era svenuta tra le braccia. *Tremito e sconcerto.*

Quando mi aveva donato quella piccola rosa dei venti. *Calore e comprensione.*

E poi quando l'avevo baciata, e toccata, e stretta addosso, quando l'avevo presa in giro e presa in braccio. Quando avevamo dormito insieme la prima volta, quando mi aveva sporcato la guancia e io l'avevo rincorsa, quando aveva appoggiato la fronte contro la mia, per donarmi qualcosa di sé. Quando si era fidata di me, aggrappata al mio collo, quando le avevo confessato che avrei voluto rincontrarla tutta da capo, perché in realtà ricordavo ogni cosa e questo mi aveva fatto paura.

Ogni momento che avevamo condiviso erano secondi, ore e giorni di un paradiso che era cominciato tredici anni prima.

E io, in quel momento... lo avevo appena guardato per l'ultima volta.

29
Lancette

*Di tutti i modi di morire, amare è il solo
che al contempo ci salva.*

Quattro mesi e mezzo dopo

«Ho saputo che una delle ballerine ha dato due di picche a Omar».

«Aggiornati, è una notizia vecchia».

«Da quando la sicurezza viene gestita da Sergei qui non succede più niente. È diventato un locale serio».

Risate.

«L'ultima la sapete? Ora dicono che probabilmente avessero discusso».

«Ma per favore. Uno così che molla tutto e se ne va per un litigio?» Uno sbuffo divertito. «L'avrà fatto scappare lei!»

«Ve lo avevo detto che tanto l'avrebbe mollata alla fine...»

Kristine si portò la mano alla bocca quando spuntai dal corridoio. Non appena mi videro, le due ragazze che erano con lei arrossirono. Si scambiarono un rapido sguardo complice e nervoso, certe che le avessi sentite, e finsero di trovare interessante la punta delle loro scarpe o qualcosa sul cellulare.

Io, invece, non battei ciglio.

Passai loro accanto come facevo tutti i giorni. I miei occhi, che ormai non incontravano più quelli degli altri, sembrarono non vederle.

Tutto era rimasto lo stesso. Le persone intorno a me vivevano le loro vite, ridevano, piangevano e amavano. Il cielo era ancora celeste, il sole continuava a imbiondire il grano, desideri venivano espressi davanti a torte imbandite, promesse venivano infrante con leggerezza.

Il mondo aveva portato l'estate, gli alberi in fiore, gli aquiloni e la brezza in viso. Ogni cosa era andata avanti per la sua strada, seguendo un corso naturale.

Ogni cosa a parte me.

Dentro il mio cuore si era spezzata una lancetta. Una cosa minuscola. Insignificante. Era rimasta lì, fissa sulla stessa ora, di quello stesso giorno. Su un bacio sfiorato dal profumo del fiume, su due mani posate attorno alle mie guance, sullo stridio dei gabbiani e i capelli sferzati dal vento. Su un tempo impolverato, che apparteneva solo a me.

Tutto dentro di me si era bloccato.

Il sangue aveva smesso di fluire.

L'anima si era devitalizzata.

Dagli occhi era svanita qualsiasi luce e delle emozioni restavano solo rovine, come vestigia di un paradiso distrutto. Provavo solo un'agonia opprimente, diffusa come una ragnatela di cristallo a intrappolare ogni scintilla di vita e avvolgerla in un bozzolo di dolore interminabile. Mi sembrava di esistere soltanto in funzione di quella sofferenza. Non riuscivo più a bearmi del calore del sole sulla pelle, della freschezza della pioggia sul viso, la musica non mi faceva più danzare e le risate di un amico non mi arrivavano più al cuore.

L'esistenza degli altri mi sembrava un film di cui ero solo una lontana spettatrice.

Ero tornata a essere ciò che ero molto tempo prima.

Uno *spettro*.

«Ehi, bellezza». James mi mise un braccio intorno alle spalle, mentre Ruby mi affiancava sul lato opposto. «Stasera sei stata brava. Quante mance, eh?»

«Ormai supera persino te» si unì la mia amica, scherzosa, prendendomi a braccetto. «Sta diventando una fuoriclasse!»

«È vero».

«Zora potrebbe addirittura preferirla al suo barman di fiducia».

«Non esageriamo. Io resto comunque il veterano saggio e sexy del duo».

«Saggio, adesso...» bofonchiò Ruby.

«Sexy, poi...» esalai io a fatica.

«Va be', ma che infami».

Ascoltai James ricordarci quanto fossimo fortunate ad averlo nelle nostre vite mentre uscivamo fuori sul marciapiede, uniti come non eravamo mai stati.

Persino dopo quattro mesi la situazione tra quei due non era ancora giunta a un punto fermo: non si facevano più la guerra, in compenso flirtavano in modo imbarazzante ed erano estremamente gelosi l'uno dell'altra. Quel non detto tra loro si era trasformato nel corteggiamento più lungo della storia, ma non era chiaro se avrebbero mai fatto passi avanti o se avrebbero ceduto al timore di affrontare sul serio i loro sentimenti. C'era qualcosa di vivido in quel loro infantile modo di cercarsi, di stuzzicarsi, di ignorarsi davanti agli altri e poi di guardarsi di nascosto, che a volte mi faceva soffocare in un oceano di rimpianti.

«Voi non mi meritate! Ecco la verità. Io sono lo scapolo più affascinante e desiderato di Philadelphia... Ho la fila fuori».

«Ah, sì? Sarà quella dei reclami» replicò Ruby con un sorrisino, e James le infilò una mano attorno alla vita e l'attirò a sé. La mia amica fremette, colta di sorpresa; schiuse le labbra, gli posò due mani incerte sul petto, ed entrambe pensammo che l'avrebbe baciata quando la guardò negli occhi con aria da furfante e quell'espressione da uomo vissuto che lei a quanto pare trovava irresistibile.

«Reclami, eh?»

I miei occhi spenti osservarono il modo in cui si spintonarono un po' e poi scoppiarono a ridere. Ero sul punto di estraniarmi di nuovo, quando all'improvviso qualcuno mi abbracciò da dietro. Due braccia mi tennero stretta e io percepii quel profumo familiare scaldare teneramente la morte che avevo dentro.

«Ciao, piccola mia».

Lo sguardo mi si addolcì e mi voltai. In piedi alle mie spalle, dentro un paio di pantaloni in lino a vita alta e una camicetta bianca, mamma mi sorrise amorevole.

Aveva le mani in tasca e gli occhi vispi di chi ora ti guardava dritta in viso, lo sguardo che rifletteva un cambiamento profondo e luminoso. Una serenità segnata, radicata e conquistata con sforzi immani, si dipanava dalle pieghe delle sue labbra e creava un mistero sul suo volto che non c'era mai stato prima; una sorta di forza, di fatica logorata e antica.

«Ciao, Lauren. Ti trovo bene». James sollevò le spalle e Ruby le sorrise, sempre molto colpita da quanto fosse giovane mia mamma. «Come andiamo?»

«Mamma... te l'ho già detto, non devi venirmi a prendere tutte le sere. È molto tardi».

«E lasciarti tornare da sola? Non dirlo neanche per scherzo. Sei pur sempre la mia bimba». Mi guardò con dolce fermezza, tanto che quello sguardo ebbe l'effetto di una carezza rassicurante.

Da quando aveva avuto la possibilità di concludere il programma di riabilitazione, dopo un piano di novanta giorni, di servizi post dimissioni e reintegrazione sociale, era cambiata.

Si era iscritta a diversi gruppi di sostegno e aveva continuato a combattere ogni giorno una battaglia in cui finalmente non si sentiva più sola, ma compresa e affiancata da esperienze simili alla sua. Aveva ricominciato a lasciarsi coinvolgere da altre persone al di fuori di me, a non isolarsi più, a non condannare i ripetuti e frequenti momenti di debolezza, ma anzi a riconoscerli e ad arginarli per tempo.

Mi aveva detto di aver capito che ogni tossicodipendente ha davanti a sé un punto di non ritorno, il momento irreversibile che ne spezza l'esistenza e la tramuta irreparabilmente. Il suo, lo aveva raggiunto con quell'ago sotto il viadotto della stazione. Per fortuna non lo aveva superato.

Aver sfiorato l'overdose aveva innescato uno shock emotivo e una presa di coscienza che i medici chiamavano 'epifania di recupero'. L'autodisprezzo, il senso di fallimento, la vergogna e la disperazione erano esplosi così a fondo che per la prima vera volta aveva compreso quanto fosse vicina alla morte. Aveva finalmente confessato di essersi sentita tradita dal suo corpo, dalla sua mente, schiava di un ciclo infernale da cui non aveva modo di uscire. Di voler smettere, ma di non avere la speranza di farcela davvero, perché dopo tre ricadute la prospettiva di uscirne sembrava un orizzonte irraggiungibile.

Ma quel momento di rottura era stato per lei come risvegliarsi da un coma irreversibile.

Faticoso, sfinente, inconcepibile ed estremo. Ma vivo.

Non era stato l'amore a salvarla.

Era stato il dolore. Erano stati il coraggio, la determinazione e la forza di volontà, e il terrore folle di perdere me, di perdere se stessa e di lasciarmi sola in un mondo senza di lei.

A volte non mi sembrava neanche vero.

A volte pensavo a una vita in cui i suoi medici non avevano lottato per tenerla, e lei era stata mandata via.

A volte, quella vita mi sembrava così possibile da essere reale.

«Ti ho portato un maglioncino, così non prendi freddo». Lo tirò fuori dalla borsa e me lo mise intorno al collo. «C'è un posto qui vicino che fa i Philly cheesesteak più golosi di tutta Old City. Possiamo portarli a casa e cenare sul divano come piace a te». Mi posò una mano sulla guancia. «Che ne dici? Ti va?»

Temeva che non mangiassi, ma in quel momento annuii e basta.

Sentivo il cuore battere solo quando lei era con me.

Ruby e James ci salutarono e noi ci incamminammo insieme. Mentre passavamo a prendere i panini e poi andavamo a casa in auto, mi resi conto che vederla tornare a guidare la faceva assomigliare sempre di più alla persona che costellava i ricordi della mia infanzia.

«Quei due finiranno mai per mettersi insieme? Si guardano in una maniera... Dovrebbero veramente parlarsi, non trovi? Tesoro?» Non risposi, persa nei miei pensieri.

Mamma parcheggiò. Una tristezza latente le piegò lo sguardo quando, arrivate al mio appartamento, vide che mi ero avvicinata per l'ennesima volta alla porta accanto alla mia e come un automa stavo cercando di abbassare la maniglia.

«Ha sempre avuto il vizio di lasciare aperto, quando era in casa» sussurrai.

Ma la porta era chiusa.

Da centotrentasette giorni.

«Vieni» soffiò, tendendomi la mano. La presi e lei mi accompagnò dentro casa. «Sarai stanchissima. Perché non ti fai una doccia mentre io preparo i piatti?»

Mi ritrovai a ubbidire senza nemmeno rendermene conto. Il cuore stava cedendo di nuovo, la sofferenza risaliva violenta fino alla gola e io mi infilai sotto il getto dell'acqua proprio mentre le emozioni emergevano prepotenti.

Sentii gli occhi inumidirsi, le labbra tremarono leggermente mentre cercavo di trattenere il pianto. Le sopracciglia si contrassero in un'espressione di dolore e a quel punto finalmente mi lasciai andare alle lacrime.

«*Sei una che piange sotto la doccia, così può dire a se stessa che quelle non sono lacrime*» mi aveva detto una volta.

E io sentivo ancora la sua voce rimbombare nel vuoto che mi aveva lasciato.

Le sue mani sulla mia cicatrice.

La risata calda e profonda vibrava nell'aria intorno a me.

Sentivo il peso del suo torace contro le spalle quando mi addormentavo, il suo respiro calmo e avvolgente strapparmi le lacrime nel sonno. Lo sentivo con ogni molecola del mio corpo, con ogni residuo della mia anima lacerata, ma lui non c'era più.

Era svanito come un sogno alle prime luci dell'alba. In silenzio, senza fare rumore, uscendo dalla mia vita da un momento all'altro, come se non fosse mai esistito.

Non lo avevo capito subito.

Ero rimasta ad aspettarlo per giorni, avevo bussato alla sua porta, chiamato il suo cellulare, cercato in tutti i modi di contattarlo, ma ogni tentativo era stato vano. Lo scorrere del tempo era diventato uno shock che si era insinuato sempre più in profondità, ramificandosi prima in una confusione incredula e destabilizzante, poi nel timore tremendo che gli fosse successo qualcosa.

Avevo pensato al peggio, ero impazzita di paura, finché Carmen non mi aveva confessato di averlo visto caricare gran parte delle sue cose e di quelle di Olly in macchina. Allora qualcosa nel cuore aveva cominciato a incrinarsi pericolosamente.

Mi ero rifiutata di crederci.

Avevo fatto a pezzi quel presentimento orribile con tutta la fiducia che possedevo. Avevo riposto ogni mia speranza nella convinzione che non mi avrebbe mai lasciata così, che non avrebbe mai approfittato della mia momentanea lontananza per scomparire senza dirmi una parola.

Lui non mi avrebbe mai fatto una cosa simile.

Ma più mi rintanavo in quell'illusione, più la sua assenza si prolungava e diventava innegabile; più mi dicevo che presto sarebbe tornato, più l'anima mi affondava tra le ossa in un cratere di disincanto e sconcerto. Perché la speranza è l'ultima a morire e io la mia avevo cercato di tenerla in vita fino alla fine, nutrendola della mia fiducia, cullandola in tutto il mio beneficio del dubbio, proteggendola da una delusione che sapevo ci avrebbe ucciso entrambe.

Soltanto alla fine ero andata da Zora con le lacrime agli occhi e il cuore che non ci credeva, che cercava soltanto un appiglio, una ragione inutile a cui aggrapparsi; ma nemmeno allora avevo saputo qualcosa.

Mi aveva confidato che Andras l'aveva chiamata prima di andarsene. Sì, aveva avvertito lei. Soltanto lei.

Era stata una telefonata strana, in cui lui aveva scherzato sul fatto che finalmente era riuscita a liberarsi della sua presenza. Zora gli aveva chiesto se fosse impazzito, e Andras, prima di riattaccare, le aveva detto una frase che lei non era riuscita a comprendere. Il timbro malinconico, un sorriso impalpabile nella voce.

«*Senti. Ma tu te la ricordi quella bambina?*»

Nessuna delle due aveva capito a chi si riferisse.

Avevo sempre creduto che il cuore non potesse spezzarsi per davvero.

Che fosse solo un'espressione poetica per descrivere un immenso dolore.

Invece, io avevo avvertito quell'angoscia afferrarmi i lembi e premere verso l'esterno fino a spaccarmi in due.

Avevo avvertito un fragore secco, uno schianto interiore. La cascata dei cocci della mia anima aveva risuonato come un'eco profonda.

E qualcosa dentro di me aveva cessato di vivere.

Mi portai le mani al viso. Il petto si sollevava e abbassava in respiri spezzettati, la pena mi tracimava con prepotenza dagli occhi fino a rigarmi le guance congestionate, per cui l'acqua tiepida era l'unico ristoro; la schiena tremante premeva sulle piastrelle, cercando disperatamente un sostegno, un'àncora che mi trattenesse dal crollo definitivo.

Ma nulla poteva fermare ciò che stavo provando.

Nulla me lo avrebbe fatto dimenticare...

Quando dopo un po' uscii, svuotata persino del dolore, lo sguardo di mamma mi lesse in viso tutto quello che non riuscivo a dirle.

Mangiammo velocemente e poi andammo a dormire, abbracciate come ogni notte. Il suo battito contro la spina dorsale era l'unica ninnananna che riuscisse a farmi addormentare.

«So che lui ti manca». La sua voce giunse piano, come un

soffio sulla mia anima stremata. «So che niente ti sembra più lo stesso. La prima volta che l'ho incontrato, io... gli ho chiesto di prendersi cura di te. Non lo conoscevo neanche, te lo ricordi? Ma ti aveva difesa senza nemmeno esitare. E per me che non potevo proteggere la mia stessa figlia, quel gesto aveva significato tanto. Non ho mai odiato quel ragazzo, volevo solo qualcuno che ti amasse davvero. Che vedesse la ragazza tenace, leale, bellissima e coraggiosa che conosco io».

«Alla fine se n'è andato» Deglutii ricacciando indietro il pianto che quelle parole mi stavano risvegliando ancora. «Non è più importante».

«Lo è, invece».

«No. E prima o poi riuscirò a farmene una ragione».

«Ma tu non hai smesso di amarlo...»

Serrai le labbra. Mamma mi cullò e affondai nella sua stretta.

Ancora una volta mi sentii fortunata ad averla con me. Ero grata al dottor Parson, a Jackie, a tutti i medici dell'équipe che si erano battuti per difendere il suo diritto a restare in clinica per essere curata. Ero grata a qualunque forza ci avesse permesso di rimanere insieme, a curarci ferite che non avremmo mai permesso ad altri di vedere.

«Mi dispiace, tesoro. Non ci sono stata per te. Io non ci sono stata...»

«Mamma...»

«Non riuscirò mai a perdonarmi per ciò che ho fatto. Ogni momento in cui ti ho lasciato sola, ogni gioia di cui ti ho privato. La tua cicatrice...»

Posai una mano sulla sua. Inghiottii il groppo che avevo in gola e sentii che condividevamo la stessa angoscia, che guarire, se mai fosse stato possibile, avrebbe richiesto tanto, tantissimo tempo. Probabilmente anni.

«Andras una volta mi ha detto che l'inferno non è un luogo. È un momento» le confidai piano. «Inferno è il momento in cui scopri di avere una malattia, è l'istante in cui il mondo ti crolla addosso, è il secondo prima di un incidente che ti stravolgerà per sempre. È il periodo più buio della tua vita, i mesi in cui cerchi di superare una perdita, i minuti interminabili che scandiscono un attacco di panico. Ho capito che ognuno di noi vive diversi inferni nel corso della sua esistenza. Alcuni sono passeggeri, altri ci tormentano a lungo, da altri ancora non si torna indietro. Io mi sono sentita all'inferno con te, mamma...» Sentii le sue lacrime cadermi tra i capelli. «Ci sono stati momenti in cui avrei voluto odiarti. Avrei voluto urlarti addosso, scuoterti, cercare di strapparti via da quell'apatia. Mi sono arrabbiata con te, ho desiderato di scappare, ho provato un rancore inesprimibile. Per tanto tempo non sono riuscita a perdonarti. Ma... non ti giudicherò mai per ciò che hai vissuto. Non giudicherò mai il tuo inferno. Se ti avessi persa, io...»

Mi voltai e ricambiai il suo abbraccio. Mi sciolsi insieme a lei, mischiammo le nostre lacrime, ricucimmo le nostre anime come nella leggenda della Regina dei miracoli, io con un filo della sua e lei con un filo della mia, unite a formarne una soltanto.

Non lo so se ci salvammo la vita.

Non lo so se quella di ritrovarsi, dopo anni di lacerante agonia, fosse stata la preghiera che aveva commosso il cielo.

Non lo so se fu quella, la reale magia.

Ma il vero prodigio non era che il dolore stesse svanendo.

Il vero prodigio era che, nonostante ci fosse stato, non c'era angolo dei nostri cuori... che avesse perso la capacità di amare.

Nelle successive settimane, l'intera città divenne il palcoscenico dei miei rimpianti.

A Philadelphia era cominciata da un pezzo la campagna elettorale in vista delle elezioni comunali, e io inciampavo sempre in una televisione accesa sul notiziario, in un quotidiano dimenticato nei camerini, in una radio sintonizzata sull'ultimo dibattito. I giornalisti non parlavano d'altro, e il volto dai lineamenti aguzzi del candidato per il partito repubblicano era ovunque.

Edelric Yordanov era il demonio in giacca e cravatta, schiacciava gli avversari e dominava la scena politica.

Nonostante vederlo fosse un colpo al cuore ogni volta, io non riuscivo a smettere di cercare i suoi occhi. Mi infliggevo quelle iridi di ghiaccio, tra dolore e repulsione, perché erano l'unico tratto che suo figlio aveva ereditato in tutto.

L'unica cosa che mi restava di Andras.

L'ultimo dettaglio che mi ricordava che era stato reale.

Ogni giorno tornavo davanti a quella porta.

Ogni giorno mi fermavo lì, a fissare la maniglia, e sceglievo se farmi del male nella speranza che finalmente si abbassasse.

Ogni giorno, io piangevo nella doccia e mi dicevo che sarebbe stata l'ultima volta.

«Ti sei imbambolata?» mi sussurrò una sera Sebastian, passandomi accanto. Mi resi conto di aver fissato nella sua direzione per tutto il tempo, incantata sul piccolo televisore che avevano messo vicino all'ingresso; la mia attenzione era vagamente rivolta all'intervista all'assessore, ma lui come al solito aveva frainteso. «Smettila di guardarmi con quegli occhioni. O potrei innamorarmi».

«Non stavo guardando te».

«Ma certo che no...» Sfoggiò un sorriso viscido e si piegò per parlarmi vicino all'orecchio. «Sai, Mireya... non ti ho mai fatto i miei complimenti. Qualunque cosa tu abbia fatto per farlo scappare, te ne siamo tutti grati. Si sta molto meglio senza quel bastardo intorno».

I nostri colleghi si voltarono verso di noi quando gli diedi uno spintone. Sebastian indietreggiò e poi sorrise nella loro direzione.

«Che vi dicevo? È fuori di testa».

«Vaffanculo» sibilai, incurante che ci sentissero tutti.

«Non devi essere stata una bella scopata visto il modo in cui ti ha mollata, dico bene?»

«Smettila!»

«Chissà che gli hai combinato...»

Lo spintonai ancora, e ancora. Lui mi rise in faccia e io mi accanii con tutta la mia frustrazione repressa, finché qualcuno non venne ad afferrarmi da dietro per tirarmi via. Scalciai, digrignai i denti e sentii le palpebre bruciare, ma non piansi; non gli avrei mai dato quella soddisfazione.

«Mireya, basta». James mi trattenne, cercando di calmarmi. «Lascialo perdere».

«Ha ragione, Mireya, lasciami perdere. Non vorrei che ti rimettessi a piangere davanti a tutti».

Mi liberai dalla presa di James e gli tornai addosso più feroce di prima. Ricordare la sera in cui avevo ricevuto la notizia dell'overdose di mia madre era più di quanto la mia mente riuscisse a sopportare, e io sentii gli argini del malessere rompersi ancora una volta. Dopo mesi di strazio, sentii di non farcela più.

Ero arrivata al limite.

«Che diavolo succede qui?» Zora comparve in sala con Sergei, furibonda. «Vicander! Ora che non c'è più Riker a fare a botte, ti ci metti tu?»

Venni riacciuffata dalle mani dei miei amici che mi strapparono da Sebastian.

Ricevetti un'aspra ramanzina, fui seguita da sguardi di biasimo e compassione, risate alle spalle. Ma non mi importava. Non mi importava più di niente e di nessuno.

Quella sera, quando tornai a casa, mi soffermai a guardare la maniglia della porta accanto.

Ma quella volta non allungai la mano.

Non cercai di aprirla.

Mi volta ed entrai nel mio appartamento.

*

Lauren: Sei sicura che starai bene?

Digitai la risposta al cellulare.

Io: Sì, stai tranquilla.

Lauren: Devi chiamarmi per qualsiasi cosa. Anche solo se vuoi parlare. D'accordo? Me lo dici e io torno subito.

In quei giorni mamma avrebbe partecipato a due riunioni di gruppi di sostegno vicino a Malvern, e sarebbe rimasta fuori a dormire. La sua preoccupazione, però, non si placava.

Le mandai un altro messaggio e poi abbandonai il capo contro lo schienale del divano, lo sguardo puntato fuori dalla finestra.

Nuvole nere inchiostravano il cielo. La pioggia estiva batteva contro i vetri e la luce di un lampo illuminò l'aria di un lucore sovrannaturale.

Come quella volta.

«*Quando pioverà, guarderò il cielo e con un sorriso tirerò fuori la lingua...*»

All'improvviso mi immobilizzai. Ogni senso si tese, gli occhi fissarono la parete in fondo. Restai in silenzio per diversi istanti, perché avevo quasi creduto di sentire un rumore provenire dall'appartamento accanto.

È la pioggia.

Non lo vedi? Sta di nuovo finendo il mondo, là fuori.

Mi alzai in piedi e a passi incerti, il cuore in subbuglio, raggiunsi la porta e uscii in corridoio.

Che diavolo stavo facendo?

Cominciavo ad avere le allucinazioni, pure?

Con gli occhi lucidi, mi avvicinai e sfiorai la maniglia ormai consumata dalle mie speranze.

Sapevo già che sarebbe stata ancora chiusa a chiave.

Sapevo già che mi sarei spaccata di nuovo in milioni di miliardi di pezzi.

Ma forse ne avevo bisogno per potermi finalmente arrendere.

Per porre fine a quel supplizio.

Così, per l'ultima volta, strinsi le dita attorno all'ottone freddo, e spinsi verso il basso.

Un lieve *click* annullò ogni mio battito.

In un momento tutto l'universo venne risucchiato via.

Come se non fosse reale... come se stessi osservando la scena da lontano, vidi la serratura aprirsi con un debole scatto.

Il battente si schiuse.

Con un cigolio si spalancò e finì contro il muro, e io scrutai nella penombra della stanza. I profili dei mobili coperti dalla polvere, il silenzio penetrante, quell'aura di abbandono quasi intatto.

E l'attimo dopo...

Gli ingranaggi del mio cuore sussultarono e la lancetta riprese a ticchettare.

Con il respiro che veniva meno, fissai la maglietta zuppa che giaceva in terra, e poi misi a fuoco la figura gocciolante e in controluce davanti alla finestra. La statura imponente illuminata dal temporale, la schiena ampia e umida di pioggia, i capelli fradici, leggermente più corti, che gli sfioravano la nuca.

Ingoiai un ansito tremolante.

Si voltò a guardarmi da sopra la spalla, e i suoi occhi brillarono di tutti i lampi più violenti del mondo.

«Ciao, bestiolina».

30
Arcadia

Ma tu ama, ama sempre col cuore a brandelli.

Ero incarcerata in un incantesimo.

Un incantesimo splendido e impossibile.

Gli arti avevano smesso di rispondere.

I polmoni sembravano intrappolati nella melassa.

Il luogo dove aleggiava la mia mente era ridotto a un mosaico di pensieri spezzati e scintillanti, afflitti dalla dolcezza e dalla crudeltà di quell'illusione.

«Cosa... Cosa...» Il respiro cominciò a ingolfarsi, il battito a inumidirsi di lacrime e sconcerto. Andras si voltò con lentezza, e sul suo petto nudo colsi un dettaglio che mi sbriciolò il cuore.

Tra le clavicole, a catturare qualche tenue bagliore di luce, brillava un ciondolo argentato. La collana che gli avevo scorto sotto i vestiti fin dalla notte di Capodanno, e che vedevo per la prima volta soltanto adesso.

Era la mia rosa dei venti.

La fissai con occhi sgranati e realizzai che... per tutto quel tempo, per tutti quei mesi, lui l'aveva tenuta con sé. Togliendosela solo quando qualcuno avrebbe rischiato di vederla, nascondendola allo sguardo di tutti, persino al mio, con il timore che potessi vedere che fine aveva fatto.

L'aveva portata addosso anche quando gli avevo urlato contro.

Quando ci eravamo fatti la guerra.

Quando era tornata Coraline.

Quando avevo baciato il fratello di Janine.

Quando ci eravamo insultati e in corridoio si era accertato che io non potessi scoprirla, perché nonostante l'odio che ci stavamo riversando addosso, lui non se l'era tolta.

«Come ti permetti...» Avrei dovuto piangere di gioia, correre ad abbracciarlo, stringermi a lui con tutta me stessa, invece le mie mani si strinsero in due pugni frementi. Il mio volto passò dall'essere sconcertato a un'espressione di furia e dolore. Marciai fino a lui e gli afferrai il ciondolo con un risentimento inaspettato, facendogli piegare il collo verso di me. «Come ti permetti di indossare questa dopo essere sparito senza dirmi una parola? Con che coraggio!»

Andras non parlò. Le sue iridi mi fissarono come se non avessero aspettato altro che posarsi sui miei lineamenti, carezzandoli con una dolcezza che nemmeno la mia rabbia riusciva a scoraggiare. «Sono tornata a casa, dopo il secondo ricovero di mia madre, e tu non c'eri. Ho dovuto scoprire da Carmen che te ne eri andato! E ora ti presenti qui così, come se non fosse successo niente, dopo essere sparito per mesi senza aver detto a nessuno dove diavolo eri?» Alzai la voce. «Di' *qualcosa*!»

«Sei ancora più bella dell'ultima volta che ti ho vista».

Lo mollai come se scottasse. Il suo timbro profondo mi stritolò l'anima, e io mi allontanai subito da lui. I denti serrati, le palpebre strette da un'ondata di sofferenza, sentii le lancette del mio cuore, ora, correre a rotta di collo.

«Non provare a rifilarmi queste stronzate. Non provarci».

Andras continuò a guardarmi, e percepire di nuovo i suoi occhi nei miei fu il tormento più straziante e agognato di sempre.

«Tu mi hai fatta a pezzi!» lo accusai, come se non avessi desiderato ogni giorno di vederlo, toccarlo e baciarlo di nuovo, come se non mi fosse mancato da impazzire. «Non ho fatto altro che piangere, senza di te, chiedermi che cosa fosse successo e vedere la tua assenza ovunque! Tutti mi chiedevano che fine avessi fatto, ma l'unica persona con cui ti sei fatto vivo non ero nemmeno io!» Mi venne da piangere e faticai a ricacciare indietro tutto, perché avevo covato quei sentimenti per troppo tempo per non vomitarglieli addosso proprio come stavo facendo. «Non mi hai dato nemmeno uno straccio di scusa a cui aggrapparmi, una spiegazione. Ti sei fatto di nebbia e mi hai spinto soltanto a odiarti!»

In un'altra vita, in cui noi eravamo diversi, io avrei sorriso e mi sarei tuffata al suo collo, lui mi avrebbe giurato che aveva cercato in tutti i modi di contattarmi, che i suoi messaggi si erano persi, che aveva fatto di tutto per farmi sapere perché se ne era andato e mi avrebbe chiesto scusa per il modo in cui mi aveva lasciata.

Ma ancora una volta, quella non era la nostra vita.

«E ci sei riuscita?» Incedette a passi lenti, fendendo l'aria che mi circondava. «Sei riuscita a dimenticarmi, come avevi detto quella volta?»

Inghiottii un groppo doloroso. La mia anima vulnerabile vibrò quando lui mi venne talmente vicino da farmi sentire di nuovo il profumo aggressivo e intrigante della sua pelle, il volto ora nitido e dai tratti marcati, le labbra piene che mi erano mancate più di qualsiasi altra cosa. Piegò il viso verso di me e le ciglia si stagliarono sopra lo spigolo degli zigomi, incorniciandogli lo sguardo.

«Io ti ho vista ogni notte. Nei miei sogni tu eri sempre con me».

«Sei un bugiardo» sibilai con voce rotta. Mi allontanai ancora, ferita. «Solo un grandissimo bugiardo».

«Mireya...»

«Io non provo più niente per te. Sono andata avanti, qualsiasi sentimento nutrissi nei tuoi confronti, tu lo hai distrutto». Andras mi guardò soltanto, fermo. «Io mi fidavo, credevo di contare qualcosa per te, e tu invece hai approfittato del primo momento utile per andartene senza dovermi affrontare. Ho temuto che ti fosse successo qualcosa, ho avuto paura, ti ho cercato ovunque, ti ho aspettato, ho pregato di ricevere un messaggio, un biglietto, una maledetta telefonata – qualsiasi cosa – ma la verità era che tu hai scelto di liberarti di me nel modo peggiore che potessi immaginare: senza il coraggio di dirmelo in faccia» sussurrai, le lacrime che ormai luccicavano tra le palpebre. «E hai rovinato tutto».

Le sue iridi vennero velate da un vuoto remoto e indecifrabile, e la parte più contraddittoria del mio essere desiderò quasi che mi afferrasse per i gomiti, mi sovrastasse in tutta la sua prorompenza e mi baciasse.

Che mi costringesse ad andare oltre il mio orgoglio, il dolore che mi aveva provocato, le voci nella mia testa che mi urlavano che per lui non ero mai stata importante, altrimenti non mi avrebbe abbandonata così. Che si prendesse quel mio cuore immortalato, l'amore che non avevo nemmeno fatto in tempo a confessargli, tutte le lacrime su cui mi ero tagliata gli occhi tante volte, nella speranza di vederlo tornare da me.

Ma Andras raddrizzò le spalle, prendendo atto della distanza irreparabile che avevo messo tra di noi. Si passò una mano tra i capelli bagnati, e quasi gli venne da ridere.

Una risata soffocata, amara, che sembrava una lama puntata contro se stesso, mentre si leccava il labbro umido e scrollava i capelli.

Non era cambiato. I ciuffi più corti gli mettevano in risalto la linea del collo forte e ricadevano sulla fronte in ciocche morbide e scomposte, accentuando le sopracciglia e lo sguardo ammaliante e feroce. Era leggermente meno pallido di quanto lo ricordassi, ma la sua bellezza era la stessa che avrebbe continuato a far piangere l'anima a chiunque lo avesse guardato per più di un battito di cuore.

E io mi sentii soffocare per quanto mi era mancato. Troppo tempo avevo aspettato quell'istante, troppo avevo sognato di rivederlo. Le mie gambe chiesero di sfrecciare da lui, il respiro di assorbire ogni particella della sua pelle, le emozioni di scoppiare, travolgerlo come una valanga estenuata e riempirlo di baci dappertutto.

Come avevo potuto pensare che un ragazzo così, che un uomo così, tra tutte le donne a questo mondo potesse scegliere me?

«Perché sei tornato?»

«Vieni con me in un posto».

Andras tornò a guardarmi. Continuava a sorridere in quel modo rassegnato e spento, e non sembrava nemmeno avermi sentita.

«Vieni con me».

Abbassai lo sguardo e lo puntai sulla rosa dei venti al centro dei suoi pettorali.

«Per quale motivo?»

«Lo capirai una volta lì». Mosse un paio di passi verso di me, esitante. «È l'ultima cosa che ti chiedo. Dopo ti lascerò tornare alla tua vita» sussurrò. «Sparirò per sempre, e non mi rivedrai mai più».

Una stretta lacerante mi abbrancò le costole. Mi chiesi come arrivassimo sempre al punto da farci tutto quel male, dove finissero le parole giuste quando sarebbe bastato soltanto un 'Mi dispiace', quando avessimo stabilito che scappare fosse meglio che restare. *No*, urlò il mio cuore con tutta la disperazione che aveva, *non farlo, non sparire ancora, se te ne vai mi fermo di nuovo.* Ma, prima che potessi rispondere, lui recuperò la sua maglietta dal pavimento e andò a mettersi qualcosa di asciutto.

Pochi minuti dopo sperimentai di nuovo la sensazione di trovarmi seduta in macchina accanto a lui. L'aroma della pelle e della gomma mi avvolsero in un morbido sortilegio, amplificando dolorosamente la sua presenza come se potessi sentirla su tutto il mio corpo.

Non avevo idea di dove avesse intenzione di portarmi. Stavamo percorrendo la superstrada a velocità sostenuta e lui non mi aveva dato alcun indizio, ma era chiaro che ovunque fossimo diretti la nostra destinazione si trovava fuori città.

Tentai di non muovermi troppo sul sedile, ma non era facile stargli così vicino. Mi tremavano le mani, non riuscivo a pensare senza sentire il bisogno struggente di toccarlo.

«Dov'è Olly?»

«Al sicuro. Con Katya».

«Katya? Quella ragazza che ho incontrato nell'ufficio di Zora?»

«Katya è la figlia di Sergei. È praticamente cresciuta con noi».

Andras scalò la marcia e imboccò un'uscita battuta dalla pioggia. Riflettei sulle sue parole e mi resi conto che erano davvero tante le cose che non conoscevo del suo passato.

Scivolai nel silenzio e non dissi più nulla.

Percorremmo una strada meno trafficata e più sinuosa, poi proseguimmo per almeno trenta minuti finché il paesaggio attorno a noi non cominciò a trasformarsi, costellandosi di vegetazione. Incrociammo solo case sparse e un ospedale, estranei al paesaggio naturale circostante.

La velocità si ridusse, l'avanzare divenne tranquillo mentre lui svoltava un paio di volte con una scioltezza che mi fece intuire quanto bene conoscesse il tragitto che stavamo percorrendo.

Immaginai che fossimo diretti verso un posto che aveva già visitato molte volte, ma quando l'auto rallentò e inaspettatamente si fermò davanti a un cancello che era un autentico capolavoro di artigianato, rimasi sgomenta.

Altissimo, bronzeo, si innalzava in tortuose spirali e volute che riprendevano motivi floreali e si intrecciavano in una serie di lettere battute nel ferro in uno stile elegante e classico. Lessi 'Magnolia Manor' intrecciato tra foglie e boccioli scolpiti a regola d'arte, mentre sulla sommità, a incoronare quell'ingresso monumentale, una grande R armoniosa campeggiava in segno di eredità e tradizione.

«Ma dove siamo?» chiesi confusa, mentre Andras abbassava il finestrino, spingeva un pulsante e i pesanti battenti si aprivano come le ali di una gigantesca farfalla. La macchina proseguì silenziosamente sul ghiaietto, producendo un leggero crepitio che si fuse a quello delle ultime gocce di pioggia fra i rami degli alberi.

Ed ebbi l'impressione di entrare in un sogno a occhi aperti.

Un'immensa tenuta in stile liberty ci accolse tra un'esplosione di piante in fiore, sovrastata da nuvole ora squarciate da timidi raggi di sole. Magnolie a perdita d'occhio imbevevano l'aria del loro profumo dolce e inebriante, mescolandosi con l'odore di terra umida in una fragranza che sembrava strappata a una fiaba. Le corolle grandi e carnose si aprivano a centinaia, bagnate di pioggia, mentre le foglie scure e lucide creavano un contrasto incantevole.

Sembrava un luogo surreale.

L'auto si fermò davanti al Manor. Scesi e ammirai le ampie finestre ad arco, le verande cinte da balaustre finemente lavorate che si estendevano lungo tutto il perimetro della casa.

«Questa è...»

«La residenza dei Riker» mi anticipò Andras, richiudendo la portiera. «Il lascito di mia madre». Spostò lo sguardo oltre le grandi siepi che delimitavano la proprietà. «Quella lì accanto, è villa Yordanov».

Notai che c'era un'altra macchina parcheggiata a fianco alla nostra, e mi sembrò familiare. Era l'auto con cui si spostava Zora.

Non feci domande e lo seguii all'interno. Pavimenti in legno lucido si alternavano a mosaici dai toni pastello, mentre le pareti erano ornate da affreschi leggeri che richiamavano scene naturali.

Quel posto emanava un senso di quiete e bellezza.

«Andrej!» Sussultai. Una donna in carne ci stava venendo incontro. Aveva i capelli argentati e il volto rubicondo, una camicia bianca stretta dentro un gilet abbinato alla gonna, di cui si sollevava gli orli per non inciampare. «Vieni sempre senza dirlo!»

«Ciao, Dinka» rispose Andras. Mi voltai a guardarlo con espressione idiota. Lui aveva capito cosa aveva detto?

«Non avvisi» ripeté lei, in una lingua che finalmente compresi. «Io lavo. Io pulisco. Io tengo tutto in ordine. E tu non dici mai niente!»

Aveva lo stesso accento di Sergei, anche se parlava meno bene l'inglese. Si assomigliavano pure, in un certo qual modo, e mi sorpresi di scoprire che le famiglie di Andras e di Zora avevano in comune molto più di un semplice legame di amicizia.

«Come sei polemica. Non sei felice di vedermi?»

Lei gli posò le mani sulle guance e le pizzicò. «Pensi che ti perdono tutto perché sei bello. Povera me. Vedo più Sergei di te. Tu...» Si accorse di me e si imbambolò in una maniera che quasi mi spaventò. «Tu hai portato una *ragazza*?»

Arrossii violentemente. D'istinto mi nascosi dietro la figura immensa di Andras e lui mi spinse in avanti per farmi vedere meglio da quella che sembrava la governante della tenuta.

«Non spaventarla. Si chiama Mireya. Il suo nome significa 'Regina dei miracoli'».

Avvampai ancora di più. *Ma perché?!*

«Oooh, lei è come bambola di porcellana!» Mi guardò come una mamma fiera, chinandosi un po' verso di me. «Andrej, me la fai conoscere perché ti sposi?»

Le guance mi arsero terribilmente. Andras rise, e osservai la sua bellissima risata vibrare nell'aria attraverso gli occhi cristallini. Quel suono mi frullò nel cuore come un battito d'ali argentate.

«Se mai mi sposerò sarai la prima a saperlo». Le sorrise e poi puntò le iridi sull'ambiente circostante. «Siamo qui solo per fare un giro».

«Preparo merenda come quando eri piccolo. Mireya, ti piacciono i *vanilice*? I biscotti con la marmellata?»

Annuii, sopraffatta da tutte quelle premure, e lei si batté le mani sulle anche, pratica, prima di svanire in direzione di quella che intuii fosse la cucina.

«Radinka mi ha letteralmente tirato su da sola. Era con la famiglia Yordanov fin da prima che io nascessi. Si occupa di Magnolia Manor da quando mio padre ha assunto personale in livrea per la sua residenza».

«Anche lei ha legami con Sergei?»

«È sua sorella. Molti anni fa, quando ha iniziato come domestica, ha chiesto a mio padre se avesse un posto anche per suo fratello. Octavius Lynch, il padre di Zora, cercava un autista che potesse fare anche da guardia del corpo a sua figlia, viste le finanze che amministravano. È così che Sergei è finito a lavorare per loro».

«È la sua macchina quella fuori».

«Passa spesso a salutare Dinka. Probabilmente ora sarà da qualche parte a sonnecchiare».

Lo seguii mentre riprendeva a camminare.

«Ma parli il serbo?» domandai. Incrociammo altro personale di servizio in giro per la casa, che ci rivolse cenni di saluto cortesi.

«Mmm... non proprio. Lo comprendo perfettamente, però».

Quando mi aveva raccontato delle origini di suo padre non avevo pensato che potesse essere abituato a sentire altre lingue per casa; era sciocco sorprendersi, in effetti, col senno di poi.

«Non è qui che sei stato per tutto questo tempo?»

«No. Qui vengo molto raramente. Ma questa casa è mia».

Andras si fermò davanti a una portafinestra aperta. Una brezza fresca entrava dal retro dell'immenso giardino, simile a un regno incantato. Lo affiancai, solo per accorgermi che il suo sguardo si era smarrito in un punto distante: quando tentai di capire il motivo di quell'improvvisa immobilità, i miei occhi ne seguirono la direzione e si posarono su un dettaglio che spuntava tra i boccioli rosa e bianchi.

E un'angoscia acuta mi bruciò in gola.

Rivolsi uno sguardo esitante ad Andras, e uscii. L'erba bagnata mi si piegò sotto le suole mentre avanzavo cauta sulla piccola collinetta che si elevava in quel tratto del parco. Sotto la magnolia più rigogliosa che avessi mai visto, ramificata a formare quasi un altare tra cielo e terra, c'era una piccola lapide bianca come l'avorio.

La raggiunsi in silenzio. Era così curata che avvertii una morsa di commozione, come se qualcuno si premurasse ogni giorno di tenere lontano il muschio o i segni del tempo.

La mamma di Andras riposava in un luogo idilliaco, avvolta dai petali morbidi dei fiori che quell'albero le regalava; mi chinai quando vidi che un bocciolo intatto era caduto lì accanto. Le ginocchia mi si inumidirono, ma non ci badai: lo presi tra i palmi attenti e lo sistemai proprio sotto il suo nome, liberando il marmo dalle foglioline che il temporale vi aveva riversato.

«Dicono... che la magnolia simboleggi la perseveranza». La mia voce si mischiò al fruscio del vento fra i rami. «Fiorisce in condizioni avverse. E prospera anche in climi difficili, quando la primavera è ancora intrappolata nel freddo dell'inverno. Le loro vite durano secoli. Ecco perché... Piantare una magnolia significa sconfiggere il tempo».

Andras era alle mie spalle. Mi fissò inginocchiata davanti alla tomba di sua madre, e io sollevai uno sguardo intenso nel suo.

«Sai cos'è l'amore?» sussurrai. «Amore è... tutto ciò che è insostituibile. È l'unica cosa che quando la perdiamo ci lascia un vuoto che non può essere riempito da nient'altro. L'odio lo curi, la distanza la colmi, la rabbia la lasci andare, ma niente potrà mai sostituire gli occhi di qualcuno che hai amato. È questo ciò che li rende immortali».

«Come la ragazza della tua leggenda?»

Sbattei le palpebre una volta, con dolcezza, per fargli capire che sì, era così.

Lui mi tese la mano.

«Vieni» disse piano. Non gli avevo mai sentito quella voce. Flebile, quasi incerta, carica di un'emozione che non riuscii a discernere. Osservai le dita che mi stava porgendo, e nella sua espressione colsi un'aspettativa che non avevo mai visto.

Parve tremare impercettibilmente quando accettai il suo aiuto e lasciai scivolare il palmo nel suo. Mi tirai in piedi e notai che avevo i pantaloni tutti bagnati, ma Andras, per qualche motivo, non sembrò neanche farci caso.

La sua attenzione era tutta sul mio viso.

«Perché mi hai portata qui?» domandai dopo un attimo, lasciandogli la mano. Giurai di sentirlo trattenerla, ma l'istante dopo lui fece un passo indietro e si voltò.

«C'è una cosa che voglio mostrarti».

Mi fece strada e io mi lasciai guidare di nuovo dentro. Raggiungemmo una gigantesca scala in legno che conduceva al piano di sopra, la cui parete era tappezzata di ritratti, fotografie e premi di caccia. Una volta arrivati in cima, Andras si fermò davanti a una porta massiccia, e la spinse: ai miei occhi si aprì una stanza dagli alti soffitti a cassettoni e muri ricoperti da carta da parati, con le vetrate drappeggiate da pesanti tende di velluto che smorzavano la luce delle finestre. Mobili sontuosi ornavano più punti dell'ambiente e un imponente letto a baldacchino, al centro, si ergeva con colonne intagliate tra candide e leggere lenzuola. Un odore di antico, mescolato a un vago sentore di fiori appassiti, aleggiava nell'aria riempiendo i polmoni di una incomprensibile nostalgia.

Sembrava viverci una penombra perpetua, lì dentro, come se il sole fosse rimasto fuori, timoroso di disturbarne la quiete.

«Da bambino cercavo sempre un modo per intrufolarmi qui». Il tono in cui lo disse mi fece male senza che riuscissi a capire perché. Quel posto emanava qualcosa di... dolcissimo e tragico, e sentii quasi il bisogno di proteggerlo da quella stanza, allontanarlo e chiedergli di uscire.

«Credevo che tu avessi passato la tua infanzia nella casa di tuo padre. Alla sua villa».

«Non del tutto» mormorò. «Quando mia madre ha cominciato a spegnersi, i medici hanno suggerito che farla stare in un posto familiare potesse renderla più serena. Per i primi anni è qui che sono stato». Si fermò davanti alla parete che dava sul letto, e i suoi occhi furono tutto ciò a cui andai incontro.

Un nodo soffocante nel petto cominciava a farmi paura.

Sentivo una strana connessione tra noi, come se quello fosse un altro punto di non ritorno.

Il nostro.

Avevo l'angosciante impressione che mi stesse dicendo addio, che quello fosse il suo modo di lasciarmi andare per sempre, che l'ultima pagina del nostro racconto stesse per concludersi proprio lì, in quella casa.

Che mi stesse aprendo le mani, mi stesse sussurrando le ultime soffici parole al mio orecchio, e poi mi avrebbe dato la spinta per lasciarmi volare via.

«Una volta mi hai chiesto che cos'è Arcadia. Ricordi?»

Mi venne il magone.

Con un cenno, Andras mi invitò a osservare l'immenso quadro che ci sovrastava.

Era un dipinto incredibile, fatto di luce, distese incontaminate e verdi vallate. Vidi la scritta 'Et in Arcadia ego' e il nodo nel mio petto si strinse.

«'Anche in paradiso c'è la morte'. È un memento mori, ed è questo il significato del mio tatuaggio: non importa quanto qualcosa possa apparirci ideale e perfetto, la morte è inevitabile». Tenne lo sguardo puntato su quel dipinto, condividendo con me il significato che aveva fatto suo. «Quando ero piccolo mia mamma diceva sempre che ero stato un miracolo, un dono del cielo. Ma quando quel cielo se l'è ripresa, io non sono riuscito a farmene una ragione. Avevo rubato una sua foto, che guardavo continuamente, le parlavo come se fosse ancora con me, le chiedevo perché non tornava, perché non potevamo stare insieme, perché mio padre non riusciva nemmeno a guardarmi, figuriamoci a volermi bene. La verità... è che desideravo disperatamente che qualcuno mi amasse» soffiò, e io rimasi sconcertata e straziata da quell'ammissione così intima. «Ma ogni giorno di più realizzavo che nessuno mi avrebbe mai guardato come mi guardava lei. Nessuno mi avrebbe mai parlato, carezzato o sorriso come mia madre. Avevo perso l'unica persona che mi avesse mai considerato davvero un dono. E non l'avrei riavuta mai più. Finché un giorno... qualche anno dopo, per strada, non ho visto una bambina. Una bambina come tante; non aveva niente di speciale, nessun dettaglio che la rendesse diversa dalle altre. Non ci ho parlato, non si è neanche accorta di me. Ma lei... lei aveva il sorriso più bello che avessi mai visto» sussurrò, come se potesse vederlo anche in quel momento. «E quando l'ho guardata ridere, per un momento, un minuscolo istante, io mi sono sentito come ogni volta che mia madre era con me. Era impossibile. Quella bambina sorrideva proprio come lei. In mezzo a tanta gente, in mezzo a tanti volti... loro due trasmettevano la stessa emozione. Non avrei mai potuto sbagliarmi: quello era il sorriso dell'amore. La mia prima Arcadia». Sussurrò come se stesse parlando a se stesso per la prima vera volta nella sua vita. «Crescendo mi sono dimenticato di quel momento. Col tempo il ricordo di quel sorriso è sbiadito, ma inconsciamente... non ho mai smesso di cercarlo. Almeno fino a un pomeriggio di cinque mesi fa, quando ho realizzato... che mi sono sempre sbagliato». Si voltò e nei suoi occhi si riflesse l'ombra di un sorriso sconcertante, triste eppure così bello da rimettermi insieme tutti i pezzi del cuore. «Il paradiso è davvero eterno, Mireya. Hanno ragione. È in ogni istante che vive dentro di noi fino alla fine. E io l'ho capito solamente quando ormai era troppo tardi. Perché quel sorriso... quella bambina... non se n'è mai andata dalla mia testa».

Lo fissai confusa, emotivamente sconvolta da quel discorso. Mi sentivo instabile e smarrita, incapace di seguire del tutto il filo che le sue parole stavano tessendo.

Ma all'improvviso un urlo brutale mi spezzò le parole in bocca.

Trasalimmo e sentimmo rompersi quel momento tra noi al

suono di una voce che sembrò uscire direttamente da un incubo: Andras smise di respirare, divenne un blocco di granito e le sue pupille rimpicciolirono a tal punto da prosciugargli dal volto ogni brandello di umanità.

Vidi tutto dritto davanti ai miei occhi, come se il mondo attorno a lui fosse appena scomparso: si voltò e si precipitò fuori dalla stanza, fino a raggiungere il pianerottolo.

«Non me ne frega niente!» stava sbraitando qualcuno di sotto. «So che è qui! Chiamalo! *Chiamalo ora!*»

Gli corsi dietro mentre scendeva le scale, cercando di tenere il suo passo. Vidi solo in quel momento la figura infernale che stava urlando in faccia alla governante nel bel mezzo del grande salone. Lei aveva la testa chinata e farfugliava parole di scuse, stringendosi la gonna. Un paio di altri domestici erano spuntati dal giardino, ma non osavano intervenire.

«Allontanati da lei». La voce di Andras uscì ridotta a un sibilo, tremando di un impeto che faticava a trattenere. «Sparisci immediatamente da questa casa».

Edelric si voltò. I suoi occhi freddi e spietati si posarono su Andras come se non avesse aspettato altro.

«Eccolo qui, il figliol prodigo».

«*Fuori!*» urlò suo figlio con un ruggito primordiale. Mi fece tremare in ogni nervo, ma suo padre gli venne incontro come il demonio incarnato che era.

«Pensi di potermi cacciare? Tu? Un bamboccio che crede di comandare in casa d'altri?»

«Questa non è casa tua. Non lo è mai stata!»

«Tu non meriti nemmeno di respirarci, qui dentro!» strepitò con un disprezzo che sembrò fuoriuscire dalle sue stesse ossa. Radinka soppresse un lamento, io rabbrividii spaventata. La sua voce era una fucina di fiamme, ogni parola un'esplosione di pura rabbia, e guardai Andras reprimere un'angoscia che divenne anche la mia. Quell'uomo aveva passato tutta la vita a farlo sentire l'assassino che aveva posto fine alla vita della sua amata moglie, l'unica ragione della sua esistenza, e io avrei voluto mettergli le mani sulle orecchie per non farlo ascoltare più.

«Avresti dovuto *sparire*. Avresti dovuto restare a Washington in quel buco di topaia dove eri strisciato, e invece scopro che sei tornato in città proprio a un passo dalle elezioni! Pensi di riuscire a fottermi?»

«Tu mi hai mentito». Andras lo affrontò con le pupille che erano due fiamme ardenti, perché ormai aveva capito che quello di suo padre non era odio, era ossessione. Un'ossessione psicotica e malata. E ogni gesto di quell'uomo sembrava continuare ad amplificare la sua disillusione. «Io ti ho ascoltato. Me ne sono andato. Ho fatto ciò che volevi. E qualche giorno fa vengo a sapere che quella lettera non è mai giunta al consiglio di amministrazione. Che qualcuno l'ha intercettata prima. Hai fatto in modo che non arrivasse mai, che io me ne andassi senza rispettare il nostro accordo. Tu hai cercato di fottere me!»

Mi voltai verso di lui. Il cuore si era fermato. Registrai quelle parole con un attimo di ritardo, sempre più persa, senza capire di che cosa stesse parlando.

Cos'era quella storia?

«Non avrai davvero pensato che prestassi la mia firma... la mia autorità, per aiutarti a salvare la madre di quella mocciosa?» Suo padre gli si avvicinò, uno sguardo che era una ferita aperta, un insulto diretto alla sua furia. «Che mi immischiassi in quella ridicola faccenda solo per aiutarti a combattere un'ingiustizia? Quanto sei patetico. Dimmi, lei lo sa, almeno?» insinuò, e sentii addosso un gelo paralizzante. «Lo sai che cosa ha fatto? Te lo ha detto?» La conversazione divenne insopportabile quando si voltò derisorio a guardarmi, prima che Andras potesse fermarlo. Io mi ritrassi, l'anima fuggì a nascondersi e un brivido mi si incagliò nella schiena. «È venuto da me perché volevano sbattere tua madre in mezzo a una strada. Mi ha letteralmente implorato di aiutarti. Guarda come lo hai ridotto. Si è proprio innamorato di te».

«Chiudi quella bocca!»

«Direi che alla fine se l'è cavata lo stesso. Ho saputo che il consiglio ha subìto pressioni talmente insistenti da parte del personale medico da riconsiderare persino i propri sporchi interessi. Si è salvata da sola, non è vero?»

Andras lo spinse indietro. Lo costrinse a strappare via lo sguardo da me, a inciampare sui suoi passi e indietreggiare fino a scontrarsi contro uno scrittoio accanto alla libreria: un tintinnio di metallo risuonò tra le pareti mentre Edelric scivolava con la mano sulla superficie di legno intagliato, rovesciando tutto quello che vi si trovava sopra. Fissai la scena senza fiato, il cuore avvolto in una prigione di lividi, gli occhi sgranati e la mente che prendeva coscienza di quanto era accaduto.

Scorsi Sergei spuntare dall'arcata del salone e Radinka posargli una mano sul braccio per trattenerlo.

«Sei sempre stato il migliore a farmi rimpiangere di essere nato». Andras lo strinse per il bavero della giacca verde bottiglia. «Non sei mai riuscito a guardarmi in faccia perché in me vedevi il tuo riflesso. In ogni dettaglio, in ogni somiglianza... tu vedevi te stesso».

«Io? Tu l'hai ammazzata! Lei è morta per colpa tua, non è riuscita a reggere di averti messo al mondo! Tu le hai rovinato la vita!»

«Bugiardo!» urlò Andras. «Mi hai impedito un sostegno psicologico, mi hai punito per ciò che *tu* hai fatto! Perché lei non avrebbe mai impugnato quella pistola se tu non l'avessi tenuta chiusa qui dentro per tutti quegli anni. Sei stato tu a ucciderla, ed è questo che non riesci a sopportare! Hai incolpato me perché non tolleravi di essere il responsabile!» rivelò infine, e lo sguardo di Edelric bruciò di un odio così feroce da sfigurargli il volto.

Non riuscivo a credere che fosse davvero suo padre. Un genitore per istinto naturale è indotto ad amare, a proteggere, a sacrificarsi senza esitazione per il bene del proprio figlio.

È colui che ti tiene per mano, che ti guida per il cammino della vita, che difende a spada tratta i tuoi sogni come se fossero i suoi.

Ma quest'uomo, quest'essere che mi trovavo davanti, era l'antitesi di tutto ciò.

«E vuoi sapere che giorno è oggi? Oggi è il giorno in cui finalmente tutto finisce. Perché oggi, caro padre, Coraline è andata a denunciarti». Andras inferse il colpo finale e Edelric sembrò desiderare di cavargli gli occhi. «Ha scoperto che c'erano anche altre ragazze a cui avevi fatto firmare lo stesso contratto per coprire le tue schifezze, e indovina un po'? Mi ha chiamato per dirmi che voleva farla finita. Pensavi veramente che avrei cancellato quei video? Pensavi che non avessi imparato a farmi furbo, dopo tutti questi anni?» Andras lo lasciò andare con una spinta definitiva. «Verranno a prenderti. Presto. Puoi dire addio alla tua campagna elettorale, assessore Yordanov. E anche alla tua vita».

Non fiatai, rimasi ferma a respirare quella verità come se fosse troppo sottile per non infrangersi al minimo soffio di vento.

Finalmente, Andras gli diede le spalle e si allontanò. E nel tempo di un secondo io vidi lo sguardo di suo padre lampeggiare di una luce folle: il movimento delle labbra, la piega delle sopracciglia, il respiro che diveniva bestiale. Il cervello inondato dalla furia, dove la ragione svanì sotto un istinto di distruzione, un bisogno incontrollabile di annientare l'oggetto del proprio odio.

Edelric afferrò il tagliacarte appuntito che giaceva sullo scrittoio e io lo vidi brillare nell'aria.

«*No!*»

Il primo affondo lo ferì alla schiena. Si alzarono urla, scoppiò il panico, e io scattai in avanti prima ancora di rendermene conto. Andras trasecolò. Perse l'equilibrio e si schiantò contro la libreria, ribaltando una caterva di libri prima che un altro taglio gli aprisse la maglietta: i suoi occhi si spalancarono in un'espressione di incredulità e terrore, mentre il corpo si piegava su se stesso.

Vidi Sergei piombare su suo padre, la mia mano tendersi in avanti e il mondo rallentare apposta per impedirmi di fare in tempo: quando Edelric, brandendo ancora il fermacarte come un pugnale, caricò di nuovo, questa volta per sferrare il colpo letale, fu come se l'universo si ribaltasse.

Ogni cosa divenne sfocata.

Il tempo si dilatò fino a esasperare ogni singolo istante.

Il profumo delle magnolie svanì sotto quello del sangue.

La lama penetrò nella carne con un suono sordo.

Le grida dei domestici divennero un sottofondo lontano, il sole sembrò tramontare in un arco morente e il pavimento oscillò sotto i miei piedi.

Per un istante non riuscii a respirare.

Tremai.

Tremai, davanti agli occhi che ora mi fissavano sconvolti. Gli occhi di Edelric.

E poi... con piccoli spasmi del mento, abbassai lo sguardo.

Una patina calda e vischiosa gli stava sporcando le dita. Si stava allargando sul tessuto.

Proprio lì... dove l'impugnatura d'argento spiccava sprofondata nella mia pancia.

31
Rendere sacro

Che ogni cuore spezzato abbia un cuscino su cui riposarsi:
una culla soffice e calda che non possa più fargli male.
Che i tristi addii sussurrati in silenzio
diventino abbracci eterni almeno nei sogni.
Che le lacrime rapprese in scie sulle guance
abbiano il sapore del mare e la consistenza delle stelle.
Se siamo comunque destinati al dolore,
almeno che soffrire ci sia più lieve che amare.

Andras

«*Aspetta un momento*».

La realtà picchiava contro le meningi.

La ragione era un urlo muto, impregnato di sudore, tranciato da un dolore che era un colpo di sega a ogni respiro.

«*Mi stai dicendo...*»

La vista si oscurò ai bordi. La schiena minuta che premeva contro il mio torace rabbrividì. Un gorgoglio soppresso provenne da lì, e percepii le orbite tingersi di macchie sempre più accecanti mentre mi rendevo conto del suo peso addosso.

«*... che la Regina dei miracoli... alla fine muore?*»

La sua mano scivolò malamente nel tentativo di aggrapparsi alla libreria. Udii un singulto flebile nel momento in cui l'afferravo e lei mi rovinava inesorabilmente addosso. Crollammo insieme, il mio braccio cercò di attutire la sua caduta. Il tagliacarte tintinnò sul pavimento, lontano da noi, disegnando un rivolo vermiglio.

Edelric venne tirato via e atterrato da due braccia di marmo. L'aria esplose in un caos di voci e passi forsennati che correvano a chiamare i soccorsi.

Non riuscii a realizzare cosa fosse appena successo.
La tempia mi pulsava contro il suolo.
Le mie ferite bruciavano come fauci spalancate, vomitando dolore in ogni centimetro del mio corpo.
Avevo i sensi offuscati.
Non riuscivo a mettere a fuoco nulla.
Solo gli occhi neri davanti a me.
«Mireya...» sussurrai nel pandemonio che ci circondava. Il cuore batté nei timpani con tonfi orrendi e brutali.
Lei era riversa al mio fianco. Le labbra erano serrate, le palpebre dilatate come quelle di un animaletto spaventato. Sussultava impercettibilmente; il suo petto si contraeva in spasmi irregolari, e la mano intrisa di sangue stringeva il punto dell'addome da cui la vita le stava pian piano scappando via.
No. No, no, no...
«Sono... Sono qui. Continua a guardarmi». Le parole uscirono spezzate, sofferte, consumate da una supplica violenta che mi stava raschiando la gola. «Ascolta la mia voce. Brava. Così...» Il mento le fremeva, non riusciva a parlare. La chiazza rossa si stava allargando velocemente sotto i vestiti. Tremava tutta, era terrorizzata, smarrita, rigida, ma il suo sguardo bisognoso non mi lasciò.
Neanche un momento.
Continuò a fidarsi di me.
E io percepii lo strazio smembrarmi l'anima, squarciarla a ondate fino a impedirmi di respirare. Il battito si torse in modo insostenibile e un calore soffocante mi investì gli occhi fissi su di lei. Lottai con ogni briciola di forza che avevo per non guardare il sangue copioso che stava sgorgando dalla sua pelle. Per non farle vedere che il panico mi stava estirpando il cuore. «Andrà tutto bene. Te lo prometto». Deglutii, sforzandomi di inghiottire quella disperazione disgregante. «Starai bene. Tu sei coraggiosa. La più coraggiosa di tutte. Guardami, andrà tutto bene...»

La sua cassa toracica si sollevava in modo frenetico, in un estremo tentativo di resistere all'inevitabile. Il volto aveva perso tutto il suo colore.

Le voci attorno a noi si sovrapposero, gli istanti sembrarono scorrere come un fiume interminabile mentre la esortavo a restare sveglia.

Due domestici arrivarono, le premettero sulla ferita per cercare di fermare il sangue, mentre gridavano indicazioni al telefono con l'ambulanza dell'ospedale vicino. Qualcuno cercò di avvicinarsi anche a me, ma lo allontanai con una spinta insofferente perché mi impediva di mantenere gli occhi agganciati ai suoi, che imploravano di rassicurarla, di dirle che non sarebbe accaduto niente di brutto.

Aveva un bisogno disperato di essere tranquillizzata, di ricevere il mio conforto, perché ero l'unico a cui avrebbe davvero creduto, l'unico di cui si fidasse.

E io feci quello che facevo sempre: le mentii.

Con la sofferenza che esplodeva nei capillari e il tormento che mi strangolava impietoso, che mi spappolava la gola in una morsa d'acciaio, le dissi ancora una bugia.

«Tornerai da tua madre. E crescerai... devi aprire il tuo locale, ricordi? Devi diventare grande. Posso già vederti... Ancora più tenace, più testarda e ribelle di adesso. Andrai avanti a testa alta e farai impazzire ogni uomo che incontrerai perché continuerai a non renderti conto di che cosa sei. Coronerai i tuoi sogni, sarai felice, avrai finalmente la vita che ti spetta, perché quelle come te sono il motivo per cui le leggende esistono. Per cambiare il finale». L'aria sembrò trasformarsi in vetro frantumato, lacerando i polmoni con una ferocia inimmaginabile. «Una volta... sei rimasta con me. Te lo ricordi? Ti ho detto 'Resta' e tu lo hai fatto. Non facevi mai quello che ti dicevo. Non mi davi mai retta. Facevi sempre di testa tua... ma quel giorno tu sei rimasta davvero».

La mia ragione si stava liquefacendo. Mi stavo disintegrando sotto il peso di una incredulità troppo traumatica, che non trovava via d'uscita, che stracciava tutto, che mi impediva di realizzare davvero la realtà delle cose.

Noi non eravamo lì. No.

Eravamo a casa.

Lei seduta sul mio tavolo.

Io con una tazza di caffè bruciato.

E il mio corpo tremò convulsamente, le mani si contrassero in pugni agonizzanti mentre cercavo disperatamente di pensare a qualcosa, qualsiasi cosa, che potesse alleviare quella tortura inarrestabile.

Perché lei... lei era il mio miracolo.

Il mio paradiso incarnato.

Quel pezzo di eternità in cui non avevo mai creduto.

Lei era la bimba sorridente che mi aveva sparato dritto al cuore.

Era tutte le lacrime che non avevo mai pianto, tutti i sorrisi sinceri che non avevo mai avuto il coraggio di mostrare.

Lei era il mio piccolo, prezioso uragano. E nemmeno una rosa dei venti avrebbe potuto salvarmi dal cataclisma che mi aveva infilato nel petto.

Mireya emise un lamento strozzato. Il suo battito si stava affievolendo, il suo respiro si era ridotto a un sibilo sottile. Mi ritrovai costretto a guardarla con gli occhi annientati mentre lottava a tutti i costi per non lasciare le mie pupille, per restarci aggrappata.

E io avrei voluto strapparmi i polmoni, regalarle il mio respiro, aprirmi le vene fino a dissanguarmi per donarle ogni più piccola fibra del mio corpo.

Per donarle la mia anima.

Come nella leggenda.

Continua a guardarmi. Ti prego.

Non badare al mondo, guarda me.

Guarda solo me.

Il dolore mi alienava, i sensi minacciavano di abbandonarmi, ma le cercai comunque la mano sudata e la strinsi come potei.

Siamo ancora lì. Siamo ancora in quella casa insieme.

Stiamo bene.

Abbiamo davanti tutta la vita.

Tutti gli anni che vogliamo.

Tu mi odi per finta. E io ti amo di nascosto.

Al mattino mi sveglio con te, Mireya. Mi sveglio con te...

Il bruciore incontrastabile mi inondò le palpebre. Il tempo che scorreva implacabile si portò via un altro goccio della sua linfa vitale.

E io capii che avevo sprecato tutta la mia esistenza a vivere senza di lei.

«Sei bella come lo eri da piccola» sussurrai piano, con la voce che si disfaceva. Le sue iridi si riempirono di lacrime bollenti, e io capii che non l'avrei riavuta mai più. «Eri tu, bestiolina. Eri tu quella bambina. C'era una piccola Arcadia quando ti ho vista per la prima volta. E non è stato al Milagro's. È stato quando ero solo un ometto arrabbiato e infelice... Tu sei diventata il mio paradiso. Tu, che neanche te ne sei accorta... per tutto questo tempo, sei rimasta incastrata dentro di me». Le strinsi le dita fredde, e il mio spirito l'amò come non aveva mai amato nessuno. «Sei stata il mio ricordo più luminoso. Sei stata ogni mio *quando* che ha costellato il mio passato, il mio presente e il mio futuro. Tu per me sei e sarai per sempre... insostituibile».

«*Amore è...*»

Ed eccola bambina.

Eccola che correva minuscola verso sua mamma.

Eccola che mi guardava per la prima volta, occhi profondi e lunghi capelli ribelli.

Eccola che incrociava le braccia, che arrossiva con quel suo maledetto orgoglio.

Eccola con in braccio mia sorella, sul divano di casa mia, la televisione accesa e quel suo stupido cartone animato.

Eccola nel mio letto, come un pezzo di pioggia entrato dalla finestra, che mi sorrideva eterno, nel suo santuario di vetro e di luce.

Eccola in ogni momento che era stata mia, almeno un po', senza che lei lo sapesse mai.

E davanti a tutto ciò che era per me, davanti a quel prodigio taciuto, quel mio bellissimo paradiso immortale, Mireya... Sollevò un angolo delle labbra, la mano appoggiata sull'addome, i capelli riversi intorno come una notte stellata. Con la bocca esangue, le scie umide e dolci che le rigavano il naso e gocciolavano sul pavimento tra di noi. Con quei suoi occhi grandi, troppo per questo mondo, lo sguardo di chi aveva continuato a lottare senza arrendersi mai. Mi sorrise in un dolore infinito, in una gioia che era tutta la sua tenera magia, e per la prima volta da quando ero piccolo io percepii le lacrime irrorarmi il respiro.

«*Quindi? La Regina dei Miracoli alla fine muore?*»

«*No. Lei vive per sempre*».

I suoi occhi non si chiusero. Rimasero così. Calmi, offuscati, leggermente aperti. Persi in un volto sereno. In un momento in cui c'eravamo soltanto noi.

«Bestiolina». La voce mi si spezzò. Le lacrime mi divorarono la vista. Sentii dei passi accorrere, porte spalancarsi, voci irrompere nella stanza. Ma io non le schiodai gli occhi di dosso. Le strinsi la mano, ora inerme nella mia. «Mireya...»

«*Un angelo venne a prenderla e la portò nel regno dei cieli. Fu Mireya a diventare regina: lei divenne...*»

«Mireya» sibilai angosciato, cercando di riportarla lì. Cercando di farla restare con me.

Ma lei non respirava più.

Non si muoveva.

Non mi stava più vedendo.

Il suo cuore aveva cessato di battere.

Il suo corpo aveva smesso di soffrire.

E lei era tornata in quella casa. In quei ricordi di noi due insieme. Per sempre.

Non avrei mai più sentito il suono della sua voce.

Non avrei mai più udito la sua risata goffa, inspirato il suo profumo dolce e selvatico, sentito il calore setoso della sua pelle.

Non avrei più visto il modo in cui storceva la bocca quando era arrabbiata, o il suo sguardo timido e restio quando voleva che le facessi una carezza.

Non le avrei più pulito la guancia, non l'avrei più presa in braccio, non mi sarei più addormentato con il suo respiro stretto al mio.

Mi aveva sorriso per l'ultima volta.

La sua anima era salita tra le stelle.

Qualcuno l'avrebbe guardata di notte, risplendere del suo candore accecante.

L'avrebbe trovata stupenda come quel bambino di tredici anni fa.

E vedendola come una scia luminosa nel cielo, lì a regnare sopra tutto e tutti, l'avrebbe chiamata...

Il sorriso del paradiso.

32
Insostituibile

Ci incontreremo di nuovo.
Ci incontreremo nei sogni.

Andras

«Dicono che non sia in sé».

«Ho saputo. Che disgrazia...»

«Forse lo trasferiranno. Non ascolta nessuno, non resta mai nel suo letto. Si alza nel cuore della notte, ribalta le cose, si strappa le flebo. È ingestibile».

«Qualcuno ha provato a...»

«Non vuole sentir ragione».

«Lo hanno sedato?»

«Più volte. Ma sembra che niente riesca a tenerlo buono per più di qualche ora. Ogni volta che si sveglia fa un gran casino. È come se fosse intrappolato in un ciclo autodistruttivo, di quelli da cui non si esce. Le ferite continuano a riaprirsi perché non sta a riposo. Se continua così lo allontaneranno».

«Ma è vero quello che dicono? Che è... insomma, il figlio di Yordanov? *Quel* Yordanov?»

«Accidenti, Brenda. Ma in che mondo vivi? Non hai visto la confusione che c'è di sotto? Quei maledetti cameramen davanti all'ingresso hanno quasi fatto irruzione, stamattina! La sicurezza è stata rinforzata in tutto l'ospedale, non entra neanche uno spillo. Sono tutti fuori di testa. Ho visto una collega cotonarsi i capelli nel bagno delle infermiere».

«Buon Dio...»

«Alla televisione dicono che lo hanno arrestato per sette diversi capi d'imputazione. Una sporca faccenda. Per poco non ammazzava anche il figlio».

«Ma il ragazzo adesso come sta? Hanno mandato un terapeuta?»

«Non ci vuole parlare. Non vuole parlare con nessuno».

«Be', sarà ancora sconvolto... tutto quel sangue a terra, il padre in manette... Capisco pure perché ti hanno chiesto di tenerlo d'occhio...»

«Non fa altro che chiedere di lei...»

«Lei? Lei chi?»

«Ma dai, la ragazzina. Quella... sai. Quella che hanno trovato accanto a lui».

«Oh...»

«Abbiamo cercato di spiegargli in tutti i modi, ma...»

Smisi di ascoltarle.

Andarono avanti per un bel po'.

Non colsi alcun altro suono, almeno fino a quando, a un certo punto, non udii i passi di una delle due allontanarsi e lasciare l'altra da sola.

La maniglia si abbassò. Comparve una donna di mezza età con la divisa, il doppio mento e i capelli grigio topo stretti in una coda; fece per entrare, ma si bloccò quando incrociò i miei occhi già puntati su di lei.

Mi trovò in piedi. Appoggiato alla finestra spalancata, con le braccia incrociate sul petto. Uno sguardo che era il mio ennesimo atto di disubbidienza e il camice ospedaliero che mi faceva sembrare uno scappato dal reparto di psichiatria.

«Lo sapete che da qui si sente tutto?» La mia voce tagliò il silenzio come una lama affilata. Frances, la mia infermiera ficcanaso e pettegola, che amava farsi i cazzi di chiunque, boccheggiò imbarazzata e cercò di togliersi d'impiccio infuriandomi di nuovo addosso.

«Gliel'ho già detto un miliardo di volte! Deve stare a riposo! Non mi faccia chiamare di nuovo la sorveglianza!»

«Sei tu la mia sorveglianza, no?»

«Questo è un ospedale! Mi ha capita? Non può fare come le pare!»

Dio solo sapeva quanto aveva ragione. L'ultima volta mi aveva beccato ad accendermi una sigaretta e aveva dato di matto, ma rimasi a osservarla con gli occhi spiritati e il volto divorato, scavato da una sfida quasi feroce.

Non ero collaborativo. Non ero un bravo paziente. Se non mi davano il benservito con un calcio nel culo era solo perché là fuori stava succedendo un bordello da fine del mondo e l'etica professionale dei dottori imponeva di tutelare i pazienti. Anche quelli più imbecilli.

«Mister Yordanov!» Il fragore dei giornalisti irruppe ancora una volta dalla finestra aperta della mia stanza al primo piano. Stavano assediando il parcheggio da giorni, e mi voltai a fissarli da sopra la spalla. «Da questa parte! Mister Yordanov, una parola!» Gliene avevo sibilate parecchie, di parole, una più colorita dell'altra, ma questa volta mi limitai a mostrare loro il dito medio.

«Si comporti come un adulto!» continuava a starnazzare Frances, che invecchiava a vista d'occhio per la fatica di starmi dietro. «E chiuda quella dannata finestra!»

Feci come diceva. Richiusi tutto e tornai a voltarmi verso di lei; ma fu in quel tragico momento che mi accorsi delle sue mani strette a niente di meno che le manopole di una sedia a rotelle.

La fissai come se volessi disintegrargliela tra le dita.

«Non ti aspetterai adesso che io mi sieda lì sopra».

«La stanno aspettando per i nuovi bendaggi. Si ricorda che è ricoverato per lesioni, vero? Che le hanno messo venticinque punti di sutura? O no?» snocciolò.

Mi soffermai a studiare quella trappola di metallo con il volto inclinato, poi sollevai lo sguardo sulla sua espressione d'attesa, a metà tra la collera e l'esasperazione.

Frances, Frances, Frances...

Piccola Frances.

Si irrigidì quando le mostrai un sorriso impudente. Mi staccai dai vetri da cui entrava il sole di giugno, incamminandomi lentamente nella sua direzione. Il passo calmo e sicuro, i movimenti studiati, la raggiunsi come una fiera docile che lei non perse di vista un solo secondo. Mi fermai dritto davanti al suo viso rugoso, sovrastandola di più di una spanna. Avrebbe potuto essere mia madre, eppure questo non mi impedì di rivolgermi a lei con voce bassa e seducente.

«Sono tutto *tuo*, Frances».

Divenne di un paonazzo imbarazzante, mi puntò un dito contro e cercò di mettere in fila due frasi furenti. «Non provi a fregarmi. E si levi quell'espressione dalla faccia».

Non lo feci, ovviamente. Continuai a sorriderle e mi accomodai come un bravo paziente. Uno a posto.

Uno che non faceva scherzi.

Mi misi persino a canticchiare.

Quel cencio che mi avevano infilato addosso mi tirava sulle spalle e mi prudeva ovunque, ma rimasi buono mentre lei trascinava indietro la sedia e l'istante dopo mi portava in giro come se fossi il suo gerbillo da compagnia. C'era da dire che aveva una forza invidiabile: pesavo almeno il doppio di lei e non la sentii arrancare nemmeno un secondo.

Quando raggiungemmo gli ascensori, lei tirò fuori la tessera del personale e schiacciò il pulsante. Mi infilò dentro e selezionò il piano di Radiologia.

Con gli occhi infossati rosicchiai il monitor sulla parete, le freccette led che indicavano il movimento delle porte.

Le mie mani strinsero i braccioli.

E nel momento in cui il segnale di chiusura risuonò nell'aria...

Io scattai in avanti. Mi spinsi su e mi lanciai fuori giusto un attimo prima che i battenti mi precludessero la via di fuga.

Le ferite mandarono fitte lancinanti, la testa pulsò per la rapidità dello sforzo; vacillai sulle gambe e la udii imprecare maledizioni mentre l'ascensore saliva e lei se ne andava a fare la sua ecografia.

Addio, Frances.

Quella benedetta donna mi cercò per tutto l'ospedale.

Mi venne dietro come un'indemoniata.

A dirla tutta ci impiegò davvero poco a fare due più due e a capire esattamente dove me ne fossi scappato, perché c'era solo un posto in tutto l'edificio in cui potevo essermi cacciato.

Giurai di sentire addirittura la sua aura turbolenta soggiungere come una carica di gnu per venire a riprendermi.

E quando entrò da quella porta, con la bocca che schiumava, il volto stravolto, la coda un po' disordinata e il cipiglio di chi mi avrebbe strozzato volentieri, io restai a fissarla senza schiodarmi di un centimetro da dove mi trovavo.

Le mie gambe erano incrociate su un letto che non era il mio.

La mia schiena poggiata contro una testiera di plastica.

E il mio braccio abbandonato intorno a un paio di spalle sottili, coperte dal mio stesso camice, che erano sicuramente più disciplinate di me.

Provate a togliermela di dosso... avanti.

«*FUORI* di lì! Fuori immediatamente!» strillò come un'aquila.

Mireya sollevò il viso grazioso. I suoi capelli mi solleticarono il mento, il naso mi sfiorò il collo. Mi gettò addosso quel mare scuro e profondo che erano i suoi occhi, due pozzi brillanti come il carbone, che rubavano il respiro, vividi di tutta la luce che aveva sgraffignato alle stelle.

«Sei scappato di nuovo?»

«No».

«Certo che è scappato di nuovo! E io non ho intenzione di rincorrerlo come un bambino e rimettergli i punti per la terza volta! Questo è troppo!» si ribellò l'infermiera. «Vado dal direttore!»

Frances se ne andò a chiamare qualcuno e io capii di avere i minuti contati. Di nuovo. Già mi avevano relegato in una diversa ala dell'ospedale, in una stanza singola, ritenendomi traumatizzato dagli avvenimenti a tal punto da sottopormi a una sorveglianza costante. Non che potessi proprio biasimarli: quando il tuo vecchio non è quello con cui fai due lanci a pallone, ma quello che cerca di affettarti con un tagliacarte d'argento davanti alla tipa che ti sei portato a casa... be', qualcosa ti scatta. Potevo capirli, se dovevo essere sincero, ma una gabbia e un sondino al collo mi sarebbero parsi meno costrittivi.

«Ma non ce la fai a comportarti come una persona normale?»

«In fondo in fondo mi adora».

«Sembra più una che ti darebbe volentieri in pasto a una tribù di cannibali».

Risi, di una risata bassa e gutturale. Ogni tanto era ancora un'agonia sottile, la pelle si tendeva in modo scomodo e ogni respiro troppo profondo stirava le suture. I bendaggi erano così stretti che a volte faticavo persino a muovermi, ma ero certo che quello fosse il modo di Frances di non farmi sconti di pena.

Adorabile Frances.

«Se continui così ti manderanno via».

«Mi manderanno via comunque. Le mie ferite in fin dei conti erano quasi superficiali». Osservai il cactus che qualcuno le aveva piazzato sul comodino. Da quando mi aveva rivelato che era quello il Timmy da cui una volta mi aveva detto di dover tornare, avevo l'impressione che quella presuntuosa verruca pullulante di spine mi scrutasse con competizione. «Dov'è tua madre?»

«È tornata a casa. Le hanno consigliato di riposarsi un po'. Sono passati giorni, eppure non si è ancora ripresa dallo spavento che le ho procurato». Mireya mi sfiorò il polso, percorrendone il profilo con le dita. «Dice che vuole venire a parlarti. Ha saputo... be', le ho raccontato di quella cosa. Quella che hai cercato di fare per lei».

«Dio. No. Glielo hai detto?» mi lamentai con un'espressione

a metà tra il rimprovero e il frustrato, facendo saettare gli occhi per la stanza. Lei mi guardò come se certe volte non riuscisse proprio a capirmi.

«Certo che gliel'ho detto. Le ho detto tutto. Anche a Ruby e James... Oh, a proposito, Ruby mi ha portato dei Twinkies. Ne vuoi?»

Schioccai la lingua con disappunto. Stavo per rispondere qualcosa di molto sconveniente, ma evitai. «Perché cerchi sempre di rifilarmi le tue schifezze?»

«Dai, provane uno».

Accettai quel coso dolciastro quando me lo spinse dentro la bocca. Mi impastò lingua e denti, e mi chiesi dove diavolo fossero finite le restrizioni che imponevano solo minestrine e purè di patate. Mireya aveva sempre le labbra che sapevano di zucchero, ma certe volte aveva dei gusti davvero orrendi.

«Ti piace?»

«Si può avere un po' di soda caustica con cui mandarlo giù?»

«Cretino».

Deglutii quel malloppo immangiabile, e sperai che non me ne rifilasse un altro. Lei si sistemò meglio al mio fianco, muovendosi appena; il letto era regolato in una posizione semiseduta per aiutarla a respirare meglio e ridurre il dolore. Stavo sempre attento a sedermi dalla parte opposta rispetto alle medicazioni e alla flebo che le somministrava i farmaci necessari. Il mio braccio la avvolgeva, sì, ma era abbastanza teso e all'erta da non pesarle addosso nemmeno di un grammo. Mireya sarebbe rimasta lì ancora diverso tempo.

«Non fanno che chiamarti Yordanov. È... strano».

«Non rispondo più a quel cognome da anni» mormorai. «Non ricomincerò di certo ora».

«Preferisco Riker, se la cosa può farti piacere».

Mi appoggiò la testa contro il collo. Mi limitai a inspirarla, ad ascoltarla parlare, a sincerarmi del battito tamburellante del suo cuore sotto il camice.

Giocherellò con le mie dita, mi raccontò che quei due bietoloni dei suoi amici si erano baciati, ma a me bastava sentirla respirare per dimenticarmi degli incubi che la notte venivano a prendermi. Per rendermi conto che quello era l'unico antidolorifico che avrei accettato di farmi somministrare.

Ogni volta che abbassavo le palpebre rivedevo quel giorno.

Risentivo la piccola schiena che mi franava addosso.

Rivivevo i minuti abominevoli in cui lei si era spenta.

E non riuscivo più a capire dov'ero.

Mi svegliavo di soprassalto, scardinavo tutto, mi strappavo gli aghi in un delirio ottuso. Sentivo l'orrore ancora intrappolato tra le fessure del cervello, e tutto ciò che mi urlava nel sangue era il bisogno di vederla.

L'avevano salvata per un soffio.

L'avevano presa praticamente per i capelli, ma i suoi piedi avevano camminato nel cielo per un lunghissimo minuto e mezzo.

Aveva passeggiato tra le stelle.

Aveva nuotato tra quelle luci.

Aveva disegnato arabeschi nella notte lontana, prima che i soccorsi piombassero su di lei, le tamponassero l'emorragia e le premessero due piastre gelide sul torace.

Ci avrei messo un po' prima di riuscire a dimenticare le scosse del defibrillatore.

Per non sentirlo scuoiarmi il sonno.

Per convincermi sul serio che in questa realtà, in questo nostro universo, lei continuava a riempire le mie giornate, a rendermi geloso delle sue piante grasse e a mangiare porcherie di dubbio gusto costringendomi ad assaggiarle.

All'improvviso, mi accorsi dello strano silenzio che regnava nella camera. Quando l'avevo conosciuta a malapena parlava, ora, invece, non stava più zitta un secondo. Insospettito, sollevai un sopracciglio e la sbirciai.

Aveva il nasino arricciato, un orlo di denti che spuntavano dalle labbra invitanti. Stava sogghignando.

«Quindi sono il tuo piccolo *paradiso*?»

Serrai le mascelle. *Ma che...*

Mi sforzai di non distogliere lo sguardo mentre i muscoli delle spalle si pietrificavano e avvertivo un calore anomalo irradiarsi sugli zigomi, fastidioso e insolito. Non risposi, spostando l'attenzione altrove, e Mireya intrecciò le dita alle mie decisa a non darmi tregua.

«Allora?»

Mi intestardii su un punto fisso e misi su un grugno che la spinse a poggiarmi la testa contro il petto per marcarmi stretto.

«Sì» sillabai piano.

«Non ho sentito» mi canzonò.

Quasi rimpiansi il Twinkie. Lanciai un'occhiata inferocita al cactus da cui stava spuntando un ridicolo fiorellino e giurai che stesse ridendo di me. *Perfido bastardo.*

«Sì. Lo sei».

Di nuovo, una luce fragorosa si diffuse nella stanza. Mireya sorrise e gli occhi le divennero due fari di gioia. Quell'espressione che era un invito alla felicità, un invito a credere almeno un po' nelle storielle a lieto fine della buonanotte, mi convinse che aveva ragione quel buon diavolo di Stephen King: l'amore è il più antico degli assassini.

«Anche tu sei il mio» sussurrò. Se il suo sorriso fosse stato un disegno, sarebbe stato colorato da un bambino fuori dai margini, in quella maniera genuina, spontanea, che sembrava quasi esplodere. «Lo sei in ogni dove e in ogni quando».

Il mio volto rimase imperturbabile come una maschera di granito. Ma dentro, il cuore, quel traditore infame, si scatenò in una sommossa di battiti frenetici e confusi che mi costrinsero a deglutire a vuoto. Non ero mai riuscito a tenerlo a bada quando si trattava di lei, ma in fondo Mireya ce l'aveva sempre messa tutta per essere la calamità che mi aveva scompigliato l'esistenza.

«Ti amo, Andras. Ti amo... oltre l'umana comprensione». Mi guardò davvero in un modo che soltanto le stelle avrebbero potuto capire, poi sollevò il mento e si allungò per baciarmi. Le andai incontro e premetti la bocca sulla sua. La baciai a fondo, con lentezza, fino all'ultimo angolino di quella carne calda. Le leccai le labbra, ne percorsi il contorno sporgente e poi affondai la lingua per assaggiare quel sentimento che mi aveva sfondato il petto su un marciapiede di troppi anni fa, con lo sguardo muto e la neve sul viso.

Eravamo lontani dall'essere guariti.

Dall'essere intatti, risolti, lisci come cicatrici rimarginate.

Io avevo ancora una marea di problemi, lei aveva appena iniziato a capire come diavolo stare al mondo. Certi dolori avremmo continuato a combatterli per non annegarci dentro, per non lasciarci togliere la fame, la voce e il sonno, per non arrenderci al fatto che anche per il momento più perfetto, più irraggiungibile ed etereo, la fine è inevitabile.

Ma forse sotto quella pioggia si poteva anche danzare.

Insieme.

E la morte noi l'avevamo sconfitta.

Sì... cazzo, era così.

Avevamo cacciato un bel morso alle stelle. Ci eravamo lanciati frecciatine con gli archi di quelle costellazioni. Avevamo fatto il bagno nudi nella Via Lattea e ci eravamo asciugati alla brezza di un vento solare, solo per indicare le nebulose e vedere che avevano la forma dei nostri sogni.

Avevamo scoperto che il paradiso esiste, e non è perfetto, no, al diavolo: è *su misura.*

È piccolo e spesso te lo trovi tra le palle.

Ogni tanto ti fa incazzare, è scorbutico, fa il sostenuto, splende da far paura e un po' te lo devi tenere stretto.

Un po' te lo devi guadagnare.

Ma proprio per questo è il solo che abbiamo.

Proprio per questo...

È, e sarà per sempre, tutto ciò che è insostituibile.

Epilogo

Un anno e mezzo dopo

«Pensate che gli piacerà?»

«Certo che sì».

«Oddio... Forse è un po' eccessivo».

Ci voltammo verso James. Io vagamente offesa, Ruby con sguardo sdegnato. Lui incassò le spalle come ogni volta che era in minoranza, cosa che accadeva spesso. «Insomma... o scappa a gambe levate oppure ti sposa. Non ci sono vie di mezzo. Io penso che scapperei».

«Sei il solito gretto che non capisce niente. Non sai cosa sia il romanticismo». Ruby sollevò il naso in un gesto di stizza e lui le scoccò un'occhiata da zitella risentita, infilandosi le mani nelle tasche dei pantaloni.

«Io so essere *molto* romantico».

«Certo. Ti ricordo che mi hai chiesto di stare insieme con un anello di zucchero trovato dentro un pacchetto di patatine alla paprika».

«Ma se ti ho dato un bacio da urlo!» protestò, difendendo con orgoglio il fatidico momento in cui, più di un anno prima, aveva spalancato la porta dei camerini femminili, aveva affrontato urli e ciabattate da tutte le dipendenti del locale ed era marciato come un maniaco verso Ruby, ferma per lo shock davanti al suo armadietto: l'aveva baciata in un coro di insulti che era subito esploso in un'ovazione eccitata, ed erano finiti a mangiarsi vivi tra fischi e magliette sventolate a elica. «Mi hanno fatto tutti i complimenti. Una scena da film, hanno detto».

«Sì, sì, okay...» lo accontentò lei, facendo la sostenuta, ma era ovvio che sotto sotto si scioglieva ancora come un cremino. Avrebbe potuto mostrarle una casetta fatta con i fiammiferi usati e lei lo avrebbe trovato comunque un capolavoro d'arte moderna. «La cosa che non accetti è che qualcuno possa essere più romantico di te... ti suona meglio così?»

«Jamie». Una vocina sottile attirò la nostra attenzione. Due manine impiastricciate reggevano un disegno coloratissimo e pieno di scarabocchi, con un fantoccio arancione e sorridente che sembrava un triangolo rovesciato. Gli aveva tratteggiato le orecchie e i baffi come a un gatto. «Guarda. Sei tu».

Lui emise un lungo «Wooow» molto convincente, prima di ammiccare compiaciuto nella nostra direzione. «Le piaccio».

«A lei piacciono tutti. Persino Mireya».

«Ehi» brontolai, impermalita. Feci una carezza in testa a Olly e lei si scostò, dritta sulle sue gambette orlate dai lunghi calzini a righe che le avevo infilato quella mattina.

Ora che aveva tre anni e mezzo non stava ferma un attimo, scorrazzava come un folletto in giro per casa, mi rubava i trucchi per disegnare sui muri e pigolava sempre un sacco di perché.

«*Perché il sole è giallo? Perché gli uccellini volano? Perché non posso mangiare il gelato a colazione? Perché Andy ci mette così tanto a uscire dal bagno quando tu fai la doccia?*»

Quell'infame di *Andy* si era coperto il volto con la mano e aveva riso di nascosto quando lei mi aveva rivolto quell'ultima domanda, facendomi arrossire fino alla punta delle orecchie.

Olly aveva anche un amico immaginario di nome Arnold con cui andava sempre all'avventura. E il suo cartone preferito era *L'incantesimo del lago.*

Andava matta per quell'imbecille del principe Derek, ma ci stavamo lavorando. In fondo in parte era colpa mia.

«Non innamorarti di me, piccola». James le fece l'occhiolino, come un vero rubacuori. «Sono troppo grande per te».

«Meglio che andiate». Diedi un'occhiata all'orario sul telefono e mi resi conto dell'ora. «Ormai si è fatto tardi, lui sarà qui a momenti».

«Sì, ma almeno cambiati. Quella felpa è tremenda».

Gli lanciai uno sguardo fiero da sopra la scritta 'Buongiorno e vaffanculo a tutti' e trattenni un verso di ribellione. Mai.

Finalmente Ruby lo trascinò via e lo spinse fuori dalla porta; mi rivolse un ultimo saluto e mi fece promettere di chiamarla per raccontarle l'esito di quella serata. A quel punto, Olly zampettò di nuovo in direzione della cucina e la cascata dei suoi capelli rossicci catturò le ultime luci di quella giornata di fine novembre.

Diventava ogni momento più simile a Coraline.

Si somigliavano in tutto, nelle espressioni e nei gesti. Spesso la mia presenza la confondeva: crescendo aveva cominciato a capire che non ero né sua madre, né sua sorella, nonostante a un certo punto per lei avessi smesso di essere *Ola*, e avessi cominciato a essere *Eya*.

Tuttavia, riavere Coraline nella sua vita aveva minato l'affetto esclusivo che un tempo aveva provato per me.

Andare al parco con lei, stare in sua compagnia nei weekend, ristabilire quel legame che aveva ricercato disperatamente nei miei occhi l'aveva portata col tempo a ricollocarla al giusto posto nella sua memoria, e a faticare a inquadrarmi.

Non mi sorrideva più come prima, non mi si spalmava più addosso per strapparmi una coccola, e non mi guardava più con quella passione adorante. Ero consapevole che stesse crescendo, che fosse normale per lei cambiare e sperimentare diversi istinti nei confronti delle persone, eppure nel mio sguardo lei c'era sempre.

Una volta non mi sarebbe interessato. Ma ora...

Un rumore di chiavi all'ingresso segnalò l'arrivo di qualcuno. Sussultai, sentii il cuore scalciare come un puledro imbizzarrito e mi resi conto che era già arrivato. Probabilmente aveva pure beccato quei due in corridoio.

Mi guardai freneticamente intorno; valutai se nascondermi e la mia agitazione scandì la sequela di scatti indecisi con cui puntai prima alla cucina e poi al corridoio, inciampando nei miei stessi piedi. Alla fine, rimasi lì come un'idiota e mi sentii colta in flagrante quando il cigolio risuonò nell'aria. La porta si aprì e... un silenzio tombale calò nell'appartamento.

Ancora una volta, come era già successo in passato, mi trovò imbalsamata nel bel mezzo del suo salotto, con le guance arrossate, le mani in mano, l'espressione ovviamente colpevole. E...

Un tripudio disordinato che impazzava su tutte le pareti.

Andras sbatté le palpebre e si inchiodò sulla soglia. Gli avevo tappezzato di nuovo l'appartamento come più mi pareva, e lui fissò l'intera scena con quella faccia da schiaffi che però amavo tantissimo.

Foto di noi insieme, lucine idiote, stampe di messaggi stupidissimi che erano finiti dritti tra i miei preferiti esplodevano in ogni angolo raggiungibile alla vista. C'erano i bigliettini sgualciti che mi aveva lasciato la mattina quando dormivo ancora, le nostre canzoni più amate puntellate con spilli colorati, frasi che erano diventate un po' nostre e mi avevano ricordato ogni giorno cos'era quella melodia assurda che soltanto lui sapeva arpeggiarmi nell'anima.

C'erano date significative che scorrazzavano da un muro all'altro unite da un festone di Natale palesemente rubato dalla scatola degli addobbi che io stessa gli avevo comprato.

«C-ciao» balbettai, come una ladra colta sul fatto. Mi augurai sul serio che non scappasse via a gambe levate e tentai un sorrisetto nervoso. «È il 20 novembre. Buon compleanno!»

Andras non si mosse; aveva ancora la mano sulla maniglia, immobile come una statua di cristallo, mentre il suo sguardo di ghiaccio mi attraversava con una forza che mi avvolgeva e mi disorientava.

All'improvviso mi ritrovai a dare ragione a James.

Forse avevo un tantino esagerato.

Ma ormai era tardi per sembrargli una con tutte le rotelle al loro posto.

«So che... non te ne fai niente di ninnoli e cose del genere» cominciai per stemperare la tensione. Non diceva niente e non avevo la minima idea di che cosa stesse pensando in quel momento. «Non sapevo cosa regalarti, perché nulla mi sembrava davvero all'altezza. Ci ho pensato per giorni, mi sono scervellata... Il punto era che volevo che ti sentissi speciale. Che ti vedessi per come ti vedo io. Che sentissi tutto il mio amore per te. Così... ho pensato di dimostrarti quanto sono felice che tu esista».

Cielo, che disagio. Mi stava venendo una voglia deplorevole di mollare tutto e correre a sotterrarmi sotto i pupazzi di Olly, ma mi sforzai di restare lì, a rendermi ridicola, a cercare di spiegargli il modo in cui si era fatto strada in quel posticino desolato e poco amichevole che era il mio cuore.

«Questi siamo noi. Ogni momento che abbiamo passato insieme. Ora non ridere... ma vedi, se segui le luci è tutto in ordine cronologico. Quella è la prima volta che mi hai comprato la colazione». Indicai un vecchio biglietto con scritto 'Bestiolina'. Lo avevo conservato di nascosto e me ne vergognai da morire. «Lì è quando sono rimasta da te a dormire e ti ho finito la Nutella...» Un altro foglietto tutto spiegazzato era scritto nella mia grafia storta e per nulla femminile. «Quello è il nostro primo biglietto del cinema. L'ennesimo *Fast & Furious* che però mi hai portato a vedere perché ci sono un sacco di auto fighissime... Lì invece è lo scorso Natale, nella villa di tua mamma, quando ti ho regalato quella sciarpa orripilante che hai usato fino a consumarla. Quello è il momento in cui Olly ha incominciato a camminare. Ti stava venendo incontro. Tu hai sorriso in una maniera adorabile e io non ce l'ho proprio fatta a non farti una fotografia... Lì è la volta in cui ti ho lasciato le impronte di entrambe le mani sulla schiena con la tua schiuma da barba, perché così sembravano due ali bianche. Quelli sono i momenti in cui mi sono sentita a casa solo a stare con te, quegli altri invece sono tutti quelli in cui abbiamo litigato e poi fatto pace, come vedi sono davvero tanti, ma comunque...» Tossicchiai, incartandomi in tutte quelle scemenze, e tentai di non perdere il filo. «Questo... è ogni istante che ho di te, ogni ricordo più bello, ogni spigoletto che conservo gelosamente. Puoi vedere che sei grandissimo e frastagliato, immenso e un po' contorto in certi punti, ma luminoso da far brillare una stanza intera. Sei fatto di tanti attimi stropicciati e alcuni te li ho cavati fuori di nascosto... e forse potrei averti comprato pure uno stupido portachiavi prima di decidermi a comportarmi come una pazza che ti vandalizza casa quando non ci sei, ma... ecco, sai...» conclusi. «Tanti a-auguri».

Dio.

Il desiderio che se ne scappasse davvero mi assalì. Per un attimo valutai persino di cacciarlo io stessa o rivelargli che era tutto uno scherzo, scoppiare a ridere e dirgli di non fare caso a quel casino, che era solo un progetto di scuola di Olly, anche se a malapena andava all'asilo. Mi rendevo conto soltanto adesso di quanto fosse patetica e infantile la mia sorpresa, ma non è che fossi mai stata molto brava a mostrare il mio affetto alla gente.

Andras, però, rimase dov'era.

Il suo sguardo artico e penetrante scavò attraverso lo spazio tra di noi. Lo percepii dilatare l'aria, riempirla fino all'orlo di un'intensità insostenibile, e io mi sarei ingoiata tutti i battiti molto presto se avesse persistito a non dire niente.

C'era da ammettere che qualcuno lassù doveva essersi divertito parecchio. Per mandare in giro uno del genere ci voleva davvero una gran faccia tosta: certi momenti, nel cuore della notte, gli spingevo l'indice sul naso e lo toccavo per accertarmi che fosse reale, con quel volto di una bellezza surreale e quel suo cuore furfante; ogni volta, lui arricciava il mento e si voltava dall'altra parte.

Finalmente, Andras si staccò dalla soglia e avanzò verso di me. Mi raggiunse con la solita lentezza, e, quando si fermò a un palmo dal mio corpo, sollevai il viso.

«C'è anche quella volta in cui mi hai augurato una dissenteria fulminante?» chiese. Io mandai giù un groppo di saliva.

«No, quella non c'è».

«E quella dove mi hai tirato una papera di gomma in testa?»

«Neanche».

Sentii la sua mano farsi strada nei miei capelli. Il suo respiro sfiorarmi la pelle del volto.

«Quelle dove mi hai mandato al diavolo?»

«Non c'è tutto questo spazio...»

Una reazione divertita gli sollevò l'angolo delle labbra, e lui piegò il capo di traverso.

«Manca parecchia roba, allora...»

«Ho fatto del mio meglio».

«Mmm...»

Gli guardai la bocca e le ginocchia tremarono leggermente. Il cuore mi salì tutto agli occhi e mi travolse con un desiderio ustionante di baciarlo, di prendermi tutto di lui, di tuffarmi nella sua aurora boreale e non tornare più indietro, mentre mi aggrappavo alle mani che mi aveva messo ai lati del viso. Le dita calde mi lambirono le guance e io sospirai come se fosse sempre la prima volta.

Dopo più di un anno ci stavamo ancora riprendendo, ma le cose... le cose non andavano male.

Mia madre non aveva più ripreso a cantare. Aveva abbandonato il suo sogno, sì, ma era serena, veniva spesso a trovarmi e aveva ripreso a vivere.

Il lavoro al Milagro's era sempre lo stesso: Kristine mi odiava e Zora mi strillava addosso come da programma, ma le mance non mancavano.

James e Ruby un po' si mollavano e un po' stavano insieme, non si capiva benissimo, ma in fondo era giusto così.

E Andras...

Da poco aveva cominciato a vedere 'un tizio'.

Così lo chiamava lui.

Non che stesse funzionando granché.

La prima volta, era uscito sbattendo la porta e mandando a quel paese chiunque avesse trovato sulla sua strada.

Lo avevo riportato lì per un orecchio a chiedere scusa per i suoi modi incivili, ma poi mi ero fatta da parte: sapevo che non potevo convincerlo ad affidarsi a qualcuno, se non voleva.

Andras era scostante, aspro, ingovernabile. La negligenza e crudeltà con cui gli erano stati negati affetto e sostegno negli anni più importanti della sua vita avevano consolidato in lui una personalità miscredente, rigidissima e aguzza come una ghigliottina; non c'era angolo del suo essere che fosse facile da maneggiare, più accondiscendente o docile.

Era tornato in quello studio con l'espressione appuntita di uno che era stato invitato alla sedia elettrica, e per ben tre volte era rimasto in silenzio, con gli occhi inviperiti, a fissare l'uomo che aveva davanti come se fosse stato lui a costringerlo a presentarsi. Una di queste si era alzato di scatto per imboccare di nuovo la porta, ma poi si era ricordato che avrebbe comunque dovuto pagare la seduta ed era tornato indietro più incazzato di prima.

Non avevo troppa fiducia che avrebbe continuato; in cuor mio non mi ero mai illusa che ci fosse un sentiero lastricato per tutti. Mia madre era stata una cometa rara in un universo di esistenze tutte storte, alcune meno fortunate di altre. Sarebbe rimasta un evento eccezionale, un caso isolato, perché non sempre le migliori intenzioni possono dirottare il corso di un vissuto.

Però apprezzavo comunque che ci avesse provato.

Per se stesso. Per Olly.

Non sapevo se sarebbe mai riuscito a perdonarsi.

La notte ogni tanto faceva brutti sogni: in alcuni, io gli chiedevo di andarmi a prendere una cosa in camera, e quando lui apriva il cassetto vedeva ciò che aveva portato a sua madre.

Stavamo ancora raccogliendo i pezzi, ne avevamo parecchia di strada da fare.

Ma in fondo eravamo soltanto all'inizio.

La nostra storia era appena cominciata.

E il lieto fine dipende da dove la interrompi, no?

Andras mi abbassò lo scollo della felpa e mi diede un bacio languido sulla spalla. Chiusi le palpebre, godendomi la sensazione soffice e rovente della sua bocca.

«Ti...» soffiò con un sorriso mordace, ma quando sollevò gli occhi e vide che lo stavo fissando si ammutolì, evasivo, e imbastì quella faccia da criminale braccato che guardava ovunque tranne che me. «... amo anch'io. Un po'».

Aggrottai la fronte. Arricciai le labbra in modo alquanto bisbetico e poi lo fulminai con lo sguardo.

«Come *un po'*?» mi lamentai, con tutta la fatica che avevo fatto.

Ce le eravamo sempre mezze urlate, le cose carine. E sapevo che non gli piaceva mostrarsi vulnerabile, e ogni tanto c'era da dire che si sforzava, ma in quel momento lo avrei malmenato volentieri.

«Giusto un po'. Non tanto. Non è che tu sia proprio la simpatia in persona». Tornò a mostrarmi lo spiraglio di un sorriso da vera carogna, e io assottigliai le palpebre.

«Ringrazia che è il tuo compleanno. O ti tiravo in testa un'altra papera».

Lo feci ridere. Ancora. Io... lo facevo ridere spesso. Era una delle cose che più amavo di noi.

Ed era ovvio che Andras, in realtà, mi trovasse molto simpatica. Sì, insomma... per la sua ironia.

«Tua sorella è in cucina» lo avvertii.

Ma lui scese a darmi un altro bacio sulla gola, poi sulla mascella. E io finii a guidarlo lungo il salotto, camminando all'indietro, trascinandolo per la collanina con la rosa dei venti: nonostante la stazza, si lasciò condurre attraverso la sala, fino ad appoggiarci al muro, dove si chinò a baciarmi la bocca.

E dentro mi esplose di nuovo quel qualcosa, quello stato di grazia che inondava il respiro e volava sulle ali del cuore. Quella forza invisibile e segreta che ci aveva legati a filo doppio, prima da bambini e poi da adulti, intrecciando le nostre vite come una turbolenta tela. Ne colsi i filamenti argentati tra le dita, tra le ciglia, sulla pelle; tessé pizzi tra le mie vertebre, spirali turbinanti intorno alle mie cicatrici, ricamò merletti preziosi sulle mie labbra e adornò ogni minuscolo spazio che separava i miei battiti.

E quello...

Quello era decisamente un buon momento per scrivere un finale.

Perché in fondo lo avevo sempre saputo: quello che ci aveva unito non era mai stato il fato.

O la sorte.

Nessuno aveva intessuto una favola con il filo rosso del mio destino.

No...

Era stato qualcosa di diverso.

Di più potente.

Di più inarrestabile.

Che poteva riguardare soltanto due come noi.

Il nostro era stato l'incontro e lo scontro di due anime imperfette.

Lo tsunami che aveva infuriato contro scogliere di corallo.

Era stato il terremoto che aveva spaccato il tetto del cielo, fatto crollare le galassie dipinte, sbrecciato il tessuto del cosmo solo per rivelare il portento brillante che si nascondeva sotto.

Il nostro era stato, anche quello a modo suo, un piccolo, tenue miracolo.

Forse è questo che succede quando un angelo caduto incontra un uragano: forse è così che si generano certe inspiegabili Arcadie.

Non importava come fosse possibile.

Importava soltanto che, al di là di qualsiasi avverso futuro... *noi avremmo continuato a modo nostro a far piangere le stelle.*

Ringraziamenti
Tutto ciò che è insostituibile

Quando ti porti dentro certi percorsi per così tanto tempo, vederli poi tra le tue mani fa sempre un effetto strano.

Per certi versi fatichi a riconoscerli: nella tua testa avevano un colore preciso ma indefinito, sfocato ma nitido, puntuale ma senza tempo. Quando poi assumono una forma, hanno sempre qualcosa di un po' tuo e un po' loro, e forse è quello che ti spiazza: che abbiano trovato la loro indipendenza semplicemente uscendo dalla tua testa.

Voglio ringraziare la casa editrice per avermi affiancata e sostenuta in questo progetto, come accade ormai da molti anni, con la dedizione e la professionalità che ogni autore sogna di poter trovare.

Ringrazio le mie colleghe scrittrici, che nonostante io chiami sempre così non sono più solo quello da ormai molto tempo. Grazie per il continuo sostegno e supporto.

Ringrazio la mia famiglia, che mi è sempre vicina in tutto, in ogni scelta e in ogni difficoltà, nonostante le fatiche che questo spesso comporta e i deliri che ogni tanto sono costretti a sopportare.

Ringrazio anche le mie amiche di sempre, che sono ciò che mi rende me anche nei momenti più bui, le ringrazio per la pazienza, la fiducia, l'enorme dolcezza con cui mi hanno sempre fatto capire che, nonostante certe strade possano portarti verso direzioni differenti, ci sono legami che perdurano per sempre.

E voglio ringraziare tutti voi, miei lettori e non, tutti coloro che hanno preso questo libro in mano e ora stanno leggendo le parole alla fine di questo lungo viaggio: spero che abbia saputo lasciarvi qualcosa, che Mireya e Andras, nonostante il loro essere così lontani da due personaggi perfetti, abbiano saputo trasmettervi tutte le loro Arcadie.

C'è stato un momento, e la mia editor può confermare, in cui Mireya stava davvero per 'andare tra le stelle' e rimanerci per sempre: in quel capitolo, che sicuramente avrete compreso, lei avrebbe incarnato in tutto e per tutto la sovrana della leggenda.

Ma se è vero che sacrificio significa 'rendere sacro', è vero anche che *Stigma* e *Arcadia* ruotano attorno a qualcosa che non c'entra niente con il destino, con l'incarnare il ruolo che ci viene assegnato fin dall'inizio, con qualcosa di preimpostato che ci condanna a un determinato finale: da bambini le vite di Andras e Mireya si incrociano veramente per un soffio, una coincidenza talmente infinitesimale, assurda, veloce da non avere niente a che vedere con il fato, ma con qualcosa di più incredibile.

Dirò una cosa che ho detto già nei ringraziamenti di *Stigma*: non sempre possiamo essere la fanciulla del bosco. Non sempre possiamo essere la principessa con i gigli in testa e la corona di diaspro.

A volte siamo semplicemente noi stessi.

E se Coraline, che è la principessa, rappresenta tutto ciò che crediamo di dover essere, tutto ciò che ci appare perfetto ma in realtà non è (perché non esiste nulla così, al mondo), allora Mireya è ciò che siamo nelle nostre piene goffaggini, nella nostra rabbia, nelle nostre inadeguatezze e nelle nostre ostinazioni. Il punto non è essere i protagonisti di un fulgido destino, il punto è restare fedeli a ciò che siamo e comprendere che certe cose arrivano a noi anche in modo diverso, inaspettato, ma non per questo meno importante.

Ci sono istanti in cui ogni cosa sembra crollarci addosso, periodi lunghissimi della nostra vita che sembrano senza luce:

ho sempre pensato che a livello terreno l'inferno non fosse un luogo, ma un momento, e ci ho tenuto a esprimerlo in questo modo un po' mio. Non so se qualcuno si è riconosciuto in questo, ma, quali che siano i difficili *quando* che state affrontando, vi auguro che ce ne siano altrettanti che vi facciano sentire in paradiso.

A volte non è facile riconoscere quegli attimi brillanti, lo so, ma provate a tenervi strette le vostre Arcadie perché sono lì, in un sorriso che non dimenticherete mai, in un momento in cui vi siete sentiti amati, compresi e felici, in ogni minuto, ora o giorno che conserverete nel cuore per sempre.

Alcune vi sembreranno sciocche, ma non importa. Ciò che importa è come vi hanno fatto sentire in quell'istante.

Proteggetele costantemente.

Mireya e Andras continueranno a creare le loro. E se mai penserete alla loro storia, in quei momenti, immaginateli mentre prima si prendono per mano e poi si prendono per i fondelli.

Perché è così che a loro piace essere ricordati. In fondo ormai li conoscete.

A presto...

Ci vediamo dove iniziano i sogni e finiscono le paure, per sempre.

Indice

DELLA STESSA AUTRICE:

- Erin Doom, *Fabbricante di lacrime*
- Erin Doom, *Nel modo in cui cade la neve*
- Erin Doom, *Stigma*

NELLA STESSA COLLANA:

- A.J. Foster, *Dangerously Mine. Pericolosamente mio*
- Carrie Leighton, *Better. Collisione*
- Rokia, *The Truth Untold. La verità nascosta*
- Malorie Blackman, *Pari e Dispari. Noughts & Crosses*
- A.J. Foster, *Strangely Mine. Stranamente mio*
- Carrie Leighton, *Better. Dannazione*
- Valentina Ferraro, *Wings*
- Carola Lovering, *Tell Me Lies. Dimmi bugie*
- Rokia, *Sindrome*
- Lynn Painter, *Better Than The Movies. Meglio che nei film*
- Marilena Barbagallo, *Stuck*
- Edith Joyce, *Riot. Amore e lotta*
- Carrie Leighton, *Better. Ossessione*
- Bianca Ferrari, *Issue*
- Doom, Foster, Rokia, Leighton, Arcadipane, *A Sweet Christmas*
- A.J. Foster, *Naively Mine. Ingenuamente mio*
- Hellen Ligios, *Ci volevamo noi. Chained*
- Mary Lin, *Misty*
- F. Vanessa Arcadipane, *Inferorum Gemmae Saga* (5 voll.)
- Camy Blue, *The Love Map*
- Rokia, *Guilty. Drunk in Love*
- Victor Diamandis, *Daylight*
- Valentina Ferraro, *After Midnight*
- Lynn Painter, *Provaci ancora. The Do-Over*
- Valentina C. Brin, *Wrong*

Questo libro è stampato col sole

Azienda carbon-free

Certificato PEFC
Questo prodotto è realizzato con materia prima da foreste gestite in maniera sostenibile e da fonti controllate
PEFC
PEFC/18-31-226
www.pefc.it

Fotocomposizione: Alessio Scordamaglia

Finito di stampare
nel mese di ottobre 2024
per conto della Adriano Salani Editore s.u.r.l.
da Grafica Veneta S.p.A. di Trebaseleghe (PD)
Printed in Italy